Harper
Collins

Zum Buch:

Die Mission ist so simpel wie gefährlich: Will und sein Team sollen über dem Amazonasgebiet mit Fallschirmen abspringen und durch unbekanntes Terrain marschieren – bis zu der Stelle, an der die Satelliten das Flugzeug mitten im Dschungel geortet haben. Auf die tödlichen Tiere und eine unwirtliche Umgebung sind sie so vorbereitet, wie man es nur sein kann. Doch niemand hat mit der mysteriösen Gruppierung gerechnet, die dem Expeditionstrupp im Nacken sitzt. Schnell stellt sich heraus, dass die Verfolger mit allen Mitteln versuchen, Will davon abzuhalten, sein Ziel zu erreichen – und dabei auch vor Mord nicht zurückschrecken.

Grylls brilliert bei der Schilderung der Gefahren, die der Amazonas-Regenwald bereithält.

The Times

Zum Autor:

Bear Grylls ist einer der bekanntesten Survivalisten und Abenteurer der Welt. Er verbrachte drei Jahre als Soldat in den britischen Spezialeinheiten und diente in der 21. SAS. Seine TV-Shows »Ausgesetzt in der Wildnis« und »Abenteuer Survival« gehören zu den meistgeschauten Serien auf dem Planeten. Bear hat 22 Bücher verfasst, darunter seine Autobiografie, die ein internationaler Nummer-1-Erfolg war. »Ghost Flight – Jagd durch den Dschungel« ist sein Thrillerdebüt.

BEAR GRYLLS

GHOST FLIGHT

JAGD DURCH DEN DSCHUNGEL

THRILLER

Aus dem Englischen von
Marco Mewes

Harper
Collins

HarperCollins®
Band 100136

FSC
MIX
Papier
FSC® C014496

1. Auflage: April 2018
Deutsche Erstausgabe

Originaltitel: »Ghost Flight«
erschienen bei: Orion Books, London

Umschlaggestaltung: büropecher, Köln
Umschlagabbildung: Nejron Photo, Fesus Robert,
Galyna Andrushko / shutterstock
Redaktion: Thorben Buttke
Satz: GGP Media GmbH, Pößneck
Printed in Germany
Dieses Buch wurde auf FSC®-zertifiziertem Papier gedruckt.
ISBN 978-3-95967-185-9

www.harpercollins.de

Dieses Buch ist meinem verstorbenen
Großvater gewidmet,
Brigadegeneral William Edward Harvey Grylls,
Order of the British Empire,
15/19th King's Royal Hussars und
befehlshabender Offizier der Target Force.

Von uns gegangen, aber nicht vergessen.

ANMERKUNGEN DES AUTORS

Mein Großvater, Brigadier William Edward Harvey Grylls, Order of the British Empire, 15/19th King's Royal Hussars – und befehlshabender Offizier der Target Force, der verdeckt operierenden Kampfeinheit, die kurz vor Ende des Zweiten Weltkriegs von Winston Churchill gegründet wurde. Die Einheit war einer der geheimsten Einsatzverbände, die je vom Kriegsministerium zusammengestellt wurden, und sie wurde fast ausschließlich damit beauftragt, geheime Technologien, Waffen, Wissenschaftler und hochrangige Nazi-Offiziere aufzuspüren und zu schützen, zu dem Zweck, die Alliierten im Kampf gegen die neue Supermacht der Welt, den neuen Feind, zu unterstützen: die Sowjets.

Niemand in unserer Familie wusste irgendetwas von seiner geheimen Rolle als Befehlshaber der T-Force bis viele Jahre nach seinem Tod, als Informationen freigegeben wurden, die zuvor aufgrund der Siebzig-Jahre-Regel des Gesetzes zum Schutz von Staatsgeheimnissen verborgen waren – ein Offenlegungsprozess, der dieses Buch inspiriert hat.

Mein Großvater war ein Mann weniger Worte, aber ich erinnere mich liebevoll an ihn, aus Zeiten, als ich ein Kind war. Pfeife rauchend, mysteriös, von trockenem Witz und geliebt von jenen, die er anführte.

Für mich jedoch war er immer bloß Opa Ted.

Harper's Magazine, Oktober 1946

TAUSENDE GEHEIMNISSE

Von C. Lester Walker

Jemand schrieb kürzlich an den Wright-Field-Luftstützpunkt und erklärte, er wüsste, dass dieses Land eine große Menge feindlicher Kriegsgeheimnisse angesammelt habe … und ob er wohl, bitte, alles über deutsche Düsentriebwerke zugeschickt bekommen könne. Die Dokumentenabteilung der Army Air Forces schrieb zurück:

»Leider nein – das wären fünfzig Tonnen.«

Hinzu kommt, dass die fünfzig Tonnen nur ein Bruchteil dessen sind, was heute die unzweifelhaft größte Sammlung beschlagnahmter feindlicher Kriegsgeheimnisse darstellt, die je zusammengetragen wurde. Falls Sie jemals an Kriegsgeheimnisse gedacht haben – und wer hat das nicht? – und glaubten, diese kämen in Zahlen von Sechs oder Sieben … dann könnte es Sie interessieren zu erfahren, dass die Kriegsgeheimnisse dieser Sammlung in die Tausende gehen; dass die Menge an Dokumenten so groß wie ein Berg ist und dass nie zuvor etwas gesehen wurde, das auch nur annähernd damit vergleichbar wäre.

Daily Mail, März 1988

DIE PAPERCLIP-VERSCHWÖRUNG

Von Tom Bower

Die Paperclip-Verschwörung war der Höhepunkt eines erstaunlichen Ringens unter den Alliierten unmittelbar nach dem Krieg, um die Beute aus Nazi-Deutschland an sich zu reißen. Nur Wochen nach Hitlers Niederlage wählten hochrangige Offiziere des Pentagon etliche als »begeisterte Nazis« eingestufte Männer aus, um aus ihnen ehrenwerte amerikanische Bürger zu machen.

Während in England ein politischer Streit Pläne verhinderte, derartig beschuldigte Deutsche zum Zwecke des wirtschaftlichen Aufschwungs anzuheuern, nahmen die Franzosen und Russen jeden auf, unabhängig ihrer Verbrechen, während die Amerikaner, durch ein Netz aus Täuschung und Hinterlist, die blutrünstigen Akten ihrer Nazi-Wissenschaftler reinwuschen.

Die technischen Fähigkeiten der Deutschen sind durch Hunderte Berichte belegt, verfasst von alliierten Ermittlern, die nicht davor zurückschreckten, die »erstaunlichen Errungenschaften« und »großartigen Erfindungen« der Deutschen zu beschreiben.

Und so ist es tatsächlich Hitler, der zuletzt lacht.

The Sunday Times, Dezember 2014

RIESIGE ANLAGE MIT »TERROR-WAFFEN« DER NAZIS IN ÖSTERREICH GEFUNDEN

Von Bojan Pancevski

In Österreich wurde ein geheimer unterirdischer Komplex entdeckt, der kurz vor Ende des Zweiten Weltkriegs von den Nazis errichtet wurde, vermutlich zu dem Zweck, dort Massenvernichtungswaffen zu entwickeln, darunter eine Atombombe.

Die riesige Anlage wurde letzte Woche nahe der Stadt St. Georgen an der Gusen entdeckt. Man geht davon aus, dass sie mit dem nahe gelegenen unterirdischen Produktionskomplex B8 Bergkristall verbunden ist, in welchem die Messerschmitt Me 262 produziert wurde, der erste flugfähige Düsenkampfjet, der in der Endphase des Krieges eine kurzzeitige Bedrohung für die alliierten Luftstreitkräfte darstellte. Freigegebene Geheimdienstdokumente sowie Zeugenberichte halfen dem Grabungsleiter, den verborgenen Eingang aufzuspüren.

»Dies war ein gigantischer Industriekomplex und höchstwahrscheinlich die größte geheime Waffenproduktionsanlage des ›Dritten Reichs‹«, erklärte Andreas Sulzer, ein österreichischer Dokumentarfilmer, der die Grabungen leitet.

Sulzer versammelte ein Team aus Historikern und fand weitere Beweise von Wissenschaftlern, die an dem geheimen Projekt arbeiteten, das von SS-General Hans Kammler geleitet wurde. Kammler beaufsichtigte Hitlers Raketenprogramm, zu dem auch die V2-Rakete gehörte, die am Ende des Krieges gegen London eingesetzt wurde.

Er besaß den Ruf eines brillanten, aber skrupellosen Kommandeurs, der die Blaupausen für die Gaskammern und Krematorien genehmigte, die im Vernichtungslager von Auschwitz in Südpolen zum Einsatz kamen. Es halten sich Gerüchte, dass er von den Amerikanern gefangen genommen wurde und nach dem Krieg eine neue Identität erhielt.

Sulzers Ausgrabungen wurden letzten Mittwoch von örtlichen Beamten gestoppt, da keine Genehmigung für Grabungen auf historischem Boden vorlag. Doch er bleibt zuversichtlich, die Grabungen kommenden Monat fortsetzen zu können. »Gefangene aus Konzentrationslagern in ganz Europa wurden anhand ihrer Fachkenntnisse handverlesen – Physiker, Chemiker und andere Experten –, um an diesem monströsen Projekt zu arbeiten, und wir sind es den Opfern schuldig, die Anlage endlich zugänglich zu machen und die Wahrheit zu enthüllen«, sagte Sulzer.

1

Seine Augen öffneten sich.

Langsam.

Wimper um Wimper schälte er die Lider zurück, mühevoll gegen die dicke Kruste getrockneten Blutes ankämpfend, die beide Lider miteinander verschmolzen hatte. Risse bildeten sich, nach und nach, wie berstendes Glas über blutunterlaufenen Augäpfeln. Das gleißende Licht schien seine Netzhaut zu versengen, als wäre ein Laser darauf gerichtet. Aber von wem? Wer waren die Feinde ... seine Peiniger? Und wo in Gottes Namen waren sie?

Er konnte sich nicht an das Geringste erinnern.

Welcher Tag war heute? Oder welches Jahr? Wie war er hierhergekommen – wo auch immer »hier« war?

Das Sonnenlicht schmerzte höllisch, aber wenigstens konnte er langsam wieder sehen, Stück für Stück.

Der erste klare Gegenstand, den Will Jaeger erkennen konnte, war die Kakerlake. Sie trieb langsam in den Fokus; verschwommen, fremd und monströs begann sie, sein gesamtes Sichtfeld auszufüllen.

Soweit er das sagen konnte, schien sein Kopf seitlich auf dem Boden zu liegen. Beton. Bedeckt mit einer dicken bräunlichen Schlacke aus weiß Gott was. So wie sein Kopf lag, sah es aus, als käme die Kakerlake direkt auf ihn zu, als würde sie ihm direkt in die linke Augenhöhle kriechen wollen.

Das Vieh tastete mit seinen Fühlern nach ihm, verschwand im letzten Moment aus seinem Blickfeld und krabbelte direkt an seiner Nasenspitze vorbei. Und dann spürte Jaeger, wie es die Seite seines Kopfes hinaufkroch.

Die Kakerlake stoppte irgendwo neben seiner rechten

Schläfe – die, die am weitesten vom Boden entfernt war und offen dalag.

Sie begann, mit ihren Vorderbeinen und Mundwerkzeugen herumzutasten.

Als würde sie etwas suchen. *Etwas schmecken.*

Jaeger spürte, wie sie zu kauen begann. In Haut biss. Insektenkiefer, die sich einen Weg gruben. Er nahm das zischende, hohle Klicken der gezackten Mundzangen wahr, als sie Fetzen faulenden Fleisches herausrissen. Und dann – als der Schrei lautlos über seine Lippen drang – spürte er, dass noch Dutzende weitere über seinen Körper krochen ... als wäre er schon lange tot.

Jaeger rang die Wellen von Ekel nieder, während nur eine Frage durch sein Gehirn jagte: *Wieso konnte er sich selbst nicht schreien hören?*

Mit übermenschlicher Anstrengung bewegte er seinen rechten Arm.

Es war nur ein winziges Stück, fühlte sich jedoch an, als versuche er, die ganze Welt anzuheben. Jeden Zentimeter, den er den Arm zu heben vermochte, begleiteten sein Schultergelenk und sein Ellenbogen mit lauten Schmerzensschreien, während seine Muskeln unter der jämmerlichen Anstrengung zitterten, die er ihnen abverlangte.

Er kam sich vor wie ein Krüppel.

Was in Gottes Namen war ihm zugestoßen?

Was hatten sie ihm angetan?

Er biss die Zähne zusammen und konzentrierte sich auf die schiere Willenskraft, mit der er den Arm an den Kopf zog, die Hand zu seinem Ohr schleppte und verzweifelt darin herumtastete. Die Finger berührten ... Beine. Schuppige, dürre, grausame Insektenbeine, jedes davon zuckend und pulsierend, als es versuchte, den Körper der Kakerlake tiefer in seinen Gehörgang zu schieben.

Zieh sie da raus! Zieh sie raus! Zieh sie RAAAUUUSSS!

Er verspürte den Drang, sich zu übergeben, doch da war nichts in seinen Eingeweiden. Nur ein dreckiger, trockener Film aus Beinahe-Tod, der alles bedeckte – seine Magenschleimhaut, seine Kehle, seinen Mund; selbst seine Nasenlöcher.

Oh, scheiße! Seine Nasenlöcher. Sie versuchten, auch dort in ihn hineinzukriechen!

Jaeger schrie erneut auf. Länger. Verzweifelter. *Das ist keine Art zu sterben. Bitte, Gott, nicht so …*

Wieder und wieder tasteten seine Finger nach seinen Körperöffnungen. Die Kakerlaken traten um sich und zischten ihm ihren Insektenzorn entgegen, als er sie gewaltsam herauszerrte.

Irgendwann begannen tröpfchenweise wieder Töne an seine Sinne zu gelangen. Als Erstes hallten seine eigenen, verzweifelten Schreie durch seine blutigen Ohren. Dann erst bemerkte er, wie sich ein weiteres Geräusch dazugesellte – etwas noch Schaurigeres als der Klang von Insekten, die fest entschlossen waren, sich an seinem Gehirn fett zu fressen.

Eine menschliche Stimme.

Kehlig. Grausam. Eine Stimme, die sich an Schmerzen weidete.

Sein Wärter.

Die Stimme ließ alles wie einen Sturzbach auf ihn zurückfluten. Black-Beach-Gefängnis. Der Knast am Ende der Welt. Ein Ort, an den Menschen geschickt wurden, um furchtbar gefoltert zu werden – und um zu sterben. Man hatte Jaeger für ein Verbrechen hier hineingeworfen, das er nie begangen hatte, auf den Befehl eines verrückten und blutrünstigen Diktators – und damit hatte der echte Horror erst begonnen.

Verglichen damit, in dieser Hölle aufzuwachen, bevorzugte

Jaeger sogar den dunklen Frieden der Bewusstlosigkeit. Alles war besser als die Wochen, die er weggesperrt an diesem Ort verbracht hatte, der schlimmer war als die Verdammnis: seine Gefängniszelle. Sein Grab.

Er zwang seinen Verstand, wieder davonzugleiten, zurück zu den weichen, formlos wabernden Schatten von Grau, die ihn beschützt hatten, bevor etwas – was war es gewesen? – ihn wieder hinauf in diese unerträgliche Gegenwart geschleift hatte.

Die Bewegungen seines rechten Arms wurden schwächer und schwächer.

Er sackte wieder zu Boden.

Sollten die Kakerlaken sich an seinem Hirn gütlich tun.

Selbst das war besser.

Dann traf ihn erneut das, was ihn geweckt hatte – ein Schwall kalter Flüssigkeit im Gesicht, wie der Schlag einer Welle am Meer. Nur der Geruch war anders. Nicht das eisklare, belebende Aroma des Ozeans. Dieser Geruch war übel. Der salzig-scharfe Geruch eines Pissbeckens, das seit Jahren keinen Tropfen Reinigungsmittel mehr gesehen hatte.

Sein Foltermeister lachte erneut.

Das war ihm eine echte Freude.

Dem Gefangenen den Inhalt des Pisseimers ins Gesicht schütten – was könnte mehr Spaß bringen?

Jaeger spuckte die faulige Flüssigkeit aus. Blinzelte sie aus seinen brennenden Augen. Zumindest hatte der Stoß faulender Flüssigkeit die Kakerlaken vertrieben. Sein Verstand suchte nach den passenden Worten – den erlesensten Kraftausdrücken, die er seinem Folterer ins Gesicht schleudern konnte.

Ein Lebensbeweis. Ein Zeichen des Widerstands.

»Geh und …«, begann Jaeger zu sprechen; die Art von Beleidigung auszukrächzen, die ihm unter Garantie weitere

Schläge mit dem Gummischlauch einbringen würde, den er zu fürchten gelernt hatte.

Wenn er sich jedoch nicht widersetzte, wäre er am Ende. Widerstand war alles, was er kannte.

Doch er kam nicht dazu, die Worte zu beenden. Sie gefroren ihm in der Kehle.

Mit einem Mal mischte sich eine weitere Stimme ein. Eine, die so vertraut war – *so brüderlich* –, dass Jaeger für einige lange Augenblicke sicher war, nur zu träumen. Die Beschwörung war zunächst leise, wurde jedoch lauter und kräftiger; ein rhythmischer Sprechgesang, auf wundersame Weise erfüllt mit der Verheißung des Unmöglichen …

»Ka mate, ka mate. Ka ora, ka ora.

Ka mate, ka mate! Ka ora, ka ora!«

Jaeger würde diese Stimme überall erkennen.

Takavesi Raffara. Wie konnte er hier sein?

Als sie Teamkameraden in der Rugbymannschaft der British Army gewesen waren, hatte Raff jedes Mal den Haka angeführt – den traditionellen Kriegstanz der Maori vor Spielbeginn. Jedes Mal. Er hatte sich das Hemd vom Leib gerissen, die Fäuste geballt und sich vorgebeugt, um Auge in Auge mit dem gegnerischen Team zu stehen. Er schlug sich die Hände gegen seine massige Brust, mit Beinen wie Baumstämme, Armen wie Rammböcke, während der Rest seines Teams – darunter auch Jaeger – ihn flankierte: furchtlos, unaufhaltsam.

Er hatte die Augen so weit aufgerissen, dass sie ihm fast aus dem Schädel fielen, mit geschwollener Zunge, das Gesicht gefroren im starren Grinsen des herausfordernden Kriegers, während er die Worte hinausgeschmettert hatte.

»KA MATE! KA MATE! KA ORA! KA ORA!« Werde ich sterben? Werde ich sterben? Werde ich leben? Werde ich leben?

Raff hatte sich als ebenso unerbittlich erwiesen, wenn man

Schulter an Schulter neben ihm auf dem Schlachtfeld stand. Der ultimative Kampfgefährte. Als Maori geboren und vom Schicksal zum Royal Marines Commando bestimmt, hatte er gemeinsam mit Jaeger in allen vier Winkeln der Erde als Soldat gedient, und er war einer seiner engsten Brüder.

Jaeger schwenkte seine Augen nach rechts, in die Richtung, aus der der Gesang kam.

Am Rande seines Sichtfeldes konnte er mit Mühe eine Person erkennen. Riesig, sodass selbst die Gefängniswärter dagegen klein wirkten. Lächelnd wie ein Strahl puren Sonnenlichts, das nach einem düsteren, scheinbar endlosen Sturm durch die Wolken bricht.

»Raff?« Das einzelne Wort klang brüchig, untermalt von kaum verhohlenem Unglauben.

»Ja. Ich bin's.« Dieses Lächeln. »Hab dich schon in schlimmerem Zustand gesehen, Kumpel. Zum Beispiel damals, als ich dich aus der Bar in Amsterdam geschleift hab. Trotzdem besser, wenn wir dich etwas rausputzen. Ich bin hier, um dich abzuholen, Kumpel. Wir schaffen dich hier raus und fliegen mit der British Airways nach London – erster Klasse.«

Jaeger antwortete nicht. Was sollte er schon sagen? Wie konnte Raff hier sein, an diesem Ort, scheinbar zum Greifen nah?

»Wir verschwinden jetzt besser«, drängelte Raff. »Bevor dein Freund Major Mojo hier es sich anders überlegt.«

»Yah, Bob Marley!« Jaegers Folterer rang sich eine falsche Heiterkeit hinter bösartig zusammengekniffenen Augen ab. »Bob Marley – du bist 'n echter Komiker, Mann.«

Raff grinste von Ohr zu Ohr.

Er war der einzige Mann, den Jaeger je getroffen hatte, der jemanden mit einem Blick anlächeln konnte, der einem das Blut gefrieren ließ. Der Vergleich mit Bob Marley musste sich auf Raffs Haare beziehen – er trug sie lang, in Zöpfen, wie es bei den Maori Tradition war. Und wie schon viele Männer auf dem Rugbyfeld hatten lernen müssen, reagierte Raff nicht besonders gut darauf, wenn man seiner Frisurenwahl keinen Respekt entgegenbrachte.

»Schließen Sie die Zelle auf«, gab Raff knirschend zurück. »Mein Freund Mr. Jaeger und ich – wir reisen ab.«

2

Der Jeep entfernte sich vom Black-Beach-Gefängnis, Raffs massige Gestalt über das Lenkrad gebeugt. Er reichte Jaeger eine Flasche Wasser.

»Trink.« Er zeigte mit dem Daumen auf den Rücksitz. »In der Kühlbox ist noch mehr. Trink so viel davon, wie du kannst. Du bist dehydriert, und wir haben einen höllischen Tag vor uns.«

Raff versank in Schweigen, in Gedanken bei der Reise, die vor ihnen lag.

Jaeger unterbrach die Stille nicht.

Nach mehreren Wochen im Gefängnis war sein Körper eine einzige brennende Wunde. Jedes Gelenk schrie vor Schmerz. Es schien, als wäre ein halbes Leben vergangen, seit man ihn in diese Zelle geworfen hatte; seit er in einem Fahrzeug irgendwohin gefahren war; seit sein Körper der vollen Wucht von Biokos tropischer Sonne ausgesetzt gewesen war.

Bei jedem Stoß des Fahrzeugs verzog er vor Schmerz das Gesicht. Sie folgten der Küstenstraße – ein schmaler Streifen Asphalt, der nach Malabo führte, Biokos einziger größerer Stadt. Es gab ausnehmend wenig gepflasterte Straßen in dem winzigen afrikanischen Inselstaat. Der Ölreichtum diente zum größten Teil der Finanzierung eines neuen Palasts für den Präsidenten oder einem Neuzugang für seine Flotte riesiger Jachten oder der Fütterung seiner Schweizer Bankkonten.

Raff deutete auf das Handschuhfach. »Da drin liegt eine Sonnenbrille, Kumpel. Du siehst aus, als hättest du zu kämpfen.«

»Ist 'ne Weile her, dass ich die Sonne gesehen habe.«

Jaeger öffnete das Fach und holte etwas heraus, das wie ein Modell von Oakley aussah. Er musterte es einen Augenblick. »Eine Kopie? Du warst schon immer ein verdammter Geizkragen.«

Raff lachte. »Wer wagt, gewinnt.«

Jaeger ließ ein Lächeln auf sein geschundenes Gesicht kriechen. Es tat höllisch weh und fühlte sich an, als hätte er sein ganzes Leben lang noch nie gelächelt. Als würde das Lächeln sein Gesicht in zwei Hälften reißen.

Während der vergangenen Wochen hatte Jaeger sich an den Gedanken gewöhnt, dass er nie wieder aus dieser Gefängniszelle herauskommen würde. Niemand, der etwas hätte ändern können, wusste auch nur, dass er dort war. Er war sich sicher gewesen, dass er in Black Beach sterben würde, unsichtbar und vergessen, und dass man ihn, wie so viele Leichen vor ihm, zu den Haien werfen würde.

Er konnte es noch immer nicht ganz fassen – er war am Leben und frei.

Sein Gefängniswärter hatte ihn durch den schattigen Keller hinausgeführt, der die Folternischen beherbergte. Er hatte ihn wortlos an blutbefleckten Wänden vorbeigeführt. An dem Ort, an dem der Müll abgeladen wurde, inklusive der Körper derjenigen, die in ihren Zellen gestorben waren und darauf warteten, ins Meer geworfen zu werden.

Jaeger konnte sich nicht vorstellen, was für einen Deal Raff gemacht hatte, um ihn dort rauszuholen.

Niemand entkam aus dem Black-Beach-Gefängnis.

Niemals.

»Wie hast du mich gefunden?« Jaeger ließ die Frage wuchtig in die Stille fallen.

Raff zuckte die Achseln. »War nicht einfach. Wir waren zu mehreren dran: Feaney, Carson, ich.« Er lachte. »Freust du dich, dass wir uns die Mühe gemacht haben?«

Jaeger zuckte ebenfalls die Achseln. »Major Mojo und ich haben uns gerade näher kennengelernt. Netter Typ. Die Sorte Mann, die man sich für seine Schwester wünscht.« Er warf dem großen Maori einen Blick zu. »Aber wie *hast* du mich gefunden? Und warum ...«

»Immer für dich da, Kamerad. Plus ...«, ein Schatten fiel über Raffs Miene. »Du wirst in London gebraucht. Ein Auftrag. Für uns beide.«

»Was für ein Auftrag?«

Raffs Ausdruck verfinsterte sich noch mehr. »Ich erzähle dir alles, wenn wir hier raus sind – denn vorher gibt's keinen Auftrag.«

Jaeger nahm einen großen Schluck Wasser. Kühles, klares Wasser aus der Flasche – es schmeckte wie süßer Nektar verglichen mit dem, wovon er in Black Beach hatte leben müssen.

»Also, was passiert jetzt? Du hast mich aus Black Beach rausgeholt. Das bedeutet nicht, dass wir von der Hölleninsel runter sind. So nennen sie die hier in der Gegend.«

»Ja, hab ich gehört. Der Deal, den ich mit Major Mojo geschlossen habe, sieht vor, dass er seine dritte Zahlung erhält, sobald du und ich im Flieger nach London sitzen. Allerdings werden wir nicht in diesem Flugzeug sitzen. Am Flughafen wird er versuchen, sich uns zu schnappen. Er wird ein Empfangskomitee bereitstellen. Er wird behaupten, dass ich dir geholfen hätte, aus Black Beach zu entkommen, und dass er uns wieder eingefangen hat. So hat er zwei Mal Zahltag – einmal von uns und einmal vom Präsidenten.«

Jaeger erschauerte. Es war der Präsident von Bioko gewesen – Honore Chambara –, der seine Festnahme angeordnet hatte. Etwa vor einem Monat hatte es einen Staatsstreich gegeben. Söldner hatten die andere Hälfte von Äquatorialguinea eingenommen – dem Land, dessen Inselhauptstadt Bioko war –, die Hälfte, die auf der anderen Seite des Ozeans lag und Teil des afrikanischen Festlandes war.

Als Reaktion hatte Präsident Chambara alle Ausländer auf Bioko zusammengetrieben – was nicht viele waren. Jaeger war einer davon gewesen, und die Durchsuchung seiner Hütte hatte einige seiner Erinnerungsstücke aus seiner Zeit als Soldat zutage gefördert.

Sobald Chambara davon erfahren hatte, war er überzeugt davon gewesen, dass Jaeger in den Putsch verwickelt gewesen sein musste. *Der Insider.* Was er nicht war. Er war aus einer Reihe ganz anderer – und harmloser – Gründe hier auf Bioko, aber Chambara ließ sich nicht davon überzeugen. Auf Befehl des Präsidenten hatte man Jaeger ins Black-Beach-Gefängnis geworfen, wo Major Mojo sein Bestes gegeben hatte, um ihn zu brechen. Ihn dazu zu zwingen, zu gestehen.

Jaeger setzte die Sonnenbrille auf. »Du hast recht – wir kommen hier nie über den Flughafen raus. Hast du einen Plan B?«

Raff warf ihm einen Blick zu. »Ich hab gehört, du hättest hier als Lehrer gearbeitet. Als Englischlehrer. In einem Dorf an der Nordspitze der Insel. Ich habe es besucht. Eine Gruppe Fischer dort ist der Meinung, dass du das Beste bist, das je auf der Hölleninsel passiert ist. Hast ihren Kindern Lesen und Schreiben beigebracht. Mehr als Präsident Chugga je getan hat.« Er machte eine Pause. »Sie haben ein Kanu vorbereitet, damit wir es nach Nigeria schaffen.«

Jaeger dachte einen Augenblick darüber nach. Er hatte knapp drei Jahre auf Bioko verbracht und die örtlichen Fischergemeinden gut kennengelernt. Ein Trip durch den Golf von Guinea im Kanu – das war machbar. Unter Umständen.

»Das sind ungefähr dreißig Kilometer«, sagte er. »Die Fischer machen das von Zeit zu Zeit – wenn das Wetter ruhig ist. Hast du eine Karte?«

Raff deutete auf eine kleine Reisetasche zu Jaegers Füßen. Jaeger griff danach, was schmerzte, und wühlte durch den Inhalt. Er fand die Karte, faltete sie auseinander und sondierte die Lage. Bioko lag in der Beuge Afrikas – eine winzige Insel voller Dschungel, weniger als hundert Kilometer lang und knapp fünfzig Kilometer breit.

Das nächstgelegene afrikanische Land war Kamerun im Nordwesten und Nigeria noch weiter im Westen. Knappe zweihundert Kilometer weiter südlich lag das, was bis vor Kurzem die andere Hälfte von Präsident Chambaras Herrschaftsbereich gewesen war – der Festlandteil von Äquatorialguinea –, bevor die Putschisten es in Besitz genommen hatten.

»Kamerun ist dichter«, stellte Jaeger fest.

»Kamerun? Nigeria?« Raff zuckte mit den Achseln. »Im Augenblick ist es überall besser als hier.«

»Wie lange bis zur Dämmerung?«, erkundigte sich Jaeger. Er hatte seine Uhr an Chambaras Schläger verloren, lange bevor man ihn in seine Zelle in Black Beach geschleift hatte. »Im Schutz der Dunkelheit könnten wir es vielleicht schaffen.«

»Sechs Stunden. Ich gebe dir maximal eine Stunde im Hotel. Du wirst dir die ganze Scheiße abschrubben und Wasser schlucken, denn du wirst es auf keinen Fall schaffen, solange du dehydriert bist. Wie ich sagte, es wird noch ein langer Tag.«

»Weiß Mojo, in welchem Hotel du abgestiegen bist?«

Raff schnaubte. »Hat keinen Sinn, es zu verheimlichen. Auf einer Insel dieser Größe – da kennt jeder jeden. Jetzt, wo ich das sage – ein bisschen wie bei uns zu Hause …« Seine Zähne funkelten im Sonnenlicht. »Mojo wird uns keine Schwierigkeiten machen – nicht in den nächsten Stunden. Er wird sichergehen, dass das Geld angekommen ist – und bis dahin sind wir längst verschwunden.«

Jaeger trank aus der Wasserflasche und zwang sich Schluck um Schluck die ausgedörrte Kehle hinab. Das Problem war:

Sein Magen war auf die Größe einer Walnuss geschrumpft. Wenn man ihn nicht zu Tode geprügelt und gefoltert hätte, hätte ihn der Hunger bald erledigt, so viel stand fest.

»Lehrer.« Raff grinste verschwörerisch. »Also, was hast du wirklich ausgeheckt?«

»Ich hab Kinder was gelehrt.«

»Na klar. Lehrer für Kinder. Und du hast nicht das Geringste mit dem Putsch zu schaffen?«

»Präsident Chugga hat nicht aufgehört, mir dieselbe Frage zu stellen. Zwischen den Schlägen. Er könnte einen Mann wie dich gebrauchen.«

»Okay, du hast Kindern was beigebracht. Englisch. In einem Fischerdorf.«

»Ich hab Kindern was beigebracht.« Jaeger schaute aus dem Fenster. Das Lächeln war komplett von seinem Gesicht verschwunden. »Und wenn du es wissen musst: Ich brauchte einen Ort, an dem ich mich verstecken konnte. Bioko – das Arschloch am Ende des Universums. Ich hätte nie gedacht, dass mich irgendjemand hier findet.« Er machte eine Pause. »Hab mich wohl geirrt.«

Der Boxenstopp im Hotel tat Jaeger mehr als gut. Er hatte geduscht. Drei Mal. Beim dritten Mal war das Wasser, das kreiselnd im Abfluss verschwand, sogar sauber gewesen.

Er hatte sich eine Ladung Rehydrations-Salze reingezwungen. Er hatte sich den Bart gestutzt – nach fünf Wochen –, war aber nicht so weit gegangen, sich zu rasieren. Dafür war keine Zeit gewesen.

Und er hatte sich auf Schäden untersucht. Wundersamerweise schienen es nicht viele zu sein. Er war achtunddreißig und hatte sich auf der Insel fit gehalten. Davor hatte er ein Jahrzehnt in einer Eliteeinheit des Militärs gedient. Er war also am Gipfel der körperlichen Leistungsfähigkeit gewesen, als sie ihn in seine Zelle geworfen hatten. Vielleicht war das der Grund, dass er relativ unbeschadet aus dem Black Beach herausgekommen war.

Er schätzte, dass er ein paar Brüche in den Fingern hatte. Dasselbe in den Zehen.

Nichts, das nicht heilen würde.

Ein schneller Kleiderwechsel, und er saß wieder neben Raff im SUV, der in östlicher Richtung aus Malabo herausfuhr, in den dichten, tropischen Busch. Zunächst fuhr er über das Lenkrad gebeugt wie eine Oma, mit höchstens fünfzig Kilometer pro Stunde. So überprüfte er, ob ihnen jemand folgte. Die wenigen Bewohner Biokos, die das Glück hatten, ein Auto zu besitzen, fuhren alle wie der sprichwörtliche Henker.

Hätte ein Fahrzeug an ihnen drangeklebt, wäre es auf eine Meile aufgefallen.

Als sie auf den winzigen Feldweg einbogen, der sich in Richtung Nordostküste wandte, war klar, dass ihnen niemand folgte.

Major Mojo schien fest davon überzeugt zu sein, dass sie über den Flughafen verschwinden würden. Theoretisch gab es keinen anderen Weg von der Insel – nicht, solange man sein Glück nicht bei den tropischen Stürmen und gierigen Haien herausfordern wollte, die Bioko umkreisten.

Und es gab nur sehr wenige, die das je taten.

3

Ibrahim machte eine Geste in Richtung des Strandes vor dem Dorf Fernao. Seine Hütte stand dicht genug, dass das Rauschen der Wellen durch die dünnen Lehmwände drang.

»Wir haben ein Kanu vorbereitet. Es ist mit Wasser ausgestattet und Nahrung.« Der Dorfälteste machte eine Pause und berührte Jaegers Schulter. »Wir werden Sie niemals vergessen, vor allem nicht die Kinder.«

»Vielen Dank«, antwortete Jaeger. »Ich auch nicht. Ihr habt mich alle auf mehr Arten gerettet, als ich ausdrücken könnte.«

Der Anführer warf einen kurzen Blick auf jemanden, der neben ihm stand – ein junger, drahtig-muskulöser Mann. »Mein Sohn ist einer der besten Seeleute in ganz Bioko … Sie sind sicher, dass Sie sich nicht von ihm hinüberbringen lassen möchten? Sie wissen, dass er das mit Freuden tun würde.«

Jaeger schüttelte den Kopf. »Wenn Präsident Chambara erfährt, dass ich entkommen bin, wird er sich auf jede Art rächen, auf die er es kann. Ihm wird alles als Ausrede dienen. Wir verabschieden uns hier. Es geht nicht anders.«

Der Anführer stand auf. »Es waren drei gute Jahre, William. Inschallah, Sie werden es über den Golf schaffen und von dort in Ihre Heimat. Und eines Tages, wenn der Fluch von Chambara ein Ende hat, Inschallah, werden Sie zurückkehren und uns besuchen.«

»Inschallah«, gab Jaeger zurück. Er und der Anführer gaben sich die Hand. »Das wäre schön.«

Jaeger betrachtete eine Weile die Reihe der Gesichter, die die Hütte umkreisten. Kinder. Staubig, abgewetzt, halb nackt – aber glücklich. Vielleicht war es das, was diese Kinder ihn gelehrt hatten – die Bedeutung des Glücklichseins.

Sein Blick kehrte zum Anführer zurück. »Erzählen Sie ihnen, weshalb ich gehen musste, aber erst, wenn wir wirklich fort sind.«

Der Anführer lächelte. »Das werde ich. Und jetzt geht. Sie haben hier viel Gutes bewirkt. Gehen Sie in diesem Wissen, und mit Leichtigkeit in Ihrem Herzen.«

Jaeger und Raff machten sich auf in Richtung Strand. Sie liefen im Schutz der dichtesten Gruppen von Palmen. Je weniger Leute sahen, wie sie flohen, desto weniger gerieten in Gefahr, Opfer irgendeiner Vergeltung zu werden.

Es war Raff, der das Schweigen unterbrach. Er konnte sehen, wie schwer es seinem Freund fiel, seine kleinen Schützlinge zurückzulassen.

»Inschallah?«, fragte er. »Die Dorfbewohner hier sind Moslems?«

»Ja, das sind sie. Und weißt du was? Es sind einige der gutherzigsten Menschen, die ich je getroffen habe.«

Raff musterte ihn. »Drei Jahre allein auf Bioko Island, und leck mich am Arsch, die alte Jaeger-Bombe ist weich geworden.«

Jaeger ließ ein gequältes Lächeln aufblitzen. Vielleicht hatte Raff recht. Vielleicht war er das.

Sie näherten sich dem makellos weißen Strand, als jemand herangelaufen kam und sie einholte. Schwer nach Luft keuchend, barfüßig, mit nacktem Oberkörper und mit nichts bekleidet als einer zerschlissenen Jeans, kam ein höchstens achtjähriger Junge neben ihnen zum Stehen. Der Ausdruck auf seinem Gesicht war Panik am Rande des Entsetzens.

»Sir, Sir!« Er griff nach Jaegers Hand. »Sie kommen. Die Männer von Präsident Chambara. Mein Vater – jemand hat eine Warnung gefunkt. Sie kommen! Um Sie zu finden! Um Sie zurückzubringen!«

Jaeger ging in die Hocke, bis er auf Augenhöhe mit dem

Jungen war. »Little Mo, hör mir zu: Niemand wird mich zurückbringen.« Er nahm sich die gefälschte Oakley ab und drückte sie dem Kind in die Hand. Dann zerzauste er dem Jungen das staubige, drahtige Haar. »Zeig mal, wie du damit aussiehst«, drängte er.

Little Mo setzte sich die Sonnenbrille auf die Nase. Sie war so groß, dass er sie mit den Händen festhalten musste.

Jaeger grinste. »Dude! Du siehst fantastisch aus! Aber versteck sie gut – wenigstens bis Chambaras Männer weg sind.« Er machte eine Pause. »Jetzt lauf. Renn zurück zu deinem Vater. Bleib im Haus. Und Mo, sag ihm von mir – danke für die Warnung.«

Der Junge umarmte Jaeger ein letztes Mal, voller Zögern angesichts ihres Abschieds, bevor er davonflitzte, während ihm Tränen in den Augen brannten.

Jaeger und Raff sanken in den Schutz des nahe gelegenen Buschs. Sie hockten sich hin, so dicht beieinander, dass sie flüstern konnten. Jaeger griff nach Raffs Handgelenk, um kurz auf die Uhr zu schauen.

»Noch knapp zwei Stunden bis zur Dunkelheit«, murmelte er. »Zwei Möglichkeiten. Erstens: Wir versuchen es jetzt, im vollen Tageslicht. Zweitens: Wir bleiben versteckt und schleichen uns bei Einbruch der Dunkelheit davon. So wie ich Chambara kenne, wird er seine schnellen Patrouillenboote rausschicken, die den Ozean absuchen, zusätzlich zu den Männern, die er direkt ins Dorf schickt. Es sind höchstens vierzig Minuten mit dem Boot von Malabo. Wir werden gerade erst nasse Füße haben, wenn sie uns am Strand umzingeln. Was bedeutet: keine Wahl. Wir warten auf die Dunkelheit.«

Raff nickte. »Kumpel, du bist seit drei Jahren hier. Du kennst die örtlichen Gegebenheiten. Aber wir brauchen ein Versteck, in dem niemand auch nur auf die Idee kommt, nach uns zu suchen.«

Sein Blick suchte die Umgebung ab und kam auf der dunklen, brütenden Vegetation zum Ruhen, die am anderen Ende des Strands lag. »Mangrovensumpf. Schlangen, Krokodile, Moskitos, Skorpione, Blutegel und hüfttiefer, nach Scheiße stinkender Schlamm. Der letzte Ort, an dem irgendein vernünftiger Mensch sich je würde verstecken wollen.«

Raff kramte tief in seiner Tasche und zog ein markant aussehendes Messer hervor. Er reichte es Jaeger. »Halte es bereit. Nur für den Fall.«

Jaeger zog es aus dem Futteral und glitt mit dem Daumen über die zwölf Zentimeter lange Klinge, um ihre Schärfe zu testen. »Noch 'ne Fälschung?«

Raff sah ihn finster an. »Bei Waffen gibt's für mich keine halben Sachen.«

»Nun dann, Chambaras Männer sind unterwegs«, grübelte Jaeger laut, »zweifellos, um uns zurück nach Black Beach zu schleifen. Und wir haben nur eine Klinge zwischen uns und …«

Raff zog eine zweite, identische Klinge hervor. »Glaub mir: Dass ich auch nur diese beiden durch Biokos Flughafen bekommen habe, gleicht einem Wunder.«

Jaeger lächelte freudlos. »Okay, eine Klinge für jeden: Wir sind unaufhaltsam.«

Die zwei Männer liefen geduckt durch das Palmenwäldchen auf das Sumpfland zu.

Von außen betrachtet wirkte das Labyrinth aus verflochtenen Wurzeln und Zweigen undurchdringlich. Unverdrossen ließ Raff sich auf den Boden fallen und schlängelte sich bäuchlings voran. Er schlüpfte durch unmögliche Lücken, während ihm unsichtbare Sumpfbewohner aus dem Weg krochen und krabbelten. Er hielt nicht an, bis er gute zwanzig Meter in den Sumpf vorgedrungen war. Jaeger folgte ihm dichtauf.

Das Letzte, was Jaeger am Strand getan hatte, war, sich ein

paar alte Palmwedel zu schnappen und rückwärts über den Sand zu laufen, während er damit ihre Spuren verwischte. Als er sich tief in die Mangroven hineingewunden hatte, waren die letzten Hinweise darauf, dass sie sich hier versteckten, weggewischt.

Die beiden Männer sanken tiefer in den übel riechenden schwarzen Schlamm, der den Grund des Sumpfes bildete. Als sie fertig waren, ragten bloß noch ihre Köpfe heraus, und selbst die waren mit einem dicken Film Schlick und Schmutz überzogen. Das Einzige, was sie von ihrer Umgebung abhob, war das Weiß ihrer Augen.

Jaeger konnte spüren, wie die dunkle Oberfläche des Sumpfes um ihn herum vor Leben brodelte und kochte. »Da krieg ich glatt Heimweh nach Black Beach«, stieß er leise aus.

Raff grunzte zustimmend. Nur das Aufblitzen seiner Zähne verriet seine Position.

Jaegers Blick wanderte über das Flechtwerk aus Holz, das eine dicht geknüpfte Kathedrale über ihren Köpfen formte. Selbst die größte Mangrove war nicht dicker als ein Handgelenk und stieg kaum sieben Meter in die Höhe. Aber wo die Wurzeln aus dem Wasser ragten und täglich von den Gezeiten abgespült wurden, wuchsen sie gute zwei Meter und mehr pfeilgerade nach oben.

Raff nahm eine davon in die Hand und sägte sie mit der gezackten Seite seines Messers auf Höhe des Bodens durch. Er setzte einen zweiten Schnitt an, etwa einen Meter höher, und reichte Jaeger das Stück Holz.

Jaeger warf ihm einen fragenden Blick zu.

»Krav Maga«, brummte Raff. »Stockkampf mit Corporal Carter. Klingelt da was?«

Jaeger lächelte. Wie könnte er das vergessen?

Er nahm sein Messer und begann, ein Ende des harten, stabilen Holzes anzuspitzen.

Nach und nach nahm ein spitzer, kurzer Speer Form an.

Corporal Carter war ihr Ausbilder in Waffenkunst gewesen, ganz zu schweigen vom Nahkampf. Er und Raff hatten Jaegers Einheit in Krav Maga ausgebildet, eine Hybrid-Kampfkunst, die in Israel entwickelt worden war. Eine Mischung aus Kung Fu und brutalem Straßenkampf, die einem zeigte, wie man in echten Kampfsituationen überlebte.

Anders als die meisten Martial-Arts-Techniken ging es bei Krav Maga darum, den Kampf möglichst schnell zu beenden, indem man seinem Gegner maximalen Schaden zufügte. »Gezielten Ganzkörperschaden«, hatte Carter das stets genannt: Schaden, der den Zweck hatte, tödlich zu sein. Es gab keine Regeln, und alle Bewegungen zielten darauf ab, die verletzlichsten Stellen des Körpers zu treffen: die Augen, Nase, Hals, Schritt und Knie. Und zwar mit aller Kraft.

Die goldenen Regeln des Krav Maga waren Schnelligkeit, Aggressivität und Überraschung. Und dass man als Erster zuschlug und improvisierte Waffen nutzte. Man kämpfte mit allem, was man in die Hände bekam: Holzplanken, Eisenstangen, sogar zerbrochene Flaschen.

Oder ein angespitzter Holzpfahl, geschnitzt aus einer Mangrovenwurzel.

Chambaras Männer erschienen kurz vor der Dämmerung.

Es waren zwei Dutzend von ihnen in einem Lastwagen. Sie liefen ans andere Ende des Strands und schwärmten aus, um ihn einmal der Länge nach abzusuchen. Sie hielten an jedem der Einbaum-Kanus und drehten es um, als erwarteten sie, dass ihre Beute sich unter einem davon versteckte.

Es war der offensichtliche Ort, um genau das zu tun, weshalb es absolut keine Wahl für Jaeger und Raff gewesen war.

Die Soldaten der Bioko-Armee feuerten wahllos aus ihren G3-Sturmgewehren und jagten Löcher in etliche der Boote.

Aber es gab wenig System in ihrem Vorgehen, und Jaeger merkte sich genau, welche Kanus keine Kugeln abbekommen hatten.

Die Soldaten brauchten nicht lange, um das Kanu zu finden, das mit Vorräten vollgepackt war. Befehle wurden über den Strand gerufen. Zwei Soldaten in Tarnkleidung liefen ins Dorf und kehrten eine Minute später mit einer winzigen Gestalt über der Schulter zurück. Sie wurde in den Sand zu Füßen des Kommandanten geworfen.

Jaeger kannte den Kommandanten, einen großen, übergewichtigen Mann, von einem seiner vielen Besuche in Black Beach, wo er die Befragungen und Folterungen überwacht hatte.

Der Kommandant trat der mit dem Gesicht nach unten liegenden Gestalt kräftig in die Rippen.

Little Mo stieß einen gedämpften Schrei aus. Er hallte mitleiderregend über den dämmrigen Strand.

Jaeger presste die Kiefer aufeinander. Der Junge des Anführers war auch für ihn wie ein Sohn gewesen. Er war ein kluger Schüler gewesen, aber mit einem albernen Grinsen, das Jaeger immer zum Lachen gebracht hatte. Und er hatte sich als Ass beim Strandfußball erwiesen, ihrer liebsten Freizeitbeschäftigung, sobald der tägliche Unterricht erledigt gewesen war.

Aber das war nicht der einzige Grund gewesen, dass Jaeger und Mo so eine enge Bindung aufgebaut hatten. In vielerlei Hinsicht erinnerte Little Mo Jaeger an seinen eigenen Sohn.

Oder zumindest an den Sohn, den er einmal gehabt hatte.

4

»Mr. Jaeger!« Der Ruf hallte durch die Luft und riss Jaeger aus seinen düsteren Gedanken.

»Mr. William Jaeger. Ja, ich erinnere mich an Sie, Sie Feigling. Und wie Sie sehen, habe ich den Jungen.« Eine riesige Hand griff nach unten und zerrte Little Mo an den Haarwurzeln nach oben, bis er nur noch auf den Zehenspitzen balancierte. »Er hat noch eine Minute zu leben. EINE MINUTE! Ihr weißen Bastarde zeigt euch, JETZT! Oder dieser Junge endet mit einer Kugel zwischen den Augen!«

Jaeger wechselte einen ernsten Blick mit Raff. Der große Maori schüttelte den Kopf. »Kumpel, du weißt, wie das läuft«, flüsterte er. »Wenn wir uns ergeben, dann ist das ganze Dorf verloren – und mit ihm wir beide und Little Mo.«

Ohne zu antworten, schaute Jaeger zurück zu den Soldaten. Raff hatte recht, doch der Anblick des Jungen, der auf Zehenspitzen tanzte, während der Kommandant ihn festhielt, brannte sich in Jaegers Schädel. Es ließ seine Gedanken zu einer lange verschütteten Erinnerung springen – zu einem abgelegenen Hügel in den Bergen und einer zerfetzten, von einem Messer aufgeschlitzten Zeltplane …

Jaeger spürte einen schweren Arm, der ihn packte, kräftig, ihn zurückhaltend. »Ruhig, Kumpel, ruhig«, wisperte Raff. »Ich meinte das ernst. Wenn du dich jetzt blicken lässt, sind wir alle tot …«

»Die Minute ist um!«, brüllte der Kommandant. »KOMMT RAUS! Sofort!«

Jaeger hörte das scharfe, stählerne *Chink-Chink*, als eine Kugel in den Lauf geladen wurde. Der Kommandant bewegte die Waffe blitzschnell und drückte Little Mo die Mündung fest gegen die Schläfe. »ICH ZÄHLE VON ZEHN RUNTER. Dann, und glaubt mir das, ihr britischen Bastarde, schieße ich!«

Der Kommandant richtete sich an die Sanddünen, blitzte mit seiner Taschenlampe über die Büschel aus Gras, in der Hoffnung, Raff und Jaeger zu erblicken.

»Zehn, neun, acht …«

Eine neue Stimme erklang über dem dunkler werdenden Strand. Die kindlichen Rufe übertönten die Stimme des Kommandanten: »Sir! Sir! Bitte! *Bitte!*«

»Sieben, sechs, fünf … Ja, Junge, bettle deine weißen Freunde an, dich zu retten … drei …«

Jaeger spürte, wie sein großer Maori-Freund ihn in den Schlamm drückte, während sein Verstand voller Entsetzen von einer fernen Erinnerung zur nächsten sprang: zu einem brutalen Angriff auf einer dunklen, eisigen Bergflanke. Zu Blut im ersten Schnee des Winters. Zu dem Augenblick, in dem sein Leben implodiert war … ins Hier und Jetzt. Zu Little Mo.

»Zwei! Eins! ES IST VORBEI!«

Der Kommandant drückte ab.

Ein einzelnes Mündungsfeuer tauchte den Strand für eine Sekunde in ein Spiel aus grellem Licht und Schatten. Er ließ den Schopf des Jungen los, und der winzige Körper sackte auf dem Sand zusammen.

Jaeger wandte den Kopf voller Schmerz ab und drückte ihn fest gegen die Mangrovenwurzeln. Hätte Raff ihn nicht niedergedrückt, wäre er aus seinem Versteck gestürmt, Messer und spitzen Stock in der Hand, mit Mordlust in den Augen.

Und er wäre draufgegangen.

Es wäre ihm scheißegal gewesen.

Der Kommandant bellte eine Reihe abgehackter Befehle. Männer in Tarnanzügen rannten in alle Richtungen, einige zurück ins Dorf, andere an je ein Ende des Strands. Einer kam schlitternd am Rande des Sumpfes zum Stehen.

»Nun, dann spielen wir unser kleines Spielchen weiter«, kündigte der Kommandant an und blickte immer noch suchend in alle Richtungen. »Wir schnappen uns das nächste Kind. Ich bin ein geduldiger Mann. Ich habe alle Zeit der Welt. Ich freue mich direkt darauf, jeden einzelnen Ihrer Schüler zu erschießen, Mr. Jaeger, wenn es das ist, was nötig ist. Kommen Sie raus. Oder sind Sie der jämmerliche weiße Feigling, für den ich Sie immer gehalten habe? Beweisen – Sie – mir – das – Gegenteil!«

Jaeger bemerkte, wie Raff sich bewegte. Er schlich behutsam vorwärts, glitt bäuchlings durch den Schlamm wie eine riesige, gespenstische Schlange. Für einen winzigen Augenblick blickte er über seine Schulter.

»Lust, mit einem Feuerwerk abzutreten?«, flüsterte er.

Jaeger nickte grimmig. »Schnelligkeit. Aggressivität …«

»Überraschung«, beendete Raff das Mantra.

Jaeger glitt vorwärts und folgte der Spur, die Raff hinterließ. Dabei wunderte er sich darüber, wie geschmeidig der große Maori sich bewegen konnte, jagen konnte. Leise – wie ein Tier. Ein geborenes Raubtier. Im Laufe der Jahre hatte Raff Jaeger so viele dieser Fähigkeiten beigebracht: die völlige Überzeugung und Konzentration, die man benötigte, um zu jagen und zu töten.

Aber Raff blieb der Meister. Der Beste, den es je gegeben hatte.

Er glitt aus dem Sumpf wie ein körperloser Schatten, gerade als ein weiteres unglückseliges Kind auf den Strand geschleppt wurde. Der Kommandant fing an, dem Kind in den Bauch zu treten, während seine Männer das grausame Spektakel vor ihnen mit einem Grinsen verfolgten.

Es war dieser Moment, den Raff nutzte. Eingehüllt in die

Dunkelheit, schlich er auf den Wachmann zu, der vor dem Sumpf stand. Mit einer fließenden Bewegung schlang er ihm den linken Arm um Hals und Mund und hielt ihn in einem eisernen Würgegriff. Er riss das Kinn des Mannes nach oben und zur Seite und verhinderte so jede Möglichkeit auf einen Schrei. Im gleichen Moment fuhr sein rechter Arm herum und versenkte die Klinge seines Messers bis zum Griff im Hals des Mannes, bevor er das Messer nach vorne stieß und Halsschlagader und Luftröhre durchtrennte.

Für einige Sekunden hielt Raff den verwundeten Soldaten fest, während sein Leben ihm in die Lungen sickerte und den Mann in seinem eigenen Blut ertränkte. Ohne einen Ton ließ er die Leiche auf den Sand sinken. Einen Augenblick später war er zurück beim Sumpf, das Sturmgewehr des Toten in seinen blutüberströmten Händen.

Er ging in die Hocke und weitete den Ausgang für Jaeger.

»Komm schon!«, zischte er. »Legen wir los!«

Jaeger spürte die Bewegung im Augenwinkel. Aus dem Nichts war eine Gestalt aufgetaucht, das Sturmgewehr zum Zielen erhoben, Raff direkt in der Schusslinie.

Jaeger ließ sein Messer fliegen.

Die Bewegung war instinktiv. Die Klinge surrte durch die Dämmerung, wirbelte im Flug und glitt tief in die Gedärme der Gestalt.

Der Schütze schrie.

Seine Waffe ging los, aber die Schüsse streuten und schlugen irgendwo weitab vom Ziel ein. Als die Echos der Schüsse verklangen, stand Jaeger auf und sprintete los, den hölzernen Speer in einer Hand erhoben.

Er hatte den Schützen erkannt.

Er sprang und rammte dem Mann den Holzpfahl in die Brust. Er spürte, wie das spitze Holz Rippen spaltete und durch Muskeln und Sehnen glitt, als er es mit aller Kraft hineinstieß. Als er das Sturmgewehr des Mannes packte, hatte er ihn in den Strand genagelt – der Pfahl war glatt durch die Seite seiner Brust und Schulter hindurchgestoßen.

Major Mojo, Jaegers einstiger Folterer, schrie und zappelte wie ein aufgespießtes Schwein – aber er würde nirgendwo mehr hingehen, so viel war sicher.

In einer geschmeidigen Bewegung hob Jaeger das Gewehr, löste die Sicherung und eröffnete das Feuer. Die Kugeln zerrissen die Dunkelheit, als die Mündung kurze Stöße von Leuchtspurmunition ausspie.

Jaeger zielte auf den Rumpf. Kopfschüsse waren schön und gut für einen Ausflug auf den Schießstand, aber in einem echten Feuergefecht zielte man auf die Eingeweide. Sie waren das größte Ziel, und nur wenige überlebten je einen Bauchschuss.

Er schwenkte die Waffe über den Strand, suchte nach der Gestalt des Kommandanten. Er sah das Kind aus dem Dorf, das sich wand, bis es frei war und in die Sicherheit eines nahen Palmenwäldchens rannte. Jaeger gab einen zornigen Feuerstoß ab und sah zu, wie der Kommandant herumwirbelte und losrannte. Die Leuchtspurmunition zerfetzte dem Mann die Hacken und schlug in seinen Oberkörper ein.

Jaeger spürte, wie Furcht und Unentschlossenheit durch die Reihen des Feindes wogten, als ihr Anführer zu Boden ging, vor Angst und Schmerz schreiend im Todeskampf.

Mit einem Mal glichen sie einer geköpften Schlange.

Jetzt war der Moment, dies als Vorteil zu nutzen.

»Munwechsel!«, rief Jaeger, als er ein volles Magazin aus der Tasche seines ehemaligen Wärters zog und es in die Waffe rammte. »Los! Los! Los!«

Raff brauchte keine zweite Aufforderung.

In Sekundenbruchteilen war er auf den Füßen und stürmte vorwärts, während er seinen Kriegsschrei ausstieß und Jaeger ihm Feuerschutz gab. Als der dunkle, Furcht einflößende Maori-Gigant vorwärtspreschte, sah Jaeger, wie die ersten Feinde herumwirbelten und davonstoben.

Raff lief dreißig Meter, dann sank er auf ein Knie und eröffnete eine unablässige Reihe gezielter Schüsse. Nun war er es, der Jaeger zurief: »LOOOOOOOOOOS!«

Jaeger erhob sich aus dem Sand, die Waffe an der Schulter, all seinen aufgestauten Zorn und seine Wut als Fokus für den Kampf nutzend. Er sprintete vorwärts, nur seine Augen und gebleckten Zähne waren hinter dem dunklen Film aus Sumpfschlick sichtbar, der ihn von Kopf bis Fuß einhüllte. Er donnerte über den offenen Strand, während seine Mündung Feuer spie.

In wenigen Augenblicken waren die letzten von Präsident Chambaras Männern geflohen. Raff und Jaeger jagten sie mit gezielten Feuerstößen durch die Palmenwäldchen, bis kein Feind mehr zu sehen war.

Nur Sekunden danach versank der dunkle Streifen Sand in Stille – mit Ausnahme der stöhnenden Geräusche der Sterbenden und Verletzten.

Ohne Zeit zu verschwenden, suchten die beiden Männer das Kanu von Chief Ibrahim und schleiften es in die Brandung. Der große, dickwandige Einbaum war schwerfällig an Land, und es kostete sie alle Kraft, um es in die Wellen zu hieven. Sie wollten es gerade abstoßen, als Jaeger Raff bedeutete, noch zu warten.

Er trippelte durch die Wellen und überquerte den Strand bis zu der Stelle, an der eine Gestalt in den blutgetränkten Sand genagelt war. Er ruckelte an dem Speer, bis er ihn hinausziehen konnte, wuchtete sich den verwundeten Mann auf die Schulter und ging den Weg zurück, den er gekommen war, wo er den halb ohnmächtigen Leib seines Kerkermeisters in die Mitte des Bootes warf.

»Planänderung!«, rief er Raff zu, als sie mit dem Boot tiefer ins Wasser liefen. »Mojo begleitet uns. Und wir fahren nach Osten und Süden. Chambaras Männer werden annehmen, dass wir nach Norden fahren, in Richtung Kamerun oder Nigeria. Es wird ihnen nie in den Sinn kommen, dass wir in die Gegenrichtung fahren, zurück in ihr eigenes Land.«

Raff sprang an Bord des Kanus und streckte die Hand aus, um Jaeger zu helfen. »Weshalb wollen wir zurück in Präsident Chuggas Höllenloch fahren?«

»Wir schaffen's bis zum Festland. Es ist doppelt so weit, aber sie werden nie auf die Idee kommen, uns zu folgen. Und es ist nicht länger Chambaras Gebiet, schon vergessen? Wir nehmen Kontakt mit den Putschisten auf und versuchen unser Glück mit ihnen.«

Raff grinste. »*Ka mate! Ka mate! Ka ora! Ka ora!* Lass uns hier verflixt noch mal verschwinden.«

Sie paddelten das Boot weiter aufs Meer hinaus, während Jaeger in den Gesang einstimmte. Bald wurden sie von der Finsternis verschluckt.

5

»Okay, Gentlemen, es wird Sie freuen, zu erfahren, dass wir Sie reinlassen. Es brauchte nur ein paar Telefonate. Es scheint, als eile Ihnen Ihr Ruf voraus.«

Der Akzent war breites Südafrikanisch, die Gestalt vor ihnen untersetzt, aber stämmig, mit dem fleischigen, bärtigen, roten Gesicht eines Buren. Der Körperbau war das Ergebnis einer Jugend voller Rugbyspiele, heftiger Trinkgelage und einer Armeezeit im afrikanischen Busch, bevor das Alter und die Gicht zugeschlagen hatten.

Aber Pieter Boerke war nicht hier, um zu kämpfen; er war der Anführer des Staatsstreichs, und er hatte eine Armee weitaus jüngerer, kräftigerer Männer, die den Angriff ausführten.

»Sie planen immer noch, Bioko einzunehmen?«, fragte Jaeger. »Der Wonga-Putsch ist nie so richtig aus den Startlöchern gekommen ...«

Einige Jahre zuvor hatte es schon einmal einen Versuch gegeben, Präsident Chambara aus dem Amt zu entfernen. Es hatte in einem ziemlichen Debakel geendet, was der Sache den spöttischen Spitznamen »Der Wonga-Putsch« eingebracht hatte, da »Wonga« ein in England geläufiger flapsiger Begriff für Geld war und der Putsch vornehmlich von reichen Financiers und Bankmanagern angeleiert worden war.

Boerke schnaubte. »Ich leite hier eine gänzlich andere Operation. Das hier ist der ›Hab-dich-Putsch‹. Chambara ist erledigt. Die internationale Gemeinschaft, die Ölkonzerne, die Bevölkerung von Bioko – jeder will ihn loswerden. Wer wollte das nicht? Der Kerl ist ein Monster. Er isst Menschen – meistens seine Lieblingsgefangenen.« Er musterte Jaeger. »Ich wette, Sie waren ziemlich froh, aus Black Beach rauszukommen, hm?«

Jaeger lächelte. Die kleine Regung tat immer noch weh, vor allem nach der dreitägigen Überquerung des Golfs von Guinea, während der sie von tropischen Stürmen herumgewirbelt und mit Gischt besprüht worden waren.

»Meine C-130er werden mit Waffen beladen, während wir uns hier unterhalten«, fuhr Boerke fort. »Das Luftshuttle fliegt von Nigeria aus. Wir bereiten uns auf den letzten Stoß vor. Wo wir gerade davon sprechen: Ich könnte ein paar Extraleute gebrauchen – Leute, die das Zielgebiet gut kennen.« Er warf den beiden Männern einen auffordernden Blick zu. »Lust, mitzumachen?«

Jaeger warf Raff einen Blick zu. »Meinem großen Maori-Freund hier zufolge haben wir zu Hause in England etwas zu erledigen.«

»Unglücklicherweise«, knurrte Raff. »Nach einer Kostprobe von Präsident Chuggas Gastfreundschaft hätte ich große Lust, ihm die Vordertür einzutreten.«

»Das kann ich mir vorstellen.« Boerke stieß einen Lacher aus. »Letzte Chance, Jungs. Ich könnte euch brauchen. Das könnte ich wirklich. Ich meine, ihr seid aus Black Beach entkommen. Das schafft keiner. Ihr habt euch mit ein paar Zahnstochern und einem Flaschenöffner den Weg von der Insel gekämpft. Und eine Dreitagesreise hierher im Kanu überstanden. Wie ich schon sagte, ich könnte euch gebrauchen.«

Jaeger hob die Hände. »Ein anderes Mal. Ich bin fertig mit Bioko.«

»Verstanden.« Boerke stand auf, ein Energiebündel, das hinter seinem Schreibtisch vor- und zurücklief. »Nun, ich kann euch hier mit der nächsten C-130 rausschaffen. Sobald ihr in Nigeria seid, setzen wir euch in einen British-Airways-Flug direkt nach London. Niemand wird euch Fragen stellen.

Das ist das Mindeste, was ich für euch tun kann, nachdem ihr uns diesen kleinen Scheißhaufen geliefert habt.« Er deutete mit dem Daumen über seine Schulter. Die in dicke Bandagen gehüllte Gestalt von Major Mojo hockte zusammengesunken in einer Ecke des Raums. Nach drei Tagen auf See und den erlittenen Verletzungen war der Mann kaum bei Bewusstsein.

Raff blickte verächtlich hinüber. »Ich würde es zu schätzen wissen, wenn ihr ihm dieselbe Behandlung zukommen lassen könntet, die er meinem Freund hier hat angedeihen lassen. Mit Zinsen. Falls er überlebt.«

Boerke ließ ein Lächeln aufblitzen. »Kein Problem. Wir haben eine Menge Fragen, die wir ihm stellen können. Und denkt daran, wir sind Südafrikaner. Wir nehmen keine Gefangenen. Gibt es sonst noch etwas, was ich für euch Jungs tun kann, bevor wir unserer Wege gehen?«

Jaeger zögerte einen Augenblick. Sein Instinkt verriet ihm, dass er dem Südafrikaner vertrauen konnte, zumal sie beide der Bruderschaft der Krieger angehörten. Wenn er Chief Ibrahim irgendwie Geld zukommen lassen wollte, war Boerke im Augenblick seine einzige Möglichkeit.

Er zog einen Papierumschlag aus der Tasche. »Wenn Sie Bioko eingenommen haben, könnten Sie das hier dem Anführer des Dorfes Fernao geben? Es ist ein Nummernkonto in Zürich, mit allen Zugangsinformationen. Da ist ein ansehnlicher Geldbetrag drauf – was Raff an Mojo gezahlt hat, um mich rauszuhauen. Es ist unsere Schuld, dass der Sohn des Anführers gestorben ist. Geld wird ihn niemals zurückbringen, aber vielleicht ist es ein Anfang.«

»Betrachten Sie es als erledigt«, bestätigte Boerke. »Aber eins noch. Indem Sie diesen Scheißhaufen Mojo hierhergebracht haben, haben Sie etwas wirklich Gutes getan. Er kennt Chambaras Verteidigungspläne in- und auswendig. Wenn ein Kind auf Bioko sterben musste, um diesen Grad an Insiderinformation zu sichern, ist das bedauernswert. Hoffen wir, dass sein Tod vielen anderen das Leben schenkt.«

»Ja, vielleicht. Hoffen wir es«, räumte Jaeger ein. »Aber er war keines von Ihren Kindern. Oder Ihr vielversprechendster Schüler.«

»Glauben Sie mir, wenn Chambara fort ist, wird jedes Kind auf Bioko eine deutlich bessere Zukunft haben. Scheiße, Mann, das Land sollte reich sein. Es hat Öl, Gas, Bodenschätze – die ganze Palette. Wenn wir Chambaras Jachten verkaufen, uns seine Bankkonten im Ausland schnappen – wir werden ein gutes Fundament legen. Also, gibt es sonst noch etwas?«

»Vielleicht noch eine Sache ...«, begann Jaeger. »Sie wissen, dass ich drei Jahre dort war. Das ist eine Menge Zeit an einem Ort wie Bioko. Um es kurz zu machen, ich habe mich mit der Geschichte der Insel beschäftigt. Zweiter Weltkrieg. Gegen Kriegsende haben die Briten eine streng geheime Operation gestartet, um ein feindliches Schiff auszuspionieren. Die *Duchessa*. Ein Frachtschiff, das im Hafen von Malabo vor Anker lag. Wir haben dafür ungewöhnliche Mühen auf uns genommen. Die Frage ist: warum?«

Boerke zuckte mit den Achseln. »Was weiß ich.«

»Allem Anschein nach hat der Kapitän des Schiffes ein Ladungsverzeichnis bei der Hafenbehörde von Bioko eingereicht«, fuhr Jaeger fort. »Es war unvollständig. Es führte sechs Seiten Fracht auf, aber die siebte Seite fehlte. Es gibt Gerüchte, dass diese siebte Seite unter Verschluss in einem Tresorraum im Regierungsgebäude von Malabo liegt. Ich habe alles in meiner Macht Stehende versucht, um sie in die Finger zu bekommen. Wenn Sie die Hauptstadt einnehmen, vielleicht können Sie mir eine Kopie schicken?«

Boerke nickte. »Keine Sorge. Lassen Sie mir Ihre E-Mail-Adresse und Telefonnummer da. Aber ich bin neugierig. Was glauben Sie, was das Schiff transportiert hat? Und woher das Interesse?«

»All die Gerüchte haben mich gefesselt. Irgendwie hat es mich gepackt. Diamanten. Uran. Gold. Behauptet man zumindest. Irgendetwas, das in Afrika abgebaut werden konnte; etwas, das die Nazis unbedingt brauchten, um den Krieg zu gewinnen.«

»Höchstwahrscheinlich Uran«, mutmaßte Boerke.

»Vielleicht.« Jaeger zuckte mit den Achseln. »Aber die siebte Seite – die würde das beweisen.«

6

Die MS *Global Challenger* lag vertäut an einem Anleger auf der Themse. Ein dunkler Himmel hing bedrohlich tief und düster über dem Masttopp. Das Taxi, das Raff und Jaeger vom Flughafen Heathrow hergefahren hatte, hielt am Gehweg. Die Reifen kamen in einer grauen, ölig schimmernden Pfütze zum Stehen.

Jaeger kam der Gedanke, dass der Preis, den der Taxifahrer verlangte, hoch genug war, um ein ganzes Klassenzimmer auf Bioko mit Büchern auszustatten. Und als Raff dem Fahrer offenbar weniger Trinkgeld gab, als dieser erwartet hatte, raste er wortlos davon und spritzte das Wasser der Pfütze über ihre Schuhe.

London im Februar. Manche Dinge änderten sich nie.

Er hatte die meiste Zeit ihrer Flüge verschlafen. Zuerst von Festland-Äquatorialguinea nach Nigeria in einer lärmenden C-130-Hercules-Transportmaschine, dann weiter nach London. Sie waren die Strecke von Lagos nach London in höchst denkbarem Luxus geflogen, aber Jaeger wusste aus Erfahrung, dass gesponserte Flüge in der ersten Klasse immer einen Haken hatten.

Immer.

Irgendjemand zahlte die Rechnung von British Airways, und bei siebentausend Pfund pro Nase war das kein Kleingeld. Als er Raff deswegen gelöchert hatte, war der große, lockere Maori ungewöhnlich wortkarg geworden. Offensichtlich wollte jemand Jaeger um jeden Preis zurück in London wissen, und Geld spielte keine Rolle, aber Raff wollte nicht darüber reden. Jaeger kam zu dem Schluss, dass er damit leben konnte. Er vertraute dem Mann total.

Als sie in London landeten, begann Jaeger, die gesamten Auswirkungen seiner fünfwöchigen Gefangenschaft im Black-Beach-Gefängnis zu spüren, plus die Kämpfe und die Flucht, die gefolgt waren. Er ging die Gangway zur *Global Challenger* hinauf, mit Gliedern, die schmerzten wie bei einem alten Mann. Genau in dem Moment öffnete der Himmel seine Schleusen.

Das ehemalige Arktisforschungsschiff *Global Challenger* war der Firmensitz von Enduro Adventures, der Firma, die Jaeger nach seinem Ausscheiden aus dem Militär zusammen mit Raff und einem weiteren Kameraden gegründet hatte. Dieser Kamerad – Stephen Feaney – stand am oberen Ende der Gangway, halb unsichtbar im herabstürzenden Regen.

Er streckte eine Hand zur Begrüßung aus. »Ich hätte nie gedacht, dass wir dich finden. Du siehst scheiße aus. Scheint, als wären wir gerade noch rechtzeitig gekommen.«

»Du weißt doch, wie das ist.« Jaeger zuckte die Achseln. »Der große Maoribastard – Präsident Chambara war gerade dabei, ihn zu kochen und zu verspeisen. Irgendjemand musste ihn ja da rausschaffen.«

Raff schnaubte. »Als ob!«

Sie lachten. Die drei Männer genossen den gemeinsamen Augenblick für einen kurzen Moment, während der Regen auf das Deck prasselte.

Es war gut – großartig –, wieder zusammen zu sein.

Als Soldat in einer Eliteeinheit zu dienen, war immer das Privileg junger Männer gewesen. Jaeger, Raff und Feaney waren an Orten gewesen, die nur wenige andere Menschen gesehen hatten, und sie hatten Dinge getan, die kaum jemand für möglich hielt. Es war das ultimative Abenteuer gewesen, doch es hatte seinen Preis gefordert.

Einige Jahre zuvor hatten sie beschlossen auszusteigen, solange sie noch fit genug waren. Sie hatten ihre Fähigkeiten, die sie auf Kosten der Steuerzahler erworben hatten, dazu genutzt, ihr eigenes Unternehmen zu gründen. Enduro Adventures – Motto: »Planet Erde ist unser Spielplatz!« – war das Ergebnis.

Es war Jaegers Idee gewesen. Enduro war ein Unternehmen, das reiche Menschen – Geschäftsleute, Sportler und dann und wann eine Berühmtheit – auf einige der herausforderndsten Wildnistrips des Planeten mitnahm. Mit der Zeit hatten sie daraus eine einträgliche Firma gemacht, die bei großen Persönlichkeiten Interesse für einige der unglaublichsten Abenteuer weckte, die die Erde zu bieten hatte.

Dann jedoch, quasi über Nacht, war Jaegers Leben in tausend Stücke zerbrochen, und er war untergetaucht. Er war der unsichtbare Mann bei Enduro Adventures geworden. Feaney war gezwungen gewesen, das Marketing der Firma zu übernehmen, während Raff sich um die Organisation der Expeditionen kümmerte – auch wenn keines davon dem Naturell der jeweiligen Person entsprach.

Jaeger, ein Captain, war der einzige ehemalige Offizier von den dreien. Damals, beim Militär, hatte er die D-Squadron kommandiert, eine sechzig Mann starke SAS-Einheit. Er hatte eng mit den höheren Dienstgraden zusammengearbeitet und konnte sich frei und locker in gehobenen Gesellschaftskreisen bewegen.

Feaney war älter, und er hatte sich auf die harte Tour durch die Ränge gearbeitet, bevor er als Jaegers Sergeant Major geendet war. Was Raff betraf: Sein Hang zum Alkohol und zu Prügeleien hatte jede Beförderung zu einer Herausforderung gemacht; nicht dass der große Maori je Wert darauf gelegt zu haben schien.

Die letzten drei Jahre hatten sich für Enduro Adventures ebenfalls zu einer Herausforderung entwickelt, aufgrund ihres fehlenden Aushängeschildes. Jaeger wusste, dass ein Teil von Feaney ihm sein Verschwinden nach Bioko übel nahm. Doch wäre Feaney derselbe Horror widerfahren, da war Jaeger sich sicher, hätte er ebenfalls damit zu kämpfen gehabt. Zeit und Erfahrung hatten ihn gelehrt, dass jeder Mensch einen Punkt hatte, an dem er brach. Als Jaeger seinen erreicht hatte, war er an den letzten Flecken Erde geflüchtet, an dem irgendjemand nach ihm suchen würde: Bioko.

7

Feaney führte sie hinein. Der Konferenzraum der *Global Challenger* war ein Schrein des Abenteuers. Die Wände übersät mit Erinnerungen aus weit entlegenen Winkeln der Erde: Flaggen von wenigstens der Hälfte aller Militärverbände, die es auf der Welt gab; Abzeichen und Barette von Eliteeinheiten, von denen nur wenige wussten, dass sie überhaupt existierten; Ständer und Vitrinen mit schussunfähig gemachten Waffen, inklusive einer vergoldeten AK-47 aus einem von Saddam Husseins Palästen.

Aber er war auch eine eindrucksvolle Würdigung der Wunder des Planeten: Fotos von einigen der wildesten und extremsten Lebensräume schmückten die Wände – knochentrockene, windgepeitschte Wüsten; eisblaue, schneebedeckte Berge; ein kohleschwarzes Blätterdach im Dschungel, durch das gleißende Sonnenstrahlen stachen – hinzu kamen Reihen von Bildern der Teams, die Enduro Adventures an diese Orte geführt hatte.

Feaney öffnete klappernd die Tür zum Kühlschrank hinter der Bar. »Bier?«

Raff grunzte. »Nach Bioko könnte ich ne ganze Palette weghauen.«

Feaney reichte ihm eine Flasche. »Jaeger?«

Jaeger schüttelte den Kopf. »Nein, danke. Ich war trocken auf Bioko. Nicht im ersten Jahr. Aber die zwei danach. Ein Bier, und du kannst mich von der Decke kratzen.«

Er nahm sich ein Wasser, und die drei Männer setzten sich an einen der niedrigen Tische. Sie unterhielten sich eine Weile, brachten sich auf den neuesten Stand, was jeder von ihnen in der Abwesenheit der anderen erlebt hatte, bevor

Jaeger die Unterhaltung wieder auf das eigentliche Thema lenkte – den Grund, weshalb Raff und Feaney ans Ende der Welt gekommen waren: um ihn zu finden und nach Hause zu holen.

»Also, dieser neue Auftrag – worum geht's da? Ich meine, Raff hat ein paar Andeutungen gemacht, aber du kennst ja unseren Maori: Wenn er was erzählt, wird sogar ein Glasauge schläfrig.«

Raff stürzte sein Bier runter. »Ich bin ein Fighter, kein Redner.«

»Ein Trinker, kein Lover«, gab Jaeger zurück.

Sie lachten.

Drei Jahre war Jaeger weg gewesen und nun als anderer Mann zurückgekehrt. Nicht mehr der junge Krieger und Abenteurer, der verschwunden war. Er war düsterer. Ruhiger. Verschlossener. Und doch gab es gleichzeitig das gelegentliche Aufblitzen eines ungezwungenen Humors und Charmes, der ihn zu so einem guten Frontmann für Enduro Adventures gemacht hatte.

»Na, ich schätze, so viel wusstest du schon«, begann Feaney, »aber der Laden – Enduro – hatte ziemlich zu kämpfen, nach deinem …«

»Ich hatte meine Gründe«, unterbrach Jaeger.

»Kumpel, ich sag' nicht, dass du die nicht hattest. Gott weiß, dass wir alle …«

Raff hob eine große, fleischige Hand, um Ruhe zu verlangen. »Was Feaney zu sagen versucht, ist: Alles ist in Ordnung. Die Vergangenheit ist Vergangenheit. Und die Zukunft – für uns zumindest – ist dieser vielversprechende neue Auftrag. Nur dass dieser in den letzten Wochen mit einiger echter Scheiße überzogen worden ist.«

»Das wurde er«, bestätigte Feaney. »Die Kurzfassung lautet: Vor ein oder zwei Monaten nahm Adam Carson Kontakt zu mir auf. Du wirst dich aus seinen Tagen als Leiter der Special Forces an ihn erinnern.«

»Brigadier Adam Carson? Ja.« Jaeger nickte. »Wie lange war er bei uns? Zwei Jahre? Ein fähiger Kommandant, aber ich bin nie richtig warm mit ihm geworden.«

»Ich auch nicht«, stimmte Feaney zu. »Wie auch immer, nach seiner Militärzeit wurde er von einer Medienfirma engagiert. Schließlich wurde er Vorstandsmitglied in einer Filmproduktionsfirma namens Wild Dog Media. Das ist gar nicht so schräg, wie es klingt: Sie haben sich darauf spezialisiert, in abgelegenen Gebieten zu filmen: Expeditionen, Wildtiere, Imagefilme – so was halt. Sie haben eine Menge Ex-Forces auf der Gehaltsliste. Die perfekte Sorte Typen für uns, um mit ihnen zusammenzuarbeiten.«

»Hört sich so an«, bestätigte Jaeger.

»Carson hatte ein Angebot für uns – ein lukratives. Ein Flugzeugwrack wurde tief im Amazonasgebiet gefunden. Vermutlich aus dem Zweiten Weltkrieg. Das brasilianische Militär hat es gefunden, als sie an ihrer westlichen Grenze Luftüberwachungen geflogen sind. Man kann wohl sagen, dass es mitten im verflixten Nirgendwo liegt. Wie auch immer, Wild Dog haben sich um die Möglichkeit bemüht, herauszufinden, was genau das für ein Wrack sein könnte.«

»Es liegt in Brasilien?«, hakte Jaeger nach.

»Ja. Nun, nein, um genau zu sein. Es parkt ziemlich auf der Grenze – dort, wo Brasilien, Bolivien und Peru aufeinandertreffen. Scheint, als läge ein Flügel in Bolivien, einer in Peru, während der halbe Arsch in Richtung Copacabana zeigt. Sagen wir es mal so: Wer immer es dort hat liegen lassen, hat sich nen Scheiß um internationale Grenzen geschert.«

»Erinnert mich an unsere Zeit im Regiment«, kommentierte Jaeger trocken.

»Ja, oder? Es gab einige Rangeleien um die Zuständigkeiten, aber die einzige Armee, fähig genug, irgendetwas zu tun, sind die Brasilianer – und auch für sie ist es eine große Herausforderung. Also haben sie ihre Fühler ausgestreckt, ob irgendein internationales Team zusammengestellt werden könnte, das die Geheimnisse der Maschine aufdeckt.

Was auch immer das für ein Flugzeug ist, es ist gigantisch«, fuhr Feaney fort. »Carson kann dir weitere Infos geben, aber für den Augenblick reicht es zu wissen, dass das Flugzeug ein Rätsel ist, eingehüllt in ein Mysterium innerhalb eines … wie auch immer der Spruch geht. Carson hat vorgeschlagen, eine Expedition loszuschicken, um die ganze Sache zu filmen. Großes TV-Ereignis, für die weltweite Ausstrahlung. Er hat ein massives Budget aufgetan. Aber es gab noch konkurrierende Angebote, und die Südamerikaner haben sich untereinander zerstritten.«

»Zu viele Köche …«, warf Jaeger ein.

»Verderben den Brei«, bekräftigte Feaney. »Wo wir gerade davon sprechen: Die Region, in der das Wrack liegt, ist auch die Heimat eines sehr unfreundlichen Indio-Stammes. Die Amahuaca oder so ähnlich. Sie hatten noch keinen Kontakt zur Außenwelt. Würden es mit Freude dabei belassen. Haben viel Spaß daran, Bögen und Blasrohre gegen jeden einzusetzen, der in ihr Territorium schlendert.«

Jaeger hob eine Augenbraue. »Giftpfeile?«

»Frag nicht mal. Diese Expedition wird was ganz Besonderes.« Feaney machte eine Pause. »Nun, an dieser Stelle kommst du ins Spiel. Die Brasilianer übernehmen die Führung. Es ist alles streng geheim, ›Need-to-know‹-Basis, und sie halten die exakte Position des Wracks streng unter Verschluss, damit ihnen niemand zuvorkommen kann. Sagen wir, Bolivien ist für Brasilien das, was Frankreich für England ist. Und die Peruaner sind die Deutschen. Niemand traut niemandem bei dieser Sache.«

Jaeger lächelte. »Wir mögen der Ersteren Wein und der Letzteren Autos, und das ist es dann aber auch?«

»Ganz genau.« Feaney nahm einen Schluck von seinem Bier. »Aber Carson ist clever. Er hat es geschafft, die Brasilianer von sich zu überzeugen, und alles ist in trockenen Tüchern, bis auf einen Punkt. Du führst die brasilianische Mission an. Du hast ihre Anti-Drogen-Einheit ausgebildet – ihre Special Forces. Scheint, als ob du einen wirklich bleibenden Eindruck hinterlassen hast, genau wie Andy Smith, deine Nummer zwei. Euch beiden vertrauen sie. Uneingeschränkt. Du weißt am besten, wieso.«

Jaeger nickte. »Ist Captain Evandro noch dabei?«

»Inzwischen Colonel Evandro. Er ist nicht nur dabei, er ist der brasilianische Leiter der Special Forces. Du hast einige seiner besten Leute aus der Scheiße gezogen. Das hat er nie vergessen. Carson hat versprochen, dass entweder du oder Smith diese Operation anführen wird. Idealerweise beide von euch. Damit hat er den Colonel rumbekommen, und er hat die Bolivianer und Peruaner auch davon überzeugt.«

»Colonel Evandro ist ein guter Mann«, bemerkte Jaeger.

»Scheint so. Zumindest hat er ein gutes Gedächtnis. Deshalb hat Carson – und Enduro – den Job bekommen. Und deshalb haben wir nach dir gesucht. Und es scheint, als wären wir gerade rechtzeitig, in jeder Hinsicht.« Feaney musterte Jaeger kurz. »Wie auch immer, es ist ein großer Auftrag. Mehrere Millionen Dollar. Genug, um Enduro ein wenig Glück zu pachten.«

»Perfekt.« Jaeger warf Feaney einen Blick zu. »Vielleicht zu perfekt?«

»Vielleicht.« Feaneys Miene verdunkelte sich. »Carson hat angefangen, ein Team zusammenzustellen. International, Hälfte Männer, Hälfte Frauen – um die Attraktivität fürs Fernsehen zu erhöhen. Es gab unzählige Freiwillige. Carson wurde förmlich überschwemmt. Gleichzeitig haben wir nicht die geringste Spur von dir gefunden. Also hat Smithy zugestimmt, schon mal alleine loszulegen, solange du … nun … vom Erdboden verschluckt schienst.«

Jaegers Miene blieb unergründlich. »Oder nach Bioko gegangen war, um Englisch zu lehren. Je nachdem, wie man die Sache betrachtet.«

»Ja. Was auch immer …« Feaney zuckte mit den Achseln. »Alles war für den Amazonas vorbereitet. Die Expedition unseres Lebens hatte grünes Licht; alle haben sich auf eine Entdeckung gefreut, die uns das Hirn wegbläst.«

»Dann haben die Fernsehproduzenten ihre Griffel reingesteckt«, grummelte Raff. »Sie haben gedrängt und gedrängt – die gierigen Bastarde.«

»Raff, Kumpel, Smithy hat *zugestimmt*«, protestierte Feaney. »Er hat zugestimmt, dass das die klügere Wahl war.«

Raff ging, um sich noch ein Bier zu holen. »Es hat trotzdem einem verflixt guten Mann sein …«

»Das wissen wir nicht!«, unterbrach Feaney.

Raff schmetterte die Kühlschranktür zu. »Doch, das wissen wir verflixt noch mal genau.«

Jaeger hob die Hände. »Hey, ruhig, Jungs. Also, was ist passiert?«

»In gewisser Weise hat Raff recht.« Feaney nahm den Faden wieder auf. »Die Fernsehtypen hatten Extrawünsche. So eine Art Prolog, vor dem echten Dschungelabenteuer, wenn man so will. Smithy sollte die Rekruten in die schottischen Uplands führen; sie ein wenig vorbereiten. Wie eine Art Mini-SAS-Auswahltraining: die schwächeren Kandidaten aussieben, und das alles vor laufenden Kameras.«

Jaeger nickte. »Also sind sie in die Uplands gefahren. Wo liegt das Problem?«

Feaney warf Raff einen Blick zu. »Er weiß es nicht?«

Raff stellte sein Bier ab, sehr behutsam. »Kumpel, ich hab ihn halb tot aus dem Black Beach gezerrt; wir haben uns den Weg von der Hölleninsel mit nichts als zwei Taschenmessern freigekämpft; und dann haben wir uns den Weg durch tropische Stürme und Haie gebahnt. Sag du es mir, wann genau wäre der richtige Moment gewesen?«

Feaney fuhr sich mit der Hand über das kurz geschnittene Haar. Er warf einen Blick zu Jaeger. »Smithy hat das Team nach Schottland geführt. An die Westküste, im Januar. Das Wetter war grausam. Bösartig. Die Polizei fand seine Leiche am Boden der Loch-Iver-Schlucht.«

Jaegers Herz setzte einen Schlag aus. *Smithy tot?* Er hatte ein seltsames Gefühl gehabt, dass ihm etwas Furchtbares zugestoßen sein musste, aber nicht so etwas. Nicht Smithy. Andy Smith, absolut geerdet und zuverlässig, war der Kerl gewesen, der immer auf ihn geachtet hatte. Nie um einen Scherz verlegen, ganz gleich, wie schlecht es um sie stand, gab es nur wenige nähere Freunde als ihn.

»Smithy ist zu Tode gestürzt?«, fragte Jaeger ungläubig. »Unmöglich. Der Mann war verflixt noch mal unzerstörbar. Er war ein Experte in den Hills.«

Schweigen senkte sich über den Raum. Feaney starrte auf seine Bierflasche, mit Kummer im Blick. »Die Polizei meint, dass sein Blutalkoholwert weit jenseits aller Werte lag. Sie sagen, er hat eine Flasche Jack Daniel's getrunken, ist die Hills hinaufgestiegen und in der Dunkelheit in den Tod getorkelt.«

Jaegers Augen funkelten gefährlich. »Bullshit. Smithy hat noch weniger getrunken als ich.«

»Kumpel, genau das haben wir denen auch erzählt. Der Polizei. Aber sie bleiben bei ihrer Version: tragischer Unfalltod, mit mehr als nur einem Verdacht auf Selbstmord.«

»Selbstmord?«, explodierte Jaeger. »Wieso in Gottes Namen hätte Smithy sich umbringen sollen? Mit einer Frau und

Kindern wie seinen? Einer traumhaften Mission wie dieser als Anführer in Aussicht. Kommt schon: *Selbstmord.* Dass ich nicht lache. Smithy hatte jeden Grund zu leben.«

»Erzähl es ihm, Feaney.« Das kam von Raff, und seine Stimme war vor angestauter Wut gepresst. *»Alles.«*

Feaney bereitete sich sichtlich auf das vor, was folgte. »Als Smithy gefunden wurde, war seine Lunge halb voll mit Wasser. Die Polizei behauptet, dass er die ganze Nacht im peitschenden Regen gelegen und es eingeatmet hat. Sie behaupten außerdem, dass der Sturz ihn im Grunde augenblicklich getötet hat. Hat ihm glatt das Genick gebrochen. Nun, du kannst kein Wasser einatmen, wenn du tot bist. Das Wasser hätte dort hineingekommen sein müssen, solange er noch am Leben war.«

»Und was soll das nun heißen?« Jaeger schaute von Feaney zu Raff und zurück. »Wollt ihr mir sagen, er wurde ... Redet ihr von *Waterboarding*?«

Raff presste seine Finger um die Bierflasche, dass die Knöchel weiß hervortraten. »Die Lunge halb voll mit Wasser. Tote Männer atmen nicht. Setz es dir selbst zusammen. Und es gibt noch etwas.« Er schaute zu Feaney, während die Flasche sich unter seinem immer festeren Griff wand.

Feaney langte unter den Tisch und zog einen Plastikordner hervor. Er nahm ein Foto heraus und schob es über den Tisch zu Jaeger.

»Das hat die Polizei uns gegeben. Wir sind ohnehin ins Leichenschauhaus gefahren, um sicherzugehen. Dieses Zeichen, dieses Symbol – es war in Andys linke Schulter geritzt.«

Jaeger starrte auf das Foto, und ein eisiger Schauer lief seinen Rücken hinauf. Ein grob stilisierter Adler war in die Haut seiner ehemaligen Nummer zwei geritzt worden. Er stand auf seinem Schwanz, sein unbarmherzig gebogener Schnabel nach rechts gerichtet, die Flügel weit ausgestreckt, während seine Krallen ein bizarres rundes Symbol festhielten.

Feaney tippte mit dem Finger auf das Foto. »Wir können es nicht einordnen. Das Adlersymbol. Es scheint niemandem viel zu sagen. Und glaub mir, wir haben rumgefragt.« Er schaute zu Jaeger. »Die Polizei behauptet, es wäre irgendein willkürliches, pseudomilitärisches Emblem. Dass Smithy sich das selbst angetan hätte. Selbstverstümmelung. Ein Teil ihrer Argumentation für Selbstmord.«

Jaeger konnte nicht sprechen. Er hatte Feaney kaum zugehört. Es gelang ihm nicht, den Blick von dem Foto loszureißen. Irgendwie überdeckte der Anblick sogar den Horror, den er im Black-Beach-Gefängnis erlitten hatte.

Je länger er auf das düstere Adlersymbol starrte, desto stärker spürte er, wie es sich in sein Gehirn brannte. Es rief furchtbare Erinnerungen hervor, die tief in ihm verborgen gewesen waren.

Es war so fremdartig und doch auch wieder so vertraut, und es drohte, diese lange verschütteten Erinnerungen wieder ans Tageslicht zu zerren, sosehr sie sich auch dagegen sträubten und wehrten.

8

Jaeger griff sich den schweren Bolzenschneider und kletterte über den Zaun. Zum Glück waren die Sicherheitsvorkehrungen der Springfield Marina im Osten Londons nie allzu scharf gewesen. Er hatte Bioko nur mit den Sachen verlassen, die er am Leibe getragen hatte. Und mit Sicherheit hatte er keine Zeit gehabt, seine Schlüssel einzupacken – auch nicht die, mit denen er das Tor zum Jachthafen öffnete.

Doch es war immer noch sein Boot, und er sah keinen Grund, weshalb er nicht in sein eigenes Heim einbrechen dürfe.

Er hatte den Bolzenschneider in einem Geschäft um die Ecke gekauft. Bevor er Raff und Feaney zurückgelassen hatte, hatte er sie – so wie Carson, den Geschäftsführer von Wild Dog Media – um achtundvierzig Stunden gebeten. Zwei Tage, um zu entscheiden, ob er der Aufgabe gewachsen wäre, dort weiterzumachen, wo Smithy aufgehört hatte – und diese offensichtlich unter keinem guten Stern stehende Expedition in das Amazonasgebiet anzuführen.

Doch trotz der Zeit, die er sich erbeten hatte, wusste Jaeger, dass er niemandem etwas vormachen konnte. Sie hatten ihn schon längst so weit – aus so vielen Gründen –, dass er einfach nicht Nein sagen konnte.

Zuerst einmal schuldete er es Raff. Der große Maori hatte ihm das Leben gerettet. Falls Pieter Boerkes Einsatzkräfte Bioko nicht in Rekordzeit eingenommen hätten, wäre Jaeger im Black-Beach-Gefängnis draufgegangen – unbemerkt von der Welt, von der er sich so komplett zurückgezogen hatte.

Zweitens schuldete er es Andy Smith. Und Jaeger ließ seine Freunde nicht hängen. Niemals. Auf keinen Fall hatte Smithy sich selbst umgebracht. Er hatte natürlich vor, das dreifach zu überprüfen. Nur um ganz sicherzugehen. Aber er hatte das Gefühl, dass der Tod seines Freundes in Verbindung zu dem mysteriösen Flugzeugwrack stand, das tief im Amazonas-Regenwald lag. Welchen anderen Grund – *welches andere Motiv* – sollte es sonst geben?

Jaeger hatte das instinktive Gefühl, dass Smithys Mörder Teil der Expeditionsgruppe war. Der beste Weg, ihn, oder sie, zu finden, bestand darin, sich ihnen anzuschließen und von innen heraus aufzuscheuchen.

Und drittens war da das Flugzeug selbst. Ausgehend von dem wenigen, was Adam Carson ihm am Telefon hatte erzählen können, klang es faszinierend. Unwiderstehlich. Genau wie in dem Winston-Churchill-Zitat, an dem Feaney sich versucht hatte, war es ein »Rätsel innerhalb eines Geheimnisses, umgeben von einem Mysterium«.

Jaeger fand die Anziehungskraft, die davon ausging, absolut verlockend.

Nein. Er hatte sich schon längst entschieden. Er würde mitfahren.

Er hatte aus einem anderen Grund um die achtundvierzig Stunden gebeten: Er plante, drei Besuche abzustatten drei Untersuchungen anzustellen – und das würde er tun, ohne irgendjemandem auch nur eine Silbe davon zu erzählen. Vielleicht hatten ihn die letzten Jahre mit einem tiefen Misstrauen zurückgelassen. Vielleicht war er doch unfähig, noch irgendjemandem sein volles Vertrauen zu schenken.

Vielleicht hatten die drei Jahre in Bioko ihn ein klein wenig zum Einzelgänger gemacht. Zu jemandem, der sich etwas zu wohl in seiner eigenen Gesellschaft fühlte.

Aber vielleicht war es auch einfach besser – *sicherer* – so. So würde er überleben.

Jaeger nahm den Weg, der außen um die Marina herumführte. Seine Stiefel knirschten auf dem glitschigen, regennassen Kies. Es war inzwischen später Nachmittag, die Dämmerung senkte sich über den kleinen Hafen, und Kochgerüche wehten über das stille, winterliche Wasser.

Die Szenerie – die in bunten Farben bemalten Boote, der Rauch, der träge aus kleinen Schornsteinen stieg – wirkte so seltsam vor dem blattlosen, verwaschenen Februargrau des Kanalbeckens. Drei lange Jahre. Jaeger fühlte sich, als wäre er zum ersten Mal hier.

Er blieb zwei Liegeplätze vor seinem Boot stehen. Die Lichter auf Annies Kahn brannten, der alte Holzofen stieß pfeifend Rauch und Qualm aus. Er kletterte an Bord und streckte unangekündigt den Kopf durch die offene Luke, die in die Kombüse führte.

»Hi, Annie. Ich bin's. Hast du meine Ersatzschlüssel?«

Ein Gesicht blickte zu ihm auf, die Augen schreckgeweitet. »*Will?* Mein Gott ... Aber wo zur Hölle ... Wir dachten alle ... Ich meine, wir hatten Angst, du könntest ...«

»Tot sein?« Jaeger grinste. »Ich bin kein Gespenst, Annie. Ich war fort. Hab als Lehrer gearbeitet. In Afrika. Ich bin wieder zurück.«

Annie schüttelte verwirrt den Kopf. »Mein Gott ... Wir wussten immer, dass du einer dieser ›Stille Wasser sind tief‹-Typen bist. Aber drei Jahre in Afrika ... Ich meine, den einen Tag bist du hier und am nächsten verschwunden, ohne ein Wort zu irgendjemandem.«

Da klang mehr als nur ein wenig Verletzung in Annies Stimme mit, ganz zu schweigen von Groll.

Mit seinen graublauen Augen und dem dunklen Haar, das er etwas länger trug, war Jaeger gut aussehend, in einer markanten, leicht hageren und verwegenen Art. Es gab nur eine Andeutung von Silber in seinen Haaren, und er sah jünger aus, als er war.

Er hatte nie viel über Privates mit seinen Bootsnachbarn geredet – auch mit Annie nicht –, aber er hatte sich als verlässlicher und loyaler Nachbar erwiesen, noch dazu einer, der ein Auge auf seine Bootsfreunde hatte. Die Gemeinschaft hier war stolz darauf, sich nahezustehen. Das war einer der Gründe, die Jaeger hier hergezogen hatten; das sowie die Aussicht auf eine Heimatbasis, die mit einem Fuß in London und mit dem anderen im weitläufigen Umland stand.

Die Marina lag am River Lee, im Lee Valley, das einen grünen Streifen bildete, der sich in Richtung Norden in offene Wiesen und eine Hügellandschaft erstreckte. Jaeger konnte nach einem Arbeitstag auf der *Global Challenger* hierher zurückkehren und sich auf die Pfade am Flussufer stürzen, wo er die Anspannung des Tages aus seinem System joggte und sich die dafür dringend benötigte Fitness antrainierte.

Er hatte nie viel Grund zum Kochen gehabt: Annie versorgte ihn immerzu mit selbst gemachten Leckereien, von denen er vor allem ihre Smoothies liebte. Annie Stephenson: Single, Anfang dreißig, hübsch auf eine scheue, hippiehafte Art und Weise – er vermutete schon eine Weile, dass sie ein bisschen verknallt in ihn war. Aber Jaeger war eisern in seiner Treue zu seiner Frau.

Ruth und der Junge: Sie waren sein Leben.

Oder zumindest waren sie es gewesen.

Annie – so wunderbar sie als Nachbarin auch war und sosehr er es auch genoss, sie ein wenig damit aufzuziehen, dass sie so ein Hippie war – hatte nie auch nur die geringste Chance gehabt.

Sie wühlte herum und reichte ihm schließlich seine Schlüssel. »Ich kann immer noch nicht glauben, dass du wieder da bist. Ich meine – es ist toll, dass du zurück bist. Das wollte ich sagen. Du musst wissen, Tinker George – er stand kurz davor, sich dein Motorrad zu schnappen und es für sich zu behalten.

Wie dem auch sei, der Ofen ist an.« Sie lächelte. Voller Nervosität, aber mit einem Schimmer Hoffnung. »Ich könnte zur Feier des Tages einen Kuchen backen. Soll ich?«

Jaeger grinste. Er konnte so jung und jungenhaft aussehen, in den seltenen Augenblicken, wenn die Düsternis von ihm abfiel. »Weißt du was, Annie? Ich hab deine Kochkünste vermisst. Aber ich bleibe nicht lange. Ich muss erst ein paar Sachen regeln. Später haben wir mehr als genug Zeit für ein Stück Kuchen und ein paar Geschichten darüber, was wir erlebt haben.«

Jaeger ging von Bord und kam an Tinker Georges Kahn vorbei. Er erlaubte sich ein schiefes Grinsen: typisch für den dreisten Bastard, ein Auge auf sein Motorrad zu werfen.

Kurz darauf stieg er an Bord seines eigenen Schiffs. Er schob mit dem Fuß die Haufen herabgefallenen Laubs zur Seite und beugte sich zur Eingangsluke. Die dicke Sicherheitskette und das Vorhängeschloss waren noch an Ort und Stelle. Es war so ziemlich das Letzte gewesen, was er getan hatte, bevor er London verlassen und einen Flug ans Ende der Welt bestiegen hatte: seinen Kahn abschließen.

Er klemmte die Kette in die Kiefer des Bolzenschneiders, spannte seine schmerzenden Glieder an, und knack! – fiel sie zu Boden. Er schob Annies Reserveschlüssel ins Schloss und zog die beiden Türflügel auf, die den Weg ins Schiffsinnere freigaben. Sein Schiff war eine Thames Barge und damit breiter und tiefer als das gängige Narrowboat, was dazu führte, dass sie den Raum dafür bot, ein wenig im Luxus zu schwelgen.

Doch nicht auf Jaegers Schiff.

Die Einrichtung war auffällig spartanisch. Absolut funktional. Bis auf wenige Ausnahmen frei von allen persönlichen Gegenständen.

Ein Raum war ein behelfsmäßiger Fitnessraum. Ein anderer ein spartanisches Schlafzimmer. Es gab eine winzige Küche und einen Wohnraum mit einigen abgenutzten Teppichen und Kissen, die auf dem hölzernen Boden verteilt waren. Aber der Großteil des Innenraums war Schreibtischen gewidmet, denn hier war der Ort, an dem Jaeger am liebsten arbeitete, wann immer er die hektische Pendelei ins Hauptbüro – auf die *Global Challenger* – vermeiden konnte.

Er blieb nicht lange. Er schnappte sich einen zweiten Satz Schlüssel, der an einem Nagel hing, und ging wieder hinaus. Festgezurrt am Bug und fest mit einer Plane abgedeckt, stand seine Triumph Tiger Explorer. Das Motorrad war ein alter Freund. Er hatte es vor einer guten Dekade gebraucht gekauft, um seine Aufnahme in den SAS zu feiern.

Er löste die Plane und zog sie zur Seite. Er beugte sich über eine zweite Sicherheitskette, knackte sie und wollte sich gerade wieder aufrichten, als er ein schwaches Geräusch vernahm; nur die leiseste Ahnung eines schweren Schritts auf nassem, rutschigem Kies. Augenblicklich wickelte er ein Ende der dicken Kette um seine Hand und ließ einen großzügigen halben Meter hinabhängen, der am schweren Vorhängeschloss endete.

Er wirbelte herum, die behelfsmäßige Waffe erhoben wie einen mittelalterlichen Kriegsflegel.

Eine riesige Gestalt zeichnete sich in der Dunkelheit ab. »Dacht ich's mir, dass ich dich hier finde.« Der Blick der Augen wanderte zur Kette hinunter. »Ich hätte allerdings mit einer wärmeren Begrüßung gerechnet.«

Jaeger ließ die Anspannung von seinen gestrafften Muskeln abfallen. »Verständlich. Ein Getränk? Ich kann dir drei Jahre alte Milch und abgestandene Teebeutel anbieten.«

Sie gingen hinein. Raff sah sich in dem Kahn um. »Da werden Erinnerungen wach, Kumpel.«

»Yeah. Wir hatten hier gute Zeiten.«

Jaeger hantierte mit dem Wasserkocher und reichte Raff

schließlich eine Tasse dampfenden Tee. »Der Zucker ist hart wie Stein. Die Kekse weich wie Scheiße. Ich schätze, du verzichtest.«

Raff zuckte mit den Achseln. »Tee ist genug.« Er schaute durch die offene Tür hinaus auf die Triumph. »Planst du 'ne Spritztour?«

Jaeger gab nichts preis. »Du kennst das doch: live to ride.«

Raff griff in seine Tasche und reichte Jaeger ein Stück Papier. »Smithys Familie. Ihre neue Adresse. Hat keinen Sinn, zur alten zu fahren. Sie sind zwei Mal umgezogen in den letzten drei Jahren.«

Jaegers Gesicht blieb eine undurchdringliche Maske. »Gibt's irgendeinen speziellen Grund? Für die Umzüge?«

Raff zuckte mit den Achseln. »Er hat gutes Geld bei uns verdient. Bei Enduro. Er hat sich immer wieder vergrößert. Brauchte den zusätzlichen Platz. Wollte noch ein weiteres Kind, hat er gesagt.«

»Nicht direkt das Verhalten eines Mannes, der Selbstmordabsichten hegt.«

»Nicht direkt. Brauchst du Hilfe mit dem Bike?«

»Ja, danke.«

Die beiden Männer schoben die Triumph über eine notdürftige Gangway und auf den Weg neben dem Fluss. Jaeger spürte, dass die Reifen halb platt waren. Sie brauchten einen guten Stoß Luft. Er kehrte zum Boot zurück und holte seine Motorradklamotten. Eine wasserdichte Belstaff-Jacke. Stiefel. Dicke Lederhandschuhe. Seinen Helm mit offenem Visier. Als Letztes nahm er sich einen Schal und eine uralte Schutzbrille, die aussah wie eine Fliegerbrille aus dem Zweiten Weltkrieg.

Schließlich zog er eine Schublade heraus, drehte sie um und riss den Umschlag ab, der an der Unterseite klebte. Er warf einen Blick hinein: tausend Pfund in bar, genau wie er es zurückgelassen hatte.

Jaeger steckte das Geld ein, schloss ab und kehrte zu Raff zurück. Er stöpselte einen elektrischen Kompressor an und blies beide Reifen wieder auf. Er hatte das Motorrad mit einem angeschlossenen Solar-Ladegerät zurückgelassen. Selbst im tiefsten Winter lieferte es ausreichend Erhaltungsladung, um die Batterie voll geladen zu halten. Der Motor schnurrte ein paarmal und erwachte dann brüllend zum Leben.

Jaeger wickelte sich den Schal um seine untere Gesichtshälfte, setzte den Helm auf und zog anschließend die Brille vor die Augen. Sie war etwas Besonderes. Wertvoll. Sein Großvater Ted Jaeger hatte sie während des Zweiten Weltkriegs getragen, als er in irgendeiner supergeheimen Einheit gedient hatte. Er hatte nie viel darüber gesprochen, aber auf den Fotos, die seine Wände geziert hatten, hatte man erkennen können, dass er seinen Jeep in eine ganze Menge abgelegener, kriegszerfurchter Gebiete geführt hatte.

Jaeger wünschte sich oft, dass er mehr danach gefragt hätte, solange Großvater Ted noch am Leben gewesen war; darüber, was genau er während des Krieges getrieben hatte. Und angesichts der letzten paar Stunden erwischte sich Jaeger jetzt immer öfter dabei, das zu bedauern.

Er stieg auf die Triumph und blickte auf Raffs leeren Becher. »Lass ihn auf dem Boot stehen, okay?«

»Jepp.« Raff zögerte, streckte dann eine riesige Pranke aus und legte sie auf den Motorradlenker. »Kumpel, ich hab den Blick in deinen Augen gesehen, als du Smithys Foto gesehen hast. Wo immer du hinfährst, was immer du vorhast – sei vorsichtig.«

Jaeger schaute Raff lange an. Doch selbst jetzt schien sein Blick eher nach innen gerichtet zu sein. »Ich bin immer vorsichtig.«

Raff festigte seinen Griff um den Lenker. »Du weißt – an irgendeinem Punkt musst du anfangen, irgendjemandem zu vertrauen. Keiner von uns weiß, was du durchgemacht hast. Wir würden nicht mal so tun als ob. Aber wir sind deine Kameraden. Deine Brüder. Vergiss das niemals.«

»Ich weiß.« Jaeger machte eine Pause. »Achtundvierzig Stunden. Ich werde mit einer Antwort zurückkehren.«

Dann jagte er die Drehzahl hoch, raste über den dunklen Kies und war fort.

9

Jaeger machte nur einen einzigen Halt auf der Fahrt nach Westen – an einem Carphone Warehouse, wo er sich ein Smartphone mit Prepaid-Karte besorgte. Er hielt die Explorer bei konstanten 130 km/h auf der M3, doch erst als er auf die Abfahrt der A303 und die schmaleren Straßen von Wiltshire traf, fing er an, sich wirklich eins mit der Maschine zu fühlen.

Während der langen, drögen Fahrt auf der Fernstraße waren seine Gedanken abgeschweift. Andy Smith. Solche Freunde traf man nicht an jeder Straßenecke. Jaeger konnte die, die er hatte – Raff eingeschlossen –, an einer Hand abzählen. Und jetzt war es einer weniger, und Jaeger sollte verdammt sein, wenn er nicht ganz genau herausfinden würde, wie und weshalb Smithy gestorben war.

Diese Trainingsmissionen für die brasilianischen Anti-Drogen-Einheiten waren mit die letzten gewesen, in denen sie gemeinsam gedient hatten. Jaeger hatte das Militär kurz darauf verlassen, um Enduro Adventures zu gründen. Smithy war dabeigeblieben. Er hatte gemeint, dass er eine Frau und drei kleine Kinder hätte, um die er sich kümmern müsse, und dass er es nicht riskieren könne, auf seinen regelmäßigen Sold zu verzichten.

Es war während ihrer dritten brasilianischen Trainingsmission gewesen, dass die Ereignisse eine unvorhergesehene Wendung genommen hatten. Theoretisch waren Jaeger und seine Männer nur dort, um die brasilianischen Special Forces auszubilden – die Brigada de Operações Especiais, die Brasilianische Spezial-Operationen-Brigade (B-SOB). Doch mit der Zeit hatten sie gute Beziehungen geknüpft, und sie hatten begonnen, die Drogenhändler – die Narco-Gangs – beinahe ebenso zu verachten, wie es die B-SOB-Jungs taten.

Als eines von Captain Evandros B-SOB-Teams verschwand, hatten Jaeger und seine Männer die Sache selbst in die Hand genommen. Es war eine der längsten Marschpatrouillen in der Geschichte der brasilianischen Special Forces geworden. Jaeger hatte sie angeführt, mit einer gleich starken Truppe von B-SOB-Einsatzkräften. Sie hatten das Versteck der Narco-Gang tief im Dschungel gefunden, es einige Tage lang beobachtet und dann einen massiven Angriff gestartet.

In dem anschließenden Blutbad waren die bösen Jungs ausgelöscht worden. Acht von Captain Evandros zwölf Männern waren lebendig gerettet worden – was angesichts der Umstände ein gutes Ergebnis war. Aber bei der Aktion hätte Jaeger selbst beinahe sein Leben verloren, und es waren Andy Smiths Tapferkeit und Selbstlosigkeit gewesen, die ihn gerettet hatten.

Und genau wie Captain Evandro war Jaeger jemand, der nicht so schnell vergaß.

Er lenkte die Explorer auf die Ausfahrt hinter dem Hinweisschild auf Fonthill Bishop. Er erreichte den Rand des Postkartendörfchens Tisbury und blickte nach rechts, zu einem Haus, das etwas abseits der Straße stand. Die Fenster waren in einem schwachen Gelbton erleuchtet – schwermütige Augen, die einer furchtsamen Welt entgegenblickten.

The Millside: Jaeger hatte die Adresse in dem Augenblick erkannt, als Raff sie ihm ausgehändigt hatte.

Reetgedeckt, moosüberwuchert, voller Schlingpflanzen, die kreuz und quer wucherten, mit seinem eigenen Bach und gut einem Viertelhektar Land – Smithy hatte schon immer ein Auge auf das Haus geworfen, seit er in die Gegend gezogen war, um näher bei seinem ehemaligen Kommandanten und besten Freund Will Jaeger zu sein. Offensichtlich hatte er sich schließlich sein Traumhaus geschnappt – nur, dass Jaeger zu dem Zeitpunkt schon zwei Jahre zuvor seinen In-Luft-auflösen-Trick angewandt hatte.

Er fuhr weiter aus dem Dorf, die sich windenden Serpentinen hinauf in Richtung Tuckingmill und East Hatch. Er lenkte das Motorrad unter der Eisenbahnbrücke hindurch und querte die Bahnstrecke nach London – die, mit der er selbst so oft gefahren war, wenn das Wetter zu kalt und zu feucht gewesen war, um zu dem langen Motorradtrip zu ermutigen.

Kurz streifte sein Scheinwerferkegel das Schild des New Wardour Castle. Er bog nach rechts ab, rollte ein kurzes Stück Straße entlang und zwischen den schlichten steinernen Torpfosten hindurch.

Seine Reifen trafen auf den weiten, kiesbedeckten Bogen der Zufahrt, die Reihen der Kastanien zu beiden Seiten ragten empor wie gespensterhafte Wachposten. Heute ein beeindruckendes Landschloss, war Wardour beinahe eine Ruine gewesen, als ein Schulfreund es gekauft hatte. Nick Tattershall hatte ein Vermögen in der Stadt gemacht und das Geld genutzt, um New Wardour Castle zu restaurieren und in alter Pracht wiederauferstehen zu lassen.

Er hatte es in verschiedene Apartments aufgeteilt und das größte davon für sich behalten. Doch als die Arbeit sich dem Ende genähert hatte, war England von einer der zyklischen Rezessionen heimgesucht worden, und der Grundstücksmarkt war den Bach runtergegangen. Tattershall hatte kurz davorgestanden, alles zu verlieren.

Jaeger war eingesprungen und hatte das erste – noch fertigzustellende – Apartment gekauft, ein Vertrauensbeweis, der weitere Käufer anlockte. Er hatte es für einen Spottpreis bekommen und dadurch eine Immobilie erworben, die er sich unter normalen Umständen niemals hätte leisten können.

Mit der Zeit hatte sie sich als das perfekte Heim für eine Familie erwiesen.

Mitten im Herzen einer wunderschönen, ausladenden Parklandschaft, lag es vollkommen ruhig und friedvoll – und doch nur wenige Stunden Fahrt oder eine Zugreise von London entfernt. Jaeger hatte es geschafft, seine Arbeit zwischen hier, der Thames Barge und der *Global Challenger* aufzuteilen und so nie zu viel Zeit ohne seine Familie zu verbringen.

Er stellte das Bike vor der eindrucksvollen Kalksteinfassade ab. Er steckte den Schlüssel in die für alle Bewohner zugängliche Tür, trat durch den kühlen, marmorverzierten Eingang und ging in Richtung Treppe. Doch selbst als er die erste der Steinstufen nahm, spürte er, wie seine Beine von bittersüßen Erinnerungen beschwert wurden.

So viele schöne Momente hatte er hier erlebt.

So viel Glück.

Wie hatte das alles bloß so schiefgehen können?

Er blieb vor der Tür zu seinem Apartment stehen. Er wusste, was ihn erwartete. Er wappnete sich, drehte den Schlüssel im Schloss herum und trat ein.

Er schaltete das Licht an. Die meisten Möbel waren mit Staublaken abgedeckt, doch einmal pro Woche kam seine treue Putzfrau Mrs. Sampson vorbei, um abzustauben und zu saugen, und so war die Wohnung penibel gereinigt.

Jaeger machte eine kurze Pause. Direkt vor ihm an der Wand hing ein riesiges Gemälde – ein Vogel mit auffällig orangefarbener Vorderseite: die Rotbauchdrossel, eines der Nationalsymbole von Brasilien. Gemalt von einem bekannten brasilianischen Künstler, war es ein Geschenk von Captain Evandro gewesen – seine Art, ihm ein ganz besonderes Dankeschön auszusprechen.

Jaeger liebte das Gemälde. Das war der Grund, weshalb er es an die Wand gegenüber dem Eingang gehängt hatte, damit es das Erste war, was man sah, wenn man eintrat.

Als er nach Bioko aufgebrochen war, hatte er Mrs. Sampson gebeten, es nicht abzuhängen. Er wusste nicht genau, weshalb. Vielleicht hatte er erwartet, früher wieder zurück zu sein, und hatte wissen wollen, dass der Vogel dort sein würde, wie immer, um ihn zu begrüßen.

Er wandte sich nach links und trat ins weitläufige Wohnzimmer. Es hatte keinen Sinn, die schweren, hölzernen Fensterläden zu öffnen, denn draußen war es schon längst dunkel. Er schaltete die Lampen ein, und sein Blick kam auf dem schemenhaften Umriss des Schreibtisches zum Liegen, der an einer Wand ruhte.

Er ging hinüber und zog behutsam das Staublaken zur Seite.

Er streckte eine Hand aus, berührte mit den Fingern das Gesicht der wunderschönen Frau in dem Bilderrahmen. Seine Fingerspitzen verharrten für einen kurzen Moment wie festgeklebt am Glas. Er ging in die Hocke, bis seine Augen auf einer Höhe mit der Schreibtischplatte waren.

»Ich bin zurück, Ruth«, flüsterte er. »Drei lange Jahre, aber ich bin zurück.«

Er strich mit den Fingern das Glas entlang, bis sie auf den Zügen eines kleinen Jungen zum Liegen kamen, der beinahe beschützend neben seiner Mutter stand. Beide trugen ein »Rettet das Rhino«-T-Shirt. Sie hatten sie auf einem Familienausflug in den Amboseli-Nationalpark in Ostafrika gekauft. Jaeger würde niemals die mitternächtliche Wandersafari vergessen, die sie drei gemeinsam mit ihren Massai-Führern unternommen hatten. Sie waren durch die im Mondschein liegende Savanne marschiert, inmitten von Herden aus Giraffen, Gnus und, das war das Beste gewesen, Nashörnern, dem Lieblingstier der Familie.

»Luke – Daddy ist wieder da …«, hauchte Jaeger. »Und nur Gott weiß, wie sehr ich euch zwei vermisst habe.«

Er machte eine Pause, in der schweres Schweigen von den Wänden widerhallte. »Aber ihr wisst schon – es gab niemals auch nur den geringsten Hinweis; nicht das leiseste Lebenszeichen. Wenn ihr mir nur irgendetwas geschickt hättet; den winzigsten Hinweis. Irgendetwas. Smithy hat aufgepasst. Er hat immer Ausschau gehalten. Immer. Er hat versprochen, es mich wissen zu lassen.«

Er nahm das Foto hoch und wiegte es. »Ich bin bis ans Ende der Welt gereist, um euch zu finden. Und ich wäre auch ans Ende des Universums gereist. Nirgendwo wäre zu weit gewesen. Aber drei ganze Jahre lang gab es nichts.«

Er strich sich mit der Hand über das Gesicht, als könne er so den Schmerz all dieser längst vergangenen Jahre wegwischen. Als er sie wieder wegnahm, schimmerten seine Augen vor Tränen.

»Und ich schätze, wenn wir ehrlich sind – wenn wir aufrichtig miteinander sind –, dann ist es vielleicht Zeit. Zeit dafür, ordentlich Abschied zu nehmen … Zeit zu akzeptieren, dass ihr wirklich … fort seid.«

Jaeger senkte den Kopf. Seine Lippen strichen über das Foto. Er küsste das Gesicht der Frau. Küsste das seines Sohnes. Dann legte er das Foto zurück auf den Tisch, legte es behutsam auf das Staublaken. Mit den Gesichtern nach oben, sodass er sie beide sehen und sich an sie erinnern konnte.

10

Jaeger schritt durch das Wohnzimmer zur anderen Seite, wo er die Doppeltüren zu dem Raum öffnete, den er »Musikzimmer« getauft hatte. Eine Wand war mit riesigen CD-Regalen bestückt. Er suchte eine davon aus – Mozarts Requiem. Er schob sie in den CD-Spieler, betätigte den Power-Schalter, und die Musik erklang.

Die trällernden Melodien ließen alles wieder über ihn hereinbrechen; all die Familienerinnerungen. Zum zweiten Mal in ebenso vielen Minuten ertappte sich Jaeger dabei, dass er gegen die Tränen ankämpfen musste. Er konnte sich selbst nicht erlauben, zusammenzubrechen. Anständig zu trauern. Noch nicht.

Es gab noch einen Grund – einen sehr, sehr beunruhigenden –, aus dem er hergekommen war.

Mühsam zerrte er die zerbeulte Stahlkiste unter der Musikanlage hervor. Kurz ruhte sein Blick auf den eingestanzten Initialen auf dem Deckel: W. E. J. – William Edward »Ted« Jaeger. Die Armeetruhe seines Großvaters, die er Jaeger kurz vor seinem Tod geschenkt hatte.

Während das Requiem zu einem ersten, schmetternden Crescendo anschwoll, dachte Jaeger an die Zeiten zurück, in denen Großvater Ted ihn in sein Arbeitszimmer geschmuggelt hatte, ihm einen Zug von seiner Tabakpfeife erlaubt und einige wertvolle Momente mit ihm genossen hatte – Großvater mit Enkel –, während sie durch genau diese Truhe gewühlt hatten.

Großvater Teds Pfeife, immerzu zwischen seine Zähne geklemmt. Der Geruch: Player's Navy Cut, in Whisky getränkter Tabak. Jaeger konnte das Bild förmlich vor sich sehen – der gelegentlich von seinem Großvater ausgestoßene Rauchring, der sanft und flüchtig im Licht seiner Schreibtischlampe tanzte.

Jaeger ließ die Schlösser aufschnappen und hob den schweren Deckel der Truhe an. Obenauf lag eines seiner liebsten Erinnerungsstücke, eine in Leder eingeschlagene Akte, gestempelt in verblassten roten Buchstaben: *TOP SECRET.* Und darunter: Kommandierender Offizier No. 206 Verbindungseinheit.

Es war Jaeger immer seltsam vorgekommen, dass die Inhalte der Akte es nie ganz mit dem Versprechen auf dem Deckel aufnehmen konnten.

Im Inneren befanden sich Heftchen mit den Funkfrequenzen und -codes des Zweiten Weltkriegs, Schaubilder der wichtigsten Kampfpanzer, Baupläne von Turbinen, Kompassen und Antrieben. Für ein Kind war das äußerst faszinierend gewesen; doch als Erwachsener war Jaeger klar geworden, dass sich hier drin nichts befand, das den Deckel der Akte rechtfertigte oder auf sonstige Art eine derartige Geheimhaltung erforderte.

Es war beinahe, als hätte sein Großvater den Inhalt der Akte zusammengestellt, um einen heranwachsenden Jungen zu begeistern und zu unterhalten, ohne etwas wirklich Geheimes preiszugeben. Jedenfalls nichts von Wert.

Nach dem Tod seines Großvaters hatte Jaeger versucht, mehr über die Verbindungseinheit No. 206 herauszufinden, um ihre Geschichte besser nachverfolgen zu können. Aber es gab nichts. In den Staatsarchiven, dem Imperial War Museum, dem Marineamt: In keinem Archiv, das irgendeine Form von Nachweis besitzen sollte – und sei es nur ein Kriegstagebuch –, fand sich auch nur die geringste Erwähnung.

Es war beinahe so, als habe die Verbindungseinheit No. 206 niemals existiert; als wäre es eine Geisterschwadron.

Und dann hatte er etwas gefunden.

Oder besser gesagt, Luke hatte etwas gefunden.

Sein achtjähriger Sohn hatte sich ebenso fasziniert von dem Inhalt der Kiste gezeigt – dem schweren Kampfmesser seines Urgroßvaters; seinem abgetragenen Barett; seinem zerbeulten, stählernen Kompass. Und eines Tages hatte Jaegers Sohn mit den Händen besonders tief gegraben, bis ganz zum Boden der Kiste, und gefunden, was so lange verborgen gewesen war.

Mit eifrigen Bewegungen tat Jaeger nun genau das Gleiche und leerte den Inhalt der Kiste auf den Fußboden. Es waren so viele Erinnerungsstücke an die Nazis dort drin: ein SS-Totenkopf-Abzeichen, dessen Schädel ein mysteriöses Grinsen zu tragen schien; ein Dolch der Hitlerjugend, auf dessen Griff ein Foto des Führers prangte; ein Halstuch der Werwölfe – der hartnäckigen Nazi-Freischärlergruppe, die gegründet worden war, um weiterzukämpfen, nachdem der eigentliche Krieg verloren gewesen war.

Gelegentlich hatte Jaeger sich gefragt, ob sein Großvater etwas zu vertraut mit dem Nazi-Regime geworden war angesichts der Menge von Erinnerungsstücken, die er offensichtlich hortete. Was auch immer er während des Krieges getan hatte: Hatte es ihn irgendwie gefährlich nahe an das Böse und die Dunkelheit getrieben? War es in ihn eingesickert und hatte ihn vereinnahmt?

Jaeger glaubte nicht daran, aber er war nie in der Lage gewesen, diese Art von Gespräch zu führen, bevor sein Großvater unerwartet verstorben war.

Er hielt kurz bei einem auffälligen Buch inne, eines, von dem er beinahe vergessen hatte, dass es sich in der Truhe befand. Es war eine seltene Ausgabe des Voynich-Manuskripts, eines reich bebilderten mittelalterlichen Textes, der vollständig in einer unbekannten Sprache verfasst war. Seltsamerweise hatte das Buch immer und zu jeder Zeit den Schreibtisch im

Arbeitszimmer seines Großvaters geziert und schließlich gemeinsam mit all den anderen Inhalten der Truhe seinen Weg zu Jaeger gefunden.

Auch das war einer der Punkte, die er nie mit seinem Großvater hatte klären können: Woher stammte diese Faszination für ein obskures und unlesbares mittelalterliches Manuskript?

Jaeger nahm das schwere Buch heraus und legte damit den doppelten Boden frei, der sich unter der Kiste befand. Er hatte nie herausgefunden, ob sein Großvater das Dokument versehentlich dort drin gelassen hatte oder ob er es bewusst getan hatte, in der Hoffnung, dass sein Enkelsohn eines Tages das Geheimfach entdecken würde.

Wie es auch gewesen sein mochte, es war dort gewesen, versteckt zwischen einem Haufen Kriegserinnerungen, und hatte drei Jahrzehnte oder länger seiner Entdeckung geharrt.

Jaegers Finger suchten unter den Brettern, fanden den Deckel für das Fach und hebelten ihn auf. Er suchte herum und zog den dicken, vergilbten Umschlag heraus. Er hielt ihn vor sich, mit Händen, die sichtbar zitterten. Ein Teil von ihm wollte auf keinen Fall hineinschauen, aber der größere Teil von ihm wusste, dass er es tun musste.

Er zog das Dokument heraus.

In gesetzter Schrift, am Rand geklammert, sah es noch genauso aus wie in seiner Erinnerung. Über den oberen Rand des Deckblatts stand ein deutsches Wort geschrieben, in Großbuchstaben und der gotischen Schrift, die zum Synonym für Hitlers Nazi-Herrschaft geworden war: KRIEGSENTSCHEIDEND.

Jaegers Deutschkenntnisse waren quasi nicht vorhanden, doch mithilfe eines Wörterbuchs war es ihm gelungen, die wenigen Worte auf dem Deckel der Akte zu übersetzen. *Kriegsentscheidend* war die höchste Geheimhaltungseinstufung, die je von den Nazis vergeben worden war. Das nächstgelegene Gegenstück der Briten dazu wäre »Jenseits von Top Secret – Ultra« gewesen.

Darunter stand in Maschinenschrift, ebenfalls auf Deutsch: *Aktion Werwolf*, was Jaeger als den Namen der Operation identifiziert hatte.

Darunter, und dafür brauchte er keine Übersetzung, ein Datum: der 12. Februar 1945.

Und schließlich: *Nur für die Sicherheitsdienst-Abteilung Kommando Standortwechsel.* Mit *Sicherheitsdienst-Abteilung* war der Sicherheitsdienst der SS und der Nazi-Partei gemeint – der Spitze des Bösen. *Kommando Standortwechsel* hatte Jaeger auch nach der Übersetzung nicht das Geringste gesagt. Er hatte beide geheimnisvollen Begriffe gegoogelt, sowohl auf Englisch wie auch auf Deutsch.

Er hatte absolut nichts gefunden.

Kein einziger Verweis dort draußen im Äther.

Und das war das Ende seiner Ermittlungsbemühungen gewesen, denn die Finsternis – und sein Flug nach Bioko – hatten ihn kurz darauf heimgesucht. Doch dies war eindeutig ein Dokument, das während des Krieges von höchster Vertraulichkeit gewesen war, eines, das irgendwie in die Hände seines Großvaters gefallen war.

Doch es war die folgende Seite gewesen, die Jaegers Erinnerungen hochgeholt hatte, die ihn von London nach Wiltshire gelockt hatte, zurück in dieses – größtenteils verlassene – Familienheim.

Er blätterte die Akte mit einem bösen Gefühl der Vorahnung auf.

Von der ersten Seite blickte ein kantiges Symbol zu ihm auf, gedruckt in Schwarz. Jaeger starrte es an, während sein Verstand ins Wanken geriet. Wie er es befürchtet hatte, hatte ihm seine Erinnerung keinen Streich gespielt.

Das dunkle Symbol war ein stilisierter Adler, der auf seinem Schwanz stand, die Flügel ausgestreckt unter einem brutal gebogenen Schnabel – seine Klauen hielten ein rundes Symbol, an dessen Rand verschiedene unlesbare Zeichen eingeätzt waren.

11

Jaeger saß an seinem Küchentisch, den Blick nach innen gerichtet.

Vor ihm lagen drei Fotos aufgereiht: erstens das von Andy Smiths Leiche mit dem Adlersymbol, das ihm tief und blutig in seine linke Schulter geritzt war; zweitens ein Foto, das Jaeger mit seinem Smartphone von dem Adlersymbol auf dem Titelblatt des *Aktion-Werwolf*-Dokuments gemacht hatte.

Und drittens – das Foto von seiner Frau und seinem Kind.

Während seiner Zeit beim Militär war Jaeger nicht direkt der Typ fürs Heiraten gewesen. Eine lange, glückliche Ehe und ein Leben bei den Special Forces passten nur selten zusammen. Jeden Monat wartete eine neue Mission – ein weiterer Kampf gegen eine sonnenverdörrte Wüste, einen schwitzigen Dschungel oder einen eisverkrusteten Berg. Es war wenig Zeit für länger anhaltende Romanzen gewesen.

Doch dann war der Unfall geschehen. Während eines *High-Altitude*-Freifallsprungs hatte Jaegers Schirm eine Fehlfunktion gehabt. Er hatte Glück gehabt zu überleben. Er hatte Monate im Krankenhaus mit einem gebrochenen Rückgrat verbracht, und auch wenn er sich wieder einen fitten Körper erkämpft hatte, waren seine Tage beim SAS gezählt gewesen.

Es war in dieser Zeit gewesen – dem langen Erholungsjahr –, dass er Ruth kennengelernt hatte. Sie waren sich von einem gemeinsamen Freund vorgestellt worden und hatten sich zunächst nicht gut verstanden. Ruth, sechs Jahre jünger als er, hatte einen Universitätsabschluss und war eine engagierte Tier- und Umweltschützerin, die angenommen hatte, dass Jaeger genau das Gegenteil davon wäre.

Was Jaeger betraf, hatte er angenommen, dass eine Baumschmuserin wie sie von einem Elitesoldaten wie ihm angeekelt sein würde.

Es war nur einer Mischung seines rasiermesserscharfen, neckenden Humors und ihres quirligen Temperaments – kombiniert mit ihrem wahnsinnig guten Aussehen – zu verdanken, dass sie nach und nach anfingen, sich gegenseitig zu schätzen … und schließlich ineinander zu verlieben.

Mit der Zeit war ihnen klar geworden, dass sie eine gemeinsame Leidenschaft verband: die unbedingte Liebe zu allem Wilden.

Am Tag ihrer Hochzeit war Ruth mit Luke im dritten Monat schwanger gewesen. Andy Smith war sein Trauzeuge gewesen. Und durch Lukes Geburt und die Monate und Jahre, die folgten, hatten sie das Wunder erlebt, eine Miniversion ihrer beider selbst in diese Welt gebracht zu haben.

Jeder Tag mit Luke und Ruth war eine wundervolle Herausforderung und ein Abenteuer gewesen, was die dunkle Leere ihres Verlusts nur umso unerträglicher machte.

Beinahe eine Stunde lang starrte Jaeger auf diese drei Bilder – ein zerfallendes, vergilbtes Nazi-Dokument und das Polizeifoto eines mutmaßlichen Selbstmordopfers, beide mit demselben Adlersymbol versehen, und das Foto von Ruth und Luke – und versuchte, die Verbindung zu erkennen, die zwischen ihnen herrschte. Er konnte das Gefühl nicht abschütteln, dass dieses Adlersymbol irgendwie mit dem Tod – nein: dem *Verschwinden* – seiner Frau und seines Kindes in Verbindung stand.

Auf irgendeine unbegreifliche Art – eine Art, die er nie im Leben würde verstehen können – verspürte er hier eine verstörende Kombination aus Ursache und Wirkung. Vielleicht war es der sechste Sinn eines Soldaten, aber er hatte im Laufe der Jahre gelernt, dieser inneren Stimme zu vertrauen. Oder vielleicht war das alles Schwachsinn. Vielleicht hatten ihm drei

Jahre auf Bioko und fünf Wochen im Black-Beach-Gefängnis doch den Rest gegeben, und Paranoia war wie eine finstere, ätzende Säure in ihn eingedrungen, um seinen Verstand zu zersetzen.

Jaeger konnte sich so gut wie gar nicht an die Nacht erinnern, in der seine Frau und sein Sohn aus seinem Leben gerissen worden waren. Es war ein ruhiger Winterabend gewesen, einer von frischer, atemberaubender Klarheit und Schönheit. Sie waren campen gewesen in den Welsh Hills, der Bogen des sternfunkelnden Himmels weit und wild über ihnen. Es war die Sorte Ort gewesen, an denen Jaeger am glücklichsten gewesen war.

Das Feuer war bis zur Asche runtergebrannt, und der letzte bewusste Gedanke, den Jaeger gehabt hatte, hatte daraus bestanden, ins Zelt zu kriechen, ihre Schlafsäcke miteinander zu verbinden und seine Frau und seinen Sohn eng an sich zu drücken, damit ihnen warm wurde. Er selbst war halb tot zurückgelassen worden – das Zelt war mit giftigem Gas vollgepumpt worden, das ihn völlig wehrlos gemacht hatte, von daher war es wenig überraschend, dass er keine weiteren Erinnerungen mehr hatte. Und als er schließlich zu sich gekommen war, lag er auf der Intensivstation, während seine Frau und sein Sohn seit mehreren Tagen vermisst wurden.

Dennoch, was er nicht begreifen konnte – was ihn zu Tode ängstigte –, war die Art und Weise, wie dieses Adlersymbol sich in diese lange vergrabenen Erinnerungen bohrte.

Die Psychiater der Armee hatten ihn gewarnt, dass die Erinnerungen irgendwo dort drin sein würden. Dass sie eines Tages mit großer Wahrscheinlichkeit wieder an die Oberfläche dringen würden, wie Treibholz, das von einer sturmgepeitschten See ans Ufer gespült wird.

Aber wieso war es das hier – dieses dunkle Adlersymbol –, das damit drohte, so tief zu greifen und sie zurück an die Oberfläche zu zerren?

12

Jaeger hatte die Nacht allein in dem Apartment verbracht.

Er hatte wieder den Traum gehabt; den, der ihn schon so lange quälte, seit Ruth und Luke verschwunden waren. Wie immer hatte er ihn direkt zu dem Augenblick zurückgebracht, als man sie ihm entrissen hatte – die Bilder so deutlich und klar in seinem Kopf, als wäre es gerade gestern erst geschehen. Doch in dem Augenblick, als der furchtbare Schrecken zuschlug, war er aufgewacht, stöhnend, in zerwühlten, schweißgetränkten Laken. Sie quälte ihn – diese Unfähigkeit, dort hinzugehen, sich zu erinnern, selbst in der vergleichsweisen Sicherheit seiner eigenen Träume.

Er stand früh auf.

Er nahm sich ein Paar Laufschuhe aus dem Schrank und begab sich auf die von Frostreif überzogenen Felder. Er lief Richtung Süden, folgte einer sanften Steigung, die ihn durch ein flaches Tal führte, dessen gegenüberliegender Gipfel von den Wäldern des Grove Coppice gekrönt wurde. Er nahm die Strecke, die eine weite Schleife durch die Bäume machte, erhöhte das Tempo und fiel in den vertrauten Rhythmus, mit dem er Meter um Meter verschlang.

Dies war immer sein Lieblingsabschnitt der Strecke gewesen – der dichte Wald schirmte ihn vor neugierigen Blicken ab, die hohen Stämme der Pinien verschluckten jedes Geräusch seines Laufs. Er ließ seine Gedanken in den Rhythmus seiner Schritte sinken; ließ das meditative Pulsieren seiner Sohlen auf dem Boden seinen aufgewühlten Geist beruhigen.

Als er wieder ins Sonnenlicht hinauslief, am nördlichen Ende des Pheasant's Copse, wusste er ganz genau, was er zu tun hatte.

Zurück im Wardour Castle, nahm er eine kurze Dusche und fuhr sein Laptop hoch. Er schrieb eine kurze Nachricht an Captain – jetzt Colonel – Evandro, in der Hoffnung, dass seine E-Mail-Adresse noch dieselbe war. Nach den üblichen Höflichkeitsfloskeln stellte er seine Frage: Wer waren die anderen Parteien, die gegen Wild Dog Media darum geboten hatten, die anstehende Expedition zu unternehmen?

Falls es dort draußen jemanden gab, der ein Motiv besaß, Andy Smith zu töten, dachte Jaeger, dann standen die Konkurrenten für die Expedition ganz vorne auf der Liste.

Nachdem er das erledigt hatte, nahm er sein kostbares Foto seiner Frau und seines Sohnes an sich, verstaute die geheimen Dokumente wieder in ihrem Versteck in Großvater Teds Kriegskiste, schloss das Apartment ab und startete die Triumph. Er fuhr gemächlich die Hazeledon Lane entlang; es war noch früh, und er hatte Zeit.

Er parkte neben dem Delikatessenladen in der Tisbury's Beckett Street. Es war neun Uhr, und sie hatten gerade geöffnet. Er bestellte pochierte Eier, Hickory-Bacon und schwarzen Kaffee. Während er auf das Essen wartete, wurde sein Blick von dem Zeitungsständer angezogen. Die Schlagzeile der zuoberst liegenden Ausgabe lautete: *Putsch in Zentralafrika: Präsident Chambara in Äquatorialguinea festgenommen.*

Jaeger schnappte sich die Zeitung und genoss den Artikel zusammen mit seinem Frühstück.

Pieter Boerke hatte den Nagel auf den Kopf getroffen: Sein »Hab-dich-Putsch« hatte alles eingehalten, was er versprochen hatte. Irgendwie war es Boerke gelungen, seine Männer während eines tosenden Tropensturms über den Golf von Guinea zu schaffen. Er hatte diesen Augenblick bewusst gewählt, da seine Aufklärungsdaten – höchstwahrscheinlich aus der Hand von Major Mojo – nahegelegt hatten, dass Chambaras Einsatzkräfte sich angesichts des schrecklichen Wetters nicht in Kampfbereitschaft befinden würden.

Boerkes Männer hatten mitten in der Nacht aus dem Herzen eines heulenden, Regen herabschleudernden Monsters zugeschlagen. Chambaras Wachen waren völlig überrascht worden und ihr Widerstand schnell zusammengebrochen. Der Präsident war am Flughafen von Bioko gefangen genommen worden, als er versuchte, in seinem Privatjet aus dem Land zu fliehen.

Jaeger lächelte. Vielleicht würde er doch noch an die siebte Seite des Frachtverzeichnisses der *Duchessa* kommen – nicht dass das jetzt noch eine große Rolle spielte.

Fünfzehn Minuten später drückte er mit dem Finger auf eine Türklingel. Er hatte die Triumph im Dorf gelassen und war den Hügel hinaufspaziert, während er telefonisch sein Kommen angekündigt hatte, um Dulce zu warnen.

Dulce. *Süß.* Smiths Witwe machte ihrem Namen wahrhaft alle Ehre.

Smith hatte sie in Brasilien kennengelernt, während ihrer zweiten Ausbildungsmission. Dulce war eine entfernte Cousine von Colonel Evandro. Der stürmischen Romanze war eine Hochzeit gefolgt, und Jaeger konnte nicht behaupten, dass er Smith Vorwürfe dafür machte, sich diese Frau geschnappt zu haben.

Einen Meter fünfundsiebzig groß, dunkle, glimmende Augen und wie poliert glänzende Haut – Dulce war absolut heiß. Außerdem war sie die perfekte Ehefrau, wie Jaeger in seiner Ansprache als Trauzeuge klargestellt hatte, während er Dulce gleichzeitig an Smithys schlechte Angewohnheiten erinnert hatte – aber auch an seine unbeugsame Loyalität.

Die Tür zum Millside wurde geöffnet. Dulce stand vor ihm, gut aussehend wie immer, ein tapferes Lächeln auf ihrem umwölkten Gesicht. Aber sie konnte die Trauer nicht verbergen, die roh und wund direkt unter der Oberfläche ruhte. Jaeger reichte ihr den Fresskorb, den er im Delikatessengeschäft gekauft hatte, zusammen mit einer eilig hingekritzelten Karte.

Sie machte Kaffee, während Jaeger ihr die Kurzfassung seiner drei Jahre als Vermisster zum Besten gab. Natürlich hatte er Kontakt zu ihrem Ehemann gehalten, doch der war vornehmlich in eine Richtung gegangen – indem Smithy per E-Mail berichtete, dass man keine Spur von Jaegers verschwundener Frau oder dem Kind gefunden hatte.

Die Abmachung, die Jaeger mit seinem engsten Freund getroffen hatte, hatte darin bestanden, dass sein Aufenthaltsort ein gut gehütetes Geheimnis bleiben würde, bis er etwas anderes beschloss. Es hatte nur eine Ausnahme gegeben: Falls Smithy starb oder andernfalls unpässlich werden sollte, würde sein Anwalt Jaegers Aufenthaltsort bekannt geben.

Jaeger vermutete, dass Raff und Feaney ihn auf diese Art gefunden hatten, aber er hatte sich nicht die Mühe gemacht, zu fragen. Jetzt, wo Smithy tot war, war das alles plötzlich irrelevant geworden.

»Gab es irgendeinen Hinweis?«, fragte Jaeger, als die beiden sich über den Tisch hinweg ein paar von Dulces *pasteis de nata* teilten, einer brasilianischen Spezialität. »Irgendetwas, das darauf hindeutet, dass er unglücklich war? Dass er sich selbst umgebracht hat?«

»Natürlich nicht!« Dulces Augen funkelten in einem Anflug von südamerikanischem Zorn. Sie hatte immer schon eine hitzige Seite gehabt. »Wie kannst du das fragen? Wir waren glücklich. Er war so glücklich. Nein. Andy hätte niemals getan, was die behaupten. Es ist einfach unmöglich.«

»Keine Geldsorgen?«, drängte Jaeger weiter. »Keine Probleme mit den Kindern in der Schule? Du musst mir helfen. Ich gerate hier wirklich ins Schwimmen, während ich nach irgendetwas suche.«

Sie zuckte mit den Achseln. »Es gibt nichts.«

»Er hat nicht getrunken? Hat nicht in die Flasche geguckt?«

»Jaeger, er ist fort. Und, nein, *amigo*, er hat nicht getrunken.«

Ihr Blick traf seinen. Schmerzerfüllt. Glasig. Aufgewühlt von einem Sturm.

»Was ist mit dem Symbol?«, versuchte Jaeger es noch einmal. »Eine Art Tätowierung. Auf seiner linken Schulter?«

»Was für ein Symbol?« Dulce blickte ihn verständnislos an. »Er hatte gar keins. Das wüsste ich.«

In diesem Augenblick wurde Jaeger klar, dass die Polizei ihr nicht das Foto des dunklen Adlers gezeigt hatte, der ihrem Ehemann in die Schulter geritzt worden war. Er machte ihnen nicht einmal Vorwürfe. Es war auch so schon traumatisch genug für sie. Sie brauchte nicht auch noch mit all den blutigen Einzelheiten konfrontiert werden.

Er wechselte schnell das Thema. »Diese Expedition an den Amazonas, wie stand er dazu? Irgendwelche Probleme mit dem Team? Mit Carson? Der Filmgesellschaft? Irgendwas?«

»Du weißt doch, was er vom Dschungel hielt: Er hat ihn geliebt. Er war so aufgeregt.« Eine kurze Pause. »Eine Sache war da vielleicht. Es hat mir mehr Sorgen bereitet als ihm. Wir haben uns immer ein wenig darüber lustig gemacht. Ich habe das Team kennengelernt. Da war diese Frau. Eine Russin. Irina. Irina Narov. Blondine. Hält sich für die schönste Frau der Welt. Wir konnten nicht so gut miteinander.«

»Okay«, ermutigte Jaeger sie, weiterzureden.

Sie überlegte einen Augenblick. »Es war beinahe, als ob sie glaubte, dass sie zur Anführerin geboren wäre; dass sie besser wäre als er. Als wolle sie ihm die Expedition wegnehmen.«

Jaeger machte sich eine geistige Notiz, den Hintergrund dieser Irina Narov zu durchleuchten. Er hatte noch nie gehört, dass jemand aus einem derart lahmen Grund einen Mord begangen hätte. Aber zur Hölle, hier stand eindeutig eine Menge auf dem Spiel: eine weltweit vermarktete Fernsehsendung, Hoffnung auf internationalen Ruhm und das potenzielle Vermögen, das daraus folgte.

Vielleicht gab es ja doch ein Motiv.

Jaeger fuhr nach Norden, während die Meilen unter seiner Triumph dahinzogen.

Irgendwie, auf unerklärliche Art, hatte sein Besuch bei Dulce ihn wieder auf die Spur gebracht. Sie hatte bestätigt, was er in seinem Herzen bereits gewusst hatte: dass in Andy Smiths Leben alles in bester Ordnung gewesen war. Er hatte sich nicht selbst umgebracht; er war ermordet worden. Nun musste er nur noch die Mörder finden.

Er hatte Dulce mit dem Versprechen verlassen, dass sie ihn bloß anzurufen brauchte, falls sie oder die Kinder irgendetwas – *egal was* – benötigten.

Es war eine lange Fahrt von Tisbury zur schottischen Grenze.

Jaeger hatte nie ganz verstanden, weshalb sein Großonkel Joe dorthin gezogen war, so weit weg von seinen Freunden und seiner Familie. Er hatte immer das Gefühl gehabt, dass der Mann sich versteckte, doch wovor, das wusste er nicht. Buccleuch Fell, östlich von Langholm, lag unter Hellmoor Loch – man fand nur mit Mühe eine abgelegenere und verstecktere Ecke, ohne den Planeten zu verlassen.

Die Triumph war ein Hybrid aus einer Straßen- und einer Geländemaschine. Und als Jaeger schließlich auf den Pfad einbog, der zu Onkel Joes Hütte führte, wie sie das Haus immer genannt hatten, war er wirklich froh darüber. Er erreichte die ersten Ausläufer von Schnee, und während der Pfad sich immer höher hinaufwand, wurden die Bedingungen immer schlechter.

Direkt zwischen dem Mossbrae Height und dem Law Kneis – jeder davon ein Gipfel von vierhundertsechzig Metern Höhe – schmiegte sich die Hütte auf gut dreihundert Metern in eine der wenigen Lichtungen, mitten in einem weitläufigen Waldgebiet. Jaeger erkannte an der dicken Schneeschicht, dass schon seit Tagen niemand mehr diesen Pfad entlanggekommen war.

Er hatte eine Kiste mit Vorräten auf den Träger des Motorrads geschnallt: Milch, Eier, Speck, Würstchen, Haferflocken, Brot. Er hatte einen kurzen Halt an der Westmorland-Raststätte gemacht, einer der letzten, bevor er von der M6 abgefahren war. Als er auf die Lichtung von Großonkel Joe fuhr, brauchte er bereits beide Füße, um sein Motorrad zu stabilisieren, während es durch die hubbeligen Schneewehen schlitterte, die teilweise knietief waren.

Im Sommer war dieser Ort geradezu paradiesisch. Jaeger, Ruth und Luke hatten nur schwer darauf verzichten können.

In den langen Wintermonaten allerdings …

Vor dreißig Jahren hatte Großonkel Joe dieses Stück Land von der Forstverwaltung gekauft. Er hatte die Hütte quasi ganz allein hochgezogen – auch wenn sie viel zu üppig war, um diesem Namen gerecht zu werden. Er hatte einen Bach umgeleitet, damit er über das Grundstück floss, und eine Reihe kleiner, kaskadenartiger Seen ausgehoben, die ineinanderliefen. Das ganze Gebiet war in ein Öko-Paradies umgestaltet worden, mitsamt einiger schattiger Plätzchen, um Gemüse anzubauen.

Mit Solarzellen und einem Holzofen sowie einer Windkraftanlage war das Haus nahezu selbstversorgend. Es gab kein Telefon und keinen Handyempfang, also hatte Jaeger sein Kommen nicht ankündigen können. Eine breite Säule weißen Rauchs stieg aus dem stählernen Kaminrohr auf, das an der Seite der Hütte nach oben führte. Das Feuerholz kam kostenfrei aus dem Wald, und die Hütte war für gewöhnlich immer mollig warm.

Mit seinen fünfundneunzig Jahren war Großonkel Joe auf die Wärme angewiesen, vor allem, wenn das Wetter so schlecht wurde wie zurzeit.

Jaeger stellte seine Maschine ab, stapfte knirschend durch die Schneewehen und hämmerte gegen die Tür. Er musste einige Male laut anklopfen, bevor er von drinnen eine Stimme hörte.

»Schon gut, schon gut!« Jaeger hörte, wie die Tür entriegelt wurde, bevor sie weit aufschwang.

Ein Paar Augen blickte ihn unter einem Mopp schneeweißer Haare heraus an. Perlig schimmernd und voller Leben, schienen sie in den vergangenen Jahren nichts von ihrer Schärfe verloren zu haben.

Jaeger hielt die Vorratskiste hin. »Ich dachte, du könntest das hier gebrauchen.«

Großonkel Joe starrte ihn mit zerfurcht zusammengezogenen Brauen an. Seit Großvater Teds Tod hatte Onkel Joe, wie Jaeger ihn nannte, den Platz des Ehrengroßvaters eingenommen, und er hatte sich der Rolle als würdig erwiesen. Sie beide standen sich sehr nahe.

Onkel Joes Augen leuchteten auf, als er den unerwarteten Besucher erkannte. »Will, mein Junge! Unnötig, es zu erwähnen, aber wir haben dich nicht erwartet … Rein. Rein. Komm rein. Zieh die nassen Klamotten aus, und ich setze Tee auf. Ethel ist draußen. Ein Spaziergang im Schnee. Dreiundachtzig, und benimmt sich immer noch wie sechzehn.«

Das war typisch Onkel Joe.

Jaeger hatte ihn seit knapp vier Jahren nicht gesehen. Er hatte gelegentlich eine Postkarte aus Bioko geschickt, aber mit wenig Neuigkeiten. Nur um die beiden wissen zu lassen, dass er noch am Leben war. Und jetzt stand er hier, unangemeldet auf ihrer Türschwelle, und Joe tat, als wäre es das Natürlichste auf der Welt.

Ein ganz normaler Tag auf Buccleuch Fell.

Für eine Weile taten sie das Notwendige. Sie tauschten Neuigkeiten aus. Jaeger erzählte eine Kurzfassung seiner Erlebnisse auf Bioko. Großonkel Joe erzählte von den letzten vier Jahren auf Buccleuch – keine großen Veränderungen. Dann fragte Joe nach Ruth und Luke. Er brachte es nicht übers Herz, nicht wenigstens zu fragen, auch wenn er tief im Herzen wusste, dass er einer der Ersten gewesen wäre, die davon gehört hätten, wenn Jaeger irgendetwas Neues in Erfahrung gebracht hätte.

Jaeger bestätigte, dass ihr Verschwinden noch immer ebenso mysteriös war wie zu Beginn.

Nachdem sie sich auf den neuesten Stand gebracht hatten, fixierte Joe Jaeger mit einem Blick, der halb stählerne Inquisition, halb lockere Neckerei war. »Also, erzähl mir nicht, dass du im tiefsten Winter die ganze Strecke hier hochgefahren kommst, um einem alten Mann seine Einkäufe zu bringen – auch wenn ich das zu schätzen weiß. Weshalb bist du wirklich hier?«

Als Antwort griff Jaeger in seine Belstaff-Jacke und zog sein Smartphone heraus. Er wischte durch die Galerie bis zu dem Foto des Adlersymbols – das auf dem *Aktion-Werwolf*-Dokument.

Er legte das Handy vor Joe auf den Küchentisch.

»Verzeih mir die neumodische Technik, aber sagt dir dieses Symbol irgendetwas?«

Großonkel Joe fummelte in der Tasche seiner Strickjacke herum. »Dafür brauch ich meine Brille.«

Er nahm das Handy hoch und hielt es am ausgestreckten Arm vor sich. Dann drehte er es ein wenig in diese und ein wenig in jene Richtung. Er war ganz offensichtlich nicht vertraut mit der Technik, doch als seine Augen das Bild erkannten, veränderte er sich ebenso dramatisch wie unerwartet.

Innerhalb von Sekunden wich ihm alles Blut aus dem Gesicht. Er wurde weiß wie ein Gespenst. Mit zitternder Hand legte er langsam das Handy zurück auf den Tisch. Als er wieder aufsah, war da ein Ausdruck in seinen Augen, den Jaeger nie zuvor gesehen hatte. Und von dem er auch niemals erwartet hatte, ihn zu sehen.

Furcht.

13

»Ich … ich habe immer erwartet … ich habe immer befürchtet …« Großonkel Joe rang nach Luft und machte eine hektische Geste in Richtung des Waschbeckens.

Schnell lief Jaeger los, um ihm ein Glas Wasser zu bringen.

Der alte Mann nahm es mit einer zitternden Hand und trank, wobei er die Hälfte auf dem Küchentisch verschüttete. Als sein Blick wieder den von Jaeger traf, schien alles Leben aus seinen Augen gesaugt worden zu sein. Er blickte durch den Raum, fast so, als suche er einen Geist. Als versuche er sich zu erinnern, wo er war, um sich wieder im Hier und Jetzt, in der Gegenwart zu verankern.

»Wo in Gottes Namen hast du das her?«, flüsterte er und deutete auf das Bild auf dem Smartphone. »Nein, nein – sag es mir nicht! Ich habe befürchtet, dass dieser Tag irgendwann kommen könnte. Aber ich hätte mir nie vorstellen können, dass er durch dich kommen würde, mein Junge, und das nach allem, was du ertragen musstest …«

Sein Blick schweifte in irgendeine weit entfernte Ecke des Zimmers.

Jaeger wusste nicht recht, was er sagen sollte. Das Letzte, was er je gewollt hatte, war, diesem seligen alten Mann irgendwelche Unannehmlichkeiten zu bereiten. Irgendwelchen Kummer. Welches Recht hatte Jaeger, das an Joes Lebensabend zu tun?

Großonkel Joe schüttelte sich aus seinem Tagtraum. »Mein Junge, du kommst am besten mit ins Arbeitszimmer. Ich möchte nicht, dass Ethel irgendetwas mitbekommt von … nun, hiervon. Trotz ihrer Streifzüge durch den Schnee ist sie nicht mehr so robust, wie sie mal war. Keiner von uns ist das.«

Er stemmte sich auf die Füße und deutete auf das Glas. »Nimmst du mein Wasser mit?«

Er wandte sich in Richtung des Arbeitszimmers, und während er voranging, war er so vollkommen anders, als Jaeger ihn je gesehen hatte. Er war vom Alter gebeugt – beinahe zusammengekrümmt –, als würden die Sorgen der Welt auf seinen Schultern lasten.

Großonkel Joe seufzte tief, ein Geräusch wie trockener Wind, der durch die Berge säuselt. »Du musst wissen, wir dachten, wir könnten unsere Geheimnisse mit ins Grab nehmen. Dein Großvater. Ich. Die anderen. Ehrenvolle Männer; Männer, die die Regeln kannten – die sie verstanden. Allesamt Soldaten – die wussten, was von uns erwartet wurde.«

Sie hatten sich im Arbeitszimmer eingeschlossen, woraufhin Großonkel Joe darum gebeten hatte, alles zu erfahren – jedes noch so winzige Detail. Alles, was geschehen war – das zu diesem Augenblick geführt hatte. Nachdem Jaeger ihm alles erzählt hatte, war der alte Mann lange ruhig geblieben, eingegraben in seinen Gedanken.

Als er sein Schweigen schließlich brach, war es beinahe, als würde er mit sich selbst sprechen; oder mit anderen, die im Zimmer waren – die Geister derjenigen, die längst nicht mehr am Leben waren.

»Wir dachten – wir hatten gehofft –, dass das Böse fort wäre«, flüsterte er. »Dass wir alle mit friedvollen Seelen unsere letzte Ruhestätte einnehmen könnten, mit einem reinen Gewissen. Wir hatten geglaubt, dass wir genug getan hatten, vor all diesen Jahren.«

Sie saßen in einem Paar abgewetzter und bequemer lederner Lehnsessel, einander halb zugewandt, die Wände um sie herum mit Erinnerungsstücken an den Krieg vollgehängt. Schwarz-Weiß-Fotos von Großonkel Joe in Uniform; ausgefranste Flaggen; ikonische Abzeichen; sein Kampfmesser; sein zerschlissenes beigefarbenes Barett.

Es gab nur ein paar wenige Ausnahmen zum Kriegsthema. Joe und Ethel hatten nie Kinder gehabt. Jaeger, Ruth und Luke – sie waren wie eine adoptierte Familie gewesen. Ein paar Bilder – größtenteils von Jaeger und seiner Familie, die ihren Urlaub in der Hütte verbrachten – übersäten den Schreibtisch, gemeinsam mit einem auffällig aussehenden Buch, einem, das zwischen all den Kriegserinnerungen etwas fehl am Platze wirkte.

Es war eine weitere Ausgabe des Voynich-Manuskripts, augenscheinlich identisch mit dem, das in Großvater Teds Kriegskiste lag.

»Und dann kommt dieser Junge her, dieser wunderbare Junge«, sprach Großonkel Joe weiter. »Mit … Damit. *Ein Reichsadler!*« Die letzten Worte spie der alte Mann voller Leidenschaft und auf Deutsch aus, während er den Blick wieder fest auf Jaegers Smartphone richtete. »Diese teuflische, verfluchte Verdammnis! Bei allem, was der Junge sagt, scheint es, als wäre das Böse zurückgekehrt … Bin ich dadurch befugt, das Schweigen zu brechen?«

Er ließ die Frage im Raum schweben. Die dick isolierten Wände der Hütte neigten dazu, jedes Geräusch zu verschlucken, und dennoch schien eine düstere Warnung im Raum nachzuhallen.

»Onkel Joe, ich bin nicht hier, um mich in Dinge einzumischen …«, setzte Jaeger an, doch der alte Mann hob eine Hand und brachte ihn damit zum Schweigen.

Mit sichtlicher Mühe schien er seine Konzentration wieder auf die Gegenwart zu richten. »Mein Junge, ich glaube nicht, dass ich dir alles erzählen kann«, murmelte er. »Dein Großvater, zum einen, hätte das niemals gebilligt. Nicht, solange die Umstände nicht völlig hoffnungslos wären. Aber du hast es verdient, ein *bisschen* zu erfahren. Stelle mir Fragen. Du musst mit Fragen hergekommen sein. Frag, und ich werde sehen, was ich dir erzählen kann.«

Jaeger nickte. »Was habt du und Großvater im Krieg getan? Ich habe gefragt, als er noch am Leben war, aber er hat nie viel rausgerückt. Was habt ihr getan, dass er am Ende mit einem Dokument wie diesem dastand?« Er machte eine Geste in Richtung seines Handys.

»Um zu verstehen, was wir im Krieg getan haben, musst du zunächst verstehen, womit wir es zu tun hatten«, begann Großonkel Joe leise. »Zu viele Jahre sind vergangen; zu viel wurde vergessen. Hitlers Botschaft war einfach, und sie war furchterregend.

Erinnere dich an Hitlers Slogan: *Denn heute gehört uns Deutschland und morgen die ganze Welt*«, zitierte Großonkel Joe auf Deutsch, bevor er den Satz für Jaeger übersetzte. »Das Tausendjährige Reich sollte ein wahrhaft globales Imperium werden. Es sollte dem Vorbild des Römischen Imperiums folgen, Berlin sollte in Germania umbenannt werden und als Hauptstadt der ganzen Welt dienen.

Hitler war der Ansicht, dass die Deutschen die arische Herrenrasse wären, der *Übermensch*. Sie nutzten etwas, das sie *Rassenhygiene* nannten, um Deutschland von den *Untermenschen* zu säubern, wodurch sie unbesiegbar werden würden. Die Untermenschen sollten ausgebeutet werden, versklavt und ungestraft ausgerottet. Acht, zehn, zwölf Millionen – niemand weiß genau, wie viele vernichtet wurden.

Wir neigen dazu, zu glauben, dass es nur die Juden waren«, fuhr Großonkel Joe fort. »Doch dem war nicht so: Es traf jeden, der nicht der Herrenrasse angehörte. *Mischlinge* – Halbjuden oder Mischvölker. Homosexuelle; Kommunisten; Intellektuelle; Nichtweiße – und das schloss Polen, Russen, Südeuropäer und Asiaten mit ein … Die *Einsatzgruppen* –

die Todesschwadronen der SS – machten sich daran, sie alle auszurotten.

Und dann war da noch das *Lebensunwerte Leben* – die körperlich Behinderten und geistig Kranken. Mit der *Aktion T4* begannen die Nazis, auch *sie* zu töten. Stell dir das bloß mal vor! *Die Behinderten.* Sie ermordeten die wehrlosesten Mitglieder der Gesellschaft. Und du weißt, auf welche Art und Weise sie das vollzogen haben: Sie haben ihre Opfer mit irgendeiner faulen Ausrede in einem Bus – *Gaswagen* genannt – gesammelt, sind mit ihnen durch die Stadt gefahren und haben die Auspuffgase zu ihnen ins Fahrzeug gepumpt, während sie durch die Fenster nach draußen geschaut haben.«

Der alte Mann schaute Jaeger an, ein gequälter Ausdruck in seine Miene geätzt. »Dein Großvater und ich, wir haben so furchtbar viel davon mit unseren eigenen Augen gesehen.«

Er nahm einen Schluck seines Wassers und gab sich sichtlich Mühe, sich wieder zu fangen. »Aber es war nicht nur wegen der Ausrottungen. Über den Toren ihrer Konzentrationslager hatten sie einen Spruch stehen: *Arbeit macht frei.* Natürlich hätte nichts weiter von der Wahrheit entfernt sein können. Hitlers Reich war eine Zwangswirtschaft. Mit seinen Untermenschen hatte er eine riesige Armee von Sklavenarbeitern, und Millionen von ihnen wurden so lange zur Arbeit gezwungen, bis sie tot umfielen.

Und weißt du, was das Schlimmste daran war?«, fragte er flüsternd. »*Es hat funktioniert.* Zumindest für Hitler hat es das. Die Ergebnisse sprachen für sich selbst. Außerordentliche Raketentechnik; hochmoderne Lenkraketen; Marschflugkörper; hochmoderne Flugtechnik; düsengetriebene Flugzeuge; Tarnkappen-U-Boote; nie zuvor gesehene chemische und biologische Waffen; Nachtsichtausrüstung – in so gut wie jedem Bereich lieferten die Deutschen die ersten Erfolge ab. Sie waren uns Lichtjahre voraus.

Hitler hatte einen völlig fanatischen Glauben an die Technologie«, fuhr er fort. »Erinnere dich – mit der V2 waren sie die Ersten, die eine Rakete ins Weltall brachten; nicht die Russen, wie man heute allgemein annimmt. Hitler war davon überzeugt, dass die Technologie für sie den Krieg gewinnen würde. Und glaube mir – wäre das Nuklear-Wettrennen nicht gewesen, das wir eher durch Glück als durch Technik gewonnen haben, dann hätten sie das 1945 auch beinahe geschafft.

Nehmen wir nur das Tarn-U-Boot XXI. Es war seiner Zeit um Jahrzehnte voraus. Noch in den Siebzigern haben wir versucht, das Design zu kopieren und zu erreichen. Mit dreihundert XXI-U-Booten hätten sie einen Würgegriff um England legen können und uns zur Kapitulation gezwungen. Bei Kriegsende hatte Hitler eine Flotte von hundertsechzig Schiffen, die darauf warteten, die Meere zu durchpirschen.

Oder nimm die V7-Rakete. Daneben sah die V2 wie ein Kinderspielzeug aus. Sie hatte eine Reichweite von fast fünftausend Kilometern, und ausgestattet mit einem ihrer geheimen Nervengase – Sarin oder Tabun – hätte sie den Tod aus der Luft über jeder unserer großen Städte abwerfen können.

Glaub mir, William, sie standen so dicht davor – wenn schon nicht davor, den Krieg zu gewinnen oder ihr *Tausendjähriges Reich* zu errichten, dann doch wenigstens so dicht davor, die Alliierten zu Friedensgesprächen zu zwingen. Und wenn wir das getan hätten, dann hätte das bedeutet, dass Hitler – der Nationalsozialismus, dieses ultimative Böse – überlebt hätte. Denn das war alles, worum es ihm und seinem engsten Kreis von Fanatikern ging – ihr *Drittes Reich* zu wahren, um tausend Jahre lang zu herrschen. Sie standen so dicht davor …«

Der alte Mann seufzte erschöpft. »Und auf so vielfache Weise war es unser Job – der deines Großvaters und meiner –, zu versuchen, sie davon abzuhalten.«

14

Großonkel Joe griff in seine Schreibtischschublade und wühlte darin herum. Er zog etwas heraus, wickelte das Seidenpapier auf und reichte es Jaeger. »Das Originalabzeichen des SAS. Ein weißer Dolch. Darunter steht: WER WAGT, GEWINNT. Wir trugen es zusammen mit unseren ›Flügeln‹, unserem Fallschirmspringer-Abzeichen. Aus beidem wurde der berühmte geflügelte Dolch, der heute das Abzeichen der Einheit bildet.

Wie du ohne Zweifel schon geahnt hast, haben dein Großvater und ich im SAS gedient. Wir hatten Einsätze in Nordafrika, an der östlichen Mittelmeerküste und schließlich in Südeuropa. Das sind alles keine Geheimnisse. Aber du musst verstehen, mein Junge, dass unsere Generation einfach nicht über solche Sachen sprach. Aus diesem Grund haben wir unsere Einheitsabzeichen – und unsere Kriegsgeschichten – gut verstaut und versteckt gehalten.

Es war im Herbst 1944, in Norditalien, als wir beide verwundet wurden«, fuhr er fort. »Ein Einsatz hinter feindlichen Linien. Ein Hinterhalt, ein verflixtes Feuergefecht. Wir wurden in ein Krankenhaus evakuiert, erst nach Ägypten und dann weiter nach London. Du kannst dir vorstellen, keinem von uns war daran gelegen, sich ab da ein leichtes Leben zu machen. Als die Gelegenheit aufkam, sich freiwillig für eine Top-Secret-Einheit zu melden, nun, da haben wir sie genutzt.«

Großonkel Joe warf Jaeger einen Blick zu, Unsicherheit in den Augen. »Dein Großvater und ich legten einen Eid ab. Zu schweigen. Aber … nun, angesichts all dessen …« Er wedelte mit der Hand in Richtung Jaegers und des Smartphones.

»Dein Großvater war ranghöher. Zu dem Zeitpunkt war er bereits zum Colonel befördert worden. Im Januar 1945 wurde er zum Befehlshaber der Target Force ernannt. Ich wurde einer seiner Stabsoffiziere.

Du musst wissen, mein Junge, ich habe nie zuvor über das hier gesprochen. Nicht einmal mit Ethel.« Der alte Mann machte eine Pause, um sich zu sammeln. »Die Target Force war eine der geheimsten Einheiten, die je gegründet wurden. Deshalb hast du ohne Zweifel noch nie von uns gehört. Wir hatten eine sehr klare Mission. Wir wurden damit beauftragt, die wichtigsten Geheimnisse der Nazis aufzuspüren: ihre Kriegstechnologien; ihre *Wunderwaffen*; und natürlich ihre besten Wissenschaftler.«

Jetzt, wo der alte Mann angefangen hatte, schien er nicht mehr aufhören zu wollen. Die Worte fielen ihm von den Lippen, als habe er nur verzweifelt darauf gewartet, die Last der Erinnerungen von sich zu geben; und die Geheimnisse.

»Wir sollten diese *Wunderwaffen* vor den Russen finden, die – schon damals – als neuer Feind betrachtet wurden. Wir erhielten eine ›schwarze Liste‹ von Schlüsselstellungen: Fabriken, Labore, Versuchsgelände, Windtunnel, und dazu all die Wissenschaftler und führenden Experten, die den Russen auf keinen Fall in die Hände fallen durften. Die Russen drangen von Osten vor. Es war ein Rennen gegen die Zeit. Eines, das wir zum größten Teil gewonnen haben.«

»Und so kam er an die Akte?«, wollte Jaeger wissen. Er hatte nicht widerstehen können, die Frage einzuwerfen. »Den Bericht über *Aktion Werwolf*?«

»Das ist kein Bericht«, erwiderte Großonkel Joe leise. »Es ist ein Operationsplan. Und nein, um ehrlich zu sein. Ein Dokument von dieser Geheimhaltungsstufe – streng geheim, aufgestiegen aus der dunkelsten Tiefe –, das war weit jenseits selbst unseres Auftrages. Jenseits noch der Target Force.«

»Also woher …«, begann Jaeger.

Der alte Mann brachte ihn mit einer winkenden Bewegung erneut zum Schweigen. »Dein Großvater war ein guter Soldat: furchtlos, intelligent, moralisch charakterfest. Während seiner Zeit bei der T-Force stieß er auf etwas so Schockierendes, so abgrundtief Dunkles, dass er kaum darüber sprach. Es gab eine Operation über der T-Force: eine, die in der geheimen Welt der Schatten geformt wurde. Ihre Mission bestand darin, die höchsten und unerwünschtesten Nazis verschwinden zu lassen – die absolut Unberührbaren –, an Orte, wo wir weiterhin von ihnen profitieren konnten.

Ich muss nicht erwähnen, dass dein Großvater erschrocken war, als er davon erfuhr. Entsetzt.« Großonkel Joe machte eine Pause. »Vor allem wusste er, wie falsch das war. Wie sehr es uns alle korrumpieren würde, sollten wir die Schlimmsten der Bösen in unsere Wohnzimmer holen. Er glaubte, *allen* Nazi-Kriegsverbrechern sollte in Nürnberg der Prozess gemacht werden. Doch jetzt stoßen wir in Bereiche vor, in denen ich einen Eid auf mein völliges Schweigen abgelegt habe.« Er warf Jaeger einen kurzen Blick zu. »Sollte ich mein Wort brechen?«

Jaeger legte dem alten Mann eine tröstende Hand auf den Arm. »Onkel Joe, was du mir bisher erzählt hast – das ist mehr, als ich je wusste oder zu wissen gehofft hatte.«

Großonkel Joe tätschelte seine Hand als Erwiderung. »Mein Junge, ich weiß deine Geduld zu schätzen, dein Verständnis. Das … das ist alles andere als leicht … Nach dem Ende des Krieges kehrte dein Großvater zum SAS zurück. Oder genauer gesagt, gab es zu dem Zeitpunkt kein SAS mehr. Offiziell war er direkt nach dem Krieg aufgelöst worden. Inoffiziell hielt Winston Churchill – der großartigste Herrscher, den ein Land sich je hätte wünschen können – die Einheit am Leben, und danke Gott, dass er das tat.

Der SAS war immer Churchills Baby gewesen«, fuhr er fort. »Nach dem Krieg leitete er die Einheit im Geheimen, ohne offizielle Aufzeichnungen, aus einem Hotel in Londons Innenstadt heraus. Sie gründeten geheime Basen in ganz Europa. Ihr Ziel bestand darin, all jene Nazis auszuschalten, die den Fahndern entgangen waren; sie zu jagen und zu fangen, insbesondere jene, die für all die schrecklichen Verbrechen während des Krieges verantwortlich waren.

Du hast vielleicht schon von Hitlers *Sonderbehandlung* gehört? Ein Dekret, in dem er anordnete, dass sämtliche gefangenen Spezialeinheiten der Alliierten der SS übergeben werden sollten – zur Sonderbehandlung. In anderen Worten: zur Folter und Exekution. Hunderte verschwanden in dem, was die Nazis *Nacht und Nebel* nannten.«

Großonkel Joe hielt kurz inne. Die Anstrengung, so tief in die Dunkelheit zu greifen, erwies sich als kraftraubend.

»Churchills geheimer SAS machte sich daran, all die Nazis zu fassen, die noch frei herumliefen. Sie alle, ganz gleich, welchen Dienstgrad sie hatten. Die *Sonderbehandlung* war direkt von Hitler selbst angeordnet worden. Die absoluten Topleute des Nazi-Regimes befanden sich im Fadenkreuz deines Großvaters, und damit stand er in direktem Konflikt mit den Leuten, deren Aufgabe es war, genau diese Männer in Sicherheit zu bringen.«

»Also haben wir gegen uns selbst gekämpft?«, fragte Jaeger. »Eine Seite versucht, die Schlimmsten der Bösen auszuschalten, während die andere versucht, sie in Sicherheit zu bringen?«

»Das ist sehr gut möglich«, bestätigte der alte Mann. »Sehr gut möglich, dass wir das getan haben.«

»Wie lange ging das so?«, hakte Jaeger nach. »Großvater Teds – Churchills – geheimer Krieg?«

»Für deinen Großvater, denke ich, ging er niemals zu Ende. Nicht bis zu dem Tag, an dem man ihn … an dem er starb.«

»Und all diese Nazi-Erinnerungsstücke«, wagte Jaeger zu vermuten. »Die SS-Totenköpfe, die *Werwolf*-Insignien – er hat das alles im Verlauf dieser Jagd an sich genommen?«

Onkel Joe nickte. »Ja. Trophäen, wenn du so willst. Jede erzählt von einer dunklen Erinnerung, von einem Übel, das getilgt wurde, so, wie es sein sollte.«

»Und das Dokument von *Aktion Werwolf*?«, bohrte Jaeger nach. »Das hat er ebenfalls auf diese Art gefunden?«

»Möglich. Vermutlich. Ich kann es nicht genau sagen.« Der alte Mann rutschte unruhig auf seinem Platz herum. »Ich weiß nur sehr wenig darüber. Und ich muss es nicht extra erwähnen, aber ich wusste nicht, dass dein Großvater eine Kopie für sich behalten hat. Oder dass er sie dir vermacht hat. Ich habe ihn nur ein oder zwei Mal davon sprechen hören, und auch dann nur in einem Wispern. Dein Großvater – er wusste zweifelsohne mehr. Aber er nahm seine dunkelsten Geheimnisse mit ins Grab. Ein frühes Grab, wo wir schon dabei sind.«

»Und der *Reichsadler*?«, fragte Jaeger. »Was soll der bedeuten? Wofür steht der?«

Großonkel Joe blickte Jaeger lange an. »Dieses *Ding* auf deinem Telefon – das ist kein gewöhnlicher *Reichsadler*. Der normale Nazi-Adler sitzt über einem Hakenkreuz.« Der alte Mann schaute erneut auf Jaegers Smartphone. »Das hier – das hat einen deutlichen Unterschied. Es ist das runde Symbol unter dem Schwanz des Adlers, dem du besondere Aufmerksamkeit schenken musst.« Der alte Mann erschauderte. »Nur eine … Organisation hat je ein solches Symbol genutzt, und sie tat es *nach* dem Krieg, als die Welt augenscheinlich friedlich war und der Nationalsozialismus tot und begraben …«

Es war warm im Arbeitszimmer, die Hitze des Holzofens in der Küche wehte herein und hielt alles mollig warm, und dennoch verspürte Jaeger einen kalten Hauch, der ins Zimmer gekrochen kam.

Großonkel Joe seufzte, einen gequälten Ausdruck in den Augen. »Unnötig zu erwähnen, dass ich seit wenigstens siebzig Jahren keinen mehr gesehen habe. Und ich war glücklich darüber.« Er machte eine Pause. »Da. Jetzt mache ich mir Sorgen, dass ich zu weit gegangen bin. Wenn ich das getan habe, dann mögen dein Großvater und die anderen – sie müssen mir vergeben.«

Er hielt inne. »Es gibt noch eine Sache, die ich dich fragen muss: Weißt du, wie dein Großvater starb? Das ist einer der Gründe, weswegen ich hier heraufgezogen bin. Ich konnte es nicht ertragen, in der Gegend zu leben, in der wir als Kinder so glücklich gewesen sind.«

Jaeger zuckte mit den Achseln. »Nur, dass es sehr unerwartet geschehen ist. Und viel zu früh. Ich war erst siebzehn – zu jung, als dass mir irgendjemand viel erzählt hätte.«

»Sie haben gut daran getan, es dir nicht zu erzählen.« Der alte Mann verstummte und drehte das alte SAS-Abzeichen in seinen gebrechlichen Fingern herum. »Er war neunundsiebzig Jahre alt. Fit wie ein Turnschuh. Temperamentvoll wie immer, natürlich. Sie sagen, es sei Selbstmord gewesen. Ein Gartenschlauch durch das Autofenster. Der Motor auf Leerlauf. Vergiftet von den Auspuffgasen. Überwältigt von traumatischen Erinnerungen an den Krieg. Was für ein komplett hirnrissiger Schwachsinn!«

Bitterer Zorn loderte jetzt in Onkel Joes Augen. »Erinnert dich das an etwas? Gartenschlauch durchs Autofenster? Bestimmt tut es das! Ja, er war zwar kein *Lebensunwertes Leben* – kein Behinderter, den die Nazis ausrotten wollten.«

Er warf Jaeger einen verzweifelten Blick zu. »Aber was für ein passender Weg für sie, sich an ihm zu rächen.«

Jaeger drehte den Gashebel zurück, der kraftvolle 1200-ccm-Motor röhrte auf und vermischte sich mit dem kehligen Geräusch einer Triumph, die mit Vollgas über einen verlassenen nächtlichen Highway donnerte. Und trotzdem: Während er in Richtung Süden auf der M6 dahinfuhr, fühlte er sich alles andere als triumphierend. Offen gestanden hatte ihn der Besuch bei Großonkel Joe vollends ins Straucheln gebracht.

Es war die letzte Enthüllung des alten Mannes gewesen, die ihn am schwersten getroffen hatte.

Großvater Ted war tot in seinem mit Abgasen gefüllten Auto gefunden worden. Offensichtlich war er daran erstickt. Die Polizei hatte behauptet, dass Selbsttötung die wahrscheinlichste Todesursache war. Schauderhaft war allerdings, dass ein leicht zu erkennendes Zeichen in seine linke Schulter geritzt worden war: ein *Reichsadler*.

Die Parallelen zu Andy Smiths Tod waren nervenaufreibend.

Er hatte so lange gewartet, wie er konnte, bevor er die Hütte verließ. Er hatte Ethel aus dem Schnee hereingeholfen. Hatte mit den beiden zusammen ein Abendessen aus geräucherten Bücklingen genossen. Sie beide zu Bett gebracht, wobei sein Großonkel erschöpfter und verstörter gewirkt hatte, als Jaeger ihn jemals erlebt hatte. Und dann hatte er sich entschuldigt und war losgefahren.

Er hatte Raff, Feaney und Carson versprochen, ihnen seine Entscheidung persönlich mitzuteilen, innerhalb von achtundvierzig Stunden. Die Uhr lief, vor allem, da er noch einen letzten Halt auf dem langen Weg zurück nach London vor sich hatte.

Er hatte die Hütte in den tief verschneiten Wäldern zurückgelassen, in der Hoffnung, dass Joe und Ethel in ihrer Abgeschiedenheit wenigstens sicher waren. Aber die gesamte Fahrt nach Süden hindurch fühlte sich Jaeger, als würden die Geister der Vergangenheit ihn durch die Dunkelheit jagen.

Als jagten sie ihn durch *Nacht und Nebel*.

15

»Weiden Sie Ihre Augen daran!« Adam Carson warf einen Stapel Luftaufnahmen auf den Schreibtisch.

Glatt rasiert, mit kantigem Kiefer und rasiermesserscharfem und listigem Verstand, ein von Natur aus talentierter Redner: Carson war als einer der Gewinnertypen des Lebens geboren worden. Jaeger mochte ihn nicht besonders. Er respektierte ihn als militärischen Kommandanten. Aber vertraute er ihm? Er war sich da nie ganz sicher gewesen.

»Die Cordillera de los Dios: die Berge der Götter«, fuhr Carson fort. »Ein Gebiet, beinahe so groß wie Wales – vollkommen unerforschter Dschungel. Umringt von massiven Gipfeln – viertausend, fünftausend Meter hoch – und eingehüllt in Nebel und Regen. Es gibt wilde Naturstämme, Wasserfälle, so hoch wie eine Kathedrale, Höhlen, die Kilometer um Kilometer in die Berge führen, dazu steile Klippen und gefährliche Schluchten mit reißenden Flüssen. Vielleicht 'ne Herde *Tyrannosaurier*, nur um es schwierig zu machen. Kurz gesagt, es ist eine regelrechte *Vergessene Welt.*«

Jaeger studierte die Bilder, blätterte eines nach dem anderen durch. »Sieht auf jeden Fall aus, als wäre es ein ziemliches Stück vom Soho Square entfernt.«

»Ja, nicht wahr?« Carson schob einen zweiten Stapel Luftbilder in Jaegers Richtung. »Und falls Sie noch irgendwelche Restzweifel haben sollten, werfen Sie einen Blick auf die hier. Ist sie nicht eine Schönheit? Eine mysteriöse, dunkle, wollüstige Schöne und das Biest gleich dazu. Eine Sirene der Lüfte, die uns über dreitausend Kilometer Dschungel hinweg zu sich ruft, ganz zu schweigen von all den Jahren zwischen uns.«

Jaeger schaute die Aufnahmen an. Das rätselhafte Flugzeugwrack saß inmitten eines Meeres aus Smaragdgrün und wurde nur noch sichtbarer dadurch, dass der Wald in ihrer unmittelbaren Umgebung schneeweiß war. Tot. Leblose Äste, die in den Himmel ragten wie eine Myriade Skelettfinger, der Kadaver des Dschungels, sauber abgenagt und offengelegt.

»Knochenwald«, murmelte Jaeger und deutete auf das abgestorbene Areal rund um das geheimnisvolle Flugzeug. »Irgendeine Ahnung, was das ausgelöst hat?«

»Nicht die geringste.« Carson lächelte. »Muss was ziemlich Giftiges sein, aber da gibt es eine Reihe potenzieller Kandidaten. Sie werden Schutzanzüge mitnehmen und natürlich Atemschutzmasken. Sie brauchen ordentlichen Schutz – das heißt, *wenn* Sie gehen.«

Jaeger ignorierte die Spitze. Er wusste, dass jeder auf seine Antwort wartete. Die achtundvierzig Stunden waren um. Deswegen hatten sie sich hier in den vornehmen Büros der Wild Dog Media in Soho versammelt – Adam Carson, eine Handvoll Fernsehproduzenten und das Team von Enduro Adventures.

Offensichtlich besaß jeder, der irgendjemand im Fernsehgeschäft war, ein Büro in Soho. Ein funkelndes Stück der Londoner Innenstadt, wo die Großen und die Mächtigen des Mediengeschäfts sich sammelten. Carson war, typischerweise, aufs Ganze gegangen und hatte sich ein Büro mitten auf dem Soho Square gemietet.

»Das Flugzeug sieht erstaunlich unbeschädigt aus«, stellte Jaeger fest. »Beinahe, als wäre es dort *gelandet*. Haben wir irgendeine Ahnung, von wo es kam oder wohin es wollte und in welchem Jahr?«

Carson schob ihm einen dritten Stapel Fotos rüber. »Nahaufnahmen der Erkennungszeichen. Wie Sie sehen, sind sie schon ziemlich verwittert, aber es scheint, dass es mit den Abzeichen der U.S. Air Force bedeckt war. Bei dieser Art von

Verwitterung steht die Maschine dort offensichtlich schon seit Jahrzehnten … Alle vermuten, dass sie aus dem Zweiten Weltkrieg stammt. Aber wenn sie das tut, ist sie ein absolutes Einzelstück: ein Phänomen, ihrer Zeit um Jahrzehnte voraus.

Vergleichen Sie sie mit einer C-130-Hercules.« Carson warf einen Blick zu den Produzenten. »Die C-130 ist ein modernes Transportflugzeug, das von den meisten NATO-Kräften genutzt wird. Unsere mysteriöse Maschine hier misst von der Schnauze bis zum Heck vierunddreißig Meter, während die C-130 gerade zwölf Meter hat – sie ist also *drei Mal so lang*. Hinzu kommt, dass sie sechs Motoren hat, im Vergleich zu vier bei der C-130, und sie hat eine größere Spannweite.«

»Also hat sie eine schwerere Ladung transportiert?«, vermutete Jaeger.

»Ja, vermutlich«, bestätigte Carson. »Das einzige vage vergleichbare Flugzeug des Zweiten Weltkriegs ist die Boeing B-29 Superfortress, der Typ, der die Atombomben auf Hiroshima und Nagasaki abgeworfen hat. Aber die Form dieses Flugzeugs ist vollkommen anders – viel aerodynamischer und stromlinienförmiger –, und die B-29 war nur etwa halb so groß. Und das fasst das Rätsel ziemlich gut zusammen: Was zum Teufel ist das für eine Maschine?«

Carsons Lächeln wurde breiter, selbstsicherer, beinahe großspurig. »Sie wurde als ›Das letzte große Mysterium des Zweiten Weltkriegs‹ betitelt. Und das ist sie auch.« Jetzt war er komplett in seinen Modus als Verkäufer gewechselt, der seinem Publikum eine Show ablieferte. »Also, alles, was wir brauchen, ist der richtige Mann, um die Mission anzuführen.« Er schaute zu Jaeger. »Sind Sie dazu bereit? Sind Sie dabei?«

Jaeger musterte kurz die ihn umgebenden Gesichter. Carson: übertrieben selbstsicher, dass er seinen Mann hatte. Feaney: das Gesicht von Sorge gerötet, da die Zukunft von Enduro Adventures auf dem Spiel stand. Dazu die verschiedenen Fernsehproduzenten. Anfang dreißig; schlampig – *oder trendy?* – gekleidet; angespannter Blick – ihr Fernsehspektakel auf Messer Schneide.

Und dann war da Mr. Simon Jenkinson, der Archivar. Mit Ende fünfzig war er der mit Abstand Älteste in der Truppe. Sein Auftreten erinnerte ganz und gar an einen Winterschlaf haltenden Honigbären; der Bart weiß gesprenkelt, Brillengläser wie Flaschenböden und ein mottenzerfressenes Tweedjackett, den Kopf verträumt irgendwo in den Wolken tragend.

»Und Sie, Mr. Jenkinson?«, wollte Jaeger wissen. »Es heißt, Sie wären der Experte im Raum? Sie sind Mitglied im LAAST, oder? Dem Lost Aircraft Archaeological Society Trust. Und ein Experte für den Zweiten Weltkrieg. Sollten wir uns nicht anhören, was Sie denken, was das für eine Maschine sein könnte?«

»Wer? Ich?« Der Archivar blickte sich um, als wäre er aus einem langen Schlaf erwacht. Sein Schnurrbart zuckte besorgt. »Ich? Von mir anhören? Vermutlich nicht. Ich bin nicht so gut in Gruppengesprächen.«

Jaeger lachte freundlich. Er mochte den Kerl auf der Stelle. Ihm gefiel sein Mangel an Anmaßung. An Hinterlist.

»Wir sind ein wenig in Eile«, warf Carson ein und schaute zu den Fernsehleuten. »Es wäre sinnvoll, mit dem Archivar zu sprechen, sobald wir mit dem Haupttagespunkt fertig sind, denken Sie nicht? Und der lautet: Sind Sie dabei oder nicht?«

»Wann auch immer ich diese Entscheidung treffe, so möchte ich, dass ich sie auf einer gut informierten Basis treffe«, gab Jaeger zurück. »Also, Mr. Jenkinson. Ihre beste Einschätzung: Was ist das für ein Flugzeug?«

»Nun, ähm – wenn ich so anmaßend sein darf …« Der Archivar räusperte sich. »Es existiert ein Flugzeug, das zu den hier vorliegenden Spezifikationen passt. Die Junkers Ju 390. Deutsch, offensichtlich. Zufällig ein Lieblingsprojekt Hitlers.

Sie sollte als Speerspitze für das Amerika-Bomber-Projekt dienen: Hitlers Plan, transatlantische Bombenangriffe gegen Amerika zu fliegen, gegen Kriegsende.«

»Und haben sie?«, wollte Jaeger wissen. »New York? Washington? Wurden sie je bombardiert?«

»Es gibt Berichte über solche Missionen«, bestätigte Jenkinson. »Keiner davon zweifelsfrei bestätigt. Aber man muss nicht extra erwähnen, dass die Ju 390 die Spezifikationen besaß, um diese Ziele zu erreichen. Sie prahlte mit der Fähigkeit zur Luftbetankung, und die Piloten flogen sie mit hochmoderner Vampir-Nachtsichttechnik, die aus der Nacht quasi Tageslicht machte – was bedeutete, sie konnten in völliger Dunkelheit landen und starten.«

Jenkinson klopfte mit einem Finger auf eine der Luftaufnahmen. »Und sehen Sie das? Die Ju 390 war mit einer Kuppel über dem Rumpf ausgestattet, zur Sternenbeobachtung. Die Besatzung konnte anhand der Sterne über riesige Distanzen navigieren, ohne auf Funk oder Radar angewiesen zu sein. Kurz gesagt, sie war das perfekte Kriegsflugzeug, um geheime, nicht aufzuspürende Flüge um die halbe Welt zu unternehmen.

Also, ja, wenn sie vorgehabt hatten, Sarin-Nervengas über New York abzuwerfen, dann lag das problemlos im Bereich ihrer Möglichkeiten.« Jenkinson schaute sich nervös im Zimmer um. »Ähm … tut mir leid. Das Letzte. Das mit dem Sarin über New York … da ist es ein bisschen mit mir durchgegangen. Können Sie mir alle noch folgen?«

Eine Reihe bestätigend nickender Köpfe. Obwohl er kaum der Typ dafür zu sein schien, hatte Simon Jenkinson sein Publikum fest im Griff.

»Weniger als ein Dutzend Ju 390 wurden je gebaut«, fuhr er fort. »Glücklicherweise verloren die Nazis den Krieg, bevor das Amerika-Bomber-Projekt furchtbare Realität werden konnte. Aber das Seltsame ist, dass keine der Ju 390 je gefunden wurde. Bei Kriegsende sind sie … nun, sie sind verschwunden. Wenn das eine Ju 390 *ist*, so ist es offensichtlich eine Premiere.«

»Irgendeine Vorstellung, was ein deutsches Kriegsflugzeug im Herzen des Amazonas suchen könnte?«, fragte Jaeger. »Noch dazu bedeckt mit amerikanischen Zeichen?«

»Keinen Schimmer.« Der Archivar grinste, als wolle er sich selbst bestrafen. »Um ehrlich zu sein, muss ich gestehen, dass es das ist, was mich umtreibt, während ich im Archiv weggeschlossen bin. Es gibt keine Aufzeichnung irgendwo, die ich finden könnte, dass solch ein Flugzeug jemals nach Südamerika geflogen wäre. Und dass dieses hier Abzeichen der United States Air Force trägt: Nun, die Vorstellungskraft hat ihre Grenzen.«

»Wenn es einen solchen Bericht gäbe, hätten Sie ihn dann gefunden?«, erkundigte sich Jaeger.

Der Archivar nickte. »Soweit ich das sagen kann, hat es dieses Flugzeug dort nie gegeben. Ein Geisterflug.«

Jaeger lächelte. »Wissen Sie was, Mr. Jenkinson, Sie sind in den Archiven verschwendet. Sie sollten sich Ideen fürs Fernsehprogramm ausdenken.«

»Das Flugzeug, das es nie gab«, echote Carson. »Der Geisterflug. Absolut genial. Und, Will, heizt das Ihren Appetit für die Mission nicht noch an?«

»Das tut es«, bestätigte Jaeger. »Daher habe ich noch eine letzte Frage und einen Vorbehalt, und dann, schätze ich, bin ich dabei.«

Carson streckte einladend die Hände aus. »Schießen Sie los.«

Jaeger ließ die Frage wie eine Bombe in den Raum fallen: »Andy Smith – irgendwelche Neuigkeiten darüber, weshalb er ermordet wurde?«

Carsons Gesicht blieb eine undurchschaubare Maske, nur das leichte Zucken eines Muskels in seiner Wange verriet, wie die Frage ihn verunsicherte. »Nun, er starb durch einen Unfall oder einen Selbstmord, soweit es die Polizei betrifft. Von daher, auch wenn sein Tod sicherlich einen Schatten über die gesamte Expedition geworfen hat, so ist es einer, von dem wir uns erholen und weitermachen werden.« Eine winzige Pause. »Und der Vorbehalt?«

Als Antwort schob Jaeger einen Aktenordner über den Tisch. Er enthielt eine Reihe glänzender Broschüren, jede davon mit einem Luftschiff auf dem Cover, das aussah, als käme es direkt aus den Fünfzigern. »Ich habe heute Morgen den Cardington Field Hangar angerufen, in Bedford. Dort liegt die Hauptzentrale von Hybrid Air Vehicles. Ich schätze, Sie kennen Steve McBride und die anderen Leute dort?«

»McBride? Ja, tatsächlich«, bestätigte Carson. »Ein guter, solider Unternehmer. Aber was interessiert Sie an der Firma HAV?«

»McBride hat mir versichert, dass sie einen Heavy Lift Airlander 50 – ihren größten – in Ruheposition über diesem Flecken des Amazonas kreisen lassen können.« Jaeger drehte sich zu den Fernsehleuten um, von denen zwei Engländer waren und einer – der mit dem Geld – Amerikaner. »Um es einfach auszudrücken: Der Airlander 50 ist ein moderner Zeppelin. Mit Helium gefüllt, nicht mit Wasserstoff, also einem absolut trägen Gas. Anders gesagt, es ist keine *Hindenburg*: Sie wird nicht in einem Feuerball explodieren.

Hundertzwanzig Meter lang und sechzig Meter breit«, fuhr Jaeger fort. »Der Airlander wurde für zwei Aufgaben konstruiert. Erstens: dauerhafte, großflächige Überwachung – er soll alles im Auge behalten, was unter ihm vorgeht. Und zweitens: schwere Gewichte heben.«

Er machte eine Pause. »Der Airlander kann bis zu sechzig

Tonnen heben. McBride geht davon aus, dass ein Kriegsflugzeug von unseren Maßen hier etwa halb so viel wiegt, also dreißig Tonnen – vielleicht auch bis zu fünfzig Tonnen, wenn es etwas geladen hat. Wenn wir einen Airlander 50 einsetzen, kann er uns im Auge behalten, und wir können gleichzeitig dieses Flugzeug dort herausheben.«

Der amerikanische Fernsehmann schlug begeistert auf den Tisch. »Mr. Jaeger – Will –, wenn Sie das sagen wollen, was ich denke, dass Sie es sagen wollen, dann ist das hammermäßig. *Hammermäßig.* Wenn ihr Jungs dort reingehen könnt, dieses Ding finden, sichern und dort herausholen, das alles in einem Rutsch – zur Hölle, wir würden unseren Beitrag zum Budget verdoppeln. Und korrigieren Sie mich, falls ich falschliege, Carson, aber wir blättern hier den Löwenanteil hin, oder?«

»Das tut ihr, Jim«, bestätigte Carson. »Und warum kein Airlander? Wenn McBride sagt, er bekommt das hin, und wenn ihr bereit seid, die Extrakosten zu übernehmen, dann lasst uns nicht bloß dort reingehen und sie finden; lasst uns reingehen und sie nach Hause holen!«

»Eine Sache noch«, meldete sich einer der britischen Produzenten. »Wenn dieser Airlander, wie Sie sagen, über dem Dschungel schweben und das Flugzeug herausheben kann, wieso kann er unsere Jungs dann nicht direkt darüber absetzen? Ich meine, im Augenblick besteht der Plan darin, dass Sie einige Tagesmärsche entfernt mit dem Fallschirm über dem Dschungel abspringen und auf dem Landweg vordringen. Würde der Airlander Ihnen nicht all die Mühe ersparen?«

»Gute Frage«, antwortete Carson. »Es gibt drei Gründe, weshalb dem nicht so ist. Nummer eins: Man wirft ein Team niemals über einem Gebiet mit einer unbekannten, giftigen Gefahr ab. Das wäre glatter Selbstmord. Man nähert sich von einer sicheren Position, um die Bedrohung zu analysieren und einzuschätzen. Nummer zwei: Sehen Sie sich das Gebiet über dem Wrack an: Es ist ein Haufen toter, zerbrochener, spitzer Äste. Wenn wir das Team darüber abwerfen, endet die Hälfte davon aufgespießt in den Baumkronen.

Und Nummer drei«, Carson nickte in Richtung des amerikanischen Produzenten, »Jim wünscht sich einen Fallschirmsprung, um etwas Dramatik in der Show zu haben; für die Kameras. Das heißt, der Absprung findet über einem weiten, offenen, sicheren Fleckchen Erde statt. Deshalb müssen die Männer dort reingehen wie geplant und die Landezone verwenden, die wir ausmachen konnten.«

16

Ein frühes Mittagessen wurde im Sitzungssaal serviert – eine externe Cateringfirma brachte Tabletts mit kalten Häppchen herein, jedes davon mit Frischhaltefolie bedeckt. Jaeger schaute einmal hin und beschloss, dass er nicht hungrig war. Er ging durch den Raum, bis er den Archivar in einer mehr oder weniger privaten Ecke zu fassen bekam.

»Interessant«, bemerkte Jenkinson, während er ein besonders plastikhaft aussehendes Stück Sushi studierte. »Es erstaunt mich, wie wir am Ende das Essen unseres alten Feindes verspeisen … Ich nehme stets meine eigenen Sandwiches mit ins Archiv. Reifer Cheddarkäse und Branston-Gürkchen.«

Jaeger lächelte. »Hätte schlimmer werden können: Sie hätten uns Sauerkraut servieren können.«

Nun war es an Jenkinson, zu kichern. »Touché. Wissen Sie, es gibt einen Teil von mir, der beinahe neidisch auf Sie ist, dass Sie losziehen und dieses rätselhafte Flugzeug finden werden. Natürlich wäre ich im Einsatz mehr als nutzlos. Aber, nun … Sie werden Geschichte schreiben. Geschichte leben. Das sollte man nicht verpassen.«

»Ich könnte für Sie einen Platz im Team finden«, schlug Jaeger vor, der beinahe Lust auf den Spaß hatte. »Ich könnte es zu einer Bedingung dafür machen, dass ich mitgehe.«

Der Archivar würgte ein Stück rohen Fisch hoch. »Ups. Sorry. Ist ohnehin ekelerregend.« Er wickelte das Stück in eine Papierserviette und legte es auf einem Regal an der Wand neben ihm ab. »Nein, nein, nein, nein, nein – ich bin mehr als glücklich, in meinem Archiv zu bleiben.«

»Wo wir von Archiven sprechen …«, begann Jaeger. »Vergessen Sie mal für einen Augenblick, was Sie mit Sicherheit wissen. Mir geht es hier um bloße Mutmaßungen. Ausgehend von allem, was Sie gesehen und gehört haben, was glauben Sie wirklich, was das für ein Flugzeug ist?«

Jenkinsons Augen bewegten sich nervös hinter seinen Brillengläsern. »Ich mutmaße für gewöhnlich nicht. Das ist nicht meine Art. Aber wenn Sie schon fragen ... Es gibt nur zwei Szenarien, die irgendeinen Sinn ergeben. Erstens: Es ist eine Ju 390, und die Nazis haben sie mit amerikanischen Abzeichen versehen, damit sie unbemerkt umherfliegen kann. Zweitens: Es ist ein streng geheimes amerikanisches Kriegsflugzeug, eines, von dem noch nie zuvor jemand gehört hat.«

»Welches Szenario ist das wahrscheinlichere?«, wollte Jaeger wissen.

Jenkinson warf einen Blick auf die durchweichte Serviette auf dem Regal. »Das zweite ist so wahrscheinlich wie die Hoffnung, dass ich jemals Sushi mögen werde. Was das erste betrifft: Nun, Sie wären überrascht, wie üblich solche Tricks waren. Wir haben ihre Flugzeuge geschnappt und sie unsere. Wir haben sie mit feindlichen Flaggen bestückt und losgeschickt, damit sie unbemerkt alle möglichen riskanten Operationen ausführten. Und sie haben dasselbe getan.«

Jaeger hob eine Braue. »Das werde ich im Kopf behalten. Kleiner Themenwechsel: Ich habe ein Rätsel für Sie. Ich dachte mir, Sie mögen bestimmt Rätsel – aber es wäre schön, wenn wir dieses unter uns behalten könnten, okay?«

»Ich bin nie glücklicher als bei dem Versuch, ein gutes Rätsel zu lösen«, bekräftigte Jenkinson mit einem Funkeln in den Augen, »vor allem solche, die ich unbedingt geheim halten soll.«

Jaeger sprach noch leiser. »Zwei alte Männer. Zweiter-Weltkrieg-Veteranen. Haben in geheimen Einheiten gedient. Alles extrem geheimnisumwittert. Jeder von ihnen hat sein

Zimmer mit Erinnerungsstücken an den Krieg zugepflastert. Mit einer Ausnahme: Jeder von ihnen hat auf seinem Schreibtisch ein seltsames, uraltes Manuskript liegen, das vollständig in einer unbekannten Sprache geschrieben wurde. Die Frage lautet: warum?«

»Sie meinen, warum sollte jeder von ihnen ein Exemplar haben?« Jenkinson strich sich nachdenklich durch den Bart. »Es gibt keinen Hinweis auf ein tiefer gehendes Interesse? Keine passenden Nachschlagewerke? Keine ähnlichen Texte? Keine Hinweise auf eine zugrunde liegende Forschung über das Phänomen?«

»Nichts. Nur dieses eine Buch. Das ist alles. Liegt auf dem Schreibtisch jedes dieser beiden alten Männer.«

Jenkinsons Augen funkelten. Er hatte eindeutig Spaß an der Sache. »Es gibt etwas, das man den Buchcode nennt.« Er zog einen alten Umschlag aus seiner Jackentasche und begann, darauf herumzukritzeln. »Das Schöne daran ist seine pure Einfachheit. Sowie die Tatsache, dass er absolut nicht zu knacken ist – jedenfalls solange man nicht weiß, auf welches Buch die Personen sich beziehen.«

Er schrieb eine augenscheinlich zufällige Reihe von Zahlen auf: 1.16.47/5.12.53/9.6.16/21.4.76/3.12.9.

»Jetzt stellen Sie sich vor, Sie und eine andere Person haben jeder die gleiche Ausgabe eines Buchs. Er, oder sie, schickt Ihnen diese Ziffern. Sie beginnen mit der ersten Sequenz, 1.16.47, und schlagen also Kapitel eins auf, Seite sechzehn, Zeile siebenundvierzig. Sie beginnt mit einem I. Als nächstes Kapitel fünf, Seite zwölf, Zeile dreiundfünfzig: Die beginnt mit einem D. Kapitel neun, Seite sechs, Zeile sechzehn: beginnt wieder mit einem I. Kapitel einundzwanzig, Seite vier, Zeile sechsundsiebzig: O. Kapitel drei, Seite zwölf, Zeile neun: T. Setzen Sie das alles zusammen, und was erhalten Sie schließlich?«

Jaeger sprach die Buchstaben aus: »I-D-I-O-T. Idiot.«

Jenkinson lächelte. »Sie sagen es.«

Jaeger musste lachen. »Sehr witzig. Sie haben sich gerade Ihre Einladung in den Amazonas versaut.«

Jenkinson kicherte leise, wobei seine Schultern vor und zurück wiegten. »Tut mir leid. Es war das erste Wort, das mir in den Sinn kam.«

»Passen Sie auf, Sie schaufeln sich Ihr Grab nur noch tiefer.« Jaeger machte eine kurze Pause. »Aber sagen wir, das Buch ist in einer unbekannten Sprache und einem unbekannten Schriftsystem verfasst. Wie funktioniert es dann? Mit Sicherheit würde der Code in dem Falle nicht funktionieren, oder?«

»Nicht, wenn Sie eine brauchbare Übersetzung haben. Ohne die Übersetzung hätten Sie ein Wort mit fünf Buchstaben, das vollkommen unlesbar wäre. Ohne die Übersetzung wäre das reiner Unsinn. Aber mit der Übersetzung würde es eine weitere Verschlüsselungsebene hinzufügen, mehr nicht. Beide Individuen müssten natürlich eines der Bücher zur Hand haben, um die Nachricht zu dechiffrieren. Aber im Grunde ist das ein Geniestreich.«

»Kann so ein Code geknackt werden?«, fragte Jaeger.

Jenkinson schüttelte den Kopf. »Sehr schwierig. Nahezu unmöglich. Das ist das Schöne daran. Sie müssten wissen, auf welches Buch die beiden Nutzer sich beziehen, und in diesem Fall bräuchten Sie darüber hinaus noch Zugang zur Übersetzung. Das macht es beinahe unmöglich, ihn zu knacken – es sei denn, Sie schnappen sich einen der beiden alten Männer und prügeln und foltern es aus ihm raus.«

Jaeger musterte den Archivar neugierig. »Das ist eine ziemlich düstere Vorstellungskraft, die Sie da mit sich herumtragen, Mr. Jenkinson. Aber vielen Dank für Ihre Ansicht. Und buddeln Sie weiter nach einer Spur über unser rätselhaftes Flugzeug.« Er kritzelte seine E-Mail-Adresse und Telefonnummer auf den unteren Rand von Jenkinsons Briefumschlag. »Ich wäre sehr interessiert an allem, was Sie ausgraben können.«

»Natürlich.« Jenkinson lächelte. »Freut mich zu sehen, dass sich endlich jemand wirklich interessiert.«

17

»Einwegspiegel«, erklärte Carson. »Wir nutzen ihn, um herauszufinden, welche Charaktere das größte Fernsehpublikum ansprechen. Oder zumindest ist das die beschissene Theorie.«

Er und Jaeger standen in einem abgedunkelten Raum vor etwas, das eine lange Glaswand zu sein schien. Auf der anderen Seite genoss eine Gruppe von Leuten ein kaltes Mittagsbuffet, augenscheinlich ohne eine Ahnung davon zu haben, dass sie beobachtet wurden. Carsons Geschwätz hatte sich deutlich verändert. Es war auf etwas herabgesunken, das er eindeutig für »Kameraden unter sich«-Soldatenslang hielt.

»Sie würden die Scheiße nicht glauben, die ich durchmachen musste, um dieses Team zusammenzustellen«, fuhr er fort. »Fernsehproduzenten – sie wollten Freaks, Glamour und was fürs Auge. Material für Top-Einschaltquoten, wie sie es nennen. Ich wollte zähe Ex-Militärtypen, die wenigstens eine Chance haben, das Ganze durchzustehen. Diese kleine Party dort«, er deutete mit dem Daumen auf das Glas, »ist das verflixte Ergebnis.«

Jaeger deutete auf die Tabletts voller Sandwiches, auf die das Expeditionsteam sich stürzte. »Also, wieso kriegen die nicht die ekligen …«

»Das Sushi? Der Vorteil, im Management zu sein«, unterbrach ihn Carson düster. »Wir kriegen das obszön teure, unverdauliche Essen. Also, ich erzähle Ihnen kurz etwas über die Leute, und dann, schlage ich vor, gehen Sie hinein und richten ein paar warme, kuschelige Worte zur Einstimmung an sie.«

Er deutete durch das Glas auf die erste Person. »Der Große da. Joe James. Neuseeländer. Ehemaliger Kiwi SAS. Hat unterwegs einen Kumpel zu viel verloren; leidet an posttraumatischer Belastungsstörung, deshalb das lange, fettige Haar und der Osama-Bin-Laden-Bart. Sieht aus wie ein Motorradrocker mit Penner-Dutt, worauf die Fernsehtypen natürlich voll abfahren. Aber beurteilen Sie ein Buch nie nach seinem Umschlag: Er ist weiterhin ein zäher, cleverer Mann im Einsatz, zumindest erzählt man sich das über ihn.

Zweitens: wie hingemeißelt aussehender schwarzer Kerl. Lewis Alonzo. Ehemaliger US Navy SEAL. Arbeitet heute als Bodyguard, vermisst aber den Adrenalinrausch der Kampfeinsätze. Also meldet er sich freiwillig für unseren kleinen Spaß. Vermutlich der zuverlässigste Kerl, den Sie kriegen. Was immer Sie tun, verlieren Sie ihn nicht im Amazonas. Wie der Yankee beim Treffen klargemacht hat, blättern die den Löwenanteil der Rechnung hin. Sie brauchen Amerikaner im Team – idealerweise solche, die ein paar Weltklasse-Heldentaten vollbringen – damit das US-Publikum einschaltet.

Drittens: Der französische Sender *Canal Plus* hat einen nicht unerheblichen Teil des Budgets lockergemacht, daher die elegant aussehende französische Mieze. Sylvie Clermont. Hat in der unglücklich betitelten Einheit CRAP gedient. *Commandos de Recherche et d'Action en Profondeur.* Stellen Sie sich darunter den Special Air Service minus das Special vor. Sie hat während der ganzen Übungen in den Scottish Hills hindurch Dior getragen. Und sah verflixt gut darin aus. Wäscht sich vermutlich nicht allzu häufig – französische Miezen neigen dazu –, aber ich schätze, das könnte ich ihr verzeihen …«

Carson lachte über seinen eigenen Witz. Er blickte zu Jaeger hinüber, als erwartete er, dass dieser seinen Humor teilte. Er bekam nicht einmal die Andeutung eines Lächelns zurück. Er zuckte mit den Achseln – unbeirrt; ein Fell, so dick wie ein Nilpferd – und machte weiter.

»Viertens: asiatisch aussehender Kerl. Hiro Kamishi – die Auswahl des japanischen Senders *NHK*. Hiro als Name und ›Hero‹ von Beruf. Ehemaliger Captain in der Tokusha Sakusen Gun – den japanischen Special Forces. Hält sich für einen modernen Samurai; ein Krieger, der auf höheren Pfaden wandelt. Hat sich einen Namen als Kriegshistoriker gemacht, vornehmlich über die japanische Schuld während des Zweiten Weltkriegs. Ich persönlich wüsste nicht, weswegen man sich da schuldig fühlen sollte. Wir haben gewonnen. Sie haben verloren. Ende.«

Carson lachte erneut über seinen eigenen Witz und machte sich nicht länger die Mühe, Bestätigung von Jaeger zu suchen. Die Botschaft war klar: Ich leite die Show hier, und ich sage, was mir verflixt noch mal gefällt; und mir gefällt, was ich verflixt noch mal sage.

»Fünf und sechs: die beiden langhaarigen Jungs, die gerade erst angefangen haben, sich zu rasieren – Mike Dale und Stefan Kral. Ein Aussie und ein Slowake. Die Kameracrew von Wild Dog Media, um die müssen Sie sich also nicht allzu viele Sorgen machen. Sie haben schon in abgelegenen und konfliktanfälligen Regionen gearbeitet und sollten auf sich selbst aufpassen können. Der Vorteil: Sie werden hinter den Kameras sein und die Show filmen, also sollten sie Ihnen nicht im Wege stehen. Der Nachteil: Sie sind beinahe alt genug, um ihr Vater zu sein.«

Carson stieß ein lautes Lachen aus. Das war eindeutig sein Lieblingswitz der bisherigen Show gewesen.

»Sieben. Peter Krakow. Deutsch-Pole. Die ehrwürdige Wahl des Senders *ZDF*. Krakow war früher bei der GSG9. Was kann man sonst noch sagen? Er ist ’n Kraut. Er hat den Charakter einer Assel und den Humor eines Wurms. Er ist ein mürrischer, durch und durch teutonischer Typ. Wenn dieses Flugzeug ein deutsches ist, können Sie sich auf Krakow verlassen, dass er Sie immerzu daran erinnern wird.

Nummer acht: heiß aussehende Latino-Braut. Leticia Santos – wurde uns von der Baumknutscher-Truppe aufgehalst. Brasilianische *chica*, die jetzt für FUNAI arbeitet, Brasiliens staatliche Behörde für die Belange der indigenen Bevölkerung im Amazonas. War früher bei der B-SOB – den Special Forces Ihres Kumpels Colonel Evandro. Hat jetzt ein neues Mantra: Umarme einen Indio im Amazonas. Aber sie ist das, was einem Vertreter des Colonels auf Ihrer Mission am nächsten kommt.

Und schließlich Nummer neun. Ja, ich spreche von der umwerfend aussehenden Blondine. Superheiß. Irina Narov. Ehemalige Offizierin der russischen Speznas, hat jetzt die amerikanische Staatsbürgerschaft und lebt in New York. Narov ist eiskalt. Hochkompetent. Ausgesprochen wohltuend fürs Auge. Ach ja, und man trifft sie niemals ohne ihr Messer an. Und man verarscht sie besser nicht. Unnötig, es zu erwähnen, aber die TV-Leute lieben sie. Sie sind der Ansicht, dass Narov die Quoten durch die Decke jagen wird.«

Carson drehte sich zu Jaeger um. »Mit Ihrer Ehrenwertigkeit macht das runde zehn Mann. Also, was denken Sie? Ein Team zum Totfreuen, oder?«

Jaeger zuckte mit den Achseln. »Ich nehme an, es ist zu spät, um es mir anders zu überlegen und auszusteigen?«

Carsons Grinsen reichte von Ohr zu Ohr. »Vertrauen Sie mir, Sie werden sie lieben. Sie sind der perfekte Typ, alle zu einer geschlossenen Einheit zusammenzuschweißen.«

Jaeger schnaubte. »Eine Sache noch. Ich möchte Raff als meine Nummer zwei. Ein sicheres Paar Hände, das mir den Rücken freihält und mir hilft, diesen Haufen Verrückter im Zaum zu halten.«

Carson schüttelte den Kopf. »Das wird nicht gehen, fürchte ich. Aus militärischer Perspektive gibt es keinen Besseren; aber er ist nicht direkt das gebildetste Individuum und nicht unbedingt hübsch anzusehen. Die Fernsehleute haben sich auf das Team versteift, wie es jetzt dasteht. Das bedeutet, Sie werden die entzückende Irina Narov – die Ehrenamerikanerin – als … nun, Frau an Ihrer Seite haben.«

»Raff ist also ein Dealbreaker?«

»Das ist er. Entweder die blonde Sexbombe oder Sie bleiben hier.«

Jaeger wandte sich wieder dem Einwegspiegel zu und betrachtete Irina Narov lange. Seltsamerweise hatte er den Eindruck, als wüsste sie, dass er sie beobachtete – als könne sie seinen Blick spüren, der durch das Glas brannte.

18

Das erste Tageslicht brach an.

Es wurde Zeit, die Propeller der Lockheed Martin C-130J Super Hercules anzuwerfen und die Maschine in den Himmel zu bringen. Der Rest von Jaegers Team hatte alle Vorbereitungen abgeschlossen und war bereit, loszulegen. Sie saßen festgeschnallt auf den ausklappbaren Segelstoffsitzen, ihre Atemmasken an das Beatmungssystem der Maschine angeschlossen, und bereiteten sich mental auf das vor, was vor ihnen lag – ein Sprung vom Dach der Welt ins Ungewisse.

Jetzt war der Augenblick gekommen, an dem Jaeger noch einige letzte Augenblicke für sich selbst hatte, bevor die Mission – oder in diesem Falle die Expedition ihres Lebens – begann.

Sie waren so weit, abzuheben.

Grünes Licht. Alles bereit.

Keine Umkehr mehr möglich. Nur noch dem verpflichtet, was sie erwartete.

Dies waren die letzten Minuten, bevor der Kampf ums Überleben alles andere verdrängte. Jaeger ging die Startbahn entlang und suchte ein paar Augenblicke für sich allein – ohne Zweifel die letzten, die er für die nächsten Tage und Wochen bekommen würde. Dieses Ritual hatte er bereits als Elitesoldat abgehalten, und er tat es jetzt, während er sich dafür wappnete, diese Expedition in die Tiefen des Amazonas zu führen.

Sie starteten vom Cachimbo-Flugfeld in Brasilien, im Herzen der Serra do Cachimbo – dem Tabakpfeifengebirge. Cachimbo lag auf halber Strecke zwischen Rio de Janeiro an der Atlantikküste und den weit im Westen gelegenen Regionen des Amazonas – womit es innerhalb Brasiliens den Mittelpunkt ihrer Reiseroute markierte.

Man vergaß allzu leicht, wie gigantisch groß Brasilien war oder wie gewaltig das Amazonasbecken. Gut zweitausend Kilometer östlich von Cachimbo lag Rio de Janeiro; gut zweitausend Kilometer westlich lag das mysteriöse Flugzeug, im entferntesten Winkel des Regenwalds.

Als Flugplatz, der ausschließlich militärischen Operationen diente, war Cachimbo der ideale Ausgangspunkt für ihren Abwurf in diese ganz und gar echt vergessene Welt. Als Bonus hatte Colonel Evandro, der Kommandant der B-SOB, verfügt, dass vor Flugstart nicht gedreht werden durfte. Er hatte erklärt, dass die Informationen zu geheim seien, da alle Spezialoperationen von Cachimbo aus gestartet wurden. In Wirklichkeit hatte er es auf Jaegers Bitte hin getan, denn Jaeger hing es wirklich zum Halse raus, Tag und Nacht, sieben Tage die Woche, eine Kamera ins Gesicht gehalten zu bekommen.

Die Kamera-Crew war nun schon beinahe zwei Wochen beim Expeditionsteam, filmte jeden wachen Augenblick und versuchte verzweifelt, jeden noch so kleinen Zipfel eines sich anbahnenden Dramas einzufangen. Jaeger war weit davon entfernt, sich an die ständige plumpe Einmischung zu gewöhnen.

Um die Angelegenheit noch schwieriger zu machen, hatte er auch noch Irina Narov am Hals, um die er sich kümmern musste – seine angebliche Nummer zwei und, in seinen Augen, die Hauptverdächtige im Mordfall Andy Smith. Während der Rest seines Teams Jaegers Gegenwart zu schätzen schien, hatte Narov wenig getan, um ihre Feindseligkeit zu verbergen.

Die blonde russische Sexbombe schien ihm seine Anwesenheit vom ersten Moment an zu verübeln. Es war beinahe so, als hätte sie erwartet, die Mission selbst zu leiten, nachdem

Andy Smith aus dem Weg geräumt war; als ob ihre Pläne irgendwie vereitelt worden wären.

Jaegers gebrochene Zehen und Finger – mit besten Grüßen aus dem Black-Beach-Gefängnis – schmerzten noch immer. Sie waren fest mit Bandagen verbunden, und er schätzte, dass er fit genug war, alles zu überstehen, was ihnen bevorstehen mochte – solange er verhindern konnte, dass Narov mit dem Messer zustach, während er ihr den Rücken zukehrte. Er konnte ihre Feindseligkeit nicht direkt begreifen, vermutete jedoch, dass sich im Hexenkessel des Dschungels alles offenbaren würde.

Und es gab noch eine Dynamik im Team, die ihm nicht entgangen war. Von Anfang an knirschte es zwischen Leticia Santos, der brasilianischen Expeditionsteilnehmerin, und Irina Narov. Jaeger schätzte, dass es sich um einen klassischen Fall zweier wunderschöner Frauen handelte, die in einem allzu vorhersehbaren Zickenkrieg gelandet waren.

Und doch konnte ein Teil von ihm nicht anders, als zu glauben, dass, auch wenn die beiden eifersüchtig aufeinander waren, irgendwie er selbst die Quelle ihrer Eifersucht und Anspannung war.

Er drängte den Gedanken beiseite. Es hatte in der Nacht geregnet, und er nahm den unverwechselbaren Duft eines frischen, kühlen, tropischen Regenschauers wahr, der auf glühende, sonnenerhitzte Erde fiel. Er hätte ihn überall erkannt. Er brachte ihn zurück zu seinem ersten Mal »in den Bäumen«, wie der SAS den Dschungel bezeichnete.

Dschungeltraining war eines der Kernelemente der SAS-Ausbildung – der brutale Aufnahmetest, den jeder Soldat bestehen musste, bevor er es in die Einheit schaffte. Seit dem ersten Tag in den Bäumen war Jaeger klar geworden, dass er eine natürliche Affinität zum Leben im Dschungel besaß. Er vermutete, dass es das dichte Unterholz, der Schlamm und der

Regen waren, die eine Saite in ihm anschlugen – sie erinnerten ihn daran, wie er als Kind mit seinem Vater draußen in der Natur gespielt hatte. Der Versuch, endlose Tage im Schlamm, Regen und dem niedrigen, klaustrophobischen Dschungel zu überstehen, zwang einen dazu, zu improvisieren, und genau das liebte Jaeger – die Notwendigkeit, unter Druck clever zu denken.

Er schloss die Augen und atmete tief ein. Die feuchte, modrige, erdige Luft füllte seine Lungen.

Dies war die Zeit, die er sich nahm, um seine innere Stimme in den Fokus zu bringen; seinen sechsten Sinn des Kämpfers.

Er hatte immer darauf gehört, seit jenen Tagen, die er als Kind damit zugebracht hatte, über die heimatlichen Hügel des ländlichen Wiltshire zu kraxeln, oder seit den Wochenenden, die er im Wald gecampt hatte und nur durch seinen Verstand und die Ressourcen der Wildnis überlebt hatte.

Unter der Anleitung seines Vaters hatte er gelernt, mit bloßen Händen Forellen zu fangen – die Finger durch das sanft kräuselnde Wasser gleiten zu lassen, sie langsam über die kalten, schuppigen Flanken des Fischs zu führen, ihn in die Unterwerfung zu »kitzeln«, bevor er ihn mit einer blitzschnellen Bewegung ans Flussufer schleuderte. Er hatte gelernt, Fallen für Kaninchen aufzustellen und ein wasserdichtes Basha zu bauen – einen Unterschlupf –, mit nichts als dem, was man im typischen englischen Wald finden konnte.

Schon damals hatte sich herausgestellt, dass diese innere Stimme seine Aufmerksamkeit verdient hatte und ihn an die natürliche Ordnung im Wald erinnere. Und als Elitesoldat in späteren Jahren hatte ihm derselbe Instinkt geholfen, seine Seele zu stählen. Während der Auswahlwoche der Offizierskandidaten des SAS hatte er sich anders verhalten als all die anderen Kandidaten, zur allgemeinen Erheiterung – doch die innere Stimme hatte überzeugt geklungen, und er hatte ihr vertraut. Und es hatte sich gezeigt, dass er recht gehabt hatte, als er einer von nur zwei Offizieren geworden war, die die Auswahl in diesem brutalen Winter überstanden hatten.

Diese innere Stimme hatte ihm immer geholfen, sich zu zentrieren.

Oder zumindest hatte sie das bis heute getan.

Aus irgendeinem seltsamen Grund machte dieses Unternehmen Jaeger unruhig, was nicht den leisesten Sinn ergab. Die anstehende Expedition war nicht irgendeine Mission hinter feindlichen Linien, in Unterzahl und unzureichend bewaffnet. Er konnte bloß den Finger nicht darauf legen, was genau ihm Sorge bereitete.

Aller Wahrscheinlichkeit nach war es Andy Smiths Tod und alles, was gefolgt war.

Bevor sie England im Flugzeug verlassen hatten, war Jaeger auf Smithys Beerdigung gewesen, doch selbst als er neben Dulce und den Kindern gestanden und Smith die letzte Ehre erwiesen hatte, hatte sich das tief in seinen Eingeweiden falsch angefühlt. Hinterher hatte er während der Trauerfeier ein Bier mit Raff getrunken. Erst dort hatte der große Maori ihm ein entscheidendes Detail über die Art verraten, auf die Andy Smith gestorben war.

Es hatte keine Spuren eines gewaltsamen Eindringens in sein Hotelzimmer gegeben. Soweit es die Polizei betraf, war er freiwillig hinausgegangen, in betrunkenem Stumpfsinn auf den Hügel gestiegen und in den Tod gesprungen. Doch falls es kein Selbstmord gewesen war, dann hatte Andy eindeutig keinen Versuch unternommen, seine Mörder davon abzuhalten, in sein Hotelzimmer einzudringen.

Das legte den Schluss nahe, dass er sie gekannt hatte.

Es legte den Schluss nahe, dass er ihnen vertraut hatte.

Sie waren in dem abgelegenen Loch Iver Hotel untergekommen, mitten im sturmgepeitschten Januar. Es hatte keine anderen Gäste im Hotel gegeben als die Expeditionsteilnehmer – und das wiederum legte den Schluss nahe, dass der Mörder einer aus Jaegers Team sein musste.

Kurz gesagt: Er oder sie war mit hoher Wahrscheinlichkeit mitten unter ihnen.

Jaeger hatte seinen Verdacht, um wen es sich handeln könnte. Doch er schwieg, hauptsächlich, weil er niemanden im Team aufschrecken wollte, dass er oder sie ein Verdächtiger sein könnte. Mit Ausnahme von Irina Narov waren die Einzigen, mit denen er nicht warm geworden war, der großmäulige und arrogante Mike Dale sowie Stefan Kral – das Kamerateam –, aber es ergab nicht den geringsten Sinn für beide, Smithys Mörder zu sein.

Mit seinem angeborenen Misstrauen gegenüber allen Medien hatte Jaeger schnell den Eindruck gewonnen, dass Dale und Kral eine große Klappe, aber nichts dahinter besaßen. Im Gegenzug empfanden sie ihn als äußerst bissig und unkooperativ, wann immer sie ihm ihre Kamera ins Gesicht hielten. Andy Smith hätte sich mit Sicherheit als umgänglicheres, besser zu formendes Fernsehmaterial erwiesen, also waren die beiden wohl die Letzten, die ihn hatten tot sehen wollen.

Wie auch immer er es drehte und wendete, Jaeger blieb überzeugt davon, dass die Antwort darüber, wie und weshalb man seinen Freund ermordet hatte – denn er war felsenfest überzeugt davon, dass es ein Mord gewesen *war* –, irgendwo tief im Dschungel der beginnenden Expedition lag. Er verspürte den Drang, jetzt loszufliegen. Es war an der Zeit, ins Zielgebiet zu kommen und diese Sache ein für alle Mal zu beweisen.

Jaeger war nicht der Typ, der Dinge nur halb erledigte. Sobald er eingewilligt hatte, die Expedition zu leiten, hatte er sich mit ganzem Herzen daraufgestürzt. Er hatte dort angesetzt, wo Smithy ausgestiegen war, und hatte die Operation in voller Fahrt übernommen. Die hektischen Vorbereitungen hatten ihn jeden wachen Moment gekostet und nur sehr wenig Zeit für irgendetwas anderes gelassen.

Er hatte vor seiner Abreise nur die Zeit für ein sehr kurzes Telefonat mit seinen Eltern gehabt. Vor einigen Jahren hatten sie sich für ihren Ruhestand auf die Bermudas zurückgezogen – in den ewigen Sonnenschein, den gelegentlichen Hurrikan und die Freuden des steuerfreien Lebens. Während des eiligen Telefonats hatte er ihnen einen kurzen Überblick gegeben: Er war aus Bioko zurück; es gab keine Neuigkeiten über Ruth und Luke; er war auf dem Weg in den Amazonas für eine Expedition mit Enduro Adventures; und er wollte sie gerne besuchen kommen, um sie mehr über Großvater Teds Leben zu fragen und darüber, wie dieser gestorben war.

Er hatte seinen Eltern versprochen, dass er bald zu ihnen fliegen und sie besuchen kommen würde, und hatte aufgelegt. Welchen Verdacht er hinsichtlich Großvater Teds Tod hegte, ließ er unausgesprochen. Es fühlte sich falsch an, sie über eine blecherne Telefonverbindung zu äußern. So ein Gespräch musste man von Angesicht zu Angesicht führen. Sobald er am Amazonas fertig war, würde er in einen Flieger Richtung Bermuda steigen.

Jetzt waren Jaeger und sein Team schon seit einer Woche in Brasilien, betreut von Colonel Evandro und seinen B-SOB-Teams. In dieser Zeit hatte die brasilianische Wärme – sowohl die der Menschen als auch des Wetters – ihm die schlimmsten Befürchtungen genommen. Mit der Zeit hatte sich das Gefühl von Finsternis, das ihn in England erfasst hatte, gelegt.

Erst jetzt, als sie bereit waren, sich tiefer in das Amazonasgebiet zu begeben, krochen die Sorgen langsam wieder zurück.

19

Der Cachimbo-Flugplatz lag tief in einem dicht bewaldeten Tal, ein undurchdringlicher Teppich üppiger, miteinander verflochtener Vegetation, der zu beiden Seiten die Hänge hinaufwuchs. Die ersten Strahlen der Sonne leuchteten über dem zerklüfteten Dschungelhorizont auf – Laserstrahlen, die die Nebelschwaden wegbrannten, die zwischen den Baumwipfeln hingen. Die glühende Tropensonne würde schon bald die Kühle der Morgendämmerung vertreiben.

Wer in Jaegers Profession arbeitete, behauptete gerne, dass es im Grunde nur zwei mögliche Reaktionen auf den Dschungel gab: Entweder war es auf den ersten Blick Liebe … oder Hass. Diejenigen, die ihn hassten, betrachteten ihn als düster, fremdartig, Unheil verkündend. Klaustrophobisch. Voller Gefahren. Doch für Jaeger war es immer das genaue Gegenteil gewesen. Er fühlte sich unwiderstehlich in diesen wilden, drängenden, überschäumenden Strudel des Lebens hineingezogen: das Ehrfurcht gebietende Ökosystem des tropischen Regenwalds.

Er war begeistert von der Vorstellung einer Wildnis, bar jeglicher Spuren menschlicher Zivilisation. Und tatsächlich war der Dschungel absolut neutral. Er war weder von Natur aus feindselig noch freundlich zur Menschheit. Wenn man seine Regeln verinnerlichte, sich seinem Rhythmus anpasste, eins mit seinem Wesen wurde, dann konnte er sich als hervorragender Freund und Zufluchtsort erweisen.

Nachdem das gesagt war: Die reine, simple, abgelegene Wildnis der Cordillera de los Dios – der Berge der Götter – war anders als alles andere auf dieser Erde. Und natürlich gab es diesmal das geheimnisvolle Flugzeug, verborgen im Herzen der Cordilleras.

Irgendwo über ihm stieß etwas, das wie eine Harpyie, eine Adlerart, aussah, einen einsamen, schrillen Schrei aus. Es gab einen antwortenden Ruf herab von einem der höchsten der Waldriesen. Es war ein Riesenbaum – ein gigantisches, tropisches Hartholz, das fünfzig Meter über die dunklen, schattigen Tiefen des Waldbodens hinausragte. Seine emporragende Krone war durch das Blätterdach des Urwalds gebrochen und reckte sich im Kampf ums Sonnenlicht weit nach oben.

Dort stand er, ins erste Licht des prachtvollen Sonnenaufgangs gebadet.

König all dessen, was er überragte.

Die obersten Äste boten den perfekten Aussichtspunkt, von dem aus die Harpyie ihre Beute jagen konnte. Jaeger blickte über die sich ausbreitende Vegetation des Baums, die mit einer Schar feiner, pinkfarbener Blüten überzogen war. Sie allein blühten. Man musste einfach hinschauen – ein Fleck strahlender Farbe, zu allen Seiten umgeben von einem Meer dunkler Grüntöne.

Er entdeckte das Nest.

Die Adler waren ein Brutpaar.

Ohne Zweifel gab es dort hungrige Jungvögel zu füttern.

Für einen Moment stellte Jaeger sich vor, dieser Adler zu sein, hoch über dem Dschungel schwebend, mit Flügeln, die mehr als zwei Meter maßen. Er sah, wie er über dieser abgelegenen, entfernten Wildnis in den Sturzflug ging, dort, wo das geheimnisvolle Flugzeug verborgen lag. Mit den Augen eines Adlers konnte er aus mehreren Hundert Metern Entfernung eine Maus verfolgen, die über den Waldboden lief. Die Stelle mit dem Flugzeugwrack zu finden – die nackten, skelettartigen Äste, befreit von jedem Leben und jeder Vegetation –, wäre ein Kinderspiel.

Vor seinem geistigen Auge sah er sich darüber hinweggleiten. Die Szenerie unter ihm wirkte so unnatürlich. Still. Leblos. Beinahe gespenstisch.

Was hatte den Wald so sterben lassen?

Welche Geheimnisse – *welche Gefahren* – schlummerten in diesem Flugzeug?

Während er die Adler beobachtete, erinnerten sie Jaeger an den *Reichsadler*. In dem hektischen Trubel der letzten Tage hatte er wenig Zeit gehabt, über dem grausamen Adlersymbol zu brüten; dieser prophetischen Dunkelheit. Seltsam, wie ein solch majestätischer Vogel sowohl das Böse als auch wilde Freiheit und Schönheit verkörpern konnte.

Es war Sunzi gewesen, der antike chinesische Meister der Kriegskunst, der zuerst den Ausdruck *Kenne deinen Feind* geprägt hatte.

In seiner Zeit beim Militär hatte Jaeger das zu seinem Mantra gemacht.

Er war es gewohnt, es mit einem Gegner zu tun zu haben, den er kannte und gut verstand. Einer, den er intensiv studiert hatte, mit Satellitenbildern, Überwachungsfotos und Einsatzbesprechungen von einigen der führenden Geheimdienstorganisationen der Welt. Durch abgefangene Kommunikation. Durch geheime Einsatzkräfte – Spione – am Boden oder einen Informanten aus dem Lager der bösen Jungs.

Vor jeder Mission versicherte er sich, dass er seinen Gegner bis ins Innerste kannte, denn umso leichter konnte er ihn besiegen. Doch hier und heute betraten sie ein Gebiet mit einer ganzen Fülle möglicher Gefahren, von denen sie keine einzige kannten oder verstanden.

Wie auch immer die Risiken aussahen, sie waren unbekannt.

Wer immer ihre Feinde waren, sie blieben gesichtslos.

Fremde.

Ganz ohne Zweifel war es das, was Jaeger unruhig werden ließ – dass sie sich unvorbereitet in diese namenlose und unbekannte Gefahr stürzten.

Doch wenigstens war ihm das jetzt klar geworden.

Wenigstens wusste er es jetzt.

Nachdem er zu dieser Erkenntnis gekommen war, wurde Jaeger ein wenig ruhiger. Er drehte sich zum Flugzeug um. Er vernahm das hohe Jaulen, als der Anlassermotor die erste der gigantischen Turbinen anfeuerte. Langsam, schwerfällig begannen die massiven Blätter der Propeller sich zu drehen, als wären sie in dicken Schlamm versunken.

Ein Land Rover raste die ausgefahrene Schotterpiste entlang, die neben der Startbahn verlief. Jaeger vermutete, dass jemand kam, um ihn zum wartenden Flugzeug zurückzufahren. Der Wagen hielt an, und die unverkennbare Gestalt von Colonel Evandro sprang heraus.

Evandro war einen Meter siebenundachtzig groß, dunkeläugig, schlank und athletisch trotz seines Alters. Damit hatte der B-SOB Colonel nichts von seiner Präsenz verloren, seit Jaeger zum ersten Mal an seiner Seite gedient hatte. Er hatte sich dafür entschieden, sich selbst durch die Hölle des SAS-Auswahlverfahrens zu kämpfen, damit er seine Einheit besser im Geiste des britischen Regiments formen konnte – und Jaeger schätzte ihn dafür sehr.

»Zeit, zum Frachtraum zurückzukehren«, erklärte er Jaeger. »Ihr Team beendet gerade die letzten Vorbereitungen zum Start.«

Jaeger nickte. »Sie sind sicher, dass Sie nicht mit uns kommen?«

Der Colonel lächelte. »Ganz ehrlich? Nichts täte ich lieber. Akten wälzen ist nicht direkt mein Milieu. Aber mit Rang und Kommando kommt der übliche Scheißkram.«

»Dann mache ich mich besser auf den Weg.«

Der Colonel streckte ihm die Hand hin. »Viel Glück, mein Freund.«

»Denken Sie, ich werde es brauchen?«

Der Colonel sah Jaeger lange an. »Es ist der Amazonas. Erwarten Sie das Unerwartete.«

»Erwarte das Unerwartete«, wiederholte Jaeger. Weise Worte.

Gemeinsam stiegen sie in den Land Rover und rasten zurück über die Piste zu der wartenden Hercules.

20

Jaeger ging außen an der Maschine vorbei zum Cockpit des Fliegers. Ein Kopf schaute aus dem Seitenfenster hoch über ihm heraus.

»Das Wetter über der Absprungzone sieht gut aus«, rief der Pilot herunter. »Abflug in fünfzehn. In Ordnung?«

Jaeger nickte. »Um ehrlich zu sein, ich kann's kaum erwarten. Ich hasse das Warten.«

Die Besatzung waren allesamt Amerikaner, und an ihrer Haltung und ihrem Benehmen erkannte Jaeger ihre Militärvergangenheit. Die Hercules C-130 hatte Carson bei irgendeinem privaten Luftfrachtunternehmen gechartert, und man hatte Jaeger versichert, dass diese Typen die Besten im Geschäft waren. Er hatte jedes Vertrauen, dass sie ihn exakt zu der Stelle im Himmel bringen würden, von der aus er und sein Team abspringen mussten.

»Haben sie irgendwelche Songs, die wir spielen sollen?«, erkundigte sich der Pilot. »Vielleicht für die P-Hour?«

Jaeger schmunzelte. P-Hour stand für »Parachute Hour«, den Augenblick, in dem Jaeger und sein Team sich von der hinteren Laderampe aus in die heulende Leere stürzen würden.

Es war eine lange Tradition unter Luftlandeeinheiten, dass sie während des *Go-go-go* etwas Musik rausschmetterten. Es ließ das Adrenalin fließen und den Puls hämmern, während sie auf den freien Fall mitten in den Krieg warteten; oder, wie in diesem Fall, in eine geheimnisvolle Reise in eine moderne *Vergessene Welt*.

»Irgendwas Klassisches«, schlug Jaeger vor. »Vielleicht Wagner? Was habt ihr im System?«

Jaegers bevorzugte Absprungmusik war immer etwas in dieser Form gewesen. Es war das Gegenteil der Tradition, zumindest was seine Kameraden betraf, aber das alte Zeug half ihm jedes Mal, sich zu zentrieren. Und bei diesem Absprung brauchte er in jedem Fall ein wenig Zentrierung.

Er würde als Erster springen, sodass er die Nachfolgenden führen konnte. Und er würde nicht alleine springen.

Irina Narov war erst spät zum Team hinzugestoßen – zu spät, als dass Andy Smith sie durch den notwendigen HAHO-Auffrischungskurs hätte führen können. HAHO stand für »High Altitude High Opening« – »Große Höhe, frühe Schirmöffnung« –, eine Form des Fallschirmsprungs, die es einer Einsatztruppe ermöglichte, kilometerweit ins Zielgebiet zu segeln. Es war die Form von Absprung, die sie für diesen Auftrag gewählt hatten.

Jaeger würde einen Tandem-HAHO-Sprung absolvieren und sich in über neuntausend Metern Höhe ins Nichts stürzen, während ihm eine andere Person – Irina Narov – an den Oberkörper geschnallt war. Er würde eine ordentliche Portion beruhigende Musik dringender brauchen als je zuvor.

»Ich hab AC/DCs ›Highway to Hell‹«, gab der Pilot zurück. »Led Zeppelins ›Stairway to Heaven‹. ZZ Top und Motörhead. Ich hab etwas Eminem, 50 Cent und Fatboy. Such dir was aus, Freundchen.«

Jaeger griff in seine Tasche, zog eine CD heraus und warf sie zum Piloten hoch. »Versuchen Sie die. Track vier.«

Der Pilot warf einen Blick auf die CD. »›Walkürenritt‹.« Er schnaubte. »Sicher, dass Sie kein ›Highway to Hell‹ wollen?«

Er begann lautstark zu singen und trommelte im Rhythmus des Textes mit den Fingern auf der Außenhaut der Hercules herum.

Jaeger lächelte. »Sparen wir uns das lieber für die Rückreise auf, okay?«

Der Pilot verdrehte die Augen. »Ihr Engländer – ihr müsst mal lockerlassen. Wir kriegen euch schon dazu, dass ihr euch entspannt!«

Jaeger spürte, dass Wagners »Walkürenritt« – die ikonische Melodie aus dem Vietnamkriegsfilm *Apocalypse Now* – sich als absolut passend für die aktuelle Mission erweisen würde. Außerdem war es ein Kompromiss zum Musikwunsch des Piloten, und nach Jaegers Erfahrung war es immer gut, seine Pilotencrew bei Laune zu halten.

Der Pilot und seine Mannschaft hatten die schwierige Aufgabe, zehn Personen am exakt richtigen Punkt im Himmel aus der Maschine zu werfen, von wo aus sie ihr Ziel erreichen würden – ein winziges Fleckchen freie Fläche, gute zehn Kilometer unter ihnen.

Im Grunde hielt der Pilot Jaegers Leben – und das seiner Teamkameraden – in Händen.

Jaeger ging zum Heck des Flugzeugs herum und an Bord. Er ließ den Blick durch den dunklen Laderaum schweifen. Hier und dort wurde es von dem gespenstischen roten Glühen schwacher Lampen erhellt. Er zählte neun Springer, zehn, sich selbst eingeschlossen. Im Unterschied zu dem, was er vom Militär gewohnt war, kannte er keinen von ihnen wirklich gut. Sie hatten einige Tage gemeinsame Vorbereitung gehabt, und das war alles.

Sein Team war voll ausgerüstet. Jeder trug einen dicken, unförmigen Gore-Tex-Anzug, speziell entwickelt für HAHO-Sprünge. Es war eine Qual, sie zu tragen, denn sobald man den Dschungelboden berührte, wurde es darin kochend heiß. Doch ohne den Schutz würden sie während des langen Hinabgleitens unter ihren Fallschirmen in der dünnen, eisigen Luft des Himmels erfrieren.

Wenn sie ihre Absprunghöhe von über neuntausendeinhundert Metern erreicht hatten, waren sie gut dreihundert

Meter höher als der Gipfel des Mount Everest, innerhalb der dauerhaft gefrorenen Todeszone. Die Temperaturen würden minus fünfzig Grad betragen, und die Winde in dieser Höhe – derselben, in der sich auch zivile Luftverkehrsmaschinen bewegten – würden fürchterlich sein. Ohne ihre speziellen Überlebensanzüge, Masken, Handschuhe und Helme würden sie in wenigen Sekunden erfrieren, und sie würden deutlich länger als einige Sekunden unter ihren Fallschirmen hängen.

Dass sie nicht in niedrigerer Höhe abspringen konnten, hatte einen einfachen Grund: Die komplexen Strömungsverhältnisse, die sie exakt in ihre Landezone tragen würden, setzten voraus, dass sie mehr als vierzig Kilometer Strecke an ihren Fallschirmen im Gleitflug zurücklegen mussten. Und eine derartige Entfernung konnte man nur schaffen, wenn man aus neuntausend Metern absprang. Und der HAHO-Absprung hatte den zusätzlichen Vorteil, dass er das Höchstmaß an Dramatik für die Fernsehkameras versprach.

In der Mitte des Frachtraums der Hercules lagen zwei riesige Container in der Form einer Rolle Toilettenpapier. Diese »Para-Tubes« waren so schwer, dass sie auf einem Satz Schienen befestigt waren, die den Frachtraum der Länge nach durchliefen. Zwei von Jaegers erfahrensten Springern – Hiro Kamishi und Peter Krakow – würden sich kurz vor dem Sprung an diese Röhren schnallen, damit sie sie beim Absprung mit in die Landezone befördern konnten.

Sie waren vollgepackt mit den aufblasbaren Kanus des Teams sowie weiterer Ausrüstung – Zeug, das zu sperrig oder zu schwer war, um es in den Rucksäcken zu transportieren. Kamishi und Krakow würden »die Röhre reiten«, wie es hieß. Die körperliche Anstrengung dabei war furchtbar, aber Jaeger hatte Vertrauen in die beiden.

Er baute sich so vor seinem Team auf, dass es ihn anschauen konnte. Sie saßen auf Sitzen, die entlang einer Seite der Hercules angebracht waren. Auf der gegenüberliegenden Seite saßen die ALs – die *»Absprung-Leiter«*, deren Aufgabe es war, die Sprungreihenfolge und den genauen Zeitpunkt zu koordinieren und sie alle sicher aus dem Flugzeug zu schaffen.

Da die vielen unterschiedlichen Personen der gesamten Expedition über den halben Erdball verteilt waren, mussten sie alle mithilfe einer standardisierten Zeit arbeiten. Was Jaeger als Nächstes tat, war genau das, was er getan hätte, wenn das hier eine militärische Operation gewesen wäre. Er ging runter auf ein Knie und rollte seinen linken Ärmel zurück.

»Aufgepasst«, verkündete er, wobei er gegen den Lärm der Flugzeugturbinen anschreien musste. »Bestätige Zulu-Zeit.«

Die anderen mühten sich mit ihren klobigen Anzügen ab, als sie versuchten, ihre Armbanduhren sichtbar zu machen. Sicherzugehen, dass sie alle ihre Uhren korrekt synchronisiert hatten, war überlebenswichtig für das, was ihnen bevorstand.

Der Zeppelin, der über ihnen kreiste, und seine Besatzung müssten anhand der bolivianischen Zeitzone arbeiten. Die C-130 flog aus Brasilien heraus, das Bolivien eine Stunde voraus war, während die Wild-Dog-Media-Produktionszentrale in London weitere zwei Stunden voraus war.

Es wäre sinnlos, wenn Jaeger am Ende der Mission ein Flugzeug rief, das sie aus der Operationszone bringen sollte, wenn entweder sie oder die Maschine drei Stunden zu spät kämen, nur aufgrund der Zeitverschiebungen. Die Zulu-Zeit war der akzeptierte globale Standard, nach dem alle Armeen operierten – von jetzt an würde diese Operation dasselbe tun.

»In dreißig Sekunden haben wir es 0500 Zulu«, rief Jaeger.

Jedes Teammitglied hatte die Augen fest auf den Sekundenzeiger seiner Uhr gerichtet.

»Fünfundzwanzig Sekunden und läuft«, warnte Jaeger. Er schaute kurz zum Team hoch. »Alles in Ordnung?«

Es gab eine Reihe bestätigender Gesten. Hinter den Atemmasken funkelten die Augen aufgeregt. Wenn man einen HAHO-Absprung plante, musste man ein Druckgemisch atmen, unter Druck stehender reiner Sauerstoff, der einem in die Lungen gepumpt wurde. Damit musste man vor dem Start anfangen, um die Gefahr der Höhenkrankheit zu verringern, die einen in Sekunden außer Gefecht setzen oder umbringen konnte.

Die Masken verhinderten jedes Gespräch, aber dennoch fühlte Jaeger sich ermutigt. Sein Team schien mehr als bereit zu sein, in die Cordillera de los Dios zu starten.

»0500 Zulu in zehn Sekunden …«, zählte er. »Sieben … vier, drei, zwei: los!«

Auf sein Zeichen hin nickte jeder im Team bestätigend. Sie waren so weit – alle synchron eingestellt auf Zulu-Zeit.

Jeder Teilnehmer trug eine hochqualitative Uhr, aber keiner von ihnen etwas unnötig Protziges. Die goldene Regel lautete: Je weniger Knöpfe und Spielereien, desto besser. Das Letzte, was man suchte, war eine Uhr mit einer Million Funktionen. Sperrige Knöpfe und Räder neigten dazu, entweder kaputtzugehen oder irgendwo hängen zu bleiben. »Immer schlicht halten, Vollidiot«, war einer der Ratschläge, die Jaeger während seiner Auswahltage beim SAS eingebläut worden waren.

Er selbst trug eine gewöhnliche stumpfgrüne Uhr der British Army. Sie war schwach beleuchtet, sodass man sie im Dunkeln nicht sah, und hatte nirgendwo eine Licht reflektierende oder verchromte Oberfläche – nichts, was das Sonnenlicht spiegelte, wenn man es am wenigsten wollte. Während seiner Zeit beim Militär hatte er diese Uhr auch noch aus einem anderen Grund getragen: Sie ließ ihn als nichts anderes dastehen als einen durchschnittlichen Soldaten.

Wenn man vom Feind gefangen genommen wurde, wollte man nichts bei sich tragen, das einen als besonders dastehen ließ. Im Gegenteil, er und seine Männer »säuberten« sich selbst vor jeder Mission: Sie schnitten alle Etiketten aus der Kleidung, und sie trugen kein einziges Stück bei sich, das ihre Identität oder einen Hinweis auf ihre Einheit und ihren Rang verraten würde.

Wie jeder andere Soldat in seiner Einheit hatte Jaeger gelernt, eine undurchschaubare Person zu sein.

Nun, beinahe.

So wie jetzt gerade machte er eine Ausnahme von der Regel. Er hatte immer zwei Fotos bei sich getragen, laminiert und verborgen in der Sohle seines linken Stiefels. Das erste zeigte seinen Hund, den er als Kind gehabt hatte, ein Mountain-Collie-Weibchen, das ein Geschenk seines Großvaters gewesen war. Sie war makellos trainiert gewesen, treu ergeben und war ihm überallhin gefolgt. Das andere Foto war von Ruth und Luke, und ein großer Teil von Jaeger weigerte sich, die Erinnerung an sie aufzugeben.

Solche Fotos bei sich zu tragen, war ein absolutes Tabu auf einer Mission, aber manche Dinge waren wichtiger als Regeln.

21

Nachdem die Uhren aufeinander abgestimmt waren, trat Jaeger zu seinem Fallschirmpack. Er schlüpfte in das Gurtzeug, zog die Riemen straff und schloss anschließend mit einem satten Klicken die schwere, metallene Brustschnalle. Als Letztes befestigte er die Schlaufen um seine Schenkel. Jetzt hatte er das Gewicht eines großen Sacks Kohlen auf seinen Rücken geschnallt, und das war erst der Anfang.

Die ersten HAHO-Sprünge wurden damals mithilfe eines Systems absolviert, bei dem der schwere Rucksack des Springers gemeinsam mit dem Fallschirm auf seinen Rücken geschnallt wurde. Doch dadurch war der Springer übermäßig rückenlastig geworden. Sollte er aus irgendeinem der zahlreichen möglichen Gründe während des Sprungs das Bewusstsein verlieren, würde ihn all das Gewicht während des freien Falls auf den Rücken herumdrehen. Der Fallschirm war zwar so eingestellt, dass er sich bei einer gewissen Höhe von selbst öffnete, doch wenn der Springer ohnmächtig war und mit dem Rücken voran fiel, würde der Schirm sich unter ihm öffnen. Er würde durch seinen eigenen Schirm stürzen, der sich wie eine Ladung nasser Wäsche um ihn wickeln würde. Das Ergebnis: Fallschirm und Springer stürzten wie ein Stein zur Erde.

Glücklicherweise nutzten Jaeger und sein Team ein deutlich neueres System – das BT80. Beim BT80 hing der schwere Rucksack in einem festen Tuch aus Segelplane, und der Springer trug ihn vorne. Auf die Art würde das Gewicht ihn mit dem Gesicht nach unten fallen lassen, wenn er das Bewusstsein verlor. Sobald der Fallschirm automatisch ausgelöst wurde, würde er sich über dem Springer öffnen – ein absoluter Lebensretter.

Die ALs wuselten um Jaeger herum, zurrten Gurte fest und machten letzte Einstellungen an der Ladung, die er trug. Das war überlebenswichtig. Bei einem Absprung wie diesem segelte man gut eine Stunde unter dem Schirm. Wenn das Gewicht nicht richtig austariert war oder die Gurte locker, würde die gesamte Ladung verrutschen und schwingen, Haut und Muskeln aufschürfen und den Sinkflug aus der Bahn werfen.

Das Letzte, was Jaeger brauchte, war eine Landung im Dschungel, nachdem er sich den Schritt oder die Schulter blutig gescheuert hatte. Bei den heißen, schwülen Bedingungen dort unten würden die Wunden eitern. Eine solche Wunde konnte *Endex* – das Ende der Expedition – für den Betroffenen bedeuten.

Jaeger setzte seinen klobigen Sprunghelm auf. Die ALs schnallten ihm seinen eigenen Sauerstofftank auf die Brust und reichten ihm seine Maske, die durch einen gerippten Gummischlauch mit seinem Sauerstofftank verbunden war. Er presste sich die Maske aufs Gesicht und atmete scharf ein, um zu überprüfen, ob sie fest und luftdicht saß.

Auf neuntausend Metern Höhe gibt es wenig Sauerstoff, wenn überhaupt.

Sollte das Atemsystem auch nur ein paar Sekunden ausfallen, wäre er ein toter Mann.

Jaeger spürte einen wilden Rausch der Euphorie – der pure, kalte Sauerstoff, der ihm ins Gehirn drang. Er zog seine Lederhandschuhe über, gefolgt von dicken Gore-Tex-Überziehern, um sich gegen die beißende Kälte zu schützen, die ihn dort oben unter dem Fallschirmstoff begleiten würde.

Er würde mit seiner Waffe abspringen – einer Standard-Benelli-M4-Kampfschrotflinte mit einklappbarem Schaft –, die er sich über die linke Schulter geschlungen hatte, den Lauf nach unten und fest an seinen Körper geschnallt. Es war immer möglich, dass man während des Absprungs seinen Rucksack verlor, was es umso wichtiger machte, seine Hauptwaffe bei sich zu haben.

Jaeger erwartete dieses Mal keine gegnerischen Soldaten, die am Boden auf sie lauerten, aber es gab diesen unerforschten Stamm, mit dem sie fertigwerden mussten – die Amahuaca-Indios. Das letzte Zeichen, das man von ihrer Existenz hatte, war, dass sie Giftpfeile auf eine Gruppe Goldgräber abgeschossen hatten, die in ihr Gebiet marschiert waren.

Die Schürfer waren um ihr Leben gerannt und nur knapp damit davongekommen.

Jaeger machte den Indios nicht direkt Vorwürfe, dass sie ihr Territorium so strikt verteidigten. Wenn alles, was die Außenwelt ihnen je brachte, illegale Goldschürfer und, vermutlich, Waldrodung waren, dann lagen seine Sympathien gänzlich bei den Indios, da Goldschürfen und Abholzung ihren Heimatwald verschmutzen und zerstören würden.

Aber es bedeutete, dass jeder Außenseiter, der das Gebiet der Indios betrat – Jaeger und sein Team eingeschlossen –, als Feind angesehen werden würde, insbesondere, wenn sie aus den Wolken direkt ins Herz des Stammesgebiets fielen. Die Wahrheit war: Jaeger hatte keine rechte Vorstellung davon, welche Art Feind, wenn überhaupt, ihnen begegnen würde, sobald sie den Boden berührten; aber seine Ausbildung hatte ihn gelehrt, immer auf alles vorbereitet zu sein.

Und so hatte er sich für die Schrotflinte als Waffe entschieden. Sie war perfekt für Gefechte auf engem Raum in dichtem Dschungel. Sie feuerte einen breiten Kegel Bleigeschosse ab, daher war es nicht lebenswichtig, sein Ziel inmitten der Dunkelheit und der Vegetation zu sehen.

Man schwenkte einfach die Mündung in die ungefähre Richtung und ließ es krachen.

22

In Wirklichkeit hoffte Jaeger sehr, dass, falls sie diesem Stamm über den Weg liefen, die Begegnung friedlich werden würde. Es gab einen Teil von ihm, der die Aussicht aufregend fand: Wenn irgendjemand die Geheimnisse des Regenwalds verstand, dann diese Amazonas-Indios – ihr Wissen, das sie über unzählige Jahrhunderte angesammelt hatten, wäre der Schlüssel, um seine uralten Geheimnisse zu lüften.

In seine klobige Ausrüstung geschnürt, schlurfte Jaeger zu seinem Platz und setzte sich.

Er saß der Laderampe am nächsten. Bereit, als Erster das Flugzeug zu verlassen.

Narov war die Nächste in der Reihe.

Festgeschnallt, vollgepackt und vom Gewicht niedergedrückt, kam er sich vor wie ein absurder Schneemann. Es war heiß und eng, und er hasste das Warten.

Die Flugzeugrampe schloss sich mit elektrischem Surren.

Der Frachtraum verwandelte sich in einen dunklen Tunnel voller Schatten.

Wie ein riesiger Sarg aus Stahl.

Sie hatten einen vierstündigen Flug vor sich, wenn also alles nach Plan verlief, würden sie um 0900 Zulu-Zeit über der Absprungzone sein. Sie würden der Reihe nach aus dem Flugzeug springen, zehn Leute in Kakigrün, die Gesichter mit dunkler Tarncreme beschmiert, während sie unter ihren mattschwarzen Fallschirmen hingen.

Sobald sie am Boden waren, wären sie für jeden, der das Gebiet, aus welchem Grund auch immer, beobachtete, unsichtbar und unhörbar. Es würde alles sehr dramatisch werden, was großartig für die Kameras war. Aber Jaeger fühlte sich einfach besser, wenn sie unbemerkt ins Zielgebiet schlüpften.

Das Flugzeug machte einen Ruck nach vorne und begann, den von der Sonne erhitzten Asphalt entlangzurollen. Jaeger spürte, wie es abbremste. Kurz darauf stießen die Turbinen ihr hohes Kreischen aus, während die Maschine sich auf dem Fleck drehte und in Richtung der Startbahn schwenkte. Er spürte einen Adrenalinschub, als die Motoren noch lauter aufheulten und der Pilot die letzten Checks unternahm, bevor er die Bremsen löste.

Im Frachtraum war die Luft mit dem Geruch des verbrannten Flugbenzins angefüllt, doch alles, was Jaeger riechen und schmecken konnte, war der berauschende Atem reinen Sauerstoffs. Komplett in seine HAHO-Ausrüstung geschnürt – Anzug, Handschuhe, Gurte, Sauerstofftank, Fallschirmpack, Helm, Maske, Brille –, fühlte er sich furchtbar eingeschränkt. Sogar gefangen.

Es war schwierig, ein Gespür für die Situation zu bewahren.

Der zugeführte Sauerstoff hatte eine ähnliche Wirkung wie ein Alkoholrausch, aber ohne den Kater nach der Party.

Das Heulen der Turbinen veränderte abrupt seine Tonhöhe, und die C-130 sprang vorwärts, während sie kraftvoll beschleunigte. Sekunden später spürte Jaeger sie abheben und den feuchtheißen Himmel erklimmen. Er griff nach hinten und stöpselte sich in das Kommunikationssystem des Flugzeugs ein, sodass er mithören konnte, was der Pilot sagte.

Das half ihm immer, ruhig zu werden, wenn er sich auf einen Sprung vorbereitete.

»Fluggeschwindigkeit hundertachtzig Knoten«, ertönte die Stimme des Piloten. »Flughöhe vierhundertfünfzig Meter. Steigrate …«

Ab diesem Punkt war die einzige Gefahr, die ihnen noch den Weg versperren könnte, ein Sturm, der sich über dem

Dschungel zusammenbraute. Auf neuntausend Metern Höhe waren die Bedingungen ziemlich vorhersehbar – eiskalt, windig, aber stabil –, ganz gleich, wie das Wetter in geringeren Höhen aussah. Doch falls sich ein Tropensturm am Boden zusammenballte, könnte er eine Landung unmöglich machen.

Sollten sie mehr als fünfzehn Knoten Seitenwind haben, würden sie Probleme mit der Landung bekommen. Ihre Fallschirme würde zur Seite gezerrt werden – und die menschliche Fracht mit ihnen. Das wäre doppelt gefährlich, weil ihre ausgewählte Landezone zu allen Seiten von Gefahren umgeben war.

Ein riesiger Fluss – der Rio de los Dios – durchschnitt den Dschungel, schlängelte sich mal hierhin, mal dorthin. An einer besonders gewundenen Stelle hatte sich eine lange, dünne Sandbank gebildet, die von so gut wie jeglicher Vegetation befreit blieb. Es war einer der wenigen Flecken freier Erde in dem riesigen Dschungelareal, weshalb sie ihn sich als ihren Landepunkt ausgesucht hatten.

Aber er ließ nur wenig Raum für Fehler.

An einer Seite der schmalen Sandbank lag das Flussufer, erkennbar an einer hoch aufragenden Wand aus Dschungel. Sollten irgendwelche Teammitglieder in diese Richtung abgetrieben werden, würden sie in die Bäume krachen. Wurde man in die andere Richtung getrieben, stürzte man in den Rio de los Dios, wo die zentnerschwere Last ihrer Ausrüstungen einen nach unten zog.

»Flughöhe tausend Meter«, verkündete der Pilot. »Fluggeschwindigkeit zweihundertfünfzig Knoten. Steigen auf Reisehöhe.«

»Sehen Sie den Riss im Dschungel?«, schaltete der Navigator sich ein. »Wir folgen diesem Fluss für etwa eine Stunde nach Westen.«

»Verstanden«, bestätigte der Pilot. »Und ist das nicht ein wunderschöner Morgen?«

Während er dem Geplapper lauschte, spürte Jaeger Übelkeit in seiner Kehle aufsteigen. Für gewöhnlich wurde er nicht luftkrank. Es war das Ein- und Festgeschnürtsein in all der HAHO-Ausrüstung, das er so belastend fand.

Während der HAHO-Ausbildung hatte er sich einer Reihe von Tests unterziehen müssen, um seine Widerstandskraft auf große Höhen, niedrige Sauerstoffwerte und extreme Desorientierung zu untersuchen. Er war in eine Druckkammer gesteckt worden, die ihn die Bedingungen, die auf neuntausend Metern herrschten, spüren ließ.

Nach jedem weiteren Neunhundert-Meter-Schritt in die Höhe hatte er sich seine Sauerstoffmaske runterreißen müssen, um seinen Namen, Rang und Dienstnummer zu rufen, bevor er sich die Maske wieder vors Gesicht schlug.

Damit hatte er keine großen Probleme gehabt.

Dann jedoch war er in die verhasste Zentrifuge gesteckt worden.

Die Zentrifuge war wie eine riesige Waschmaschine auf Speed. Er wurde herumgewirbelt, und herum, schneller und schneller, bis er beinahe ohnmächtig wurde. Bevor man das Bewusstsein verlor, erlebte man einen »Grey-Out«, bei dem die Sicht schwächer wurde und man nur noch ein zerbrochenes Kaleidoskop aus Grautönen sah. Man musste wissen, wann man seinen »Grey-Out« hatte, damit man ihn bei einem echten Sprung erkennen und sich selbst aus der Schleuderbewegung befreien konnte.

Die Zentrifuge war der reine Horror gewesen, der ihn schließlich kotzen ließ.

Sie hatten Jaeger ein Video als Andenken mitgegeben. Ein »Grey-Out« war alles andere als hübsch. Die Augen traten hervor wie die einer Wespe, die man mit Insektenspray vollpumpt, das Gesicht wurde ausgemergelt und zu einem Totenschädel, die Wangen flatterten und saugten sich fest, die gesamten Gesichtszüge verzogen sich unnatürlich.

Die Zentrifuge hatte es beinahe geschafft, Jaeger zu brechen. Als Mensch, der die offene Wildnis liebte, hatte er es gehasst, in diese winzige Metalltrommel zu steigen – diesen einengenden Stahlsarg von Maschine. Es hatte sich wie ein Gefängnis angefühlt. Wie sein eigenes Grab.

Jaeger verabscheute es, eingeschlossen oder in irgendeiner Art und Weise unnatürlich eingeschränkt zu sein.

So wie jetzt gerade, festgebunden in all seiner HAHO-Ausrüstung, während er auf den Absprung wartete.

Er lehnte sich zurück und schloss die Augen, während er sich zum Schlafen zwang. Das war die erste Regel in seinem neuen Leben als Elitesoldat, die er gelernt hatte: Lehne niemals die Möglichkeit zu essen oder zu schlafen ab, denn man weiß nie, wann sich die nächste Gelegenheit ergibt.

Einige Zeit später spürte er eine Hand, die ihn wach rüttelte. Es war einer der ALs. Für einen Augenblick dachte er, es wäre Showtime, doch als er die Reihe der Springer entlangblickte, schien keiner von ihnen sich für den Sprung bereitzumachen. Der AL beugte sich runter und schrie ihm ins Ohr: »Der Pilot kommt auf ein Wort nach hinten.«

Jaeger schaute nach vorne und sah, wie jemand um den Navigator herumtrat, der sich auf seinem Klappsitz am hinteren Ende des Cockpits niedergelassen hatte.

Der Pilot musste die Kontrolle über die Maschine an seinen Co-Piloten abgegeben haben, vermutete Jaeger. Er kam näher und beugte sich runter. Er schrie, damit man ihn über das Donnern der Motoren hinweg hören konnte. »Wie geht's Ihnen hier hinten?«

»Ich schlaf wie ein Baby. Immer schön, mit echten Profis zu fliegen.«

»Schäfchen zählen, hm? Das lohnt sich immer, wenn man die Gelegenheit bekommt«, bekräftigte der Pilot. »Also, es gibt da etwas … das passiert ist. Dachte, ich warn euch Jungs. Keine Ahnung, was es bedeutet, aber … kurz nach dem Start bekam ich dieses Gefühl, dass uns jemand folgt. Einmal ein Night Stalker, immer ein Night Stalker, wenn Sie verstehen, was ich meine.«

Jaeger hob eine Braue. »Sie waren bei der SOAR? Der Hundertsechzigsten?«

»Na sicher«, knurrte der Pilot, »bevor ich zu alt und steif wurde, um noch Soldat zu spielen.«

Das 160th Special Operations Aviation Regiment – das Luftregiment für Spezialeinsätze –, kurz SOAR, allerdings auch unter dem Begriff »Night Stalkers« bekannt, war Amerikas geheimste Lufteinheit. Bei verschiedenen Gelegenheiten, wenn er hinter feindlichen Linien bereits den Atem des Feindes im Nacken spürte, hatte Jaeger einen der Rettungs-Kampfhubschrauber der SOAR angefunkt, um ihn rauszuholen.

»Ich kenne keine bessere Einheit«, sagte Jaeger dem Piloten. »Allen Respekt für euch Jungs. Ihr habt uns ziemlich häufig aus der Scheiße gezogen.«

Der Pilot griff in seine Tasche und zog eine Militärmünze heraus. Er drückte sie Jaeger in die Hand.

Sie hatte etwa die Größe und Form einer Schokoladengoldmünze, wie Jaeger sie Luke an Weihnachten in den Strumpf gesteckt hatte. Das Weihnachtsfest war eine besondere Zeit für die Familie Jaeger gewesen; bis zu ihrem letzten – welches in völliger Finsternis versunken war. Die Erinnerung daran verpasste Jaeger einen kurzen, schmerzhaften Stich.

Die SOAR-Münze fühlte sich kalt, dick und schwer in seiner Hand an. Sie hatte das Abzeichen der Einheit auf einer Seite aufgedruckt und ihr Motto auf der anderen: *Der Tod lau-*

ert im Dunkeln. Es war Tradition beim amerikanischen Militär, seine Münze einem Kameraden zu überreichen, eine Tradition, für die das britische Militär bedauerlicherweise kein passendes Gegenstück besaß.

Jaeger fühlte sich geehrt, diese Münze zu haben, und er war entschlossen, sie die anstehende Expedition über bei sich zu behalten.

»Also, ich hab einen Dreihundertsechzig-Grad-Scan durchgeführt«, setzte der Pilot wieder an. »Und siehe da, irgendein kleines privates Flugzeug kam über den Horizont gesaust und blieb uns auf den Fersen. Je länger es dort blieb, gemütlich in meinem toten Winkel, desto sicherer wurde ich, dass wir verfolgt werden. Es ist noch da, hängt vielleicht gute sechseinhalb Kilometer hinter uns, und das seit unserem Start vor etwa anderthalb Stunden.

Ausgehend von der Radarsignatur, würde ich sagen, dass es etwas wie ein Learjet 85 ist«, fuhr der Pilot fort. »Ein kleiner, superschlüpfriger privater Passagierjet. Wollen Sie, dass ich sie mal anfunke und frage, wieso zum Henker sie uns ihre Nase in den Arsch schieben?«

Jaeger dachte eine Sekunde darüber nach. Üblicherweise waren Flugzeuge, die sich so verhielten, auf einer Aufklärungsmission – ein Versuch herauszufinden, was die Typen vor ihnen im Sinn hatten. Siege und Niederlagen etlicher Kriege hatten auf der Stärke desjenigen beruht, der die besten Geheiminformationen besaß, und zumindest Jaeger mochte es nicht, wenn man ihn ausspionierte.

»Irgendeine Chance, dass es bloßer Zufall ist? Ein kommerzieller Flug vielleicht, der zufällig auf demselben Vektor und derselben Geschwindigkeit liegt wie unserer?«

Der Pilot schüttelte den Kopf. »Auf keinen Fall. Ein Learjet 85 fliegt normalerweise auf fünfzehntausend Metern, wir sind auf neuntausend – Absprunghöhe. Piloten fliegen immer auf unterschiedlichen Höhen, um den Luftraum zu entzerren. Außerdem fliegt ein Learjet locker hundert Knoten schneller als eine Herc.«

»Können die uns irgendwie Ärger machen?«, erkundigte sich Jaeger. »Beim Absprung?«

»Learjet gegen Super Hercules.« Der Pilot lachte laut auf. »Das würd' ich gerne sehen.« Er musterte Jaeger. »Aber er klebt an uns dran und bleibt in unserem toten Winkel. Dass Sie sich nicht täuschen – wir werden verfolgt.«

»Dann lassen wir sie in dem Glauben, dass wir nicht wissen, dass sie dort sind. So haben wir mehr Möglichkeiten.«

Der Pilot nickte. »Sie könnten recht haben. Sollen sie sich wundern.«

»Vielleicht ist es ein befreundeter Nachrichtendienst?«, schlug Jaeger vor. »Der rausfinden will, was wir hier treiben?«

Der Pilot zuckte mit den Schultern. »Könnte man annehmen. Aber Sie kennen doch den Spruch: Die Annahme ist die Mutter aller Katastrophen.«

Jaeger schmunzelte. Das war einer der Lieblingssprüche beim SAS gewesen. »Gehen wir davon aus, dass, wer auch immer uns folgt, nicht der Weihnachtsmann auf einem Schlitten voller Geschenke ist. Behalten Sie ihn im Auge. Lassen Sie's mich wissen, wenn sich irgendetwas ändert.

»Verstanden«, bestätigte der Pilot. »In der Zwischenzeit bleiben wir einfach auf Kurs, damit Sie noch ein paar Schäfchen zählen können.«

23

Jaeger lehnte sich zurück und versuchte zu schlafen, aber er fühlte sich sonderbar rastlos. Wie er es auch drehte und wendete, er hatte keine Ahnung, was er von dem unidentifizierten Flugzeug halten sollte. Er stopfte die Night-Stalkers-Münze des Piloten tief in seine Tasche, wobei seine Hand über ein gefaltetes Stück Papier strich. Er hatte beinahe vergessen, dass es dort war.

Kurz bevor sie Rio de Janeiro verlassen hatten, hatte er eine unerwartete E-Mail erhalten. Sie kam von Simon Jenkinson, dem Archivar. Da Jaeger weder ein Laptop noch ein Smartphone auf die bevorstehende Expedition mitnahm – dort, wo sie hingingen, hatten sie nicht die geringste Hoffnung, Strom oder Empfang zu haben –, hatte er ein Exemplar ausgedruckt.

Nun ließ er den Blick noch einmal über die Nachricht schweifen.

> Sie baten mich, Ihnen mitzuteilen, wenn ich irgendetwas Interessantes finde. Das Archiv in Kew hat gerade eine neue Akte aufgrund der 70-Jahre-Regel freigegeben: AVIA 54/1403A. Als ich sie sah, konnte ich es nicht glauben. Wahnsinn. Beinahe furchterregend. Scheint mir etwas zu sein, von dem die Behörden niemals zugelassen hätten, dass es freigegeben wird, wenn die Zensoren ihren Job anständig gemacht hätten.
>
> Ich habe eine Kopie der gesamten Akte angefordert, aber das dauert für gewöhnlich endlos. Ich schicke Ihnen die ganzen Unterlagen per E-Mail, sobald ich sie habe. Ich konnte ein paar Fotos der Highlights mit dem iPhone rausschmuggeln. Eines ist angefügt. Der Schlüsselname

ist Hans Kammler bzw. SS-Obergruppenführer Hans Kammler, wie er während des Krieges hieß. Vertrauen Sie mir, Kammler ist der Schlüssel.

Das Nationalarchiv, das in Kew im Westen Londons lag, enthielt ganze Räume voller Dokumente über die Aktionen der britischen Regierung, die viele Jahrhunderte zurückreichten. Man konnte jederzeit hinfahren und sie sich persönlich anschauen, doch man musste Kopien bestellen von allem, was man mitnehmen und weiterstudieren wollte. Es war strengstens verboten, sie selbst zu kopieren.

Der Umstand, dass Jenkinson Fotos auf seinem iPhone herausgeschmuggelt hatte, imponierte Jaeger enorm.

Eindeutig hatte der Archivar verborgene Reserven.

Oder vielleicht hatten die Unterlagen so außergewöhnlich gewirkt – wie solcher »Wahnsinn«, wie Jenkinson es ausgedrückt hatte –, dass er der Versuchung nicht hatte widerstehen können, ein paar Regeln zu brechen.

Jaeger hatte Jenkinsons angehängtes Foto runtergeladen. Es war die verschwommene Aufnahme eines Geheimdienstdokuments des britischen Luftfahrtministeriums aus Kriegszeiten gewesen. Über den Deckel war in Rot gestempelt: *OBERSTE GEHEIMSTUFE – ULTRA: Jederzeit weggeschlossen verwahren und nicht aus diesem Büro zu entfernen.*

Darin stand:

Signal abgefangen, 3. Februar 1945. Übersetzt wie folgt: Vom Führer an den Sonder-Generalbevollmächtigten des Führers, Hans Kammler, SS-Obergruppenführer und General der Waffen-SS.
Betrifft: Spezialauftrag des Führers – Bezeichnung *Aktion Adlerflug*.
Status: *kriegsentscheidend*

Durchzuführende Handlung: Kammler als Generalbevollmächtigter des Führers übernimmt die Leitung sämtlicher deutscher Abteilungen des Luftfahrtministeriums, deren Personal, sowohl am Boden wie in der Luft, die Zuteilung und Entwicklung von Flugmaschinen sowie aller weiteren Versorgungsfragen, einschließlich Treibstoff und Grundorganisation, einschließlich Flugfelder. Kammlers Reichssportfeldhauptquartier wird zum Hauptquartier aller Zuteilung von Ausrüstung und Nachschub.

Kammler erhält die Leitung der Operation zur Verschiebung entscheidender Rüstungsproduktion außerhalb der Reichweite des Feindes. Kammler wird Berichtzentren des Umverteilungskommandos einrichten, ausgestattet mit Squadron 200 (LKW Junkers), deren Aufgabe der Abbau von Rüstanlagen, deren Auslagerung sowie Abtransport in Hinsicht auf angemessene Umverteilung an vorbezeichnete sichere Standorte ist.

Jenkinson hatte einen erläuternden Kommentar hinzugefügt mit dem Hinweis, dass die LKW Junkers eine Alternativbezeichnung der Nazis für die Ju 390 gewesen war.

Jaegers Hauptaugenmerk hatte auf dem Wort »Generalbevollmächtigter« gelegen. Kammler war Hitlers rechte Hand und sein Mann fürs Grobe gewesen, ausgestattet mit der Macht, alles zu tun, was zur Erfüllung seines Auftrags notwendig war. Jenkinsons E-Mail war verlockend. Sie schien anzudeuten, dass Hans Kammler beauftragt worden war, bei Kriegsende die Hauptwaffenanlagen der Nazis zu entfernen und außerhalb der Reichweite der Alliierten wieder aufzubauen. Und wenn Jenkinson recht hatte, dann hatte ihm dazu unter Umständen eine ganze Staffel riesiger Ju-390-Kampfflugzeuge zur Verfügung gestanden.

Jaeger hatte Jenkinson eine E-Mail geschrieben und um eine Einschätzung gebeten, was die gesamte Kammler-Akte bedeuten könnte. Doch er hatte keine Antwort erhalten, jedenfalls nicht, bevor er den Flug ins Zentrum des Amazonas angetreten hatte. Er hatte sich damit abfinden müssen, keine weitere Erläuterung zu erhalten – zumindest bis die Expedition abgeschlossen war.

»P-Hour minus zwanzig.« Die Ankündigung des Piloten riss Jaeger aus seinen Gedanken. »Wetter ist klar; Anflugkurs unverändert.«

Ein bitterkalter Luftzug wehte durch den Frachtraum des Flugzeugs. Jaeger schlug seine kalten Hände aneinander, um ein bisschen Leben hineinzubringen. Im Augenblick hätte er für eine dampfende Tasse heißen Kaffee gemordet.

Die Super Hercules befand sich inzwischen noch knapp zweihundert Kilometer östlich ihres Absprungpunkts. Mithilfe einer Reihe hirnverknotender Berechnungen – bei denen die Windgeschwindigkeit und -richtung in neuntausend Metern Höhe und allen Höhen dazwischen berücksichtigt wurden – hatten sie den exakten Punkt im Himmel berechnet, von dem aus sie abspringen mussten.

Dann folgte ein vierzig Kilometer langer Gleitflug auf die Sandbank.

»P minus zehn«, meldete sich der Pilot.

Jaeger erhob sich. Zu seiner Rechten sah er eine Reihe anderer Expeditionsteilnehmer, die sich ebenfalls aus ihren Sitzen stemmten und mit den tauben Beinen aufstampften, um die Kälte zu vertreiben. Er beugte sich runter und befestigte seinen schweren Rucksack mit einer Reihe dicker Stahlkarabiner an der Vorderseite seines Fallschirmgeschirrs. Wenn er sprang, würde das Bündel von seiner Vorderseite baumeln, aufgehängt an einem Riemensystem.

»P minus acht«, verkündete der Pilot.

Jaegers Bündel wog knappe fünfunddreißig Kilo. Er hatte etwa dasselbe Gewicht an Fallschirmausrüstung auf den Rücken geschnallt. Plus die fünfzehn Kilo an Waffen und Munition sowie das Atemgerät.

Alles zusammen annähernd neunzig Kilo.

Mehr als sein eigenes Körpergewicht.

Jaeger war einen Meter fünfundsiebzig groß und drahtig, jeder Zentimeter wie gemeißelt und voller straffer Muskeln. Die Leute dachten für gewöhnlich, die Jungs von den Elite-Streitkräften wären Monster, echte Berge von Männern. Natürlich gab es einige – wie Raff –, die schlicht gigantisch waren, aber der größte Teil ähnelte Jaeger: schlank wie ein Leopard, schnell und tödlich.

Der leitende AL trat etwas zurück, damit ihn alle sehen konnten. Er streckte fünf Finger nach oben: *P minus fünf.* Jaeger konnte den Piloten nicht mehr hören; er hatte sich aus der Sprechanlage ausgeklinkt. Von nun an würde der Sprung mittels Handzeichen organisiert werden.

Der AL hielt seine rechte Faust nach oben und blies hinein. Dabei öffnete er die Finger und ließ sie zweimal aufschnappen. Das war das Zeichen für die Windgeschwindigkeit am Boden: zehn Knoten. Jaeger atmete erleichtert auf. Zehn Knoten waren machbar für die geplante Landung.

Er nutzte die Zeit, ein letztes Mal die Gurte straff zu ziehen und seine Ausrüstung erneut zu überprüfen. Der AL ließ vor seiner Maske drei Finger hochschnellen: drei Minuten bis zum Sprung. Es war an der Zeit, Irina Narov für das Tandem an sich festzumachen.

Jaeger drehte sich zu ihr im hinteren Teil der Hercules um. Er schlurfte hinüber, wobei er sein schweres Gepäck mit einer Hand hochhob und sich mit der anderen an der Seite des Flugzeugs festhielt. Er musste so dicht wie möglich an die Rampe kommen, bevor sein Tandempartner eingehakt wurde.

Von vorne hörte er ein dumpfes, hohles, metallisches Geräusch. Ihm folgte ein mechanisches Surren und ein eisiger Windstoß, der in die Maschine blies. Die Rampe hatte sich geöffnet und senkte sich langsam, und mit jedem Zentimeter blies der heulende Wind immer kräftiger in den Frachtraum.

Als er dem aufwühlenden Luftstrom näher kam, erwartete Jaeger beinahe, die ersten Töne von Wagner aus den Lautsprechern des Flugzeugs plärren zu hören. Etwa jetzt würde der Pilot anfangen, die Musik zu spielen.

Stattdessen erwischte ihn ein Stoß wilder, brutaler Gitarrenriffs, dicht gefolgt vom dumpfen Hämmern eines Schlagzeugs. Dann mischte sich die schrille, rasende Stimme des Leadsängers einer bekannten Heavy-Rock-Band dazwischen …

Es war AC/DCs »Highway to Hell«.

Der Pilot war tatsächlich ein Night Stalker: Er hatte eindeutig beschlossen, dass sie die Sache auf seine Art regelten.

Der irrsinnige Refrain begann, gerade als der leitende AL eine Person auf Jaeger zuschob: Irina Narov, bereit zum Einhaken.

Highway to Hell …

Der Pilot – und der Titel des Songs – schienen anzudeuten, dass Jaeger und sein Team sich auf einer Einbahnstraße in die Verdammnis befanden.

Waren sie das?, fragte Jaeger sich. Waren sie auf dem direkten Weg in die Hölle?

Er hoffte und betete, dass sie ein deutlich besseres Schicksal im Dschungel erwartete.

Und doch fürchtete ein Teil von ihm, dass sie in die schlimmste Katastrophe sprangen, hier in den Bergen der Götter.

24

Jaeger gab sein Bestes, um den schrillen Gesang in seinem Schädel auszublenden. Für einen Augenblick schaute er der großen, auf feine Art muskelbepackten Russin vor ihm in die Augen. Sie sah aus, als wäre sie perfekt in Form: Sie schien kein Milligramm überflüssiges Gewicht irgendwo an ihrem Körper zu haben.

Jaeger wusste nicht genau, was er in ihrem Blick zu finden erwartet hatte.

Sorge? Angst?

Oder vielleicht etwas, das an Panik grenzte?

Narov war bei der Speznas gewesen, der Einheit, die bei den Russen dem SAS am nächsten kam. Im Grunde müsste sie also Weltelite sein. Doch Jaeger hatte eine Menge Top-Soldaten getroffen, die eine Heidenangst bekamen, wenn sie am Rande der Rampe vor einem Sprung ins eisige, brüllende Nichts standen.

In dieser Höhe war die Erdkrümmung deutlich sichtbar und erstreckte sich bis zum bleistiftdünnen Horizont. Schon unter normalen Umständen war es beängstigend, von der Rampe einer C-130 zu springen. Dasselbe jedoch vom äußersten Rand der Erdatmosphäre aus zu tun, war ein Sprung ins Ungewisse, und es konnte einem eine Höllenangst einjagen.

Doch als er in Narovs eisblaue Augen schaute, war alles, was er entdecken konnte, eine undurchdringliche, unergründliche Ruhe. Eine verblüffende Leere füllte ihren Blick; eine entschlossene Stille – beinahe als ob nichts, nicht einmal ein Neuntausend-Meter-Sprung in die tosende Leere, sie berühren könnte.

Sie wandte den Blick ab, drehte ihm den Rücken zu und nahm ihre Position ein.

Sie schlurften aufeinander zu.

Bei einem Tandemsprung schauten beide Springer in dieselbe Richtung. Jaegers Schirm sollte ausreichen, um ihren gemeinsamen Fall zu bremsen, und anschließend genügend Widerstand bieten, dass sie ruhig bis zur Landung dahingleiten konnten. Die ALs, die zu beiden Seiten standen, begannen, sie beide aneinanderzugurten, fest wie in einem Schraubstock.

Jaeger hatte schon einen Haufen Tandemsprünge mitgemacht. Er wusste, dass er sich nicht so fühlen sollte, wie er es tat – unbeholfen und unwohl, weil eine andere Person ihm so dicht war.

Vor diesem Tag hatte er seine Tandemsprünge immer mit einem anderen Elitesoldaten absolviert; einem Kameraden. Jemandem, den er gut kannte und mit dem er voller Freude Rücken an Rücken kämpfen würde, falls sie in der Scheiße landeten. Er fühlte sich alles andere als behaglich, so hautnah an jemanden völlig Fremden geschnallt zu werden, noch dazu eine Frau.

Narov war außerdem die Person in seinem Team, der er im Augenblick am wenigsten traute: seine Hauptverdächtige für den Mord an Andy Smith. Trotzdem konnte er es nicht leugnen – ihr bemerkenswert gutes Aussehen ging ihm unter die Haut. Sosehr er auch versuchte, sich aus solchen Gedanken herauszuziehen und auf den Sprung einzustimmen, es klappte einfach nicht.

Da half auch die Musik nichts, die AC/DCs wilde Texte in seinen Schädel hämmerte.

Jaeger warf einen Blick hinter sich. Jetzt geschah alles ganz schnell.

Er konnte sehen, wie die ALs die beiden Para-Tubes auf den Schienen nach vorne schoben, die den Frachtraum durchschnitten. Kamishi und Krakow schlurften vorwärts und beugten sich über die klobigen Behälter, als würden sie beten. Die ALs schnallten die Para-Tubes an ihre Brustgeschirre. Die zwei Springer würden die Behälter nach vorne rollen und mit ihnen abspringen, nur Sekunden nachdem Jaeger und Narov selbst gesprungen waren.

Jaeger schaute wieder nach vorn in die sonnendurchflutete Leere.

Ganz plötzlich verstummte der Kreischende Lärm aus den Lautsprechern des Flugzeugs. »Highway to Hell« war mittendrin abgebrochen worden. Es folgten einige Sekunden windumtoster Stille, bevor Jaeger einen weiteren Stoß Töne vernahm. Anstelle von AC/DCs Höllensong begann ein einmalig kraftvolles und sinnträchtiges Musikstück durch den Frachtraum der C-130 zu pulsieren.

Es war unverkennbar.

Klassisch.

Jaeger erlaubte sich selbst ein Lächeln.

Der Pilot hatte ihn eine ganze Weile gepiesackt, doch am Ende hatte er es wiedergutgemacht. Endlich erklang Wagners »Walkürenritt« – und das während der letzten paar Sekunden vor dem Absprung.

Jaeger und dieses Musikstück hatten eine lange gemeinsame Geschichte.

Bevor er dem SAS beigetreten war, hatte er als Sonderkommando bei den Royal Marines gedient. Er hatte eine Sprungausbildung genossen, und es war der »Walkürenritt« gewesen, der gespielt worden war, als er seine Fallschirmjäger-Flügel erhalten hatte. Er hatte sich sehr häufig an der Seite seiner SAS-Kameraden aus einer C-130 gestürzt, während Wagners Komposition aus dem Lautsprechersystem schallte.

Es war die inoffizielle Hymne der britischen Luftlandeeinheiten.

Und es war ein verdammt guter Song, um dazu zu springen; gerade bei einer Mission wie dieser.

Während er sich für den Ausstieg wappnete, dachte Jaeger einen Augenblick an das Flugzeug, das ihnen gefolgt war. Der Pilot der C-130 hatte es nicht wieder erwähnt. Jaeger vermutete, dass es verschwunden war – die Verfolgung vielleicht abgebrochen hatte, als die Hercules die bolivianische Grenze überflogen hatte.

Es würde auf jeden Fall nicht ihren Absprung stören, oder der Pilot würde sie nicht springen lassen.

Er löschte es aus seinem Kopf.

Sanft stieß er Narov vorwärts, sodass sie als eine Einheit der offenen Rampe entgegenschlurften. Zu beiden Seiten hakten sich die ALs mit Sicherheitsleinen am Flugzeugrumpf fest, damit sie von dem heulenden Luftzug nicht hinausgerissen wurden.

Das Geheimnis eines HAHO-Absprungs lag darin, dass man sich immer seiner räumlichen Position bewusst war; man musste immer genau wissen, wo man sich innerhalb seiner Sprunggruppe befand. Als Führungsspringer war es überlebenswichtig, dass Jaeger sie alle beisammenhielt. Sollte er jemanden verlieren, konnte er nicht einfach sein Funkgerät benutzen, um ihn zurückzurufen. Die Turbulenzen und Windgeräusche machten eine Kommunikation während des freien Falls unmöglich.

Jaeger und Narov kamen am äußersten Rand der Rampe zum Stehen.

Die anderen reihten sich hinter ihnen auf. Jaegers Herz hämmerte wie ein Maschinengewehr, während das Adrenalin brennend durch seine Adern rauschte. Sie befanden sich hier auf dem Dach der Welt, dem Reich des besternten Himmels.

Die ALs absolvierten einen letzten visuellen Check bei jedem einzelnen Springer, um sicherzugehen, dass keine Gurte verdreht oder verheddert waren oder lose herabhingen. Bei Jaeger mussten sie diesen letzten Check durch Tasten durchführen, damit sie sicher waren, dass alle Punkte, die ihn mit Narov verbanden, sauber verbunden und festgezurrt waren.

Der führende Absprungleiter begann, die abschließenden Anweisungen zu brüllen: »Letzter Ausrüstungscheck!«

»ZEHN IN ORDNUNG!«, rief der hinterste Springer.

»NEUN IN ORDNUNG!«

Während jeder von ihnen seine Bereitschaft nach vorne rief, tippte er seinem Vordermann mit dem Daumen auf die Schulter. Sollte dieser nichts spüren, wüsste er, dass sein Hintermann Probleme hatte.

»DREI IN ORDNUNG!« Jaeger spürte einen Schlag von dem Springer hinter ihm. Es war Mike Dale, der junge Aussie-Kameramann, der ihn und Narov filmen würde, während die Reihe aus der offenen Flugzeugrampe stürzte. Dazu trug er eine Minikamera am Helm.

Bevor die Wörter ihm im Halse stecken bleiben konnten, zwang Jaeger sich, auszurufen: »EINS UND ZWEI IN ORDNUNG!«

Die Reihe rutschte noch enger zusammen. Wenn sie sich im Himmel zu weit entfernten, riskierten sie, sich während des freien Falls zu verlieren.

Jaeger schaute zum Sprunglicht hinauf.

Es begann, rot zu blinken: *Bereit machen.*

Er schaute nach vorne und über Narovs Schulter. Er sah ein paar Strähnen ihres losen Haars vor sich wehen, während er auf das klar umrissene Rechteck der Ladeöffnung schaute, das sich als Silhouette vor dem hellen, tosenden Schlund des Himmels abzeichnete.

Draußen tobte ein Wirbelwind aus purem, rasendem, blendendem Licht.

Er spürte, wie der Wind an seinem Helm zerrte und versuchte, ihm die Schutzbrille vom Gesicht zu reißen. Er senkte den Kopf und bereitete sich darauf vor, sich nach vorne zu drängen.

Aus dem Augenwinkel sah er das rote Licht grün aufflammen.

Der AL trat zurück: »LOS! LOS! LOS!«

Mit einem Ruck stieß Jaeger Narov nach vorne, schob sie weiter und weiter und stürzte mit ihr ins Nichts. Gemeinsam taumelten sie in die brüllende Leere. Doch als sie den Schritt von der offenen Rampe machten, spürte Jaeger, wie etwas sie kurz packte. Die Wucht riss an ihnen und ließ sie dann wieder frei, wodurch sie brutal aus dem Gleichgewicht gerissen wurden.

Er wusste sofort, was geschehen war: Sie hatten einen »Unstable Exit«, einen instabilen Absprung, hingelegt.

Sie waren aus dem Lot geraten und begannen zu taumeln.

Die Situation konnte übel ausgehen.

Jaeger und Narov wurden durch den tosenden Schlund des Luftsogs des Flugzeugs gerissen, die brachiale Turbulenz wirbelte sie herum und herum, immer schneller und schneller. Kaum spie der Windschatten sie aus, begannen sie, Richtung Erde zu stürzen, während sie sich wild drehten wie ein irrer Kreisel.

Jaeger versuchte, sich darauf zu konzentrieren, die Sekunden zu zählen, bis er es riskieren konnte, den Schirm zu öffnen.

»Drei eintausend, vier eintausend …«

Doch während die Stimme die Sekunden in seinem Kopf zählte, wurde ihm klar, dass die Situation sich rapide verschlechterte. Statt sich zu stabilisieren, verschlimmerte sich das Taumeln unaufhörlich. Der Albtraum der Zentrifuge begann wieder von vorne, bloß dass es diesmal in neuntausend Metern Höhe geschah und völlig real war.

Er versuchte abzuschätzen, wie schnell sie rotierten – um zu schauen, ob er es riskieren konnte, den Schirm zu öffnen. Die einzige Möglichkeit, wie er das tun konnte, war, indem er zählte, wie schnell sich die Luft um ihn herum von blau zu grün zu blau zu grün und wieder zurück verwandelte. Blau bedeutete, dass sie in den Himmel schauten, grün bedeutete den Dschungel.

Blau-grün-blau-grün-blau-grün-blaaau-grüüüüüün-blaaüüünnn … Aaarrgggh!

Jaeger hatte alle Mühe, bei Bewusstsein zu bleiben, geschweige denn klar gucken zu können.

25

Der Sprungplan sah vor, dass sie sich alle im freien Fall aneinanderhängen sollten und ihren Schirm öffnen, wenn Jaeger es tat. Auf die Art würden sie mehr oder weniger als eine Einheit hinabgleiten und als dichte und sichere Truppe in die Landezone segeln. Doch als Tandem und mit dem Trudeln, das sie durch den Himmel schleuderte, begannen sie schon jetzt, die anderen zu verlieren.

Sie stürzten der Erde entgegen, drehten sich schneller und schneller, während sie fielen. Und je schneller sie wurden, desto höher wurde die Fliehkraft, der Wind riss an Jaegers Kopf wie ein tosender Hurrikan. Er fühlte sich, als wäre er an ein gigantisches, außer Kontrolle geratenes Supermotorrad geschnürt, das einen korkenzieherförmigen Tunnel hinabraste und sich zweihundert Stundenkilometern näherte.

Inklusive des Windkühlungsfaktors musste die Temperatur bei minus vierzig Grad liegen. Und während das Trudeln immer brutaler wurde, spürte Jaeger den »Grey-Out«, der sich langsam von den Rändern seiner gefrorenen Augäpfel heranpirschte.

Seine Sicht verschwamm und zerfaserte. Er spürte, wie er anfing, nach Luft zu schnappen; nach Sauerstoff. Brennende Lungen rangen darum, ausreichend Gas aus der Flasche zu saugen. Seine Sinneswahrnehmung – die Fähigkeit einzuschätzen, wo er war, oder auch nur, wer er war – entglitt ihm rasend schnell.

Neben ihm flatterte seine Schrotflinte herum wie ein Baseballschläger, der Klappschaft hämmerte immer wieder brutal gegen seinen behelmten Kopf. Die Waffe war fest an seine Seite geschnallt, doch irgendwie hatte sie sich im Fall losgerissen und machte ihren Sturz nur noch instabiler.

Jaeger stand inzwischen kurz davor, das Bewusstsein zu verlieren.

Und er wollte sich gar nicht vorstellen, in welchem Zustand Narov war.

Während der Puls in seinem Schädel ratterte und sein Verstand vor Schwindel und Desorientierung taumelte, zwang Jaeger seinen zerschmetterten Geist, sich zu konzentrieren. *Er musste ihren Sturz stabilisieren.* Narov verließ sich auf ihn, so wie jeder andere Springer der Gruppe.

Es gab nur einen Weg, wie er das Trudeln stoppen konnte.

Nun musste er es nur noch tun.

Er legte die Arme eng an die Brust und streckte sie dann beide, gemeinsam mit den Beinen, weit von sich, bis er eine starre Sternenform eingenommen hatte, und stemmte den Rücken gegen die unerträglichen Kräfte, die drohten, ihn in Stücke zu reißen. Seine Muskeln schrien gegen den Schmerz und Druck an. Er stieß einen schrillen Schmerzensschrei aus, als er die Pose hielt, und versuchte, sie beide in der rasierklingendünnen Luft festzuhaken.

»Aaaaaarrggghhhhhh!«

Wenigstens würde ihn niemand schreien hören, denn sie beide waren allein hier oben auf dem Dach der Welt.

Die Arme und Beine fest ausgestreckt, um vier Anker zu bilden, jagte sein Körper durch die hoffnungslos dünne Atmosphäre. Die eisige Luft heulte um ihn herum, während seine Glieder sich in den Schmerz stemmten. Wenn er diese Sternenform nur lange genug halten konnte, um ihren irren Korkenzieherflug zu stabilisieren, könnten sie vielleicht mit dem Leben davonkommen.

Stück für Stück, langsam, qualvoll, begann Jaeger zu spüren, wie ihre Drehungen langsamer wurden.

Schließlich hörten er und Narov auf, sich zu drehen.

Er zwang seinen erschöpften Verstand, sich zu konzentrieren.

Er blickte in blendendes Blau.

Blau bedeutete Himmel.

Er stieß eine Flut von Flüchen aus. *Falsch rum.*

Sie beide stürzten mit mörderischer Geschwindigkeit mit dem Rücken zur Erde. Jede Sekunde brachte sie hundert Meter näher an den zermalmenden Aufschlag im dichten Dschungel. Doch wenn Jaeger in dieser Position die Reißleine zog, würde der Schirm sich unter ihnen öffnen. Sie würden hindurchstürzen und wie ein Paar Leichen in einem Bündel verknäulter Seide feststecken.

Und sie würden mit annähernd zweihundert Stundenkilometern in den Wald krachen.

Tote Männer.

Oder genauer ein Mann und eine Frau, verbunden in tödlicher Umarmung.

Jaeger wechselte die Position, indem er den rechten Arm dicht an seine Seite presste. Er warf die gegenüberliegende Schulter zur Seite und versuchte, sie beide umzudrehen. Sie mussten ins Grüne schauen. Dringend.

Grün bedeutete Erde.

Doch aus irgendeinem Grund war das Einzige, was das Manöver bewirkte, das schlimmste aller möglichen Ergebnisse – die ruckartige Drehung brachte sie erneut ins Trudeln.

Für einen Augenblick stand Jaeger am Rande der Panik. Unbewusst griff seine Hand nach der Reißleine, doch er zwang sie zurück. Dann drängte er sich dazu, sich daran zu erinnern, wie sie diese Situation immer wieder mit einer speziellen Puppe während der Probesprünge trainiert hatten.

Wenn man den Schirm während des Trudelns öffnete, suchte man bloß Ärger. Eine Menge davon.

Die Leinen würden sich sofort miteinander verflechten, wie bei einem Kind, das Spaghetti auf einer Gabel aufwickelt. Dumme Idee.

Als das Trudeln stärker wurde, wurde Jaeger klar, dass der vollständige »Grey-Out« kurz bevorstand. Das war der Augenblick für einen Nervenzusammenbruch. Das hier war wie die Zentrifuge auf Speed, bloß in extremer Höhe und ohne Ausschaltknopf. Seine Sicht verschwamm und zerfaserte, sein Verstand driftete weiter und weiter von ihm fort. Er stand kurz davor, ohnmächtig zu werden.

»Konzentrier dich!«, knurrte er.

Er verfluchte sich selbst, während er versuchte, seinen Kopf endlich frei zu bekommen. »KONZENTRIER DICH! *KON-ZEN-TRIER-DICH.*«

Jede Sekunde war inzwischen kostbar. Er musste wieder die Sternenposition einnehmen, und er musste Narov dazu bringen, dasselbe zu tun. Auf diese Art hatten sie deutlich bessere Chancen, sich zu stabilisieren.

Es gab keine Möglichkeit, mit ihr zu kommunizieren, mit Ausnahme von Körpersprache und Handzeichen. Er wollte gerade ihre Arme packen und anzeigen, was er wollte, als seine zerfaserten Sinne erkannten, dass sie angefangen hatte, sich wie wild gegen ihn zu wehren.

Inmitten all der blendenden Verwirrung blitzte etwas silberweiß in der klaren, funkelnden Luft auf.

Eine Klinge.

Ein Kampfmesser.

Es jagte auf ihn zu, bereit, sich ihm in die Brust zu rammen.

Innerhalb von Sekundenbruchteilen wusste Jaeger, was gerade geschah. Es war unmöglich, doch es passierte. Narov bereitete sich darauf vor, ihn mit ihrem Messer abzustechen.

Carsons Warnung blitzte in seinem Kopf auf: *Man trifft sie niemals ohne ihr Messer an. Und man verarscht sie besser nicht.*

Wütend stieß die Klinge nach ihm.

Es gelang Jaeger, sie mit dem rechten Arm abzuwehren, indem er sie an seinem stabilen Höhenmesser abprallen ließ, das er am Handgelenk trug. Die Klinge schrammte über das dicke Glas und schnitt dabei in seinen Gore-Tex-Ärmel.

Er spürte einen dumpfen Schmerz im rechten Unterarm.

Sie hatte ihn mit dem ersten Stoß verwundet.

Für ein paar verzweifelte Augenblicke wehrte er ihre Angriffe weiter ab, während Narov wie wild mit dem Messer nach ihm stieß, wieder und wieder und wieder.

Sie stieß noch einmal zu, diesmal deutlich tiefer und eindeutig in Richtung seiner Eingeweide. Jaegers Arm – gefroren wie ein Eisblock – war einen Sekundenbruchteil zu langsam.

Es gelang ihm nicht, den Hieb abzuwehren.

In Erwartung der Schmerzen, mit der ihm die Klinge tief in den Bauch dringen würde, spannte er sich an. Es machte keinen großen Unterschied, wo sie auf ihn einstach.

Wenn sie ihn hier aufschnitt, zur Erde stürzend, mit hundert Metern pro Sekunde, wäre er ein toter Mann.

26

Das Messer kam in einem schnellen, kräftigen Stoß auf ihn zu.

Doch seltsamerweise, als es irgendwo nahe seinem Bauch aus seinem Sichtfeld verschwand, verspürte er keinen Schmerz. Nicht den geringsten. Stattdessen spürte er, wie der erste der Gurte, die Narov an ihn fesselten, sich löste, nachdem die Klinge ihn durchschnitten hatte.

Ihr Arm langte nach vorne, schoss wieder nach hinten, und erneut traf die rasiermesserscharfe Klinge ihr Ziel und schlitzte durch festes Segeltuch und Nylon.

Sobald sie damit fertig war, die Gurte auf ihrer rechten Seite durchzutrennen, wechselte Narov die Seite. Sie stach mit der Klinge wie wild nach hinten, auf die Gurte der linken Seite ein.

Ein paar letzte Schnitte, und sie war frei.

Und einfach so trudelte Irina Narov, die Unberechenbare in Jaegers Team, von ihm weg.

In der Sekunde, in der sie sich von ihm befreite, sah Jaeger, wie sie Arme und Beine sternenförmig von sich stieß. Als ihre Glieder ihren Sturz bremsten und stabilisierten, raste Jaeger an ihr vorbei. Kurz darauf ertönte ein knallendes Geräusch von oben, wie das Segel eines Schiffs, das den Wind einfing, und ein Fallschirm blitzte am Himmel auf.

Irina Narov hatte ihren Notfallschirm geöffnet.

Frei von dem überflüssigen Gewicht eines zweiten Körpers, standen Jaegers Überlebenschancen mit einem Mal viel besser, als die annähernd null Prozent, die sie vor fünf Sekunden noch betragen hatten. Für einige endlos lange Augenblicke kämpfte er verzweifelt darum, sein eigenes Trudeln unter Kontrolle zu bekommen. Er kämpfte darum, die wilden Schraubendrehungen zu stoppen und sich zu stabilisieren.

Er befand sich seit beinahe zwei Minuten im freien Fall, als er es endlich riskierte, die Reißleine zu ziehen – und sich gute dreiunddreißig Quadratmeter der feinsten Fallschirmseide über ihm aufspannten.

Einen Wimpernschlag später hatte er das Gefühl, als packe ihn eine riesige Hand und reiße ihn an den Schultern nach oben. Auf einem Monstersturz wie dem gerade erlebten abzubremsen war, als fahre man ein Auto mit Höchstgeschwindigkeit gegen eine Ziegelmauer, während sich sämtliche Airbags gleichzeitig aufblähten.

Jaegers Gefühlswelt war innerhalb von Sekunden von einem Ende des Spektrums zum nächsten gesprungen. Von der Überzeugung, dass ein baldiger heranrasender, lebensbeendender Aufschlag auf ihn wartete, zu der Gewissheit, dass sein Fallschirm ihn gerettet hatte. Oder genauer gesagt, dass Irina Narovs cleverer Messereinsatz ihnen vermutlich beiden das Leben gerettet hatte. Er schaute nach oben, um zu überprüfen, ob sein Schirm in Ordnung war. Er griff mit den Händen hinauf, packte die Lenkseile und zog ein paarmal prüfend daran. Dann öffnete er die Halbbremsen und erlaubte dem Schirm, sich ganz zu entfalten.

Gott sei Dank fühlte sich alles in Ordnung an.

Nach dem wirbelnden, Übelkeit erregenden Strudel und ohrenbetäubenden Windlärm des freien Falls hatte sich Jaegers Welt in eine der völligen Ruhe und Stille verwandelt. Nur ein gelegentlicher Windstoß ließ den Öffnungsverzögerer über ihm leise flattern. Für einen Moment konzentrierte er sich darauf, seinen Herzschlag wieder unter Kontrolle zu bringen und seinen Kopf endlich freizupusten, damit er sich entspannt auf den Gleitflug konzentrieren konnte.

Er riskierte einen Blick auf seinen Höhenmesser. Er befand sich auf fünfhundertfünfzig Meter. Das hieß, er hatte gerade einen Achteinhalb-Kilometer-Todesritt in Richtung Erdboden überstanden. Es hatte sechs Sekunden gebraucht, bis sein Schirm sich vollständig geöffnet hatte. Und er hatte ihn weniger als zehn Sekunden geöffnet, bevor er mit zweihundert Stundenkilometern in die Erde gekracht wäre.

So knapp war er davongekommen.

Bei dieser Geschwindigkeit wäre nicht allzu viel von ihm übrig geblieben, um es zwischen den Farnen und dem verrottenden Holz aufzusammeln, damit seine Kumpels seine Überreste hätten begraben können.

Jaeger nahm sich einen kurzen Moment Zeit, um den Himmel abzusuchen.

Abgesehen von Narov war kein anderer Springer zu sehen.

Er ließ den Blick seiner schmerzenden Augen nach unten wandern und suchte das samtig grüne Blätterdach unter sich ab. Es schien ihm entgegenzusteigen, um ihn zu empfangen, und nirgendwo war irgendeine Lichtung zu sehen. Jaeger vermutete, dass Narov und er etwas über dreißig Kilometer von der geplanten Landezone entfernt waren. Der Plan hatte vorgesehen, dass sie ihre Schirme auf neuntausend Metern öffneten und knapp vierzig Kilometer auf die Sandbank segelten. Doch nach ihrem »Unstable Exit« und dem mörderischen Trudeln war das alles hinfällig.

Abgesehen von der unbestreitbar geistreichen und zähen Narov hatte Jaeger jedes Mitglied seines Teams verloren.

Sie waren zwei einsame Fallschirmspringer, die durch die heiße, schwüle Luft segelten, ohne einen Landeplatz in Sicht.

Viel schlimmer konnte es kaum kommen.

Kurz fragte Jaeger sich, ob es seine Waffe gewesen war, die an der Rampe der Hercules hängen geblieben war und die sie in dieses beinahe tödliche Trudeln geworfen hatte. Aber wie hätten die ALs das übersehen können? Es war ihr Job, sicherzustellen, dass jeder Springer frei von Hindernissen war. Das nichts lose saß, was sich irgendwo verhaken konnte. Und außerdem wusste er, dass er seine Schrotflinte vor dem Sprung sauber befestigt hatte.

Jaeger hatte im Laufe der Jahre mit zahllosen Absprungleiter-Teams gearbeitet. Es waren ausnahmslos immer absolute Vollprofis gewesen. Sie wussten, dass sie das Leben der Springer in Händen hielten und dass ein winziger Fehler tödliche Folgen haben konnte. Es war reines Glück gewesen – und, das musste er zugeben, Narovs Geistesgegenwart –, dass sie beide noch am Leben waren.

Es ergab keinen Sinn, dass einer der ALs seine Waffe beim Absprung hätte lockern sollen. Es passte einfach nicht. Um ehrlich zu sein, hatte sich bisher eine ganze Menge angesammelt, was nicht zusammenpasste. Erst war Smithy gestorben – oder genauer gesagt: ermordet worden. Dann hatten sie dieses unidentifizierte Flugzeug im Schlepptau gehabt. Und jetzt das.

Hatte einer der ALs gezielt versucht, ihren Absprung zu sabotieren? Jaeger wusste es schlicht nicht, doch er begann sich zu fragen, was sonst noch möglicherweise schiefgehen konnte.

Wie sich zeigte: eine ganze Menge – denn jetzt gerade hatte er mit der Mutter aller Schwierigkeiten zu kämpfen.

Direkt nach dem Öffnen des Schirms lag die Landung auf Platz zwei der gefährlichsten Momente eines Sprungs – immer –, und besonders, wenn es keine freie Fläche zum Runterkommen gab. Ein Fallschirmausbilder hatte Jaeger einmal gewarnt, dass es nicht der freie Fall war, der die Menschen umbrachte – es war die Landung.

Jaeger hatte einige Hundert Meter Vorsprung zu Narov gewonnen, seit sie sich losgeschnitten hatte. Sie beide waren nun die letzten Reste seines Teams. Das Wichtigste war daher, für die Landung zusammenzubleiben und für das, was auch immer anschließend kam. Jaeger konzentrierte sich darauf, abzubremsen, damit sie ihn einholen konnte.

Über ihm absolvierte Narov eine Reihe scharfer Linkskurven, sodass sie mit ihrem Fallschirm schraubenförmig herabsank und mit jeder Umdrehung schnell an Höhe verlor. Jaeger hielt seinen eigenen Schirm weiter zurück, zog an den Bremsleinen, um seine Fallgeschwindigkeit zu verringern.

Nach wenigen Sekunden spürte er ein sanftes Kräuseln der Luft neben sich, und da war Narov. Ihre Blicke trafen sich über die Luft zwischen ihnen hinweg. Trotz ihres »Messerkampfs« wirkte sie cool wie Eis. Als wäre nichts Unangebrachtes geschehen.

Jaeger schenkte ihr ein Daumen-hoch-Zeichen.

Narov erwiderte es.

Er machte Zeichen, dass er die Führung zur Landung übernehmen würde. Sie antwortete mit einem kurzen Nicken. Dann schwebte sie hinter ihn und bezog ein paar Dutzend Meter über ihm Position. Ihnen blieben nur noch wenige Hundert Meter bis zum Boden.

Glücklicherweise hatte Jaegers Ausbildung ihn auf das vorbereitet, was vor ihm lag: eine Landung im Blätterdach des Dschungels. Es war alles andere als einfach, das richtig durchzuziehen. Doch angesichts des cleveren Verhaltens, mit dem Narov sich während des Trudelns losgeschnitten hatte, ging Jaeger davon aus, dass sie das hinbekommen würde.

Er suchte die Baumkronen unter sich nach einem Fleckchen Laub ab, das dünner wirkte als der Rest; irgendeine Stelle, an der sie hindurchbrechen konnten. Die meisten Springer, die im dichten Dschungel landeten, hatten überhaupt nicht geplant, dort zu enden. Es waren Piloten, die aus einem Flugzeug gesprungen waren, das entweder abgeschossen worden oder das Opfer eines technischen Problems geworden war – dem vielleicht der Sprit ausgegangen war.

Sie knallten in das Blätterdach, ohne jede Ahnung, worauf sie achten mussten, und ohne irgendein Training, wie sie es überleben sollten. Für gewöhnlich erlitten sie irgendwelche Verletzungen während des Aufpralls – gebrochene Arme oder Beine. Doch das war nicht so schlimm wie das, was folgte. Denn auch wenn der Springer durch die Baumkronen brach, tat der Schirm das normalerweise nicht. Er verfing sich in den obersten Ästen, und so strandete der Springer mitten in der Luft und hing dicht unter den Baumkronen in seinen Leinen.

Und das bedeute allzu oft ihren Tod.

Ein Springer, der derartig gefangen war, hatte drei Möglichkeiten: Er konnte in seinem Geschirr hängen bleiben und darauf hoffen, irgendwie gerettet zu werden; er konnte sich selbst frei schneiden, mit einem zwanzig bis dreißig Meter tiefen Sturz auf den Waldboden unter ihm; oder er konnte versuchen, einen Ast zu erreichen, wenn einer nahe genug war, und so auf den Boden zu klettern.

Vorwiegend entschieden die Springer sich dafür, hängen zu bleiben, da die anderen Optionen im Grunde Selbstmord waren. Verletzt, orientierungslos, an Schock und Dehydration leidend und heimgesucht von gefräßigen Insekten, blieben sie, wo sie waren, und warteten auf Rettung.

Die meisten brauchten einige sehr lange Tage, um zu sterben.

Jaeger war nicht scharf darauf, dass ihm – oder Irina Narov – Vergleichbares zustieß.

27

Durch den wabernden Nebel entdeckte er einen Flecken helleren, gelblichen Grüns inmitten des bis zum Horizont reichenden Teppichs dunkler Vegetation. Frischer Bewuchs. Diese neuere Vegetation würde weicher, federnder und nachgiebiger sein; weniger Gefahr zu brechen und die gezackten Enden zersplitterter Äste wie Speere auszustrecken.

Zumindest hoffte Jaeger das.

Er schaute auf seinen Höhenmesser – den, mit dem er Narovs Messerstiche abgewehrt hatte, von denen er dachte, dass sie ihn ausweiden sollten.

Noch hundertfünfzig Meter.

Er griff nach vorne und zog die beiden Metallhebel nach unten, an denen sein Rucksack befestigt war. Er spürte, wie die schwere Last sich löste und nach unten fiel, wo sie am Ende eines zehn Meter langen Seils zum Baumeln kam.

Das Letzte, was er tat, als das Dach des Waldes auf ihn zuraste, war, einen Knopf an seinem GPS-Empfänger am Handgelenk zu drücken. Bevor der Wald sie verschluckte, erstellte das Gerät noch einen Wegpunkt – es markierte ihre exakte Position, denn Jaeger ging davon aus, dass sie so schnell keine Gelegenheit mehr dazu kriegen würden.

In den letzten Sekunden vor dem Aufschlag konzentrierte er sich darauf, den Schirm mit den Leinen rechts und links zu steuern, sodass er direkt über dem Fleck helleren Grüns war.

Er sah den massiven Grund aus Blättern auf sich zustürzen. Er riss beide Leinen hart nach unten, blähte seinen Schirm voll auf und verlor noch einmal an Geschwindigkeit. Wenn es ihm gelang, mit dem Schirm genügend Geschwindigkeit abzubauen, könnte er vielleicht weniger brutal durch das Dschungeldach stürzen.

Eine Sekunde später hörte er das dumpfe Krachen, als der fünfunddreißig Kilo schwere Rucksack sich durch die obersten Äste bohrte, sie auseinanderbersten ließ und dann darunter aus seiner Sicht verschwand.

Jaeger hob die Beine, winkelte die Knie an, und presste die Arme schützend um Brust und Gesicht. Einen Herzschlag später spürte er, wie seine Stiefel und Knie durch die Vegetation stießen, als er dem Rucksack folgte. Spitze Äste schrammten über seinen Hintern und seine Schultern, bevor er daran vorbei in die tiefe Dunkelheit darunter stürzte.

Er prallte gegen einige dickere Äste, sog vor Schmerz die Luft ein und fiel einige Meter, bevor sein Schirm sich in das Laubdach über ihm grub und ihn abrupt stoppte.

Der plötzliche Halt nahm ihm den Atem. Eine wirbelnder Nebel aus Blättern, zerbrochenen Zweigen und Pflanzenteilen trudelte um ihn herum, als er nach Atem rang. Doch während er vor und zurück schwang wie ein Pendel, lobpreiste Jaeger sein Glück wieder und wieder.

Er war unverletzt, und er war noch immer äußerst lebendig.

Ein zweites Krachen ertönte über ihm, und Augenblicke später erschien Narov an seiner Seite, ebenfalls wild hin und her schwingend.

Langsam wurde die Luft zwischen ihnen wieder klar.

Säulen blendenden Sonnenlichts strömten durch die Löcher, die sie ins Laubdach geschlagen hatten, und in ihnen tanzte die Luft.

In der eindringlichen Stille schien es, als würde jedes Lebewesen des Dschungels den Atem anhalten, als wären sie erschrocken, dass zwei so fremde Lebensformen in ihre Welt hatten stürzen können.

Das Schwingen der Fallschirme wurde ruhiger.

»Alles in Ordnung?«, rief Jaeger zu Narov hinüber.

Nach allem, was sie durchgemacht hatten, klang das wie das Understatement des Jahrhunderts.

Narov zuckte mit den Achseln. »Ich bin am Leben. Sie sind offensichtlich am Leben. Es könnte schlimmer sein.«

Wie genau, zum Beispiel? Jaeger hätte am liebsten nachgefragt. Doch er hielt sich zurück. Auch wenn Narovs Englisch ziemlich gut war, blieb ihr russischer Akzent sehr stark und ihre Art zu sprechen ungewohnt farb- und emotionslos.

Er machte mit dem Kopf eine Geste nach oben, in die Richtung, aus der sie gekommen waren. Er versuchte sich an einem gewinnenden Lächeln. »Für einen Moment habe ich geglaubt, Sie versuchten mich zu töten.«

Sie starrte ihn an. »Wenn ich Sie hätte töten wollen, hätte ich Sie getötet.«

Jaeger beschloss, die Spitze zu ignorieren. »Ich habe versucht, uns beide zu stabilisieren. Irgendetwas hat uns beim Ausstieg festgehalten und die Halterung meiner Waffe gelockert. Ich hatte es beinahe unter Kontrolle, als Sie sich freigeschnitten haben. Erzählen Sie mir also nichts von Mangel an Vertrauen.«

»Vielleicht.« Narov musterte ihn einen kurzen Augenblick, ihr Gesicht eine ausdruckslose Maske. »Aber Sie haben versagt.« Sie schaute weg. »Hätte ich mich nicht losgeschnitten, wären wir beide jetzt tot.«

Darauf konnte Jaeger nicht viel erwidern. Er wand sich in seinem Geschirr herum und versuchte, einen guten Blick auf das Terrain unter ihnen zu bekommen.

»Überhaupt, wieso sollte ich Sie töten wollen?«, fuhr Narov fort. »Mr. Jaeger, Sie müssen lernen, Ihrem Team zu vertrauen.« Sie schaute zum Laubdach hinauf. »Die Frage ist nun: Wie kommen wir von hier runter? Wir haben nicht direkt für so etwas trainiert bei der Speznas.«

»Sie meinen, nicht so, wie Sie darin ausgebildet wurden, sich während eines Trudelns von ihrem Tandempartner loszuschneiden?«, fragte Jaeger. »Wie Sie das Messer geführt haben – das war ziemlich elegant.«

»Ich habe niemals geübt, das zu tun. Aber es gab sonst nichts. Keine andere Option.« Narov hielt inne. »›Jeder Auftrag, jederzeit, jeder Ort – was es auch kostet.‹ Das Motto der Speznas.«

Bevor Jaeger sich eine passende Antwort überlegen konnte, erklang ein reißendes Knacken über ihnen, wie eine Explosion. Ein schwerer Ast donnerte abwärts und fiel auf den Waldboden unter ihnen. Eine Sekunde später sackte Narov ein gutes Stück tiefer, als eine der Zellen ihres beschädigten Schirms unter der Last riss.

Sie schaute zu Jaeger hoch. »Also, haben Sie eine Idee, wie wir runterkommen? Abgesehen von Fallen. Oder muss ich uns hier auch herausholen?«

Jaeger schüttelte frustriert den Kopf. Gott, die Frau legte es aber auch drauf an. Trotzdem – seit ihrer frei schwebenden Kunstshow mit dem Messer begann er daran zu zweifeln, dass sie Smithys Mörderin war. Es wäre eine ideale Gelegenheit für sie gewesen, ihre Klinge in Jaeger zu versenken und ihn zu töten, doch sie hatte es nicht getan.

Aber es konnte nicht schaden, sie noch ein wenig auf die Probe zu stellen, beschloss Jaeger. »Vielleicht gibt es einen Weg, wie wir hier herauskommen.« Er deutete auf das verknäulte Chaos ihrer Fallschirme im Blätterdach. »Doch zuerst brauche ich Ihr Messer.«

Er hatte sein eigenes Messer dabei. Es war das Gerber-Messer, das Raff ihm in Bioko gegeben hatte. Es hatte inzwischen eine besondere Bedeutung für ihn, denn es war die Klinge, mit der er das Leben seines geschätzten Freundes gerettet hatte. Er trug es in einer Scheide, die er diagonal vor der Brust hängen hatte. Doch er wollte sehen, ob Narov ihm die Waffe bereitwillig übergeben würde, die ihn beinahe aufgeschlitzt hatte.

Sie zögerte nicht einmal. »Mein Messer? Aber nicht fallen lassen. Es ist ein alter Freund.« Sie griff nach der langen Klinge, löste sie, nahm die Spitze in die Hand und warf sie über die kurze Distanz in seine Richtung.

»Fangen Sie«, rief sie, als die Waffe blitzend durch Licht und Schatten flog.

Das Messer, das Jaeger auffing, wirkte seltsam vertraut. Für einen Moment drehte er es in den Händen herum. Die schlanke, achtzehn Zentimeter lange, sich vorne verjüngende Stilettklinge schimmerte im Sonnenlicht. Es gab keinen Zweifel: Das Messer war identisch mit dem, das in Großvater Teds Kiste lag, zu Hause in Jaegers Wardour-Castle-Apartment.

Als Jaeger sechzehn geworden war, hatte sein Großvater ihm erlaubt, das Messer aus dem Futteral zu ziehen, während sie beide fleißig an ihrer Pfeife pafften. Bei der Erinnerung daran stieg Jaeger der rauchig-aromatische Duft in die Nase, als wäre er wirklich dort, so wie ihm auch der Name des Messers wieder einfiel: Er war im Griff eingeprägt gewesen.

Er überprüfte Narovs Klinge und sah dann abwägend zu ihr hinüber. »Wow. Ein Fairbairn-Sykes-Kampfmesser. Original aus dem Zweiten Weltkrieg, wenn ich nicht irre.«

»Ist es.« Narov zuckte mit den Achseln. »Wie ihr SAS damals bewiesen habt, ist es sehr gut, um Deutsche zu töten.«

Jaeger schaute sie lange an. »Sie denken, dass wir Deutsche töten werden? Auf dieser Expedition?«

In Narovs Antwort – die sie ihm herausfordernd entgegenschleuderte – hallten Großonkel Joes dunkle Worte wider, und sie sprach sie in flüssigem Deutsch aus: *»Denn heute gehört uns Deutschland und morgen die ganze Welt.«*

»Wissen Sie«, erwiderte Jaeger, »die Chancen stehen nicht gut, dass noch irgendwelche lebendigen Nazis in diesem Flugzeug sitzen.« Eine Spur von Sarkasmus war in Jaegers Stimme gekrochen. »Nach über siebzig Jahren in den Tiefen des Amazonasdschungels – ich würde sogar sagen, das ist nahezu unmöglich.«

»Schwachkopf!«, stieß Narov auf Deutsch aus und funkelte ihn an. »Sie denken, das weiß ich nicht? Wieso tun Sie nichts Nützliches, Mr. Expeditionsleiter, und holen uns aus dem Schlamassel, in den Sie uns gebracht haben?«

28

Jaeger gab Narov einen Überblick darüber, was er im Sinn hatte.

Der Notfallschirm, den Narov hatte benutzen müssen, war ein kleineres, weniger stabiles Stück Ausrüstung als sein eigener BT80. Er schien stark zerfetzt worden zu sein, als sie durch die Baumwipfel gekracht war, was der Grund dafür war, dass Jaeger vorschlug, dass sie sich einen stabileren Platz schaffen mussten, indem sie beide Fallschirme zu einem Ausgangspunkt verknüpften, von dem aus sie sich zu Boden lassen konnten.

Nachdem er alles erklärt hatte, schnitten sie ihre Rucksäcke los, die bis eben noch unter ihnen am Seil gebaumelt hatten. Die schweren Pakete schlugen durch die verschiedenen Lagen von Blättern, und jedes landete mit einem gut vernehmbaren dumpfen Schlag auf dem Waldboden weit unter ihnen. Es gab keine Möglichkeit, die Reihe von Manövern zu beenden, die ihm im Sinn standen, solange ihnen ein fünfunddreißig Kilo schwerer Rucksack an den Füßen hing.

Als Nächstes bedeutete er Narov, dass sie in seine Richtung schwingen sollte, was er ihr gleichtat. Sie beide nutzten ihren Schirm dabei wie einen Anker. Während sie sich an den Leinen über sich festhielten, drehten sie sich in diese und jene Richtung, bis sie beide in der Lage waren, nach dem anderen zu greifen, als ihre pendelartigen Schwungbewegungen sie einander am nächsten brachten.

Jaeger streckte die Beine nach Narovs Körper aus, schlang sie um ihre Hüfte und hielt sie fest. Dann packte er mit den Armen ihren Oberkörper und hakte ihr Brustgeschirr fest an seines. Nun waren sie miteinander verbunden, etwa auf der Hälfte zwischen ihren beiden Fallschirmen.

Doch anders als beim Tandemsprung waren sie nun mithilfe eines großen Karabinerhakens so miteinander verbunden, dass sie sich ins Gesicht schauen konnten. Jaeger empfand diese Position und die Nähe als ausgesprochen unbequem, insbesondere, da er in der Hitze zu kochen begann – der dicke, sperrige Überlebensanzug sowie der Rest der HAHO-Ausrüstung ließen ihn bei lebendigem Leibe schmoren.

Aber zur Hölle, es war ein geringer Preis, wenn es half, sie in einem Stück nach unten zu bringen.

Mithilfe eines zweiten Karabiners knüpfte er die beiden Fallschirme am unteren Ende der Fangleinen fest zusammen – am schmalsten Punkt der Aufhängung. Dann holte er ein Stück Paracord von Specter heraus – eine hochfeste, kakifarbene Leine, etwa so dick wie eine normale Wäscheleine. Ihre Bruchfestigkeit lag bei knapp zweihundertfünfzig Kilogramm Belastung, doch Jaeger legte die Schnur dennoch doppelt, nur um sicherzugehen.

Er fädelte die Leine gleich zwei Mal durch ein Sicherungsgerät – eine kleine Vorrichtung zum Abseilen, das Bergsteiger benutzten –, um zusätzliche Reibung zu garantieren. Dann knotete er das obere Ende an die Fallschirme. Den Rest des Paracords löste er behutsam unter sich, wo er das andere Ende der Schnur die gut dreißig Meter bis zum Boden unter sich fallen ließ. Schließlich hakte er das Sicherungsgerät an den Karabiner an seinem Brustgeschirr, sodass Narov und er an der notdürftig improvisierten Abseilvorrichtung eingeklinkt waren.

Nun hingen sie in ihren Fallschirmen, während sie gleichzeitig durch die Paracord-Vorrichtung daran befestigt waren, die Jaeger gerade zusammengebastelt hatte. Was folgte, war der heikelste Moment: Es war an der Zeit, dass sie sich aus ihren Fallschirmgurten schnitten, sodass Jaeger sie an dem unter ihnen hängenden Paracord abseilen konnte.

Sie beide rissen sich die Helme, die Masken und Brillen runter und ließen sie auf den Waldboden fallen. Jaeger schwitzte nach all der Anstrengung wie ein Schwein. Er spürte den Schweiß in Bächen sein Gesicht hinunterfließen, bevor er sich vorne in seine Kleidung saugte, dort, wo er dicht an dicht mit Narov verbunden war.

Es glich einem »Wet T-Shirt Contest« – nur aus nächster Nähe –, und er fühlte sich, als könne er jede winzige Linie ihres Körpers nachziehen.

»Ich spüre, dass Sie sich unwohl fühlen«, bemerkte Narov. Ihre Stimme hatte einen seltsamen sachlichen, mechanischen Ton. »Solch hohe Nähe kann aus verschiedenen Gründen notwendig sein. Erstens: pragmatische Notwendigkeit. Zweitens: um Körperwärme auszutauschen. Drittens: Sex. Diese Situation hier fällt in die erste Kategorie. Konzentrieren Sie sich auf Ihre Aufgabe.«

Bla, bla, bla, dachte Jaeger. *War ja klar, dass ich im Dschungel strande, mit der Eiskönigin als Gesellschaft.*

»Also, Sie haben es geschafft, dass ich Sie umarme«, fuhr Narov tonlos fort. Sie deutete nach oben. »Was auch immer Sie als Nächstes im Sinn haben, ich schlage vor, dass Sie sich beeilen.«

Jaeger folgte ihrem Finger und schaute nach oben. Einen Meter über seinem Kopf entdeckte er eine riesige Spinne. Sie war etwa so groß wie seine Hand, halb fluoreszierend und silbrig im schwachen Licht – ihr Körper war rundlich, ihre Beine glichen acht ausgemergelten Fingern, die nach ihm griffen.

Er konnte ihre knolligen, bösen roten Augen funkeln sehen, die kauenden, feuchten Kiefer bewegten sich hungrig. Sie hob ihre Vorderbeine, fuchtelte wütend damit herum, während sie sich noch näher schob. Und was noch schlimmer war: Er konnte ihre spitzen Zähne sehen – mit Sicherheit voller Gift –, bereit, zuzubeißen.

Er riss Narovs Messer hoch, bereit, sie in Stücke zu hacken. Sie stoppte ihn mit einer Hand.

»Nicht!«, zischte sie.

Sie zog ihre Ersatzklinge hervor und, ohne sich die Mühe zu machen, sie aus dem Futteral zu ziehen, schob das schmale Ende unter den haarigen Körper der Spinne. Dann schleuderte sie sie in die Luft. Sie wirbelte herum und herum, ihr Körper funkelte im Sonnenlicht, als sie durch die dichten Strahlen fiel. Dann trudelte sie abwärts, die Kiefer zornig aufgerissen, dass ihr Mahl vereitelt worden war.

Narov nahm den Blick nicht aus den Baumkronen. »Ich töte ausschließlich, wenn ich es muss. Und wenn es klug ist.«

Jaeger folgte ihrem Blick. Dutzende weitere Spinnen krabbelten auf sie zu. Um genau zu sein, schienen ihre Fallschirmleinen lebendig zu sein, so viele tummelten sich darauf.

»Phoneutria«, erklärte Narov. »Griechisch für ›Mörderin‹. Wir müssen ein Nest getroffen haben, als wir hindurchgefallen sind.« Sie schaute ihn an. »Das Aufstellen der Vorderbeine ist eine Abwehrhaltung. Wenn Sie eine davon verletzen, sondert ihr Körper einen Duft ab, der ihre Geschwister warnt, und dann greifen sie wirklich an. Ihr Gift enthält das PhTx3-Neurotoxin. Ein Nervengift. Die Symptome gleichen einem Angriff mit Nervengas: Verlust der Muskelkontrolle und Atmung, gefolgt von Lähmung und Ersticken.«

»Was immer Sie sagen, Dr. Tod«, murmelte Jaeger.

Sie funkelte ihn an. »Ich werde sie abwehren. Und Sie – Sie schaffen uns hier runter.«

Jaeger langte mit dem Kommandomesser hinter sie und begann, durch die dicken Segeltuchgurte zu schneiden, mit denen das Fallschirmgeschirr an der Aufhängung befestigt war. Während er an den Gurten herumschnitt, sah er Narovs Messer nach vorne schnellen und eine zweite und dritte Spinne wegschleudern.

Sie wehrte mehr und mehr von den Dingern ab, doch eines musste sie übersehen haben. Es krabbelte auf ihn zu, die Vorderbeine angehoben, die Giftzähne nur Zentimeter von seiner nackten Hand entfernt. Getrieben von purem Instinkt, stach er mit dem Messer nach ihr. Die dünne, rasiermesserscharfe Spitze glitt dem Tier in die Unterseite. Als die Klinge ein Stück in das Tier schnitt und Blut hervordrang, zog die Spinne sich zu einem Ball zusammen, rollte davon und fiel dem Waldboden entgegen.

In derselben Sekunde spürte Jaeger ein klickendes, klackendes Alarmsignal, das wie in Wellen durch die Mengen der anderen Spinnen fuhr, als diese spürten, dass eine der ihren verletzt worden war.

»Jetzt kommen sie wirklich!«, zischte Narov.

Sie zog ihre Klinge hervor und stach nach links und rechts, hieb auf die zischende Menge von Spinnen ein. Jaeger verdoppelte seine Mühen. Nach einigen letzten Schnitten gelang es ihm, Narov zu befreien. Ihr Gewicht zerrte sie alarmierend schnell nach unten, bevor der Karabiner, der sie mit Jaegers Geschirr verband, sie auffing. Für einen Sekundenbruchteil fürchtete Jaeger, dass sein Schirm unter dem zusätzlichen Gewicht nachgeben und reißen würde, doch zum Glück hielt er.

Er griff über seinen Kopf und hieb mit dem Messer hektisch auf seine eigene Aufhängung ein, und einen Augenblick später gab auch diese nach.

Narov und er sackten nach unten, als würden sie fallen.

Für eine oder zwei Sekunden ließ er sie stürzen – das Paracord-Seil sauste zischend durch das Sicherungsgerät –, bis er beschloss, dass sie weit genug außerhalb der Reichweite der Armee tödlicher Spinnen waren. Dann schloss er seinen Griff um das Stück Paracord und riss es senkrecht nach unten, womit er es festzog.

Die Reibung, die im Sicherungsgerät entstand, bremste und stoppte ihren Fall. Sie baumelten jetzt gute zehn Meter unter den Fallschirmgurten an ihrem Paracord-Seil. Die Fangleinen über ihnen waren inzwischen nur noch eine brodelnde Masse aufgebrachter und hochgiftiger Spinnen.

Phoneutria. Jaeger würde sich glücklich schätzen, wenn er in seinem ganzen Leben keine einzige davon mehr sehen müsste.

Er hatte kaum genug Zeit, sich diesem Gedanken zu widmen, als sich das erste Exemplar der sich windenden silbrigen Klümpchen auf sie stürzte. Das Tier sank senkrecht nach unten, wobei es seine eigene Leine hinter sich herzog – ein dünner Faden aus Spinnenseide.

Als Antwort löste Jaeger das Paracord, und Narov und er gingen ein weiteres Mal in den freien Fall über.

29

Sie waren kaum vier Meter gefallen, als sie mit einem Übelkeit erregenden Ruck wieder zum Stehen kamen. Das Ende eines zerrissenen Gurts von Narovs HAHO-Anzug war in das Sicherungsgerät geraten und blockierte es.

Jaeger fluchte.

Er packte den Stoff mit der freien Hand und versuchte, es loszureißen. Plötzlich spürte er etwas Weiches und Knochiges mit einem wütenden, brodelnden Zischen auf seinen Haaren landen.

Eine rasiermesserscharfe Klinge zischte nur Millimeter über seinem Kopf hinweg.

Jaeger spürte, wie ihre Messerspitze in die *Phoneutria* schnitt – die Spinne sich schmerzerfüllt zusammenballte, ihren Halt verlor und von seinem Kopf ins Nichts fiel. Wieder und wieder hackte Narovs Klinge durch die Schatten, während sie die Spinnen abwehrte und Jaeger darum kämpfte, den störrischen Gurt zu befreien.

Schließlich gelang es ihm, den Stoff aus dem Sicherungsgerät zu ziehen, und sie ruckten nach unten.

»Die geben nicht so leicht auf«, grunzte er, während er das Paracord-Seil durch das Sicherungsgerät sausen ließ.

»Tun sie nicht«, bestätigte Narov.

Sie hielt einen Arm vor sein Gesicht. Es war ihm nicht entgangen, dass sie Linkshänderin war. Dort befand sich eine schrecklich aussehende, rötlich-schwarze Beule, die sich auf der Oberfläche ihrer linken Hand ausbreitete, und er konnte deutlich zwei Bissspuren erkennen.

Ihr Blick war von Schmerz durchflutet. »Wenn man eine *Phoneutria* verletzt, greifen sie alle an«, erinnerte sie ihn.

»Opfer vergleichen den Schmerz eines Bisses mit Feuer, das einem durch die Venen fließt. Die Beschreibung ist ziemlich zutreffend.«

Jaeger war sprachlos.

Narov war von einer der Spinnen gebissen worden, die auf sie heruntergefallen waren, dennoch hatte sie nicht einmal aufgeschrien. Und was noch wichtiger war: Verlor er etwa gerade eines seiner Expeditionsmitglieder, bevor die Expedition überhaupt richtig begonnen hatte?

»Ich habe das Gegengift.« Er schaute nach unten. »Aber es ist in meinem Rucksack. Wir müssen Sie erst nach unten schaffen. Und zwar schnell.«

Jaeger riss seine Hand so weit nach oben, wie er konnte. Das Paracord-Seil rauschte schneller durch das Sicherungsgerät als je zuvor, und sie beide fielen dem Boden mit voller Geschwindigkeit entgegen. Er war froh um seine Handschuhe, denn selbst das doppelt gelegte Paracord war noch immer dünn wie Draht, wenn man es festhielt.

Er achtete darauf, dass seine Stiefel als Erstes aufschlugen und den Aufprall für sie beide auffingen. Normalerweise hätte er sie mit dem Seil und Sicherungsgerät zunächst verlangsamt, bevor sie den Boden berührten. Doch sie rannten gegen die *Phoneutria* an, und die Zeit war um. Er musste das Gegengift in die Hände bekommen.

Sie landeten in der bedrohlichen Dunkelheit.

Nur ein kleiner Teil des Sonnenlichts, das durchs Blätterdach kommt, erreicht je den Waldboden. Gut neunzig Prozent des zur Verfügung stehenden Lichts wird von der gierigen Vegetation darüber aufgesogen – wodurch am Boden ewiges Halbdunkel herrscht.

Solange Jaegers Augen sich noch nicht an die schwachen Lichtverhältnisse gewöhnt hatten, würde es schwierig werden, potenzielle Gefahren auszumachen. *Spinnen zum Beispiel.*

Er war sich ziemlich sicher, dass keine *Phoneutria* in der Lage wäre, ihnen die gesamte Länge des Sturzes über zu folgen, allerdings: Vorsicht ist besser als Nachsicht. Er schaute nach oben. In den gelegentlichen Lichtsäulen, die bis in die Tiefen des Waldes vordrangen, konnte er gerade noch etliche Dutzend seidene Fäden erkennen, die bedrohlich glitzerten, während jeder einzelne davon ein Bündel giftigen, achtbeinigen Tod herabließ.

Es war unglaublich, aber die *Phoneutria* folgten ihnen weiterhin, und so wie es aussah, war Narov nicht mehr in der Lage, ihnen aus dem Weg zu gehen.

Während die Spinnen sich langsam abseilten, zerrte Jaeger Narov ein paar Meter zur Seite, weg von der Leine, an dem sie heruntergekommen waren. Dann löste er seine Schrotflinte, richtete sie in die allgemeine Richtung der *Phoneutria* und eröffnete das Feuer.

Die wiederholten Explosionen der Schüsse in kurzer Folge waren ohrenbetäubend. *Kaboom! Kaboom! Kaboom! Kaboom!*

Die Benelli war ein Vorderschaft-Repetiergewehr, das sieben Patronen fasste, jede davon gefüllt mit neun Millimeter Schrotladung. Eine Flutwelle von Bleigeschossen, die sich in die Spinnen bohrten.

Kaboom! Kaboom! Kaboom!

Der letzte Schuss entlud sich, während die Meute von *Phoneutria* sich praktisch schon an Jaegers Gewehrlauf krallte. Der Schuss verwandelte sie augenblicklich in Spinnenmus. Das liebte Jaeger so an der Benelli: Man richtete sie einfach in die ungefähre Richtung des Ziels und ließ es krachen – auch wenn er sich niemals vorgestellt hatte, sie einmal gegen Spinnen einzusetzen.

Die letzten Echos der donnernden Schüsse hallten von den riesigen Baumstämmen um ihn herum wider. Er konnte die panischen Schreie von etwas hören, das wie eine Horde Affen klang, hoch oben in den Wipfeln. Die Tiere verzogen sich schleunigst und huschten schnell und geschickt durch die Äste in die entgegengesetzte Richtung.

Der Lärm der Schüsse war ohrenbetäubend und seltsam Unheil verkündend gewesen.

Es gab keinen Zweifel: Jaeger hatte gerade allem und jedem, der zuhörte, ihre Ankunft verkündet ... aber zur Hölle damit – er hatte etwas mit echter Durchschlagskraft gebraucht, um mit den Spinnen fertigzuwerden, und die Kampfschrotflinte war genau für diese Aufgabe erschaffen worden.

Er schlang sich die Waffe auf den Rücken und schnitt Narov von dem Paracord-Seil los. Er zog sie aus dem Weg, schlurfte dabei mit den Stiefeln durch verrottendes Laub und dünne, sandige Erde und setzte sie gegen eine Brettwurzel – eine von etlichen Wurzeln, die einem auf den Kopf gestellten V glichen und neben einem riesigen Baum aus dem Boden ragten.

Der Regenwald war eine auf Sand gebaute Festung – die Erde unter dem Dschungel war hauchdünn. In der enormen Feuchtigkeit und Hitze verrottete abgestorbene Vegetation für gewöhnlich sehr schnell, und die freigesetzten Nährstoffe wurden ebenso schnell von Bäumen und Tieren aufgesogen. Als Ergebnis standen die meisten Baumriesen auf einem weitläufigen Netz aus Brettwurzeln, während ihr Wurzelsystem nur wenige Zentimeter in die karge Erde reichten.

Nachdem er Narov an eine davon gelehnt hatte, rannte Jaeger zurück, um seinen Rucksack zu holen. Er war ein ausgebildeter Sanitäter – eine seiner Spezialausbildungen beim Militär – und kannte die Effekte von Nervengiften wie diesem: Es tötete einen, indem es das Nervensystem angriff, sodass die Nervenenden unablässig Befehle feuerten, was zu den furchtbaren Krämpfen und Zuckungen führte, die Narov langsam zu zeigen begann.

Der Tod resultierte für gewöhnlich aus der Unfähigkeit der an der Atmung beteiligten Muskeln, weiterhin ordentlich zu arbeiten. Der Körper starb im Endeffekt daran, dass er sich selbst erstickte.

Die notwendige Behandlung bestand im Gegenmittel für das Nervengift. Ein »ComboPen« musste drei Mal in schneller Folge injiziert werden. Damit behandelte man die Symptome der Vergiftung, doch Narov konnte darüber hinaus Pralidoxim und Avizafone gebrauchen, um dabei zu helfen, ihre Atemmuskulatur wieder in Gang zu bringen.

Jaeger schnappte sich seinen Medizinkoffer und tastete darin nach den Spritzen und Ampullen. Zum Glück war alles gut gepolstert, und der Großteil schien den Aufprall gut überstanden zu haben. Er bereitete die erste Ladung des ComboPen vor, hob ihn über den Kopf und jagte die große Nadel voller Medizin in Narovs Körper.

30

Fünf Minuten später war die medizinische Versorgung abgeschlossen. Narov war noch bei Bewusstsein, aber sie würgte, ihr Atem ging flach, und sie zuckte und krampfte schwer. Es waren nur wenige Minuten zwischen dem Biss und Jaegers verabreichtem Gegenmittel vergangen, dennoch bestand die Möglichkeit, dass das Spinnengift sie töten würde.

Nachdem er ihr aus der klobigen HAHO-Ausrüstung geholfen hatte, drängte Jaeger sie dazu, so viel aus der Wasserflasche zu trinken, wie sie konnte, bevor er sie neben ihr abstellte. Sie durfte jetzt keine Flüssigkeit verlieren, denn das Wasser würde helfen, den Großteil des Gifts aus ihrem Körper zu spülen.

Jaeger selbst zog sich aus, bis er nur noch ein Paar Armeehosen aus Baumwolle und ein T-Shirt trug. Seine Kleidung war in Schweiß getränkt, der ihm noch immer aus jeder Pore triefte. Er schätzte, dass die Luftfeuchtigkeit hier unten über neunzig Prozent betrug. Trotz der intensiven Tropenhitze verdampfte nur ein geringer Teil seines Schweißes, da die Luft bereits fast vollständig mit Feuchtigkeit gesättigt war.

Solange sie im Dschungel blieben, würden sie durchgeweicht bleiben, und es war das Beste, sich einfach damit abzufinden.

Jaeger nahm sich einen Augenblick Zeit, um seine Gedanken zu sammeln.

Es war 0903 Zulu gewesen, als sie am Ende ihres Absturzes durch das Blätterdach gekracht waren. Es hatte eine gute Stunde gedauert, von den Bäumen herunterzukommen. Jetzt war es etwa 1030 Zulu, und sie steckten nach allen Regeln der

Kunst im Dreck – tiefer, als er es sich hätte vorstellen können, als er vor dem Abflug die Worst-Case-Szenarien durchgespielt hatte.

Einer seiner SAS-Ausbilder hatte ihm einmal erzählt: »Kein Plan übersteht den ersten Kontakt mit dem Feind.« Verdammt, hatte der Mann recht gehabt – vor allem, wenn es darum ging, aus neuntausend Metern im freien Fall auf den Dschungel zuzurasen, während man eine russische Eiskönigin auf den Bauch gebunden hatte.

Er widmete seine Aufmerksamkeit seinem Rucksack. Es handelte sich um einen grünen »Alice Pack«, fünfundsiebzig Liter Fassungsvermögen, hergestellt in den USA vom Ausrüster Bergen und speziell für den Dschungel entworfen. Anders als andere große Rucksäcke besaß er einen Metallrahmen, der dafür sorgte, dass er gute fünf Zentimeter Abstand zum Rücken behielt, was dem Großteil des Schweißes erlaubte abzulaufen – wodurch die Gefahr von Hitzepickeln oder wund gescheuerten Hüften und Schultern verringert wurde.

Die meisten großen Rucksäcke neigten dazu, eine breite Form zu besitzen, mit Extrataschen, die an den Seiten herausragten. Dadurch waren sie breiter als die menschlichen Schultern. Sie brachen durchs Unterholz und verhakten sich daran. Der Alice Pack war oben dünner und unten breiter, und alle Extrataschen waren an der Rückseite angebracht. Auf diese Art wusste Jaeger, dass, wenn *er* sich irgendwo durchzwängen konnte, sein Rucksack ihm folgen würde. Der Rucksack war innen mit einer dicken, wasserdichten Gummischicht gefüttert, die am Boden eine Blase bildete. So war er einerseits wasserdicht, besaß aber auch ausreichend Auftrieb, damit er im Wasser nicht unterging. Als zusätzlichen Bonus verlieh die Blase am Boden ihm eine Extra-Polsterung, um einen Dreißigmeterfall wie den gerade eben zu überstehen.

Jaeger wühlte durch die Taschen. Wie er befürchtet hatte, hatte nicht alles den Sturz überstanden. Sein Thuraya-Satellitentelefon war in eine der hinteren Taschen gestopft gewesen, um leichter dranzukommen. Der Bildschirm war zersplittert, und als er versuchte, es hochzufahren, tat sich nichts. Er hatte einen Ersatz in einer der Para-Tubes, mit denen Krakow und Kamishi abgesprungen waren, doch das half ihm im Augenblick nicht das Geringste.

Er holte seine Karte hervor. Glücklicherweise besaßen Karten die Eigenschaft, ziemlich unzerstörbar zu sein. Er hatte sie laminieren lassen, wodurch sie wasserfest wurde, und sie war bereits auf der passenden Seite aufgeschlagen. Oder zumindest wäre sie auf der richtigen Seite aufgeschlagen gewesen; dummerweise waren er und Narov gute vierzig Kilometer oder mehr von ihrem geplanten Landepunkt entfernt runtergekommen.

Seinen Rucksack als Sitzunterlage nutzend, lehnte er sich gegen eine Brettwurzel und bearbeitete die Karte, bis die Seite oben lag, die er für die richtige hielt. Seine Karte zu falten war, im Grunde ein absolutes Tabu beim Militär. Es verriet dem Feind augenblicklich, wo das Ziel lag, wenn man gefangen genommen wurde. Doch Jaeger war hier nicht auf einer Kampfmission. Das hier war immer noch eine zivile Dschungelexpedition.

Er schaute auf das GPS-Gerät an seinem Handgelenk, auf dem er kurz vor ihrem Einbruch ins Dschungeldach noch einen Wegpunkt abgespeichert hatte.

Das Gerät versorgte ihn mit einer sechsstelligen Koordinate: 837529.

Er suchte das Quadrat auf der Karte – und sah auf der Stelle exakt, wo sie waren.

Er brauchte eine Weile, um ihr Dilemma ganz zu durchdenken.

Sie befanden sich siebenundzwanzig Kilometer nordöstlich ihres geplanten Landepunkts, der Sandbank. Das war schlecht, aber Jaeger war überzeugt, dass es schlimmer hätte kommen können. Zwischen ihnen und dem Ziel lag eine weite Kurve des Rio de los Dios. In der Annahme, dass der Rest des Expeditionsteam es wie geplant zur Sandbank geschafft hatte, lag der Fluss zwischen ihnen und der aktuellen Position von Jaeger und Narov.

Es gab keinen Weg um den Fluss herum, so viel wusste Jaeger. Und siebenundzwanzig Kilometer durch dichten Dschungel mit einem Verwundeten würde kein Picknick werden, das stand schon mal fest.

Für den Fall, dass irgendeiner aus dem Team es nicht bis zur Landezone schaffen sollte, hatten sie sich darauf geeinigt, dass der Rest des Teams für achtundvierzig Stunden dort wartete. Falls der oder die Vermissten bis dahin nicht eingetroffen waren, war der nächste Treffpunkt eine markante Biegung des Flusses, etwa einen Tagesmarsch flussabwärts. Zwei weitere Treffpunkte lagen in je einem weiteren Tagesmarsch Abstand weiter flussabwärts.

Der Rio de los Dios floss in die Richtung, in die sie marschieren mussten, um das Flugzeugwrack zu erreichen – ein weiterer Punkt, weshalb sie sich für die Sandbank als Landezone entschieden hatten. Von dort aus auf dem Fluss weiterzureisen, hätte sich als relativ einfache Möglichkeit erweisen sollen, den Dschungel zu durchqueren. Doch jeder folgende Treffpunkt lag weiter im Westen und damit weiter entfernt von Jaegers und Narovs gegenwärtiger Position.

Die Sandbank war ihrer Position am nächsten, was bedeutete, dass ihnen achtundvierzig Stunden blieben, um es bis dorthin zu schaffen. Gelang ihnen das nicht, würde der Rest der Expedition mehr oder weniger Richtung Westen reisen, was bedeutete, dass Jaeger und Narov sie vermutlich niemals einholen würden.

Da sein Thuraya-Telefon zerstört war, hatte Jaeger keinerlei Möglichkeit, mit irgendjemandem Kontakt aufzunehmen, um sie wissen zu lassen, was geschehen war. Selbst wenn er das Gerät irgendwie zum Laufen brachte, bezweifelte er, dass er ein Signal empfangen würde. Das Satellitentelefon benötigte klaren Himmel, um die Satelliten zu sehen und Kontakt zu bekommen, und ohne die Satelliten konnte es Nachrichten weder senden noch empfangen.

Vorausgesetzt, sie schafften es über den Rio de los Dios, stand ihnen im Anschluss ein weiterer entmutigender Marsch durch das Herz des Dschungels bevor.

Colonel Evandro hatte den genauen Standort des Wracks streng vertraulich behandelt, damit er nicht in falsche Hände fiel. Er hatte die GPS-Koordinaten nur Jaeger persönlich mitgeteilt, kurz vor ihrem Abflug. Jaeger hatte im Gegenzug eingewilligt, den Standort für sich zu behalten, zu großen Teilen, weil er selbst Zweifel hegte, wem genau er in seinem Team trauen konnte.

Er hatte geplant, die restlichen Teilnehmer in ihre genaue Route einzuweihen, sobald sie Boden unter den Füßen hatten – von dem Moment an also, ab dem sie alle gemeinsam in der Sache steckten. Doch als Jaeger die Notfall-Treffpunkte und das Prozedere festgelegt hatte, wäre ihm niemals in den Sinn gekommen, dass *er* derjenige sein könnte, der die Landezone verpasste.

Im Augenblick kannte niemand anderes die Koordinaten des Wracks, was bedeutete, dass sie ohne ihn nur bis zu einem gewissen Punkt weiterkamen.

Jaeger schaute zu Narov. Ihr Zustand schien sich zu verschlechtern. Ihr Arm wiegte die Hand, in die sie gebissen worden war. Ihr Gesicht glänzte vor Schweiß, und ihre Haut hatte eine todkranke Blässe angenommen.

Er lehnte ihren Kopf nach hinten gegen die Brettwurzel

und atmete einige Male tief durch. Jetzt ging es nicht mehr nur um die Expedition; es ging um Leben und Tod.

Es war eine Überlebenssituation, und die Entscheidungen, die er fällte, würden zweifelsohne bestimmen, ob Narov und er hier lebendig wieder herauskamen.

31

Narovs weißblonde Haare wurden von einem himmelblauen Stirnband aus ihrem Gesicht gehalten. Ihre Augen waren geschlossen, als wäre sie eingeschlafen oder ohnmächtig geworden, und ihre Atmung ging flach. Für einen Augenblick wurde ihm bewusst, wie schön sie war. Und wie verletzlich.

Plötzlich öffnete sie die Augen.

Eine Sekunde starrte sie ihn an – die Augen aufgerissen, leer, unfokussiert ... ein eisblauer Himmel, von Sturmwolken durchzogen. Doch dann, mit sichtlicher Mühe, schien sie ihren Verstand zurück in die Gegenwart zu ziehen; und zu den Schmerzen, die sie dort peinigten.

»Es tut weh«, erklärte sie leise, durch zusammengebissene Zähne hindurch. »Ich gehe nirgendwohin. Sie haben achtundvierzig Stunden, um die anderen zu finden. Ich habe meinen Rucksack, Wasser, Nahrung, Waffe, Messer. Gehen Sie los.«

Jaeger schüttelte den Kopf. »Auf keinen Fall.« Er machte eine Pause. »In meiner eigenen Gesellschaft wird mir schnell langweilig.«

»Dann sind Sie ein verdammter *Schwachkopf*.« Erneut stieß sie das Wort auf Deutsch aus. Jaeger sah den Anflug eines Lächelns durch ihre Augen huschen. Es war das erste Mal, dass er irgendeine Form von Emotion an ihr beobachtete, abgesehen von ihrer kaum verhüllten Feindseligkeit, und es berührte ihn. »Aber es ist nicht überraschend, dass Sie sich selbst langweilen«, fuhr sie fort. »Sie sind langweilig. Gut aussehend, ja. Aber auch sehr langweilig ...«

Die Spur des Lächelns in ihren Augen erstarb in einem schweren Schub von Krämpfen.

Jaeger wusste, was sie versuchte. Sie wollte ihn provozieren; wollte ihn bis an den Punkt treiben, an dem er sie zurücklassen würde, genau wie sie es wollte. Aber es gab eine Sache, die sie bisher noch nicht an ihm zu schätzen wusste: Er ließ seine Freunde nicht im Stich.

Niemals. Nicht einmal die völlig verrückten.

»Also, wir werden Folgendes tun«, kündigte er an. »Wir lassen alles zurück außer dem Allernotwendigsten, und Mr. Langweilig wird Ihren hilflosen kleinen Hintern hier raustragen. Und bevor Sie protestieren: Ich tue das, weil ich Sie brauche. Ich bin der Einzige, der die Koordinaten des Flugzeugwracks kennt. Wenn ich es nicht schaffe, ist die Mission vorbei. Ich werde Ihnen jetzt die Koordinaten geben. Auf die Art können Sie übernehmen, falls es mich erwischt. Verstanden?«

Narov zuckte mit den Achseln. »Wie heldenhaft. Aber Sie werden es niemals schaffen. Alles, was sie tun, ist, mich von meinem Rucksack zu trennen, und ohne Wasser und Nahrung werde ich sterben. Was Sie nicht nur langweilig, sondern auch dumm macht.«

Jaeger lachte. Er war halb verführt, es sich anders zu überlegen und sie zurückzulassen. Stattdessen stand er auf und zog die Rucksäcke nebeneinander, damit er das Notwendigste aussortieren konnte: die Medikamente, ausreichend Nahrung für sie beide für achtundvierzig Stunden, ein Poncho, um darunter zu schlafen, Munition für seine Schrotflinte, Karte und Kompass.

Er packte noch ein paar volle Wasserflaschen dazu sowie seinen leichten Katadyn-Filter, damit sie schnell neues Wasser besorgen konnten.

Er nahm seinen Rucksack und stopfte zwei »Canoe-Bags« hinein: dünne, zusammenfaltbare, wasserdichte Säcke. Darauf packte er die leichtere Ausrüstung. Die schweren Sachen – Nahrung, Wasser, Messer, Machete, Munition – warf er obendrauf, sodass ein möglichst großer Teil des Gewichts auf seinen Schultern lastete.

Den Rest ihrer Ausrüstung ließ er, wo er war und wo ihn sich ohne Frage schon bald der Dschungel einverleiben würde.

Nachdem die Ausrüstung verstaut war, wuchtete er sich den Alice Pack auf den Rücken und schlang sich seine Schrotflinte und Narovs Waffe so über die Schulter, dass sie quer über seiner Brust lagen. Als Letztes verstaute er die drei wichtigsten Dinge – zwei volle Wasserflaschen, seinen Kompass und die Karte – in den Taschen seines Ausrüstungsgürtels, den er sich um die Hüfte band.

Dann war er bereit.

Sein GPS-Empfänger arbeitete mit einem ähnlichen System wie das Telefon – mit Satelliten. Auch er würde unter dem dichten Dschungeldach nahezu nutzlos sein. Er würde knapp dreißig Kilometer wilden Dschungel mit einem Prinzip durchqueren müssen, das sich »Pacing und Bearing« nannte, eine Navigationstechnik, die so alt wie die Hügel war.

Glücklicherweise war das eine Fähigkeit, der das SAS auch im modernen Zeitalter noch eine hohe Bedeutung beimaß, sodass alle Mitglieder sie lernen mussten.

Bevor er nach Narov griff, teilte Jaeger ihr die Koordinaten des Wracks mit – und ließ sie die Zahlen einige Male wiederholen, um sicherzugehen, dass sie sie sich korrekt eingeprägt hatte. Er wusste, dass es ihr mental helfen würde, wenn er sie daran erinnerte, dass er sie brauchte.

Aber es gab einen Teil von ihm, der sich fragte, ob er es wirklich schaffen würde: eine derartige Distanz, durch solches Terrain, mit diesem Gewicht? – Die meisten Menschen würden es nicht überleben.

Er beugte sich runter und packte Narov. Er zog sie hoch wie ein Feuerwehrmann, bis sie mit dem Gesicht nach unten auf seinen Schultern lag. Ihr Bauch und ihre Brust lagen direkt auf seinem Rucksack, sodass dieser einen großen Teil ihres Gewichts trug, genau wie er es geplant hatte. Er zog die Schulter- und Stabilisierungsgurte des Rucksacks fester und diesen damit dichter an seinen Rumpf, wodurch er die Last über seinen ganzen Körper verteilte – einschließlich Hüfte und Beinen.

Zuletzt nahm er mit seinem Kompass die Peilung des Kurses. Er fixierte den Blick auf einen bestimmten Baum, etwa dreißig Meter entfernt, und markierte diesen als den ersten Punkt, auf den er sich zubewegen musste.

»Okay«, ächzte er, »also, das war alles nicht so geplant – aber jetzt geht's los.«

»Was Sie nicht sagen.« Narov verzog das Gesicht vor Schmerz. »Wie ich sagte, langweilig und dumm.«

Jaeger ignorierte sie.

Er machte sich in einem gleichmäßigen Tempo auf den Weg und zählte dabei jeden einzelnen Schritt.

32

Der Lärm des Waldes erschallte überall um Jaeger herum – die Rufe wilder Tiere hoch oben in den Bäumen. Das Brummen und Trommeln Tausender Insekten, das aus dem Busch drang. Das rhythmische Quaken eines ganzen Froschchors, der verkündete, dass irgendwo vor ihm feuchter Boden lag.

Er konnte spüren, wie die Luftfeuchtigkeit anstieg und der Schweiß an ihm herablief. Doch etwas anderes quälte ihn – etwas jenseits der Unsicherheit, die ihre aktuelle missliche Lage mit sich brachte. Es war ein irrationales Gefühl, und doch konnte er es nicht abschütteln.

Er tat, was er konnte, um so wenig Spuren wie möglich zu hinterlassen, während er sich fortbewegte, denn als die Zeit verging, fühlte er sich sicherer als je zuvor, dass sie beobachtet wurden – ein gespenstisches Gefühl, das sich von hinten in seinen Nacken und seine Schultern brannte.

Doch sich zu bewegen war schmerzhaft und schwierig, insbesondere mit all dem Gewicht, das er trug.

Der Dschungel war auf vielfältige Weise das schwierigste Gebiet für eine Mission. Im Eis der Arktis musste man sich im Grunde nur darum kümmern, warm zu bleiben. Navigation war ein Kinderspiel, da man quasi überall ein GPS-Signal empfing. In der Wüste lagen die größten Herausforderungen darin, der Hitze zu entkommen und ausreichend Wasser zu trinken, um zu überleben. Man reiste bei Nacht, und tagsüber lag man im Schatten.

Der Dschungel hingegen bot eine Fülle an Gefahren – solche, die man nirgendwo sonst in dieser Reichhaltigkeit fand: Erschöpfung, Austrocknung, Infektionen, Fußbrand, Orientierungsverlust, Geschwüre, Bisse, Schnitte, Schrammen, Insekten, die Krankheiten übertrugen, und gefräßige Moskitos, wilde Tiere, Blutegel und Schlangen. Im Dschungel kämpfte man jederzeit gegen das enge, erstickende Gelände, während die Arktis und die Wüste weit und offen waren.

Und dann waren da natürlich noch die Mörderspinnen – und feindliche Stämme –, mit denen man sich herumplagen musste.

Jaeger erinnerte sich an all das, während er sich durch das dichte Unterholz schlängelte. Der Boden unter seinen Füßen war rutschig und tückisch. Seine Nase litt unter dem schweren Geruch dunkler, muffiger Verwesung. Das Gelände fiel ab, als sie sich dem Rio de los Dios näherten. Bald würden sie das nördliche Ufer des Flusses erreichen – und dann würde der Spaß erst richtig losgehen.

Je höher man im Dschungel stieg, desto einfacher wurde das Gelände für gewöhnlich – der Boden wurde zwangsläufig trockener und die Vegetation dünner. Doch früher oder später mussten sie den Rio de los Dios überqueren, und das bedeutete, dass sie in dichteres, sumpfigeres Gebiet vordringen mussten.

Jaeger nahm sich einen Augenblick Zeit, um zu Atem zu kommen und die bevorstehende Route zu überprüfen.

Direkt vor ihnen lag eine tiefe Kluft, die zweifellos während der starken Regenfälle Wasser in den Rio de los Dios leitete. Der Boden sah feucht und morastig aus, und hier fiel nur selten Tageslicht hin; wenn überhaupt. Die Wasserkluft war dicht bewachsen mit halbhohen Bäumen. Aus jedem wuchsen etliche bösartige Dornen, die einige Zentimeter lang waren.

Jaeger kannte diese dornenbesetzten Bäume nur zu gut. Die Stacheln waren nicht giftig, aber das war keine Hilfe. Er war einmal gegen einen gestürzt, während einer Trainingsmission im Dschungel. Die harten hölzernen Spitzen hatten sich an etlichen Stellen in seinen Arm gebohrt, und die Wunden hatten schnell angefangen zu eitern. Seit damals nannte er die Dinger einfach nur »Arschloch-Bäume«.

Zwischen den bedrohlichen Bäumen hingen dicke Ranken, jede davon mit brutal aussehenden, hakenförmigen Dornen versehen. Jaeger holte seinen Kompass hervor und peilte kurz ihren Kurs. Die Kluft führte nach Süden, den Weg, den er ebenfalls gehen musste; dennoch entschied er, sie lieber zu meiden.

Stattdessen suchte er den Weg nach Westen, fixierte den Blick auf einen großen, ausgewachsenen Bestand von Hartholzbäumen und ging in diese Richtung weiter. Er würde einen Umweg um die Kluft machen und sich etwas weiter unten nach Süden wenden, was ihn direkt zum Fluss führen müsste. Alle zwanzig Minuten legte er Narov kurz ab, damit sie beide sich erholen und einen Schluck Wasser trinken konnten. Doch niemals rastete er länger als zwei Minuten, dann machte er sich wieder auf den Weg.

Während er hinabstieg, platzierte er Narovs Gewicht weiter oben auf seinen Schultern. Er fragte sich für einen Augenblick, wie es ihr wohl ging. Sie hatte kein einziges Wort gesagt, seit sie losmarschiert waren. Sollte sie völlig das Bewusstsein verloren haben, würde die Flussdurchquerung so gut wie unmöglich werden, dann müsste Jaeger sich einen neuen Plan überlegen.

Fünfzehn Minuten später schlitterte er einen flachen Abhang hinunter und stoppte vor einer undurchdringlich aussehenden Wand aus Vegetation. Auf der anderen Seite konnte er gerade so sehen, wie sich etwas bewegte – ab und an glitzerte es im Sonnenlicht.

Wasser. Er war beinahe am Fluss.

Ausgewachsener Dschungel, Vegetation, die über Jahrhunderte ungestört geblieben war, bestand für gewöhnlich aus einem hohen Blätterdach mit relativ kargem Bewuchs am

Waldboden. Doch wenn solche jungfräulichen Regenwälder gestört wurden – etwa durch einen Highway, den man mitten hindurch baute, oder dort, wo ein Fluss sich durch seinen Leib schnitt –, sprießte nachgeordnete Vegetation an den gerodeten Stellen.

Der Rio de los Dios riss einen Tunnel von Sonnenlicht durch den Dschungel, und auf beiden Seiten wurde er von zornig wucherndem, dichtem, verfilztem Unterholz gesäumt. Der Wuchs, der vor Jaeger aufragte, glich einer dunklen, undurchdringlichen Felswand – gigantische Baumriesen, umrahmt von kleinen, palmenartigen Büschen, Baumfarnen und Ranken, die bis zum Waldboden reichten. Es war nahezu unmöglich, den Kampf damit aufzunehmen.

Er wandte sich nach Osten und folgte dem Flussbett, bis er die Kluft wiederfand, um die er herummarschiert war. Dort, wo sie sich zum Fluss hin öffnete, war das Gelände weitestgehend frei von Vegetation und hinterließ einen winzigen felsigen Strand, nicht breiter als eine typische englische Landstraße.

Es war genug. Von dort aus konnten sie ihre Flussüberquerung starten – wenn Narov noch in der Lage dazu war.

Er hob sie sich von den Schultern und legte sie zu Boden. Er entdeckte nur schwache Lebenszeichen, und für einen schrecklichen Moment fürchtete Jaeger, dass das Spinnengift sie doch noch besiegt hätte, während er sie durch den Dschungel getragen hatte. Doch als er nach ihrem Puls fühlte, bemerkte er die unregelmäßigen Schauer und Krämpfe, die durch ihre Glieder fuhren, während das Gift der *Phoneutria* versuchte, tiefer in ihr System vorzudringen.

Die Krämpfe waren nicht annähernd so schlimm wie zu Beginn, also wirkte das Gegenmittel. Dennoch schien sie nicht auf ihn zu reagieren. Sie war wie abgeschottet von der Welt. Er hob ihren Kopf, stützte ihn mit einer Hand, während er versuchte, ihr ein wenig Flüssigkeit einzuflößen. Sie bekam ein paar Schlucke hinunter, doch noch immer gab es keine Anzeichen dafür, dass sie die Augen öffnen würde.

Jaeger griff in seinen Rucksack und zog seinen GPS-Empfänger heraus. Er musste überprüfen, ob er genügend freien Himmel hatte, um ein brauchbares Signal zu empfangen. Es piepte einmal, zweimal, dreimal, während kleine Satellitenbilder auf dem Bildschirm aufleuchteten. Er überprüfte ihre Position, und der Wert, den das GPS ihm verriet, bewies, dass seine Navigation auf den Meter genau stimmte.

Er warf einen kurzen Blick auf den Fluss und dachte über das Hindernis nach, das vor ihnen lag. Der Fluss war gute fünfhundert Meter breit, vielleicht mehr. Das dunkle, träge Wasser wurde hier und dort durch dünne Schlammbänke unterbrochen, die kaum die Oberfläche erreichten.

Und was noch schlimmer war: Auf einer oder zwei von ihnen entdeckte Jaeger genau das, was er am meisten zu entdecken gefürchtet hatte: die glänzenden Körper von riesigen, echsenhaften Tieren, die sich in der Vormittagssonne rekelten.

Es waren die größten Raubtiere, die der Amazonas zu bieten hatte. Krokodile.

Oder konkreter gesagt, da sie hier schließlich in Südamerika waren: Kaimane.

33

Der Schwarze Kaiman – *Melanosuchus niger* – kann bis zu fünf Meter lang werden und bis zu vierhundert Kilo wiegen. Er ist extrem kräftig und die Haut so dick wie die eines Nashorns, wodurch sie keine natürlichen Feinde haben.

Wenig überraschend, dachte Jaeger. Er hatte einmal gehört, wie jemand das Tier als »Kroko auf Steroiden« bezeichnet hatte, und es gab wirklich keine größeren oder aggressiveren Tiere hier unten. Notiz an mich, dachte Jaeger: auf der Hut sein.

Dennoch erinnerte er sich, dass der Schwarze Kaiman verhältnismäßig schlecht gucken konnte. Er war vornehmlich an die Jagd im Dunkeln angepasst. Die Tiere konnten unter Wasser kaum sehen, vor allem in so schlammigen Flüssen wie diesem. Sie mussten den Kopf über Wasser halten, um angreifen zu können – und das bedeutete, dass sie selbst sichtbar waren.

Üblicherweise nutzten sie ihren Geruchssinn, der sie zu ihrer Beute führte. Kurz überprüfte Jaeger, wo Narov ihn mit ihrem Messer geschnitten hatte, als er versucht hatte, ihre Messerhiebe während des wilden Absturzes abzuwehren. Die Wunde hatte schon vor langer Zeit aufgehört zu bluten, aber es wäre dennoch das Beste, sie aus dem Wasser zu halten.

In Ermangelung eines Alternativplans hielt er sich weiter an den, den er hatte. Er öffnete den Rucksack und zog die aufblasbaren Canoe-Bags heraus. Er kippte den restlichen Inhalt des Rucksacks auf den Boden und teilte ihn zwischen den beiden Beuteln auf, sodass das Gewicht gleichmäßig verteilt war. Als Nächstes steckte er einen der wasserdichten Säcke in seinen Rucksack, blies ihn auf und verschloss ihn, indem er die Öffnung zwei Mal umklappte und fest zuklammerte. Mit dem zweiten Beutel tat er dasselbe.

Mithilfe der Riemen an seinem Rucksack verband er den Rucksack und das aufgeblasene Canoe-Bag. Dann nahm er Narovs und seine Waffen und band an beide ein langes Stück Paracord. Die freien Enden knüpfte er mit schnell lösbaren Knoten an zwei Ecken seiner selbst gebastelten Schwimmhilfe.

Auf diese Art konnte er jede Waffe wieder hochziehen, die eventuell ins Wasser fiel.

Als Nächstes suchte er ein dickes Bambusrohr aus einer Gruppe, die am Flussufer wuchs. Er kappte es mit seiner Machete und schnitt es in anderthalb Meter lange Stücke. Mit der scharfen Seite spaltete er zwei der Bambusstücke in der Hälfte durch, um vier Querstreben zu haben. Dann legte er vier Stücke unzerteiltes Bambus in eine Reihe, band die Querstreben mit Paracord daran fest und knotete alles zusammen, bis er einen einfachen Rahmen hatte, den er wiederum an die schwimmenden Canoe-Bags band.

Er zog das selbst gebastelte Floß ins flache Wasser und setzte sich rittlings darauf, um zu testen, ob es stabil genug war. Es trug sein Gewicht ohne Probleme und trieb hoch auf dem Wasser, genau wie er es geplant hatte. Nun war er bereit.

Er hatte keinen Zweifel, dass das Floß Narov tragen würde.

Er vertäute das Floß und nahm sich noch die Zeit, Wasser zu filtern. Es war immer eine kluge Idee, seine Flaschen gefüllt zu halten, vor allem bei der Menge, die er ausschwitzte. Mit dem Katadyn saugte er schmutzig braunes Flusswasser auf. Der Filter stieß klare, frische Flüssigkeit in seine Flasche. Er trank so viel davon, wie er konnte, bevor er beide Flaschen erneut auffüllte.

Er wurde gerade fertig, als eine erschöpfte Stimme in der schwülen Hitze ertönte, gepresst vor Schmerz, heiser vor Erschöpfung.

»Langweilig, dumm … und halb verrückt.« Narov war zu sich gekommen und hatte zugesehen, wie er das Floß getestet hatte. Sie deutete schwach darauf.

»Auf keinen Fall kriegen Sie mich auf dieses Ding. Es ist an der Zeit, das Unvermeidliche zu akzeptieren und alleine weiterzugehen.«

Jaeger ignorierte ihren Einwand. Er platzierte die Waffen auf beiden Seiten des Floßes, nach vorne gerichtet, und ging dann zu Narov zurück. Er ging vor ihr in die Hocke.

»Captain Narov, Ihre Kutsche wartet.« Er deutete auf das selbst gebastelte Floß. Er spürte, wie sein Magen sich verknotete bei dem Gedanken an das, was vor ihnen lag, doch er tat sein Bestes, um das Gefühl zu unterdrücken. »Ich werde sie nach unten tragen und an Bord setzen. Es ist ziemlich stabil, aber versuchen Sie, nicht allzu sehr herumzuzappeln. Und werfen Sie nicht die Waffen von Bord.«

Er lächelte sie ermutigend an, doch sie konnte kaum antworten.

»Korrektur«, flüsterte sie. »Nicht halb verrückt. *Geistesgestört.* Aber wie Sie sehen, bin ich in keiner Verfassung, um zu streiten.«

Jaeger hob sie hoch. »Braves Mädchen.«

Narov runzelte die Stirn. Sie war offensichtlich zu erschöpft, um eine passende Erwiderung zu finden.

Jaeger legte sie behutsam auf das Floß und warnte sie, ihre langen Beine möglichst dicht bei sich zu behalten. Sie rollte sich in Fötusstellung zusammen. Das Floß sank gut fünfzehn Zentimeter unter ihrem Gewicht ein, dennoch blieb der größte Teil davon über der Wasseroberfläche.

Sie konnten starten.

Jaeger watete in tieferes Wasser und schob das Floß vor sich her. Seine Füße versanken in zähem Schlamm. Das Wasser war lauwarm und ölig. Ab und zu stieß sein Stiefel gegen einen Klumpen verrottender Vegetation – wahrscheinlich ein Ast –, der im dicken Schlick steckte. Während er darüber hinwegschritt, stiegen lange Säulen von Luftblasen auf – Verwesungsgase, die an die Oberfläche drangen.

Als das Wasser ihm bis zur Brust reichte, stieß Jaeger sich ab. Die Strömung war stärker, als er erwartet hatte, und er bezweifelte nicht, dass sie ziemlich schnell stromabwärts getrieben wurden. Doch es waren die Dinge, die im Wasser lauerten, die ihn antrieben, die Flussdurchquerung möglichst schnell hinter sich zu bringen.

34

Jaeger stieß sich mit den Beinen durch das erste Stück freies Wasser und hielt jederzeit beide Hände am Floß. Narov lag vor ihm, zusammengerollt wie ein Ball, regungslos. Es war ausschlaggebend, dass er sich gerade und gleichmäßig bewegte. Sollte das Floß abrupt gedreht werden oder anderweitig aus der Balance geraten, würde sie herunterfallen und wäre im Wasser so gut wie tot.

Sie war viel zu erschöpft, um für sich selbst zu sorgen oder auch nur selbst zu schwimmen.

Jaeger suchte mit aufmerksamen Blicken zu beiden Seiten den Fluss ab. Sein Kopf befand sich beinahe auf Höhe der Wasseroberfläche, was ihm eine seltsame, fremdartige Perspektive verlieh. So musste es, dachte er, als Kaiman im Rio de los Dios sein, der das Wasser fast vollständig untergetaucht durchkreuzte auf der Jagd nach seiner Beute.

Er schaute nach links und rechts, immer auf der Suche nach einem Tier, das sich in ihre Richtung bewegen könnte.

Er war zwanzig Meter von der Schlammbank vor ihnen entfernt, als er das erste entdeckte. Es war die Bewegung, die ihm ins Auge stach. Er sah, wie das Tier gute hundert Meter flussaufwärts in den Fluss glitt.

So unbeholfen die riesigen Tiere an Land waren, so tödlich elegant und schnell bewegten sie sich, sobald sie im Wasser waren, und Jaeger spürte, wie sich jeder Muskel in ihm für den bevorstehenden Kampf anspannte.

Doch anstatt flussabwärts zu schwimmen, in ihre Richtung, drehte der Kaiman seine Schnauze nach Norden und schob sich gute fünfzig Meter oder mehr flussaufwärts. Dann kletterte er auf eine Schlammbank und fuhr mit dem fort, was er vorher schon getan hatte: Sonnenbaden.

Jaeger stieß einen Seufzer der Erleichterung aus. Zumindest dieser Kaiman war eindeutig nicht hungrig.

Wenige Augenblicke später spürte er, wie seine Stiefel den Boden berührten. Er konnte nun waten und schob das Floß auf das erste Fleckchen Land – ein Stück morastiger Flussgrund, etwa vier Meter breit. Er ging zum vorderen Ende des Floßes und begann, es mit vor Anstrengung brennenden Muskeln vorwärtszuziehen. Bei jedem Schritt versanken seine Beine bis zu den Knien in dem schwarzen Schlamm, der ihn einzusaugen schien.

Zweimal rutschte er ab, konnte das Floß nicht halten und fiel auf Hände und Knie, während er sich über und über mit stinkendem Morast bespritzte. Für eine Sekunde erinnerte er sich an den Sumpf, in dem Raff und er sich auf Bioko versteckt hatten. Der Unterschied war, dass dort keine riesigen Kaimane gelauert hatten, vor denen sie sich hatten vorsehen müssen.

Als er wieder das tiefere Wasser erreichte, war er von Kopf bis Fuß mit fauligem schwarzen Schleim und verrottendem Zeug bedeckt, und sein Puls hämmerte vor Anstrengung wie ein Maschinengewehr.

Er schätzte, dass es noch zwei weitere flache Schlammbänke gab, um die er nicht herumnavigieren konnte. Keine Frage: Wenn sie das andere Ufer erreichten, würde er völlig erledigt sein.

Falls sie das andere Ufer erreichten.

Er watete wieder ins Wasser und zog das Floß hinter sich her, bevor er wieder seine Position dahinter einnahm. Als er sich abstieß und das Gefährt in Richtung Flussmitte stieß, zerrte die Strömung noch kräftiger daran. Jaeger musste mit aller Kraft darum kämpfen, es im Gleichgewicht zu halten, und stieß sich kraftvoll mit den Beinen ab, um wenigstens ein wenig voranzukommen.

Flussabwärts war das Wasser flacher, bewegte sich in Ufernähe aber schneller. Jaeger sah Turbulenzen, wo es über Felsen rauschte, die ein kleines Wildwasser bildeten. Er musste das andere Ufer erreichen, bevor sie in diese Stromschnellen gerieten.

Das Floß näherte sich der zweiten Schlammbank. Plötzlich spürte Jaeger eine unerwartete Berührung am Arm. Er schaute auf und stellte fest, dass es Narovs Hand war. Sie streckte die Finger aus, wickelte sie um seine und drückte sie ganz schwach.

Er wusste nicht genau, was sie ihm zu sagen versuchte. Diese Frau zu lesen war nahezu unmöglich. Doch vielleicht, nur vielleicht, begann die Eiskönigin tatsächlich ein wenig aufzutauen.

»Ich weiß, was Sie denken.« Er konnte ihre Stimme kaum hören, sie war nur ein schwaches Flüstern, dank all der Gifte, die durch ihren Körper tobten. »Aber ich werde nicht intim. Ich versuche, Sie zu warnen. Der erste Kaiman – er kommt.«

Jaeger benutzte seine Handgelenke, um das Floß damit festzuhalten, und packte beide Waffen. Er hielt sie an ihren Pistolengriffen, die Zeigefinger um den Abzug gekrümmt, die Läufe bedrohlich auf das Wasser links und rechts gerichtet, während er mit den Augen die Oberfläche absuchte.

»Wo?«, zischte er. »Welche Seite?«

»Elf Uhr«, flüsterte Narov. »Fast direkt von vorn. Vierzig Meter. Schnell nähernd.«

Er kam aus seinem toten Winkel.

»Festhalten«, rief Jaeger.

Er ließ den Griff der linken Waffe los, löste den Knoten, der die Kampfschrotflinte festhielt, packte sie und stieß sich vom Floß ab. Er tauchte darunter weg, trat sich mit beiden Beinen kräftig vorwärts. Als er auf der anderen Seite wieder auftauchte, erblickte er eine riesige schwarze Schnauze, die sich wie ein Pfeil durchs Wasser auf ihn zubewegte. Dahinter schlängelte sich ein schuppiger gepanzerter Körper, der gute fünf Meter oder mehr maß.

O ja, es war ein Schwarzer Kaiman, und was für einer.

Jaeger legte die Waffe genau in dem Augenblick an, als die Kiefer des Kaimans sich vor ihm weit öffneten. Er starrte dem Tier direkt in den Rachen. Er hatte keine Zeit zum Zielen. Er drückte den Abzug aus allernächster Nähe, seine linke Hand riss die Ladevorrichtung nach hinten und schob eine weitere Kugel in den Lauf, und noch eine.

Die Einschläge der einzelnen Schüsse jagten den riesigen Schädel des Reptils einfach aus dem Wasser, doch das reichte nicht, um seine Vorwärtsbewegung zu stoppen. Das Tier mochte auf der Stelle tot gewesen sein, nachdem ein verdammter Trichter aus Bleikugeln ihm ins Gehirn gejagt war, dennoch rammte sein blutiger Körper mit all der Wucht eines Vierhundert-Kilo-Monsters gegen Jaeger. Jaeger wurde die Luft aus den Lungen gepresst, während er tief unter das Floß gedrängt wurde und das dunkle, trübe Wasser über ihm zusammenschlug.

Über der Wasseroberfläche kam die vordere, blutige Hälfte des Kaimans mit einem Übelkeit erregenden Krachen zum Stehen. Die toten Augen des Tieres glotzten gierig, sein zerfetzter Kiefer schlug nach unten auf den vorderen Balken des Floßes.

Das leichtgewichtige Wassergefährt schlingerte bedrohlich, vom Aufschlag des schweren Körpers beinahe in zwei Hälften gespalten. Kurz darauf begann der schlaffe, leblose Körper des toten Kaimans unter die Oberfläche des Flusses zu sinken.

Das angeschlagene Floß havarierte noch weiter, das schlammige Wasser begann, Narov gegen Kopf und Schultern zu branden, während das Gefährt von Felsen abprallte und in die ersten Ausläufer des Wildwassers getrieben wurde.

Sie spürte, dass es untergehen würde. Für einen Augenblick spannten ihre Muskeln sich an, als sie versuchte, sich festzuhalten.

Doch die Anstrengung war zu viel für sie.

Endlich gelang es Jaeger, wieder an die Oberfläche zu gelangen. Seine Lungen husteten das stinkende Wasser des Rio de los Dios aus. Er war lange und tief unten gewesen und hatte um sein Leben gekämpft. Nun fühlte er sich halb ertrunken. Lange rang er nach Atem, sein Körper brüllte nach Sauerstoff und versuchte verzweifelt, die lebensspendende Luft einzusaugen.

Zu beiden Seiten entdeckte er weitere Kaimane, die sich dem Körper des Monsters näherten, das er gerade getötet hatte. Sie wurden von dem Blutgeruch angezogen. Als Jaeger hinab aufs Flussbett gezogen worden war, hatte er seine Schrotflinte verloren und war nun beinahe völlig wehrlos, doch die Kaimane schenkten ihm kaum Beachtung.

Stattdessen hatten sie einen der ihren, an dem sie sich satt fressen konnten, und der Geschmack des Blutes, das dick im Wasser schwamm, machte sie beinahe wahnsinnig.

Es dauerte einen langen Moment, bis Jaeger seine Orientierung wiedergewann, dann wurde auch er in das Wildwasser gezogen. Er versuchte, seinen Oberkörper zu schützen, als er gegen die Felsen gespült wurde, und die Füße in Fließrichtung zu halten, um sich von den Hindernissen abstoßen zu können, während er die Arme abgespreizt hielt, um sich zu stabilisieren.

Er zog sich in die langsamere Strömung am Rande der Stromschnellen und suchte einmal rundherum alles nach dem Floß ab. Doch er konnte es nirgendwo auf dem Fluss entdecken. Das kleine Gefährt war völlig verschwunden, und der Verlust ließ ihm das Blut in den Adern gefrieren.

Er suchte weiter, immer verzweifelter, doch noch immer war keine Spur des selbst gebastelten Floßes zu finden.

Und was Irina Narov betraf: Von ihr war nirgendwo die geringste Spur zu sehen.

35

Jaeger wuchtete sich aufs Flussufer.

Er sank wie ein durchweichter, erschöpfter Haufen auf die Knie. Seine Glieder brannten, seine Lungen gierten nach Luft. Auf jeden, der ihn sah, musste er eher wie eine schlammverkrustete, halb ertränkte Ratte wirken als ein menschliches Wesen – nicht dass er davon ausging, dass ihn jemand beobachtete.

Stundenlang hatte er ohne Unterlass den Rio de los Dios auf der Suche nach Irina Narov abgegrast. Er hatte von Ufer zu Ufer gesucht, hatte überall nachgesehen und ihren Namen gerufen. Lange Zeit hatte er nicht die geringste Spur von ihr oder dem Floß gefunden. Und dann hatte er das entdeckt, was er am meisten gefürchtet hatte: seinen Rucksack und die aufgeblasenen Canoe-Bags, noch immer miteinander verknotet, jedoch zerfetzt und zerrissen von Kaimanzähnen und ihren Krallen.

Die ramponierten Überreste des selbst gebastelten Floßes waren ein gutes Stück flussabwärts ins seichte Wasser getrieben worden. Auf einer nahe gelegenen Schlammbank hatte Jaeger ein nervenaufreibendes Zeichen der Frau gefunden, die er so verzweifelt zu retten versucht hatte: ihr himmelblaues Stirnband, nun völlig aufgeweicht und schlammverschmiert.

Dennoch suchte er weiterhin die Flussufer ab, so weit, wie er es wagen konnte, doch noch während seiner Suche war ihm die Nutzlosigkeit des Versuchs klar gewesen. Narov musste vom Floß geworfen worden sein, als der tote Körper des Kaimans Jaeger tiefer in die tintigen Tiefen des Flusses gedrückt hatte. Die Stromschnellen und Kaimane hatten dann wohl den Rest erledigt.

Er hatte beinahe eine Minute darum gekämpft, wieder an die Wasseroberfläche zu kommen, doch das war ausreichend Zeit gewesen, um komplett aus seinem Sichtfeld getrieben zu werden. Wäre es noch intakt und auf dem Wasser gewesen, hätte er es entdecken können. Er wäre in der Lage gewesen, es einzuholen und an Land zu ziehen.

Und wäre Irina Narov noch auf dem Floß gewesen, wäre er in der Lage gewesen, sie zu retten.

So, wie die Dinge standen … nun, er wollte nicht allzu genau über Narovs Schicksal nachdenken, doch er zweifelte nicht einen Augenblick daran, dass sie verloren war. Narov war tot – entweder ertrunken im Rio de los Dios oder in Stücke gerissen von gefräßigen Schwarzen Kaimanen; höchstwahrscheinlich eine Mischung aus beidem.

Und er, Will Jaeger, war unfähig gewesen, sie zu retten.

Er mühte sich auf die Füße und strauchelte weiter das schlammige Flussufer hinauf. In dem dunklen Schrecken des Augenblicks übernahm seine Ausbildung das Kommando. Er verfiel in einen alles beherrschenden Überlebensmodus. Das war das Einzige, von dem er jetzt noch wusste, was zu tun war. Er hatte Narov verloren, aber der Rest der Expedition war noch immer irgendwo dort draußen im Dschungel. Mindestens acht Leute warteten auf dieser weit entfernten Sandbank und verließen sich auf ihn.

Im Augenblick hatten sie keine Koordinaten, die sie ansteuern konnten, keine Möglichkeit, den Weg zum Flugzeugwrack zu finden. Und ohne einen Weg nach vorn gab es keinen Weg aus dieser wilden *Vergessenen Welt* heraus. Sich von einem Ort wie den Cordillera de los Dios zurückzuziehen, benötigte eine Menge Planung und Vorbereitung, wie Jaeger nur zu gut wusste.

Wenn der Verlust von Narov irgendeinen Sinn haben sollte, musste er sein Team finden und losmarschieren. Er musste sie zu diesem Flugzeug schaffen, und dafür musste er sich selbst zu der Sandbank schaffen – auch wenn die Chancen dafür sich mit jeder verstreichenden Sekunde weiter zu seinen Ungunsten veränderten.

Er leerte seine Taschen aus, ebenso die seines Hüftgürtels. Nach dem Chaos der Flussüberquerung hatte er keine Ahnung, was und ob etwas von seiner Ausrüstung noch übrig war. Der Rucksack war inzwischen unbrauchbar – zerfetzt von Kaimanen und seines Inhalts beraubt –, doch während er sein mageres Hab und Gut aufreihte, stieß Jaeger einen erleichterten Seufzer aus.

Sein wichtigstes Ausrüstungsstück – sein Kompass, der tief in einer Hosentasche hinter einem Reißverschluss verstaut gewesen war – war noch da. Allein mit diesem Ausrüstungsstück hätte er eine Chance, den ganzen Weg zur Sandbank zu überstehen. Er zog die Karte aus der Seitentasche seiner Hose. Sie war durchweicht und leicht beschädigt, aber gerade noch brauchbar.

Er hatte Karte und Kompass; das war ein Anfang.

Er überprüfte sein vor die Brust geschnalltes Messer. Es war noch da, mit einem Knopfriemen fest ans Futteral gebunden: das Messer, das Raff ihm gegeben hatte und das ihm so treue Dienste in dem epischen Kampf am Strand von Fernao geleistet hatte – dem Kampf, in dem Little Mo gestorben war.

So viel Tod um ihn herum; und nun ein weiterer, mit dem er fertigwerden musste.

36

Was hätte Jaeger nicht darum gegeben, jetzt Raff an seiner Seite zu haben. Wäre der große Maori hier gewesen, hätte Narov vielleicht überlebt. Natürlich gab es keine Garantien, aber Raff hätte ihm geholfen, den Killer-Kaiman abzuwehren, und einer von ihnen beiden wäre unbehelligt aus dem Kampf hervorgekommen und in der Lage gewesen, das Floß und seine wertvolle Fracht zu schützen.

Doch Jaeger war allein, Irina Narov war tot, und er musste sich der Realität stellen. Er hatte keine Wahl. Er musste weitergehen.

Er setzte die Überprüfung seiner Ausrüstung fort. An seinem Gürtel hingen noch zwei volle Flaschen Wasser – allerdings hatte er den Katadyn-Filter verloren. Er hatte ein paar Notfallrationen, das Stück Paracord, mit dem er Narov und sich aus dem Blätterdach abgeseilt hatte, und zwei Dutzend Schuss für die Schrotflinte.

Er ließ die Patronen fallen. Sie waren überflüssiges Gewicht ohne die Waffe dazu.

Unter dem restlichen Krimskrams, den seine Überprüfung zutage förderte, fiel ihm noch die glänzende Oberfläche der Münze auf, die der Pilot der C-130 ihm gegeben hatte. Das Motto der Night Stalkers glitzerte im Sonnenlicht: *Der Tod lauert im Dunkeln.* Daran gab es keinen Zweifel. Der Tod hatte rot zwischen Zähnen und Klauen im dunklen Wasser des Rio de los Dios gelauert.

Und er hatte sie gefunden; oder zumindest hatte er Narov gefunden.

Doch das war natürlich nicht die Schuld des Piloten.

Der Pilot der C-130 hatte sie genau am richtigen Absprungpunkt aus dem Flugzeug geschafft. Das war eine beachtliche Leistung. Die folgende Katastrophe – dafür war er nicht verantwortlich. Die Münze wanderte zu dem Rest von Jaegers spärlichem Eigentum: tief in seine Tasche. Hoffnung hielt die Menschen am Leben, ermahnte er sich selbst.

Das letzte Stück Ausrüstung, das er in Händen hielt, war gleichzeitig das problematischste: Es war Irina Narovs Messer.

Nachdem er sie beide damit von dem Paracord losgeschnitten hatte, an dem sie sich abgeseilt hatten, hatte Jaeger es sich an den eigenen Gürtel gesteckt. Inmitten all des Chaos und weil Narov von dem Spinnenbiss außer Gefecht gesetzt worden war, hatte es sich richtig angefühlt. Jetzt war es alles, was ihn noch mit ihr verband.

Er hielt es lange in seinen Händen. Sein Blick wanderte über den Namen, der in den stählernen Griff eingeprägt war. Er kannte die ganze Geschichte des Messers, da er die vom Messer seines Großvaters recherchiert hatte.

In den Monaten nach Hitlers Blitzkrieg im Frühling 1940 – mit dem er die Alliierten aus Frankreich vertrieben hatte – hatte Winston Churchill die Gründung eines Spezialkommandos angeordnet, um Vergeltungsschläge gegen den Feind zu starten. Diese besonderen Einheiten von Freiwilligen lernten, Krieg in einer Art und Weise zu führen, die seinerzeit alles andere als »britisch« gewesen war – schnell, dreckig, kompromisslos.

In einer streng geheimen Schule für Mord und Chaos lernten sie, wie man am besten verwundet, verstümmelt, verletzt und mordet. Ihre Ausbilder waren der legendäre William Fairbairn und Eric »Bill« Sykes gewesen, die im Laufe der Jahre ihre Techniken perfektioniert hatten, Ziele geräuschlos und aus nächster Nähe zu eliminieren.

Sykes und Fairbairn hatten die Firma Wilkinson Sword damit beauftragt, ein Kampfmesser zu produzieren, das Churchills Sonderkommandos verwenden sollten. Es hatte eine achtzehn Zentimeter lange Klinge, einen schweren Griff, der gut in der Hand lag, rasierklingenscharfe Schneiden und eine Spitze, um zuzustechen.

Die Messer rollten vom Fließband der Londoner Fabrik von Wilkinson Sword. Auf jedem Griff war eingraviert: »Das Fairbairn-Sykes-Kampfmesser«. Fairbairn und Sykes brachten den Spezialkräften bei, dass es keine tödlichere Waffe im Nahkampf gab. Und was noch wichtiger war: »Ihr geht niemals die Munition aus.«

Jaeger war nie dazu gekommen, zu sehen, wie Narov ihre Klinge in Wut führte. Doch die Tatsache, dass sie ein solches Messer gewählt hatte – das gleiche, wie sein Großvater es benutzt hatte –, hatte ihn irgendwie für sie eingenommen, auch wenn er nie dazu gekommen war, sie zu fragen, woher sie es hatte oder was genau es ihr bedeutete.

Er fragte sich, wie sie es in die Hände bekommen hatte: eine Russin; eine Veteranin der Speznas mit einem britischen Kommandomesser. Und wieso dieser Kommentar: *Gut, um Deutsche zu töten?* Während des Krieges war jeder britische Soldat und SAS-Kämpfer mit einem dieser Messer ausgestattet worden; fraglos eine äußerst gerühmte Klinge, die mehr als ihren gerechten Anteil an Nazis auf dem Gewissen hatte.

Doch das war viele Jahrzehnte und eine ganze Welt entfernt gewesen.

Jaeger steckte das Messer zurück in den Gürtel.

Einen kurzen Moment fragte er sich, ob es falsch gewesen war; falsch, darauf zu bestehen, dass Narov mit ihm kam. Hätte er getan, was sie wollte, und sie zurückgelassen, wäre sie mit ziemlicher Wahrscheinlichkeit noch am Leben. Doch es lag in seiner DNA, niemals einen Mann zurückzulassen – oder eine Frau, um genau zu sein –, und es war auch unklar, wie lange sie überlebt hätte.

Nein. Je länger er darüber nachdachte, desto sicherer war er sich, dass er das Richtige getan hatte. Das einzig Mögliche. Sie wäre sonst gestorben. Hätte er sie zurückgelassen, wäre es ein langsamerer und einsamer Tod gewesen.

Jaeger drängte jeden Gedanken an Narov aus seinem Kopf.

Er machte eine letzte Inventur. Eine beängstigende Reise lag vor ihm: mehr als zwanzig Kilometer durch dichten Dschungel mit nur zwei Litern sauberem Wasser. Ohne Nahrung konnte ein Mensch mehrere Tage überleben, ohne Wasser jedoch … Er würde es sich streng einteilen müssen: ein Schluck jede Stunde, neun Schluck pro Flasche, achtzehn Stunden Fußmarsch, Maximum.

Er sah auf seine Uhr.

Es blieben nur noch knapp zwei Stunden Tageslicht. Wenn er rechtzeitig bei dieser Sandbank sein wollte, um den Notfall-Treffpunkt zu erreichen, würde er mit Sicherheit die Nacht durchmarschieren müssen, was ein absolutes Tabu im Dschungel war. Es war unmöglich, in der pechschwarzen Nacht etwas zu sehen, die unter dem dichten Laubdach herrschte. Er hatte nichts bei sich, mit dem er sich hätte verteidigen können, abgesehen von seinen nackten Fäusten und seinem Messer. Wenn er in irgendeine Bredouille stolperte, bliebe ihm nichts anderes übrig, als zu fliehen. Er hatte einen Vorteil: Nachdem Narov verschwunden war, hielt ihr Gewicht ihn nicht länger auf.

Da er keine andere Ausrüstung besaß als das, was er am Leibe trug, war er schnell. Insgesamt schätzte er seine Chancen als nur halb schlecht ein. Und dennoch graute ihm vor dem anstehenden Trip.

Er stand auf, legte den Kompass in seine Handfläche und nahm eine erste Peilung. Der Punkt, auf den er zielte, war ein umgestürzter Baumstamm, der mehr oder weniger südlich lag – die Richtung, in die er gehen musste. Er packte den Kompass wieder weg, beugte sich runter und sammelte zehn kleine Kieselsteine auf, die er sich in die Tasche steckte. Alle zehn Schritte würde er einen davon in die andere Tasche tun. Wenn alle Steine umgelegt waren, hatte er hundert Schritte hinter sich gebracht.

Aus langer Erfahrung wusste Jaeger, dass es ihn etwa siebzig Schritte kostete, um hundert Meter Gelände zurückzulegen, auf flachem Terrain und mit leichtem Gepäck. Mit voller Ausrüstung, plus Waffen und Munition, brauchte er achtzig Schritte, da die Schrittlänge unter voller Last kleiner wurde. Ging er steil bergauf, konnte die Entfernung auch schon mal hundert Schritte kosten.

Das Umlegen der Kiesel war ein einfaches Prinzip, das sich für ihn schon unzählige Male auf endlosen, schleppenden Märschen durch zähes Gelände bewährt hatte. Und das Umschichten von einer Tasche in die andere würde außerdem seinen Verstand konzentriert und beschäftigt halten.

Eine letzte Sache tat er noch, bevor er losmarschierte: Er schnappte sich einen Stift und markierte seine aktuelle Position auf der Karte. Daneben schrieb er: »Letzte bekannte Position von Irina N.«

Auf diesem Wege konnte er, falls er jemals die Chance dazu erhielt, zu dieser Stelle zurückkehren und, mit Zeit und Unterstützung, die Suche nach ihren Überresten fortsetzen. Dann hätten sie wenigstens irgendetwas, das sie ihrer Familie nach Hause bringen konnten – auch wenn Jaeger keine Ahnung hatte, wer oder wo ihre Familie sein könnte.

Er begann zu marschieren; marschieren und zählen.

So bewegte er sich tiefer in den Wald und ließ klickend einen Stein von einer Tasche in die andere wandern, sobald er wieder zehn Schritte hinter sich gebracht hatte. Nach einer Stunde war es Zeit für seinen ersten kleinen Schluck Wasser und einen Blick auf die Karte.

Er markierte seine Position – zwei Kilometer südlich des

Flussufers –, nahm eine erneute Peilung und marschierte weiter. Theoretisch betrachtet könnte er die gesamte Strecke durch den Dschungel bis zur Sandbank zurücklegen, indem er dieser simplen Technik des »Pacing und Bearing« folgte. Ob er das mit lediglich zwei Litern Wasser und ohne Waffen schaffen würde, war allerdings eine ganz andere Frage.

Selbst als seine einsame Gestalt von der Dunkelheit des dichten Dschungels verschluckt wurde, konnte Jaeger spüren, dass jene geheimnisvollen Augen noch immer auf ihm ruhten, ihn aus den Schatten beobachteten. Als er losmarschierte in den dunklen, brütenden Dschungel, griff er mit der linken Hand in die Tasche voller Kieselsteine. Seine Lippen bewegten sich, während er seine Schritte zählte.

37

Weit entfernt, durch Hunderte Meilen Dschungel, sprach eine andere Stimme.

»Grey Wolf, hier spricht Grey Wolf Six«, sagte sie. »Grey Wolf, hier Grey Wolf Six. Hören Sie mich?«

Der Sprecher saß über ein Funkgerät gebeugt in einem Zelt mit Tarnmuster, das am Rande eines behelfsmäßigen, aber funktionstüchtigen Flugfeldes stand. Auf allen Seiten lag ein abfallender Saum aus Bäumen, und in der Ferne ragten Hügel in den zerlumpt und grau aussehenden Himmel. Eine Reihe schwarzer Hubschrauber mit herabhängenden Rotorblättern stand auf der Schotterpiste aufgereiht.

Davon abgesehen war das Areal leer.

Die Szenerie erinnerte an die Serra de los Dios, und doch war sie anders.

Ähnlich, aber nicht zu ähnlich.

Der Flugplatz lag ebenfalls im südamerikanischen Dschungel, doch höher in den Bergen; irgendwo weit abgelegen und unberührt, verborgen zwischen den wilden und gesetzlosen Ausläufern der Anden, die sich bis nach Bolivien und Peru erstreckten. Irgendwo, wo die perfekten Bedingungen für eine Geheimoperation herrschten, die ins Leben gerufen worden war, um das Flugzeug aus dem Zweiten Weltkrieg für immer verschwinden zu lassen; es vom Angesicht der Erde zu fegen.

»Grey Wolf, hier Grey Wolf Six«, wiederholte der Mann am Funkgerät. »Hören Sie mich?«

»Grey Wolf Six, hier spricht Grey Wolf«, bestätigte eine Stimme. »Sprechen Sie. Over.«

»Das Team ist drinnen, wie geplant«, erklärte der Sprecher. »Erwarte weitere Anweisungen.«

Er lauschte einige Sekunden, während ihm geantwortet wurde.

Wer auch immer dieser Mann – dieser Soldat – war, es gab keinen einzigen Hinweis auf seine Einheit oder seinen Rang – oder auch nur seine Nationalität – auf seiner schlichten graugrünen Dschungeluniform. Das Zelt um ihn herum war ebenso schlicht und frei von allen Hinweisen auf irgendeine Identität. Selbst die Hubschrauber, die auf dem Rollfeld aufgereiht standen, waren frei von allen Aufklebern, Flugnummern oder irgendwelchen Nationalflaggen.

»Jawohl, Sir«, bestätigte der Funker. »Ich habe sechzig Paar Stiefel am Boden. Es war nicht einfach, aber wir haben sie dort hineinbekommen.«

Er hörte wieder zu, als seine Anweisungen durchgegeben wurden, und wiederholte sie dann, um zu versichern, dass er sie verstanden hatte.

»Alle Mittel einsetzen, um die Koordinaten des Flugzeugs zu sichern. Vor niemandem haltmachen, um die exakte Position zu finden. Verstanden.«

Es gab eine weitere kurze Reihe von Anweisungen, bevor der Funker seine letzte Antwort gab.

»Verstanden, Sir. Sie sind zu zehnt und sollen bis auf den letzten Mann eliminiert werden. Keine Überlebenden. Grey Wolf Six. Out.«

Nachdem er das Gespräch beendet hatte, schaltete er das Funkgerät aus.

38

Jaeger sank auf die Knie und legte die Hände um seinen pochenden Schädel.

Er konnte spüren, wie sein Gehirn in einen immer schnelleren Taumel geriet, als wolle es ihm vor Anstrengung direkt durch die Stirn brechen.

Die knorrige, verdrehte Vegetation verschwamm ihm vor den Augen und verwandelte sich in eine sich windende Horde furchterregender Monster. Ihm war klar, dass er kurz davorstand durchzudrehen. Die Desorientierung hatte schon vor Stunden eingesetzt, als der Wassermangel ein gefährliches Niveau erreicht hatte, gefolgt von den immer schlimmer werdenden Schmerzen und Halluzinationen.

Abseits des Flusses gab es nur wenig Wasser, und es hatte noch nicht geregnet – dabei hatte Jaeger genau darauf gesetzt. Seine Wasserflaschen waren schon lange leer, woraufhin er nichts anderes mehr zu trinken gehabt hatte als seinen eigenen Urin. Doch vor etwa einer Stunde hatte er endgültig aufgehört zu pinkeln – oder zu schwitzen –, ein Anzeichen des unmittelbar bevorstehenden Zusammenbruchs des Körpers. Und doch war er irgendwie immer weiter vorwärtsgestolpert.

Nur mit reiner Willenskraft zog er sich wieder hoch und setzte einen Fuß vor den anderen.

»Ich bin Will Jaeger, nähere mich!«, rief er aus – heiser, kehlig und knochentrocken, ein Geräusch, das durch die verworrene Menge an Bäumen überall um ihn herum widerhallte. »Will Jaeger, im Anmarsch!«

Er rief eine Warnung an das Expeditionsteam, das direkt vor ihm auf der Sandbank versammelt sein musste – ein Gebiet, von dem er hoffte und betete, dass er sich ihm gerade näherte, auch wenn er angesichts des Zustandes, in dem er sich seit einigen Stunden befand, Zweifel bekam, ob er noch in die richtige Richtung lief. Eine kleine Lichtung in einer grenzenlosen Ausdehnung des Dschungels: Sein Spielraum für Fehler war winzig.

Er kämpfte sich weiter, mit unstetem, erschöpftem, torkelndem Gang. Sein Verstand schrie, und doch zählte er weiter die Schritte, ließ die Kiesel von Tasche zu Tasche wandern, um seinen Fortschritt zu markieren.

Es verstand sich von selbst, dass kein Marsch durch den Dschungel jemals in einer schnurgeraden Linie verlief, und schon gar nicht für einen Mann in seinem Zustand, der gezwungen gewesen war, die Nacht hindurch zu laufen. Und so waren aus siebenundzwanzig Kilometern auf der Karte mehr als fünfundvierzig am Boden geworden. Mit so gut wie keinem Wasser zur Verfügung eine Aufgabe, die Herkules zur Ehre gereicht hätte.

Er versuchte es erneut mit seinem Ruf: »Will Jaeger, nähere mich!«

Keine Antwort. Er blieb stehen, versuchte, still zu sein und zu horchen, doch er schwankte vor Erschöpfung und Anstrengung.

Er versuchte es erneut, lauter. »Will Jaeger, im Anmarsch!«

Ein kurzer Augenblick Stille, dann eine Antwort: »Stehen bleiben, oder ich eröffne das Feuer!«

Das war die unverkennbare Stimme von Lewis Alonzo, dem ehemaligen Navy SEAL in seinem Team, die da durch die Bäume rief.

Jaeger tat wie befohlen, schwankte einmal und fiel dann auf die Knie.

Eine kräftige, breite Gestalt schmolz aus dem Busch sechzig Meter vor ihm. Der Afroamerikaner Alonzo vereinte Mike Tysons Körperbau mit Will Smiths Aussehen und Humor –

oder zumindest hatte Jaeger diesen Eindruck in den knappen zwei Wochen gewonnen, die er ihn kannte.

Doch jetzt gerade starrte Jaeger auf den Lauf eines Colt Sturmgewehrs, Alonzos Zeigefinger eisenhart um den Abzug gelegt.

»Einen Schritt vor und identifizieren!«

Jaeger zwang sich aufzustehen und einen Schritt vorzugehen. »William Jaeger. Ich bin's, Jaeger.«

Im Grunde war es nicht verwunderlich, dass Alonzo ihn nicht erkannte.

Jaegers Stimme klang hohl vor Erschöpfung, seine Kehle war so ausgedörrt, dass er die Worte kaum krächzen konnte. Seine Uniform war zu Streifen zerfetzt, sein Gesicht geschwollen, rot und blutig von all den Insektenstichen und Kratzwunden, und er war von Kopf bis Fuß mit Schlamm bedeckt.

»Arme über den Kopf!«, befahl Alonzo. »Waffe fallen lassen!«

Jaeger hob beide Hände. »William Jaeger – unbewaffnet, gottverdammt.«

»Kamishi! Gib mir Deckung!«, rief Alonzo.

Jaeger sah eine zweite Gestalt aus dem Busch treten. Es war Hiro Kamishi, ihr japanischer Special-Forces-Veteran, und er hielt die Mündung eines zweiten Colt Sturmgewehrs fest auf Jaeger gerichtet.

Alonzo ging vorwärts, das Gewehr im Anschlag. »Runter, auf den Boden!«, rief er. »Und mach den Adler.«

»Himmel, Alonzo, ich bin auf Ihrer Seite«, protestierte Jaeger.

Die einzige Antwort des großen Amerikaners bestand darin, noch näher zu kommen und Jaeger mit dem Stiefel vorwärts in den Schlamm zu stoßen. Er fiel schwer zu Boden und spreizte Arme und Beine im Dreck.

Alonzo schritt um ihn herum und baute sich hinter ihm auf. »Beantworten Sie die Fragen«, bellte er. »Wofür sind Sie und Ihr Team hier?«

»Um ein Flugzeugwrack zu finden, zu identifizieren und es aus dem Dschungel zu heben.«

»Wie heißt Ihr örtlicher Kontakt? Brasilianischer Brigadegeneral?«

»Er ist Colonel«, korrigierte Jaeger. »Colonel Evandro. Rafael Evandro.«

»Die Namen sämtlicher Ihrer Teammitglieder.«

»Alonzo, Kamishi, James, Clermont, Dale, Kral, Krakow, Santos.«

Alonzo kniete sich hin, bis er Jaeger in die Augen sehen konnte. »Du hast einen vergessen. Wir waren zehn.«

Jaeger schüttelte den Kopf. »Hab ich nicht. Narov ist tot. Ich hab sie verloren, als wir versucht haben, den Rio de los Dios zu überqueren, um zu euch zu kommen.«

»Jesus weinte.« Alonzo fuhr sich mit der Hand durch sein kurz geschorenes Haar. »Das wären dann fünf.«

Jaeger sah sich verwirrt um. Er musste Alonzo falsch verstanden haben. Was meinte er damit – *das wären dann fünf*?

Alonzo hakte eine Flasche von seinem Gürtel und reichte sie ihm.

»Kumpel, Sie würden nicht ansatzweise glauben, was wir die letzten zwei Tage durchgemacht haben. Und fürs Protokoll: Sie sehen aus wie Scheiße.«

»Das geb ich gern zurück«, keuchte Jaeger.

Er nahm die angebotene Wasserflasche, öffnete den Mund und leerte sie in einem einzigen, verzweifelten Schluck. Er wedelte mit der leeren Flasche in Alonzos Richtung, der Kamishi herüberwinkte, und Jaeger fuhr fort, eine weitere und noch eine weitere Flasche zu leeren, bis sein Durst endlich gestillt war.

Alonzo rief eine dritte Person aus den Schatten heran. »Dale, Weihnachten ist dieses Jahr etwas früher! Sie haben grünes Licht. Halten Sie drauf!«

Mike Dale trat vor, seine winzige Digitalkamera an die Schulter geklemmt. Jaeger konnte das Licht sehen, das vorne am Mikrofon rot blinkte, was bedeutete, dass er filmte.

Er warf Alonzo einen Blick zu. Der Amerikaner zuckte entschuldigend mit den Schultern. »Sorry, Kumpel, aber der Kerl hat mir die Haare vom Sack genervt. *Wenn Jaeger und Narov es schaffen, muss ich ihre Ankunft filmen … Wenn Jaeger und Narov es schaffen, muss ich ihre Ankunft filmen.*«

Dale kam dreißig Zentimeter vor ihnen zum Stehen, sank auf den Hintern, wodurch die Kamera auf Jaegers Augenhöhe kam. Er hielt das Bild einige Sekunden, dann drückte er eine Taste, und das rote Licht erlosch.

»Mann, so was kann man sich nicht ausdenken«, flüsterte Dale. »Wahnsinn.« Er musterte Jaeger von hinter der Kamera. »Hey, Mr. Jaeger, glauben Sie, Sie könnten für mich vielleicht etwas zurückgehen, wieder in den Busch, und ungefähr so wieder hier reinkommen wie gerade eben? So eine Art Wiederholung, weil, Sie wissen schon, den Teil hab ich verpasst.«

Jaeger starrte den Kameramann eine Weile schweigend an. Dale. Mittzwanziger, lange Haare, gut aussehend in einer gewollten Art und Weise – war nie ohne einen Drei-Tage-Designer-Bartschatten unterwegs. Er hatte etwas von einem herausgeputzten Kakadu an sich, das Jaeger nicht mochte.

Oder vielleicht war das seine instinktive Abneigung gegen die Kamera des Mannes. Sie war so aufdringlich und frei von Respekt für jede Privatsphäre – was auch Dale ziemlich passend beschrieb.

»Meine Ankunft für die Kamera nachspielen?«, krächzte Jaeger. »Ich glaube nicht. Und wissen Sie noch etwas? Wenn Sie noch eine Sekunde dieser Sache filmen, dann nehme ich

Ihre Kamera, zerschmettere sie in kleine Stücke und lass Sie sie essen.«

Dale hob die Hände – an einer davon noch die Kamera baumelnd – in spöttischer Kapitulation. »Hey, ich verstehe. Sie haben eine Höllenqual durchgemacht. Ich versteh das. Aber, Mr. Jaeger, das ist genau der Moment, in dem die Kameras laufen müssen: wenn die Dinge am schlimmsten stehen. Das ist es, was wir einfangen müssen. So entsteht großartiges Fernsehen.«

Trotz des Wassers, das er getrunken hatte, fühlte sich Jaeger noch immer dem Tode nahe, und er war nicht in der Stimmung für irgendeinen Scheiß. »Großartiges Fernsehen? Sie glauben immer noch, hier ginge es darum, großartiges Fernsehen zu machen? Dale, es gibt da etwas, das Sie begreifen müssen: Hier geht es ab jetzt darum, am Leben zu bleiben. Überleben. Ihres, ebenso wie das aller anderen. Das hier ist keine Geschichte mehr. *Sie leben das hier.*«

»Aber wenn ich nicht filmen kann, dann gibt es keine Sendung«, widersprach Dale. »Und die Leute, die das alles hier zahlen – die Fernsehbosse –, die zahlen am Ende drauf.«

»Die Fernsehbosse sind nicht hier«, knurrte Jaeger. »Wir schon.« Ein Herzschlag Pause. »Wenn Sie auch nur ein weiteres Bild mit diesem Ding da filmen, ohne dass ich es Ihnen gesagt habe, dann ist Ihr Film Geschichte. Und Sie, mein Freund, ebenfalls.«

39

»Also, klärt mich auf – was zur Hölle ist hier passiert?«, erkundigte sich Jaeger.

Er hockte in dem notdürftigen Lager, das Alonzo und die anderen aus dem Dschungel geschlagen hatten, dort, wo die dichte Vegetation auf die freie Fläche der Sandbank traf. Beschattet von einigen überhängenden Bäumen, war es hier so bequem, wie es in solchem Gelände nur werden konnte.

Er hatte sich kurz im Fluss waschen können, der ebenso träge und düster dahinkroch wie an allen anderen Stellen. Er zog einen neuen Rucksack aus einer der Para-Tubes und schnappte sich die notwendigsten Dinge, die ihm halfen, sich von dem Gewaltmarsch durch den Dschungel zu erholen: Nahrungsrationen, Wasserflaschen, Salze, um seine Elektrolytwerte wieder zu verbessern, und ein wenig insektenabweisendes Mittel. Das Ergebnis der Mühen: Er begann allmählich, sich wieder menschlich zu fühlen.

Das Expeditionsteam – oder besser gesagt: diejenigen, die davon noch übrig waren – hatte sich für eine gemeinschaftliche Besprechung versammelt. Aber es hing eine seltsame, rastlose Spannung in der Luft, ein Gefühl, als würden feindliche Kräfte um den Rand des Lagers schleichen und knapp außerhalb ihrer Sichtweite lauern. Jaeger hatte sich aus einer der Para-Tubes eine Ersatzschrotflinte geholt, und er war nicht der Einzige, der ein Auge auf den Dschungel und eine Hand an der Waffe behielt.

»Ich fange wohl am besten am Anfang an. Als wir Sie beide beim Absprung verloren haben.« Alonzo sprach mit der tiefen, rumpelnden Stimme, die so typisch für den großen Afroamerikaner war.

Wie Jaeger langsam klar wurde, war Alonzo die Sorte Mensch, die ihr Herz auf der Zunge trug. Während er weitersprach, wurde seine Stimme immer belegter vor Bedauern um das, was geschehen war.

»Wir haben euch ziemlich schnell nach dem Sprung aus den Augen verloren, also habe ich die Gruppe reingeführt. Wir sind sauber nach unten gekommen. Alle vollzählig, keine Verletzungen, der Boden unter unseren Füßen fest und sauber. Wir haben ein Lager aufgeschlagen, unsere Ausrüstung überprüft, einen Wachplan aufgestellt und gedacht, das wäre alles keine große Sache: Wir würden warten, bis Sie und Narov zu uns stoßen, da dies der erste Rendezvous-Punkt war.

An dem Punkt sind wir irgendwie in zwei Lager zerbrochen«, fuhr Alonzo fort. »Da waren meine Leute – nennen wir sie die Kämpfer-Brigade –, die ein paar Suchpatrouillen in die Richtung aussenden wollten, von der wir annahmen, dass ihr beide dort runtergekommen sein musstet. Wir wollten schauen, ob wir helfen können, Sie herzuholen – das heißt, falls Sie noch am Leben sein sollten. Und dann war da die Baumkuschler-Brigade …

Also, die Kuschel-Brigade – angeführt von James und Santos –, die wollte in diese Richtung gehen.« Alonzo deutete mit dem Daumen nach Westen. »Sie sagten, sie hätten einen Pfad am Flussufer gefunden, den die Indios dort angelegt hätten. Nun, wir wussten alle, dass der Stamm irgendwo dort draußen lauert. Wir konnten ihre Augen im Dschungel spüren. Die Kuschel-Brigade – sie wollten nach ihnen suchen und friedlichen Kontakt aufnehmen.

Friedlichen Kontakt!« Alonzo sah Jaeger an. »Wissen Sie, ich habe ein Jahr auf Friedensmissionen im Sudan verbracht; in den Nuba-Bergen. So abgelegen, wie man nur sein kann. Einige dieser Nuba-Stämme wandern immer noch mit größtenteils nacktem Hintern rum. Aber wissen Sie was, Mann? Ich hab diese Leute lieben gelernt. Und eine Lektion, die ich vom ersten Augenblick an gelernt habe, war: Wenn sie friedlichen Kontakt wollen, dann lassen sie es dich wissen.«

Alonzo zuckte mit den Schultern. »Kurz gesagt, James und Santos sind gegen Mittag des ersten Tages losmarschiert. Santos meinte, sie wüsste, was sie tue; sie wäre Brasilianerin, und sie hätte jahrelang mit den Stämmen des Amazonas gearbeitet.« Er schüttelte den Kopf. »Und James: Mann, der ist völlig durchgeknallt; ein komplett Irrer. Er hat irgendeine Notiz an die Indios gekritzelt; hat ein paar Bilder hingeschmiert.« Er schaute zu Dale. »Haben Sie die Aufnahmen noch?«

Dale griff nach seiner Kamera, klappte das seitliche Display auf und scrollte durch die Dateien, die auf der Speicherkarte lagen. Er drückte auf »Wiedergabe«. Auf dem Display erschien ein Bild – eine Nahaufnahme einer gekritzelten Nachricht. Der nuschelige neuseeländische Akzent von Joe James erklang im Hintergrund, als er die Wörter vorlas. »Yo! Amazonas-Bewohner! Ihr mögt Frieden, wir mögen Frieden. Lasst uns Frieden machen!« Das Bild zoomte zurück und gab den Blick frei auf James' enormen Bin-Laden-Bart und sein zerknittertes Biker-Gesicht. »Wir kommen in euer Heim, um Hallo zu sagen und friedvollen Kontakt zu schließen.«

Dale schüttelte ungläubig den Kopf. »Kann man das glauben? ›Yo! Amazonas-Bewohner!‹ Ich meine – als ob die Indios Englisch lesen! Ein kompletter Spinner – hat zu viel Zeit in seiner Hütte im Wald verbracht. Ideal für die Kamera. Nicht ideal für die Mission!«

Jaeger machte ein Zeichen, dass er genug gesehen hatte. »Er ist ein bisschen ungewöhnlich. Aber wer ist das nicht? Jeder, der hundertprozentig gesund im Kopf ist, wäre gar nicht hier. Ein bisschen verrückt ist okay.«

Alonzo kratzte seine Stoppeln. »Yeah, aber, Mann, dieser Kerl – James –, der sprengt die Skala. Wie auch immer, er und

Santos sind losmarschiert. Vierundzwanzig Stunden später fehlt jede Spur von ihnen. Aber wir hatten auch kein Anzeichen für irgendwelchen Ärger. Also hat die zweite Reihe der Kuschel-Brigade – der Franzmann, Clermont und bizarrerweise der Deutsche, Krakow; wer hätte den jemals für einen Baumkuschler gehalten? – sich auf die Socken gemacht, um James und Santos zu finden. Ich hätte sie nicht gehen lassen dürfen«, knurrte Alonzo. »Ich hatte ein mieses Gefühl dabei. Aber zur Hölle, solange Sie und Narov nicht hier waren, hatten wir keinen Expeditionsleiter und keinen Stellvertreter. Um die Mittagszeit – eine Stunde nachdem Clermont und Krakow aufgebrochen sind – hörten wir Rufe und Gewehrfeuer. Klang nach einem beidseitigen Schusswechsel; wie ein Hinterhalt und die dazu passende Gegenwehr.«

Alonzo schaute zu Jaeger. »Damit hatte sich die Sache: Das Kuscheln wurde für beendet erklärt. Wir sind als Jagdtrupp losmarschiert, haben Clermonts und Krakows Spur bis zu einem Punkt etwa eine halbe Meile entfernt zurückverfolgt. Dort sind wir auf Spuren eines heftigen Kampfes gestoßen. Frisches Blut. Und etliche von denen hier.«

Er nahm etwas aus seinem Rucksack und reichte es Jaeger. »Vorsichtig. Ich schätze, das ist irgendein Gift.«

Jaeger untersuchte, was man ihm gegeben hatte. Es war ein dünnes Stück Holz, etwa fünfzehn Zentimeter lang. Es war kunstvoll geschnitzt und an einem Ende angespitzt. Die Spitze war mit einer dunklen, zähen Flüssigkeit überzogen.

»Wir sind weitermarschiert«, fuhr Alonzo fort, »und haben James' und Santos' Spur aufgenommen. Wir haben ihr Lager gefunden, aber keine Spur von ihnen. Allerdings auch keine Anzeichen eines Kampfes. Kein Blut. Keine Pfeile. Nichts. Als ob irgendwelche Aliens sie dort rausteleportiert hätten.«

Alonzo machte eine Pause. »Und dann war da das hier.« Er zog eine abgeschossene Patronenhülse aus seiner Tasche.

»Hab sie auf dem Rückweg gefunden. Bin quasi darüber gestolpert.« Er reichte Jaeger die Hülse. »Eine 7.62 mm. Mit aller Wahrscheinlichkeit aus einem MG oder einer AK-47. Ist auf jeden Fall keine von unseren, so viel ist sicher.«

Jaeger rollte die Hülse einige Sekunden in seiner Hand herum.

Bis vor wenigen Jahrzehnten war 7.62 mm das Kaliber gewesen, das die NATO-Kräfte als Munition verwendeten. Im Vietnamkrieg hatten die Amerikaner allerdings mit einem kleineren Kaliber experimentiert: 5.56 mm. Von leichteren Kugeln konnte ein Fußsoldat mehr Schuss mitschleppen, was für mehr Feuerkraft sorgte – lebenswichtig, wenn man lange Einsätze im Dschungel unternahm. Seit damals war 5.56 ein Standardkaliber der NATO geworden, und keiner der Leute hier auf der Sandbank benutzte eine Waffe mit 7.62 mm Munition.

Jaeger sah Alonzo an. »Und es gibt keine weitere Spur von den vieren?«

Alonzo schüttelte den Kopf. »Keine.«

»Also, wie lautet Ihre Vermutung?«, fragte Jaeger.

Alonzos Miene verfinsterte sich. »Mann, ich weiß nich' … Da draußen hockt ein Feind, so viel ist mal sicher, aber im Augenblick bleibt es ein Rätsel, was für einer. Wenn es die Indios sind, wieso haben die dann eine 7.62-mm-Waffe dabei? Seit wann haben irgendwelche vergessenen Stämme so viel Feuerkraft?«

»Wenn ich fragen darf«, warf Jaeger ein, »in welchem Zustand war das Blut?«

»An dem Hinterhalt? Eigentlich genau so, wie man es erwarten würde. Pfützen davon. Geronnen.«

»Viel Blut?«, hakte Jaeger nach.

Alonzo zuckte mit den Schultern. »Genug.«

Jaeger hielt sich den dünnen Streifen Holz vors Gesicht,

den man ihm gegeben hatte. »Der Pfeil aus einem Blasrohr, ganz offensichtlich. Wir wissen, dass die Indios damit bewaffnet sind. Angeblich mit Gift versehen. Wissen Sie, was die Indios hier benutzen, um ihre Pfeile zu vergiften? Curare – hergestellt aus dem Harz einer Waldranke. Curare tötet, indem es die Muskeln des Zwerchfells lahmlegt. Mit anderen Worten, man erstickt. Keine schöne Art zu sterben.

Ich habe ein bisschen darüber gelernt, als ich hier draußen die B-SOB-Teams von Colonel Evandro ausgebildet habe. Die Indios nutzen ihre Blasrohre, um Affen in den Baumwipfeln zu jagen. Pfeil trifft; Affe fällt runter; Stamm sammelt Affe ein und holt sich Pfeil zurück. Jeder davon ist handgeschnitzt, und sie lassen sie für gewöhnlich nicht einfach herumliegen. Was aber am wichtigsten ist: Wenn man von einem Pfeil mit Curare-Gift getroffen wird, steckt der in dir wie eine Nadel; du blutest so gut wie gar nicht.

Und dann ist da noch das hier.« Jaeger nahm den Pfeil und führte ihn zum Mund. Er berührte mit dem schwarzen, klebrigen Zeug am spitzen Ende seine Zunge. Einige aus dem Team zuckten erschrocken zusammen.

»Man kann sich nicht vergiften, wenn man Curare über den Mund aufnimmt. Es muss direkt in den Blutkreislauf eindringen. Aber die Sache ist die: Es hat einen unverkennbaren bitteren Geschmack. Das hier? Ich schätze, es ist Sirup aus verbranntem Zucker.« Er lächelte freudlos. »Setzt das alles zusammen, und was habt ihr?«

Er blickte in die Gesichter der verbliebenen Teammitglieder. Alonzo: kantiges Kinn, offenes Gesicht, strahlte eine angenehme Ehrlichkeit aus – jeder Zentimeter ein ehemaliger Navy SEAL. Kamishi: still, in ewiger Erwartung, ein Körper wie eine gespannte Sprungfeder. Dale und Kral: zwei aufgehende Sterne der Medien mit dem festen Ziel, ihren routinierten Blockbusterfilm zu drehen.

»Niemand wurde von irgendwelchen Blasrohren angegriffen«, beantwortete Jaeger seine eigene Frage. »Sie wurden von Männern mit Gewehren angegriffen; schon allein das Blut beweist das. Solange dieses vergessene Volk es also nicht geschafft hat, ein paar erstaunliche Fortschritte in der Waffenforschung zu machen, haben wir eine unbekannte Einheit dort draußen. Die Tatsache, dass sie das hier zurückgelassen haben«, er hielt den Pfeil hoch, »und sich bemüht haben, die Patronenhülsen aufzusammeln, legt den Verdacht nahe, dass sie versuchen, das Verbrechen den Indios anzuhängen.«

Für einen Augenblick starrte er auf den Pfeil. »Es sollte niemand hier sein, mit Ausnahme von uns und diesem vergessenen Volk. Im Augenblick haben wir keine Ahnung, wer diese unbekannten Schützen sind, wie sie hierhergekommen sind oder weshalb sie feindlich sind.« Düster schaute er auf. »Aber eine Sache ist klar: Die Natur dieser Expedition hat sich unwiederbringlich geändert.

Wir haben fünf verloren«, verkündete er langsam. In seinem Blick lag nun eine stählerne Kälte. »Wir haben kaum einen Fuß in den Wald gesetzt und haben bereits die Hälfte unseres Teams verloren. Wir müssen unsere Optionen abwägen – sorgfältig.«

Er machte eine Pause. Seine Augen waren von einer Härte umrahmt, die nur wenige zuvor zu sehen bekommen hatten. Er hatte keinen der Vermissten wirklich gut gekannt, dennoch fühlte er sich persönlich verantwortlich für ihren Verlust.

Er hatte sich zu der Offenheit und dem Mangel an Heimtücke des großen Kiwis, Joe James, hingezogen gefühlt. Und ihm war schmerzhaft bewusst, dass Leticia Santos Colonel Evandros direkte Stellvertreterin in ihrem Team gewesen war.

Santos war gut aussehend, wie eine bauernschlaue – oder besser dschungelschlaue – Version der brasilianischen Schauspielerin Tais Araujo. Dunkle Augen, dunkle Haare, leidenschaftlich und gefährlich gut gelaunt, war sie in so ziemlich jedem Merkmal das genaue Gegenteil von Irina Narov gewesen.

Für Jaeger war der Verlust einer Person – Narov – eine Tragödie gewesen. Innerhalb der ersten achtundvierzig Stunden seiner Expedition fünf zu verlieren – das war unvorstellbar.

40

»Option eins«, verkündete er, die Stimme gepresst durch die Anspannung des Augenblicks. »Wir beschließen, dass die Mission nicht länger tragbar ist, und rufen das Team, das uns hier herausholt. Wir haben gute Funkverbindung, dies ist eine brauchbare Landezone; es ist vorstellbar, dass wir hier abgeholt werden könnten. Wir ziehen uns aus der Gefahrenzone zurück, aber wir würden unsere Freunde zurücklassen – und im Augenblick wissen wir nicht einmal, ob sie lebendig oder tot sind.

Option zwei: Wir machen uns auf die Suche nach den vermissten Teammitgliedern. Wir gehen von der Annahme aus, dass sie alle noch am Leben sind, so lange, bis wir den Beweis für das Gegenteil haben. Der Vorteil: Wir verhalten uns unseren Kameraden gegenüber anständig. Wir lassen niemanden beim ersten Anzeichen von Schwierigkeiten im Stich. Der Nachteil: Wir sind eine kleine, leicht bewaffnete Truppe, die einem Feind gegenübersteht, der potenziell mehr Feuerkraft besitzt, und wir haben keinen Schimmer, wie viele es sind.«

Jaeger machte eine Pause. »Und dann gibt es eine dritte Option: Wir setzen die Expedition wie geplant fort. Ich habe den Verdacht – und das ist reiner Instinkt –, dass wir, wenn wir das tun, herausfinden werden, was unseren verschwundenen Freunden zugestoßen ist. So oder so, wer immer uns angegriffen hat, es hätte nur einen Sinn gehabt, wenn es dem Zweck diente, uns davon abzuhalten, unser Ziel zu erreichen. Indem wir weitermachen, zwingen wir sie zum Handeln.

Das hier ist keine militärische Operation«, fuhr Jaeger fort. »Wäre es das, würde ich meinen Männern Befehle geben. Wir sind ein Haufen Zivilisten, und wir müssen eine gemeinsame

Entscheidung treffen. So wie ich es sehe, sind das unsere drei Optionen – und wir müssen abstimmen. Aber bevor wir das tun: irgendwelche Fragen? Vorschläge? Fühlen Sie sich frei zu sprechen, denn die Kamera läuft nicht.«

Er warf Dale einen drohenden Blick zu. »Die Kamera läuft doch nicht, oder, Mr. Dale?«

Dale strich sich sein langes, strähniges Haar nach hinten. »Hey, Sie haben drauf bestanden, schon vergessen? Keine Filmaufnahmen dieses Treffens.«

»Das habe ich.« Jaeger sah fragend in die Runde, ob es noch Anmerkungen gab.

»Ich bin neugierig«, merkte Hiro Kamishi leise an. Sein Englisch war absolut makellos, abgesehen von einem schwachen japanischen Singsang. »Wenn das hier eine militärische Operation wäre, welche Option würden Sie Ihren Männern befehlen auszuführen?«

»Option drei«, antwortete Jaeger, ohne eine Sekunde zu zögern.

»Würde es Ihnen etwas ausmachen, zu erklären, weshalb?« Kamishi sprach auf eine sonderbare, vorsichtige Art, jedes Wort offensichtlich mit großer Sorgfalt ausgewählt.

»Weil es jeder Intuition widerspricht«, antwortete Jaeger. »Die übliche menschliche Reaktion auf Stress und Gefahr besteht in Flucht oder Kampf. Flucht würde bedeuten, abzurücken. Kampf würde bedeuten, direkt die Verfolgung der bösen Jungs aufzunehmen. Option drei ist die, die am wenigsten erwartet wird, und ich würde hoffen, dass sie unsere Gegner aus dem Tritt bringt; sie zwingt, sich zu erkennen zu geben, einen Fehler zu begehen.«

Kamishi verneigte sich leicht. »Ich danke Ihnen. Das ist eine gute Erklärung. Eine, der ich zustimme.«

»Wissen Sie, Kumpel, es sind nicht fünf«, knurrte Alonzo. »Es sind sechs. Mit Andy Smith haben wir sechs verloren. Ich habe nie geglaubt, dass Smiths Tod ein Unfall war, und noch weniger nach dem, was hier passiert ist.«

Jaeger nickte. »Mit Smith sind es sechs.«

»Also, wann erhalten wir die Koordinaten?«, fragte eine Stimme. »Die des Flugzeugwracks?«

Es war Stefan Kral, der slowakische Kameramann in Jaegers Team – sein Englisch war gefärbt von einem starken, kehligen Akzent. Jaeger musterte ihn. Kurz, stämmig, ein beinahe albinohaftes Aussehen. Wenn Dale der Schöne war, war Kral das Biest, mit seiner kraterhaften, pockennarbigen Haut. Er war sechs Jahre älter als Dale, auch wenn er nicht danach aussah, und allein durch das Recht des Älteren hätte er die Regie bei diesem Film innehaben sollen.

Doch Carson hatte Dale die Leitung übertragen, und Jaeger verstand, weshalb. Dale und Carson waren vom selben Schlag. Dale war aalglatt, locker und cool und ein Meister darin, im Mediendschungel zu überleben. Im Gegensatz dazu war Kral ungeschickt, ein irgendwie nerdiges Nervenbündel. Er war ein ziemlich verrückter Kerl, dafür, dass er versuchte, im Fernsehgeschäft Fuß zu fassen.

»Da wir Narov verloren haben, habe ich Alonzo zu meinem Stellvertreter erklärt«, antwortete Jaeger. »Ich habe die Koordinaten mit ihm geteilt.«

»Und der Rest von uns?«, drängte Kral.

Wann immer Kral sprach, umspielte ein eigenartiges, schiefes Halblächeln sein Gesicht, ganz egal, wie ernst das Thema war, das er besprach. Jaeger vermutete, dass es seine Nervosität war, die durchschimmerte, dennoch fand er es sonderbar beunruhigend.

Er hatte in der Army genügend Typen wie Kral getroffen – die Introvertierten; jene, die es schwierig fanden, Beziehungen mit anderen aufzubauen. Er hatte es sich immer zur Aufgabe gemacht, sich um jeden zu kümmern, der in seine Einheit kam.

In den meisten Fällen hatten sie sich als übertrieben loyal erwiesen, und als absolute Teufel, sobald der rote Nebel des Gefechts sich über sie senkte.

»Wenn wir für Option drei stimmen – dafür, weiterzumachen –, erhalten Sie alle die Koordinaten, sobald wir am Fluss sind«, erklärte Jaeger ihm. »Das ist der Deal, den ich mit Colonel Evandro ausgehandelt habe: sobald wir unsere Reise den Rio de los Dios hinunter antreten.«

»Und wie haben Sie es geschafft, Narov zu verlieren?«, erkundigte sich Kral. »Was genau ist geschehen?«

Jaeger starrte ihn an. »Ich habe bereits erzählt, wie Narov gestorben ist.«

»Ich würde es gern noch einmal hören«, drängte Kral, und das schiefe Grinsen kroch noch ein Stück weiter über seine Miene. »Nur um, Sie wissen schon, die Dinge zu deeskalieren. Damit wir uns alle sicher sind.«

Jaeger wurde von dem Verlust Narovs ohnehin schon gequält, und er hatte kein Bedürfnis danach, es noch einmal zu durchleben. »Es war eine gottverfluchte Katastrophe, die sehr schnell sehr hässlich geworden ist. Und glauben Sie mir – es gab nichts, das ich hätte tun können, um sie zu retten.«

»Was überzeugt Sie so davon, dass sie tot ist?«, fuhr Kral stur fort. »Während Sie Zweifel bei James, Santos und den anderen haben?«

Jaeger verengte die Augen. »Sie hätten dabei sein müssen«, bemerkte er leise.

»Aber sicherlich gab es doch *irgendetwas*, das Sie hätten tun können? Es war der erste Tag, Sie durchquerten gerade den Fluss …«

»Wollen Sie, dass ich ihn sofort erschieße«, unterbrach Alonzo, in dessen Stimme eine deutliche Warnung mitschwang, »oder später, nachdem wir ihm die Zunge rausgeschnitten haben?«

Jaeger sah mit festem Blick zu Kral. Eine leise Andeutung von Gefahr schlich sich in seine Stimme. »Ist schon witzig, Mr. Kral: Ich bekomme das Gefühl, dass Sie hier ein Interview mit mir führen. Das tun Sie nicht, oder? Ein Interview führen?«

Kral schüttelte nervös den Kopf. »Ich bringe nur etwas Klarheit in einige Punkte. Versuche nur, die Sache zu deeskalieren.«

Jaeger blickte von Kral zu Dale. Dessen Kamera lag neben ihm auf dem Boden. Seine Hand kroch verstohlen darauf zu.

»Wisst ihr was, Jungs«, sagte Jaeger mit rauer Stimme, »ich habe selbst etwas, das *deeskaliert* werden muss.« Er schaute zur Kamera. »Ihr habt das rote Aufnahmelicht mit schwarzem Gaffa-Tape überklebt. Ihr habt sie auf den Boden gelegt, die Linse auf mich gerichtet, und ich gehe davon aus, dass sie bereits gefilmt hat, bevor ihr sie hingelegt habt.«

Er hob den Blick zu Dale, der unter Jaegers Augen sichtlich zu zittern schien. »Ich sage das ein einziges Mal. Nur ein Mal. Wenn ihr so etwas noch einmal abzieht, dann ramme ich euch diese Kamera so tief in den verlängerten Rücken, dass ihr die Linse mit eurer Zahnbürste säubern könnt. War – das – deutlich?«

Dale zuckte mit den Schultern. »Klar. Ich denke schon. Es ist nur …«

»Es ist überhaupt nichts«, unterbrach ihn Jaeger. »Und wenn wir hier fertig sind, dann werden Sie alles löschen, was Sie gefilmt haben, und zwar während ich dabei zuschaue.«

»Aber wenn ich Schlüsselszenen wie diese nicht filmen kann, haben wir keine Sendung«, protestierte Dale. »Die Auftraggeber – die Fernsehproduzenten …«

Jaegers Blick reichte, um ihn zum Schweigen zu bringen. »Es gibt da etwas, was Sie verstehen müssen: Jetzt im Augenblick gibt es nur eine einzige Sache, die für mich von Bedeutung ist – und das ist, die höchstmögliche Anzahl von Teammitgliedern lebendig durch diese Sache hier zu kriegen. Und im Augenblick fehlen mir fünf – sechs – Leute, ich bin also in der Defensive, und es ist noch kein Ende in Sicht.

Und das macht mich gefährlich«, fuhr Jaeger fort. »Es macht mich wütend.« Er stach mit dem Finger in Richtung Kamera. »Und wenn ich wütend werde, dann neigen Dinge dazu, kaputtzugehen. Also, Mr. Dale: Schalten – Sie – sie – verdammt – noch – mal – aus.«

Dale griff nach der Kamera, drückte ein paar Tasten und schaltete sie aus. Er war auf frischer Tat ertappt worden, aber sein Verhalten hätte einen auf die Idee bringen können, dass er derjenige war, dem man Unrecht getan hatte.

»Du lässt mich einen Haufen idiotischer Fragen stellen«, murmelte Kral zu Dale, halb flüsternd. »Noch eine von deinen dämlichen Ideen.«

Jaeger hatte früher schon Typen wie Dale und Kral getroffen. Ein paar von seinen Kumpels bei der Eliteeinheit hatten versucht, in dieser Welt zu bestehen – der Welt der Reality-TV-Shows. Sie hatten zu spät herausgefunden, wie unbarmherzig diese Welt sein konnte. Sie machte Hackfleisch aus einem, bevor sie ihre Opfer wieder ausspuckte wie die Schalen von Sonnenblumenkernen. Ehre und Loyalität waren dort ein seltenes Gut.

Es war ein mörderisches Business. Typen wie Dale und Kral – ganz zu schweigen von ihrem Boss, Carson – mussten wirklich getrieben sein, um es zu schaffen, oft zum Nachteil aller anderen. Es war eine Welt, in der man darauf vorbereitet sein musste, Menschen dabei zu filmen, wie sie Entscheidungen über Leben und Tod fällten, obwohl man versprochen hatte, es nicht zu tun – denn das gehörte einfach dazu; das war es, was es brauchte, um die Story zu bekommen.

Man musste bereit sein, seinem Kameramann-Kollegen das

Messer in den Rücken zu rammen, wenn das dem eigenen Glück ein wenig auf die Sprünge half. Jaeger verabscheute dieses Ethos, und das war zum Großteil der Grund dafür, warum er dem Kamerateam von Anfang an so unaufgeschlossen gegenübergestanden hatte.

Er setzte Kral und Dale auf die Liste der Dinge, auf die er hier ein wachsames Auge werfen musste – zusammen mit giftigen Spinnen, riesigen Kaimanen, wilden Indio-Stämmen und jetzt einer unbekannten Einheit von Soldaten, die es offensichtlich darauf anlegten, einen blutigen Konflikt loszutreten.

»Okay, also – nachdem die Kamera nun wirklich und wahrhaftig ausgeschaltet ist, stimmen wir ab«, verkündete er. »Option eins: Wir ziehen uns zurück und blasen die Expedition ab. Wer ist dafür?«

Sämtliche Hände blieben unten.

Das war eine Erleichterung: Wenigstens würden sie nicht den Schwanz einklemmen und allzu bald aus der Serra de los Dios fliehen.

41

»Was dagegen, wenn ich filme?« Dale zeigte mit einer Geste auf Jaeger.

Jaeger hockte am Ufer des Flusses und verrichtete seine abendliche Toilette – seine Schrotflinte an die Seite gestützt, nur falls Ärger auftauchte.

Er spuckte ins Wasser. »Sie sind hartnäckig, das muss ich Ihnen lassen. ›Expeditionsleiter putzt seine Zähne.‹ Fesselnder Stoff.«

»Nein, wirklich. Ich muss ein wenig von dem Zeug festhalten. Hintergrundfarbe. Nur um festzulegen, wie das Leben sich abspielt, zwischen ...«, er wedelte mit einer Hand auf den Fluss und den sie umgebenden Dschungel, »zwischen all dem hier.«

Jaeger zuckte mit den Achseln. »Meinetwegen. Ein Highlight steht an: Ich werde mir das stinkende Gesicht waschen.«

Dale machte einige Aufnahmen, um Jaegers Versuche festzuhalten, den Rio de los Dios als sein Badezimmer zu benutzen. An einer Stelle stand der Kameramann mit den Stiefeln im Wasser und dem Rücken zum Fluss, während er aus der Bodenperspektive filmte und sein Objektiv Jaeger dabei halb in den Hals rammte.

Jaeger hoffte beinahe, dass ein Fünf-Meter-Kaiman kommen und Dale an den Eiern packen würde, aber das Glück hatte er nicht.

Mit Ausnahme von Alonzo, der, wie es ihm entsprach, am liebsten direkt losgelaufen wäre, um die bösen Jungs zu jagen, war die Abstimmung einstimmig gewesen. Option Nummer drei – die Expedition wie geplant fortzuführen – war der Favorit aller Anwesenden gewesen. Jaeger hatte die Sache mit

Carson klären müssen, und ein kurzer Anruf mit dem Thuraya-Satellitentelefon hatte das erledigt.

Carson hatte seine Prioritäten sehr schnell sehr deutlich gemacht: Nichts durfte sich dem Erfolg der Expedition in den Weg stellen. Vom ersten Augenblick an waren jedem die Gefahren bewusst gewesen. Sämtliche Teammitglieder hatten eine Verzichtserklärung unterschrieben, in der sie erklärten, dass sie sich dessen bewusst waren, dass sie sich in Gefahr begaben. Die fünf vermissten Personen waren genau das: *vermisst, bis etwas anderes bewiesen werden konnte.*

Carson hatte ein zwölf Millionen Dollar teures, globales Fernsehspektakel, das er auf Kurs halten musste, und die Zukunft von Wild Dog Media – ganz zu schweigen von der Zukunft von Enduro Adventures – hing entscheidend von dessen Erfolg ab. Komme, was wolle: Jaeger musste sein Team zu diesem Flugzeugwrack schaffen, seine Geheimnisse aufdecken und, falls möglich, das mysteriöse Flugzeug dort heraustransportieren.

Falls irgendjemand dabei verletzt wurde oder starb, dann würde ihr Unglück überlagert werden von der unglaublichen Entdeckung – zumindest war das Carsons Argument. Das hier war immerhin »Das letzte große Mysterium des Zweiten Weltkriegs«, erinnerte er Jaeger. *Das Flugzeug, das es nie gab; der Geisterflug.* Witzig, wie schnell Carson die Sätze des Archivars Simon Jenkinson zu seinen eigenen gemacht hatte.

Carson war sogar so weit gegangen, zu versuchen, Jaeger dafür zu tadeln, dass er einigen der Filmaufnahmen im Wege stand – was bedeutete, dass Dale ihn angerufen haben musste, um sich zu beschweren. Jaeger hatte Carson kurz und bündig abgefertigt: Er hatte das Sagen, solange die Expedition sich im Einsatzgebiet befand, und hier im Dschungel war sein Wort Gesetz. Wenn das Carson nicht schmeckte, konnte er gerne in die Serra de los Dios fliegen und seinen Platz einnehmen.

Nachdem der Anruf an Carson erledigt war, hatte Jaeger noch einen zweiten getätigt. Er sprach mit der Crew an Bord des Airlander. Das riesige Luftschiff hatte eine Weile gebraucht, um von England hierherzufliegen, doch allmählich näherte es sich seiner Parkposition hoch über ihnen. Jaeger kannte den Piloten Steve McBride aus einer Zeit, in der sich ihre Wege beim Militär gekreuzt hatten. Er wusste also ein gutes, sicheres Paar Hände an den Kontrollen des Airlanders.

Jaeger hatte noch einen Grund, der Crew des Airlanders uneingeschränkt zu vertrauen. Bevor sie London verlassen hatten, hatte er einen Deal mit Carson gemacht: Wenn er Raff nicht mit sich am Boden haben konnte, wollte er ihn als seine Augen am Himmel haben. Carson hatte kapituliert, und der große Maori war ordnungsgemäß als McBrides Einsatzoffizier auf dem Airlander postiert worden.

Jaeger hatte das Luftschiff angerufen, um von Raff Informationen bezüglich des großen Ganzen der Expedition zu erhalten. Es gab keine Neuigkeiten zu Andy Smiths Tod, was ihn nicht überraschte. Was jedoch als Schock kam, war die Neuigkeit, die Simon Jenkinson betraf.

In die Londoner Wohnung des Archivars war eingebrochen worden. Drei Dinge hatte man gestohlen: seine Akte über das Ju-39-Geisterflugzeug, das iPhone, mit dem er heimlich die Bilder der Hans-Kammler-Akte aufgenommen hatte, und sein Laptop. Jenkinson war von dem Einbruch ziemlich verschreckt, umso mehr, nachdem er sich im Nationalarchiv gemeldet hatte.

Das Aktenzeichen der Hans-Kammler-Akte war AVIA 54/1403 gewesen. Das Nationalarchiv behauptete, dass es keinerlei Aufzeichnungen gäbe, dass eine derartige Akte jemals existiert hätte. Jenkinson hatte sie mit seinen eigenen Augen gesehen. Er hatte einige Fotos davon auf seinem Handy herausgeschmuggelt. Aber nach dem Einbruch in seine Wohnung und dem Auslöschen der Akte aus dem Archiv war es, als ob AVIA 54/1403 niemals existiert hätte.

Der Geisterflug hatte nun seine eigene Geisterakte.

42

Jenkinson hatte Angst, aber er schien sich nicht einschüchtern lassen zu wollen, hatte Raff erklärt. Ganz im Gegenteil: Er hatte geschworen, dass er diese Fotos wieder auftreiben würde, koste es, was es wolle. Glücklicherweise hatte er sie in einigen Cloud-Systemen online gespeichert. Sobald er einen neuen Computer hatte, würde er sie herunterladen.

Die Neuigkeit über Jenkinson konnte nur eines bedeuten, schlussfolgerte Jaeger: Gegen wen auch immer sie hier antraten, er hatte die Macht und den Einfluss, eine ganze Akte der britischen Regierung verschwinden zu lassen. Die Tragweite dieser Erkenntnis war zutiefst besorgniserregend, aber es gab nicht viel, was er aus dem Herzen des Amazonas heraus dagegen tun konnte.

Jaeger hatte Raff gedrängt, aufmerksam zu bleiben und Jaeger alle Neuigkeiten zu übermitteln, wann immer sie eine Verbindung zwischen dem Bodenteam und dem Airlander herstellen konnten.

Er verstaute seine Waschutensilien wieder, indem er alles zu einem dichten Bündel zusammenrollte. Früh am nächsten Morgen würden sie sich flussabwärts in Bewegung setzen, und der Platz auf den Booten war begrenzt. Dale hatte eindeutig genug gefilmt, denn er schaltete die Kamera aus. Doch Jaeger spürte, dass er noch nicht gehen wollte, als läge ihm etwas auf dem Herzen.

»Hören Sie, ich weiß, dass Sie sich mit vielem von dem hier nicht wohlfühlen«, begann er. »Den Filmaufnahmen. Und die Sache von vorhin tut mir leid. Das war total daneben. Aber meine Karriere steht hier auf dem Spiel, wenn ich nicht genug Aufnahmen kriege, damit die Sache funktioniert.«

Jaeger antwortete nicht. Er mochte den Mann nicht besonders, und sogar noch weniger nach der Sache mit den geheimen Aufnahmen.

»Wissen Sie, es gibt ein Zitat über meine Branche«, erzählte Dale weiter. »Die Fernsehbranche. Von Hunter S. Thompson. Wollen Sie es hören?«

Jaeger schulterte seine Schrotflinte. »Ich bin ganz Ohr.«

»›Das Fernsehgeschäft ist ein grausamer und flacher Geldgraben‹«, begann Dale, »›ein langer Plastikflur, auf dem Diebe und Zuhälter frei herumlaufen und gute Männer sterben wie Hunde.‹ Ist vielleicht nicht wortwörtlich, aber … ›Gute Männer sterben wie Hunde‹ fasst das Business perfekt zusammen.«

Jaeger musterte ihn. »In meiner Branche gibt es ein ähnliches Sprichwort: ›Wer dir auf den Rücken klopft, erkundet nur das Gelände, wohin er dir das Messer rammen soll.‹« Er machte eine Pause. »Wissen Sie, ich muss Sie nicht mögen, um mit Ihnen zu arbeiten. Aber ich bin auch nicht hier, um Ihnen die Eier abzureißen. Solange wir einige Grundregeln haben, sollten wir die Sache durchstehen können, ohne uns gegenseitig umzubringen.«

»Was für Regeln wären das?«

»Vernünftige. Solche, an denen ihr Jungs euch festsaugen werdet. Zum Beispiel erstens: Ihr braucht nicht meine Erlaubnis, um zu filmen. Filmt, wie es euch passt. Aber wenn ich euch jemals sage, dass ihr etwas nicht filmt, dann tut ihr, was ich sage.«

Dale nickte. »Klingt fair.«

»Zweitens: Wenn irgendein anderes Teammitglied euch bittet, nicht zu filmen, tut ihr, worum man euch bittet. Ihr könnt zu mir kommen, wenn ihr Probleme habt, aber erst einmal respektiert ihr ihre Wünsche.«

»Aber das bedeutet, dass jeder ein De-facto-Vetorecht hat«, protestierte Dale.

»Tut es nicht: Nur ich habe das. Das hier ist meine Operation, und das bedeutet, Sie und Kral – Sie sind in meinem Team. Wenn ich glaube, dass Sie ein Recht darauf haben zu filmen, werde ich dieses Recht für Sie durchsetzen. Sie beide haben einen schwierigen und herausfordernden Job zu erledigen. Ich respektiere das und werde ein ehrlicher Schlichter sein.«

Dale zuckte mit den Schultern. »Nun, okay. Ich schätze, ich habe keine große Wahl.«

»Haben Sie auch nicht«, stimmte Jaeger zu. »Regel drei: Versucht ihr jemals, den Stunt von heute Morgen zu wiederholen – filmt ihr also, obwohl ihr zugestimmt habt, es nicht zu tun –, dann endet eure Kamera auf dem Grund des Flusses. Ich mache keinen Witz. Ich habe fünf Leute verloren. Reizt mich nicht.«

Dale spreizte die Hände in einer Geste der Buße. »Wie ich sagte, es tut mir leid.«

»Die vierte und letzte Regel.« Jaeger sah Dale einen Augenblick an. »Brecht nicht die Regeln.«

»Verstanden«, bestätigte Dale. Er machte eine Pause. »Es gibt da allerdings noch eine Sache, die Sie vielleicht tun könnten – um uns unsere Arbeit etwas zu erleichtern. Wenn ich Sie interviewen dürfte, sagen wir, hier am Flussufer, dann könnten Sie die heutigen Ereignisse noch mal rekapitulieren. Das Zeug, das wir nicht filmen durften.«

Jaeger dachte einen Augenblick darüber nach. »Und wenn es Fragen gibt, die ich nicht beantworten möchte?«

»Dann müssen Sie das nicht. Aber Sie sind der Expeditionsleiter. Sie sind der richtige und perfekte Wortführer für dieses Unternehmen.«

Jaeger zuckte mit den Achseln. »Okay. Ich tue es. Aber denkt daran: Die Regeln sind die Regeln.«

Dale lächelte. »Ich hab's verstanden. Ich hab's verstanden.«

Dale holte Kral. Sie bauten die Kamera auf ein leichtes

Stativ, statteten Jaeger mit einem Kehlkopfmikrofon aus, um einen brauchbaren Ton zu bekommen, und während Kral hinter der Kamera den Bildausschnitt kontrollierte, begab sich Dale in den Interviewer-Modus. Er setzte sich neben die Kamera und bat Jaeger, ihn direkt anzusprechen und zu versuchen, die Linse zu ignorieren, die ihm ins Gesicht glotzte, während er die Ereignisse der letzten achtundvierzig Stunden Revue passieren ließ.

Während das Interview voranschritt, gab es einen Teil von Jaeger, der zugeben musste, dass Dale gut in seinem Job war. Er hatte eine Art, Informationen auf eine Weise herauszukitzeln, die einem das Gefühl gab, als halte man einen lockeren Plausch mit einem guten Freund in einer kleinen Bar.

Fünfzehn Minuten nach Beginn des Interviews hatte Jaeger beinahe vergessen, dass die Kamera da war.

Beinahe.

»Es war ziemlich offensichtlich, dass Sie und Irina Narov umeinander herumgeschlichen sind wie zwei Löwen kurz vor einem Kampf«, leitete Dale seine nächste Frage ein. »Weshalb also alles für sie bei der Flussüberquerung riskieren?«

»Sie gehörte zu meinem Team«, antwortete Jaeger. »Mehr gibt es dazu nicht zu sagen.«

»Aber Sie haben sich mit einem Fünf-Meter-Kaiman angelegt«, drängte Dale weiter. »Sie haben beinahe Ihr Leben verloren. Sie sind für jemanden in den Krieg gezogen, der es auf Sie abgesehen zu haben schien. Warum?«

Jaeger starrte Dale an. »Es ist eine alte Regel in meinem Beruf, dass man niemals schlecht über die Toten spricht. Also, machen wir weiter …«

»Okay, machen wir weiter«, bekräftigte Dale. »Also, diese geheimnisvolle Einheit von bewaffneten Feinden – irgendeine Ahnung, wer die sind oder worauf sie es abgesehen haben könnten?«

»Ich habe so gut wie gar keine Ahnung«, antwortete Jaeger. »So tief in der Serra de los Dios sollte niemand anderes sein als wir und die Indios. Und worauf sie scharf sind? Ich vermute, dass sie eventuell versuchen herauszufinden, wo das Flugzeug liegt; vielleicht wollen sie uns davon abhalten, es zu erreichen. Alles andere ergibt keinen Sinn. Aber das ist nur ein Bauchgefühl, mehr nicht.«

»Das ist eine ziemlich große Annahme – dass ein rivalisierender Trupp dort draußen sein könnte und nach dem Wrack sucht«, machte Dale weiter. »Ihr Verdacht muss sich doch auf irgendetwas stützen.«

Bevor Jaeger antworten konnte, gab Kral einen seltsamen, schlürfenden Ton von sich. Jaeger war vorher schon aufgefallen, dass der slowakische Kameramann die unangenehme Angewohnheit hatte, an seinen Zähnen zu saugen.

Dale drehte sich um und warf ihm einen Blick wie einen Dolchstoß zu. »Freundchen, ich versuche, hier ein Interview zu führen. Konzentrier dich und hör mit dem verflixten Lärm auf.«

Kral gab die funkelnden Blicke zurück. »Ich bin konzentriert. Ich bin hinter der verflixten Kamera und drücke die verflixten Knöpfe, falls es dir nicht aufgefallen ist.«

Großartig, dachte Jaeger. Sie waren erst seit einigen Tagen hier, und schon ging sich die Kameracrew an die Gurgel. Wie sollte das erst nach einigen Wochen im Dschungel werden?

Dale wandte sich wieder zu Jaeger um. Er rollte mit den Augen, als wolle er sagen: *Sehen Sie, womit ich mich herumplagen muss.* »Dieser feindliche Trupp – ich hatte Sie nach Ihrem Verdacht gefragt.«

»Denken Sie selbst darüber nach«, antwortete Jaeger. »Wer kennt den genauen Standort des Flugzeugs? Colonel Evandro. Ich selbst. Alonzo. Wenn dort draußen ein weiterer Trupp versucht, es zu finden, dann müssten sie uns folgen.

Oder jemanden aus unserem Team zwingen, es ihnen zu verraten. Wir wurden von einem nicht identifizierten Flugzeug verfolgt, als wir hier rausgeflogen sind. Also vielleicht – nur vielleicht – wurden wir schon die ganze Zeit beschattet und bedroht.«

Dale lächelte. »Perfekt. Ich bin fertig.« Er deutete auf Kral. »Schalt ab. Das war cool«, sagte er zu Jaeger. »Sie haben das wirklich gut gemacht.«

Jaeger wiegte seine Schrotflinte. »Ein bisschen weniger in der Dreckwäsche wühlen würde ich sehr zu schätzen wissen. Aber so oder so ist mir das lieber, als wenn ihr beide herumschleicht und heimlich filmt.«

»Da stimme ich zu.« Dale machte eine Pause. »Sagen Sie – könnten Sie sich vorstellen, etwas in dieser Art jeden Tag zu filmen? Eine Art Videotagebuch?«

Jaeger machte sich auf den Weg über die Sandbank in Richtung Camp. »Vielleicht, wenn die Zeit es zulässt …« Er zuckte mit den Achseln. »Schauen wir mal, was sich ergibt.«

43

Die Nacht kommt schnell im Dschungel.

Bei Einbruch der Dunkelheit schmierte Jaeger sich mit Insektenabwehrmittel ein und steckte die Hosenbeine seines Kampfanzugs tief in seine Stiefel, um jedwedes kriechende Gewürm davon abzuhalten, sich nachts hereinzuschleichen. So würde er schlafen – voll angezogen, mit Stiefeln, die Kampf-Schrotflinte an seine Brust gedrückt.

So würde er, sollten sie während der Nacht angegriffen werden, augenblicklich kampfbereit sein.

Doch nichts von alldem konnte den einen, unbarmherzigen Gegner besiegen, dem man hier in der Serra de los Dios gegenüberstand – den Moskitos. Jaeger hatte nie zuvor solche Monster gesehen. Er konnte ihr grimmiges Surren hören, während sie seinen Körper wie winzige Vampirfledermäuse umkreisten und nur ein Ziel ihren winzigen Verstand beherrschte: ein blutsaugendes, Krankheiten verbreitendes Gemetzel. Und natürlich fraßen sie sich direkt durch seinen Kampfanzug. Immer wieder spürte Jaeger, wie es einem der Biester gelang, seine winzigen Insektenkiefer in ihm zu versenken.

Er kletterte in seine Hängematte. Seine Glieder brannten vor Erschöpfung. Nach seinem Kampf beim Versuch, Narov zu retten, und seinem einsamen Gewaltmarsch durch den Dschungel war er komplett ausgelaugt. In der Nacht zuvor hatte er so gut wie gar nicht geruht. Er bezweifelte nicht, dass er totengleich schlafen würde, vor allem, nachdem Alonzo versprochen hatte, die ganze Nacht hindurch Wache zu halten.

Der ehemalige SEAL hatte eine Wachfolge ausgearbeitet,

sodass die ganze Nacht lang immer jemand ein Auge auf den Dschungel halten würde. Sollte irgendjemand aus irgendeinem Grund ihr Lager an der Sandbank verlassen müssen – und sei es nur, um einen Haufen zu setzen –, so mussten sie es paarweise tun. Niemand ging hier alleine los. Auf die Art hatte man immer Verstärkung, falls es Ärger gab.

Eine dicke, samtene Dunkelheit hüllte die Sandbank ein, und mit ihr kam die Kakophonie nächtlicher Dschungelgeräusche: das sinnlose, rhythmische Zirpen der Zikaden – Rrrrip-rrrrip-rrrrip-rrrrip –, das bis zum Sonnenaufgang andauern würde. Das tollpatschige, zischende Schlagen riesiger Käfer und anderer fliegender Dinge, die umherflitzten und irgendwo gegenschlugen. Das kaum hörbare hohe Kreischen von Riesenfledermäusen, die über das Wasser zischten, während sie nach Beute jagten. Die Luft über dem Rio de los Dios war vollgepackt mit ihnen, Flügel, die in der Dunkelheit schlugen. Jaeger konnte ihre herumrasenden Silhouetten vor dem schwachen Leuchten der Sterne sehen, die durch die zarten Baumkronen schienen. Ihre gespenstischen Umrisse hoben sich scharf von dem unheimlichen, pulsierenden Leuchten der Glühwürmchen ab.

Die Tierchen besprenkelten die samtschwarze Nacht wie Teilchen herabsinkenden Sternenstaubs. Überall, das ganze Flussufer entlang, bildeten sie eine verschwommene, blaugrün fluoreszierende Masse, stießen zwischen die Bäume und wieder hervor. Und dann und wann erlosch eines, wenn eine Fledermaus herabstieß und es aus der Luft pflückte. Genau wie das unbekannte, geisterhafte Team im Schatten des Waldes vier Mitglieder aus Jaegers Trupp gepflückt hatte.

Allein in der Nacht, fand Jaeger sich von den Zweifeln belagert, die er tagsüber verborgen gehalten hatte. Sie waren erst wenige Tage unterwegs und hatten bereits fünf Leute verloren. Und dennoch musste er irgendwie die Expedition erfolgreich retten, und um die Wahrheit einzugestehen, hatte er keine Ahnung, wie er das tun sollte.

Doch dies war nicht das erste Mal, dass er so tief in der Scheiße steckte, und es war ihm immer gelungen, die Sache irgendwie herumzureißen. Er hatte eine innere Stärke, die aus solchen Situationen erwachsen war, und ein Teil von ihm gedieh angesichts der Unsicherheit und der gegen ihn stehenden Chancen.

In einem war er sich sicher: Die Antworten auf alles – jedes Missgeschick, das sie heimgesucht hatte – lagen tiefer im Dschungel, dort, wo das geheimnisvolle Flugzeug auf sie wartete. Das war die eine Gewissheit, die ihn vorwärtstrieb.

Jaeger legte die Füße höher in die Hängematte und langte vor, um seinen linken Stiefel aufzuschnüren. Er zog ihn aus, griff tief hinein und nahm etwas aus der Innensohle. Er ließ kurz seine Taschenlampe darüber blitzen – das Licht und sein Blick ruhten auf den zwei Gesichtern, die zu ihm hinaufblickten: die grünäugige, rabenschwarzhaarige Schönheit einer Mutter und der Junge, der Jaegers Ebenbild war und beschützend an ihrer Seite stand.

In manchen Nächten – vielen Nächten – sprach er noch immer ein Gebet für sie. Das hatte er während der langen, leeren Jahre auf Bioko getan. Und er tat es heute Abend, während er in einer Hängematte lag, die zwischen zwei Bäumen an einer Sandbank des Rio de los Dios aufgespannt war. Beim noch weit entfernten Flugzeugwrack, das wusste er, würde er Antworten finden, und vielleicht sogar jene, die zu erfahren er sich am sehnlichsten wünschte – darüber, was mit seiner Frau und seinem Jungen geschehen war.

Jaeger ruhte sich aus, das Foto an seine Brust gedrückt.

Als er in Schlummer versank, spürte er irgendwie, dass ein Waffenstillstand ausgehandelt worden war, mit wem auch immer sie hier kämpften. Zum ersten Mal, seit er über der Serra de los Dios abgesprungen war, konnte er keine beobachtenden Blicke spüren – keine feindlichen Augen in den Schatten des Dschungels.

Doch er spürte auch, dass diese Ruhepause nur temporär war. Die ersten Scharmützel waren ausgefochten worden. Die ersten Opfer zu beklagen.

Der richtige Krieg begann gerade erst.

44

Sie waren seit drei Tagen auf dem Rio de los Dios – drei Tage, in denen Jaeger über die nächsten Schritte ihrer Reise gebrütet hatte, bis es ihn beinahe seine Aufmerksamkeit gekostet hätte. Drei Tage in westlicher Richtung, auf einem Fluss, der mit durchschnittlich sechs Kilometern pro Stunde dahinfloss: Auf dem Wasser hatten sie knapp hundertzwanzig Kilometer zurückgelegt.

Jaeger war zufrieden mit ihrem Fortschritt. Eine derartige Distanz wäre, hätten sie versucht, sie über Land zurückzulegen, sehr viel länger und anstrengender geworden – ganz zu schweigen von gefährlicher.

Der dritte Tag ging auf den Mittag zu, als er entdeckte, wonach er Ausschau gehalten hatte: die Flussgabelung. Hier erhielt der Rio de los Dios Gesellschaft von einem etwas kleineren Wasserlauf, dem Rio Ouro – dem goldenen Fluss. Wo der Rio de los Dios mit schlammigen Resten des Dschungels angefüllt und von dunkelbrauner – beinahe schwarzer – Farbe war, war der Rio Ouro goldgelb, sein Wasser reich an sandigen Sedimenten, die aus den Bergen herabgespült worden waren.

Dort, wo die zwei Flüsse aufeinandertrafen, erwies sich das kältere, dichtere Wasser des Rio Ouro als widerwillig, sich mit dem seines wärmeren, weniger dichten Cousins zu vermischen, und so kam es zu dem, was Jaeger vor sich erblicken konnte: ein erstaunlich langes Stück Fluss, auf dem eine schwarze und eine weiße Seite friedvoll nebeneinanderher flossen, mindestens einen Kilometer lang oder noch mehr, und sich dabei so gut wie gar nicht vermischten.

An dieser Flussgabelung wurde der kleinere Zustrom – der Rio Ouro – vom Rio de los Dios verschlungen. Und das hieß,

Jaeger und sein Team waren weniger als drei Kilometer von der Stelle entfernt, an der ihre Flussfahrt ein Ende fand – denn vor ihnen lag eine unüberwindbare Barriere, an welcher der Fluss annähernd dreihundert Meter über die Teufelsfälle hinabstürzte.

Bisher hatte die Reise sie über ein Hochplateau geführt, das von Dschungel bedeckt war. Der Wasserfall, mit dem der Rio de los Dios in die Tiefe stürzte, markierte die Stelle, an welcher das Plateau von einer gezackten Verwerfungslinie in zwei Teile gespalten wurde. Das Land westlich von dort lag dreihundert Meter tiefer und bildete einen endlosen Teppich aus Tiefland-Regenwald.

Ihr Ziel – das geheimnisvolle Flugzeugwrack – lag etwa dreißig Kilometer jenseits der Teufelsfälle, inmitten dieses Tiefland-Dschungels.

Jaeger trieb sein Kanu voran. Er stieß das Paddel geräuschlos ins Wasser und verursachte dabei kaum ein Kräuseln. Als ehemaliger Royal Marines Commando fühlte er sich auf dem Wasser wie zu Hause. Er hatte die Kolonne auf dem Wasser angeführt und denen, die hinter ihm fuhren, geholfen, durch die tückischeren Untiefen zu navigieren. Er dachte über ihren nächsten Schritt nach. Von jetzt an konnten sich alle Entscheidungen als kritisch erweisen.

Die Reise stromabwärts war relativ friedvoll gewesen, zumindest im Vergleich zu dem, was vorher geschehen war. Doch er fürchtete, dass jetzt, wo die Rückkehr an Land bevorstand, diese vorübergehende Ruhephase ihr Ende fand.

Plötzlich vibrierte die Luft um ihn herum mit dem Nahen einer neuen Gefahr: ein tiefes, kehliges Brüllen drang ihm an die Ohren, als ob einhunderttausend Gnus in einer gigantischen Massenpanik über die afrikanische Steppe donnerten.

Er schaute nach vorn.

Am Horizont konnte er einen Turm aus aufsteigendem Nebel erkennen – die Gischt, die vom Rio de los Dios aufgeworfen wurde, während dieser über den Rand des Plateaus stürzte und einen der größten und spektakulärsten Wasserfälle der Welt bildete.

Es gab keinen Weg über die Teufelsfälle – so viel war deutlich geworden, als er die Luftaufnahmen studiert hatte. Die einzig mögliche Route nach vorn schien eine Art Pfad zu sein, der die Steilwand hinabführte. Doch der lag einen guten Tagesmarsch nördlich von hier. Jaegers Plan bestand darin, an dieser Stelle den Fluss zu verlassen und die letzte Etappe der Reise – inklusive des steilen Abstiegs – zu Fuß zurückzulegen.

Die Teufelsfälle zu umgehen, würde sie ein gutes Stück von ihrer Route abbringen, doch soweit er das einschätzen konnte, gab es keine Alternative. Er hatte das Gebiet aus jedem Winkel studiert, und der Pfad die Steilwand hinab war die einzige Möglichkeit, die Reise fortzusetzen.

Was die Frage anging, wer oder was genau diesen Pfad angelegt hatte – das blieb ein Mysterium.

Es konnten wilde Tiere gewesen sein.

Es konnten Indios gewesen sein.

Oder es konnte jene geheimnisvolle Kraft gewesen sein, die irgendwo dort draußen nach wie vor lauerte – bewaffnet, feindlich und gefährlich.

45

Das zweitrangige Problem, mit dem Jaeger sich herumplagte, war die Tatsache, dass sie immer geplant hatten, diesen letzten Teil der Reise als zehnköpfiges Team zu unternehmen. Nun waren sie nur noch zu fünft, und er war unsicher, was er mit der persönlichen Habe der fehlenden Expeditionsteilnehmer anstellen sollte. Sie hatten ihre persönlichen Besitztümer in die Kanus geladen, doch es gab keine Möglichkeit, sie von hier an weiter mitzuschleppen.

Diese Ausrüstung zurückzulassen, wäre gleichbedeutend damit, zu akzeptieren, dass die vermissten Teammitglieder tot waren, doch Jaeger sah keine Möglichkeit, das zu vermeiden.

Er warf einen Blick hinter sich.

Sein Kanu führte den Verbund an, die anderen bildeten eine gerade Linie hinter ihm. Insgesamt waren es fünf Boote, jedes davon ein zusammenfaltbares Kanu von Advanced Elements – ein fünf Meter langes, halb faltbares, aufblasbares Expeditions-Wasserfahrzeug. Die Kanus waren von Kamishi und Krakow in den Para-Tubes gen Boden gebracht worden. Jedes Kanu mit einem Gewicht von fünfundzwanzig Kilo war zusammenfaltbar, bis es einen Würfel von zwanzig Quadratzentimeter Größe bildete, voll ausgeklappt und aufgeblasen wurde es jedoch zu einem Boot, das zweihundertfünfzig Kilo Ausrüstung tragen konnte.

Auf der Sandbank hatten sie die Kanus ausgepackt, mit einer Doppelhubpumpe aufgeblasen und zu Wasser gelassen, wo sie sie beladen hatten. Jedes Boot besaß eine dreilagige, reißfeste Außenhülle als Schutz gegen Löcher, eingebaute Aluminiumstreben für zusätzliche Stabilität und einstellbare, gepolsterte Sitze, dank derer man auch lange Strecken paddeln konnte, ohne sich wund zu scheuern.

Dank sechs aufblasbarer Kammern pro Kanu plus Schwimmsäcke im Rumpf waren sie so gut wie unsinkbar – was sie an den wenigen Stellen mit Wildwasser bewiesen hatten, die das Team durchquert hatte.

Ursprünglich hatte Jaeger geplant, fünf Kanus ins Wasser zu lassen, jedes davon mit zwei Mann besetzt. Doch nachdem ihre Anzahl so geschwunden war, hatte er die Sitze in den Booten so umgebaut, dass jedes nur einer Person Platz bot. Dale und Kral hatten am erleichtertsten gewirkt, als sie erfahren hatten, dass sie die dreitägige Flussfahrt nicht zusammengepfercht in einem Kanu verbringen mussten.

Jaeger vermutete, dass die Feindseligkeit innerhalb des Filmteams sich auf eine einzige Ursache beschränkte: Kral verabscheute die Tatsache, dass der jüngere Dale das Sagen hatte. Dale führte Regie bei dem Film, während Kral lediglich Produktionsassistent war – und es gab Augenblicke, in denen die Abneigung des Slowaken durchblitzte. Was Dale betraf, trieb ihn Krals beklagenswerte Eigenart, an seinen Zähnen zu lutschen, in den Wahnsinn.

Jaeger hatte genügend solcher Expeditionen hinter sich, um zu wissen, dass im Schmelztiegel des Dschungels selbst beste Freunde einander die Pest an den Hals wünschen konnten. Er wusste, dass er sich um das Problem kümmern musste, denn derartige Spannungen konnten das ganze Unternehmen gefährden.

Der Rest des Teams – Jaeger selbst, Alonzo und Kamishi – hatten einen guten Draht zueinander aufgebaut. Es gab wenig, das Alpha-Männchen so gut zusammenarbeiten ließ wie das Wissen, dass sie einem gemeinsamen Feind gegenüberstanden, der ebenso unvorhersehbar wie tödlich war. Die drei ehemaligen Elitesoldaten waren in ihrer Not zusammengeschweißt worden – es war lediglich die Filmcrew, die hinter dem Rücken des anderen herumzickte.

Während der pfeilförmige Bug von Jaegers Kanu eine Furche durch die Flussgabelung schnitt – goldweißes Wasser auf der einen Seite, tintenschwarzes auf der anderen –, sinnierte er darüber, dass er auf dem Wasser beinahe glücklich war.

Beinahe. Denn natürlich hatte der Verlust von fünf Teammitgliedern einen dunklen, allgegenwärtigen Schatten auf ihren Fortschritt geworfen.

Doch das war der Teil der Reise gewesen, auf den er sich in London gefreut hatte – eine lange Kanutour, flussabwärts auf einem wilden, abgelegenen Fluss, im Herzen eines der großartigsten Dschungel der Erde. Hier waren die Flüsse Korridore des Lichts und des Lebens: Wilde Tiere sammelten sich an ihren Ufern, und die Luft vibrierte unter dem Schlagen von unzähligen Vogelflügeln.

Jedes Kanu besaß elastische Bänder, die entlang der Innenwände gespannt waren und schnellen Zugriff auf lebenswichtige Ausrüstung erlaubten. Jaeger hatte seine Schrotflinte darunter festgeklemmt, nur eine Grifflänge entfernt. Sollte ein Kaiman versuchen, ihm irgendwelchen Ärger zu bereiten, konnte er sie innerhalb von Sekunden ziehen und abfeuern, falls es notwendig werden sollte. Doch wie sich zeigte, hatten die meisten Kaimane beschlossen, in sicherer Distanz zu bleiben, da die Kanus so ziemlich das Größte waren, was sich im Fluss bewegte.

Einmal, erst heute Morgen, hatte Jaeger seinem Boot erlaubt, einfach nur schweigend den Fluss hinabzutreiben, während er einen Jaguar – ein kraftvolles Männchen – dabei beobachtet hatte, wie er seine Beute jagte. Die Großkatze war auf leisen Pfoten am Flussufer entlanggeschlichen, mit großer Sorgfalt darauf bedacht, im Wasser kein Kräuseln zu verursachen oder irgendein Geräusch zu machen. Er war bis zu dem Punkt gekommen, an dem er den toten Winkel eines Kaimans erreicht hatte, und war zu der Schlammbank hinübergeschwommen, auf der das Reptil sich sonnte. Es war ein Brillenkaiman gewesen, kein Schwarzer Kaiman, also die kleinere der beiden Spezies.

Die Wildkatze hatte sich auf die Schlammbank geschlichen und zugeschlagen. Im letzten Augenblick hatte der Kaiman die Gefahr gewittert und versucht, seinen Kiefer herumzuschwingen und zuzuschnappen. Doch die Katze war viel schneller. Die Beine auf den vorderen Schultern des Kaimans gespreizt, die Klauen tief in der dicken Haut versunken, packte er den Schädel des Tieres mit seinem Maul und rammte ihm seine Reißzähne ins Gehirn.

Das Opfer war sofort tot gewesen, woraufhin der Jaguar den Kaiman ins Wasser gezerrt hatte und damit wieder ans Ufer geschwommen war. Nachdem er die ganze Jagd mit angesehen hatte, hätte Jaeger der Großkatze am liebsten eine Runde Applaus spendiert. Es war ein klares Eins zu null für den Jaguar, und zumindest Jaeger war froh, dass es dabei blieb.

Nach seinem vorhergehenden Kampf mit einem der riesigen Reptilien und seinem Verlust von Irina Narov hatte er eine Abneigung gegen die Kaimane entwickelt, die mehr als nur oberflächlich war.

Es hatte noch einen weiteren Grund zur Freude bei ihrer Flussfahrt gegeben: Dales und Krals Kanus fuhren am hinteren Ende der kleinen Flotte. Jaeger hatte angeführt, dass sie die unerfahrensten Kanuten waren und deshalb am weitesten weg von allen möglichen Schwierigkeiten bleiben sollten. Und als Bonus hatte ihre Position ganz hinten Jaeger den größtmöglichen Abstand zu Dales Kameralinse geschenkt.

Doch seltsamerweise hatte Jaeger während des letzten Tages festgestellt, dass ihm die Gespräche vor der Kamera beinahe fehlten. Auf eine seltsame Art und Weise war die Kamera jemand gewesen, mit dem er hatte reden können; jemand, dem er sein Herz hatte ausschütten können. Jaeger war nie zuvor auf einer Expedition gewesen, auf der er die Abwesenheit eines Seelenverwandten so sehr spürte.

Alonzo war als Ersatz für seine Nummer zwei eine gute Wahl. Genauer gesagt erinnerte er Jaeger in vielerlei Hinsicht an Raff, und bei seiner enormen Statur würde der ehemalige SEAL sich zweifellos als herausragender Krieger erweisen. Mit der Zeit, vermutete Jaeger, könnte Alonzo ein guter und loyaler Freund werden – aber er war nicht sein Vertrauter; noch nicht, jedenfalls.

Und auch Hiro Kamishi war das nicht. Jaeger vermutete, dass es eine Menge gab, das er mit dem stillen Japaner teilen könnte – ein Mann, der in dem mystischen Kriegerglauben des Ostens versunken war, dem Bushidō. Doch zuerst musste er Kamishi wirklich kennenlernen. Beide, er und Alonzo, waren der Typ »knallharter Elitekämpfer«, und bei solchen Jungs dauerte es eine Weile, bis sie ihre Schutzwälle abbauten und sich öffneten.

Wenn er ehrlich war, traf dieselbe Kritik auch auf Jaeger selbst zu. Nach drei Jahren auf Bioko war er sich nur zu bewusst darüber, wie angenehm ihm seine eigene Gesellschaft geworden war. Er war eigentlich nicht der typische Einzelgänger – der Typ Ex-Militär, der niemandem vertraute –, aber er hatte sich daran gewöhnt, allein zu überleben. Er hatte sich an seine eigene Gesellschaft gewöhnt, und manchmal war es auf diese Art schlicht einfacher.

Für einen Augenblick fragte Jaeger sich, zu was für einer Person Irina Narov sich wohl entwickelt hätte. Wäre sie mit der Zeit jemand geworden, mit dem er hätte sprechen können? Ein Seelenverwandter? Er wusste es einfach nicht. So oder so, er hatte sie verloren, und das, lange bevor er sie in dieser Hinsicht hätte einschätzen können – wenn er sie überhaupt jemals hätte einschätzen können.

Da sie nicht anwesend war, hatte sich die Kamera zu einem seltsamen Vertrauten entwickelt. Doch hatte das einen weiteren riesigen Nachteil: Die Kamera lag in den Händen von Dale, was bedeutete, dass sie nicht besonders vertrauensvoll war. Doch jetzt im Augenblick war sie alles, was Jaeger hatte.

Am Abend zuvor, im Lager am Flussufer, hatte er ein zweites Interview mit Dale aufgezeichnet. Dabei war ihm bewusst geworden, dass er allmählich warm mit dem Mann wurde. Dale hatte eine erstaunliche Fähigkeit, seinen Interviewpartnern dank seiner Ruhe und Würde Momente absoluter Ehrlichkeit zu entlocken.

Das war eine seltene Gabe, und zumindest Jaeger entwickelte deswegen einen widerwilligen Respekt ihm gegenüber.

Nach dem Interview war diesmal Stefan Kral noch geblieben, um ein paar private Worte mit Jaeger zu wechseln. Während er die Kameraausrüstung verstaute, hatte er eine Minibeichte wegen der verbotenen Filmaufnahmen auf der Sandbank abgelegt.

»Ich hoffe, Sie glauben nicht, dass ich irgendwelche Geschichten erzähle, aber ich dachte mir, dass Sie es wissen sollten«, hatte er angefangen, während das seltsame schiefe Lächeln seine Miene durchschnitt. »Dass wir heimlich filmen – das war Dales Idee gewesen. Er hat mir die Fragen vorgegeben, während er die Kamera im Auge behalten hat.«

Unsicher hatte er Jaeger angeschaut. »Ich sagte ihm, dass wir niemals damit durchkommen. Dass Sie uns durchschauen. Aber Dale wollte nicht hören. Er ist der große Regisseur, und ich bin nur ein niederer Produktionsassistent, so sieht er das zumindest – also ist er derjenige, der die Ansagen macht.« Krals Stimme triefte vor Verbitterung. »Ich bin etliche Jahre älter als er, ich habe weitaus mehr Aufnahmen im Dschungel gemacht, aber irgendwie bin ich der, der die Befehle entgegennimmt. Und um ehrlich zu sein, ich würde ihm sogar zutrauen, denselben Trick noch mal zu versuchen. Wollte Sie nur warnen.«

»Danke«, hatte Jaeger ihm geantwortet. »Ich werde die Augen offen halten.«

»Ich hab drei Kinder, und wissen Sie, was ihr Lieblingsfilm ist?«, hatte Kral weitergesprochen, während sich sein schiefes Grinsen noch weiter in sein Gesicht ausbreitete. »Es ist *Shrek*. Und wissen Sie noch etwas? Dale – er ist der verflixte Prince Charming. Und das nutzt er aus. Die Fernsehwelt ist voller Frauen – Produzentinnen, Geschäftsführerinnen, Regisseurinnen –, und er hat sie alle um seinen kleinen Finger gewickelt.«

Während seiner Zeit beim Militär hatte Jaeger sich einen Ruf dafür erarbeitet, nichtssagende Typen in erstklassige Kämpfer zu verwandeln, was vielleicht einer der Gründe dafür war, weshalb er für gewöhnlich aufseiten des Underdogs stand – und Kral war eindeutig der Underdog in der Filmcrew dieser Expedition.

Doch gleichzeitig konnte er sehr gut nachvollziehen, weshalb Carson die Leitung an Dale übertragen hatte. Beim Militär gab es häufig jüngere Offiziere, die Männer mit deutlich mehr Erfahrung kommandierten, aus dem einfachen Grund, weil sie das mitbrachten, was man zum Führen anderer Männer brauchte. Und wäre er an Carsons Stelle gewesen, hätte er dieselbe Wahl getroffen.

Jaeger hatte sein Bestes gegeben, um Kral zu beschwichtigen. Er hatte ihm gesagt, dass, sollte er jemals ernsthafte Bedenken haben, er sie jederzeit bei ihm vortragen könne. Doch am Ende lag es an den beiden, die Sache zu regeln. Und es war überaus wichtig, dass sie das taten.

Diese Art der Spannungen – diese brodelnde Missstimmung – konnte eine Expedition auseinanderreißen.

Unter dem Bug von Jaegers Kanu vermischten sich das weiße und schwarze Wasser zu einem schmutzigen Grau, während das Brüllen der Teufelsfälle zu einem unheilvollen, ohrenbetäubenden Donnern anschwoll. Es zog Jaegers Aufmerksamkeit zurück zu den unermüdlichen Anforderungen der Gegenwart.

Sie mussten an Land gehen, und das bald.

Weiter voraus und rechts von ihm entdeckte er ein Stück schlammiges Flussufer, halb verborgen unter herabhängenden Ästen.

Er gab ein Signal mit der Hand und drehte den Bug seines Kanus darauf zu. Die anderen Boote folgten seinem Kurswechsel. Als er sich mit dem Paddel vorwärtsstieß, machte er kurz eine Bewegung unter dem Blätterdach aus – zweifellos irgendein Tier, das am Ufer entlangwanderte. Er beobachtete die Dunkelheit unter den Bäumen und wartete, ob es sich noch einmal zeigte.

Plötzlich trat eine Gestalt aus dem Dschungel.

Eine menschliche Gestalt.

Barfuß und nackt, bis auf einen Gürtel aus geflochtener Borke, den er um die Hüfte trug, stand er deutlich sichtbar da und schaute in Jaegers Richtung.

Etwa fünfhundert Meter Wasser trennten Jaeger von dem Krieger des bislang noch unentdeckten Indio-Stamms.

46

Jaeger hatte keine Zweifel, dass der Dschungelkrieger bewusst entschieden hatte, sich zu zeigen. Die Frage war, weshalb. Der Indio war aus den Schatten geglitten und hätte, wenn er es gewollt hätte, problemlos darin verborgen bleiben können.

Er hielt einen anmutig geschwungenen Bogen und einen Pfeil in einer Hand. Jaeger kannte derartige Waffen. Jeder der langen Pfeile war am vorderen Ende mit einem dreißig Zentimeter langen Stück flachen Bambus versehen, rasiermesserscharf geschliffen und mit bösartig gezackten Rändern.

Eine Seite der Pfeilspitze aus Bambus wäre mit dem Gift des Tiki-Uba-Baums benetzt, ein gerinnungshemmendes Gift, und das hintere Ende wäre mit einer Papageienfeder bestückt, um sicherzustellen, dass der Bogen gut flog. Wurde man von der Pfeilspitze verletzt, sorgte das Gift dafür, dass das Blut nicht gerann, sodass man langsam verblutete.

Die Reichweite eines Indio-Blasrohrs lag nur knapp über dreißig Meter – ausreichend, um das Blätterdach des Dschungels zu erreichen. Im Gegenzug dazu reichten Pfeil und Bogen gut vier- oder fünfmal so weit. Es war die Waffe, die der Stamm benutzte, wenn er große Beute jagte: Kaimane vielleicht, mit Sicherheit Jaguare und ganz ohne Zweifel jeden menschlichen Gegner, der ihr Land betrat.

Jaeger nutzte die flache Seite seines Paddels, um ein Alarmsignal auf das Wasser zu schlagen – als Warnung für die Leute hinter ihm, für den Fall, dass sie nichts mitbekommen hatten.

Er hob das Paddel aus dem Wasser und legte es längs auf das Kanu. Seine rechte Hand ruhte auf der Schrotflinte. Er trieb einige Sekunden lang vorwärts, schweigend und den Blick immer auf den Indio gerichtet, der ihn im Gegenzug nicht aus den Augen ließ.

Der Indio gab ein Signal: eine einzelne Geste mit der Hand, erst zu einer Seite, dann zur anderen. Weitere Krieger traten rechts und links von ihm hervor, jeder von ihnen ähnlich gekleidet und bewaffnet.

Schnell zählte Jaeger ein Dutzend, und höchstwahrscheinlich verbargen sich noch weitere in den Schatten hinter ihnen. Als ob er seinen Verdacht bestätigen wolle, machte der Anführer – denn er musste der Anführer sein – eine zweite Geste mit der Hand, wie um ein Stichwort zu geben.

Ein Schrei erschallte über den Fluss.

Tierhaft, kehlig, von tief aus der Brust, schwoll er schnell zu einem Kriegsschrei an, skandiert von unzähligen Stimmen. Er rollte über das Wasser, als wolle er sie herausfordern. Unterstrichen wurde er von einer Reihe unglaublich kraftvoller Trommelschläge, als würde eine riesige Trommel ihren Rhythmus durch den Dschungel treiben: *kabuuumm-buumm-buumm, kabuuumm-buumm-buumm!*

Die tiefen Schläge hallten über das Wasser, und Jaeger wusste, woher sie stammten. Er hatte etwas ähnliches gehört, als er mit Colonel Evandros B-SOB-Teams gearbeitet hatte. Irgendwo dort in der Baumreihe schlugen die Indios mit ihren schweren Kriegskeulen gegen eine riesige Brettwurzel, mit Hieben, die von der Wand aus Holz widerhallten wie Donnerschläge.

Jaeger sah zu, wie der Anführer der Indios seinen Bogen hob und in seine Richtung schwenkte. Der Kriegsschrei wurde noch lauter, die Schläge der Brettwurzel-Trommel unterstrichen jedes Zittern der Waffe. Die Geste – der ganze Effekt – brauchte keine Übersetzung.

Kommt nicht näher.

Das Problem war, dass Jaeger einfach nirgendwo anders hinkonnte. Hinter ihnen gab es nur Hunderte Kilometer Fluss, gegen die Strömung und in die falsche Richtung; und vor ihnen lag nichts als der Sturz über die Teufelsfälle.

Entweder gingen sie hier an Land, oder Jaeger und sein Team steckten in großen Schwierigkeiten.

Es war nicht gerade die vielversprechendste Art eines Erstkontakts, aber Jaeger sah keine nutzbare Alternative. Noch ein paar Sekunden länger, und er wäre in Reichweite der Pfeile des Stamms – und dieses Mal hatte er keine Zweifel daran, dass sie mit Gift benetzt waren.

Er hob die Schrotflinte, richtete sie auf das Wasser direkt vor seinem Kanu und drückte ab. Er gab sechs Warnschüsse in kurzer Folge ab, die eine Schneise durchs Wasser schnitten und große Gischtfontänen hoch in die Luft spritzen ließen.

Die Indios reagierten sofort.

Pfeile wurden nach hinten gezogen, und die Krieger ließen sie fliegen. Ihre Schüsse flogen einen Bogen hoch in der Luft, perfekt aufs Ziel gerichtet, prasselten aber ein Stück vor Jaegers Kanu ins Wasser. Warnrufe hallten hin und her, und für einen Augenblick war Jaeger überzeugt, dass der Stamm wild entschlossen war, standhaft zu bleiben und zu kämpfen.

Das Letzte, was er hier gesucht hatte, war ein Kampf mit diesem unentdeckten Stamm. Doch wenn er keine Wahl hatte, würde er alle erforderlichen Mittel einsetzen, um sein Team bis zum letzten Mann zu verteidigen.

Einen langen Augenblick starrten er und der Anführer der Stammeskrieger einander fest in die Augen, als würden sie über das Wasser hinweg ihre Willenskraft messen.

Und dann machte der Anführer eine weitere Geste. Seine Arme ruckten nach hinten, Richtung Dschungel. Links und rechts von ihm verschmolzen die Männer wieder mit den Bäumen und wurden augenblicklich unsichtbar.

Jaeger hatte schon häufig mit angesehen, wie Waldstämme diesen Trick des »Sich-in-Luft-Auflösens« vollführt hatten, doch der Anblick erstaunte ihn immer wieder. Er hatte noch niemanden kennengelernt, nicht einmal Raff, der das ebenso gut hinbekam.

Der Anführer jedoch blieb stehen, reglos – das Gesicht wie Donner.

Er stand alleine am Ufer und stellte sich Jaeger.

Das Kanu trieb weiter auf das Flussufer zu. Jaeger sah, wie der Indio etwas in der rechten Hand nach oben hielt und dann, mit einem wütenden Schrei, tief in den Uferschlamm stieß. Es sah aus wie ein Speer mit einer Kriegsflagge oder einem Wimpel, der an seinem hinteren Ende flatterte.

Und damit drehte die Gestalt sich um und verschwand zwischen den Bäumen.

Jaeger ging kein Risiko ein, als sie an Land kamen. Er fuhr allein voraus, mit Alonzo und Kamishi, die jeder eine Flanke sicherten und ein Stück hinter ihm trieben, die Sturmgewehre im Anschlag. Ganz hinten platzierte er Dale und Kral mit ihrer Kamera, denn sie planten, jede einzelne Bewegung zu filmen.

Jaeger wusste, dass er eine gute Deckung hatte, und er setzte darauf, dass seine Machtdemonstration – die Schüsse aus der Schrotflinte – ein mächtiges Abwehrmittel gegen den Stamm darstellte. Mit kraftvollen Stößen seines Paddels ließ er das Kanu die letzten Meter treiben. Er nahm die Schrotflinte in die Hand und stemmte sie gegen seine Schulter, die weite, offene Mündung drohend auf die dunkle Baumreihe gerichtet.

Nirgendwo auch nur ein Anzeichen von Bewegung.

Der Bug des Kanus schob sich in den Schlamm, und das Boot kam abrupt zum Stehen. Schnell wie der Blitz war Jaeger rausgesprungen und hockte tief gebeugt hinter seinem schwer beladenen Fahrzeug, während er mit der Waffe den Dschungel vor sich absuchte.

Gute fünf Minuten lang regte er sich nicht.

Er blieb über seine Schrotflinte gebeugt, lauschte und beobachtete.

Er stellte jeden seiner Sinne auf die neue Umgebung ein, filterte alle Geräusche heraus, die seiner Ansicht nach der Natur entsprangen. Wenn er all die normalen Schläge und Rhythmen des Waldes ausblenden konnte – seinen Puls –, dann konnte er sich auf alles konzentrieren, was nicht natürlichen Ursprungs war; menschliche Schritte etwa oder einen Krieger, der die mit einem Pfeil gespickte Sehne seines Bogens spannte.

Doch es gab nichts, was er wahrnehmen konnte.

Die Krieger schienen verschwunden zu sein, ebenso schnell, wie sie aufgetaucht waren. Dennoch glaubte Jaeger keine Sekunde lang, dass sie wirklich ganz und gar weg waren.

Die Waffe weiterhin im Anschlag, bedeutete er Alonzo und Kamishi, ebenfalls anzulanden. Kaum standen sie neben ihm, bewegte er sich weiter das Ufer hinauf, bis er in der Lage war, den Speer des Indio-Kriegers zu packen und ihn aus dem Boden zu ziehen.

Leticia Santos, das vermisste brasilianische Teammitglied, hatte einen wunderschönen bunten Seidenschal getragen, auf dem das Wort »Carnivale!« prangte. Jaeger sprach recht gutes Portugiesisch, das er während der Zeit gelernt hatte, als er die B-SOB-Teams ausgebildet hatte, und er hatte angemerkt, wie sehr der Schal ihrem warmen Latinocharme schmeichelte. Sie hatte ihm gesagt, dass er ein Geschenk ihrer Schwester vom letzten Februar und dem Karneval in Rio wäre und dass sie ihn trug, damit er ihr auf der Expedition Glück bringe.

Es war Leticia Santos' Schal, der am Ende des Indio-Speers hing.

47

Jaeger war damit beschäftigt, Ausrüstung in seinen Rucksack zu stopfen. Er redete schnell und mit einem Unterton echter Dringlichkeit. »Erstens: Wie konnten sie so schnell vor uns hier sein, ohne den Fluss zu benutzen? Zweitens: Warum wollten sie uns Santos' Schal zeigen? Drittens: Weshalb verschwinden sie dann einfach?«

»Um uns zu warnen, dass es nur eine Frage der Zeit ist, bevor sie uns alle erledigen.« Es war Kral, der das sagte, und Jaeger bemerkte, dass sein Markenzeichen-Lächeln von Sorge durchwoben war. »Diese ganze Sache wird echt mies.«

Jaeger ignorierte ihn. Auch wenn er immer für eine gesunde Dosis Realität zu haben war, hatte Kral die Angewohnheit, unerbittlich pessimistisch zu sein, und sie mussten optimistisch und konzentriert bleiben.

Wenn sie hier ausflippten, mitten in der Wildnis, waren sie wirklich erledigt.

Sie hatten ihre Kanus aufs Flussufer entladen, um ein behelfsmäßiges Lager zu bilden, und Jaeger fuhr damit fort, seine Sachen so schnell wie möglich umzupacken.

»Das bedeutet, sie wissen, wo wir sind«, bemerkte er. »Ein Punkt, von dem aus sie uns folgen können. Daher ist es umso wichtiger, dass wir in Bewegung bleiben; wir ziehen also mit wenig Gepäck und in hohem Tempo weiter.«

Er warf einen Blick auf den Ausrüstungshaufen, der auf einer Plane lag – Zeug, das sie zurücklassen wollten. Es beinhaltete all ihre überflüssige Ausrüstung – ihre Fallschirme, die Bootsausrüstung, Reservebewaffnung. »Alles – ich wiederhole: alles –, was ihr nicht benötigt, lasst ihr hier im Lager. Jedes unnötige Gewicht. Wenn ihr euch nicht sicher seid: Lasst es liegen.«

Jaeger schaute zu den Kanus, die sie aufs Ufer gezogen hatten. »Wir falten die Boote zusammen und lagern sie ebenfalls hier. Von hier an gehen wir zu Fuß.«

Die anderen nickten.

Jaeger schaute zu Dale. »Sie beide teilen sich ein Thuraya. Das sind die Satellitentelefone von Wild Dog Media. Ich nehme das andere. Alonzo – Sie nehmen das dritte. Damit haben wir drei verteilt, und die anderen lassen wir hier.«

Es folgte zustimmendes Grummeln.

»Und, Leute«, er schaute zu Dale und Kral, »weiß einer von euch, wie man eine Waffe benutzt?«

Dale zuckte mit den Schultern. »Nur auf der Xbox.«

Kral rollte mit den Augen. »Ich sag Ihnen – in der Slowakei lernt jeder zu schießen. Wo ich herkomme, lernen wir alle zu jagen, vor allem in den Bergen.«

Jaeger gab ihm einen Daumen hoch. »Dann schnappen Sie sich ein Sturmgewehr und sechs volle Magazine. Das ist eine Waffe für Sie beide. Am besten teilen Sie das Gewicht zwischen sich auf, wenn Sie unterwegs sind, ich weiß ja, dass Sie noch das Extragewicht der Kameraausrüstung haben.«

Für einen Augenblick wog Jaeger Narovs Messer in der Hand. Es gesellte sich zu dem Haufen Ausrüstung, den sie zurückließen. Theoretisch würden sie all das hier später wieder einsammeln – deshalb lagerten sie es so gut sie konnten an einer bekannten Position. In der Realität konnte er sich jedoch nicht vorstellen, wer jemals wieder hierher zurückkehren würde, um aufzusammeln, was sie zurückgelassen hatten.

Wenn er ehrlich war, dann war er überzeugt, dass alles, was sie hier zurückließen, verloren war.

Er änderte seine Meinung und legte Narovs Messer auf den Haufen von Ausrüstung, die er mitnehmen würde. Dasselbe tat er mit der Night-Stalkers-Münze des C-130-Piloten. Beides waren gefühlsbasierte Entscheidungen: Weder das Messer noch die Münze waren entscheidend für das, was vor ihnen lag. Aber so war Jaeger: Er war abergläubisch, sah Omen und trennte sich nicht leichtfertig von Dingen, die ihm persönlich etwas bedeuteten.

»Wenigstens wissen wir jetzt, wer der Feind ist«, bemerkte er in einem Versuch, die Laune der anderen zu heben. »Eine noch deutlichere Nachricht hätten sie uns nicht schicken können – nicht einmal, wenn sie sie in den Sand geschrieben hätten.«

»Was, denken Sie, war die Nachricht?«, fragte Kamishi, die Stimme durchdrungen von der ihm eigenen bedächtigen Ruhe. »Ich glaube, man kann sie unterschiedlich lesen.«

Jaeger blickte neugierig zu Kamishi. »Santos' Schal, an einen Speer gebunden und in den Sand gerammt? Ich würde sagen, das ist ziemlich eindeutig: Kommt nicht näher, oder euch ereilt dasselbe Schicksal.«

»Es gibt vielleicht eine andere Art, das zu interpretieren«, widersprach Kamishi. »Es ist nicht notwendigerweise eine direkte Drohung.«

Alonzo schnaubte. »Und wie das eine ist.«

Jaeger wedelte mit der Hand, damit er schwieg. »Was genau meinen Sie?«

»Es könnte helfen, die Sache aus ihrer Perspektive zu betrachten«, erklärte Kamishi. »Ich denke, die Indios haben vielleicht Angst. Wir müssen auf sie wie Aliens aus einer anderen Welt wirken. Wir fallen aus dem Himmel in ihre isolierte Welt. Wir gleiten auf diesen magischen Booten übers Wasser. Wir tragen Donnerstöcke bei uns, die den Fluss explodieren lassen. Wenn Sie nichts davon je gesehen hätten, wären Sie nicht ebenfalls verängstigt? Und die Übersprunghandlung der Menschen bei Angst ... ist Wut. Aggression.«

Jaeger nickte. »Reden Sie weiter.«

Kamishi schaute jeden in der Runde nacheinander an. Sie

hatten mit dem, was sie gerade getan hatten, innegehalten, um zuzuhören oder, in Dales Fall, zu filmen.

»Wir wissen, dass dieser Stamm immer nur Aggressionen von Außenstehenden erfahren hat«, fuhr Kamishi fort. »Ihre wenigen Kontakte mit der Außenwelt waren mit Menschen, die ihnen schaden wollten: Holzfäller, Minenarbeiter und andere, die von ihrem Land stehlen wollten. Weshalb sollten sie irgendetwas anderes von uns erwarten?«

»Worauf wollen Sie hinaus?«, drängte Jaeger.

»Ich meine, dass wir die Sache vielleicht auf zwei Weisen angehen sollten«, verkündete Kamishi leise. »Einerseits sollten wir doppelt wachsam sein – vor allem, sobald wir den Dschungel betreten, der ohne jeden Zweifel ihr Territorium ist. Auf der anderen Seite müssen wir versuchen, die Amahuaca anzulocken; wir müssen Wege finden, ihnen zu zeigen, dass wir nur friedliche Absichten haben.«

»Hearts and Minds?«, fragte Jaeger und bezog sich auf die amerikanische und südvietnamesische Strategie aus der Frühzeit des Vietnamkrieges, als dieser noch kaum mehr als eine Unruhe gewesen war und man versucht hatte, die Herzen und den Verstand der Landbevölkerung Nordkoreas zu erobern, um einen Krieg gar nicht erst ausbrechen zu lassen.

»Hearts and Minds«, bestätigte Kamishi. »Es gibt noch einen weiteren Vorteil, den wir uns erschließen, wenn wir die Herzen und Köpfe des Stammes für uns gewinnen. Wir haben noch immer eine lange und schwierige Reise vor uns. Und die Indios – niemand kennt den Dschungel besser, als sie es tun.«

»Kommen Sie schon, Kamishi, seien Sie vernünftig!«, widersprach Alonzo. »Sie haben sich eine von uns geholt, sie vielleicht bei lebendigem Leibe gekocht und verspeist, und wir sollen uns jetzt bei ihnen einschmeicheln? Ich weiß ja nicht, von welchem Planeten Sie kommen, aber in meiner Welt bekämpfen wir Feuer mit Feuer.«

Kamishi verneigte sich leicht. »Mr. Alonzo, wir sollten immer bereit sein, Feuer mit Feuer zu bekämpfen. Manchmal ist das der einzige Weg. Dennoch sollten wir auch immer bereit sein, die Hand in Freundschaft auszustrecken. Manchmal ist das der bessere Weg.«

Alonzo kratzte sich am Kopf. »O Mann, ich weiß nich' … Jaeger?«

»Seien wir auf beides vorbereitet«, verkündete Jaeger. »Bereit, die Hand des Feuers … oder die Hand der Freundschaft auszustrecken. Aber niemand geht irgendwelche unnötigen Risiken ein, um einen der Indios anzulocken. Keine Wiederholungen dessen, was wir schon erlebt haben.«

Er deutete auf das Ausrüstungslager. »Kamishi, suchen Sie etwas von dem Zeug aus, das die mögen könnten. Geschenke. Wir nehmen sie mit. Um zu versuchen, sie zu überzeugen.«

Kamishi nickte. »Ich stelle eine Auswahl zusammen. Regenkleidung, Macheten, Kochtöpfe – ein isolierter Stamm wird immer Nutzen für solche Dinge haben.«

Jaeger schaute auf seine Uhr. »In Ordnung, wir haben jetzt 1400 Zulu. Es sind anderthalb Tagesmärsche zum oberen Ende des Pfades – der, der die Seite des Plateaus hinabführt –, etwas weniger, wenn wir schnell marschieren. Wenn wir jetzt losgehen, sollten wir ihn morgen bei Anbruch der Nacht erreichen.«

Er zog seinen Kompass hervor und hob dann ein paar Zählkiesel auf, ähnlich denen, die er zuvor schon genutzt hatte. »Wir bleiben unter dem Blätterdach, navigieren mit Schritten und Kompass. Ich vermute, einige von Ihnen«, er warf einen Blick zu Kral und Dale, »sind nicht vertraut mit der Technik, also bleiben Sie in der Nähe. Aber nicht zu nah.«

Jaeger schaute zu den anderen. »Ich möchte nicht, dass wir eine dichte Gruppe bilden, da diese ein zu leichtes Ziel darstellen würde.«

48

Der Marsch durch den Dschungel war so gut verlaufen, wie Jaeger es sich nur hätte wünschen können. Ihre Route verlief parallel zum Rand der Verwerfungslinie, und der Boden unter ihren Stiefeln war felsig und trockener gewesen, der Wald etwas weniger dicht. Als Ergebnis waren sie gut vorangekommen.

Die erste Nacht hatten sie ihr Lager im Dschungel aufgeschlagen und ihre Zweifachstrategie eingesetzt – ihre Wachsamkeit zu verdoppeln und gleichzeitig zu versuchen, die Indios dazu zu bewegen, irgendeine Art von friedlichem Kontakt zu suchen.

Während seiner Zeit beim Militär hatte Jaeger mehr als ausreichend Hearts-and-Minds-Operationen durchgeführt. Sie waren dazu ausgelegt, die heimische Bevölkerung für sich zu gewinnen, wo auch immer eine Operation anstand. Die Einheimischen verfügten über unschätzbare Kenntnisse über feindliche Bewegungen, und sie kannten außerdem die besten Routen, die man nutzen konnte, um den Feind zu suchen und in eine Falle zu locken. Es war immer sinnvoll gewesen, sie auf die eigene Seite zu ziehen.

Mit Hiro Kamishis Hilfe hatte Jaeger Geschenke für die Indios aufgehängt. Sie hingen im Wald, knapp außerhalb der Sichtweite des Camps. Ein paar Messer, zwei Macheten, einige Kochtöpfe: Es war die Art von Ausrüstung, die Jaeger zu schätzen wüsste, wäre er das Mitglied eines isoliert lebenden Stamms inmitten des größten Dschungels der Welt.

Sie machten sich nicht die Mühe, eine ähnliche Nachricht zu verfassen wie die, die Joe James den Indios geschrieben hatte. Isoliert lebende Stämme lasen für gewöhnlich nicht.

Aber die gute Nachricht war, dass am nächsten Morgen etliche ihrer angebotenen Geschenke verschwunden waren.

An ihrer Stelle hatte jemand – vermutlich die Indio-Krieger – selbst Geschenke zurückgelassen: einige frische Früchte, ein paar Amulette aus Tierknochen; sogar einen kleinen Köcher aus Jaguarhaut für Blaspfeile.

Jaeger fühlte sich ermutigt. Die ersten Versuche eines friedvollen Kontakts schienen gefruchtet zu haben. Dennoch war er entschlossen, in ihrer Wachsamkeit nicht lockerzulassen. Die Indios waren in der Nähe, das wussten sie nun. Sie folgten der Spur, die Jaeger und sein Team hinterließen, und das bedeutete, dass die Bedrohung weiterhin sehr real war.

Jaeger war vorangegangen und hatte die anderen in Richtung ihres zweiten geplanten Lagerplatzes geführt, am Rande des dreihundert Meter tiefen Abgrunds sowie am Beginn des Pfads, der zum Tiefland weit unter ihnen führte.

Er gab ein Signal, damit das Team stehen blieb. Sie nahmen ihre Rucksäcke ab und lehnten sich dagegen, ohne ein Wort zu sprechen. Jaeger ließ sie zehn Minuten schweigen, um eine »Lauschwache« abzuhalten; sie horchten in den Wald hinein, auf der Suche nach irgendeiner Bedrohung.

Alles schien ruhig.

Nachdem das erledigt war, gab er ein Signal, dass sie das Lager aufschlagen sollten.

In der anbrechenden Dämmerung arbeiteten sie vornehmlich mit ihrem Tastsinn, damit sie keine Lichter einschalten mussten, die den Indios ihre genaue Position verraten hätten. Sobald das Lager aufgeschlagen war, planten Jaeger und Kamishi, weitere mögliche Geschenke aufzuhängen – diesmal jedoch ein gutes Stück vom Lager entfernt, wovon Jaeger sich mehr Sicherheit versprach.

Jaeger entrollte den Poncho aus seinem Rucksack und band ihn zwischen vier Bäumen fest – so bildete er ein wasserfestes Dach. Anschließend zog er seine schweißdurchtränkte Marschkleidung aus. Jeder in seinem Team führte einen Satz trockener Kleidung mit sich: ein tarnfarbenes T-Shirt und Hosen sowie ein Paar Strümpfe. Diese trugen sie nachts – die kostbaren Stunden, in denen sie ihren Körpern erlaubten, sich ein wenig zu erholen.

Einige Stunden am Tag trocken zu bleiben, war überlebenswichtig. Ließe man sie dauerhaft feucht, würde ihre Haut unter den heißen und feuchten Bedingungen schnell anfangen zu verfaulen.

Sobald er seine trockene Kleidung trug, hängte Jaeger seine Hängematte unter dem Poncho auf. Sie war handgeknüpft aus Fallschirmseide, was sie kräftig, leicht und strapazierfähig machte. Es gab zwei Lagen von Fallschirmseide: eine, auf der man lag, und die andere, um sie über sich zu ziehen, wodurch man einen Kokon bildete.

Das Ende jeder der Schnüre der Hängematte war durch eine Hälfte eines in der Mitte durchgeschnittenen Squash-Balls gefädelt, die runde Seite in Richtung der Bäume gerichtet. Diese Ballhälften dienten dazu, zu verhindern, dass Wasser die Schnüre entlanglaufen und das vordere und hintere Ende der Hängematte sich mit Wasser vollsaugen konnten. Jaeger besprühte die Leine direkt hinter den Squash-Bällen mit einem kräftigen Insekten-Abwehrmittel: Es würde sich in den Stoff saugen und alle Insekten davon abhalten, näher heranzukriechen.

Er steckte sich den Kompass in die Tasche seiner Trockenhose. Sollten sie während der Nacht plötzlich die Flucht ergreifen müssen, musste er ein dermaßen wichtiges Ausrüstungsstück bei sich haben. Seine nasse Kleidung hatte er in einen Polybeutel gestopft und unter die Klappe seines Rucksacks geschnallt. Der wiederum lag unter seiner Hängematte und obenauf seine Waffe.

Sollte er nachts nach seiner Schrotflinte greifen müssen, würde er sie schnell zur Hand haben.

Es war jetzt der sechste Tag der Expedition, und angesichts der fortwährenden Strapazen und der Notwendigkeit permanenter Wachsamkeit machte sich bei allen eine ernsthafte Erschöpfung breit. Dennoch war es lebenswichtig, ihre Trockenkleidung/Nasskleidung-Routine strikt einzuhalten. Jaeger wusste aus Erfahrung: In dem Augenblick, in dem man es auf einer langen Expedition wie dieser versäumte, in seine Trockenkleidung zu schlüpfen – *Ich bin zu müde; ich hab dafür jetzt keinen Kopf* –, war man erledigt. Das Gleiche galt für den Fall, dass man zuließ, dass die Trockenkleidung nass wurde. Man zog sich schnell Fußbrand oder eine Pilzinfektion im Schritt zu, und beides verlangsamte das Tempo eines Menschen beinahe so schnell wie eine Kugel.

Bevor er sich in seine Hängematte zurückzog, rieb Jaeger einen Klecks antimykotisches, also pilzabwehrendes Puder in seine Achselhöhlen und seinen Schritt. An diesen Stellen sammelten sich der meiste Schmutz, Feuchtigkeit und Bakterien, und sie würden sich als Erstes entzünden und anfangen zu faulen.

Am nächsten Morgen kehrten er und sein Team die ganze Prozedur um, wechselten von der Trocken- in die Nasskleidung, verstauten die trockene Kleidung sicher, rieben Strümpfe und den Rest mit Talkumpuder ein und bereiteten sich auf die vor ihnen liegende Etappe vor. Es war aufwendig, aber es war auch die einzige Möglichkeit, den Körper bei diesen Bedingungen funktionsfähig zu halten.

Zum Schluss überprüfte Jaeger die Heftpflaster, mit denen er seine Nippel bedeckt hatte. Die ständige Reibung nasser Kleidung konnte einem die Brust blutig kratzen. Er schnitt zwei neue Streifen ab, klebte sie fest und stopfte die alten

Streifen in die Seitentasche seines Rucksacks. Je weniger sie zurückließen, desto schwerer war es, ihnen zu folgen.

Schließlich war er bereit, die heutigen Präsente an die Indios vorzubereiten. Er und Kamishi wiederholten ihre Arbeit vom Vorabend und hängten ihre wenigen übrig gebliebenen Geschenke in die niedrig hängenden Äste einer entfernt stehenden Baumgruppe. Dann kehrten sie ins Lager zurück, wo sie die erste Wache übernahmen. Die ganze Nacht hindurch würden zwei Paar wachsamer Augen offen bleiben, eingeteilt in einen Zwei-Stunden-Wachdienst-Turnus.

Jaeger und Kamishi machten es sich bequem und konzentrierten sich fest auf ihre Sinne – vor allem die Augen und die Ohren, ihre besten Frühwarnsysteme. Der Schlüssel zum Überleben im tiefen Dschungel bestand darin, vorausschauend zu sein, in jedem Sinne des Wortes.

Es glich einer Form von Meditation, dieses Versinken in den nächtlichen Wald – und Jaeger konnte spüren, dass Kamishi neben ihm dasselbe tat.

Er öffnete seine Wahrnehmung für Veränderungen um sich herum und wurde hypersensibel für jede winzige Andeutung einer Bedrohung. Sobald seine Ohren den geringsten Laut vernahmen – irgendetwas, das vom ohrenbetäubenden nächtlichen Rhythmus und Schlagen der Insekten in den Schatten abwich –, schwenkten seine Augen augenblicklich herum, um die Bedrohung zu entdecken.

Anspannung wallte hin und her, als er und Kamishi Bewegungen in der Dunkelheit spürten. Jedes Geräusch aus dem vor sich hin brütenden Busch ließ Jaegers Puls hochschnellen. Seltsame Tierlaute hallten durch den Dschungel. Laute, die Jaeger nie zuvor gehört hatte. Und heute Nacht war er überzeugt, dass zumindest einige von ihnen menschlichen Ursprungs waren.

Seltsames, unnatürlich schrilles Kreischen und Heulen

hallte von den Bäumen wider. Eine Menge Dschungeltiere stießen ähnliche Rufe aus – insbesondere eine Horde Affen. Doch dasselbe galt auch für die einheimischen Indio-Stämme, die so kommunizierten.

»Hören Sie das?«, flüsterte Jaeger.

Kamishis Zähne leuchteten weiß im schwachen Mondlicht. »Ja. Ich höre es.«

»Tiere? Oder Indios?«

Kamishi schaute Jaeger an. »Ich denke, Indios. Vielleicht geben sie ihre Freude über unsere neuen Geschenke weiter?«

»Freude ist gut«, murmelte Jaeger.

Doch diese Schreie – sie klangen ganz anders als alle Freudenschreie, die er je zuvor gehört hatte.

49

Jaeger erwachte.

Es war mitten in der Nacht. Zuerst war er unsicher, was ihn aufgeschreckt hatte.

Als seine Sinne sich auf seine unmittelbare Umgebung fokussierten, spürte er eine dichte, gespenstische Anspannung, die über dem Lager lag. Und dann, aus dem Augenwinkel, erspähte er eine geisterhafte Erscheinung, die wie Flüssigkeit aus dem dunklen Dschungel glitt. Beinahe im selben Augenblick bemerkte er, dass Dutzende weitere solcher Gestalten zwischen den Bäumen hervortraten.

Er erblickte nahezu gänzlich unbekleidete Männer, die sich aus der Dunkelheit lösten und geräuschlos durch das Lager huschten. Die Waffen in der Hand, bewegten sie sich wie eine Einheit. Jaeger griff langsam nach unten, tastete mit den Fingern nach dem kalten Stahl seiner Schrotflinte. Er schlang die Hand darum und zog sie in die Hängematte neben sich.

Er sah, dass, mit Ausnahme von ihm selbst, nur Alonzo wach war. Die beiden teilten durch die Dunkelheit eine unausgesprochene Erkenntnis: Irgendwie musste die Wache versagt haben, woraufhin die Indios sich unbemerkt in ihr Lager geschlichen hatten.

Jaegers Team war hoffnungslos in der Unterzahl, so viel war klar, und er war sicher, dass die Indios weitere Feuerkraft im Wald verborgen hielten. Es war außerdem klar, wie die Konsequenzen aussähen, sollten er und Alonzo das Feuer eröffnen. Es würde ein Blutbad geben. Allein aufgrund ihrer zahlenmäßigen Überlegenheit würden die Indios am Ende das ganze Team abschlachten.

Jaeger zwang sich, abzuwarten, und gab Alonzo ein Zeichen, es ebenfalls zu tun.

Kurz darauf erschienen drei Gestalten direkt neben ihm. Schweigend, nur bekleidet mit Rindengürteln und geschmückt mit Amuletten aus Federn und Knochen, hob jede von ihnen eine hohle Holzröhre – ein Blasrohr –, mit dem sie auf Jaegers Kopf zielten. Jaeger zweifelte nicht daran, dass sie mit in Curare getauchten Pfeilen geladen waren.

Überall um ihn herum wurden Jaegers Teammitglieder angestupst und erwachten. Und jeder erwachte mit der Furcht einflößenden Erkenntnis, ein Gefangener zu sein. Einzig Hiro Kamishi lag nicht in seiner Hängematte. Sie hatten den Wachdienst gestaffelt verteilt, mit unterschiedlichen Wechselzeiten, und Jaeger vermutete, dass Kamishi derjenige gewesen war, der Wache geschoben und ihre Angreifer nicht bemerkt hatte.

Aber warum hatte Kamishi alleine Wache gehalten? Es sollten die ganze Nacht über immer zwei Leute Wachdienst haben. Was auch immer geschehen war: Vermutlich war er inzwischen ein Gefangener, so wie sie alle.

Jaeger hatte nur sehr wenig Zeit, sich Gedanken darüber zu machen. Mit Handgesten und schroffen, kehligen Befehlen – die genaue Bedeutung verstand Jaeger nicht, aber ihre Grundaussage war glasklar zu deuten – befahl man ihm, aus seiner Hängematte zu steigen. Während zwei der Indios ihn mit ihren Blasrohren in Schach hielten, riss ihm der dritte die Schrotflinte aus den Händen.

Man zwang ihn, sein Lager abzubrechen, seine Hängematte und seinen Poncho einzupacken und seinen Rucksack auf die Schultern zu hieven. Dann stieß man ihm kräftig in den Rücken und ließ wenig Raum für Zweifel, was man von ihm wollte. Jaeger sollte losmarschieren, und er würde für die anstehende Reise nicht in seine Nasskleidung wechseln können, wo immer sie auch hinführte.

Als er das Lager verließ, entdeckte er den Anführer des Indio-Trupps – denselben Krieger, dem er sich am Flussufer gestellt hatte –, wie er Befehle gab. Ihre Blicke trafen sich, und Jaeger sah sich zwei dunklen Löchern puren Nichts gegenüber.

Sie erinnerten ihn an den Blick des Jaguars.

Leer, dunkel, unlesbar.

Jagend.

Jaeger ging neben Hiro Kamishi her. Der Veteran der Tokusha Sakusen Gun – Japans Elite-Spezialeinheit – konnte ihm nicht in die Augen schauen. Kamishi musste wissen, dass er das ganze Team im Stich gelassen hatte, womöglich mit tödlichen Folgen.

»Es tut mir so leid«, murmelte er und ließ voller Scham den Kopf hängen. »Es war meine zweite Wachschicht, ich hab meine Augen nur eine Sekunde geschlossen, und …«

»Wir sind alle müde«, flüsterte Jaeger. »Machen Sie sich deswegen nicht fertig. Aber wo war der andere Mann, der Wache halten sollte?«

Kamishis Blick huschte zu Jaeger. »Ich hätte Sie wecken sollen, aber ich habe Sie schlafen lassen. Ich dachte, ich wäre stark genug, meine Wache allein zu überstehen. Das hier«, er machte eine Geste in Richtung der Indios, die sie gefangen hielten, »ist das Ergebnis. Ich habe meine Pflicht als Krieger verletzt. Mein Stolz hat mein Bushidō-Erbe beschämt.«

»Hören Sie, die Indios haben einige unserer Geschenke genommen«, erinnerte Jaeger ihn. »Das beweist, dass sie in der Lage zu friedlichem Kontakt sind. Ihn sogar suchen. Und ohne Sie hätten wir niemals die Hand nach ihnen ausgestreckt. Es gibt also keinen Grund, beschämt zu sein, mein Freund. Ich brauche Sie stark …«

Jaeger wurde von einem schmerzhaften Schlag an den Kopf unterbrochen. Einer der Indios hatte sein Gespräch mit

Kamishi bemerkt, und seine Belohnung war ein Hieb mit einer Keule gegen den Schädel. Reden war eindeutig nicht das, was von ihnen erwartet wurde; man erwartete, dass sie marschierten.

Während sie sich weiter von ihrem Lager entfernten, drangen immer weitere Männer aus den Schatten. Auf irgendeine unerklärliche Art und Weise schienen die Indios in der Lage zu sein, selbst auf nächste Entfernung unsichtbar zu bleiben – jedenfalls so lange, bis sie sich zeigen wollten.

Jaeger war äußerst vertraut mit den Tarntechniken der Spezialeinheiten. Er hatte etliche Tage in versteckten Beobachtungsposten im Dschungel verbracht und war für jeden, der vorbeikam, völlig unsichtbar geblieben. Aber es war nicht einfach nur Tarnung, was die Indios hier anwendeten; es war etwas viel Tiefergehendes und Tiefsinnigeres. Etwas, das sie als Kraft nutzten – eine ungreifbare Energie und Fähigkeit –, um eins mit dem Dschungel zu werden.

Auf einer streng geheimen SAS-Trainingsschule war Jaeger von einem Mann ausgebildet worden, der jahrelang bei den abgelegensten Stämmen der Welt gelebt hatte. Das Ziel dieser Lektionen war es gewesen, in einem Gelände wie diesem ebenso gut kämpfen und sich bewegen zu können wie die Ureinwohner. Aber niemand aus seiner Truppe hatte sich je eingeredet, dass ihm das wirklich gelungen wäre.

Die Art, wie diese Stämme diese Kraft nutzen konnten, war einfach unglaublich. Und trotz der furchtbaren Lage, in der sie steckten, war Jaeger fasziniert davon, aus nächster Nähe zu beobachten, wie die Indios arbeiteten. Sie bewegten sich lautlos und ohne jemals einen Schritt falsch zu setzen, selbst in der völligen Dunkelheit. Im Kontrast dazu strauchelte sein Team blind über Wurzeln oder stolperte gegen Bäume.

Jaeger wusste, dass die beste – und manchmal einzige – Chance zur Flucht sofort nach der Gefangennahme bestand.

Der Moment, in dem die Gefangenen noch die Energie und den Willen besaßen, es zu versuchen, und wenn diejenigen, die sie gefangen hatten, am wenigsten darauf vorbereitet waren, einen Gefangenen zu halten. In der Regel waren es Soldaten, die Gefangene machten, nicht die Wachleute – und das war ein großer Unterschied. Dennoch hatte er keine Zweifel daran, was geschehen würde, sollte irgendeiner von ihnen versuchen, zu entkommen: Es wäre eine Frage von Sekunden, bevor unzählige Giftpfeile aus ihnen herausragen würden.

Dennoch zählte Jaeger, während er ging, schweigend seine Schritte. In einer Hand hielt er den Kompass, dessen schwach beleuchtete phosphoreszierende Anzeige in der Dunkelheit gerade noch sichtbar war, und in der anderen hielt er seine Kiesel umschlossen.

Es war entscheidend, dass er einen Überblick behielt, wo sie waren, denn dadurch verschaffte er ihnen allen vielleicht eine Chance zur Flucht.

50

Etwa bei Tagesanbruch führten die Indios Jaeger und sein Team in ihr Dorf – von dem nicht besonders viel zu sehen war.

Es gab eine kleine Lichtung, in deren Mitte ein einzelnes Gebäude stand – eine große, donutförmige, an Gemeindehallen erinnernde Hütte. Sie war mit Schilfstroh gedeckt, das beinahe bis zum Boden reichte, und eine dünne Spirale grauen Rauchs schlängelte sich aus der offenen Mitte des Bauwerks.

Das gesamte Gebäude wurde von Bäumen abgeschirmt, wodurch es aus der Luft nahezu unsichtbar war. Für einen Augenblick ertappte sich Jaeger bei der Frage, wo genau die Dorfbewohner wohnten, bevor er Stimmen von oben vernahm. Er schaute hinauf und fand die Antwort. Dies war ein Stamm, der seine Wohnungen in den Baumkronen errichtet hatte.

Rechteckige, hüttenähnliche Bauten hingen zwanzig Meter oder mehr über dem Boden, abgeschirmt von den allerhöchsten Ästen. Man erreichte sie über Leitern, die aus Ranken hergestellt waren, und zwischen einigen der Hütten entdeckte er klapprig aussehende Stege in der Luft.

Jaeger hatte von Stämmen gehört, die so lebten. Er war auf einer Expedition nach Papua-Neuguinea gewesen, wo das Volk der Korowai berühmt dafür war, in den Baumkronen zu leben. Offensichtlich waren sie nicht allein mit ihrem Faible für ein Leben hoch über dem Dschungelboden.

Die Marschkolonne kam zum Stehen.

Überall starrten Augen sie an.

Die erwachsenen Männer blieben standhaft, die Frauen jedoch machten einen verzweifelten Eindruck, als sie versuchten, wegzulaufen, wobei sie sich schützend ihre Kinder an die Brust drückten. Etwas größere Kinder – staubig, nackt, halb neugierig, halb vor Schreck gelähmt – lugten hinter Bäumen hervor, die Augen aufgerissen vor Staunen und Furcht.

Ein unglaublich dünner und knorriger alter Mann kam langsam zu ihnen herüber.

Er richtete sich auf und kam mit dem Gesicht unangenehm dicht an Jaegers heran. Er starrte ihm in die Augen – beinahe, als könne er ihm direkt in den Schädel blicken. Er fuhr einige Sekunden damit fort, suchend in seinem Blick herumzugucken, dann schlenderte er lachend wieder davon. Die Erfahrung hatte Jaeger auf merkwürdige Art verunsichert, beinahe verletzt. Was immer dieser alte Indio in seinem Kopf gesehen hatte, es ließ Jaeger perplex und verstört zurück.

Krieger strömten von beiden Seiten heran – schwer bewaffnet mit Speeren und Blasrohren –, bis Jaeger und sein Team umringt waren. Ein zweiter Mann trat vor – ein greiser und grauhaariger Dorfältester. Als der alte Mann zu sprechen begann, spürte Jaeger, dass diese Person Würde und Ansehen besaß. Die Wörter des alten Mannes klangen seltsam – die Sprache erinnerte an Vogel- und Tierrufe mit ihrem seltsamen, schrillen Zirpen, Klicken und Jaulen. Direkt zu seiner Linken stand ein jüngerer Indio, der den Worten des Älteren aufmerksam lauschte. Was auch immer hier vor sich ging, Jaeger hatte den beunruhigenden Eindruck, dass er und sein Team irgendeiner Form von Verfahren oder Verhandlung unterzogen wurden.

Nach gut zwei Minuten hörte der Häuptling auf zu reden. Der jüngere Mann an seiner Seite drehte sich zu Jaeger und seinem Team um.

»Ihr seid willkommen.« Die Wörter waren langsam ausgesprochen, in gebrochenem, aber perfekt verständlichem Englisch. »Der Älteste unseres Stammes sagt: Wenn ihr in Frieden kommt – willkommen. Doch wenn ihr in Wut kommt und ihr wünscht uns oder unserer Heimat im Wald Leid, werdet ihr sterben.«

Jaeger gab sein Bestes in dem Versuch, sich von seiner Überraschung zu erholen. Kein Stamm, der niemals Kontakt mit der Außenwelt gehabt hatte, hatte einen jungen Mann bei sich, der so gutes Englisch sprach. Jemand hatte sie entweder belogen, oder im allerbesten Fall hatte man sie wirklich extrem falsch informiert.

»Bitte vergebt uns, wenn wir überrascht aussehen«, begann Jaeger, »aber man sagte uns, dass Ihr Stamm keinen Kontakt zu der Außenwelt gehabt hat. Etwa vier Tagesmärsche westlich von hier liegt ein Flugzeug, etwas, von dem wir glauben, dass es hier abgestürzt ist, als die Welt sich im Krieg befand. Es ist mit großer Wahrscheinlichkeit siebzig Jahre alt, vielleicht noch älter. Unsere Absicht besteht darin, dieses Flugzeug zu finden, es zu identifizieren und es hier herauszuholen. Wir haben euer Land einzig und allein aus diesem Grund betreten, und es ist unser Wunsch, es vollkommen friedlich zu durchqueren.«

Der junge Mann dolmetschte, der Dorfhäuptling sagte ein paar Worte als Antwort, die er wieder in Jaegers Sprache übertrug.

»Ihr seid die Kraft, die aus dem Himmel fiel?«

»Das sind wir«, bestätigte Jaeger.

»Ihr wart wie viele, als ihr fielt? Und wie viele wurden auf dem Weg verloren?«

»Wir waren zehn«, antwortete Jaeger. »Wir haben einen beinahe sofort verloren, im Fluss. Zwei weitere wurden am ersten Tag geholt und zwei weitere am folgenden Tag. Wir wissen nicht, von wem sie geholt wurden oder welches Schicksal sie ereilt hat, aber einer eurer Männer ...«, Jaegers Blick durchsuchte die Menge und kam auf dem Anführer der Krieger zum

Stehen, »ließ das hier zurück.« Er zog Leticia Santos' Schal aus seinem Rucksack. »Vielleicht könnt ihr uns mehr erzählen?«

Seine Frage wurde ignoriert.

Wörter wurden zwischen dem Häuptling und dem jungen Mann gewechselt, und dann: »Ihr sagt, ihr kommt in Frieden – weshalb tragt ihr dann solche Waffen, wie wir sie gesehen haben?«

»Zur Verteidigung«, antwortete Jaeger. »Es gibt gefährliche Tiere im Wald. Es scheint auch gefährliche Menschen zu geben – auch wenn wir nicht sicher wissen, wo genau sie sind.«

Die Augen des alten Mannes funkelten. »Wenn wir anbieten, euch Gold zu zeigen, werdet ihr es nehmen?«, verlangte er mithilfe des Dolmetschers zu erfahren. »Wir haben wenig Nutzen für solche Dinge. Wir können Gold nicht essen. Aber der weiße Mann kämpft, um es zu besitzen.«

Jaeger wusste, dass er getestet wurde. »Wir sind wegen des Flugzeugs hier. Das ist unser einziges Ziel. Das Gold sollte genau hier bleiben, im Wald. Andernfalls wird es euch nur Ärger bringen. Und das ist das Letzte, was wir euch je antun wollen.«

Der alte Mann lachte. »Unser Volk sagt: Erst wenn der letzte Baum gefällt ist und das letzte Tier gefangen und der letzte Fisch gefangen, erst dann wird der weiße Mann endlich verstehen, dass er Geld nicht essen kann.«

Jaeger schwieg. Hinter diesen Worten lag eine Wahrheit, die er nicht abstreiten konnte.

»Und dieses Flugzeug, das ihr sucht: Wenn ihr es findet, wird es uns ebenfalls Ärger bringen?«, wollte der alte Mann wissen. »Wie das Gold: Wäre es besser, es bliebe im Dschungel verborgen? Dass der weiße Mann versagt, sich das zurückzuholen, was einst seins war?«

Jaeger zuckte mit den Achseln. »Vielleicht. Aber das glaube ich nicht. Ich denke, wenn wir versagen, werden weitere Männer kommen. Was einst verloren war, ist nun gefunden. Und um die Wahrheit zu sagen: Ich denke, dass wir die Besten sind, die ihr kriegen werdet. Wir wissen, dass das Flugzeug den Wald vergiftet hat, der darum herumliegt. Und das hier«, Jaeger deutete auf den Dschungel, »das ist euer Zuhause. Es ist mehr als euer Zuhause. Es ist euer Leben. Eure Identität. Wenn wir das Flugzeug mitnehmen, verhindern wir, dass der Wald weiter vergiftet wird.«

Er ließ das Schweigen in der Luft hängen.

Der alte Mann drehte sich zur Seite und machte eine Geste in Richtung des Versammlungsgebäudes. »Ihr seht den Rauch, der aus der Geisterhütte steigt. Ein Festmahl wird vorbereitet. Wir bereiten es aus einem von zwei Gründen vor: entweder um euch als Freunde willkommen zu heißen – oder um einen Feind zu verabschieden.« Der alte Mann lachte. »Also, lasst uns Freundschaft feiern!«

Jaeger dankte dem Dorfhäuptling. Ein Teil von ihm fühlte sich von einem Gefühl der Dringlichkeit angetrieben. Sie mussten ihre Mission beenden. Aber er wusste auch, dass es in Kulturen wie dieser Regeln gab, nach denen man bestimmte Dinge abhalten musste; ein Timing und einen Rhythmus. Er würde das respektieren und seinem Schicksal vertrauen. Er wusste außerdem, dass er kaum eine andere Wahl hatte.

Während er neben dem Häuptling herging, zog eine Gruppe von Leuten seine Aufmerksamkeit auf sich, die sie passierten. In ihrer Mitte stand der Anführer der Krieger, die er am Flussufer gesehen hatte. Nicht jeder Dorfbewohner schien glücklich mit dem Ergebnis der Befragung durch den Ältesten zu sein. Jaeger vermutete, dass der Krieger und seine Männer schon ihre Speere gespitzt hatten als Vorbereitung darauf, ihren Wald von einem Feind zu befreien.

Für einen kurzen Augenblick abgelenkt, bekam er nicht mit, wie Dale seine Videokamera herauszog. Als er es schließlich bemerkte, hatte Dale sie bereits auf der Schulter und angefangen zu filmen.

»Stopp!«, zischte Jaeger. »Stecken Sie die verflixte Kamera weg!«

Doch es war zu spät. Der Schaden war angerichtet.

Ein Erschauern von elektrischer Spannung zerriss die Versammlung, als die Indios bemerkten, was geschah. Jaeger sah, wie der Häuptling sich zu Dale umdrehte, sein Gesicht wie versteinert, die Augen aufgerissen vor Furcht. Er stieß ein paar gepresste Befehle aus, und sofort hoben sich Speere drohend vor das gesamte Team.

Dale, die Kamera an die Schulter gepresst, wirkte wie erstarrt, und jegliche Farbe war ihm aus dem Gesicht gewichen.

Der Häuptling ging zu ihm und griff nach der Kamera. Dale überließ sie ihm, das Gesicht fassungslos. Der Häuptling drehte sie um, legte ein Auge an die Linse und starrte hinein. Für einen langen Augenblick schweifte sein Blick um die Innereien der Kamera, als versuche er zu ergründen, was genau ihm damit gestohlen worden war.

Schließlich reichte er sie an einen seiner Krieger weiter und drehte sich ohne ein weiteres Wort wieder der Geisterhütte zu. Die Speere wurden wieder gesenkt.

Der Dolmetscher erschauerte. »Tut das nie wieder. Damit könntet ihr alles Gute ungeschehen machen, das ihr erreicht habt.«

Jaeger fiel ein paar Schritte zurück, bis er neben Dale lief. »Wenn Sie noch mal so eine Nummer abziehen, lasse ich Sie Ihren eigenen Kopf kochen und essen. Oder noch besser – ich lasse den Häuptling ihn für Sie kochen und essen.«

Dale nickte. Seine Pupillen waren geweitet vor Schreck und Furcht. Er wusste, wie nahe sie der Katastrophe entronnen waren, und wenigstens ein Mal fehlten dem redegewandten Medienmacher die Worte.

Jaeger folgte dem Häuptling in das verrauchte Innere der Geisterhütte. Sie hatte keine Wände im eigentlichen Sinne, lediglich Pfeiler, die das Dach stützten, doch da das Stroh fast bis zum Boden reichte, war es schattig und dunkel dort drin. Es brauchte einen Moment, bis Jaegers Augen sich von der Helligkeit draußen an das Halbdunkel im Inneren gewöhnt hatten.

Doch noch bevor es so weit war, erklang eine Stimme, die unerwartet … vertraut klang.

»Also sagen Sie schon – haben Sie mein Messer?«

Jaeger blieb wie angewurzelt stehen. Er war überzeugt gewesen, diese Stimme niemals wieder zu hören; sie schien von weit jenseits des Grabes zu ihm zu sprechen.

Nachdem seine Augen sich an das Licht gewöhnt hatten, entdeckte er eine unverkennbare Gestalt, die auf dem Boden saß. Jaegers Verstand begann zu wanken, als er versuchte, eine Erklärung dafür zu finden, wie sie hierhergekommen sein konnte, ganz zu schweigen davon, wie sie noch am Leben sein konnte.

Die Gestalt war die Frau, die er schon lange für tot gehalten hatte: Irina Narov.

51

Narov saß mit zwei anderen Personen zusammen. Eine davon war Leticia Santos, ihr brasilianisches Teammitglied, die andere war die riesige Gestalt von Joe James. Jaeger verschlug es die Sprache, und seine totale Verwirrung entging dem Indio-Häuptling nicht. Tatsächlich spürte er, wie der greise Stammesführer ihn genauestens beobachtete und jede seiner Bewegungen studierte.

Er ging auf die drei zu. »Aber wie …« Er blickte von einem zum anderen, und langsam machte sich ein Lächeln auf seinem Gesicht breit. Wenn das überhaupt möglich war, dann sah Joe James' Osama-Bin-Laden-Bart buschiger aus als je zuvor.

Jaeger streckte eine Hand aus. »Sie großer Kiwi-Bastard! Ich hätte damit leben können, Sie nicht wiederzusehen.«

James ignorierte die angebotene Hand und begrub Jaeger in einer krachenden Umarmung. »Dude, eine Sache musst du endlich lernen: echte Männer knuddeln.«

Leticia Santos war die Nächste. Sie warf ihre Arme um ihn, ein typischer Anflug von ungezügelter Latino-Herzlichkeit. »So! Wie ich versprochen habe – Sie werden meine Indios kennenlernen!«

Narov kam als Letztes.

Sie stand vor Jaeger, einen Zentimeter oder so kleiner als er, ihre Augen ausdruckslos wie immer, seinem Blick ausweichend. Jaeger musterte sie kurz. Was auch immer sie durchgemacht hatte, seit er sie auf dem Fluss verloren hatte – schmerzgepeinigt von dem *Phoneutria*-Biss und zusammengerollt auf seinem selbst gebastelten Floß –, es schien ihr nicht viel schlechter zu gehen.

Sie hielt eine Hand auf. »Messer.«

Für einen Augenblick musterte Jaeger die Hand. Es war ihre linke, und die furchtbare Schwellung und Bisswunde schienen beinahe vollständig verschwunden zu sein.

Er beugte sich leicht vor, sodass er ihr ins Ohr flüstern konnte. »Ich hab es dem Häuptling gegeben. Ich musste. Es war das Einzige, womit ich um Ihr Leben feilschen konnte.«

»Schwachkopf«, stieß sie auf Deutsch aus. Entdeckte er da etwa den Anflug eines Lächelns? »Sie haben mein Messer. Es wäre besser, Sie haben es. Oder der Häuptling wird Ihre geringste Sorge sein.«

Der Häuptling deutete auf Jaeger. »Ihr habt Freunde hier. Verbringt Zeit mit ihnen. Essen und Trinken kommen.«

»Vielen Dank, ich bin sehr dankbar.«

Der Häuptling nickte dem Dolmetscher zu. »Puruwehua wird bei euch bleiben, wenigstens bis ihr euch zu Hause fühlt.«

Und damit verschwand er zwischen seinen Leuten.

Jaeger setzte sich zu den anderen. James und Santos waren die Ersten, die ihre Geschichte erzählten. Sie hatten ihr Lager im Wald aufgeschlagen, vielleicht eine Marschstunde von der Sandbank entfernt, am selben Tag, an dem sie mit dem Fallschirm im Dschungel gelandet waren. Sie hatten ihre Geschenkangebote in die Bäume gehängt – eine breite Palette von Geschenken – und gewartet.

Und wie erwartet waren die Indios gekommen – allerdings nicht in der Form wie erhofft. Über Nacht waren sie beide gefangen genommen und ins Dorf gebracht worden. Die Indios kannten die geheimen Wege des Waldes und konnten sich leise und schnell darin bewegen. Dort wurden sie vom Häuptling verhört, ziemlich genau mit denselben Fragen, denen Jaeger sich hatte stellen müssen: ob sie in Wut oder Frieden gekommen waren sowie der Zweck ihrer Mission.

Nachdem sie dem Häuptling alles erzählt hatten, was sie

konnten, hatten sie das Gefühl, einen unausgesprochenen Test bestanden zu haben. Das war der Augenblick gewesen, in dem der Häuptling ihnen erlaubt hatte, sich zu Irina Narov zu gesellen. Er hatte sie getrennt gehalten, um sicherzugehen, dass ihre Geschichten übereinstimmten.

Und Jaegers Befragung war eine dritte Ebene der Prüfung gewesen. Der Häuptling hatte seine vermissten Teammitglieder versteckt gehalten, um zu testen, ob ihre Geschichten zueinanderpassten. Offensichtlich war er ein nur schwer zu überzeugender Mann.

Ehrlich gesagt hatte er Jaeger ausgetrickst – er hatte sie alle ausgetrickst – wie ein alter Hase.

»Und was ist mit Krakow und Clermont?«, fragte Jaeger. Er blickte sich suchend in den Schatten der Geisterhütte um. »Sind sie hier auch irgendwo?«

Es war der Dolmetscher, Puruwehua, der antwortete. »Es gibt viel zu besprechen. Aber es ist das Beste, der Älteste erzählt dir von deinen beiden fehlenden Freunden.«

Jaeger sah die anderen an. James, Santos und Narov nickten feierlich. Welches Schicksal Krakow und Clermont auch ereilt haben mochte, er fürchtete, dass es kein gutes sein konnte.

»Und Sie?« Er schaute zu Narov. »Erzählen Sie schon – wie zum Himmel haben Sie es von den Toten zurückgeschafft?«

Narov zuckte mit den Schultern. »Sie haben eindeutig meine Fähigkeit zum Überleben unterschätzt. Womöglich Wunschdenken auf Ihrer Seite.«

Ihre Worte trafen Jaeger. Vielleicht hatte sie recht. Vielleicht hätte er mehr tun können, um sie zu retten. Doch als er sich an seine gründlichen Bemühungen zurückerinnerte und an die darauffolgende Durchsuchung des Flusses, wollte ihm einfach nicht einfallen, was.

Es war Puruwehua, der Dolmetscher, der das Schweigen unterbrach. »Diese hier – diese *Ja-gwara* –, wir fanden sie am

Fluss, als sie sich an Bambus krallte. Als Erstes dachten wir, sie wäre ertrunken; dass sie ein *Ahegwera* war – ein Geist. Doch dann sahen wir den Stich der *Kajavuria* – der Spinne, die Menschenseelen frisst.

Wir wissen, welche Pflanze ihren Biss heilen kann«, fuhr er fort. »Also pflegten wir sie. Und trugen sie durch den Dschungel hierher. Es kam der Moment, an dem wir wussten, sie stirbt nicht. Es war der Moment ihres *Ma'e-ma'e* – ihres Erwachens.«

Puruwehua richtete seine dunklen Augen auf Jaeger. Da war etwas in dem Blick des Dolmetschers, das ihn an den Blick des Krieger-Anführers erinnerte: eine wachsam beobachtende Katze, die leeren, ruhigen Augen eines Jaguars, seine Beute prüfend. Um genau zu sein, erinnerte irgendetwas an seinem Blick Jaeger an … an Narov.

»Sie scheint böse auf dich zu sein«, sprach Puruwehua weiter. »Aber wir glauben, sie ist eines der Geist-Kinder. Sie überlebte, was niemand je überleben sollte. Sie hat einen sehr starken *A'aga* – Geist.« Er machte eine Pause. »Halte sie dicht bei dir. Er ist sehr wertvoll – dieser *Ja-gwara*. Dieser Jaguar.«

Jaeger spürte eine Welle von Verlegenheit. Er hatte das schon vorher bei Menschen verspürt, die so abgeschottet lebten. Bei ihnen waren die meisten Gedanken und Erfahrungen gemeinschaftlich. Sie kannten für gewöhnlich nur sehr wenige Grenzen zum Persönlichen und Privaten; zwischen dem, was öffentlich angesprochen werden sollte, und dem, was man besser unter vier Augen ansprach.

»Ich werde mein Bestes geben«, erwiderte Jaeger leise. »Nicht dass mein Bestes bisher gut genug war … aber verrate mir bitte etwas, Puruwehua: Wie kommt es, dass in einem vermeintlich ›unerforschten‹ Stamm ein junger Mann lebt, der Englisch spricht?«

»Wir sind die Amahuaca – die Vettern eines Nachbarstammes, des Uru-Eu-Wau-Wau«, antwortete Puruwehua. »Wir und die Uru-Eu-Wau-Wau sprechen dieselbe Tupi-Guarani-Sprache. Vor zwanzig Jahren beschlossen die Uru-Eu-Wau-Wau, Kontakt mit der Außenwelt aufzunehmen. Mit der Zeit zeigten sie uns, was sie lernten. Sie sagten uns, dass wir in einem Land leben, das Brasilien heißt. Sie sagten uns, wir müssen die Sprache der Fremden lernen, denn diese würden unvermeidlich zu uns kommen.

Sie sagten uns, wir müssen Portugiesisch lernen und ebenso Englisch – das eine die Sprache von Brasilien, das andere die Sprache der Welt. Ich bin der jüngste Sohn des Häuptlings. Seinen ältesten Sohn – einer unserer geschätzten Krieger – traft ihr am Flussufer. Mein Vater glaubte, dass meine Stärken in der Kraft meines Kopfes liegen, nicht meines Speerarms. Ich sollte ein Krieger des Geistes werden.

Er schickte mich zu den Uru-Eu-Wau-Wau, um zu lernen«, beendete Puruwehua seine Geschichte. »Ich verbrachte zehn Jahre draußen, lernte Sprachen. Und dann kehrte ich zurück. Und nun bin ich meines Stammes Fenster zur Welt.«

»Ich bin froh, dass du das bist«, entgegnete Jaeger. »Ich glaube, du hast uns heute vielleicht unser Leben gerettet …«

Das Essen und Trinken dauerte bis lange in den Abend hinein. In regelmäßigen Abständen tanzten die Männer und Frauen des Stammes in der offenen Mitte der Geisterhütte und trugen dabei Bänder aus mondförmigen Samen einer Waldfrucht – der *Pequia* – um die Oberarme und Oberschenkel geschlungen. Während sie im Gleichklang mit den Füßen stampften und synchron die Arme schwangen, schlugen die Samen aneinander und trommelten einen Rhythmus, der durch die ansteigende Dunkelheit pulsierte.

Plötzlich wurde Jaeger eine Kürbisschale gereicht, angefüllt mit einer seltsamen roten Paste. Kurz wusste er nicht, was man von ihm erwartete. Es war Leticia Santos, die es ihm zeigte. Die Paste wurde aus der Rinde eines bestimmten Baumes hergestellt, erklärte sie ihm. Auf die Haut geschmiert, diente sie als kraftvolles Abwehrmittel gegen Insekten.

Jaeger kam zu dem Schluss, besser ein bisschen davon zu nehmen. Er gestattete Santos, die Paste auf sein Gesicht und seine Hände zu reiben, und genoss dabei das kurze Aufflackern von Unwohlsein – *war das Eifersucht?* –, das in Narovs Augen aufblitzte. Eine größere Schale wurde herumgereicht, diese gefüllt mit einer grauen, schaumigen Flüssigkeit, die einen beißenden Geruch verströmte. Das war *Masata*, erklärte Santos – ein alkoholisches Getränk, weitverbreitet unter eingeborenen Amazonas-Stämmen. Es würde als Beleidigung gesehen werden, es abzulehnen.

Erst als Jaeger ein paar kräftige Schlucke der dicken, warmen, zähen Flüssigkeit genommen hatte, enthüllte ihm Santos, wie genau sie hergestellt wurde. Sie sprach Portugiesisch, womit sie effektiv alle anderen aus dem Gespräch ausschloss – Narov eingeschlossen. Sie und Jaeger befanden sich in einer Blase der Intimität, während sie angewidert über das lachten, was sie gerade getrunken hatten.

Um das Gebräu herzustellen, nahmen die Frauen des Stammes rohe Manioks – Kartoffeln ähnelnde, stärkereiche Wurzeln – und zerkauten sie. Den so entstehenden Schleim spuckten sie in eine Schale, fügten Wasser hinzu und ließen ihn einige Tage stehen, um zu fermentieren. Die Mischung, die am Ende herauskam, war das, was Jaeger gerade zu sich genommen hatte.

Prima.

Der Höhepunkt des Festes war der Braten, dessen reichhaltiger Duft die Geisterhütte erfüllte. Drei große Affen wurden über einer in der Mitte liegenden Feuerstelle gewendet, und

Jaeger konnte nicht anders, als zuzugeben, dass der Duft verführerisch war, selbst wenn gebratener Affe nicht allzu weit oben auf seiner Liste von »Wunschgerichten, die ich immer schon einmal probieren wollte« stand. Nach einer Woche Trockenrationen fühlte er sich hungrig wie ein Löwe.

Ein Schrei ertönte aus der Versammlung. Jaeger hatte keinen Schimmer, was er bedeutete, aber zumindest Narov schien zu verstehen.

Sie streckte eine Hand in Jaegers Richtung aus. »Zum dritten und letzten Mal: *Messer.*«

Er warf die Arme in einer Geste übertriebener Kapitulation nach oben, griff in seinen Rucksack und zog Narovs Fairbairn-Sykes-Kampfmesser heraus. »Ich gebe es nur äußerst ungern wieder her.«

Narov nahm es. Sie zog die Klinge ehrerbietig aus dem Futteral und nahm sich lange Zeit, sie zu untersuchen.

»Ich habe das andere im Rio de los Dios verloren«, bemerkte sie leise. »Und mit ihm tausend Erinnerungen.« Sie stand auf. »Danke, dass Sie es mir zurückgebracht haben.« Sie sah Jaeger dabei nicht an, doch ihre Worte klangen aufrichtig. »Ich betrachte das als Ihren ersten Erfolg auf dieser Expedition.«

Sie drehte sich um und ging in Richtung Mitte der Geisterhütte. Jaeger behielt sie im Auge. Sie beugte sich über die Feuerstelle, die Achtzehn-Zentimeter-Klinge fest umschlossen, und begann, Stücke dampfenden Fleisches abzuschneiden. Aus welchem Grund auch immer, die Amahuaca überließen dieser Außenseiterin, dieser Frau, dieser *Ja'gwara*, die Ehre, das erste Stück der Mahlzeit abzuschneiden.

Große Fleischstücke wurden herumgereicht, und bald spürte auch Jaeger die heißen, fettigen Säfte sein Kinn hinablaufen. Er lehnte sich zurück, ruhte auf seinem Rucksack und gab sich dem angenehmen Gefühl eines vollen Magens hin. Aber es gab noch etwas anderes, das er hier genoss – etwas, das weitaus wertvoller und belebender war als jede Mahlzeit. Es war das Wissen, dass er wenigstens ein Mal nicht aufmerksam und wachsam sein musste; wenigstens ein Mal wurden er und sein Team nicht von einem geheimnisvollen Feind bedroht, der in den Schatten lauerte.

Für einen kurzen Augenblick konnte Jaeger es sich erlauben, loszulassen und wunschlos zufrieden zu sein.

52

Das Essen und das Gefühl von Sicherheit mussten ihn eingelullt haben. Als er erwachte, war das Feuer zu einem dumpfen roten Glühen abgeklungen, und das Fest war lange vorbei. Hier und dort funkelte ein Stern im Himmel hoch über ihm, und eine warme Ruhe schien sich über die Hütte gesenkt zu haben, durchwoben von leichten Strömungen der Anspannung; der Erwartung.

Jaeger bemerkte, dass derselbe dürre, knorrige alte Mann, der ihm tief in die Augen geblickt hatte, nun im Mittelpunkt der Aufmerksamkeit stand. Er beugte sich über etwas und bewegte dabei die Hände. Es sah aus wie eine kürzere, dünnere Variante eines der Blasrohre der Amahuaca, und Jaeger sah, wie er etwas in eines der Enden stopfte.

Fragend sah er zu Puruwehua.

»Unser Schamane«, erklärte dieser. »Er bereitet *Nyakwana* vor. Ihr würdet es wohl ›Schnupftabak‹ nennen. Es ist … Ich vergesse das genaue Wort. Es lässt dich Visionen sehen.«

»Ein Halluzinogen«, schlug Jaeger vor.

»Ein Halluzinogen«, bestätigte Puruwehua. »Es entsteht aus dem Samen des *Cebil*-Baumes, geröstet und zerrieben zu einem feinen Pulver und vermischt mit den getrockneten Panzern der Großen Waldschnecke. Es schickt den, der es nimmt, in einen Trancezustand, sodass er die Geisterwelt besuchen kann. Wenn man es nimmt, kann man so hoch fliegen wie der *Topena* – der weiße Falke, der groß genug ist, um Hühner aus dem Dorf zu stehlen. Es kann dich an weit entfernte Orte bringen und vielleicht sogar in eine andere Welt.

Wir schniefen vielleicht ein halbes Gramm auf einmal.«

Puruwehua lächelte. »Du – du solltest nicht mehr als einen winzigen Teil dieser Menge versuchen.«

Jaeger blinzelte. »Ich?«

»Ja, natürlich. Wenn es hier ankommt, wird einer aus deiner Gruppe die Pfeife annehmen müssen. Es nicht zu tun, würde viel von dem Guten zerstören, das heute Abend erreicht wurde.«

»Ich und Drogen ...« Jaeger versuchte zu lächeln. »Ich habe genug, um das ich mich kümmern muss, auch ohne mir das Hirn wegzubraten. Ich passe, vielen Dank.«

»Du bist der Anführer deiner Gruppe«, erwiderte Puruwehua leise. »Du könntest jemand anderem die Ehre überlassen. Aber das wäre ... unüblich.«

Jaeger zuckte mit den Schultern. »Ich habe kein Problem mit ›unüblich‹. Unüblich ist in Ordnung.«

Er sah zu, wie die Pfeife ihre Runden in der Geisterhütte drehte. An jeder Station setzte sie sich jemand an ein Nasenloch, während der Schamane ihm das Schnupfpulver darin tief in die Nase blies. Minuten später stand der, der es genommen hatte, auf und begann zu singen und zu tanzen, der Verstand offensichtlich weit entfernt in einer anderen Welt.

»Mithilfe des *Nyakwana* sprechen wir mit unseren Vorfahren und unseren Geistern«, erklärte Puruwehua. »Denen, die in der Welt des Dschungels verankert sind – die Tiere, Vögel, Bäume, Flüsse, Fische und Berge.«

Er zeigte auf einen der Männer, der tief in Trance steckte. »Dieser Mann dort – er erzählt eine Geistergeschichte. ›Einst gab es eine Amahuaca-Frau, die sich in den Mond verwandelte. Sie hatte einen Baum bestiegen, beschloss jedoch, im Himmel zu bleiben, da ihr Freund sich in eine andere verliebt hatte, und so wurde sie zum Mond ...‹«

Während Puruwehua sprach, kam die Pfeife immer näher. Jaeger bemerkte, dass der Häuptling mit wachsamem

Blick darauf achtete, was geschah, wenn sie ihn erreichte. Der Schamane hielt inne. Er beugte sich tief hinunter, das Pulver ausgebreitet auf einem Stück glatten Holzes, die lange, mit schmuckvollen Schnitzereien verzierte Pfeife fest umschlungen in der Hand.

Als das Puder vorbereitet war, erinnerte sich Jaeger an eine andere Pfeife, eine, die ihm vor langer Zeit eine ganze Welt entfernt angeboten worden war. Für einen Augenblick war er wieder im Arbeitszimmer seines Großvaters in Wiltshire, den vertrauten Geruch von über Latakia-Eiche und Pinienholz geräuchertem Tabak tief in der Nase.

Wenn sein Großvater sich in der Lage gefühlt hatte, einem sechzehnjährigen Jungen diese Pfeife anzubieten, dann konnte Jaeger heute vielleicht eine andere Art von Pfeife annehmen, gefüllt von einem anderen Paar Hände – einem anderen Älteren.

Für einen Augenblick zögerte er.

Der Schamane schaute ihn fragend an. Kaum hatte er das getan, als Joe James die anderen praktisch aus dem Weg stieß, damit er als Erster drankäme.

»Dude, ich dachte schon, du fragst nie!« Er setzte sich mit überschlagenen Beinen vor den Schamanen, sodass sein riesiger Bart bis zum Boden reichte. Er packte das in seine Richtung zeigende Ende der Pfeife, legte sie sich ans Nasenloch und zog die Ladung hoch. Augenblicke später war das Hirn des großen Kiwi eindeutig auf Warpgeschwindigkeit.

Gut gemacht, James, dachte Jaeger sich. Die Kavallerie war im letzten Augenblick eingetroffen.

Doch der Schamane rührte sich nicht. Stattdessen bereitete er eine zweite Prise des Pulvers vor und lud sie in die Pfeife.

»Ihr seid zwei Gruppen«, erklärte Puruwehua. »Jene, die zuerst kamen – sie haben ihren Verstand bereits dem *Nyakwana* geöffnet. Es ist nicht James' erstes Mal mit der Pfeife.

Und dann – die Neuankömmlinge. Die zweite Pfeife, sie ist für dich.«

Der Schamane schaute auf.

Seine Augen – dieselben, die tief in Jaegers Schädel geblickt hatten – fixierten ihn mit ihrem Blick. Einem prüfenden Blick. Jaeger spürte, wie er nach vorne genötigt und erbarmungslos auf die angebotene Pfeife zugezogen wurde. Plötzlich fand er sich direkt vor dem Amahuaca-Schamanen sitzend wieder, genau wie James zuvor.

Erneut wanderten seine Gedanken ins Arbeitszimmer seines Großvaters. Doch er war nicht länger ein sechzehnjähriger Junge. Wie sein Großvater es gewesen war, war Jaeger heute ein Anführer, eine Repräsentationsfigur – wenn auch an einem ganz und gar anderen Ort und in einer anderen Zeit, aber dennoch irgendwie verbunden durch einen gemeinsamen Feind.

Die Männer und Frauen in seiner Verantwortung waren darauf angewiesen, dass er stark war, zuverlässig und bei klarem Verstand. Ungeachtet der Sitten der Indios und ihrer Gastfreundschaft war Jaeger hier, um einen Job zu erledigen, und er war entschlossen, sich streng daran zu halten. Er streckte die Hände vor sich aus, eine Geste, die ein klares *Stopp* signalisierte.

»Wie ihr mit Sicherheit wisst, habe ich viele Geister und Dämonen«, erklärte er leise. »Doch jetzt im Augenblick habe ich auch eine Mission zu leiten. Und deshalb müssen diese in ihren Käfigen gefangen bleiben, wenigstens so lange, bis ich jeden hier durch den Dschungel und zurück nach Hause gebracht habe.« Er machte eine Pause. »Ich kann die Pfeife nicht annehmen.«

Puruwehua dolmetschte, und der Schamane suchte intensiv in Jaegers Blick. Dann nickte er, knapp, ein Blick des Respekts, der durch seine Augen huschte.

Er senkte die Pfeife.

Es dauerte eine Weile, bis Jaeger wieder zu sich kam.

Er lag an seinen Rucksack gelehnt, die Augen geschlossen. Nachdem man ihm die Schnupfpfeife erspart hatte, war er offensichtlich eingeschlafen – sein voller Bauch und die Wärme der Geisterhütte hatten ihn eingelullt in einen tiefen Schlaf. Sein Geist blieb weiterhin völlig leer – mit Ausnahme eines faszinierenden Bildes, das ihm auf die Innenseite seines Augenlids geätzt worden zu sein schien.

Es war ein Bild, das er offensichtlich geträumt hatte, zweifellos heraufbeschworen durch seine intensive Begegnung mit dem Schamanen. Es war ein Bild, von dem er begonnen hatte zu glauben, dass es eine Unmöglichkeit wäre, doch jetzt gerade schien es so vollkommen real.

Es war das Bild einer wunderschönen grünäugigen Frau, mit einem Kind, das schützend an ihrer Seite stand. Die Frau hatte gesprochen, ihre Stimme rief ihn über den Abgrund verlorener Jahre. Und das Kind – es hatte so viel größer gewirkt. Genauer gesagt hatte es genauso groß gewirkt, wie ein elfjähriger Junge gewesen wäre.

Und er sah William Jaeger noch ähnlicher.

53

Jaeger blieb nicht viel Zeit, über seinen außergewöhnlich quälenden Traum nachzudenken. Mittlerweile hatte die Schnupfpfeife die Runde einmal durch die ganze Geisterhütte gemacht, und der Amahuaca-Häuptling kam herüber, um sich zu ihm und seinem Team zu gesellen. Er begann zu reden, Puruwehua dolmetschte, und die Bedeutung dessen, was er erzählte, erforderte ihre ganze Aufmerksamkeit.

»Vor vielen Monden – zu viele für uns Amahuaca, um uns zu erinnern – kamen die weißen Männer zum ersten Mal. Fremde mit furchtbaren Waffen durchquerten unser Land. Sie fingen einige unserer Krieger und brachten sie in einen entlegenen Teil des Dschungels. Dort wurden sie unter dem Schmerz des Todes gezwungen, den Wald zu fällen und die Bäume zu einer Seite zu schleppen.«

Zuerst war Jaeger unsicher, ob der Häuptling einen Stammesmythos wiedergab oder die Geschichte seines Volkes oder eine Vision, die ihm das *Nyakwana* eingeflüstert hatte.

»Sie wurden gezwungen, all die Vegetation zu beseitigen«, fuhr der Häuptling fort, »und den Boden so flach zu treten, als wäre er ein Fluss. All das verstieß gegen das, woran wir glauben. Wenn wir dem Wald schaden, schaden wir uns selbst. Wir und das Land sind eins: Wir teilen dieselbe Lebenskraft. Viele wurden krank und starben, doch bis dahin war der Streifen Land befreit und der Wald darauf getötet.«

Der Häuptling blickte zum offenen Dach und dem sternenübersäten Himmel hinauf. »Eines Nachts kam ein großes Monster des Himmels. Es war ein riesiger Adler aus Rauch, Donner und Finsternis. Er stieß auf jenes Stück Land nieder und baute dort sein Nest. Aus seinem Inneren stieß das Himmelsmonster weitere Fremde aus. Diejenigen unserer Krieger, die überlebt hatten, wurden gezwungen, schwere Lasten aus dem Bauch des Monsters zu tragen.

Es gab Metalltrommeln«, erzählte der Häuptling weiter, »und das Himmelsmonster begann, Flüssigkeit daraus zu saugen, wie ein riesiger und hungriger Moskito. Sobald es fertig war, stieg es wieder in den Himmel hinauf und verschwand. Zwei weitere kamen, jedes so wie das erste. Jedes landete auf dem Stück Land, saugte mehr von der Flüssigkeit auf und stieg in die Lüfte, in diese Richtung«, der Häuptling deutete nach Süden, »in die Berge.«

Er machte eine Pause. »Und dann kam ein viertes Himmelsmonster knurrend aus der Dunkelheit. Doch es gab nicht genug Blut, um diesen letzten hungrigen Moskito zufriedenzustellen. Die Trommeln vertrockneten. Es saß dort und wartete auf mehr; hoffte, dass mehr käme. Doch nichts kam. Und die weißen Männer an Bord des Monsters – sie hatten den Zorn des Waldes unterschätzt und wie erbarmungslos die Geister all jene heimsuchen würden, die ihn verletzt hatten.

Diese weißen Männer – sie taumelten in Tod und Verderben. Schließlich verschlossen die beiden letzten Überlebenden ihr metallenes Himmelsmonster und gingen fort, mit dem wenigen, was sie tragen konnten. Auch sie fanden ihr Verderben im Dschungel.

Mit den Jahren eroberte der Wald die Lichtung zurück, und die Bäume ragten weit über das Monster hinaus, bis es von der Außenwelt vergessen wurde. Doch es hat niemals die Erinnerung der Amahuaca verlassen, die Geschichte wurde weitergetragen von Vater zu Sohn. Und dann brachte es weitere Finsternis. Wir hatten geglaubt, es wäre tot; der Kadaver eines toten Dings, zu uns gebracht vom weißen Mann. Doch es – oder besser, etwas in seinem Inneren – ist noch am Leben; und noch immer hat es die Kraft, uns zu schaden.«

Während der Häuptling die Geschichte erzählte, bemerkte Jaeger, dass ein Mitglied seines Teams wie gebannt dasaß. Sie schien an jedem Wort zu kleben, wie besessen; ihre Augen leuchteten wie vor Fieber. Es war das erste Mal, dass Jaeger sah, wie Irina Narov von einer Sache ganz und gar eingenommen wurde – und gleichzeitig erinnerte ihr Anblick ihn an jemanden, der am Rande des Wahnsinns stand.

»Die Tiere waren die Ersten, die leiden mussten«, fuhr der Häuptling fort. Einige hatten ihre Zuflucht in den Höhlen unter den Flügeln des Monsters gebaut. Einige wurden krank und starben. Andere brachten Nachwuchs zur Welt, der furchtbar entstellt war. Amahuaca-Krieger, die in dem Gebiet jagten, wurden krank, nachdem sie aus den Flüssen getrunken hatten. Das Wasser selbst schien verflucht; zu Gift geworden. Dann begannen die Pflanzen des Waldes überall um das Monster herum zu sterben.

Der Häuptling deutete auf seinen jüngsten Sohn. »Ich war noch jung zu der Zeit – etwa in Puruwehuas Alter. Ich erinnere mich gut. Schließlich fielen die Bäume selbst dem Monster zum Opfer. Alles, was blieb, waren nackte Skelette: totes Holz, ausgebleicht wie Knochen in der Sonne. Und so wussten wir, dass die Geschichte dieses Monsters noch nicht zu Ende war.«

Er schaute zu Jaeger. »Wir wussten, dass die weißen Männer zurückkehren würden. Wir wussten, dass die, die kommen, versuchen würden, den Fluch des Himmelsmonsters endgültig von unserem Land zu vertreiben. Deshalb befahl ich meinen Kriegern, euch nicht anzugreifen, sondern euch herzubringen. Damit ich euch testen konnte. Damit ich sicher sein kann.

Doch leider seid ihr nicht allein. Eine zweite Gruppe ist ebenfalls in unser Land eingedrungen. Sie kamen direkt nach euch, beinahe als wären sie euch hierher gefolgt. Ich fürchte, dass sie aus einem viel weniger freundlichen Grund hier sind. Ich fürchte, sie sind gekommen, um neues Leben in das Böse zu hauchen, welches das Monster in sich trug.«

Jaeger rasten tausend Fragen durch den Kopf, aber er spürte, dass der Häuptling noch nicht fertig war.

»Meine Männer beschatten diese andere Gruppe«, erzählte der Häuptling weiter. »Wir nennen sie die Dunkle Streitmacht, und aus gutem Grund. Sie schlagen eine Schneise durch den Dschungel, eine, die direkt in das Nest des Himmelsmonsters führt. Zwei meiner Krieger wurden gefangen genommen. Man ließ ihre Leichen aufgehängt in den Bäumen zurück, seltsame Symbole in ihren Rücken geschnitzt, als eine Warnung.

Es wird schwierig werden, gegen sie zu kämpfen«, fügte der Häuptling hinzu. »Es sind zu viele – vielleicht zehn Mal so viele wie eure Gruppe. Sie haben viele Donnerstöcke bei sich. Ich fürchte ein Gemetzel an meinem Stamm, falls es zu einem offenen Krieg kommen sollte. In der Tiefe des Waldes könnten wir vielleicht siegreich sein. Vielleicht. Selbst dort wäre es unsicher. Doch im offenen Gelände um das Himmelsmonster herum – mein Volk würde ausgelöscht werden.«

Jaeger versuchte, etwas zu sagen, doch der Häuptling brachte ihn mit einer Handbewegung zum Schweigen.

»Die einzige Sicherheit auf den Sieg liegt darin, das Himmelsmonster zuerst zu erreichen.« Er warf Jaeger einen verschmitzten Blick zu. »Es gibt keine Möglichkeit, dass ihr die Dunkle Streitmacht einholen könntet. Nicht allein. Doch falls ihr die Hilfe der Amahuaca annehmt, werdet ihr es schaffen. Wir kennen die geheimen Pfade des Waldes. Wir können uns schnell bewegen. Nur jene mit einem tapferen Herzen sollten sich einem solchen Unterfangen anschließen. Die Reise wird eine Abkürzung mit sich bringen, die nur wir Amahuaca kennen.

Kein Außenseiter hat je eine solche Reise versucht«, erklärte der Häuptling weiter. »Um das zu schaffen, muss man direkt zu den Teufelsfällen reisen und von dort aus … Nun, ihr müsst euer Leben in eure Hände nehmen. Doch es ist der einzige Weg, eine Chance zu haben, vor der Dunklen Streitmacht beim Himmelsmonster zu sein und zu triumphieren.

Der Wald wird euch leiten und beschützen«, verkündete der Häuptling. »Bei Sonnenaufgang werden alle, die bereit sind, losziehen. Puruwehua wird euer Führer sein, und ihr werdet zwei Dutzend meiner besten Krieger mitnehmen. Es wird sich zeigen, ob ihr dieses Angebot annehmt und wer von eurer Seite mitkommen wird.«

Einen Augenblick lang fehlten Jaeger die Worte für eine Antwort. Alles ging so schnell, und er hatte immer noch hundert Fragen, die ihn ablenkten. Es war Joe James, der als Erstes antwortete.

»Gebt mir noch eine Ladung aus eurer Pfeife, und ich folge euch Jungs überallhin«, knurrte er.

Es gab Gelächter, nachdem James' Antwort alle in die Gegenwart zurückgeholt hatte.

»Eine Frage«, bat Jaeger. »Was ist mit unseren beiden Vermissten? Welche Nachricht habt ihr über sie?«

Der Häuptling schüttelte den Kopf. »Es tut mir leid. Eure Freunde wurden von der Dunklen Streitmacht gefangen genommen und zu Tode geprügelt. Wir haben ihre Leichen geborgen und verbrannt. Nach den Traditionen der Amahuaca vermischen wir die Asche der Knochen unserer Toten mit Wasser und trinken es, sodass unsere Lieben für immer bei uns sind. Wir haben die Überreste eurer Freunde aufbewahrt, damit ihr mit ihnen verfahren könnt, wie ihr mögt … Es tut mir leid, Mr. Jaeger.«

Jaeger starrte ins Feuer. Sein Magen zog sich in einer Mischung aus Wut und Frustration, die an Verzweiflung grenzte, zusammen. Er schwor sich selbst, dass er denjenigen zur Rechenschaft ziehen würde, wer auch immer das alles tat. Er würde Antworten und Gerechtigkeit finden. Selbst wenn es Gerechtigkeit zu seinen Bedingungen war.

Diese Überzeugung brachte ihn wieder ins Gleichgewicht und bereitete ihn auf das vor, was auch immer vor ihnen lag.

54

Jaeger schaute zum Häuptling hinüber, mit Kummer in den Augen. »Ich denke, wir werden ihre Asche zwischen den Bäumen verstreuen«, sagte er leise. Er wandte sich an sein Team. »Und wisst ihr noch etwas? Ich denke, ich bin besser dran, wenn ich alleine gehe, mit den Kriegern des Häuptlings. Ich bin alleine schneller, und ich will nicht, dass ihr noch tiefer in diese ...«

»Typisch«, unterbrach ihn eine Stimme. »Sie mögen das Herz eines Löwen haben, aber Sie haben das Hirn eines Affen – wie das, das Sie gerade verspeist haben.« Es war Irina Narov. »Sie bürden es sich selbst auf, zäher als alle anderen zu sein. Der einsame Wolf. Der einsame Held. Sie machen alles alleine. Jeder andere ist eine Last. Eine Verpflichtung. Sie können den Wert nicht sehen, den andere haben, und das ist am Ende Ihr Verrat an allen in Ihrem Team.«

Die Worte trafen Jaeger hart. Der Verlust seiner Frau und seines Kindes sowie die anschließenden Jahre auf Bioko hatten ihn misstrauisch gegenüber anderen gemacht – das wusste er. Doch jetzt gerade, in diesem Augenblick, war das nicht der Grund, der ihn dazu trieb, alleine zu gehen. Es war die Angst, noch weitere Mitglieder seines Teams zu verlieren und nahezu machtlos dagegen zu sein.

»Zwei sind bereits tot«, hielt er ihr entgegen. »Unsere Mission hat sich von einer Entdeckungsexpedition in etwas deutlich Beschisseneres verwandelt. Das hier ist nicht mehr das, worauf Sie – worauf ihr alle – euch eingelassen habt, als ihr hier mitmachen wolltet.

»Schwachkopf«, erwiderte Narov, mit etwas sanfterer Stimme. »Ich wiederhole Ihnen, was ich gesagt habe, nachdem

wir beinahe bei unserem Absturz gestorben sind: Sie müssen lernen, Ihrem Team zu vertrauen. Und wissen Sie was? Dank Ihres Vorbilds haben Sie sich das Recht verdient, uns anzuführen. Sie haben es sich verdient. Beweisen Sie, dass Sie unserer Überzeugung wert sind; unseres *Vertrauens* in Sie.«

Was war das bloß mit dieser Frau?, fragte sich Jaeger. Wie gelang es ihr, ihm mit so wenigen, ausgesuchten Sätzen unter die Haut zu gehen? Sie hatte eine Art zu sprechen, die direkt ins Herz der Angelegenheiten stieß, und verdammt sei dabei die Höflichkeit.

Er schaute sich in seinem Team um. »Und der Rest von euch?«

»Ist doch ganz einfach.« James zuckte mit den Achseln. »Stimmen wir ab. Diejenigen, die mitwollen, dürfen mitkommen. Und wer nicht will, bleibt zurück.«

»Yeah«, fügte Alonzo hinzu. »Fragen Sie nach Freiwilligen. Und lassen Sie uns das klarstellen: Es ist nicht unehrenhaft – *kein Stück* –, wenn man beschließt, nicht mitzukommen.«

»Okay«, stimmte Jaeger zu. »Und, Häuptling – ist es für Sie in Ordnung, den Leuten Schutz zu bieten, die beschließen zu bleiben? Wenigstens so lange, bis diese Sache erledigt ist?«

»Sie sind uns willkommen«, bestätigte der Häuptling. »Unser Heim ist ihr Heim, und zwar so lange, wie sie es benötigen.«

»In Ordnung, dann frage ich nach Freiwilligen«, verkündete Jaeger. »Und Sie kennen alle die Gefahren.«

»Bin dabei«, erklärte James, beinahe noch bevor Jaeger zu Ende gesprochen hatte.

»Ist 'ne beschissene Art von Urlaub«, grummelte Alonzo. »Aber, Mann, ich komme mit.«

Kamishi hob den Blick zu Jaeger. »Ich habe bereits einmal versagt. Ich fürchte, ich könnte …« Jaeger legte eine Hand auf Kamishis Schulter, um ihn zum Schweigen zu bringen.

Kamishis Miene hellte sich auf. »Wenn Sie es akzeptieren würden …«

Alonzo schlug ihm klatschend auf den Rücken. »Was Bruder Kamishi hier zu sagen versucht: Er ist dabei!«

Dale sah erst zum Häuptling und dann zu Jaeger. »Wenn ich mitkomme, darf ich dann filmen? Oder spicken die mich mit Speeren, sobald ich die Kamera zücke?«

Jaeger warf Puruwehua einen Blick zu. »Ich bin mir sicher, wir finden irgendeine Abmachung mit dem Häuptling und seinen Kriegern.«

Puruwehua nickte. »Die Alten, sie glauben, eure Kamera verletzt ihre Seele. Die jüngeren Männer – die Krieger –, sie werden sich von mir bestimmt überzeugen lassen.«

Dale zögerte für einen weiteren Herzschlag, offensichtlich hin- und hergerissen zwischen seinem Verlangen, mitzukommen, und der Angst vor dem, was vor ihnen lag. Er zuckte mit den Achseln. »Dann, schätze ich, wird der Film hier ein todsicheres Ding.«

Jaeger wandte sich an Santos. »Leticia?«

Santos zuckte schwach mit den Schultern. »Ich würde wirklich sehr gerne mitkommen. Aber mein Gewissen sagt mir, dass ich hier besser aufgehoben bin, wenn ich bei meinen Indios bleibe. Oder? Was denken Sie?«

»Wenn Sie meinen, dass Sie bleiben sollten, sollten Sie bleiben.« Jaeger holte ihren Seidenschal hervor. »Und hier ist Ihr Schal – wie Sie, ein Überlebenskünstler.«

Eine sichtlich gerührte Santos nahm den Stoffstreifen entgegen. »Aber Sie müssen ihn doch tragen, oder? Es ist ein Glücksbringer für die kommende Reise.«

Sie streckte die Arme aus und knotete den Schal um Jaegers Hals. Kaum war sie fertig, gab sie ihm einen Kuss auf die Wange. Jaeger bildete sich ein, dass er sehen konnte, wie Narov mit derselben Eifersucht brannte, die er vorher schon an ihr bemerkt hatte. Das machte ihn umso entschlossener, den Schal bei allem zu tragen, was sie erwarten mochte. Alles, womit er Narov aus dem Konzept bringen konnte, während er versuchte, einen Weg zu der verborgenen Person zu finden, die irgendwo in ihr steckte.

»Vier sind dabei; einer bleibt hier«, zählte Jaeger zusammen. »Und der Rest?«

»Ich habe drei Kinder zu Hause«, meldete sich eine Stimme. Es war Stefan Kral. »In London. Korrigiere, nicht mehr in London. Wir sind gerade ins schöne Luton gezogen.« Er warf Dale einen verbitterten Blick zu. »Kann mir London nicht leisten, nicht beim Gehalt eines Produktionsassistenten. Ich bleibe am Leben, und ich kehre in einem Stück nach Hause zurück.« Er schaute zu Jaeger. »Ich komme nicht mit.«

»Verstanden«, gab Jaeger zurück. »Kommen Sie heil nach Hause und seien Sie der Vater, den Ihre Kinder brauchen. Das zählt mehr als jedes Flugzeugwrack, das irgendwo im Dschungel liegt.«

Während er die Worte aussprach, spürte Jaeger einen Klumpen Galle aus seinem Magen aufsteigen. Er zwang ihn wieder nach unten. Er hatte ein Jahr damit zugebracht, nach seiner eigenen Familie zu suchen, nachdem sie verschwunden war. Er hatte jede Straße abgesucht, jeden Stein umgedreht. Er war jedem Hinweis gefolgt und jeder Spur, bis jede einzelne davon kalt geworden war. Aber hatte er wirklich alles in seiner Macht Stehende getan, um sie zu finden?

Hatte er seine Familie aufgegeben und sein Leben aufgegeben – mit seiner Flucht nach Bioko –, als er eigentlich hätte weitersuchen sollen? Jaeger stieß den Gedanken beiseite.

Er schaute zu Narov. »Sie?«

Sie hielt seinem Blick stand. »Müssen Sie wirklich fragen?«

Er schüttelte den Kopf. »Vermutlich nicht. Irina Narov ist dabei.«

Der Amahuaca-Häuptling sah zum Himmel. »Und so habt ihr eure Gruppe zusammen. Ihr verlasst uns bei Sonnenaufgang, in etwa drei Stunden. Ich werde meinen Kriegern befehlen, bereit zu sein.«

»Eine Sache noch«, unterbrach ihn eine Stimme. Es war Narovs, und sie richtete ihre Worte an den Häuptling. »Sind Sie je an dem Ort gewesen, an dem das Himmelsmonster liegt?«

Der Häuptling nickte. »Ja, *Ja-gwara*, das bin ich.«

Ja-gwara – es war ein mehr als passender Name für Narov, der ihre unglaubliche Fähigkeit widerspiegelte, sich anzupassen und zu überleben.

»Wie gut erinnern Sie sich?«, fragte Narov. »Und könnten Sie mir alle Symbole und Markierungen aufzeichnen, die Sie dort gesehen haben?«

Der Häuptling begann, etwas auf dem sandigen Boden der Hütte zu zeichnen. Nach ein paar falschen Anläufen verwandelte es sich allmählich in ein düster vertrautes Bild: der Umriss eines Adlers, die Flügel ausgestreckt, der krumme Schnabel über der rechten Schulter ruhend, mit einem bizarren runden Symbol, das seinen Schwanz bedeckte.

Ein *Reichsadler*.

Dieses Symbol sei am Heck des Flugzeugs zu sehen, erklärte der Häuptling, direkt vor den Heckflossen. Und es war dasselbe Symbol, das in die Haut seiner Krieger geritzt worden war, fügte er hinzu – jene, die von der Dunklen Streitmacht gefangen und getötet worden waren.

Jaeger starrte das Bild lange an, während in seinem Kopf alles durcheinanderwirbelte. Er spürte, dass sie der Wahrheit näher kamen, der Auflösung des Ganzen; der Abrechnung. Und gleichzeitig wurde er von einem überwältigenden Gefühl der Furcht gepackt, als würde das Schicksal von allen Seiten auf ihn zukriechen und er besäße keine Kontrolle mehr …

»Es stehen Worte neben dem Adlersymbol«, sagte Puruwehua. »Ich habe sie mir aufgeschrieben.« Er kritzelte etwas in den Sand: *Kampfeswader 200* und *Geswaderkomodore A3.* »Ich spreche Englisch, Portugiesisch und unsere Muttersprache«, setzte er hinzu. »Aber das hier – ich glaube, es könnte Deutsch sein?«

Es war Narov, die antwortete, die Stimme leise und erfüllt von kaum verhohlener Abscheu. »Die Rechtschreibung ist etwas schief, aber das Kampfgeschwader 200 war ein Spezialgeschwader der Luftwaffe. Und Geschwaderkommodore A3 war einer der Titel, die man SS-General Hans Kammler verliehen hatte, dem Kommandanten der Staffel. Nach Hitler war Kammler einer der mächtigsten Männer im ›Dritten Reich‹.«

»Er war Hitlers Generalbevollmächtigter«, fügte Jaeger hinzu, als er sich an die rätselhafte E-Mail des Archivars erinnerte. »Hitler hat ihn gegen Kriegsende dazu ernannt.«

»Das war er«, bestätigte Narov. »Aber wissen Sie, was genau damit übertragen wird? Mit dem Status des Generalbevollmächtigten?«

Jaeger zuckte mit den Achseln. »Eine Art Sonderrepräsentant?«

»Es ist so viel mehr ... Ein Generalbevollmächtigter ist jemand, dem die Macht erteilt wird, im Sinne einer Regierung zu handeln, und das bei völliger Straffreiheit. Nach Hitler war Kammler der mächtigste und bösartigste Mensch einer einzigartig bösartigen Gruppe von Menschen. Bei Kriegsende hatte er das Blut vieler Tausender an seinen Händen. Und er war außerdem einer der reichsten Männer der Welt geworden.

Unbezahlbare Kunstwerke, Goldbarren, Diamanten, Bargeld«, zählte Narov auf. »Überall im besetzten Europa plünderten die Nazis alles von Wert, was sie in die Finger bekamen. Und wissen Sie, was aus SS-Obergruppenführer Hans Kammler und seiner Beute wurde, als der Krieg endete?«

Der bittere Zorn hinter Narovs Worten war nun deutlich zu vernehmen. »Verschwunden. In Luft aufgelöst, weggefegt vom Angesicht der Erde. Es ist eines der großen Rätsel – und Skandale – des Zweiten Weltkriegs: Was geschah mit Hans Kammler und seinem unrechtmäßig erworbenen Vermögen? Wer hat ihn geschützt? Wer hat seine Millionen versteckt?«

Sie sah in die Gesichter der anderen, und ihr brennender Blick kam auf Jaeger zum Stehen. »Dieses Flugzeug ist sehr wahrscheinlich Kammlers persönliches Kriegsflugzeug.«

55

Kurz nach Tagesanbruch waren sie bereit, das Amahuaca-Dorf zu verlassen. Jaeger und sein Team wurden von vierundzwanzig Indios begleitet, zu denen sowohl der jüngste Sohn des Häuptlings gehörte, Puruwehua, als auch sein ältester, der leicht zu erkennende Anführer der Krieger. Sein Name war Gwaihutiga, was in der Sprache der Amahuaca so viel bedeutete wie »Das größte Schwein in der Wildschweinherde«.

Das erschien Jaeger ein erstaunlich treffender Name zu sein: Das Wildschwein war eines der wertvollsten und gefürchtetsten Tiere im Dschungel. Kein Amahuaca-Mann wurde zu einem echten Krieger, solange er nicht eines davon gejagt und erlegt hatte.

Mittlerweile schien Gwaihutiga akzeptiert zu haben, dass sein Vater nicht wollte, dass Jaeger und sein Team mit Speeren zu Tode gefoltert wurden; stattdessen erwartete er, dass sie so schnell wie möglich zu dem Flugzeugwrack gebracht und auf dem Weg dorthin vor jedem Schaden bewahrt wurden.

Doch Jaeger war froh zu sehen, dass der älteste Sohn des Häuptlings noch immer in Kampflaune war, wenn auch nur gegen den echten Feind. Er trug einen Speer, Bogen und Pfeile, ein Blasrohr und einen Knüppel, und um seinen Hals trug er eine Kette aus kurzen Federn. Es war eine *Gwyrag'waja*, erklärte Puruwehua, jede Feder symbolisierte einen im Kampf getöteten Feind. Er verglich es mit dem weißen Mann, der eine Kerbe in seinen Gewehrkolben ritzte – etwas, das er in Filmen gesehen hatte, während er in der Außenwelt gelebt hatte.

In letzter Minute hatte es eine unerwartete Änderung in Jaegers Team gegeben. Leticia Santos hatte beschlossen, doch mitzukommen. Ungestüm und impulsiv, wie sie war – eine heißblütige Latina durch und durch –, hatte sie es nicht übers Herz gebracht, zuzuschauen, wie die anderen sich fertig machten, um ohne sie abzureisen.

Etwas früher an diesem Morgen hatte Jaeger Dale und Kral ein kurzes Interview gegeben, um zu helfen, alles einzufangen, was während der letzten vierundzwanzig Stunden geschehen war. Das war also die letzte Szene, die Stefan Kral mit ihnen drehen würde. Nachdem er die Kamera und das Stativ weggepackt hatte, hatte der Slowake um einen kurzen Moment unter vier Augen mit Jaeger gebeten.

Kral hatte ihm seine Gründe dargelegt, weshalb er aus der Expedition ausgestiegen war. Er hätte den Auftrag niemals annehmen sollen, erklärte er. Er war Jahre älter als Dale und deutlich erfahrener darin, in abgelegenen Gegenden zu filmen; er hatte ausschließlich deshalb zugesagt, weil er das Geld brauchte.

»Stellen Sie sich nur mal vor«, hatte er argumentiert, »Sie arbeiten unter einem Kerl wie Dale und wissen, dass Sie besser sind, professioneller. Könnten Sie das ertragen?«

»So ein Scheiß passiert beim Militär ständig«, erzählte ihm Jaeger. »Dienstgrade übersteigen häufig die Fähigkeiten. Manchmal muss man einfach damit leben.«

Es war nicht so, dass er Kral nicht mochte; aber wenn er ehrlich war, war er froh, ihn los zu sein. Ihr slowakischer Kameramann schien eine Menge Komplexe zu haben, und Jaeger vermutete, dass sie ohne ihn besser dran waren. Dale würde zweifellos sehr beschäftigt damit sein, alles alleine zu filmen, aber lieber eine Ein-Mann-Crew als zwei Typen, die einander ständig an die Gurgel gingen.

Einer von ihnen hatte gehen müssen – und zum Wohle des Films war es besser, wenn es der Slowake war.

»Was auch immer von jetzt an mit der Expedition geschieht«, hatte Kral erklärt, »ich denke, Sie kennen meine

Gründe. *Was auch immer passiert.* Oder zumindest kennen Sie die meisten davon.«

»Versuchen Sie, mir irgendetwas zu sagen?«, hakte Jaeger nach. »Sie verlassen uns. Es steht Ihnen frei, alles zu sagen, was Sie möchten.«

Kral schüttelte den Kopf. »Ich bin fertig. Viel Glück, welchen Pfad auch immer Sie einschlagen. Sie kennen die Gründe, weshalb ich sie nicht weiter darauf begleite.«

Die beiden Männer sagten sich angemessen freundlich Lebewohl, und Jaeger versprach, Kral in London auf ein Bier zu treffen, wenn alles vorbei war.

Unzählige Amahuaca waren anwesend, um sie zu verabschieden – anscheinend das gesamte Dorf. Doch während Jaeger sein Team zum Rand des dunklen Dschungels führte, gab es eine Sache, die ihn besonders deutlich beschäftigte: Kral hatte einen entschieden besorgten Ausdruck im Gesicht.

Er hatte sich an das schiefe Halbgrinsen des Slowaken gewöhnt, doch für den kürzesten aller Augenblicke erwischte er ihn dabei, wie er Dale mit einem Blick verfolgte, der einem das Blut in den Adern gefrieren ließ. Seine blassen blauen Augen wirkten verschleiert, der Ausdruck darin seltsam triumphierend.

Jaeger hatte nur wenig Zeit, über diesen Blick nachzugrübeln oder darüber, was er bedeuten könnte. Vor ihnen öffnete sich ein Pfad – einer, den ein normaler Beobachter übersehen hätte –, und kurz darauf wurden sie vom Dschungel verschluckt. Doch ein Gedanke harrte in Jaegers Kopf aus.

An etlichen Stationen – vor allem damals am Fluss, als Kral von Dales geheimen Filmeskapaden erzählt hatte – war Jaeger irgendetwas falsch erschienen. Das war ihm erst jetzt gerade klar geworden. Da war etwas in Krals Verhalten, das übertrieben selbstgerecht war; seine ganze »Ich sehe nichts, ich höre nichts«-Attitüde. Seine rechtschaffene Empörung war übertrieben gewesen, beinahe als wäre es eine Tarnung.

Eine Tarnung wofür, wusste Jaeger jedoch nicht zu sagen.

Er drängte den Gedanken – diese nagende Sorge – in den hintersten Winkel seines Kopfes.

Sobald sie den Dschungel betreten hatten, war ihm klar geworden, was für ein mörderisches Tempo die Amahuaca-Krieger vorlegen würden. Sie hatten mit einem langsamen Laufen angefangen und einen tiefen, rhythmischen Gesang dabei ausgestoßen. Es kostete Jaeger all seine Konzentration, bei diesem Tempo mitzuhalten.

Er schaute zu Puruwehua, der Position an seiner Seite bezogen hatte. »Also, hat dein Name irgendeine Bedeutung?«

Puruwehua grinste verlegen. »Puruwehua – das ist ein großer, glatter rotbrauner Frosch, unter dem Bauch schwarz und weiß gesprenkelt. Ein sehr fetter davon kam und setzte sich auf den Bauch meiner Mutter, direkt bevor Sie mich geboren hat.« Er zuckte mit den Schultern. »Wir neigen dazu, unsere Kinder nach solchen Dingen zu benennen.«

Jaeger lächelte. »Also kam ein Wildschwein und setzte sich auf deine Mutter, kurz vor der Geburt deines Bruders Gwaihutiga?«

Puruwehua lachte. »Meine Mutter war eine gute Jägerin in ihrer Jugend. Sie und ein Wildschwein hatten einen erbitterten Kampf. Schließlich erlegte sie es mit einem Speer. Sie wollte, dass ihr Erstgeborener den Geist dieses Wildschweins mit auf den Weg bekommt.« Er blickte zu seinem älteren Bruder an der Spitze der Reihe. »Gwaihutiga – er hat diesen Geist.«

»Und der Frosch? Der, nach dem du benannt bist? Was geschah mit ihm?«

Puruwehua fixierte Jaeger mit einem dunklen, leeren Blick. »Meine Mutter war hungrig. Sie hat ihn getötet und dann ebenfalls verspeist.«

Sie liefen einige Minuten schweigend weiter, bevor Puruwehua auf etwas hoch oben in den Baumwipfeln zeigte. »Dieser grüne Papagei, der von der Frucht frisst – das ist ein *Tuitiguhu'ia*. Man hält ihn als Haustier. Der Vogel kann lernen zu sprechen, und er warnt dich, wenn ein Jaguar kurz davorsteht, dein Dorf anzugreifen.«

»Sehr nützlich«, sagte Jaeger. »Wie zähmt man ihn?«

»Zuerst muss man einen *Kary'ripohaga*-Busch finden. Man schneidet einige seiner Blätter ab und schlägt dem Vogel damit einige Male ins Gesicht. Dann ist er gezähmt.«

Jaeger hob eine Augenbraue. »So einfach?«

Puruwehua lachte. »Natürlich! Viele Dinge werden einfach, wenn man die Wege des Waldes kennt.«

Sie liefen weiter und kamen an einem verrottenden Baumstamm vorbei. Puruwehua strich seine Hand gegen einen schwärzlich-roten Pilz und führte seine Finger dann an seine Nase. »*Gwaipeva*. Er hat einen ganz eigenen Geruch.« Er klopfte sich auf den Bauch. »Gut zu essen.«

Er riss ihn mit den Wurzeln heraus und stopfte ihn in die geflochtene Tasche, die er über der Schulter trug.

Einige Schritte weiter deutete er auf ein schwarzes Insekt, das sich an den Stamm eines nahen Baumes krallte. »*Tukuruvapa'ara*. Der König der Heuschrecken. Er nagt am Baum, bis er fällt.«

Als sie an dem Baum vorbeikamen, warnte Jaeger den Dolmetscher, vorsichtig auf dem Pfad zu laufen, da verschlungene Ranken zu ihren Füßen lagen.

»*Gwakagwa'yva* – die Wasserranke mit Dornen. Wir nutzen die Rinde, um Seile herzustellen, aus denen wir unsere Hängematten flechten. Ihre Samenkapseln sind geformt wie Bananen, und wenn sie aufplatzen, wehen die Samen im Wind davon.«

Jaeger war fasziniert. Er hatte den Dschungel immer als

völlig neutral betrachtet: Je mehr man von seinen Geheimnissen lernte, desto stärker konnte man ihn als seinen Freund und Verbündeten benutzen.

Kurz darauf legte Puruwehua eine Hand an sein Ohr. »Hörst du? Dieses *Prrrikh-prrrikh-prrrikh-prrrikh-prrrikh*. Das ist der *Gware'ia* – ein großer brauner Kolibri mit einer weißen Vorderseite und einem langen Schwanz. Er singt nur, wenn er ein Wildschwein sieht.« Er langte nach einem Pfeil. »Nahrung für das Dorf …«

Während Jaegers Hand zu seiner Schrotflinte wanderte, sah er, wie sich Puruwehua von einem Dolmetscher in einen Jäger verwandelte und einen Pfeil an den Bogen legte, der beinahe so groß war wie er selbst. Puruwehua war nur wenige Zentimeter kleiner als sein Krieger-Bruder und dabei ebenso breit und kräftig in den Schultern.

Wenn der Augenblick zum Kämpfen gekommen war, vermutete Jaeger, würde sich Puruwehua als Frosch erweisen, der nicht zulassen würde, dass man ihn einfach so verspeiste.

56

Ein gutes Stück hinter ihnen lag das Amahuaca-Dorf inzwischen größtenteils still und verlassen da. Nur eine einsame Gestalt stand noch auf der offenen Lichtung.

Sie schaute in den vom Morgengrauen erleuchteten Himmel und ging ein paar Schritte weiter, bis die Bäume praktisch keinerlei Schutz mehr für versteckte Ohren boten und damit maximale Privatsphäre sicherten. Sie zog etwas aus ihrer Tasche – ein Thuraya-Satellitentelefon –, stellte es auf einen Baumstumpf und hockte sich ins Unterholz, um zu warten.

Das Telefon piepte einmal, zweimal, dann dreimal: Es hatte ausreichend Satelliten gefunden. Die Gestalt aktivierte den Kurzwahlspeicher, gefolgt von einer einzigen Ziffer.

Das Telefon klingelte zweimal, bevor eine Stimme sich meldete. »Grey Wolf. Sprechen Sie.«

Kral bleckte die Zähne in einem dünnen Lächeln. »Hier ist White Wolf. Sieben sind losgezogen, mit zwei Dutzend Indios, Richtung Süden, zurück zu den Fällen. Von dort nehmen sie eine Route, die nur die Indios kennen, westwärts in Richtung des Ziels. Ich konnte bisher nicht offen sprechen, aber ich konnte ihnen entwischen. Ihr könnt euer Schlimmstes tun.«

»Verstanden.«

»Ich kann bestätigen, dass es sich um SS-Obergruppenführer Kammlers Flugzeug handelt. Ladung mehr oder weniger intakt. Zumindest so gut, wie man es nach über siebzig Jahren erwarten kann.«

»Verstanden.«

»Ich habe die exakten Koordinaten des Flugzeugs.« Eine Pause. »Haben Sie die dritte Überweisung durchgeführt?«

»Wir haben die Koordinaten bereits. Unsere Aufklärungsdrohne hat das Flugzeug gefunden.«

»Gut.« Ein Schatten der Verwunderung huschte über Krals Gesicht. »Die, die mir gegeben wurden, lauten: 964864.«

»964864. Sie stimmen überein.«

»Und die dritte Zahlung?«

»Wird wie abgemacht auf Ihrem Schweizer Konto landen. Geben Sie es schnell aus, Mr. White Wolf. Sie wissen nie, was morgen geschehen kann.«

»Wir sind die Zukunft«, flüsterte Kral auf Deutsch.

»Wir sind die Zukunft«, bestätigte die Stimme.

Kral würgte das Gespräch ab.

Die Gestalt am anderen Ende der Leitung schmiegte den Empfänger an seinen Hals und ließ ihn dort lange ruhen.

Sie sah zu einem gerahmten Foto auf ihrem Schreibtisch. Es zeigte einen Mann mittleren Alters in einem grauen Nadelstreifenanzug. Das Gesicht hatte etwas Falkenhaftes an sich: die gebogene Nase, die arroganten und doch verwegenen Augen, aus denen ungehindert Macht und Einfluss sprachen – etwas, das ihm bis ins hohe Alter ein entspanntes Vertrauen in seine eigenen Fähigkeiten gegeben hatte.

»Endlich«, flüsterte die sitzende Gestalt. *»Wir sind die Zukunft.«*

Er legte den Empfänger wieder an sein Ohr und drückte die Null. »Anna? Geben Sie mir Grey Wolf Six. Ja, jetzt sofort, bitte.«

Er wartete einen Herzschlag, bevor sich eine Stimme meldete. »Grey Wolf Six.«

»Ich habe die Koordinaten«, verkündete er. »Sie stimmen überein. Löscht sie alle aus. Es darf keine Überlebenden geben – White Wolf eingeschlossen.«

»Verstanden, Sir«, bestätigte die Stimme.

»Arbeiten Sie klinisch; aus der Distanz. Benutzen Sie die Predator. Es muss *abgestritten werden können*. Sie haben das Ortungsgerät. Benutzen Sie es. Und verfolgen Sie ihre Kommunikationseinheiten. Finden Sie die Leute. Eliminieren Sie alle.«

»Verstanden. Aber, Sir, wir werden Schwierigkeiten haben, sie aus der Luft unter dem Blätterdach zu verfolgen.«

»Dann tun Sie, was Sie tun müssen. Lassen Sie Ihre Kriegsbestien von der Leine. Diese Gruppe darf nicht in die Nähe des Flugzeugs kommen.«

»Verstanden, Sir.«

Die sitzende Gestalt unterbrach die Verbindung. Nachdem sie eine Weile nachgedacht hatte, beugte sie sich vor und tippte auf der Tastatur ihres Laptops, worauf es aus dem Stand-by-Modus erwachte. Sie verfasste eine kurze E-Mail:

> Lieber Ferdy,
> Adlerflug IV gefunden. Wird bald geborgen bzw. sich darum gekümmert. Aufräumaktion im Gange. Großvater Bormann wäre stolz auf uns gewesen.
> *Wir sind die Zukunft.*
> HK

Er klickte auf »Senden« und lehnte sich auf seinem Stuhl zurück, die Finger hinter dem Kopf verschränkt. An der Wand hinter ihm hing ein gerahmtes Bild mit dem Foto seines jüngeren Ichs, der die unverkennbare Uniform eines Colonels des amerikanischen Militärs trug.

Unter der Führung der Amahuaca-Indios kostete es Jaeger und sein Team weniger als die Hälfte der Zeit, zurück zu den Teufelsfällen zu kommen und ihre Route wieder aufzunehmen. Sie erreichten das Ufer des Rio de los Dios nur einen knappen Kilometer flussabwärts von der Stelle, an der sie ihre Ausrüstung gelagert hatten.

Puruwehua rief unter dem Rand des Blätterdachs eine Pause aus, dort, wo eine dauerhafte Gischtwolke die Luft mit Nebel zu durchziehen schien. Er deutete in den Flussnebel – ein scharfer Abgrund durchschnitt den Fels vor ihnen, in den Stein gegraben von herabstürzendem Wasser und unzähligen Jahrtausenden. Er musste schreien, damit er über das ohrenbetäubende Donnern hinweg zu hören war, mit dem der Rio de los Dios gute dreihundert Meter in das Tal unter ihnen stürzte.

»In diese Richtung – dort liegt die Brücke zur ersten Insel«, verkündete er. »Von dort aus schwingen wir an einem Seil. Zwei Seilschwünge zu zwei weiteren *Evi-gwa* – Landinseln –, und wir sind auf der anderen Seite. Dort führt eine in den Fels gehauene Passage die Fälle nach unten, die vor langer Zeit von unseren Vorvätern angelegt wurde. Eine Stunde – vielleicht weniger –, und wir sind am Fuß der Fälle.«

»Wie lange von dort aus zum Flugzeugwrack?«, fragte Jaeger.

»Mit dem Tempo der Amahuaca? Einen Tag.« Puruwehua zuckte mit den Schultern. »In dem Tempo des weißen Mannes ein Tag und ein halber, mehr nicht.«

Jaeger ging zur Kante des Abgrunds und suchte nach dem ersten Übergang. Eine Weile konnte er ihn nicht finden, so gut war die Brücke verborgen. Puruwehua musste sie ihm zeigen.

»Dort.« Sein Arm stach nach unten und deutete auf ein winziges, klapprig aussehendes Gebilde. »*Pyhama* – ein Rankenseil, das wir benutzen, um in die Bäume zu klettern. Aber man kann daraus auch gute Flussbrücken bauen. Es wird mit den Blättern des *Gwy-va*-Baums bedeckt, aus dem wir das Holz für unsere Pfeile nehmen. So ist sie beinahe unsichtbar.«

Jaeger und sein Team schulterten ihre Rucksäcke, folgten den Indios und rutschten die Klippe nach unten zum Ausgangspunkt der Brücke. Es war eine verrückt aussehende, steil nach unten führende Hängebrücke, die den ersten, riesigen Abgrund überspannte. Auf der anderen Seite war sie an einer Felsinsel befestigt, der ersten von drei, die aus dem Rand der Fälle herausragten.

Das Tosen des Wasserfalls verhinderte hier jedes Gespräch. Jaeger folgte Puruwehua. Er war der Erste aus seinem Team, der einen Fuß auf die lebensgefährliche Konstruktion setzte. Er packte die Rankenseile, die zu beiden Seiten als Geländer dienten, und zwang sich dazu, von geflochtenem Querseil zu geflochtenem Querseil zu treten, die jeweils einen Schritt auseinanderlagen.

Ganz kurz beging er den Fehler, nach unten zu schauen.

Sechzig Meter unter ihm donnerten die braunen, wütenden Wasser des Rio de los Dios vorbei und stürzten in den Abgrund. Jaeger kam zu dem Schluss, dass er den Blick besser nach vorne gerichtet hielt. Die Augen schließlich fest auf Puruwehuas Schulter gerichtet, zwang er seine Füße, weiterzugehen.

Er näherte sich der Mitte der Brücke, während der Großteil seines Teams sich bereits hinter ihm versammelte, als er es spürte.

Ohne jede Warnung zerriss ein unmöglich flaches Projektil die Gischtnebel, die über ihnen wirbelten. Das Kreischen, als es vorbeiflog, krallte sich in seine Ohren. Das Geschoss fetzte durch die Mitte der Hängebrücke, und krachte eine Millisekunde später in den Rio de los Dios weit unter ihnen. Es explodierte in einer riesigen Fontäne weiß schäumenden Wassers.

Jaeger sah wie gelähmt zu, als die Wolke explosiver Zerstörung sich nach oben reckte – der Lärm der Explosion pochte in seinen Ohren und hallte von den Wänden des Abgrunds wider.

In weniger als einer Sekunde war alles vorbei. Die Brücke schaukelte ruppig hin und her, während die Menschen sich daran festkrallten, die Augen aufgerissen vor Schreck. Jaeger hatte genügend Hellfire-Luftschläge angeordnet, um das schrille, gequälte Heulen der Waffe zu erkennen – auch wenn das hier das allererste Mal war, dass er selbst zum Ziel einer solchen Rakete wurde.

»HELLFIRE!«, brüllte er als Warnung. »HELLFIRE! Zurück, los, zurück! Zurück ans Ufer! Unter die Bäume!«

In der seltsamen, aber unverkennbaren Art, in der die Zeit sich in lebensbedrohlichen Situationen zu verlangsamen scheint, fühlte Jaeger sich, als würde er hundert Jahre für jede Sekunde leben. Sein Verstand verarbeitete tausend und einen Gedanken, als er die Leute vor sich herschubste und sie dazu drängte, Schutz im Dschungel zu suchen.

So tief im brasilianischen Amazonas – sie waren am äußersten Westen des Staates Acre, in der Gemeinde Assis Brasil, direkt an der peruanischen Grenze – konnte es seiner Ansicht nach nur eine Sorte von Flugzeug sein, die über ihnen flog. Es musste eine unbemannte Drohne sein, denn nur die hätte die Reichweite und die Warteschleifendauer, um so lange über dem Dschungel zu kreisen, bis sie sie gefunden hatte.

Jaeger wusste, wie lange eine Predator – die am weitesten verbreitete Kampfdrohne der Welt, genutzt von den moderneren Armeen der Welt – brauchen würde, sich neu zu bewaffnen und neu auf ihr Ziel aufzuschalten. Das Abfeuern einer Hellfire allein brachte das Fluggerät zum Schwanken und unterbrach die Videoverbindung mit dem Piloten, der die Drohne per Fernsteuerung lenkte.

Es würde etwa sechzig Sekunden kosten, alles zu stabilisieren und den Videokontakt wieder einwandfrei herzustellen.

Die nächste AGM-114 Hellfire – die meisten Predator führten maximal drei davon mit – würde jeden Augenblick bereit zum Abschuss sein. Abhängig davon, in welcher Höhe die Predator flog – mit höchster Wahrscheinlichkeit kreiste sie auf einer Höhe von etwa siebeneinhalb Kilometer –, mochte die Rakete bis zu achtzehn Sekunden brauchen, um den Boden zu erreichen – was die maximale Zeit war, die Jaeger noch blieb.

Die erste Hellfire war nicht explodiert, als sie die Rankenkonstruktion getroffen hatte, und war stattdessen durch einen Strang der Brücke geschnitten wie ein Messer durch Butter.

Doch ein zweites Mal hätten sie womöglich nicht so viel Glück.

Der Hinterste von ihnen – der älteste Sohn des Häuptlings – kam zurückgeklettert, und Jaeger stieß ihn in Richtung Flussufer. Jetzt drehte er sich selbst um und eilte in Richtung des sicheren Dschungels. Die Stiefel stiegen über die Rankensprossen unter ihm, der Wald näherte sich mit jedem Schritt.

»LAUFT IN DIE BÄUME!«, schrie er. »LOS, UNTER DIE BÄUME!«

Das Blätterdach würde sie nicht vor einem Angriff mit einer Hellfire schützen. Es gab nur wenig, was das geschafft hätte. Aber für die Predator-Drohne würde es nahezu unmöglich werden, durch den Teppich aus dichter Vegetation etwas zu sehen, sodass der Bewuchs sie davon abhielt, ein Ziel zu finden.

Jaeger lief weiter, Sprosse um Sprosse, der Letzte, der noch auf der Brücke weilte.

Dann schlug die zweite Rakete ein.

Er spürte den Druck des Einschlags, einen Wimpernschlag bevor das Jaulen ihres Anflugs sich in seine Ohren bohrte – denn die Rakete flog mit Mach eins Komma drei, schneller als der Schall. Sie explodierte genau in der Mitte der Brücke. Das skelettartige Knüpfwerk verschwand in einem Ball lodernder Flammen und rasiermesserscharfer Schrapnelle, die überall um ihn herum die Luft zerschnitten.

Augenblicke später spürte er, wie der Boden unter ihm wegsackte und er stürzte. Mit den letzten Kraftreserven wirbelte Jaeger herum, packte die Handläufe, verschränkte die Arme darum und wappnete sich für den Aufprall. Eine Sekunde etwa fiel seine Hälfte der Brücke senkrecht nach unten, bevor das Ende, das noch am Rand des Abgrunds befestigt war, sich spannte und die Hälfte unter sich in einem brutalen Ruck in Richtung Felswand zog.

Jaeger spannte den ganzen Körper an, bis er hart wie Stahl wurde.

Er krachte gegen die Felswand. Die Wucht des Aufpralls riss ihm die Haut von den Unterarmen und katapultierte seinen Kopf nach vorne.

Seine Stirn hämmerte mit einem hässlichen Knacken gegen den Fels.

Eine blendende Wolke aus Sternen raste durch Jaegers Gehirn, und einen Herzschlag später versank seine Welt in tiefster Dunkelheit.

57

Jaeger kam wieder zu sich.

Alles in seinem Kopf drehte sich. Blitze aus sengendem Schmerz rasten durch seine Schläfen. Vor seinen Augen verschwamm die Welt. Er fühlte sich, als müsse er sich übergeben.

Langsam nahm er seine Umgebung wahr. Über ihm erstreckte sich ein riesiger Schirm aus dunklem Grün.

Dschungel.

Laub.

Weit oben.

Wie eine schützende Decke.

Ihn vor der Predator schützend.

»Schaltet alles aus!«, rief Jaeger. Er kämpfte sich auf einen Ellenbogen, doch fremde Hände versuchten, ihn aufzuhalten und wieder nach unten zu drücken. »Schaltet alles aus, verdammt noch mal! Sie sucht nach einem Signal. SCHALTET ALLES AUS!«

Jaegers wilde, blutunterlaufene Augen zuckten von einem Teammitglied zum anderen, während die Leute eilig in ihren Taschen und Ausrüstungsgurten herumkramten.

Jaeger sog die Luft ein, als ein weiterer blitzender Schmerz durch seinen Schädel fuhr. »PREDATOR!«, rief er. »Trägt drei Hellfire! Schaltet alles aus! SCHALTET ES AUS, VERDAMMT!«

Während er schrie und tobte, kam sein Blick auf einer Person zum Stehen. Dale kniete direkt am Rande der Schlucht, in die der Fluss stürzte, hielt die Kamera auf einem Knie und beugte sich mit dem Auge über den Sucher, während er das Drama filmte, das sich vor ihm ausbreitete.

Mit unmenschlicher Kraft riss sich Jaeger von wem auch immer los, der ihn unten gehalten hatte. Er sprintete vorwärts, die Augen gefährlich funkelnd, sein Gesicht feucht vor Blut, sein Blick der eines komplett Wahnsinnigen.

Ein Ruf drang aus seiner Kehle wie das Heulen eines Tiers.

»SCHALT SIE – VERDAMMT NOCH MAL – AUS!«

Dale blickte verständnislos auf – seine gesamte Welt war durch die Kameralinse begrenzt worden.

Im nächsten Augenblick warfen sich achtzig Kilo William Jaeger gegen ihn. Der Tackle warf beide Männer strauchelnd in die Vegetation, die Kamera flog trudelnd in die entgegengesetzte Richtung. Sie rollte einmal über den Boden und verschwand über den Rand in den Abgrund.

Dort kam die Kamera auf den Überresten eines schmalen Vorsprungs zum Liegen.

Sekunden später erklang ein Heulen, als hätten sich alle Tore der Hölle aufgetan, und eine dritte Rakete raste herab. Die dritte Hellfire zerriss den Sprühnebel und bohrte sich in den schmalen Vorsprung, auf dem Dales Kamera gelandet war. Die Explosion loderte über die schmale Kante und pulverisierte die wenige Vegetation, die dort wuchs, doch die Felswand darüber schirmte Jaegers Team vor der Hauptwucht des Einschlags ab.

Die Explosion wurde nach oben gelenkt, ein Sturm aus Schrapnellen jagte in den offenen Himmel, die ohrenbetäubende Explosion brüllte hin und her über der weiten Fläche des Rio de los Dios.

Als die Echos verklangen, senkte sich beinahe Schweigen über die Wasserfälle. Der Geruch verbrannten Felsens und verkohlter Vegetation hing schwer in der Luft. Hinzu kam der erstickende, rauchige Feuerwerksgestank von Sprengstoff.

»Hellfire Nummer drei!«, rief Jaeger von dort, wo er und Dale im Unterholz gelandet waren. »Das sollten alle gewesen sein! Aber durchsucht eure Ausrüstung – ALLES DAVON – und sorgt dafür, dass alles ausgeschaltet ist!«

Die Leute liefen los, packten ihre Rucksäcke und leerten sie aus.

Jaeger wandte sich an Dale. »Ihre Kamera speichert Datum, Uhrzeit und Position, oder nicht? Hat sie einen eingebauten GPS-Sender?«

»Ja, aber ich hab Kral gesagt, er soll ihn ausschalten, in beiden Kameras. Kein Kameramann will, dass auf seinem Material Datum und Uhrzeit eingebrannt sind.«

Jaeger stieß einen Daumen in Richtung der Kante, hinter der Dales Kamera ihr Leben ausgehaucht hatte. »Was auch immer Kral getan hat – *diese da war nicht ausgeschaltet.*«

Dales Blick ruckte zu seinem Rucksack. »Ich hab noch eine zweite dort drin. Reserve.«

»Dann gehen Sie unters Blätterdach und sorgen Sie dafür, dass sie ausgeschaltet ist!«

Dale lief los.

Jaeger kämpfte sich auf die Füße. Er fühlte sich wie der Tod – sein Kopf und seine Unterarme pochten vor Schmerz –, doch er hatte größere Probleme, um die er sich kümmern musste. Er hatte seine eigene Ausrüstung, die er durchsuchen und sichern musste. Er stolperte hinüber und begann, den Inhalt zu durchwühlen. Er war sicher, dass alles ausgeschaltet war, aber ein einziger Fehler könnte sich jetzt als ihr aller Tod erweisen.

Fünf Minuten später hatte jeder von ihnen alles überprüft.

Niemand hatte ein GPS-Gerät eingeschaltet gehabt, als die Hellfires auf sie abgeschossen worden waren, ganz zu schweigen von einem Satellitentelefon. Sie waren schnell marschiert, auf einer Route und in einer Geschwindigkeit, die von den Amahuaca-Indios festgelegt worden waren. Niemand in Jaegers Team hatte navigieren müssen, und hinzu kam, dass sie unter dichtem Laubwerk unterwegs gewesen waren, wo es generell keinen Satellitenkontakt gab.

Jaeger versammelte sein Team. »Irgendetwas hat die Predator auf unsere Spur gebracht«, erklärte er durch vor Schmerz zusammengebissene Zähne. »Wir sind am Rande der Wasserfälle unter dem Laubdach hervorgekommen, und *Piep!* Ein Signal ist bei der Predator eingetroffen. Dafür braucht es ein Satellitentelefon, ein GPS-Gerät oder etwas Ähnliches – etwas, das man augenblicklich orten kann.«

»Sie hat Infrarot«, warf Alonzo ein. »Die Predator. Durch IR kann sie uns als Wärmequelle orten.«

Jaeger schüttelte den Kopf. »Nicht unter dreißig Metern Dschungelvegetation, das schafft sie nicht. Und selbst wenn sie das alles durchdringen könnte – und glaubt mir, sie kann es nicht –, was würde sie sehen? Einen Haufen nicht identifizierbarer Wärmeflecken. Wir könnten ebenso gut eine Horde Wildschweine sein. Nein, sie hat irgendetwas gesucht; irgendetwas, das ein sofortiges, verfolgbares Signal ausstößt.«

Jaeger schaute zu Dale. »Haben Sie gefilmt, als die erste Hellfire einschlug? War Ihre Kamera eingeschaltet?«

Dale schüttelte den Kopf. »Machen Sie Witze? Auf der Brücke? Ich hab mir verflixt noch mal in die Hosen geschissen.«

»Okay, jeder von euch: Ihr müsst eure Ausrüstung prüfen und nochmals prüfen«, ordnete Jaeger grimmig an. »Durchsucht die Seitentaschen eurer Rucksäcke. Eure Hosentaschen. Hemdtaschen. Himmel, sogar eure Unterwäsche. Sie hat irgendwoher ein Signal empfangen. Wir müssen es finden.«

Er begann erneut, seinen eigenen Rucksack zu durchwühlen, bevor er mit den Händen seine Taschen durchsuchte. Seine Finger kamen auf der glatten Oberfläche der Night-Stalkers-Münze zum Liegen, die er sich tief in die Hosentasche gestopft hatte. Seltsamerweise schien sie während des

Chaos und der Zerstörung der letzten Minuten verbogen – ja beinahe durchgeknickt – worden zu sein.

Er zog sie raus. Er schätzte, dass die Münze einigen Schaden abbekommen haben musste, als das Ende der zerrissenen Brücke ihn gegen die Felswand geschmettert hatte. Er musterte sie einen Augenblick. Da schien ein winziger Riss einmal um den Außenrand der Münze herumzulaufen. Er schob einen eingerissenen, blutigen Nagel hinein und übte etwas Druck aus.

Mit einem klingenden Geräusch zerfiel die Münze in zwei Hälften.

Eine der beiden Hälften war innen hohl.

Jaeger konnte nicht glauben, was seine Augen sahen.

Das ausgehöhlte Innere der Münze beherbergte einen winzigen elektronischen Schaltkreis.

58

»Der Tod lauert im Dunkeln.« Jaeger spie das Motto der Night Stalkers aus, das auf einer Seite der angeblichen Münze eingeprägt war. »Und wie er das tut – wenn man eine hiervon bei sich trägt.«

Er legte sie auf einen nahen Fels, das Stück Elektronik nach oben gerichtet, und nahm sich einen zweiten, kleineren Stein. Er würde das Ding zu Staub zermalmen, indem er die Felsen wie Hammer und Amboss benutzte. Er hob die Faust und war bereit, den Stein kräftig nach unten zu schlagen – all seine aufgestaute Wut und sein loderndes Gefühl, verraten worden zu sein, in diesen Hieb konzentriert –, als eine Hand vorschnellte, um ihn aufzuhalten.

»Nicht. Es gibt einen besseren Weg.« Es war Irina Narov. »Alle Ortungssender haben eine Batterie. Und sie haben einen Schalter, um sie ein- oder auszuschalten.« Sie griff nach dem Gerät und legte einen winzigen Schalter um. »Jetzt ist sie ausgeschaltet. Kein Signal mehr.« Sie schaute ihn an. »Die Frage ist, woher haben Sie die?«

Jaegers Finger schlossen sich um die Münze, als könne er sie mit seiner Faust zerquetschen. »Der Pilot der C-130. Wir haben geplaudert. Er sagte, er wäre ein Veteran des Special Operations Aviation Regiment. Ein Night Stalker. Ich kenne das SOAR gut. Es gibt keine bessere Einheit. Das hab ich ihm erzählt.« Er machte eine Pause, brütend. »Er hat mir diese Münze angeboten.«

»Dann lassen Sie mich ein Szenario postulieren«, begann Narov, die Stimme so kalt und leer wie die Eiswüste der Arktis. »Der C-130-Pilot hat Ihnen ein Ortungsgerät untergeschoben. So viel ist inzwischen klar. Wir – Sie und ich im

Tandem – wurden beim Absprung festgehalten. Seine Crew – seine Absprunghelfer – haben uns das absichtlich angetan, um uns ins Trudeln zu bringen. Und sie haben Ihre Waffe gelockert, um uns noch stärker zu destabilisieren.«

Narov machte eine Pause. »Die Crew der C-130 hatte den Auftrag, uns entweder zu töten oder dafür zu sorgen, dass jemand anderes uns folgen kann. Und wer auch immer das war, der uns mithilfe dieser Münze gefolgt ist, versucht nun ebenfalls, uns zu töten.«

Jaeger nickte. Er musste zugeben, dass Narovs Szenario das einzige war, das irgendeinen Sinn ergab.

»Also, wer versucht, uns zu töten?«, sprach Narov weiter. »Das ist eine rhetorische Frage. Ich erwarte nicht, dass Sie darauf antworten. Aber jetzt gerade ist das die Eine-Million-Dollar-Frage.«

Da war etwas an Narovs Tonfall, das Jaeger nervös machte. Manchmal war sie so kalt und leblos wie ein Roboter. Es war extrem befremdlich.

»Ich bin froh, dass Sie keine Antwort erwarten«, sagte er heiser. »Denn wissen Sie was? Wenn der Pilot dieser C-130 mir ein Ortungsgerät unterjubeln konnte, habe ich nicht mehr die leiseste verdammte Ahnung, wer noch Freund und wer Feind ist.«

Er stieß einen Daumen in Richtung der Indios. »Im Grunde sind die einzigen Leute, denen ich im Augenblick trauen kann, diese dort: ein angeblich unentdeckter Stamm von Indios. Was die Frage betrifft, wer der Feind ist, weiß ich nur, dass sie Zugriff auf wirklich schweres Gerät haben – wie Predator-Drohnen, Ortungsgeräte und Gott weiß was sonst noch.«

»Carson hat die C-130 und ihre Crew angeheuert?«, fragte Narov.

»Das hat er.«

»Dann ist Carson ein Verdächtiger. Ich konnte ihn ohnehin nie leiden. Er ist ein arroganter *Schwachkopf.*« Sie schaute Jaeger an. »Davon gibt es zwei Sorten. Die netten *Schwachköpfe* und jene, die ich zutiefst verachte. Sie – Sie sind einer von den netteren.«

Jaeger glotzte. Er konnte sich einfach keinen Reim auf Narov machen. Flirtete sie gerade mit ihm, oder spielte sie mit ihm wie eine Katze mit einer Maus? So oder so, er beschloss, das zweifelhafte Kompliment anzunehmen.

Alonzo erschien neben den beiden. »Ich schätze, Sie sollten das HAV anfunken«, schlug der große Afroamerikaner vor. »Den Airlander. Die machen doch P-WAS, oder?« P-WAS lautete die militärische Abkürzung für Persistent Wide-Area Surveillance: dauerhafte flächendeckende Geländeüberwachung. »Sie sollten ihre Geräte inzwischen hochgefahren haben. Fragen wir sie, was sie gesehen haben.«

»Sie vergessen etwas«, warf Jaeger ein. »Sobald ich irgendein Funksignal absetze, jagen die uns eine Hellfire in den Hintern.«

»Schicken Sie Daten«, schlug Alonzo vor. »Bündelübertragung. Die Predator braucht gut neunzig Sekunden, um ein Ziel aufzuspüren, zu verfolgen und aufzuschalten. Bündelübertragung – damit dauert es höchstens einen Wimpernschlag.«

Jaeger dachte einen Augenblick darüber nach. »Yeah. Ich schätze, das müsste funktionieren.« Er sah zum Rand des Abgrunds. »Aber ich tu es dort draußen. Nur ich. Allein.«

Jaeger fuhr sein Thuraya hoch. Er tippte eine kurze Nachricht ein, in dem sicheren Wissen, dass das Gerät erst nach einem Satellitenkontakt suchen würde, wenn er hinaus auf offenes Gelände trat.

Die Nachricht lautete: *Quadrat 964864. Verbindung wird abgehört. Team anvisiert: Hellfire. Suchdrohne? Kontakt jetzt verschlüsselte Datenbündel. Was hat Airlander gesehen? Ende.*

Jaeger trat an den Rand der Felsschlucht, in die der Wasserfall stürzte.

Er verließ den Schutz des Blätterdachs über ihm und hielt das Thuraya am ausgestreckten Arm, während er zusah, wie die Satelliten-Icons mit einem Piepton auf dem Display erschienen. In der Sekunde, in der er ein brauchbares Signal hatte, war die Nachricht versendet, und er schaltete das Gerät wieder aus, bevor er zurück in den Schutz des Dschungels eilte.

Jaeger und das Team warteten in den Schatten, die Spannung zum Schneiden dicht, während sie die Sekunden zählten. Eine Minute verstrich: keine Hellfire. Zwei Minuten vergingen: immer noch kein Raketenangriff.

»Das sind drei Minuten, Kumpel«, knurrte Alonzo schließlich, »und immer noch keine Hellfire. Datenbündel – scheint, als wäre das die Lösung.«

»Ist es«, bestätigte Jaeger. »Also, was als Nächstes?«

»Zuerst müssen Sie mich Ihren Kopf versorgen lassen.« Das war Leticia Santos. »Er ist zu hübsch, um so beschädigt und verletzt zu sein.«

Jaeger akzeptierte das und ließ Santos ihre Arbeit machen. Sie reinigte die Abschürfungen an seinen Armen und rieb – zum Sterilisieren – etwas Jod hinein, bevor sie einen dicken Gazeverband um seine Stirn wickelte.

»Danke«, sagte er, sobald sie fertig war. »Und wissen Sie was? Was die Sanitäter betrifft, die ich gewohnt bin, sind Sie ein ziemlicher Fortschritt zu den üblichen haarigen Muskelbergen.«

Er ging hinüber zu Puruwehua und nahm sich ein oder zwei Minuten Zeit, ihm alles zu erklären. Nur wenige der Indios hatten überhaupt eine Vorstellung davon, was eine Hellfire sein sollte. Ein solcher Tod aus dem Himmel – das hätte für sie ebenso gut ein Blitz sein können, der von ihren

Göttern geschickt worden war. Nur Puruwehua – der einige Kriegsfilme gesehen hatte – schien das irgendwie verstehen zu können.

»Erklären deinen Männern, was das bedeutet«, trug Jaeger ihm auf. »Ich will, dass ihnen absolut klar ist, womit wir es hier zu tun haben. Gegen eine Predator sind Blasrohre und Pfeile vollkommen wirkungslos. Wenn sie beschließen, dass sie umkehren wollen, dann kann ich es ihnen nicht verübeln.«

»Du hast uns auf der Brücke gerettet«, erwiderte Puruwehua. »Es gibt eine Lebensschuld zu begleichen. Unsere Frauen schicken uns immer mit einem Sprichwort hinaus, wenn wir in den Kampf ziehen. Übersetzt bedeutet es so viel wie: ›Kehre siegreich zurück … oder tot.‹ Es wäre sehr entehrend, in unser Dorf zurückzukehren, ohne entweder den Sieg – oder den Tod errungen zu haben. Es gibt also keine Frage: Wir bleiben bei euch.«

59

Jaegers Augen leuchteten vor Erleichterung. Es wäre ein schwerwiegender Verlust gewesen, wenn die Indios jetzt umgekehrt wären. »Also, ich bin neugierig. Erzähl mir, wie zur Hölle habe ich den Sturz von der Brücke überlebt?«

»Du warst bewusstlos, doch deine Arme blieben weiter um die *Pyhama* geklammert.« Puruwehua schaute zu seinem Bruder. »Gwaihutiga und ich – wir kletterten hinab, um dich zu holen. Doch es war mein Bruder, der dich schließlich befreite und nach oben in Sicherheit trug.«

Jaeger schüttelte vor Staunen den Kopf. Das bescheidene Understatement, das in den Worten des Indios lag, verhüllte eine Situation, die aus reinem, todesverachtendem Entsetzen bestanden haben musste.

Er schaute zu dem jungen Amahuaca-Krieger hinüber – denn in Jaegers Augen war Puruwehua inzwischen weit mehr als nur ein Dolmetscher. »Du willst mir also erzählen, Puruwehua – der verdammt noch mal tapferste Frosch im ganzen Dschungel –, dass diese Lebensschuld in beide Richtungen unbeglichen ist?«

»Das ist sie«, bestätigte er knapp.

»Aber weshalb Gwaihutiga?«, fragte Jaeger. »Ich meine, er ist der Mann, der uns am meisten den Tod wünscht.«

»Mein Vater hat etwas anderes angeordnet, *Koty'ar.*«

»Koty'ar?«

»Koty'ar: So hat mein Vater dich getauft. Es bedeutet: ›der ständige Begleiter‹ – der Freund, der immer an deiner Seite steht.«

Jaeger schüttelte den Kopf. »Ihr seid eher der *Koty'ar* für uns kleine Truppe.«

»Echte Freundschaft – sie geht in beide Richtungen. Und was Gwaihutiga betrifft, der betrachtet dich nun als Teil unseres Stamms.« Puruwehua schaute für einen Augenblick zu Narov. »Ebenso wie den *Ja'gwara*; und den kleinen Mann aus Japan; und den großen Bärtigen aus eurem Team.«

Jaeger fühlte sich geschmeichelt. Er ging das kurze Stück zu Gwaihutiga hinüber. Der Amahuaca-Krieger stand auf, als er näher kam. Sie standen einander gegenüber, von Angesicht zu Angesicht, beide etwa gleich groß und gleich breit. In einer Geste aufrichtiger Dankbarkeit streckte Jaeger eine Hand aus, die Gwaihutiga schütteln sollte.

Der Indio schaute die Hand einige Sekunden lang an und hob den Blick dann wieder auf Jaegers Gesicht – seine Augen zwei schwarze Abgründe der Leere. Unlesbar. Erneut.

Für einen langen Moment fürchtete Jaeger, dass seine Geste abgelehnt worden sei. Doch dann griff Gwaihutiga zu, nahm beide von Jaegers Händen und umhüllte sie mit seinen eigenen.

»Epenhan, Koty'ar«, verkündete er. *»Epenhan.«*

»Das heißt ›willkommen‹«, erklärte Puruwehua. »Willkommen, Freund, der immer an unserer Seite steht.«

Jaeger fühlte die Emotionen in seinem Magen. Augenblicke wie dieser, so viel wusste er, waren äußerst selten. Er stand von Angesicht zu Angesicht mit dem obersten Krieger eines größtenteils isolierten Stamms – ein Mann, der sein Leben riskiert hatte, um einen völlig Fremden und Außenseiter zu retten. Er zog Gwaihutiga in einer kurzen Umarmung an sich und trat dann einen Schritt zurück.

»Also, Leute, hat irgendjemand eine Idee, wie wir von hier aus nach unten kommen?«, fragte Jaeger, der nicht wusste, was er sonst sagen sollte. »Jetzt, wo die Hängebrücke in zwei Hälften gesprengt wurde?«

»Darüber haben wir gesprochen«, sagte Puruwehua. »Es

gibt keinen Weg über den Fluss, um von dort den Pfad nach unten zu nehmen. Die einzige Alternative ist der Weg, den ihr ursprünglich einschlagen wolltet. Doch das ist ein Umweg von drei Tagen, vielleicht noch mehr. Wir werden erst lange nach denen am Ziel eintreffen, die wir zu überholen ver…«

»Dann sollten wir keine Zeit verschwenden«, unterbrach Alonzo. »Mann, wir rennen den ganzen Weg, wenn es sein muss. Legen wir los.«

Jaeger hielt eine Hand hoch, um ihn zum Schweigen zu bringen. »Eine Sekunde, bitte. Nur eine.«

Er blickte in die ihn umgebenden Gesichter, während ihm ein wildes Lächeln übers Gesicht huschte. Es war eine Selbstverständlichkeit bei den Spezialkräften gewesen, dass sie immer versuchten, den unorthodoxen Weg zu gehen, das Unerwartete zu tun, um den Feind zu überlisten. Nun, Jaeger würde etwas äußerst Unerwartetes tun – genau hier, genau jetzt.

»Wir haben noch immer die Fallschirme hinten bei unserem Ausrüstungshaufen, nicht wahr?«, erklärte er. »Acht Stück davon – doppelt so viele, wenn wir die Reserveschirme abnehmen.« Ein Wimpernschlag. »Hat hier jemand Erfahrungen im Basejumping?«

»Hab ich ein paarmal gemacht«, antwortete Joe James. »Fast so wild wie eine Prise aus der Amahuaca-Schnupfpfeife.«

»Ich habe auch schon einmal Basejumping gemacht«, bestätigte Leticia Santos. »Es ist gut, aber nicht so aufregend, wie auf dem *Carnivale* zu tanzen. Warum?«

»Basejumping ist im Grunde lediglich die kurze Variante eines HAHO-Absprungs aus neuntausend Metern – nur, dass man von einer Klippe oder einem Hochhaus springt, nicht von der offenen Ladeklappe einer C-130, und man hat nur den Bruchteil der Strecke, um die Reißleine zu ziehen.«

Die pure Begeisterung loderte nun in Jaegers Augen. »Das werden wir tun: Wir holen uns die Fallschirme aus den zurückgelassenen Ausrüstungshaufen und springen die Teufelsfälle hinab.«

Es brauchte ein paar Sekunden, bis seine Worte in ihrer Gänze angekommen waren. Es war Hiro Kamishi, der den ersten – völlig naheliegenden – Einwand brachte.

»Was ist mit den Amahuaca? Puruwehua, Gwaihutiga und ihre Krieger-Kameraden? Es wäre nicht ... klug, sie zurückzulassen.«

»Wir sind sieben – damit haben wir neun freie Schirme. Und wir können einige von ihnen im Tandem runterbringen.« Jaeger sah Puruwehua an. »Wolltest du schon mal fliegen? Wie der Adler, von dem du mir erzählt hast? Der *Topena*, richtig? Der weiße Falke, der ein Huhn aus dem Dorf stehlen kann?«

»Der *Topena*«, bestätigte Puruwehua. »Ich bin so hoch wie der *Topena* geflogen, als ich das *Nyakwana*-Pulver geschnupft habe. Ich bin über weite Ozeane und zu fernen Bergen geflogen – doch das sind die Berge in meinem Geist.«

»Das glaube ich dir«, versicherte Jaeger. »Aber heute, hier und jetzt, wirst du lernen, wirklich zu fliegen.«

Puruwehuas Blick blieb ausdruckslos, frei vom leisesten Anflug von Angst. »Wenn es der einzige Weg nach unten ist und der schnellste, werden wir springen.«

»Wir können sieben von euch ohne Probleme nach unten bringen, vielleicht mehr, wenn einige alleine springen«, erklärte Jaeger. »Und auf die Art können wir die Ersten am Wrack sein.«

»Wir werden springen«, wiederholte Puruwehua schlicht. »Die, die es nicht können, werden auf dem langen Weg nach unten gehen – dem Pfad –, und von dort aus werden sie die Dunkle Streitmacht jagen und ihnen den Weg schwerer machen. Auf diese Art treffen wir sie von zwei Seiten.«

Gwaihutiga sprach einige Worte, die er dadurch unterstrich, dass er seine Waffe zog. »Mein älterer Bruder sagt, dass wir Ihnen nach dem heutigen Tag überallhin folgen werden, selbst über die Klippe«, dolmetschte Puruwehua. »Und er hat einen neuen Namen für Sie genutzt: *Kahuhara'ga*. Es bedeutet ›der Jäger‹.«

Jaeger zuckte mit den Achseln. »In Ordnung. Doch im Augenblick fühle ich mich eher wie der Gejagte. Im Augenblick würde ich einen Kampf lieber vermeiden, mit wem auch immer wir es hier zu tun haben. Das bedeutet, wir müssen als Erste an diesem Flugzeug sein, und dafür gibt es bloß einen Weg.« Er schaute zu den Wasserfällen. »Fangen wir an.«

»Es gibt da vielleicht ein Problem«, wandte Narov ein. »Auf das Fliegen freue ich mich, auf die Landung eher weniger. Ich habe kein Bedürfnis danach, mich erneut an einer Baumkrone hängend wiederzufinden, während *Phoneutria* versuchen, mich bei lebendigem Leib aufzufressen. Wo, schlagen Sie vor, sollen wir landen?«

Als Antwort führte Jaeger die anderen bis an den äußersten Rand der Teufelsfälle.

Er warf einen Blick über die Kante und deutete mit dem Arm nach unten. »Sehen Sie das? Dieses Becken, das am Fuß der Fälle in den Dschungel zu ragen scheint? Als wir die Expedition geplant haben, haben wir das als alternative Landezone erwogen. Wir haben sie verworfen, aus einer Reihe von Gründen. Doch jetzt haben wir keinerlei Alternativen: Dort werden wir landen.

Einer der Gründe, weswegen wir dagegen waren«, fuhr er fort, »war unsere Vermutung, dass es voller Kaimane sein würde. Ist dem so, Puruwehua? Sind dort Kaimane? In diesem Becken am Fuße der Wasserfälle?«

Puruwehua schüttelte den Kopf. »Nein. Keine Kaimane.«

Jaeger sah ihn an. »Aber etwas anderes lebt dort, richtig?«

»Dort gibt es *Piraihunuhua*. Wie nennt ihr sie? Ein schwarzer Fisch, der größere Fische frisst? Manchmal sogar große Tiere?«

»Piranhas?«

»Piranhas«, bestätigte Puruwehua. Er lachte. »Es gibt dort keine Kaimane wegen der Piranhas.«

»Mann, ich hasse verdammte Fische«, knurrte Alonzo. »Hasse sie. Wir springen von einer Klippe, segeln einen Wasserfall runter, landen in 'nem Fluss und werden vom tödlichsten Fisch der Welt aufgemampft. Ein typischer Jaeger.«

Jaegers Augen funkelten. »O nein, werden wir nicht. Ihr folgt dicht hinter mir und landet an derselben Stelle des Wassers wie ich – uns wird nichts passieren. Keinem von uns. Trödelt nicht rum. Es ist trotz allem nicht der beste Augenblick, um ein ausgedehntes Bad zu nehmen. Aber vertraut mir, wir können das schaffen.«

Er warf jedem von ihnen einen kurzen Blick zu. Die Gesichter, die seinen Blick erwiderten, waren von Schweiß und Schmutz gezeichnet, voller kraterförmiger Insektenbisse und voller Falten von Stress und Erschöpfung. Sein Blick kam auf seinem Kameramann zum Ruhen. Als einziges Teammitglied, das kein ehemaliger Soldat war, schien er irgendwelche geheimen Kraftreserven zu besitzen, ganz zu schweigen von jeder Menge Mumm und Entschlossenheit.

Erstaunlicherweise schien ihn bisher nichts gebrochen zu haben.

»Diese Reservekamera«, sagte Jaeger. »Checken wir noch einmal, dass die Funktion für Datum, Zeit und Ort wirklich deaktiviert ist. Wenn wir das tun, *will* ich, dass die Kamera läuft. *Ich will, dass Sie das filmen.* Und ich will, dass Sie von jetzt an alles aufzeichnen. Ich will Videobeweise von allem, nur für den schlimmsten Fall.«

Dale zuckte mit den Achseln. »Ich schätze, Sie springen als Erster. Ich schalte die Kamera ein, sobald Sie über die Teufelsfälle sind.«

60

Jaeger stand ganz vorne am Abgrund.

Hinter ihm reihte sich dicht gedrängt sein Team auf. Zu seiner Linken und unter ihm stürzte schäumend eine gigantische Wassermasse über die Kante des Plateaus, und der Fels unter seinen Füßen war glitschig. Blickte man über die Wand aus herabstürzendem Wasser, schien es, als würde sich die Erde selbst bewegen.

Als er sich nach vorne wandte, der Leere entgegen, gab es dort nichts als eine wirbelnde Masse aus Nebel, Gischt und Wassertropfen, gefangen in einem Auftrieb warmer Tropenluft.

Und Puruwehua, der fest an Jaeger geschnallt war, seinen Tandempartner.

Jeder aus Jaegers Team, mit einer Ausnahme, sprang im Tandem mit einem an seine Brust gepressten Amahuaca-Krieger.

Joe James – einer der stärksten in der Truppe und der erfahrenste Basejumper – würde den kurzen Flug außerdem mit dem zusätzlichen Gewicht eines zusammengefalteten Kanus auf sich nehmen, mit dem er durch ein Seil verbunden war. Narov hatte eine neue Idee gehabt, wie sie das Kanu benutzen könnten, sobald sie von den Teufelsfällen gesprungen waren.

Da er alles filmte, würde Dale als Letzter springen. Als Zivilist war er der am wenigsten erfahrene Springer, und seine Aufgabe war bereits herausfordernd genug, wenn er all die anderen Sprünge filmen sollte. Im Versuch, es ihm ein wenig leichter zu machen, hatte Jaeger vorgeschlagen, dass er als Einziger solo sprang.

Jaeger beugte sich weiter über den Abgrund, wobei er Puruwehua behutsam vorwärtsschob. Eine letzte Pause, ein tiefer Atemzug, und dann drängte er sie beide über den Punkt, von dem es kein Zurück mehr gab. Gemeinsam stürzten sie sich in die Tiefe.

Wie er es erwartet hatte, gab es keine Notwendigkeit, sich weit von dem Felsvorsprung abzustoßen, auf dem sie gestanden hatten. Die Felsnase war ziemlich groß, und Jaeger hatte sich und Puruwehua stabil gehalten, während sie fielen. Dennoch musste er es Puruwehua anrechnen, dass er weder in Panik geriet, noch zu strampeln begann, wodurch sie hätten anfangen können zu trudeln. Es musste sein ruhiges Wesen als Krieger sein, das die Kontrolle übernommen hatte.

Während sie immer schneller wurden, fing der warme, feuchte Aufwind sie ab und stieß sie von der Felswand weg in die wirbelnde Masse undurchsichtigen weißen Sprühnebels.

Zweieintausend, dreieintausend … zählte Jaeger im Kopf. »Und ZIEHEN!«

Er hatte den BT80 selbst gepackt, was nicht unbedingt ideal war, und für den Bruchteil einer Sekunde fürchtete er, dass der Schirm sich nicht geöffnet hatte – eine Sorge, bei der, sollte sie sich als wahr erweisen, er und Puruwehua sehr schnell sehr nass und sehr tot enden würden. Doch dann spürte er den vertrauten aufbauschenden Ruck, als das große Seidensegel über ihm sich gegen die Luft stemmte und die einzelnen Segmente des Schirms über die heiße, dampfende Atmosphäre schabten.

Das Donnern des herabstürzenden Wassers dröhnte in seinen Ohren, während Jaeger spürte, wie er selbst und Puruwehua an den Schultern nach oben gezerrt wurden, bis sie schließlich in der klebrigen, stickigen weißen Wolke schwebten, hundertfünfzig Meter unter der Felskante, von der sie gesprungen waren.

Für den kürzesten aller Augenblicke fand sich Jaeger staunenden Blickes einer Wand aus Regenbogenfarben gegenüber – der Gischtwolke des herabstürzenden Wassers, die das grelle Sonnenlicht einfing und aufbrach. Und dann war der Moment vorbei, und er wandte sich von dem Wasserfall weg in Richtung des offenen Dschungels.

Mit den Steuerleinen drehte er sie nach rechts und brachte den Schirm in eine Reihe sanfter Schleifen, wobei er darauf achtete, dem schweren Spritzwasser der Wasserfälle auszuweichen.

Sollte er dort hineinschweben, würde das Gewicht des Wassers ihren Fallschirm zusammendrücken, und er und Puruwehua wären erledigt.

Er schraubte sich dem Becken unter ihnen entgegen. *Piranhas.* Es gab nicht viele Dinge, die Will Jaeger Angst machten, aber zu Tode geknabbert zu werden von einem Schwarm pechschwarzer, knorriger Fische mit Reißzähnen, das war eines davon. Verglichen mit seiner Größe hatte der Biss eines Piranhas mehr Kraft als der eines *Tyrannosaurus Rex* und dreimal mehr als der eines Kaimans.

Er warf einen kurzen Blick zum Himmel. Er zählte vier Schirme, die bereits in der Luft waren, und ein fünftes Paar, das sich von den Felsen fallen ließ. Sein Team folgte ihm sauber und in gutem Abstand, genau wie er es sich vorgestellt hatte.

Er schaute nach unten.

Das Wasser war vielleicht hundertzwanzig Meter unter ihm und kam ihm rasend schnell entgegen.

Er zog den Reißverschluss einer Brusttasche auf, und seine Finger legten sich um den kalten Stahl der Granate.

Während der drei verlorenen Jahre, die er auf Bioko verbracht hatte, hatte Jaeger gelernt, das unterschätzte Talent des Zeittotschlagens zu perfektionieren. Eine Methode, mit der er das geschafft hatte, waren seine Nachforschungen über das Schicksal der *Duchess* – des geheimnisumwitterten Frachtschiffs des Zweiten Weltkriegs – gewesen, für dessen Eroberung England offensichtlich alles riskiert hatte.

Eine andere Methode hatte darin bestand, sich im Fischen zu probieren.

Das hatte er ausnahmslos in Begleitung der Fischer aus dem Dorf von Fernao getan – nur, dass diese zumeist keine traditionellen Netze oder Angelruten verwendet hatten. Die bevorzugte Technik der Dorfbewohner zum Fischfang war Dynamit gewesen. Das war weder gut für die Tierwelt noch für den Umweltschutz, aber unzweifelhaft äußerst effektiv, wenn es darum ging, ihnen mehr Fische ins Netz zu treiben – oder genauer gesagt: sie aus dem Wasser zu blasen.

Jaeger holte die Granate aus der Tasche und riss den Sicherheitsstift mit den Zähnen heraus, während er den Schalthebel fest gegen die Metallhülle presste. Er musste sich bei Colonel Evandro für die paar Granaten bedanken, die er bei sich trug, auch wenn er sich nie vorgestellt hatte, sie auf die Art zu benutzen, wie er es jetzt gerade beabsichtigte.

Als er der Ansicht war, dass das Timing und die Entfernung korrekt waren, ließ er die Granate fallen, wobei die Auslöseklinke mit einem lauten metallischen Geräusch ausgeworfen wurde.

Jetzt war die Granate scharf und fiel dem Fuß der Wasserfälle entgegen. Sie würde in sechs Sekunden explodieren, wobei sie bis dahin, soweit Jaeger das abschätzen konnte, mindestens zwei Meter unter Wasser sein würde.

Er sah die Granate eintauchen, die Wellen des Einschlags kräuselten sich über das Becken. Eine oder zwei Sekunden später explodierte sie und jagte eine Fontäne weißen Wassers in die Luft, die kurz darauf auf die brodelnde Oberfläche des Beckens zurückfiel.

Während Jaeger ins Zentrum der Explosion steuerte, hatte er gerade noch genügend Zeit, um eine zweite Granate fallen zu lassen. Sein Sprengstoffausbilder hatte ihm einmal erzählt, dass PE – *Plastic Explosives*, also Plastiksprengstoff – in Wirklichkeit für »Platziere endlos« stand; nur, falls man jemals unsicher war, wie viel davon man brauchte, um den Job zu erledigen.

Die zweite Granate detonierte; diesmal stieg die Wassersäule so hoch, dass sie beinahe Jaegers Füße berührte. Er konnte bereits reglose Fische an der Oberfläche treiben sehen, mit dem Bauch nach oben. Er betete eifrig, dass der Plan funktionieren möge.

Seine Stiefel schlugen auf, und in der Sekunde, als sie es taten, zog Jaeger an dem Löseriemen, was ihm erlaubte, sein Gurtzeug abzuwerfen, wobei er gleichzeitig Puruwehua befreite. Links von sich sah er Irina Narov aufs Wasser treffen; rechts von ihm Leticia Santos. Alonzo folgte einen Augenblick später direkt vor ihm und Kamishi hinter ihm – jeder von ihnen mit einem Amahuaca-Krieger in das Tandemgeschirr geschnallt.

Fünf Leute unten – zehn, wenn man die Indios mitzählte.

Es war an der Zeit, ans Ufer zu kommen.

Nachdem er das Wasser von ihrem Aussichtspunkt hoch oben sorgfältig studiert hatte, hatte Puruwehua Jaeger genau geraten, wo sie ihre Wasserlandung ansetzen sollten. Er hatte einen Punkt neben einem *Evi-gwa* gewählt – eine Stelle, an der eine kleine Landzunge in den Fluss ragte, an deren Spitze das Wasser schlagartig tiefer wurde.

Ein paar kräftige Züge mit Armen und Beinen, und Jaeger war auf dem Trockenen. Er warf sich ans Ufer und drehte sich um, um zu überprüfen, was hinter ihm geschah. Immer mehr betäubte Fische ploppten an die Oberfläche, und sein Team – einschließlich der Indios – kraulte in Richtung Land.

Über ihm schraubte sich die unverkennbare Gestalt von Joe

James herab, um die vorletzte Wasserlandung vorzubereiten. James hatte Gwaihutiga an seine Brust geschnallt und das zusammengefaltete Kanu an einem Seil unter sich baumeln. Das Kanu schlug als Erstes aufs Wasser, dann folgten James und der Indio. Sie lösten ihr Gurtzeug und schwammen an Land, wobei James das Kanu hinter sich herzog.

Als Letztes würde Dale landen.

Er war oben geblieben, um die Sprünge zu filmen, bis der letzte Mann sich hinabgestürzt hatte. Dann hatte er die Kamera ausgeschaltet, sie in eine wasserdichte Canoe-Bag gelegt und tief in seinen Rucksack gestopft.

Jaeger sah zu, wie er sprang, den Schirm öffnete und der Oberfläche des Beckens entgegensank.

Plötzlich gab es einen alarmierten Ruf. »*Purug!* Die Fische! Sie springen!«

Es war Puruwehua. Jaeger sah zu der Stelle, auf die er zeigte. Und tatsächlich: Ein glänzender schwarzer Körper stieß durch die Oberfläche und sprang hoch hinauf. Zwischen dem Funkeln glitzernden Wassers konnte Jaeger sein aufgerissenes Maul sehen, gesäumt von zwei Reihen fürchterlich gezackter Zähne, unter einem Paar Augen, die weit und schwarz glotzten wie der Tod.

Das Tier glich einem winzigen, unglaublich bösartig aussehenden Hai, mit einem kugelförmigen Kopf, einem kräftigen Körper und brutal bewaffnetem Kiefer. Eine Sekunde später begann die Stelle des Beckens, an der Jaeger und sein Team gelandet waren, zu schäumen und zu brodeln.

»Piraihunuhua!«, riefen die Indios.

Jaeger brauchte die Warnung nicht. Er konnte die schwarzen Piranhas sehen, die sich auf die toten und sterbenden Fische stürzten, die seine Granaten an die Oberfläche getrieben hatten. Es waren Hunderte, und Dale war dabei, inmitten von ihnen zu landen.

Für den Bruchteil einer Sekunde erwog Jaeger, eine dritte Granate zu werfen, aber Dale war zu niedrig und würde von der Detonation erfasst werden.

»Piranhas!«, rief Jaeger ihm zu. »PIRANHAS!« Mit ausladenden Gesten deutete er auf das Wasser zu seinen Füßen. »Landen Sie hier! Hier! Wir ziehen Sie zu uns!«

Einen furchtbaren Augenblick lang fürchtete er, dass Dale ihn nicht gehört hatte und dass er mitten in den Fressrausch stürzen würde, wo man ihm innerhalb von Sekunden das Fleisch von den Knochen reißen würde.

Im letzten Moment machte Dale eine Linkskurve – zu scharf – und sauste zu der Stelle, an der Jaeger und sein Team standen. Er kam zu schnell herein und im falschen Winkel, sodass sein Schirm die Baumkronen traf, die sich über das Wasser reckten.

Die obersten Äste brachen unter der Wucht der Landung, und Dales Schirm verfing sich darin. Der Kameramann baumelte über dem Wasser, wo er hin- und herschwang.

61

»Holen wir ihn runter!«, rief Jaeger.

Seine Worte wurden übertönt von einem krachenden Geräusch über ihnen, als der Hauptast, der Dale festhielt, entzweibrach. Er stürzte nach unten, sein Schirm riss immer weiter auf, und wenige Sekunden später schlug er aufs Wasser.

»Zieht ihn an Land!«, rief Jaeger. »ZIEHT IHN AN LAND!«

Überall um Dale herum konnte er kraftvolle schwarze Schatten sehen, die direkt unter der Oberfläche hin und her sausten. Es brauchte nur einen Bissen und den Geschmack von Blut, und die Piranhas würden erkennen, dass Dale Beute war. Es würde ein Signal aussenden, das durch den gesamten Schwarm pulsierte: *Kommt und fresst, kommt und fresst.*

Alonzo und Kamishi waren am dichtesten. Sie sprangen hinein.

Noch während sie ins Wasser tauchten, stieß Dale einen ängstlichen Schrei aus. »Scheiße! Scheiße! Scheiße! *Holt mich raus! Holt mich raus!*«

Ein oder zwei Schwimmzüge durch das Becken, und die beiden Männer packten Dale an seinem Gurt und zerrten ihn in Richtung Ufer. Mit vor Angst – und Schmerz – geweiteten Augen zogen sie den schreienden Kameramann aus dem Wasser.

Jaeger beugte sich hinab, um ihn zu untersuchen. Dale war an etlichen Stellen gebissen worden. Er war weiß wie ein Laken, vor allem aus Schock. Jaeger konnte ihm das kaum vorwerfen: Wenige Sekunden später, und er wäre zu Tode gebissen worden. Er bat Leticia Santos, ihr Können mit dem

Erste-Hilfe-Koffer zu zeigen, als Alonzo und Kamishi ihre eigenen Schadensberichte abgaben.

»Mann! Die verdammten Biester haben mir in den Arsch gebissen!«, klagte Alonzo. »Ich meine, was für ein Fisch tut so was?«

Joe James strich sich durch seinen riesigen Bart. »Piranhas, Kumpel. Geh da bloß nie wieder rein. Jetzt haben sie Geschmack an dir gefunden. Die werden riechen, wenn du kommst.«

Kamishi schaute von der Wunde an seinem Schenkel auf, die er gerade begutachtet hatte. »Ich wüsste gern, ob dieser Fisch ebenso appetitlich schmeckt, wie er mich offensichtlich für appetitlich hielt.« Er sah Jaeger an. »Ich würde gerne einen fangen und essen, am liebsten mit etwas Wasabi-Soße.«

Jaeger konnte nicht anders, er musste lächeln. Trotz allem, was geschehen war, schien die Stimmung in seinem Team noch immer ziemlich gut zu sein. Obwohl sie von Predator-Drohnen und Piranhas gejagt wurden, waren sie noch immer Feuer und Flamme für die Mission.

Er wandte sich der nächsten Aufgabe zu, die vor ihnen lag. »Narov, James – bereiten wir das Boot vor.«

Gemeinsam falteten die drei das Advanced-Elements-Kanu auseinander, bliesen es auf und ließen es zu Wasser. Sie beluden es mit einigen Steinen als Ballast und fügten einige der zusammengeknüllten Fallschirme hinzu, damit es fülliger wirkte. Schließlich warf Narov ihren Rucksack und ihre Waffe hinein und stieg an Bord.

Sie wollte gerade lospaddeln, auf den Punkt zu, an dem sich der Rio de los Dios in die dichte Wand des Dschungels schlängelte, als sie sich zu Jaeger umdrehte. Ihr Blick fiel auf den Schal, den er sich um den Hals gebunden hatte; Santos' *Carnivale*-Schal.

»Ich brauche etwas, in das ich ihn einwickeln kann«, sagte sie. »Den Ortungschip – um ihn vor Stößen zu schützen. Er ist empfindlich; er muss gepolstert werden.« Sie streckte eine fordernde Hand in Richtung des Schals aus. »Das da – das ist ein nutzloses Stück zur Dekoration, aber es passt perfekt zu meinen Bedürfnissen.«

Jaeger schüttelte den Kopf. »Nein, das kann ich nicht tun, fürchte ich. Leticia hat mir gesagt, es ist ein Glücksbringer. ›Verlier meinen Schal, Liebling, und es bringt euch allen nur Pech.‹ Sie hat Portugiesisch gesprochen, also haben Sie das vielleicht nicht mitbekommen.«

Narov sah ihn mürrisch an. Dann beinahe beleidigt.

Jaeger fühlte sich ermutigt. Er stichelte sie. Kroch ihr direkt unter die Haut – was seiner Vermutung nach die einzige Möglichkeit war, um jemals das Rätsel Irina Narov zu lüften.

Es gab so vieles an ihr, das nicht zueinanderpasste: ihr bizarres Klammern an ihr Messer; ihr fließendes Deutsch; ihr beinahe lexikalisches Wissen über alles, was die Nazis betraf; ihr brennender Hass auf Hitlers Erbe; ganz zu schweigen von ihrer fehlenden Kompetenz, Emotionen zu lesen oder sich in andere Menschen einzufühlen. So oder so, Jaeger war entschlossen, herauszufinden, wieso Irina Narov so war, wie sie war.

Ohne ein weiteres Wort drehte sie sich missmutig um und tauchte ihr Paddel in das piranhaverseuchte Wasser.

Sobald Narov ein gutes Stück entfernt war – die Strömung begann, immer kräftiger an ihrem Kanu zu ziehen –, fuhr sie in Richtung Ufer. Sie stieg aus dem Boot, nahm die Night-Stalkers-Münze aus ihrer Tasche, schaltete das Ortungsgerät wieder ein und klebte die beiden Hälften mit Gaffa-Tape wieder fest zusammen.

Dann steckte sie die Münze in einen wasserdicht verschließbaren Plastikbeutel, stopfte ihn in eines der sicheren Staufächer des Kanus und machte sich bereit, das Boot wieder in die Mitte des Flusses zu stoßen.

Einen Augenblick lang zögerte sie.

Eine Idee – eine Eingebung aus heiterem Himmel – blitzte in ihren Augen auf. Sie kramte in ihrem Rucksack und zog eines der kleinen Prepaid-Handys heraus, die sie darin aufbewahrte. Sie trug sie, um im Notfall kommunizieren zu können, sollte sie jemals gezwungen sein zu fliehen.

Sie schaltete das Telefon ein und warf es in den Plastikbeutel neben dem Ortungsgerät. Sie bezweifelte, dass es irgendwo einen Handymast innerhalb der nächsten tausend Kilometer gab. Aber vielleicht brauchte es das gar nicht. Vielleicht würde der einfache Versuch des Geräts ausreichen, ein nie von einem Handymast empfangenes Signal auszusenden, um entdeckt zu werden.

Nachdem sie das erledigt hatte, stieß sie das Kanu vom Ufer ab.

Die Strömung packte es, und innerhalb von Sekunden wurde das Boot weggetrieben. Mit seiner Dreifachhülle, sechs aufblasbaren Kammern plus den Auftriebstaschen sollte es weiterschwimmen, ganz gleich, was ihm flussabwärts zustieß. Es könnte kentern, an Felsen zerlöchert werden und trotzdem noch weitertreiben, was bedeutete, dass das Ortungsgerät weiterhin sein Signal aussenden würde.

Narov schulterte ihren Rucksack, nahm ihre Waffe und begann ihren Weg zurück zum restlichen Team. Sie achtete darauf, weg vom Wasser und in der Deckung des Dschungels zu bleiben.

Zehn Minuten später war sie wieder bei Jaeger.

»Alles erledigt«, verkündete sie. »Von hier aus wendet sich der Rio de los Dios nach Norden. Unser Weg führt klar nach

Süden. Indem wir das Ortungsgerät in die andere Richtung schicken, verwirren wir den Feind noch mehr.«

Jaeger sah sie an. »Wer auch immer das sein mag.«

»Ja«, wiederholte Narov, »wer auch immer das sein mag.« Sie machte eine Pause. »Ich habe die Sache noch mit etwas Persönlichem aufgepeppt. Ein Handy – ich habe es mit dem Kanu mitgeschickt. Ich schätze, selbst ohne dass es ein Signal hat, kann es geortet werden.«

Jaeger grinste. »Gute Idee. Hoffen wir es.«

»Grey Wolf, hier spricht Grey Wolf Six«, sagte die Stimme. »Grey Wolf, hier Grey Wolf Six.«

Der Sprecher saß über dasselbe Funkgerät gebeugt wie zuvor, in demselben getarnten Zelt am Rande derselben einfachen Startbahn. Zu allen Seiten lag der ausgefranste Rand des Dschungels, die nicht gekennzeichneten schwarzen Hubschrauber reihten sich auf der aus gepresster Erde gebauten Flugpiste auf, die Berge ragten dunkel und drohend zu allen Seiten auf.

»Grey Wolf Six, hier Grey Wolf«, antwortete eine Stimme.

»Sir, wir haben für etwa eine Stunde den Kontakt verloren. Das Ortungsgerät war verschwunden.« Der Funkende schaute auf seinen Laptop. Darauf sah er eine vom Computer erstellte Karte der Serra de los Dios, mit etlichen Symbolen, die überall über den Bildschirm verteilt waren. Sie sind am Fuße der Teufelsfälle wiederaufgetaucht und fahren flussabwärts in den Dschungel.«

»Was bedeutet das?«

»Es ist ihnen gelungen, die Fälle zu überwinden. Sie bewegen sich auf dem Wasser, also vermutlich im Kanu, aber sie reisen nach Norden. Das Flugzeug liegt mehr oder weniger südlich ihrer Position.«

»Was bedeutet das?«

Der Funker zuckte mit den Achseln. »Sir, sie fahren in die falsche Richtung. Ich habe keine Ahnung, warum. Ich habe eine Predator auf dem Weg zu ihrer Position, und sobald wir visuellen Kontakt mit ihrem Boot haben, schicken wir Ihnen die Bildaufnahmen. Wenn sie es sind, werden wir sie dort erledigen.«

»Was meinen Sie damit – *wenn sie es sind*? Wer sonst könnte es möglicherweise sein?«

»Sir, es gibt sonst niemanden, der auf diesem Fluss unterwegs ist. Sobald wir die Videobilder haben, gehen wir doppelt sicher und bringen die Sache zu Ende.«

»Das wird auch Zeit. Und jetzt geben Sie mir die Bilder des letzten Angriffs. Den auf der Brücke.«

»Sir.« Finger klapperten auf der Tastatur des Laptops, und eine neue Fotoreihe erschien auf dem Bildschirm.

Die Aufnahmen waren körnig – sie zeigten, was die Predator-Drohne bei den letzten Angriffen aufgezeichnet hatte. Die erste Rakete traf die Hängebrücke. Das Bild löste sich in einzelne Pixel auf, bevor es sich wieder stabilisierte, und für einen Augenblick war das Gesicht der einsamen Gestalt, die noch auf der Brücke stand, deutlich zu sehen.

»Zurückspulen«, befahl die Stimme. »Diese Person: Machen Sie von ihr ein Standbild. Lassen Sie uns sehen, gegen wen wir hier antreten.«

»Sir.« Der Funker tat wie befohlen, stoppte das Bild und zoomte auf das Gesicht der Person.

»Machen Sie noch einige Standbilder vor und nach diesem exakten Moment.« Die Stimme war fester geworden, drängender. »Schicken Sie sie mir auf einer sicheren Leitung. Innerhalb der nächsten Minute, bitte.«

»Sir«, bestätigte der Funker.

»Und, Grey Wolf Six, ich wünsche, dass Ihre nächste Nachricht aus einem ›Mission ausgeführt‹ besteht. Haben Sie verstanden? Ich mag es nicht, wenn man mich warten lässt und wiederholt enttäuscht.«

»Verstanden, Sir. Nächstes Mal wird die Predator das Ziel nicht wieder verfehlen.«

»Und denken Sie daran: Das Flugzeug ist niemals geflogen. Es hat niemals auch nur existiert. Sie werden jede kleinste Spur davon ausradieren – natürlich nachdem wir geborgen haben, wonach wir suchen.«

»Verstanden, Sir.«

Der Funker beendete den Kontakt.

Die Person am anderen Ende – Codename Grey Wolf – lehnte sich in ihrem Stuhl zurück, in Gedanken versunken. Sie schaute auf das gerahmte Bild auf ihrem Schreibtisch. Sie und der Mann im mittleren Alter mit seinem grauen Nadelstreifenanzug – die Augen arrogant, selbstsicher und absolute Macht ausstrahlend – hatten mehr als nur eine verblüffende Ähnlichkeit miteinander.

Es war nicht schwer, sie sich als Vater und Sohn vorzustellen.

»Sie erweisen sich als außerordentlich schwer zu erledigen«, murmelte der Mann, beinahe als spreche er mit seinem Gegenüber auf dem Foto.

Eine E-Mail traf im Nachrichtenordner des Computers ein. Es war die gesicherte Übertragung von Grey Wolf Six. Er lehnte sich vor und tippte auf seiner Tastatur herum. Er klickte den Anhang an, und das Standbild des Mannes auf der Brücke erschien auf dem Bildschirm.

Er starrte es lange an, studierte das körnige Bild intensiv. Seine Miene verfinsterte sich.

»Er *ist* es«, murmelte er. »Er muss es sein.«

Seine Finger trommelten auf die Tastatur, öffneten einen privaten E-Mail-Account. Er begann, fieberhaft zu tippen.

Ferdy,
etwas macht mir Sorgen. Werde dir Bilder schicken. Gesicht eines der Ziele in der Nähe von Adlerflug IV. Es sieht unangenehm vertraut aus. Ich fürchte, es ist William Jaeger.

Du sagtest, er wurde von deinen Männern in London bearbeitet. Du sagtest, du hast ihn am Leben gelassen, »um ihn mit dem Verlust seiner Familie zu quälen«. Ich bin immer für Rache zu haben, Kamerad. Und wirklich, für Leute wie Jaeger ist Rache längst überfällig.

Dennoch scheint er nun im Amazonas zu sein, auf der Suche nach unserem Flugzeug. Hoffen wir, dass er nicht in die Fußstapfen seines Großvaters tritt. Jaeger Senior, wie du weißt, hat uns jede Menge Ärger gemacht.

Die Erfahrung hat mich gelehrt, nicht an Zufälle zu glauben. Ich werde die Bilder schicken.

Wir sind die Zukunft.

HK

Er klickte auf »Senden«.

Sein starrer Blick kehrte zu dem Bild auf seinem Monitor zurück. Seine Augen waren nach innen gerichtet; brütende Tümpel tintiger Dunkelheit, die alle Energie – alles Leben – in sich aufsogen.

62

Der Wald tropfte und glitzerte.

Überall um sie herum erklangen die Geräusche von herabfallendem, plätscherndem und sickerndem Wasser. Dank der Wolken, die tief und dunkel über dem Blätterdach hingen, drang sogar noch weniger Licht bis zum Boden.

Das erste Sturmtief, das von den Bergen herabgerauscht war, hatte die Luft deutlich abgekühlt; nach einigen Stunden sintflutartigen Regens war es dunkel, klamm und der Boden unter ihren Füßen völlig aufgeweicht, ganz zu schweigen davon, dass es überraschend kalt geworden war.

Jaeger war bis auf die Haut durchweicht, doch ehrlich gesagt begrüßte er die Bedingungen. Während das Wasser vom Rand seines Dschungelhuts triefte, sprach er ein paar kurze Worte der Dankbarkeit. Puruwehua hatte ihn gewarnt, dass dies ein *Kyrapo'a* sei – schwere Regenfälle, die tagelang anhalten würden –, im Gegensatz zu den vielen anderen Formen von Regen, die es hier gab.

Da gab es den *Kyrahi'vi*, einen leichten Regen, der schnell vorüber war; *Kyma'e*, Regen, der nicht länger als einen Tag andauerte und nach dem es schnell heiß wurde; *Kypokaguhu*, nieseliger Regen mit Unterbrechungen, der kaum mehr als ein Nebel war; *Japa*, Regen und Sonne gleichzeitig, die einen dauerhaften Regenbogen formten; und so viele weitere.

Jeder, der die Auswahlprogramme der britischen Spezialeinheiten überstand, wurde ein Regenexperte. Die Southern Welsh Mountains – die Brecon Beacons – waren eine kahle, düster aufragende, windgepeitschte Felsmasse, in der es 364 Tage im Jahr zu regnen schien. Ehrlich gesagt, nach Jaegers Erfahrung schienen diese verbotenen Hügel ebenso viele Arten von Regen zu kennen wie der Dschungel im Amazonas. Es ließ ihn froh darüber sein, dass die menschliche Haut wasserdicht war.

Dies jedoch, hatte Puruwehua entschieden, dies war eindeutig *Kyrapo'a*: Regen ohne Unterlass für Tage und Tage, scheinbar ohne Ende. Und Jaeger war froh darüber.

Es war nicht unbedingt gut für Dales, Alonzos und Kamishis Piranhabisse. Nasse, dreckige Kleidung, die über nasse, dreckige Verbände rieb, verbesserte für gewöhnlich nicht die Wundheilung. Doch jetzt im Augenblick war das die geringste von Jaegers Sorgen.

Bevor sie das piranhaverseuchte Becken am Fuße der Teufelsfälle verlassen hatten, hatte Jaeger es riskiert, eine Datenbündelnachricht vom Airlander zu empfangen. Raff hatte sie knapp und freundlich gehalten und auf das Notwendigste beschränkt.

Bestätige euer Quadrat: 964864. Beginnen Überwachung. Predator entdeckt, 10 Klicks nördlich eurer Position. Achte auf Kral; Narov. Lauschposten. Ende.

Wenn man sie ein wenig entschlüsselte, besagte die Nachricht, dass der Airlander in einen Orbit über ihrer Position einschwenkte. Und wie erwartet hatten sie wenigstens eine Predator-Drohne im Himmel über ihnen gefunden – auch wenn die Tatsache, dass sie zehn Kilometer nördlich von ihnen war, darauf hindeutete, dass sie mit großer Wahrscheinlichkeit ihrem Köder folgte, dem herrenlosen Kanu, das flussabwärts trieb.

»Lauschposten« bedeutete, dass Raff von jetzt an zu jeder Tages- und Nachtzeit darauf achten würde, ob Jaeger ihm ein Datenbündel schickte. Und er hatte Jaeger gewarnt, wer verdächtig in seinem Team war: Kral und Narov.

Bevor er in England abgereist war, hatte Jaeger nur sehr

wenig Zeit gehabt, den Hintergrund seiner Teammitglieder zu überprüfen. Aufgrund von Andy Smiths Tod fühlte er sich dazu berechtigt, doch ihm war die Zeit davongelaufen. Er hatte es Raff überlassen, ein wenig zu schnüffeln, und offensichtlich waren diese beiden – Kral und Narov – irgendwie verdächtig.

Mit der Zeit erwischte sich Jaeger dabei, wie er Dale gegenüber auftaute. Aber es gab noch immer einen Teil von ihm, der Sympathien für den slowakischen Kameramann hegte, der eindeutig ein kleines Licht bei Wild Dog Media war. Und dennoch schien es da etwas in Krals Vergangenheit zu geben, das eine Warnlampe zum Leuchten gebracht hatte.

Und irgendwo hinten in seinem Schädel gab es die nagende Sorge darüber, dass Kral es verpasst hatte, den GPS-Sender an Dales Kamera auszuschalten. Hatte er das mit Absicht getan? Jaeger hatte keine Möglichkeit, das herauszufinden, und Kral war nicht in der Nähe, um ihn zu fragen.

Was Narov betraf, erwies sie sich ebenso als Rätsel innerhalb eines Geheimnisses, umgeben von einem Mysterium, genau wie das Flugzeugwrack selbst. Jaeger vermutete, dass sie sogar Winston Churchill persönlich verwirrt hätte. Er hatte das Gefühl, dass er sie jetzt weniger kannte als bei ihrer ersten Begegnung. So oder so war er entschlossen, ihr scheinbar undurchdringliches Äußeres aufzubrechen und zum Kern welcher Wahrheit auch immer vorzudringen, die sie darin verborgen hielt.

Doch zurück zum Regen.

Regen war gut, weil er Wolken brauchte, aus denen er fallen konnte, und Wolken bedeckten den Wald vor was auch immer hoch darüber sitzen mochte. Angesichts der feindseligen Augen, die aus dem Himmel auf sie herabschauten, fühlte sich Jaeger deutlich sicherer unter den Regenwolken. Solange er und sein Team ihre Kommunikations- und Navigationsausrüstung komplett ausgeschaltet ließen, sollten sie unsichtbar und unentdeckt bleiben.

Für einen Augenblick versetzte sich Jaeger in die Lage des gegnerischen Kommandeurs, wer auch immer er sein mochte. Die letzte eindeutige Spur, die er von seiner Beute – Jaeger und seinem Team – hatte, war an der Klippe der Teufelsfälle gewesen. Dort hatte er sowohl das Ortungssignal aus der Münze als auch das GPS-Signal aus der Videokamera empfangen.

Danach eine Stunde Schweigen und dann ein Lebenszeichen des Ortungsgeräts und vielleicht das Signal eines Handys, das nach einem Mobilfunkmast suchte, während es flussabwärts auf dem Rio de los Dios dahintrieb.

Der feindliche Kommandeur müsste unter der Annahme operieren, dass Jaeger und sein Team auf dem Wasser waren; er besaß keine anderen Informationen, mit denen er arbeiten konnte. Und es war diese Täuschung – eine, die Irina Narov erdacht und ausgeführt hatte –, auf die Jaeger einen großen Teil ihrer Zukunft setzte.

Er ging davon aus, dass jeder clevere Kommandant – und Jaeger mochte es nicht, seinen Gegner zu unterschätzen – sich doppelt absichern würde. Er würde dem Kanu folgen, auf eine Lücke in der Wolkendecke warten, um zu bestätigen, wer und was sich darin befinden mochte, während er den Schlag seiner Hellfire vorbereitete.

Doch gleichzeitig würde er seine Bodentruppen mit doppeltem Tempo zu dem Flugzeugwrack scheuchen, um das Ziel möglichst schnell zu sichern.

Das Rennen war in vollem Gange. Und im Augenblick, nach Puruwehuas Berechnungen, hatten Jaeger und sein Team einen guten Tagesmarsch oder mehr Vorsprung. Das Wrack war weniger als achtzehn Stunden entfernt. Wenn alles gut lief, würden sie es am kommenden Morgen erreichen. Aber

Jaeger machte sich nichts vor, indem er glaubte, dass die Reise von hier an leicht werden würde.

Der Regen brachte das Schlimmste im Dschungel zum Vorschein.

Während sie weitermarschierten, zeigte Puruwehua auf die Veränderungen, die der Regenguss mit sich brachte. Einige waren offensichtlich: Manchmal mussten Jaeger und sein Team durch Senken waten, in denen ihnen das Wasser bis zu Hüfte stand. Nicht identifizierbares Getier plumpste, platschte und glitschte durch das flache Wasser, und schimmernde Wasserschlangen glitten durch die Schatten.

Puruwehua deutete auf eine besonders bösartig aussehende Schlange: Sie hatte schwarze und blaue Streifen und zwei Schattierungen von Rot. »Diese dort – kein Grund für viel Sorge«, erklärte er. »*Mbojovyuhua*; sie isst Frösche und kleine Fische. Sie beißt, aber der Biss tötet nicht.«

Er wandte sich zu Jaeger um. »Es ist die große *Mbojuhua*, auf die ihr achtgeben müsst. Sie ist so lang wie fünf Menschen von Kopf bis Schwanz und so dick wie ein Kaiman. Sie ist schwarz, mit weißen Punkten, und sie wird dich in ihren Kiefern fangen, sich fest um deinen Körper schlingen und ihn zerquetschen. Der Druck wird jeden Knochen in deinem Körper brechen, und sie wird nicht aufhören zu quetschen, solange sie deinen Herzschlag noch spürt. Dann verschlingt sie dich als Ganzes.«

»Nett«, murmelte Jaeger. »Eine Constrictor mit mieser Laune. Mein nächster Liebling, gleich nach den Piranhas.«

Puruwehua lächelte. Jaeger konnte sehen, dass der Indio seinen heimlichen Spaß dabei hatte, das Team nervös zu machen.

»Noch schlimmer ist der *Tenhukikĩuhũa*«, warnte Puruwehua. »Kennst du ihn? Es ist eine graue Echse, so groß wie ein Waldschwein, mit schwarzen Quadraten überall auf dem

Rücken. Es hat Füße wie Hände, mit Saugnäpfen. Sein Biss ist sehr giftig. Wir sagen, er ist schlimmer als jede Schlange.«

»Sag's nicht«, schnaubte Jaeger. »Er kommt nur raus, wenn es regnet?«

»Schlimmer: Er lebt nur im überschwemmten Wald. Er ist ein guter Schwimmer; ein exzellenter Kletterer auf Bäumen. Er hat weiße Augen, wie ein Geist, und wenn du versuchst, ihn am Schwanz zu packen, bricht der Schwanz ab. So flüchtet der *Tenhukikĩuhũa*.«

»Welchen Grund sollte ich jemals haben, danach zu *greifen*?«, mischte sich eine Stimme ein. Es war Alonzos; der große Amerikaner schien von dem Echsending ebenso angewidert zu sein wie Jaeger.

»Um zu essen, natürlich«, antwortete Puruwehua. »Solange ihr es vermeiden könnt, dass er euch beißt, schmeckt der *Tenhukikĩuhũa* sehr gut – wie eine Mischung aus Fisch und Hühnchen.«

Alonzo schnaubte. »Kentucky Fried! Ich denke eher nicht.«

Es war eine Art Klischee, die Nahrung bei einem Survival-Trip mit »schmeckt wie Hühnchen« zu beschreiben. Alonzo und Jaeger wussten, dass es das nur selten tat, wenn überhaupt jemals.

Andere Veränderungen durch den Regen waren weniger offensichtlich und nur den Indios bekannt. Puruwehua zeigte ihnen ein schmales Loch im Waldboden. Jaeger vermutete, dass es der Bau eines Nagetiers war. Tatsächlich, erklärte Puruwehua, war es das Zuhause eines *Tairyvuhua*, eines Fischs, der unter der Erde lebte, in einer Art Ruhezustand im Schlamm liegend, und nur dann aktiv wurde, wenn es regnete.

Eine Stunde vor Sonnenuntergang machten sie Rast, um zu essen. Jaeger hatte sein Team auf die »harte Tour« eingestellt: kein Feuer oder Kochen erlaubt – was weniger Spuren bedeutete, die ein Feind aufspüren konnte. Aber die harte Tour machte nicht sonderlich viel Spaß. Sie bedeutete Tütenrationen des Militärs, kalt und freudlos direkt aus der Packung verspeist.

Das mochte den Hunger stillen, aber es trug nicht besonders zur Moral bei.

63

Jaeger saß auf einem umgefallenen Baumstumpf und kaute auf einer Tüte, in der sich etwas befand, das angeblich Hähnchen mit Nudeln war, aber nach geronnenem Kleber schmeckte. Seine Gedanken schweiften ab, zu Hippie-Annies Karottenkuchen auf ihrem Kahn zu Hause in London. Dort regnete es vermutlich auch gerade, dachte er reumütig.

Er beendete seine Mahlzeit mit einer Handvoll trockener Kekse, aber noch immer spürte er, wie der Hunger mit scharfen Zähnen in seinen Magen biss.

Alonzo nahm seinen Rucksack ab und ließ sich neben Jaeger auf den Stamm plumpsen. »Autsch!« Er rieb sich den Rücken, dort, wo der Piranha ihn gebissen hatte.

»Wie fühlt es sich an, von einem Fisch besiegt zu werden?«, stichelte Jaeger.

»Verdammte Piranhas«, knurrte Alonzo. »Ich kann keinen Haufen setzen, ohne an gottverfluchte Fischzähne zu denken.«

Jaeger blickte sich in der triefenden Vegetation um. »Also, das Glück scheint uns endlich einmal gewogen zu sein.«

»Sie meinen den Regen? Der verdammte Regenwald wird seinem Namen gerecht. Hoffen wir bloß, dass er das auch weiterhin tut.«

»Puruwehua sagt, es wird wenigstens einige Tage lang regnen.«

»Puruwehua sollte es wissen.« Alonzo griff sich an den Magen. »Mann, ich könnte morden für McDonald's. Einen Doppel-Royal mit Käse, Fritten und einen Schokoladen-Shake.«

Jaeger lächelte. »Wenn wir hier fertig sind, lade ich Sie ein.«

»Abgemacht.« Alonzo wurde ernst. »Wissen Sie, ich habe nachgedacht. Passiert nicht oft, also hören Sie gut hin. Wir haben 'ne Predator, die uns jagt. Nur sehr wenige Staaten auf der Welt haben Zugang zu so einer Art von Hardware.«

Jaeger nickte. »Die Brasilianer können es nicht sein. Selbst wenn sie eine Predator haben sollten, was ich bezweifle, hält Colonel Evandro uns den Rücken frei.« Er sah zu Alonzo. »Das wahrscheinlichste Szenario: Es sind Ihre amerikanischen Kollegen.«

Alonzo verzog das Gesicht. »Mann, das können Sie laut sagen. Südamerika – das ist unser Hinterhof. War es schon immer. Aber Sie wissen, wie das ist: eine Menge Geheimdienste hier draußen. Und viele davon operieren fast komplett selbstständig.« Er machte eine Pause. »Wer immer diese Predator steuert, was werden die von dem Airlander halten? Haben Sie daran schon gedacht?«

»Der ist gut geschützt«, antwortete Jaeger. »Colonel Evandro hat ihm den Status eines B-SOB-Spezialauftrags zugeteilt. Das da draußen ist Terra Incognita, und die Brasilianer haben schon seit Monaten Flieger in der Luft, die die Grenzen überwachen. Der Airlander fliegt unter brasilianischer Flagge und als B-SOB-Einheit, als wäre er eine waschechte Überwachungsmission.«

»Glauben Sie, dass das funktioniert? Dass die bösen Jungs keine Ratte schnuppern, die direkt über uns sitzt?«

»Der Airlander zieht seine Schleifen in dreitausend Metern. Predator-Drohnen fliegen etwa doppelt so hoch. Der Airlander versteckt sich in aller Öffentlichkeit. Außerdem muss er nicht in unserer Nähe sein. Mit seinen Überwachungssystemen kann er aus etlichen Kilometern Entfernung ein Auge auf uns haben.«

»Gottverdammt, Sie haben besser recht, Jaeger, sonst sind wir Toast.«

Jaeger sah Alonzo an, der ebenfalls an einer kalten Nahrungstüte herumkaute. »Also, haben Sie jemanden, den Sie anrufen könnten?«, fragte er. »Jemand bei den Spezialkräften? Jemand, der versuchen kann rauszufinden, wer zur Hölle uns jagt? Schauen, ob, wer uns auch immer auf seine schwarze Liste gesetzt hat, uns da wieder runternehmen kann?«

Alonzo zuckte mit den Achseln. »Ich bin ein SEAL-Reservist, Dienstgrad Master Sergeant. Ich kenne Leute in solchen Kreisen. Aber nach 9/11 … Wissen Sie, wie viele unterschiedliche Geheimoperationen es da draußen gibt?«

»Hunderte?«, gab Jaeger eine Vermutung ab.

Alonzo schnaubte. »Jetzt gerade gibt es achthundertfünfzigtausend Amerikaner mit einer Top-Secret-Freigabe. Es gibt zwölfhundert Regierungsbehörden, die an Geheimprojekten arbeiten – vornehmlich Terrorabwehr –, plus zweitausend privat geführte Behörden, die Aufträge annehmen.«

»Das ist … schwer zu glauben.« Jaeger schüttelte den Kopf. »Das ist ein echtes Chaos.«

»Nein, Mann, ist es nicht. Nicht für sich allein genommen. Das wirklich Unglaubliche kommt erst noch.« Er sah zu Jaeger. »2003 wurde der Präsident überzeugt, eine EXORD zu unterzeichnen: eine Executive Order. Mit dieser Präsidialverfügung gab er diesen achthundertfünfzigtausend Typen seinen Segen, mehr oder weniger alles zu tun, was ihnen Spaß bringt; sie können Operationen beginnen, ohne sie von irgendwem absegnen zu lassen. Mit anderen Worten: Sie agieren ohne jegliche Aufsicht des Präsidenten.«

»Also, wer auch immer diese Predator gestartet hat, könnte einer von tausend unterschiedlichen Operationsleitern sein?«

»So ziemlich, ja«, bestätigte Alonzo. »Und welcher Hurensohn auch immer versucht, uns auszuknipsen, wird genau so arbeiten – aus dem tiefsten Schatten heraus. Glauben Sie mir, kein Mensch weiß, was die anderen da draußen treiben. Und solange diese EXORD in Kraft ist, hat auch kein Mensch das Gefühl, irgendetwas davon zu kritisieren oder auch nur danach zu fragen.«

»Verrückt.«

»Das sehen Sie richtig.« Alonzo sah Jaeger an. »Also, ja, ich könnte ein paar Leute anrufen. Aber ehrlich gesagt würde ich damit nur in den Wind pissen.« Er machte eine Pause. »Können Sie mit mir noch ein letztes Mal unsere Abzugsstrategie durchgehen? Wie wir hier rauskommen?«

»Stellen Sie sich den Airlander als ein riesiges, bonbonförmiges Luftschiff vor«, begann Jaeger. »Er hat vier Propeller, einen an jeder Ecke, mit denen er einen direkten Antrieb erzeugen und sich in alle Richtungen fortbewegen kann: hoch, runter, rückwärts, vorwärts und zur Seite. Die Flugkabine befindet sich mittig an der Unterseite, zwischen zwei Luftkissen-Landesystemen – im Grunde ein Paar langer, schmaler, aufblasbarer Kufen, die an jeder Seite der Hülle angebracht sind.«

Er nahm einen seiner Kekse und verwendete ihn als Modell für das Luftschiff. »Er kann sich in jeder Höhe bewegen oder schweben und in jede Richtung. Er ist mit internen Winden und Kränen ausgestattet, um das Laden und Entladen zu ermöglichen. Und die Hauptkabine fasst bis zu fünfzig Passagiere. Unser Best-Case-Szenario: Wir bestätigen am Boden, dass die Umgebung sicher für den Airlander ist. Er sinkt herab, schwebt über dem Dschungel, wir werfen ein paar Trageriemen um das Flugzeugwrack, und der Airlander hebt es hier heraus – und uns mit ihm.

Das ist der Plan, wenn wir ausreichend Vorsprung vor den bösen Jungs kriegen«, fuhr Jaeger fort. »Und wenn die Vergiftungsgefahr am Boden sich als vertretbar erweist. Der Airlander ist langsam. Er fliegt mit etwa zweihundert Kilometern pro Stunde. Aber er hat eine Reichweite von dreieinhalbtausend Kilometern. Das ist mehr als genug, um uns zurück nach Cachimbo zu fliegen, wo wir Colonel Evandro treffen.« Jaeger zuckte mit den Achseln. »Worst-Case-Szenario: Die Vergiftungsgefahr erweist sich als tödlich, der Airlander kann die Ladung nicht aufnehmen, und wir rennen um unser Leben.«

Alonzo strich sich nachdenklich übers Kinn. »Ich hoffe inständig, dass wir nicht auf Szenario Nummer zwei zusteuern.«

»Evo'ipeva«, rief eine Stimme ihnen zu. Es war Puruwehua, und er hielt etwas Dunkles und Blutiges in der Hand. »Ich kenne das englische Wort nicht. Regen lockt sie hervor; sie saugen das Blut.«

»Egel«, murmelte Jaeger. »Verflixte Egel.«

Alonzo erschauerte. »Yeah, und dicke Viecher, wie es aussieht.«

Puruwehua deutete auf seine Beine und seinen Schritt. »Wir Amahuaca tragen keine Hosen, daher können wir sie sehen und abnehmen. Aber ihr … ihr werdet nachschauen müssen.«

Jaeger und Alonzo sahen sich an.

»Dienstgrad vor Schönheit«, verkündete Alonzo. »Ein Schwanz, so groß wie meiner? Da haben sie eine ganze Banketttafel, an der sie sich vollfressen können.«

Jaeger stand zögernd auf. Er öffnete seinen Gürtel und die Hose und zog sie hinunter. Selbst im dämmerigen Licht konnte er sehen, dass seine Beine und sein Schritt eine Masse aus sich windenden glänzenden Körpern waren, wie kleine, stummelige Tentakel. Tiger-Egel. Gott, wie er die Viecher hasste. Ein schwarzer Körper mit grellgelben Längsstreifen und jeder von ihnen inzwischen auf das Fünffache seiner normalen Größe angeschwollen.

Als der erste Egel sich Jaegers Hosenbein hochgeschoben hatte, auf der Suche nach einem warmen, feuchten Ort, an dem er sich festmachen konnte, war er so groß wie eine Kugelschreiberkappe gewesen. Jetzt, nach ein paar Stunden Fütterung, war jeder von ihnen so groß wie ein dicker Textmarker und bis zum Bersten gefüllt mit Jaegers Blut.

»Feuerzeug?«, bot Alonzo an.

Die befriedigendste Art, die Mistviecher loszuwerden, bestand darin, sie einfach abzubrennen. Die zweitbefriedigendste Methode bestand darin, sie mit Insektenabwehrmittel zu überschütten und zuzusehen, wie sie sich wanden und krümmten.

Jaeger streckte die Hand aus. »Danke.«

Er wusste, dass er das nicht tun sollte. Egel sonderten ein Anästhetikum in ihrem Speichel ab, damit das Opfer ihren Biss nicht spürte. Sobald sie sich festgebissen hatten, pumpten sie Hirudin in die Venen des Opfers, ein kräftiges Enzym, das die Blutgerinnung verhinderte – was es ihnen ermöglichte, zu fressen und zu fressen und zu fressen.

Wenn man eine nackte Flamme gegen einen Egel hielt, zog er sich augenblicklich zusammen, löste die Zähne und fiel ab – doch dabei stieß er einen Großteil seines Mageninhalts zurück in den Blutkreislauf des Wirts. Mit anderen Worten: Er kotzte dir all dein Blut zurück in die Adern, inklusive sämtlicher Krankheiten, die er vielleicht mit sich rumschleppte.

Doch Jaeger hasste Tiger-Egel aus ganzem Herzen, und er konnte dem Drang nicht widerstehen, es ihnen heimzuzahlen. Mit einem ratschenden Geräusch entzündete er das Feuerzeug, senkte die Flamme und sah zu, wie der erste der geschwollenen schwarzen Tentakel zischte, zuckte und brannte.

»Wir haben Hellfire-Raketen, die uns in Stücke fetzen wollen – da riskiere ich mit Freude, ein paar von diesen Mistviechern abzufackeln.«

Alonzo lachte. »Yeah – das ist ein Kampf, den wir gewinnen können.«

Nach einigen Sekunden fiel der Egel ab und ließ eine Blutspur zurück, die Jaegers Bein hinablief. Die Wunde würde noch eine Weile bluten, doch das war es ihm wert.

Er hatte den Egel gleich auf zwei Arten gequält: Zum einen hatte dieser seine kostbare Mahlzeit aus Blut verloren, und zum anderen würde er sich nie wieder von den Verbrennungen erholen.

64

Als sie fertig damit waren, die Egel abzubrennen, war das Tageslicht verschwunden. Jaeger beschloss, dass sie ihr Lager dort aufschlugen, wo sie waren. Er gab die Entscheidung an sein Team weiter. Doch während Hängematten und Ponchos zwischen regennassen, glitschigen Bäumen aufgespannt wurden, bemerkte er, dass einer in ihren Reihen in Schwierigkeiten steckte.

Er ging hinüber zu Dale, der seine Nasskleidung noch nicht gewechselt hatte. Der Kameramann hatte seine Beine in seine Hängematte geschwungen und lag da, offensichtlich fertig zum Einschlafen. Er hielt seine Filmausrüstung an seine Brust gedrückt und benutzte eine Dose mit komprimierter Luft, um mit dem Luftstrom den schlimmsten Dreck und das Wasser aus seiner Kamera zu pusten.

Es musste schwer sein, so eine Ausrüstung unter diesen Bedingungen funktionstüchtig zu halten. Dales abendliche Reinigungsrituale hatten etwas Religiöses, und es gab viele Nächte, in denen er in einen erschöpften Schlaf gefallen war, während er seine Kamera hielt wie ein Kind seinen Teddybären.

»Dale, Sie sehen nicht allzu gut aus«, begann Jaeger.

Ein Kopf erschien über dem Rand der Hängematte. Das Gesicht des Kameramanns sah fürchterlich blass und abgespannt aus. Jaeger bezweifelte nicht, dass Dale seine Ladung Egel erst noch entdecken musste, denn das würde er nur tun, wenn er seine Nasskleidung wechselte.

»Ich bin einfach nur völlig gerädert«, murmelte Dale. »Muss meine Ausrüstung säubern und schlafen.«

Neun Tage im Dschungel hatten einen schweren Tribut gefordert. Und doppelt so stark bei Dale, der die Aufgabe hatte, die ganze Expedition zu filmen, während er selbst ein Teil davon war. Und während die anderen nur wenig Zeit für die minimalste Körperhygiene gefunden hatten, schien Dale jede freie Sekunde damit zuzubringen, seine Ausrüstung zu reinigen, Batterien zu wechseln und alles, was er filmte, auf einer Extra-Festplatte zu speichern.

Außerdem hatte er all das Zusatzgewicht der Filmausrüstung zu tragen. Bei etlichen Gelegenheiten hatte Jaeger angeboten, ihm einen Teil der Last abzunehmen, aber Dale hatte abgelehnt. Seine Ausrede hatte darin bestanden, dass er seine Ausrüstung nahe bei sich brauchte, aber in Wahrheit vermutete Jaeger, dass er lediglich ein stolzer und entschlossener Kameramann war – und das respektierte er.

»Sie müssen in Ihre Trockenkleidung wechseln«, ermahnte ihn Jaeger. »Wenn Sie das nicht tun, sind Sie erledigt.«

Dale starrte ihn an, erdrückende Erschöpfung im Blick. »Ich bin am Ende, Mann. Ich bin wirklich am Ende.«

Jaeger griff in eine seiner Taschen und zog einen energiereichen Riegel hervor – Teil seiner Notfallrationen. »Hier – essen Sie den. Und es gibt da leider noch eine Sache, um die Sie sich jetzt sofort kümmern müssen. Es gibt keine Möglichkeit, Ihnen das schonend beizubringen: Egel.«

Es war Dales erste direkte Erfahrung mit den ekelerregenden Parasiten, und es sollte sich als eine besonders traumatische erweisen. Aufgrund seiner Angewohnheit, regelmäßig stehen zu bleiben, um zu filmen, häufig auf dem nassen Waldboden hockend, um eine aufsichtige Aufnahme machen zu können, hatte er das leichteste Ziel geboten. Als Ergebnis hatte er eine besonders hohe Ausbeute vorzuweisen.

Jaeger bot ihm das Feuerzeug an. Während ein entsetzter Dale sich daranmachte, die Egel abzubrennen, begann Jaeger ein Gespräch, um ihm dabei helfen, sich ein wenig abzulenken.

»Also, wie läuft es ohne Kral?«

Dale warf ihm einen kurzen Blick zu. »Ganz ehrlich?«

»Ganz ehrlich.«

»Der Nachteil: Ich habe mehr Gewicht zu tragen, das Kral und ich zuvor unter uns aufgeteilt hatten. Der Vorteil: Ich hab nicht mehr ständig diesen hässlichen Egel um mich, der die ganze Zeit herumnörgelt – verbittert, sauer, und selbstsüchtig. Beides zusammengenommen bin ich jetzt besser dran.« Er lächelte erschöpft. »Aber ich könnte ganz gut ohne *diese* Egel leben.«

»Eins steht mal fest: Sie beide standen von Anfang an auf keiner guten Basis. Was war da los zwischen Ihnen?«

»Ich erzähle Ihnen eine Geschichte«, sagte Dale leise, während er die Flamme an einen weiteren fetten Egel hielt. »Ich bin von Geburt an ein Aussie, aber mein Vater hat mich auf ein edles englisches Internat geschickt – einen Ort, an dem sie mir meine ganze Aussiehaftigkeit ausgeprügelt haben, zusammen mit meinem Akzent.

Die Schule war berühmt für ihre Sportmannschaften. Das Problem war, ich hasste die wichtigsten davon: Rugby, Hockey und Cricket. War auch ziemlich schlecht in allen davon. Kurz gesagt, ich war eine überwältigende Enttäuschung für meinen Vater. Es gab nur zwei Dinge, in denen ich wirklich gut war. Eines war Felsklettern; das andere war die Benutzung einer Kamera.«

»Ein Felssport-Kollege! Das war auch mein Ding an der Schule. Ist eine gute Fähigkeit bei dieser Art von Job.«

»Mein Vater ist ein erfolgreicher Anwalt in Sydney«, fuhr Dale fort. »Als ich mich weigerte, ihm in die Juristerei zu folgen, und mich für eine Medienkarriere entschied, hat er reagiert, als wäre ich beim Drogendealen erwischt worden oder so. Hat mir jegliche Unterstützung entzogen. Also habe ich mich ins Haifischbecken der Londoner Medienwelt gestürzt, um es ihm doppelt heimzuzahlen.

Ich hatte keine Wahl, als zu ertrinken, zu schwimmen oder gefressen zu werden. Ich beschloss, mich auf Filmarbeiten in abgelegenen Regionen und mit hohem Risiko zu spezialisieren. Aber es ist ein Leben von der Hand in den Mund. Durchgehend. Kral kann es sich leisten, beim ersten Anzeichen von Schwierigkeiten abzuhauen. Ich kann das nicht. Nicht, wenn ich den ganzen Schwarzsehern – *und meinem Vater* – etwas beweisen will.

Risikoreiches Abenteuerfilmen – das ist es, was ich mache. Wenn ich aussteige, weil es zu ruppig wird, was habe ich dann noch? Nichts.« Dale fixierte Jaeger mit einem sehr direkten Blick. »Also scheiß auf Kral mit seiner Missgunst und seinem Neid. Aber wenn ich ehrlich bin, ich scheiß mir hier draußen in die Hosen.«

Nachdem die »Entegelung« abgeschlossen war, bot Jaeger an, Dales Wachdienste zu übernehmen, damit er einmal eine ganze Nacht durchschlafen konnte. Und wenigstens diesmal nahm der Australier die angebotene Hilfe an. Auf irgendeine Art schien das anzudeuten, dass sich eine unerwartete Freundschaft zwischen ihnen beiden zu formen begann.

Während er auf seiner ersten Wache saß und in den nachtdunklen Wald schaute, erwischte sich Jaeger bei der Frage, ob er den Mann falsch eingeschätzt hatte. Dale hatte eine unabhängige, einzelgängerische Ader und die Fähigkeit, außerhalb gängiger Muster zu denken – die Art von Qualitäten, die Jaeger bei seinen Männern geschätzt hatte, als er beim Militär gewesen war.

Wären sie beide andere Wege im Leben gegangen, wäre es durchaus denkbar gewesen, dass Jaeger als Kriegsberichterstatter geendet wäre und Dale als Kämpfer einer Eliteeinheit.

Jaeger wusste besser als die meisten Leute, dass sich das Schicksal eines Menschen lediglich in Sekundenbruchteilen ändern konnte.

65

Als Jaeger von seiner Wache abgelöst wurde, stellte er fest, dass noch jemand im Lager wach war – Leticia Santos.

Er ging hinüber und beschloss, sie daran zu erinnern, noch einmal nach Egeln zu suchen. Sie war bereits an dem Problem dran und fand sein offensichtliches Unbehagen äußerst amüsant – vor allem, als er sie daran erinnerte, dass sie ihre Intimzone untersuchen sollte.

»Acht Jahre bei der B-SOB, fünf bei der FUNAI«, erinnerte sie ihn. »Ich habe mich daran gewöhnt, in dieser Zone zu suchen!«

Jaeger schmunzelte. »Das ist eine Erleichterung. Also, wieso der Wechsel?«, fragte er und ging neben ihr in die Hocke. »Von der Jagd auf böse Jungs zur Rettung der Indios?«

»Zwei Gründe«, antwortete Santos. »Erstens: Mir wurde klar, dass wir die Drogenkartelle nicht stoppen können, solange wir nicht den Dschungel schützen. Dort transportieren sie ihre Drogen und verstecken sich. Und um das zu tun, brauchen wir die Hilfe der Indio-Stämme. Das brasilianische Gesetz besagt, dass ihr Land – ihre Heimatwälder – geschützt werden muss. Wenn wir also die Indios kontaktieren und beschützen können, ist das auch der Schlüssel dazu, den Amazonas-Regenwald zu bewahren.«

Sie sah Jaeger an. »Wenn dies Ihr Land wäre und Sie dieses Riesenwunder besäßen – den Regenwald im Amazonas –, würden Sie ihn nicht ebenfalls bewahren wollen?«

»Natürlich. Und der zweite Grund?«, wollte Jaeger wissen.

»Ich hab durch die Arbeit bei der B-SOB meine Ehe zerstört«, antwortete Santos leise. »Eine Karriere bei einer Spezialeinheit ist kein gutes Rezept für eine lange und glückliche

Ehe, oder? Immer in Bereitschaft. So viele Geheimnisse. Niemals in der Lage, irgendetwas zu planen. So viele abgesagte Urlaube, Geburtstage, Jubiläen. Mein Mann beklagte, dass ich nie für ihn da war.« Sie machte eine Pause. »Ich möchte nicht, dass meine Tochter irgendwann groß ist und mir denselben Vorwurf macht.«

Jaeger nickte. »Das verstehe ich. Ich habe das Militär verlassen, kurz nachdem ich eine Familie gegründet habe. Aber es ist mit Sicherheit nicht einfach.«

Santos schaute auf Jaegers linke Hand; sein einziger Schmuck war ein einzelner goldener Ring. »Sie sind verheiratet, ja? Kinder auch?«

»Ja, habe ich. Einen Sohn. Auch wenn … Nun, das ist eine lange Geschichte.« Jaeger starrte in den dunklen Dschungel. »Sagen wir mal so: Sie sind für mich verloren …« Seine Worte verliefen im Nichts.

Santos streckte eine Hand aus und legte sie auf seinen Arm. Ihr Blick glitt voll unverhüllter Wärme über sein Gesicht. »Allein zu sein ist schwer. Wenn Sie jemals ein freundliches Ohr brauchen – Sie wissen, dass Sie auf mich zählen können.«

Jaeger dankte ihr. Er stand auf. »Wir müssen uns ein wenig ausruhen. *Dorme bem*, Leticia. Süße Träume.«

Jaeger erwachte Stunden später als ein verschwitztes, schreiendes Bündel.

Seine Hängematte schwang wild hin und her, nachdem er sich darin herumgeworfen und die Monster abgewehrt hatte, die ihn so oft in seinen Träumen plagten.

Es war derselbe Albtraum gewesen – der, den er zuletzt in seinem Wardour-Castle-Apartment gehabt hatte. Wieder hatte er ihn bis zu dem Augenblick gebracht, an dem ihm seine Frau und sein Kind entrissen worden waren – und dann war eine undurchdringliche Wand niedergekracht.

Er sah sich um: Die Dunkelheit war so absolut, dass er kaum die Hand vor Augen sehen konnte. Dann hörte er es: Bewegung. Jemand – oder etwas – schlich durch das dichte Unterholz.

Seine Hand glitt aus der Hängematte und suchte nach seiner Schrotflinte.

Eine Stimme sprach aus der Dunkelheit zu ihm. »Hier ist Puruwehua. Ich habe dich schreien gehört.«

Jaeger entspannte sich.

Auf eine gewisse Art war er nicht überrascht, dass seine Rufe den Indio geweckt hatten. Puruwehua hatte seine Hängematte direkt neben seiner aufgehängt. Und besser ihn wecken als einen der anderen – denn er vertraute dem Amahuaca so sehr, wie er im Augenblick nur irgendwem trauen konnte.

Puruwehua hockte sich neben ihn. »Die verlorenen Erinnerungen – sie sind dort drin, *Koty'ar*«, sagte er leise. »Du musst dir selbst nur erlauben, sie freizulassen; dorthin zu gehen.«

Jaeger starrte in die Dunkelheit. »Jeder zurückkehrende Soldat und gescheiterte Vater hat Albträume.«

»Dennoch trägst du viel Dunkelheit in dir«, erklärte ihm Puruwehua. »Viel Schmerz.«

Einen langen Moment herrschte Schweigen.

»Hast du Licht?«, fragte Puruwehua.

Jaeger schaltete seine Stirnlampe ein und schirmte sie in der Hängematte ab, sodass sie ein schwaches grünliches Leuchten abgab. Puruwehua reichte ihm eine Tasse, bis zum Rand mit Flüssigkeit gefüllt. »Trink das. Eine Dschungelmedizin. Sie wird dir helfen.«

Jaeger nahm die Tasse und dankte ihm. »Tut mir leid, dass ich dich geweckt habe, mein Kamerad. Lass uns rasten, damit wir morgen bereit sind.«

Damit trank er den Becher leer. Doch die Ruhe, die er erwartete, kam nie.

Stattdessen fühlte er augenblicklich Schmerz im Inneren seines Schädels explodieren, als hätte ihm jemand kraftvoll gegen die Augenhöhle getreten. Wenig später begannen seine Sinne, ihn zu verlassen. Er spürte Hände, die ihn runterdrückten, und Puruwehuas markante Stimme, die tröstende Worte in der Sprache der Amahuaca flüsterte.

Dann, ganz plötzlich, schienen die Innenseiten von Jaegers Augenlidern in ein Kaleidoskop aus Farben zu explodieren. Nach und nach verblassten sie zu einem hellen gelben Stoffhintergrund.

Das Bild verstärkte sich und wurde deutlicher. Jaeger lag auf dem Rücken in einem Zelt, zwei Schlafsäcke an den Reißverschlüssen miteinander verknüpft, warm und gemütlich mit seiner Frau und seinem Kind neben sich. Aber etwas hatte ihn geweckt, ihn aus einem tiefen Schlummer in die kalte Wirklichkeit eines Winters in Welsh gezerrt.

Seine Stirnlampe warf ihren Schein über den gelben Zeltstoff über ihm, während er versuchte, sich auf die Störung und Bedrohung zu konzentrieren. Mit einem Mal stieß eine lange Klinge durch die dünne Seitenwand des Zelts. Als Jaeger reagieren wollte, sich aus der Enge seines Schlafsacks befreien wollte, erklang ein Zischen aus einer Düse, die durch die Öffnung gesteckt wurde.

Gas füllte das Zelt, stieß Jaeger zurück und ließ seine Glieder gefrieren. Er sah Hände, die hereingriffen, dunkle Gesichter, umklammert von Atemschutzmasken darüber, und Augenblicke später wurden seine Frau und sein Kind nach draußen gezerrt, aus der Wärme hinein in die Dunkelheit.

Sie konnten nicht einmal schreien, denn das Gas hatte sie ebenso gelähmt wie Jaeger. Er war hilflos; konnte weder sich selber helfen noch, was wichtiger war, seiner Frau und seinem Kind.

Er hörte das Brummen eines starken Motors; rufende Stimmen, das Schlagen von Türen, als etwas – jemand – in Richtung des Fahrzeugs geschleift wurde. Mit einer unmenschlichen Anstrengung seines Willens brachte er sich dazu, auf den Schlitz zuzukriechen, den das Messer in die Zeltwand geschnitten hatte. Er stieß seinen Kopf hindurch.

Er erhaschte kaum einen Blick, aber es war genug. Im Licht der Scheinwerfer, der von einer Schicht aus Frost und Schnee reflektiert wurde, sah er zwei Gestalten – eine klein und jungenhaft; die andere schlank und weiblich –, die hinten in den Geländewagen verfrachtet wurden.

Im nächsten Augenblick wurde Jaeger an der Wurzel seiner Haare gepackt. Sein Kopf wurde nach oben gezogen, sodass er durch die gläsernen Öffnungen einer Gasmaske in ein Paar hasserfüllter Augen starrte. Eine behandschuhte Faust schlug aus der Dunkelheit mit aller Kraft zu, hämmerte einmal in Jaegers Gesicht, zweimal, dreimal, während Blut aus seiner gebrochenen Nase über den Schnee spritzte.

»Sieh gut und lange hin«, zischte das Gesicht hinter der Maske und drehte Jaegers Kopf brutal in Richtung des Geländewagens. Die Worte klangen gedämpft, aber dennoch verstand er ihre Bedeutung, während die Stimme irgendwie so vertraut klang, dass ihm fröstelte. »Brenn dir diesen Moment ins Gedächtnis ein. Deine Frau und dein Kind – sie gehören uns.«

Die Maske beugte sich tiefer, sodass der Luftfilter sich gegen Jaegers blutiges Gesicht presste. »Vergiss das nie – du hast versagt. Du konntest deine Frau und dein Kind nicht schützen. *Wir sind die Zukunft!*« Die letzten Worte sprach er auf Deutsch aus.

Die Augen hinter den Gläsern waren aufgerissen, vollgepumpt mit Adrenalin, und Jaeger wurde klar, dass er das Gesicht hinter diesem wahnsinnigen Blick kannte. Er kannte es, und gleichzeitig kannte er es nicht, denn er konnte dieser hasserfüllten Miene keinen Namen zuordnen. Augenblicke später verblich die furchterregende Szene – die unaussprechliche Erinnerung –, doch nicht bevor sich ein letztes Bild unauslöschlich in Jaegers Verstand eingebrannt hatte …

Als er endlich wieder in seiner Hängematte zu sich kam, fühlte sich Jaeger völlig ausgelaugt. Das hartnäckigste Bild seiner Erinnerung hatte ihn nicht direkt überrascht. In seinem Herzen hatte er es erwartet; es gefürchtet. Er hatte befürchtet, dass es dort sein würde, eingehüllt in die Dunkelheit dieses schneebedeckten Hügels in Welsh.

Eingraviert in den Griff des Messers, welches das Zelt durchschnitten hatte, war ein dunkles, allzu bekanntes Symbol gewesen: ein *Reichsadler*.

66

Puruwehua hielt die einsamen Stunden der Nacht hindurch Wache neben Jaegers Hängematte. Er allein verstand, was Jaeger durchmachte. Das Getränk, das er ihm gegeben hatte, war mit *Nyakwana* versetzt gewesen, dem Schlüssel, um so viele mächtige Bilder zu entfesseln, die tief in seinem Geist vergraben gewesen waren. Er wusste, dass der weiße Mann bis auf die Knochen erschüttert sein würde.

Bei Sonnenaufgang sprach keiner von ihnen über das, was geschehen war. Aus irgendeinem Grund brauchte es keine Worte.

Doch den ganzen Morgen hindurch war Jaeger launisch und zurückgezogen, gefangen in der Hülle der Erinnerungen, die an die Oberfläche getreten waren. Körperlich setzte er einen Fuß vor den anderen, während er durch den feuchten, triefenden Dschungel marschierte, doch geistig war er an einem ganz anderen Ort, begraben in einem zerrissenen Zelt an einer eisigen Bergflanke in Welsh.

Sein Team bemerkte seine Stimmungsänderung, auch wenn nur wenige den Grund dafür ermessen konnten. So dicht am Flugzeugwrack – dessen Entdeckung nun in Reichweite lag – hatten sie erwartet, dass Jaeger vor Energie strahlen würde; dass er den Vorstoß anführen würde. Doch ganz im Gegenteil: Er schien eingesperrt an einem dunklen, einsamen Ort, der alle anderen ausschloss.

Es war inzwischen beinahe vier Jahre her, dass seine Frau und sein Sohn verschwunden waren. Jaeger hatte sich auf den Peny-Fan-Lauf vorbereitet – ein 24-Kilometer-Rennen über die Berge von Welsh. Es war Weihnachten, und er, Ruth und Luke hatten beschlossen, es auf eine ganze neue Art zu verbringen, beim Campen in den Vorgebirgshügeln von Welsh. Es war die perfekte Ausrede gewesen, um gemeinsam in den Bergen zu sein – etwas, das der kleine Luke liebte –, und für Jaeger, um ein wenig Extratraining einlegen zu können. Es war ihre Familien-Abenteuer-Kombination, wie er Ruth scherzhaft erzählt hatte.

Sie hatten ihr Lager nahe der Startlinie des Rennens aufgeschlagen. Der Pen-y-Fan-Lauf war von den Trainingseinheiten der britischen Spezialeinheiten inspiriert. In einem der schwersten Abschnitte mussten die Kandidaten die beinahe völlig nackte Felswand des »Fan« hinaufklettern, die »Jacob's Ladder« hinabrennen, dann eine hügelige alte römische Straße entlanglaufen, an deren Ende sie den Umkehrpunkt erreichten und die ganze Strecke wieder zurückmussten.

Man kannte das als den »Fan-Dance«, und es war ein brutaler Wettbewerb, der Geschwindigkeit, Ausdauer und Fitness testete – Dinge, die Jaeger immer schon quasi in den Schoß gefallen waren. Auch wenn er beim Militär ausgeschieden war, erinnerte er sich gerne dann und wann daran, wozu er fähig war.

Als sie in jener Nach schlafen gegangen waren, hatte Jaegers Körper von einem harten Trainingstag geschmerzt, und seine Frau und sein Sohn waren ebenso erschöpft von einer Mountainbike-Tour durch das verschneite Flachland gewesen. Jaegers nächste bewusste Erinnerung bestand darin, dass er eine Woche später auf der Intensivstation zu sich kam – nur um zu erfahren, dass Ruth und Luke vermisst wurden.

Das Gas, mit dem sie gelähmt worden waren, hatte man als Kolokol-1 identifiziert, ein wenig bekanntes russisches K.o.-Gas, das ein bis drei Sekunden brauchte, um zu wirken. In der Regel war es nicht tödlich – es sei denn, das Opfer war ihm über längere Zeit auf engem Raum ausgesetzt –, aber auch so hatte Jaeger Monate gebraucht, um sich gänzlich zu erholen.

Die Polizei hatte im Kofferraum von Jaegers Wagen bis oben hin Weihnachtsgeschenke für seine Familie gefunden – Geschenke, die nun niemals geöffnet würden. Abgesehen von den Reifenspuren des Geländewagens hatte es keine Spur von seiner vermissten Frau und seinem Kind gegeben. Es schien keinerlei Motiv für die Entführung, und möglicherweise Mord, zu geben.

Auch wenn Jaeger nicht direkt der Hauptverdächtige war, hatten ihn die Fragen, die man ihm gestellt hatte, von Zeit zu Zeit verwundert. Je länger die Polizei keinerlei Motiv oder Spur finden konnte, desto mehr schien ihr daran gelegen zu sein, nach Gründen in Jaegers Vergangenheit zu suchen, weshalb er seine Frau und sein Kind hätte verschwinden lassen wollen.

Sie hatten seine Militärakten durchkämmt, hatten jedes einzelne Trauma beleuchtet, das eine posttraumatische Belastungsstörung hätte auslösen können. Alles, was einem Anlass für solch ein offensichtlich unerklärliches Verhalten liefern könnte. Sie hatten seine engsten Freunde befragt. Und sie hatten wieder und wieder seine Familie darüber ausgequetscht – insbesondere seine Eltern –, ob es irgendwelche Probleme in seiner Ehe gegeben hätte.

Das war einer der Gründe, die den Umzug seiner Eltern auf die Bermudas ausgelöst hatten: um den ständigen Belästigungen zu entkommen. Sie waren lange genug geblieben, um ihm über die schwerste Zeit hinwegzuhelfen, doch als er unangekündigt verschwunden und nach Bioko geflohen war, hatten sie die Chance für ihren eigenen Neuanfang genutzt. Zu dem Zeitpunkt war die Spur ohnehin vollkommen kalt. Ruth und Luke waren seit beinahe einem Jahr verschwunden und höchstwahrscheinlich tot, und auf der unermüdlichen Suche nach ihnen hatte Jaeger sich beinahe selbst verloren.

Es hatte Tage, Monate – mittlerweile Jahre – gebraucht, dass seine verschütteten Erinnerungen jener dunklen Nacht tröpfchenweise wieder an die Oberfläche gekommen waren. Und jetzt das: Er hatte einige der allerletzten Erinnerungen zurückgewonnen, jene, die am tiefsten verborgen gewesen waren, dank des Eingriffs eines Amahuaca-Kriegers und eines kräftigen Schlucks mit *Nyakwana* versetzter Flüssigkeit.

Natürlich war es nicht irgendein alter *Reichsadler* gewesen, den er auf dem Messergriff gesehen hatte; es war dieselbe Form gewesen, die sein Großonkel Joe in einer Hütte tief in den schottischen Hügeln so vollkommen verängstigt hatte. Seine Worte brachen jetzt wieder über Jaeger herein, während er durch den durchweichten Dschungel schlurfte, ebenso wie der Ausdruck blanken Entsetzens, der seinen Blick begleitet hatte.

Und dann kommt dieser wunderbare Junge her, damit. Ein Reichsadler! Diese verdammte, verfluchte Verdammnis! Es scheint, als wäre das Böse zurückgekehrt.

Dem Amahuaca-Häuptling nach war es ein ähnlicher Reichsadler, der in die Leichen seiner beiden gefangenen Krieger geritzt worden war – und von derselben feindlichen Truppe, mit der Jaeger und sein Team sich einen Wettlauf auf Leben und Tod lieferten.

Was Jaeger jedoch am meisten verwirrte, war, dass er die Stimme erkannt zu haben schien, die ihn von hinter der Gasmaske aus angespien hatte. Doch sosehr er auch in seinem Schädel kramte und wühlte, kein Name, und kein Gesicht kam ihm in den Sinn.

Falls er seinen Angreifer von irgendwo her kannte, dann blieb ihm seine Identität ganz und gar verborgen.

67

Es ging auf Mittag ihres zehnten Tages im Dschungel zu, als Jaeger begann, sein Unwohlsein abzuschütteln. Es war ihre anstehende Ankunft bei dem Wrack, die ihn aus der dunklen, verstörenden Vergangenheit holte.

Trotz des Unbehagens, das ihn an diesem Morgen erfasst hatte, hatte Jaeger weiterhin seine Kiesel und den Kompass fest in der Hand gehalten. Er vermutete, dass sie noch etwa zweieinhalb Kilometer von der Stelle entfernt waren, an welcher der Wald anfing zu sterben. Von diesem Punkt an waren es nur noch die ausgebleichten Knochen vergifteter, toter Bäume, die zu dem Wrack selbst führten.

Sie betraten einen besonders durchweichten Teil des Dschungels.

»*Yaporuamuhũa*«, verkündete Puruwehua, als sie in immer tieferem Wasser wateten. »Gefluteter Wald. Wenn das Wasser so hoch wird, dann schwimmen die Piranhas aus dem Fluss. Sie fressen von allem, was sie finden können.«

Das dunkle Wasser wirbelte um Jaegers Hüfte. »Danke für die Warnung«, murmelte er.

»Sie sind nur aggressiv, wenn der Hunger sie antreibt«, versuchte Puruwehua ihn zu beruhigen. »Nach solchen Regenfällen sollte es reichlich für sie zu fressen geben.«

»Und wenn sie *doch* hungrig sind?«, erkundigte sich Jaeger.

Puruwehua schaute zum nächsten Baum. »Dann musst du aus dem Wasser. Schnell.«

Jaeger erblickte etwas Glattes und Silbriges, das neben ihm durchs flache Wasser glitt. Noch einer und noch einer flitzten an ihm vorbei, ein oder zwei streiften sein Bein. Ihre Leiber sahen seidig grün an der Rückenflosse aus, mit großen gelben, nach oben gerichteten Augen und zwei Reihen massiver Zähne wie Stacheln.

»Sie sind überall um uns herum«, zischte Jaeger.

»Keine Sorge – das ist gut. Das ist sehr gut. *Andyrapepotiguhũa.* Vampirfische. Sie fressen Piranhas. Sie spießen sie mit ihren langen Zähnen auf.«

»Richtig, halten wir sie in unserer Nähe – wenigstens so lange, bis wir das Flugzeug erreichen.«

Das Wasser wurde tiefer. Es reichte ihnen nun fast bis zur Brust. »Bald ist es Zeit zu schwimmen wie der *Pirau'ndia*«, merkte Puruwehua an. »Das ist ein Fisch, der sich selbst vertikal hält, mit dem Kopf über dem Wasser.«

Jaeger antwortete nicht.

Er hatte genug stinkendes Wasser, Moskitos, Egel, Kaimane und Fischkiefer für ein ganzes Leben gehabt. Er wollte sich in dieses Flugzeug einklinken, sie alle hier heraushieven lassen und anfangen, nach seiner Familie zu suchen.

Es war an der Zeit, diese Expedition zu beenden und neu anzufangen. Am Ende dieses verrückten Weges, da war er sich sicher, würde er auf die eine oder andere Art das Schicksal erfahren, das seine Frau und seinen Sohn ereilt hatte. Oder falls nicht, dann war er bei dem Versuch gestorben, es aufzudecken. Im Halbdunkel zu leben, wie er es getan hatte, war kein wirkliches Leben. Das war es, was sein Erwachen ihm gezeigt hatte.

Jaeger konnte Puruwehuas Blick auf sich spüren, als sie schweigend weitermarschierten.

»Hast du nun einen klareren Geist, mein Freund?«

Jaeger nickte. »Zeit, die Kontrolle von denen zurückzuholen, die deine Welt zerstören wollen, Puruwehua, und meine.«

»Wir nennen es *Hama*«, erklärte Puruwehua mit wissendem Tonfall. »Schicksal oder Vorsehung.«

Eine Weile wateten sie in angenehmem Schweigen nebeneinanderher.

Jaeger spürte jemanden im Wasser neben sich. Es war Irina Narov. Wie der Rest des Teams bewegte sie sich mit ihrer Waffe – ein Dragunow-Scharfschützengewehr – hoch aus dem Wasser gestreckt, in dem Versuch, es sauber und trocken zu halten. Das war kräftezehrende Knochenarbeit, aber so nahe am Flugzeugwrack schien sie von einer unerschöpflichen Energie angetrieben.

Das Dragunow war eine seltsame Waffenwahl für den Dschungel, in dem ein Kampf ausnahmslos auf engem Raum stattfand, aber Narov hatte darauf bestanden, dass das ihre Waffe sei. Klugerweise hatte sie sich für ein SVDS entschieden – die kompakte, leichtere Variante des Gewehrs.

Aber es war Jaeger nicht entgangen, dass ihre beiden Lieblingswaffen – das Messer und das Scharfschützengewehr – die häufigsten Werkzeuge eines Attentäters waren. Der Attentäter; der Einzelgänger. Etwas an Narov hob sie von den anderen ab, so viel war sicher, aber es gab auch einen Teil von Jaeger, der diese Fähigkeiten seltsam vertraut fand.

Der beste Schulfreund seines Sohnes, ein Junge namens Daniel, hatte einige Wesenszüge an den Tag gelegt, die denen von Narov ähnelten: Seine Sprache war ungewohnt sachlich und direkt, manchmal am Rande der Unhöflichkeit. Oftmals gelang es ihm nicht, soziale Signale zu erkennen, die für die meisten Kinder ganz normal waren. Und es war ihm schmerzhaft schwergefallen, Augenkontakt herzustellen und zu halten – es sei denn mit jemandem, den er wirklich kannte und dem er vertraute.

Es hatte Daniel eine ganze Weile gekostet, zu lernen, Luke zu vertrauen, doch nachdem er das einmal getan hatte, war er der loyalste und beständigste aller Freunde geworden. Die beiden hatten in allem konkurriert: Rugby, Air Hockey, selbst in der nahe gelegenen Paintball-Anlage. Aber das war immer nur der gesunde Wettkampfgeist zwischen besten Freunden gewesen, und sie hatten gegenüber allen, die von außen kamen, Schulter an Schulter zusammengestanden.

Als Luke verschwand, war Daniel am Boden zerstört gewesen. Er hatte seinen einzigen echten Kumpel verloren – seinen Kampfgefährten. Genau wie Jaeger.

Mit der Zeit hatten Jaeger und Ruth sich mit Daniels Eltern angefreundet. Sie hatten ihnen anvertraut, dass man bei Daniel ein Asperger-Syndrom diagnostiziert hatte, oder hochfunktionalen Autismus – die Experten schienen sich nicht ganz sicher zu sein, welches davon. Wie bei vielen solchen Kindern zeigte Daniel eine wahre Besessenheit und herausragende Brillanz in einem Bereich: Mathematik. Und er war ein Magier im Umgang mit Tieren.

Jaeger ließ die Erinnerung ihrer Begegnung mit den *Phoneutria* Revue passieren. Etwas war ihm damals aufgefallen, wenn ihm auch nicht ganz klar gewesen war, was genau: Narov hatte sich beinahe so verhalten, als habe sie eine Beziehung zu den giftigen Spinnen – als verstünde sie sie. Sie hatte gezögert, auch nur eine davon zu töten; zumindest solange das nicht die einzige Option gewesen war.

Und falls es etwas gab, mit dem sich Narov ausgiebigst beschäftigte und in dem sie es zur Perfektion gebracht hatte, dann hatte Jaeger eine ziemlich gute Vorstellung davon, was das sein könnte: das Jagen und Erlegen ihrer Beute.

»Wie weit?«, verlangte sie zu erfahren und zerschnitt mit ihrer Stimme seine Gedanken.

»Wie weit wohin?«

»Zum Flugzeugwrack. Wohin sonst?«

Jaeger zeigte nach vorne. »Etwa achthundert Meter. Sehen Sie, wo das Licht durch das Laub bricht? Dort beginnt der Wald zu sterben.«

»So nah«, flüsterte sie.

»Wir sind die Zukunft«, wiederholte Jaeger den Ausspruch, den er am Ende seiner vom *Nyakwana* ausgelösten Vision gehört hatte. »Sie sprechen Deutsch, Narov. *Wir sind die Zukunft.* Was heißt das?«

Narov blieb abrupt stehen. Sie starrte ihn lange an, ihr Blick wie festgefroren. »Wo haben Sie das gehört?«

»Ein Echo aus meiner Vergangenheit.« Warum musste diese Frau eine Frage immer wieder mit einer Gegenfrage beantworten? »Also, was bedeutet das?«

Narov wiederholte den Satz, leise und sehr deutlich, wie zu sich selbst. Dann übersetzte sie ihn Jaeger ins Englische. »Das war der Schlachtruf der Herrenrasse. Wann immer Hitler seines *›Denn heute gehört uns Deutschland und morgen die ganze Welt‹* überdrüssig wurde, versuchte er es mit ein bisschen *›Wir sind die Zukunft‹*. Die Leute haben es geliebt.«

»Woher wissen Sie so viel darüber?«, wollte Jaeger wissen.

»Kenne deinen Feind«, antwortete Narov rätselhaft. »Ich mache es mir zur Aufgabe, so etwas zu wissen.« Sie warf Jaeger einen Blick zu, der ihm beinahe vorwurfsvoll erschien. »Die Frage ist: Wieso wissen Sie so wenig?« Sie machte eine Pause. »So wenig über Ihre eigene Vergangenheit?«

68

Bevor Jaeger antworten konnte, erklang hinter ihnen ein entsetzter Schrei. Er drehte sich um und erkannte kurz das Aufflackern von Angst in Leticia Santos' Gesicht, als sie unter Wasser gezogen wurde. Sie tauchte wieder auf, die Arme schlugen verzweifelt in alle Richtungen, und ihr Gesicht war eine Maske des Schreckens, bevor sie erneut unter Wasser gerissen wurde.

Jaeger hatte einen winzigen Blick auf das erhaschen können, was sie gepackt hatte. Es war eine der riesigen, im Wasser lebenden Schlangen, vor denen Puruwehua ihn gewarnt hatte: eine Constrictor. Er rannte durchs Wasser, tauchte hinein und stürzte sich auf die tödliche Schlange. Er packte ihren Schwanz und versuchte wie wahnsinnig, ihren um Santos geschlungenen Körper wieder zu öffnen.

Er konnte seine Schrotflinte nicht benutzen. Wenn er das Feuer eröffnete, würde er nicht nur die Schlange, sondern auch Santos treffen. Das Wasser spritzte und brodelte, Santos und das Raubtier waren zu einem aus Schlangenhaut und Menschengliedern bestehenden Fleck verschmolzen, während sie einen Kampf ausfocht, den sie alleine niemals gewinnen würde. Und je stärker Jaeger gegen sie ankämpfte, desto fester schien die Monster-Constrictor ihren tödlichen Griff um sie zu schließen.

Dann hörte Jaeger von hinten einen plötzlichen Knall. Es war der unverwechselbare Klang eines Scharfschützengewehrs. Im selben Moment explodierte irgendwo in der wirren Masse aus Schlange und Mensch etwas in einer Wolke aus Blut und zerfetztem Fleisch, als ein Hochgeschwindigkeitsprojektil einschlug.

Etwa eine Sekunde später war der Kampf vorbei, der Kopf der Schlange hing schlaff und leblos herab. Jaeger konnte sehen, wo der Großteil ihres Schädels weggeblasen worden war, wo das Hochgeschwindigkeitsprojektil des Scharfschützengewehrs seine typische Austrittswunde hinterlassen hatte. Schritt für Schritt begann Jaeger, die toten Schlingen des Schlangenkörpers zu öffnen, und zusammen mit Alonzo und Kamishi zog er Santos in die Freiheit.

Nachdem die drei versucht hatten, das Wasser aus ihren Lungen zu pumpen, warf Jaeger einen Blick zu Narov. Sie stand im Sumpf, das Dragunow noch immer an der Schulter, für den Fall, dass sie einen zweiten Schuss abgeben musste.

Spuckend und gurgelnd kam Santos wieder zu sich. Sie hustete krampfhaft, und ihre Brust hob und senkte sich heftig. Jaeger vergewisserte sich, dass sie stabil war, aber sie stand unter schwerem Schock und zitterte noch immer von dem Schrecken des Angriffs. Alonzo und Kamishi beschlossen, sie das letzte Stück zum Flugzeug zu tragen, was Jaeger die Freiheit gab, sich wieder Narov an der Spitze der Gruppe anzuschließen.

»Guter Schuss«, merkte er eisig an, sobald sie wieder unterwegs waren. »Aber wie konnten Sie sicher sein, dass Sie der Schlange den Kopf wegpusten und nicht Santos?«

Narovs Blick war kühl. »Wenn niemand geschossen hätte, wäre sie jetzt tot. Selbst mit Ihrer Hilfe war es ein verlorener Kampf. Hiermit«, sie tätschelte das Dragunow, »hatte ich zumindest eine Chance. Eine Fifty-fifty-Chance, aber immer noch besser als gar keine. Manchmal rettet eine Kugel ein Leben. Sie werden nicht immer abgefeuert, um eines zu nehmen.«

»Also haben Sie die Münze geworfen und geschossen …« Jaeger verfiel in Schweigen.

Ihm entging nicht, dass Narovs Kugel ebenso gut ihn hätte treffen können wie Santos, und doch hatte sie kaum gezögert, bevor sie einen solchen Schuss abgab – solch ein Risiko einging. Er wusste nicht, ob sie das zu einem ultimativen Profi oder einem Psychopathen machte.

Narov blickte über ihre Schulter zu der Stelle, an der die Schlange gestorben war. »Es ist eine Schande um die Constrictor. Sie hat nur getan, was ihrer Natur entspricht – versucht, zu fressen. Die *Mbojuhua. Boa constrictor imperator.* Die Spezies ist im Anhang II des Washingtoner Artenschutzabkommens vertreten, was bedeutet, dass die Spezies sehr stark vom Aussterben bedroht ist.«

Jaeger warf ihr einen Blick aus dem Augenwinkel zu. Sie schien sich mehr Sorgen um die tote Schlange als um Leticia Santos zu machen. Falls sie eine Attentäterin war, dachte er bei sich, wurde die Sache deutlich leichter für sie, wenn sie sich im Grunde nur um Tiere Gedanken machte.

Das Gelände unter ihnen stieg an, als sie sich der toten Zone näherten.

Vor ihnen konnte Jaeger sehen, wo die Vegetation zu allen Seiten endete. Sie wurde ersetzt von Reihen nackter Baumstämme, von der Sonne schneeweiß ausgebleicht wie endlose Reihen von Grabsteinen. Über ihnen hing ein skelettartiges Flechtwerk aus totem Holz – die Überreste des einst grünen Blätterdachs – und darüber eine Bank aus tief hängenden grauen Wolken.

Sie versammelten sich am Rande der Zone, in der jedes Leben gestorben war.

Vor ihnen konnte Jaeger nun das ohrenbetäubende Trommeln des Regens hören, der bisher nur vom Laubdach hoch über ihnen herabgetropft war. Es klang irgendwie unnatürlich und verstärkte das Gefühl, dass die Zone vor ihnen furchtbar leer und entblößt war.

Er spürte Puruwehuas Erschauern. »Der Wald – er sollte niemals sterben«, kommentierte der Indio schlicht. »Wenn der Wald stirbt, sterben wir Amahuaca mit ihm.«

»Stirb uns jetzt noch nicht, Puruwehua«, murmelte Jaeger. »Du bist unser *Koty'ar*, schon vergessen? Wir brauchen dich.«

Sie schauten in die tote Zone. Weit vor ihnen konnte Jaeger gerade noch so etwas Dunkles, Riesiges ausmachen, halb verborgen zwischen den knochigen Fingern, die sich den Wolken entgegenreckten. Sein Puls beschleunigte sich. Es war der kaum erkennbare Umriss eines Flugzeugs. Trotz der Vision der letzten Nacht – oder vielleicht gerade deswegen – verspürte er das dringende Verlangen, es zu betreten und seine Geheimnisse zu lüften.

Er sah zu Puruwehua. »Deine Leute würden uns warnen, falls der Feind irgendwo in der Nähe wäre? Ihr habt Männer, die diese Dunkle Streitmacht verfolgen, oder nicht?«

Puruwehua nickte. »Haben wir. Und wir bewegen uns schneller als sie. Lange bevor sie in unsere Nähe kommen, werden wir es wissen.«

»Was glaubst du, wie lange wir haben?«, fragte Jaeger.

»Meine Leute werden versuchen, uns einen Tag vorher zu warnen. Ein Sonnenaufgang und ein Sonnenuntergang, bevor unsere Arbeit hier beendet sein muss.«

69

»Okay, alle aufgepasst«, verkündete Jaeger und rief sein Team zusammen.

Sie hatten sich im Schutz der letzten paar Meter des noch lebenden Waldes versammelt. Hier war der Boden höher, und es sah nicht so aus, als würde das Flutwasser jemals bis hierher reichen.

»Als Erstes: Niemand geht näher ran ohne vollständige ABC-Schutzausrüstung. Wir müssen die Bedrohung erst einmal identifizieren, damit wir wissen, womit genau wir es hier zu tun haben und wie schwerwiegend die Sache ist. Sobald wir das wissen, können wir uns überlegen, wie wir uns am besten dagegen schützen. Wir haben drei vollständige Schutzanzüge. Ich wäre gerne der Erste an Bord der Maschine, um Proben von Wasser, der Luft und allem anderen zu nehmen, was wir sonst noch finden. Dann können wir die Schutzausrüstung im Team herumreichen, aber wir müssen das Risiko minimieren, uns dabei gegenseitig zu kontaminieren.

Wir schlagen unser Basislager hier auf«, fuhr er fort. »Hängt eure Matten weit weg vom toten Boden auf. Und seid euch der Dringlichkeit bewusst: Puruwehua schätzt, dass wir vierundzwanzig Stunden haben, bevor wir Besuch von den bösen Jungs bekommen. Wir sollten rechtzeitig von den anderen Indios gewarnt werden, aber ich möchte eine Sicherheitszone um das Lager wissen. Alonzo – das ist etwas, von dem ich möchte, dass Sie das erledigen.«

»Wird gemacht«, bestätigte Alonzo. Er deutete mit einem Nicken auf das in der Entfernung liegende Flugzeugwrack. »Das Ding – Mann, das ist mir nicht geheuer. Hab nichts dagegen, wenn ich der Letzte bin, der es von innen sieht.«

»Ist es okay, wenn Sie Wache halten?«, wandte Jaeger sich an Leticia Santos. »Oder brauchen Sie Hilfe, Ihre Hängematte und den Poncho aufzuhängen? Das war ein ziemlicher Brocken von Schlange, den Sie sich da für Ihren Kampf ausgesucht haben.«

»Solange ich aus dem Wasser rausbleiben kann«, antwortete Santos tapfer. Sie sah zu Narov. »Und solange diese irre Kosakin ihr Gewehr auf jemand anderen richtet.«

Narovs Aufmerksamkeit lag woanders. Sie schien wie hypnotisiert; unfähig, ihren Blick von der vor ihnen liegenden Flugzeugsilhouette zu lösen.

Jaeger wandte sich zu Dale um. »Ich vermute, Sie wollen das filmen – und nicht falsch verstehen, ich *will* das gefilmt haben. Die erste Öffnung dieses Flugzeugs nach sieben Jahrzehnten – das muss festgehalten werden. Sie nehmen den zweiten ABC-Schutzanzug, damit Sie mir hineinfolgen können.«

Dale zuckte mit den Schultern. »Wie schlimm kann es werden? Kann nicht schrecklicher sein als ein Schwanz voller Egel oder sich mit einem Schwarm Piranhas anzulegen.«

Das war die Art von Antwort, die Jaeger inzwischen von dem Mann erwartete. Dale trug seine Angst deutlich sichtbar am Revers, aber sie würde ihn nicht davon abhalten, das zu tun, was notwendig war.

Jaeger blickte zu Narov. »Ich habe das Gefühl, dass Sie mehr über dieses Flugzeug wissen als irgendjemand sonst: Sie nehmen den dritten Anzug. Sie können uns helfen, uns darin zurechtzufinden.«

Narov nickte, doch ihr Blick war noch immer fest auf das entfernt liegende Flugzeug gerichtet.

»Puruwehua, ich möchte gern, dass du und deine Leute tief in den Wald geht und einen frühen Warnposten einrichtet, falls es irgendwelche Probleme gibt. Der Rest von Ihnen schließt sich Alonzos Sicherheitszone an. Und denken Sie daran: absolut keine Benutzung von Funk oder GPS. Das Letzte, was wir wollen, ist ein Signal, das denjenigen warnt, wer auch immer die Sache hier beobachtet.«

Nachdem alle zugestimmt hatten, holte Jaeger die Schutzanzüge gegen atomare, biologische und chemische Gefährdungen hervor. Die Gefahr von dem, was auch immer aus diesem Flugzeug austrat, bedrohte sie auf zweierlei Art: Zum einen könnte man es einatmen; zum anderen könnte man es durch eine lebende, durchlässige Membran wie etwa die Haut aufnehmen.

Da sie ihre gesamte Ausrüstung am Körper hatten tragen müssen, hatten sie lediglich drei vollständige ABC-Schutzanzüge mitbringen können. Sie waren eine gewichtsarme Variante, hergestellt von der britischen Firma Avon, und würden den Körper vor allen Tropfen oder Gasen schützen, die möglicherweise noch in der Luft waren.

Zu den Anzügen gehörte die Avon-C50-Maske, die mit ihrem einzigen Sichtfenster und mit hohem Schutz ausgestatteten, eng anliegenden Design das wichtigste Ausrüstungsstück darstellte. Es war die Maske – der Atemfilter –, der das Gesicht und die Augen abschirmte und die Lungen davor bewahrte, irgendwelche giftigen Substanzen einzuatmen.

Sobald sie voll ausgestattet waren, wären sie vor so ziemlich jeder chemischen, biologischen oder radiologischen Bedrohung geschützt sowie vor giftigen Industriechemikalien – womit jede denkbare Gefahr abgedeckt sein sollte, die in dem Flugzeug lauern mochte.

Als Bonus war in jede Avon-Maske ein Senderempfänger eingebaut, der es den Trägern ermöglichte, mithilfe eines Kurzstrecken-Funkgeräts untereinander zu kommunizieren.

Nachdem er sich in den sperrigen Anzug gekämpft hatte, machte Jaeger eine Pause. Er beschloss, das Thuraya einzuschalten und nachzuschauen, ob eine Nachricht auf ihn wartete. Sobald er die klobige Maske und die Handschuhe trug, würde es deutlich schwieriger werden, diese Ausrüstung zu verwenden.

Jaeger hielt das Satellitentelefon in die Luft, und das Symbol für eine Nachricht erschien auf dem Display. Er trat zurück in den Schutz des Dschungels und las Raffs Nachricht.

0800 Zulu – alle Satphones angerufen. Nummer +882 16 7865 4378 ging ran, legte sofort wieder auf. Meldete sich mit Rufzeichen (?), klang wie White Wolf (?). Stimme osteuropäischer Akzent. KRAL?? Melde dich – dringende Bestätigung locstat.

Jaeger las die Nachricht drei Mal, während er ihre Tragweite ermaß. Offensichtlich machte Raff sich Sorgen um ihre »Location«, also Position, und ihren Status, in Militärsprache »locstat«, sonst hätte er nicht riskiert, sie auf all ihren Satellitentelefonen mit einem Standardanruf zu kontaktieren. Jaeger musste ihm eine kurze Antwort schicken, um ihn wissen zu lassen, dass sie vollständig am Zielort eingetroffen waren.

Oder zumindest alle bis auf einen – Stefan Kral.

Und angesichts der Nachricht spürte Jaeger, wie eine dunkle Wolke sich über ihren abwesenden slowakischen Kameramann senkte.

Er scrollte durch die Nummern, die er im Nummernspeicher seines Thuraya hatte, und suchte die heraus, die den anderen Teammitgliedern gehörten. Theoretisch hatten sie bloß drei Satellitentelefone bei sich – sein eigenes, Alonzos und Dales –, während sie den Rest im Lager oben an den Teufelsfällen zurückgelassen hatten.

Und tatsächlich gehörte die Nummer +882 16 7865 4378 zu einem der Thuraya, die sie angeblich zurückgelassen hatten.

Jaeger versuchte, sich an 0800 Zulu ihres Tages zurückzuerinnern. Sie hatten gerade das Camp abgebrochen und ihren Marsch wieder aufgenommen. Niemand aus seinem Team wäre in der Lage gewesen, Raffs Anruf anzunehmen. Doch wenn Kral ein Thuraya in seiner Ausrüstung versteckt hatte, wäre er sehr wohl imstande gewesen, in dem Amahuaca-Dorf ans Telefon zu gehen.

Ganz zu schweigen davon, dass er selbst jemanden anrufen konnte.

Die Frage war: Weshalb hätte er ein Satellitentelefon verstecken sollen? Und wieso der Codename – falls Raff das richtig verstanden hatte – White Wolf? Und weshalb hatte er das Gespräch augenblicklich abgebrochen, nachdem ihm klar geworden war, dass Raff ihn aus dem Airlander anrief?

Jaeger fühlte einen furchtbaren Verdacht in sich aufkommen. Betrachtete man die Sache in Verbindung zu Krals Versäumnis, das GPS-Gerät an Dales Kamera auszuschalten, bestand die einzig mögliche Schlussfolgerung darin, dass der Slowake der Verräter in ihren Reihen war. Falls er wirklich ein falsches Spiel spielte, fühlte Jaeger sich doppelt hintergangen. Er war von Krals »Armer Familienvater, der ungerecht behandelt wurde«-Scharade komplett getäuscht worden.

Er rief Puruwehua zu sich. So schnell er konnte, erklärte er, was geschehen war.

»Kann einer deiner Männer zurück ins Dorf laufen und den Häuptling warnen? Sag ihm, er soll Kral festhalten, bis wir ihn befragen können. Ich sage nicht, dass er eindeutig schuldig ist – aber alle Indizien deuten in diese Richtung. Und nehmt ihm alles weg, was nicht absolut notwendig ist, um ihn davon abzuhalten zu fliehen.«

»Ich werde jemanden losschicken«, bestätigte Puruwehua. »Einen, der schnell ist. Wenn er für euch ein Feind ist, ist er auch ein Feind für meine Leute.«

Jaeger dankte dem Indio. Er schickte Raff ein kurzes Update per Datenbündel und kümmerte sich dann wieder um die anstehende Aufgabe.

Er warf die Schultern nach vorne, zog das hintere Ende der Avon-Gasmaske auseinander und zog sich das Ding über den Kopf, wobei er sicherging, dass das Gummi sich luftdicht an die Haut in seinem Nacken legte. Er zog die Riemen fest und spürte, wie die Maske sich noch enger gegen die Konturen seines Gesichts presste.

Er legte eine Hand über den Atemfilter und bildete mit der Handfläche ein luftdichtes Siegel. Er atmete fest ein und saugte die Maske dadurch noch enger an sein Gesicht, sodass er doppelt sicher war, dass sie luftdicht anlag. Nachdem das erledigt war, nahm er ein paar Atemzüge durch den Filter und hörte das Kratzen und Zischen seines eigenen Atems dröhnend in den Ohren.

Er zog die Kapuze des Anzugs über seinen Kopf und den elastischen Bund über den Rand der Maske. Er streifte sich die klobigen Stiefel aus Gummi über, sodass sie seine Dschungelstiefel komplett bedeckten, und schnürte sie dann über seinen Knöcheln fest zu. Als Letztes zog er die dünnen weißen Baumwollhandschuhe über und darüber die schweren Gummihandschuhe.

Seine Welt war nun auf alles begrenzt, was er durch das Blickfenster der Gasmaske erkennen konnte. Der Doppelfilter saß vorne und etwas links, im Versuch, dass er die Sicht nicht einschränkte, doch Jaeger fühlte schon jetzt einen Schub von Klaustrophobie in sich aufsteigen, und er spürte die Hitze, die sich im Anzug aufzustauen begann.

Nachdem sie alle in ihren Anzügen steckten, waren die drei Teammitglieder bereit, aus dem Dschungel ins Ödland zu treten.

70

Nach dem Geschnatter der Vögel und dem Summen der Insekten im grünen Dschungel wirkte ihr Eintritt in die tote Zone gespenstisch still. Das gleichmäßige Prasseln des Regens auf Jaegers Kapuze trommelte einen regelrechten Rhythmus, der das Zischen und Rascheln seines Atmens begleitete, und überall um ihn herum erwies sich das Terrain als komplett leblos.

Verrottete Äste und Rinde schmatzten unter ihren Stiefeln.

Wo Jaeger mit seinen Überstiefeln derartige Überreste zur Seite schob, sah er, dass Insekten begonnen hatten, die tote Zone neu zu bevölkern. Schwärme von Ameisen mit eisenharter Haut krabbelten wütend unter seinen Schritten herum. Und es gab seine alten Freunde aus dem Black-Beach-Gefängnis: Kakerlaken.

Ameisen und Kakerlaken: Sollte es jemals einen Weltkrieg geben, der mit nuklearen oder chemischen Waffen geführt wurde, wären es die Insekten, die aller Wahrscheinlichkeit nach die Herrschaft über den Planeten übernehmen würden. Sie waren zu großen Teilen immun gegen von Menschenhand gemachte Giftstoffe, was sehr wahrscheinlich auch alles einschloss, was aus diesem Flugzeug drang.

Die drei gingen schweigend weiter.

Jaeger konnte die Anspannung spüren, die von Narov ausging, die neben ihm lief. Ein oder zwei Schritte hinter ihnen folgte Dale, der filmte. Aber er musste darum kämpfen, ein ordentliches Bild zu bekommen, da seine Hände in dicken Handschuhen steckten und sein Sichtfeld eingeschränkt war.

Knappe fünfzig Meter vor dem Ziel blieben sie stehen. Von hier aus konnten sie versuchen, das ungeheure Ausmaß dessen zu erfassen, was vor ihnen lag. Es blieb weiterhin halb verdeckt von leichenblassen Baumstämmen – bar aller Blätter und Rinde und tot bis in den Kern –, und dennoch konnte man unmöglich die geschmeidigen, eleganten Linien des riesigen Flugzeugs übersehen, das sieben Jahrzehnte oder länger im Dschungel gelegen hatte.

Nach der langen und abenteuerlichen Reise hierher konnten sie nur in schweigendem Staunen dastehen.

Selbst Dale hatte seine Kamera ausgeschaltet, um zu starren.

Alles hatte auf diesen Augenblick hingeführt: all die Recherchen, all die Planung, all die Konferenzen; all die Spekulationen, was für ein Flugzeug das eigentlich war, und, nach den letzten paar Tagen, all der Tod und all das Leid, das sie unterwegs ertragen hatten, ebenso wie der kalte, schneidende Stahl des Verrats.

Als er ehrfürchtig nach oben schaute, staunte Jaeger, wie intakt die Maschine aussah. Er hatte beinahe das Gefühl, dass sie einfach nur diese entscheidende Tankladung benötigte, die sie vor all den Jahren verpasst hatte, und schon könnte sie die Motoren anschmeißen und wäre fertig, sich wieder gen Himmel zu erheben.

Er konnte gut verstehen, weshalb Hitler dieses Flugzeug als den Amerika-Bomber betitelt hatte. Wie Jenkinson, der Archivar, erklärt hatte, sah es aus, als wäre es speziell dafür gemacht worden, Sarin-Gas über New York abzuwerfen.

Jaeger stand gebannt da.

Was in Gottes Namen tat das Flugzeug hier? fragte er sich. Was war seine Mission gewesen. Und wenn es der letzte von vier solchen Flügen gewesen war, wie der Amahuaca-Häuptling ihnen erzählt hatte, was hatte es – *was hatten sie alle* – geladen gehabt?

Jaeger hatte bisher nur ein einziges Foto einer Junkers Ju 390 gesehen.

Es war eine alte Schwarz-Weiß-Aufnahme gewesen, die Jenkinson ihm per E-Mail geschickt hatte – eines der sehr seltenen Bilder, die von dem Kriegsflugzeug existierten. Es hatte ein dunkles, elegantes sechsmotoriges Flugzeug gezeigt – eines, das so groß war, dass es die Soldaten und Piloten wie Zwerge erscheinen ließ, die um die Maschine herumliefen, fast wie Ameisen.

Es hatte eine Spitze, die wie ein gebogener Adlerkopf im Profil aussah, und ein schräges, windschnittiges Cockpit mit einer ganzen Reihe bullaugenartiger Fenster, die seine Seiten zierten. Die einzig nennenswerten Unterschiede zwischen dem Flugzeug auf diesem Foto und dem, das nun vor ihnen stand, waren der Ort, an dem es sich befand, und die Abzeichen auf dem Rumpf.

Das Foto in der E-Mail hatte eine Ju 390 an ihrem letzten bekannten Standort gezeigt – einer überfrorenen, eingeschneiten Piste in Prag, in der besetzten Tschechoslowakei, an einem bitterkalten Februarmorgen 1945. Auf jedem der riesigen Flügel war die unverkennbare Form eines schwarzen Kreuzes auf weißem Grund aufgemalt gewesen – das Zeichen der Deutschen Luftwaffe –, mit ähnlichen Insignien am hinteren Ende des Rumpfes.

Im Gegensatz dazu trug das vor ihnen stehende Flugzeug ein ebenso leicht erkennbares Symbol – einen fünfzackigen, weißen Stern, der über roten und weißen Streifen lag –, das unverkennbare Symbol der United States Air Force. Diese Zeichen waren von der Sonne ausgebleicht und so weit verwittert, dass sie kaum noch existierten, aber für Jaeger und sein Team waren sie noch deutlich zu erkennen.

Die riesigen Reifen an den acht gigantischen Rädern des Flugzeugs waren platt, aber immer noch reichte jedes davon Jaeger bis zur Schulter. Das Cockpit lag auf etwa einem Drittel der Höhe dessen, was Jaegers Einschätzung zufolge einmal das Laubdach des Dschungels gewesen war und nun als Netz aus abgestorbenen Ästen hoch über ihnen hing.

Wie Carson es versprochen hatte, damals im Londoner Büro der Wild Dog Media, ließ das Flugzeug eine moderne C-130-Hercules mickrig erscheinen – das Flugzeug, mit dem Jaeger und sein Team hierhergeflogen waren. Und abgesehen von den verwelkten Ranken und Schlingpflanzen, die sich um den Rumpf gewickelt hatten, und dem herabgefallenen toten Holz, das sich auf den fünfzig Metern Spannweite der Flügel sammelte, wirkte die Maschine erstaunlich intakt – der Beweis, dass sie tatsächlich hier gelandet war.

Sicher, man sah einige Anzeichen dafür, dass sie seit sieben Jahrzehnten unentdeckt in einem Dschungel stand. Jaeger konnte sehen, dass einige der Nieten, die die Außenhülle zusammenhielten, weggerostet waren, und hier und dort war eine Abdeckung oder Verschalung von den Motoren abgefallen. Die Flügel und der Rumpf waren mit einem feuchten Schimmelteppich überzogen, und die Überreste toter Baumfarne und Epiphyten waren über die Oberfläche des Flugzeugs verteilt.

Doch der Zerfall war hauptsächlich kosmetischer Natur.

Strukturell wirkte das Flugzeug noch immer völlig in Ordnung. Ein wenig herausputzen, und Jaeger war sich sicher, dass sie fast wieder gut genug wäre, um zu fliegen.

Über ihnen ertönte ein lautes Kreischen, als ein Schwarm leuchtend grüner Papageien durch den Skelettwald flog. Es riss Jaeger aus seinem tranceartigen Zustand.

Er drehte sich zu Narov. »Nur ein Weg hinein.« Seine Worte wurden von der Gasmaske gedämpft, doch dank des eingebauten Funkgeräts konnte sie ihn hören. Er zog mit der behandschuhten Hand eine Linie vom Heck des Flugzeugs. Den Rumpf entlang und bis hinauf zum Cockpit.

Narov sah ihn durch ihre Maske hindurch an. »Ich gehe als Erstes.«

71

Da der Heckreifen platt war, lag das Höhenleitwerk gerade so in Narovs Griffreichweite, doch nur, nachdem sie einen toten Baum als Tritt benutzte. Sie langte nach oben und zog sich aufs Leitwerk.

Jaeger folgte ihr. Er wartete auf Dale, nahm die Kamera, die dieser ihm hochreichte, und half ihm hinauf. Narov eilte voran, krabbelte über den Rumpf und verschwand aus seinem Sichtfeld.

Die Unterseite der Ju 390 war relativ flach, die Oberseite formte einen sanften Bogen. Jaeger kletterte hinauf und folgte Narov den Rücken des Flugzeugs entlang. Schließlich kletterte er über das »Astrodome« – die Sternenkuppel, die direkt hinter dem Cockpit lag und in der der Navigator gesessen haben musste, wo er zu allen Seiten von Glasscheiben umgeben war. Von hier aus bestimmte er die Position des Flugzeugs anhand der Sterne, um die Maschine über Tausende Meilen Ozean und Dschungel ohne jeden landschaftlichen Anhaltspunkt steuern zu können. Jaeger bemerkte, dass einige der Gummiabdichtungen um die Glasscheiben sich aufgelöst hatten und ein oder zwei der Scheiben ins Innere gefallen waren.

Er erreichte das Cockpit, rutschte hinab und gesellte sich zu Narov, die an der vordersten Spitze des Flugzeugs hockte. Es war eine gefährliche Position: Der Boden lag gut dreizehn Meter unter ihnen – im freien Fall. Die Spitze des Flugzeugs war glatt und aerodynamisch und dazu noch mit gut siebzig Jahren Dschungeldreck überzogen. Jaeger tat sein Bestes, so viel wie möglich davon mit dem Stiefel abzukratzen, um einen halbwegs sicheren Stand zu haben.

Dale erschien über ihnen, die Kamera in der Hand, und

hockte sich hin, um zu filmen. Jaeger zog ein Stück Paracord aus einer Tasche seines Schutzanzugs, warf es zu Dale hinauf und ließ es ihn um den Funkmast binden, der hinten aus dem Cockpit ragte. Dale warf das lose Ende wieder nach unten, und Jaeger band zwei Schlaufen, sodass er und Narov etwas hatten, an dem sie sich festhalten konnten.

Narov schaute durch eine der beiden Windschutzscheiben des Cockpits. Jaeger konnte die verschmierten Stellen sehen, an denen sie mit den Handschuhen versucht hatte, den gröbsten Schmutz, Dreck und Schimmel wegzuwischen.

Für einen winzigen Augenblick warf sie einen Blick in seine Richtung. »Das Seitenfenster – ich glaube, es ist unverschlossen. Das ist unser Weg hinein.«

Sie langte um die Seite, ihr vertrautes Messer fest in der Hand. Geschickt glitt sie mit der Klinge hinter das halb verrottete Gummi, das die Fenster abdichtete, und begann zu drücken. Die meisten Flugzeuge dieser Art hatten Schiebefenster, sodass die Piloten mit dem Bodenpersonal auf der Piste unter ihnen sprechen konnten.

Narov versuchte, dieses hier aufzuhebeln.

Zentimeter um Zentimeter stemmte sie es auf, bis der Spalt breit genug war, dass sie hindurchpasste. Während sie sich an einer der Schlaufen von Jaegers Paracord festhielt, schwang sie sich zur Seite des Cockpits, lief dabei seitlich über die Flanke des Flugzeugs und stieß mit den Füßen durch das Fenster. Geschmeidig wie eine Katze schob sie ihre Hüften und den Oberkörper hin und her, bis sie durch das offene Fenster glitten, und ohne einen Blick zu Jaeger verschwand sie im Inneren des Flugzeugs.

Nun selbst sein Paracord fest in der Hand, schwang sich Jaeger herum und folgte Narov. Seine Stiefel landeten mit einem harten, metallischen Geräusch auf dem blanken Metallboden des Cockpits.

Es brauchte ein paar Sekunden, bis seine Augen sich an die Dunkelheit gewöhnt hatten.

Das Erste, was ihm auffiel, war, dass er eine Art Zeitkapsel betreten hatte. Es gab natürlich keinen Geruch, da seine Maske alles herausfilterte, aber er konnte sich sehr gut das moderige, faulige Aroma der Ledersitze vorstellen, vermischt mit dem beißenden Geruch von zerfressenem Aluminium, das in den unzähligen Schaltern, Knöpfchen und Rädchen vorhanden war, die die ganze Instrumententafel bedeckten.

Hinter ihm befand sich das, was der Sitz des Flughelfers gewesen sein musste, der in seine eigene, enge Nische gequetscht war und in Richtung Heck auf eine unübersichtliche Masse an Rädchen und Hebeln schaute. Dahinter wiederum befand sich der Sitz des Navigators, hoch in den Astrodome reichend, und jenseits davon in den Schatten lauerte die Metallwand, die das Cockpit vom Laderaum trennte.

Das Innere des Flugzeugs wirkte auf gruselige Art unberührt – als hätte die Besatzung es erst vor wenigen Stunden verlassen. Neben dem Copilotensitz war eine Thermoskanne festgeklemmt; und daneben ein Becher, an dessen Boden sich etwas befand, das Jaeger für getrocknete Kaffeereste hielt.

Eine Pilotenbrille lag auf dem Sitz, als hätte der Copilot sie nur kurz abgelegt, bevor er nach hinten gegangen war, um mit der Laderaumbesatzung zu sprechen. Das gesamte Bild war äußerst gespenstisch – aber was hatte Jaeger auch erwartet?

Etwas, das über dem Sitz des Piloten festgeschraubt war, zog seinen Blick auf sich. Es war eine seltsame – beinahe fremdartig aussehende – Vorrichtung, auf einem Drehgelenk montiert, als könne der Pilot sie sich direkt vor die Augen halten. Er sah zum Sitz des Copiloten hinüber; eine ähnliche Apparatur war auch dort befestigt.

Er spürte Narovs starrenden Blick.

»Ist es das, was ich glaube, das es ist?«, fragte Jaeger.

»Zielgerät 1229 – ein Vampir«, bestätigte Narov. »Infrarot-Nachtsicht, wie wir es heute nennen. Um in völliger Dunkelheit landen und starten zu können.«

Hier ein Vampir-Sichtgerät zu sehen, war offensichtlich keine Überraschung für sie. Doch Jaeger hatte den größten Teil seines Erwachsenenlebens immer geglaubt, dass Nachtsichtgeräte eine Erfindung des amerikanischen Militärs gewesen wären und auch erst vor wenigen Jahrzehnten entwickelt worden waren. Eine derartige funktionstüchtige Ausrüstung in einem Flugzeug aus dem Zweiten Weltkrieg zu entdecken, das musste er erst einmal in den Kopf bekommen.

Auf der Arbeitsfläche des Navigators hinter ihm entdeckte Jaeger die Überreste einer verschimmelten Karte, neben der Bleistifte und Lineal lagen. Der Navigator war offensichtlich starker Raucher gewesen. Ein Haufen halb verrotteter Zigarettenstummel lag in einem Aschenbecher, direkt daneben ein Streichholzbriefchen der Luftwaffe.

Aus dem Ordner des Navigators ragte ein altes, vergilbtes Foto. Jaeger zog es heraus. Er betrachtete die Luftaufnahme und erkannte schnell, dass sie diese Landepiste zeigte, so wie sie ausgesehen haben musste, als sie vor siebzig Jahren frisch aus dem Dschungel geschlagen worden war.

Das Bild war mit einigen deutschen Wörtern versehen; eines davon, *Treibstofflager*, hatte das Bild eines großen Treibstofftanks neben sich, sodass er keine Übersetzung brauchte. Es war genau dieses *Treibstofflager* gewesen, das ausgetrocknet war und dieses Flugzeug hier gefangen hielt, scheinbar für immer.

Jaeger drehte sich um, um es Narov zu zeigen, doch sie hatte ihm den Rücken zugekehrt, und etwas an ihrer Haltung wirkte verstohlen. Sie beugte sich über eine lederne Tasche, ihre Hände blätterten fieberhaft durch einen Stapel Dokumente. Ihre Körpersprache allein verriet, dass sie gefunden hatte, wofür sie gekommen war, und dass niemand sie von dem trennen würde, was auch immer sich in dieser Tasche befand.

Sie musste seinen Blick auf sich gespürt haben. Ohne ein Wort nahm sie ihren Rucksack ab, stopfte die Ledertasche tief hinein und wandte sich dem Laderaum des Flugzeugs zu. Sie warf einen Blick in Jaegers Richtung. Das bisschen, was er hinter der Maske von ihrem Gesicht erkennen konnte, wirkte gerötet vor Aufregung. Aber da war auch etwas Ausweichendes – ein abwehrender, selbstschützender Blick – in ihren Augen.

»Haben Sie, wonach Sie gesucht haben?«, fragte er.

Narov ignorierte die Frage. Stattdessen machte sie eine Geste in Richtung Heck des Flugzeugs. »Hier entlang – wenn Sie wirklich wissen wollen, welche Geheimnisse dieses Flugzeug beherbergt.«

Jaeger machte sich eine mentale Notiz, sie über diese Dokumentenstapel in der Ledertasche auszuquetschen, sobald sie irgendwann fertig damit waren, das Flugzeug aus dem Dschungel zu hieven. Jetzt gerade war die Zeit zu knapp für eine derartige Konfrontation.

72

Narov deutete auf die Trennwand. Darin gab es eine rechteckige Luke, die von einem Griff in vertikaler Position verriegelt war. Ein Pfeil zeigte abwärts, und daneben stand auf Deutsch geschrieben: *ÖFFNEN*.

Dafür brauchte es keine Übersetzung.

Jaeger griff nach dem Hebel. Einen kurzen Moment zögerte er, bevor er mit der Hand in seine Brusttasche griff und eine Petzl-Stirnlampe hervorzog. Er lockerte die Riemen so weit wie möglich und zog sie sich über Kapuze und Maske. Dann griff er erneut nach dem Hebel und stemmte ihn nach unten in eine horizontale Position, bevor er die Tür aufstieß.

Im höhlenartigen Laderaum der Ju 390 herrschte völlige Dunkelheit.

Jaeger tastete mit seiner behandschuhten Hand herum und drehte das Glas an seiner Stirnlampe, wodurch er sie einschaltete. Ein gleißend blaues Licht stach aus den beiden Xenon-Lampen der Petzl. Die Strahlen durchbrachen die Dunkelheit und schnitten wie eine Lasershow durch den Innenraum. Sie beleuchteten ganze Schichten von etwas, das wie Nebel wirkte, der dicht im Laderaum stand.

Der Nebel bewegte sich in Jaegers Richtung und streckte gespensterhafte Tentakel nach ihm aus.

Er schaute tiefer in den Laderaum. An dieser Stelle war der Frachtraum der Ju 390 mindestens so hoch wie zwei ausgewachsene Männer, und am Boden noch deutlich breiter. Und soweit Jaeger das sagen konnte, war die gesamte Länge des Rumpfes bis zur Decke vollgepackt mit Frachtkisten. Jede davon war mithilfe stählerner Ösen im Fußboden festgezurrt, damit die Ladung während des Fluges nicht verrutschte.

Jaeger tat einen ersten, vorsichtigen Schritt hinein. Er hatte jedes Vertrauen in ihre Avon-ABC-Anzüge, aber einen so unbekannten Gefahrenbereich zu betreten war immer noch beängstigend. Es gab keinen bekannten Giftstoff, der diese Schutzanzüge und Atemmasken überwinden konnte, aber was war, wenn es im Laderaum des Flugzeugs irgendwelche Sprengfallen gab, die darauf warteten, ausgelöst zu werden?

Der Rumpf senkte sich leicht ab, da das Heck des Flugzeugs dichter am Boden lag. Als er die Länge des Raumes entlangsah, bemerkte er, wie das Licht seiner Lampe lange silbrige Fäden aufleuchten ließ, die von einer Seite des Frachtraums zur anderen gespannt waren. Zuerst dachte er, er hätte die versteckten Stolperdrähte entdeckt, die von denjenigen zurückgelassen worden waren, die das Flugzeug verlassen hatten – und die vielleicht mit Sprengkörpern verbunden waren.

Doch dann sah er, dass jeder der Fäden ein Teil eines größeren Komplexes geometrischer Muster war, die sich spiralförmig auf eine dunkle Masse zentrierten, die genau in der Mitte hockte.

Spinnen.

Warum mussten es immer Spinnen sein?

»Die *Phoneutria* wird auch ›Wanderspinne‹ genannt«, ertönte Narovs Stimme aus der Funkverbindung. »Sie kommen überallhin. Passen Sie auf.«

Sie ging an ihm vorbei, ihr Messer in der Hand.

Obwohl sie bereits von einer *Phoneutria* gebissen worden war, schien sie keine Angst zu zeigen und hieb geschickt auf die Netze ein, die vor ihr zusammenfielen und den Weg freigaben. Während sie von Seite zu Seite wirbelte, durch die seidenen Fäden schnitt und die Körper der Spinnen zur Seite schnippte, bewegte sie sich mit der eleganten Grazie einer Ballerina.

Es war fesselnd. Jaeger verfolgte ihre Bewegungen und bemerkte ihren bloßen Mut. Sie war wirklich so einzigartig – so gefährlich? – wie die *Phoneutria*, die sie so professionell ausmanövrierte.

Er folgte dem Pfad, den sie mit ihrem Messer öffnete, und tastete nach möglichen Stolperdrähten, die dicht über dem Boden liegen könnten. Sein Blick wurde von einer riesigen Frachtkiste angezogen, die direkt vor ihm lag. Sie war so riesig, dass er sich daran vorbeiquetschen musste, um das Flugzeug weiter hinabzugehen. Einen Augenblick fragte er sich, wie sie die Kiste an Bord geschafft hatten. Er konnte sich nur vorstellen, dass die Besatzung dafür schwere Maschinen benutzt und die Kiste so die hintere Laderampe des Flugzeugs hinaufgefahren hatte.

Er untersuchte die Kiste, und seine Lampe erhellte die Buchstaben, die auf die Seite der Kiste gedruckt waren.

Kriegsentscheidend: Aktion Adlerflug
SS-Kommando Standortwechsel
Kaiser-Wilhelm-Gesellschaft
Uranprojekt – Uranmaschine

Darunter erkannte er den unverkennbaren dunklen Umriss … eines *Reichsadlers*.

Einige der Wörter – sowie das Symbol – erkannte Jaeger sofort, aber Narov füllte die Lücken. Sie kniete sich neben die Kiste und fuhr im Schein ihrer eigenen Lampe die Wörter mit dem Finger nach.

»Nun, das ist nicht direkt überraschend …«, begann sie.

Jaeger hockte sich neben sie. »Ein paar der Wörter kann ich verstehen«, erklärte er. »*Kriegsentscheidend*, das war noch geheimer als Top Secret. *SS-Kommando Standortwechsel* war die SS-Einheit, die für die Umverteilung einiger Ressourcen zuständig war. Was bedeutet der Rest?«

Narov übersetzte ihm die Wörter, während das Licht seiner

Lampe sich in der Scheibe ihrer Maske spiegelte. »Die *Kaiser-Wilhelm-Gesellschaft* war die wichtigste Nuklearforschungsanlage der Nazis«, erklärte sie ihm darüber hinaus. »*Uranprojekt* hieß das Forschungsprojekt des ›Dritten Reichs‹ zur Entwicklung nuklearer Waffen. Und *Uranmaschine* bezeichnet einen Nuklearreaktor.«

Sie drehte sich zu Jaeger um. »Dies sind Teile ihres Nuklearprogramms. Die Nazis haben mit Atomkraft experimentiert und versucht herauszufinden, wie sie sie waffentechnisch nutzen konnten, auf Arten, die wir uns nie hätten vorstellen können.«

Narov ging hinüber zu einer anderen Frachtkiste, auf der weitere Wörter und ebenfalls ein *Reichsadler* aufgedruckt waren.

Kriegsentscheidend: Aktion Adlerflug
SS-Kommando Standortwechsel
Mittelwerk Kohnstein
A9 Amerika-Rakete

»Die ersten beiden Zeilen sind identisch«, erklärte Narov. »Mittelwerk war eine unterirdische Einrichtung unter dem Berg Kohnstein, direkt im Herzen Deutschlands. Hitler hatte Hans Kammler damit beauftragt, die wichtigsten Raketenprojekte dorthin zu verlegen, nachdem die Forschungseinrichtung in Peenemünde von den Alliierten zerbombt worden war.

Während des Winters 1944 und des Frühlings 1945 starben zwanzigtausend Zwangsarbeiter aus dem nahe gelegenen Konzentrationslager Mittelbau-Dora, um Mittelwerk in den Berg zu graben – vor Erschöpfung, Hunger und Krankheit. Sie arbeiteten bis zum Tode oder wurden hingerichtet, wenn sie zu schwach waren, um von weiterem Nutzen zu sein.«

Narov deutete auf die Kiste. »Wie Sie sehen, ist nicht alles Böse aus Mittelwerk mit dem Ende des Krieges verschwunden.«

Jaeger fuhr die letzte Zeile der Buchstaben mit dem Finger nach. »Was ist die A9?«

»Die Fortführung der V2. Die Amerika-Rakete; entworfen, um mit fast fünftausend Kilometer die Stunde zu fliegen und das amerikanische Festland zu treffen. Bei Kriegsende haben sie Tests im Windtunnel durchgeführt, und es gab sogar erfolgreiche Versuchsflüge. Offensichtlich wollten sie nicht, dass die A9 mit dem Reich stirbt.«

Jaeger konnte sehen, dass Narov deutlich mehr wusste, als sie preisgab. Das war von Anfang an so gewesen. Und jetzt hatten sie eine Reihe unglaublicher Entdeckungen gemacht – ein geheimes deutsches Kriegsflugzeug unter amerikanischer Flagge, jahrzehntelang im Dschungel verloren und vollgestopft mit, man konnte es nicht anders sagen, jeder Menge Nazi-Schrecken.

Und doch schien nichts davon Irina Narov zu schockieren oder zu überraschen.

73

Sie drangen tiefer in die Dunkelheit vor.

Die Hitze im Flugzeuginneren war erdrückend, und sie wurde noch unangenehmer durch den Anzug und die Maske. Doch Jaeger bezweifelte nicht, dass die ABC-Schutzausrüstung sich gerade als ihr Lebensretter erwies. Was für giftige Stoffe auch immer sich in dem Flugzeug befanden – wären er, Narov oder Dale ohne sie in das Flugzeug geklettert, würden sie inzwischen ganz neue Welten des Schmerzes erleben, da war er sich sicher.

Er drehte sich kurz um, um nach Dale zu sehen.

Der Kameramann montierte gerade eine tragbare, batteriebetriebene Lampe auf seine Kamera. Er schaltete sie ein – Licht, in dem man filmen konnte –, und das Innere des Flugzeugs wurde in ein schroffes, messerscharfes Spiel aus Licht und Schatten getaucht.

Aus jeder Ecke glotzten furchtbare leuchtende, stecknadelkopfgroße Lichter in seine Richtung: *Phoneutria*-Augen.

Jaeger erwartete fast, dass die Geister der ehemaligen Besatzung des Flugzeugs von dem gleißenden Licht geweckt und aus den Schatten treten würde, ihre Luger-Pistolen in der Hand, bereit, ihre dunkelsten Geheimnisse bis zum Schluss zu verteidigen.

Es war beinahe unvorstellbar, dass das Flugzeug so völlig verlassen war, mitsamt all seinen verborgenen Geheimnissen.

Narov hockte sich vor eine dritte Kiste, und augenblicklich spürte Jaeger die Veränderung in ihrer Haltung. Während sie mit den Fingern über die Buchstaben fuhr, stieß sie ein Keuchen aus, und Jaeger vermutete, dass hier endlich etwas lag, das selbst sie nicht erwartet hatte.

Er beugte sich runter, um die Worte auf der Seite der Kiste zu lesen.

Kriegsentscheidend: Aktion Adlerflug
SS-Kommando Standortwechsel
Plasmaphysik – Dresden
Röntgenkanone

»Das haben wir nicht erwartet«, murmelte Narov. Sie schaute zu Jaeger. »Jede Zeile ist ziemlich offensichtlich, bis auf die letzte. Verstehen Sie die dritte Zeile?«

Jaeger nickte. »Ja, das ist ja beinahe Englisch.«

»Richtig«, bestätigte Narov. »Was die *Röntgenkanone* betrifft, dafür gibt es keine direkte Übersetzung ins Englische. Sie könnten dazu Todesstrahlkanone sagen. Sie schießt einen Teilchenstrahl ab oder elektromagnetische Strahlung oder sogar Schallwellen. Klingt wie etwas aus einer Science-Fiction-Geschichte, aber es gab schon lange Gerüchte, dass die Nazis so eine Waffe hatten und sie genutzt haben, um alliierte Flugzeuge runterzuholen.«

Narovs Blick traf Jaegers durch das Sichtfenster ihrer Maske. »Scheint, als wäre das wahr und als hätten sie bis zum Schluss an ihrer *Röntgenkanone* festgehalten.«

Jaeger spürte, wie ihm der Schweiß das Gesicht herablief. Die Hitze staute sich zu unerträglichen Temperaturen auf, und der Schweiß begann in seiner Maske zu kondensieren und seine Sicht zu trüben. Er beschloss, dass sie weiter zum Heck gehen und dort versuchen sollten, eine der Seitentüren zu öffnen, die direkt hinter dem Höhenleitwerk lagen.

Während sie sich den Weg weiter nach hinten erkämpften, deutete Narov auf weitere Kisten voll unglaublich fortschrittlicher Waffentechnologien. »Die BV-246-Gleitbombe. Sie hat eine Reichweite von zweihundert Kilometern und peilt das

Radarsignal ihres Ziels an … Die Fritz-X-Lenkbombe, mit einem Hitzesignatur- oder Radar-/Radiowellen-Suchsprengkopf. Im Grunde sind das die Vorläufer unserer modernen Smart-Bombs.«

Sie beugte sich neben eine Reihe von langen, niedrigen Kisten. »Die Rheintochter R1 – eine Boden-Luft-Lenkrakete, um alliierte Bomber abzuschießen … Die X4 – eine Luft-Luft-Rakete, vom Piloten ins Ziel gelenkt. Die Feuerlilie – eine gelenkte Flugabwehrrakete …«

Sie blieb vor einer Gruppe kleinerer Packkisten stehen. »Ein Seehund – ein aktives Nachtsichtgerät, in Verbindung mit einem Infrarot-Scheinwerfer hatte das quasi unendliche Reichweite … Und hier, Tarnmaterial von der IG Farben, für ihr Projekt ›Schwarzes Flugzeug‹. Das war der Vorläufer unserer modernen Tarnkappenflieger.

Und dazu – Material, um ihr XXI-U-Boot anzustreichen. Das Material absorbiert Radar und Sonar und schützt das XXI fast vollständig davor, entdeckt zu werden.« Sie sah Jaeger an. »Das war so revolutionär, dass der Nachbau der chinesischen Marine – das U-Boot der Ming-Klasse – noch *heute* in Betrieb ist. Und das russische Projekt 633 – ihr U-Boot der Romeo-Klasse – war eine direkte Kopie des XXI, das während des gesamten Kalten Kriegs im Einsatz war.«

Sie wischte den Staub von einer anderen Kiste und legte die Wörter darauf frei. »Sarin, Tabun und Soman. Die modernsten Nervengase der Nazis – die bis heute von den Großmächten der Welt gehortet werden. 1945 hatten wir keinen effektiven Schutz vor ihnen. Nicht den geringsten – vor allem deshalb, weil wir nicht einmal wussten, dass sie existierten.«

Narov sog scharf die Luft ein. »Und direkt daneben – eine Kiste mit Bio-Kampfstoffen. Hitler gab seinem biologischen Waffenprogramm den Codenamen *Blitzableiter*. Es war das geistige Kind des Nazi-Wissenschaftlers Kurt Blome. Sie haben die Existenz des Programms immer geleugnet und es als Krebsforschungsprogramm getarnt, aber hier haben wir den unwiderlegbaren Beweis dafür, dass *Blitzableiter* existierte: Pest, Typhus, Cholera, Milzbrand und Kampfstoffe auf Nephritis-Basis. Ganz offensichtlich wollten sie nach Kriegsende weiterforschen.«

Als sie das Ende des Flugzeugs erreichten, war Jaeger schwindelig – sowohl von der erdrückenden Hitze als auch von allem, was sie gefunden hatten. Hitlers uneingeschränkter Glaube in die Technologie – dass sie Deutschland im Krieg gegen jede Chance zu einem siegreichen Ende verhelfen würde – hatte Früchte getragen, und das auf Arten, die Jaeger sich kaum hatte vorstellen können.

Sowohl in der Schule als auch im Kampfausbildungszentrum der Royal Marines, wo er sein Offizierstraining abgeschlossen hatte, war Jaeger beigebracht worden, dass die Alliierten die Nazis sowohl militärisch als auch technologisch bezwungen hatten. Doch wenn der Inhalt dieser Kisten irgendein Indiz war, dann dafür, dass diese Lektionen keinen Funken Wahrheit enthalten hatten.

Lenkraketentechnik; Smart-Bombs; Tarnkappenflieger; getarnte U-Boote; Nachtsichtgeräte; chemische und biologische Waffen; sogar Todesstrahlen – die Beweise für die erstaunlichen Entwicklungen der Nazis befanden sich in den Kisten, die in den gigantischen Laderaum dieses Flugzeugs gestopft worden waren.

74

Die hinteren Ladeklappen der Ju 390 entpuppten sich als typische Werkstücke solider deutscher Ingenieurskunst. Auf beiden Seiten des Flugzeugs fanden sich Doppeltüren, zwei Meter hoch, die nach außen aufschwangen. Sie wurden von doppelten Metallriegeln fixiert, die der Länge nach über ihre Fläche verliefen und an der Decke und am Boden in Öffnungen versenkt waren.

Die Angeln und Schließmechanismen sahen gut geölt aus, und Jaeger dachte, dass sie sich leicht bewegen lassen mussten. Er übte Druck auf einen der Hebel aus, und dieser gab kaum ein Knarren von sich, als Jaeger ihn nach oben zog und die Türen frei gab. Er stemmte sich mit seinem Gewicht dagegen, und kurz darauf schwangen die Türen weit auf. Fast augenblicklich begann die dicke, nebelige Brühe, die den Frachtraum gefüllt hatte, ins Freie zu sinken.

Jaeger war überrascht zu sehen, dass der Nebel offensichtlich schwerer als Luft war. Er floss aus dem Flugzeug, schlängelte sich zu Boden und sammelte sich dort wie eine dicke, giftige Suppe. Als ein Strahl Sonnenlicht die Gaswolke traf, schien sie von innen heraus mit einem seltsamen metallischen Schimmern zu leuchten.

Das erinnerte Jaeger daran, dass er außerdem die Aufgabe aufgetragen bekommen hatte, einige Tests durchzuführen, um die Quelle dessen auszumachen, was alles im Umkreis des Flugzeugs absterben ließ. Er war so mit der Suche beschäftigt gewesen, dass ihm das beinahe entfallen wäre.

Doch dazu wäre später noch ausreichend Zeit.

Im Augenblick stand er kurz davor zu kochen, und er brauchte einige Minuten Pause und frische Luft. Er setzte sich auf eine Seite der offenen Tür, und Narov nahm ihm gegenüber Platz. Aus dem Augenwinkel konnte er sehen, wie Dale fleißig filmte, als versuche er, noch das letzte gute Bild aus dieser unglaublichen Entdeckung in seine Kameralinse zu saugen.

In dem Licht, das durch die offene Tür strömte, bemerkte er auf der Seite einer nahen Kiste eine aufgedruckte Abbildung, die ihn an ein »MANPAD« erinnerte, ein »Man Portable Air Defense System«, also eine tragbare Luftabwehrrakete. Er beugte sich hinüber, um sich die Abbildung genauer anzuschauen. Und tatsächlich stellte sie offenbar eine von der Schulter abgeschossene Boden-Luft-Rakete dar.

Narov sah sich die Schrift auf der Kiste an. *»Fliegerfaust«*, las sie vor und übersetzte ihm das Wort. »Die erste schultergestützte Boden-Luft-Rakete der Welt, entworfen, um alliierte Flugzeuge abzuschießen. Aber sie kam, dankbarerweise, zu spät, um für den Kriegsausgang noch entscheidend zu sein.«

»Wie unwirklich ...«, murmelte Jaeger. »So viele ›Erste Male‹. Es wird Ewigkeiten dauern, all die Geheimnisse zu katalogisieren, die hier drin herumliegen.«

»Was genau ist so überraschend?«, fragte Narov, während sie hinaus in das bleiche Gerippe des toten Dschungels schaute. »Dass die Nazis solche Technologien hatten? Sie hatten alles, was Sie hier sehen, und so viel mehr. Bei einer vollständigen Durchsuchung dieses Flugzeugs – wer weiß, was sonst noch ans Tageslicht kommt.«

Sie machte eine Pause. »Oder sind Sie überrascht, dass dieses Flugzeug unter amerikanischer Flagge fliegt? Die Alliierten haben die Bemühungen der Nazis unterstützt, ihre Waffentechnik – ihre *Wunderwaffen* – in die entferntesten Winkel der Erde zu bringen. Als der Krieg endete, standen wir einem neuen Feind gegenüber: Sowjetrussland. Klarer Fall von ›Der Feind meines Feindes ist mein Freund‹. Die Alliierten haben an höchster Stelle ihren Segen für diese Umverteilungen der Nazis gegeben – deswegen trägt dieses Flugzeug die Abzeichen der U.S. Air Force. Die Alliierten – die Amerikaner – beherrschten nach dem Krieg den Himmel, und sonst wäre keines der Flugzeuge ans Ziel gekommen.

Nach Kriegsende wurde es ein Wettlauf gegen die Russen«, fuhr Narov fort. »Indem wir uns selbst die Nazi-Geheimnisse unter den Nagel rissen – ihre Technologie und ihre bedeutendsten Wissenschaftler –, waren wir in der Lage, den Kalten Krieg zu gewinnen, ganz zu schweigen vom Wettrennen zum Mond. So haben wir all diese Entscheidungen damals gerechtfertigt.«

»*Wir?*«, warf Jaeger ein. »Aber Sie sind Russin. Sie haben es selbst gesagt – nach Kriegsende waren Sie der Feind.«

»Sie wissen nicht das Geringste von mir«, murmelte Narov. Sie schwieg lange. »Ich mag russisch klingen, aber mein Blut ist englisch. Ich wurde in Ihrem Land geboren. Und davor ist mein entferntes Erbe deutsch. Und jetzt lebe ich in New York. Ich bin ein Bürger der freien Welt. Macht mich das zum Feind?«

Jaeger zuckte halb entschuldigend die Achseln. »Woher sollte ich das wissen? Sie haben mir nicht das Geringste erzählt, weder über sich noch …«

»Jetzt ist kaum die richtige Zeit dafür«, unterbrach sie ihn und deutete auf den Frachtraum der Ju 390.

»In Ordnung. Trotzdem – reden Sie weiter. Über das Flugzeug.«

»Nehmen Sie zum Beispiel die Untergrundanlage Mittelwerk«, setzte Narov dort wieder an, wo er sie unterbrochen hatte. »Anfang Mai 1945 haben amerikanische Truppen sie überrannt, und die ersten V2-Raketensysteme wurden in die USA transportiert. Nur wenige Tage später trafen sowjetische Militäroffiziere ein, um den Komplex zu übernehmen: Er lag innerhalb der sowjetischen Besatzungszone. Die amerikanischen Apollo-Mondlandungen wurden auf Grundlage dieser V2-Technologien gebaut.

Oder nehmen Sie Kurt Blome, den Direktor von *Blitzableiter*. Ein Grund, weshalb das biologische Waffenprogramm der Nazis so fortgeschritten war, waren die Tausenden von Opfern in den Konzentrationslagern, an denen sie es testen konnten. Bei Kriegsende wurde Blome gefangen genommen und in Nürnberg vor Gericht gestellt. Irgendwie wurde er freigesprochen, woraufhin ihn die Amerikaner anheuerten, um in ihrem Army Chemical Corps zu arbeiten, einem streng geheimen Waffenprogramm.

Wir haben jede Menge Deals geschlossen«, verkündete Narov und konnte die Bitterkeit nicht aus ihrer Stimme halten. »Und ja, wir haben Deals mit jenen geschlossen, die Unaussprechliches getan haben – den allerschlimmsten der Nazis.« Sie sah Jaeger an. »Haben Sie noch nie von der Operation Paperclip gehört?«

Jaeger schüttelte den Kopf.

»Das war das amerikanische Codewort für ein Projekt, mit dem sie Tausende Nazi-Wissenschaftler in die USA übergesiedelt haben. Dort bekamen sie neue Namen, neue Identitäten und Positionen mit Macht und Einfluss – solange sie für ihre neuen Herren arbeiteten. Ihr hattet ein ähnliches Programm, nur dass ihr es mit typisch britischer Ironie ›Operation Darwin‹ getauft habt: das Überleben des Stärkeren.

Beide Projekte konnten von höchster Stelle glaubwürdig abgestritten werden«, erzählte Narov weiter. »Operation Paperclip war nicht einmal dem US-Präsidenten bekannt.« Sie machte eine Pause. »Aber es gab Ebenen der Geheimhaltung, die sogar noch tiefer gingen. *Aktion Adlerflug* – das steht auf jeder Kiste in diesem Frachtraum hier. *Aktion Adlerflug* war das Codewort für Hitlers Plan, Nazi-Technologie an Orte umzuverlegen, wo sie genutzt werden konnten, um das Reich neu aufzubauen. Es war ein Projekt, das wir – die Alliierten – unterstützt haben, solange sie mit uns gegen die Sowjets gekämpft haben.

Kurz gesagt, Sie sitzen an Bord eines Flugzeugs, das im Herzen der dunkelsten Verschwörung liegt, die es auf diesem Planeten jemals gab. Die Geheimhaltungsstufen, die hier galten – *gelten* –, sind so hoch, dass die meisten britischen und amerikanischen Akten zu diesen Aktivitäten noch heute unter Verschluss sind. Und ich bezweifle, dass sie jemals geöffnet werden.«

Narov zuckte mit den Schultern. »Falls Sie all das überrascht: Das sollte es eigentlich nicht tun. Die angeblich guten Jungs haben einen Pakt mit dem Teufel geschlossen. Und sie haben es für etwas getan, das sie als notwendig erachteten – für das Wohl der freien Welt.«

75

Jaeger winkte mit einer Hand in Richtung der Kisten, die im Laderaum der Ju 390 aufgereiht waren. »Das macht all das hier nur umso unglaublicher. Dieses Flugzeug muss die größte Sammlung von Nazi-Kriegsgeheimnissen sein, die je zusammengestellt wurde. Umso wichtiger ist es, dass wir es hier herausholen und irgendwo hinbringen, wo wir es …«

»Wo wir was?«, unterbrach ihn Narov und richtete ihre kalten Augen auf ihn. »Der Welt davon erzählen können? Eine Menge dieser Technologien haben wir inzwischen optimiert. Nehmen Sie die *Röntgenkanone*. Erst kürzlich haben die Amerikaner so ein Ding perfektioniert. Es trägt den Codenamen MARAUDER. Das steht für *Magnetically Accelerated Ring to Achieve Ultra-high Direkt Energy and Radiation* – Magnetisch beschleunigter Ring für ultrahohe, direkte Energie und Strahlung. Im Grunde feuert es donutförmige Kugeln aus magnetisch gefestigtem Plasma ab. Stellen Sie es sich als Blitzkugeln vor.

Es war ein streng geheimes, nur den wichtigsten Personen bekanntes Programm«, fuhr Narov fort. »In anderen Worten: der Heilige Gral der Geheimnisse. Genau wie MARAUDERs direkter Vorfahre – die Nazi-*Röntgenkanone*. Also nein, Mr. William Edward Michael Jaeger, wir werden diese Entdeckung nicht so schnell der Welt präsentieren. Aber das bedeutet nicht, dass wir nicht alles in unserer Macht Stehende tun sollten, um sie zu schützen, und das aus den allerbesten Gründen.«

Jaeger sah Narov lange an: *William Edward Michael Jaeger* – was sollte die Verwendung seines vollen Namens?

»Sie wissen etwas, und ich habe eine Million Fragen.«

Jaegers Stimme erhob sich über das Rauschen und Rascheln seiner Gasmaske. »Und die meisten davon scheinen *Sie* zu betreffen. Würde es Ihnen etwas ausmachen, mir zu erklären, woher Sie so viel wissen? Würde es Ihnen etwas ausmachen, mir alles zu erzählen, was Sie wissen? Würde es Ihnen etwas ausmachen, mir auch nur zu erzählen, wer Sie sind? Woher Sie kommen? Für wen Sie arbeiten? Oh, ach ja, und würde es Ihnen etwas ausmachen, mir zu erzählen, was es mit diesem Kampfmesser auf sich hat?«

Als Narov antwortete, blieb ihr Blick auf den toten Wald gerichtet. »Ich könnte Ihnen einige dieser Fragen beantworten, sobald wir sicher hier raus sind. Sobald wir wirklich sicher sind. Doch jetzt gerade …«

»Und diese Ledertasche voller Dokumente«, unterbrach Jaeger sie. »Die, die Sie aus dem Cockpit mitgenommen haben. Würde es Ihnen etwas ausmachen, mir zu erzählen, was sich darin befindet? Das Ladungsverzeichnis? Flugkarten? Das geplante Ziel dieses und anderer Flugzeuge?«

Narov ignorierte die Frage. »Jetzt gerade, William Edward Michael Jaeger, denke ich, dass Sie nur eines wissen müssen: Ich kannte Edward Michael Jaeger, Ihren Großvater. Großvater Ted, wie alle ihn riefen, die ihn kannten. Er war eine Inspiration und uns allen ein Anführer.

Ich habe mit Ihrem Großvater zusammengearbeitet, oder besser gesagt: Ich habe an seiner Erinnerung gearbeitet; ich habe mit seinem Erbe gearbeitet.« Narov zog ihr Messer hervor. »Und es war Ihr Großvater, der mir das hier vermachte. Ich war neugierig darauf, sein lebendes Erbe kennenzulernen: *Sie*. Ich bleibe weiterhin neugierig. Ich bin mir nicht sicher, ob Sie alles – oder irgendwas – von dem sind, was ich mir erhofft habe, dass Sie es sind.«

Jaeger war sprachlos. Bevor er sich eine passende Antwort überlegen konnte, sprach Narov weiter.

»Er war der Großvater, den ich niemals hatte. *Den ich nicht haben konnte.*« Zum ersten Mal, seit Jaeger sie kennengelernt hatte, bedachte Narov ihn mit einem sehr direkten, durchdringenden Blick, den sie auch nicht abbrach. »Und wissen Sie noch etwas? Ich habe Ihnen die Beziehung immer übel genommen, die Sie mit ihm hatten … und dass man Ihnen die Freiheit ließ, Ihren Träumen zu folgen.«

Jaeger hielt eine Hand hoch. »Whoa … Wo kam das denn gerade her?«

Narov drehte sich weg. »Es ist eine lange Geschichte. Ich weiß nicht, ob ich bereit dafür bin. Ob Sie bereit dafür sind … Und jetzt …«

Ihre Worte wurden von einem angsterfüllten Schrei unterbrochen, der aus dem Funkgerät drang. »Argggghhh! Nehmt es weg! Nehmt es weg!«

Jaeger wirbelte herum und sah, dass Dale in eine Stelle gestolpert war, an der die Spinnennetze am dichtesten zu sein schienen. Der Kameramann war so auf seine Arbeit konzentriert gewesen, dass er nicht richtig aufgepasst hatte, wohin er trat. Zähe, klebrige Fäden wickelten sich um ihn, während er darum kämpfte, seine Kamera im Griff zu behalten und die sich um ihn schlingenden Silberfäden wegzuwischen – und die arachnoiden Horden, die darin lebten.

Jaeger sprang auf und eilte ihm zu Hilfe.

Er vermutete, dass die Chance selbst für die kräftigen Kiefer der *Phoneutria* äußerst gering standen, die Handschuhe oder Maske von Dales Anzug zu durchdringen, und vermutlich war er daher vor einem Biss geschützt. Aber Dale wusste das vielleicht nicht, und seine Panik hatte sehr echt geklungen.

Jaeger benutzte seine dicken Gummihandschuhe, um die zuckende Masse von Spinnenkörpern wegzuwischen und ihre weichen, zischenden Körper in die Dunkelheit zu werfen. Mit Narovs Hilfe befreite er Dale, der sich noch immer verzweifelt an seine Kamera krallte. Doch als sie ihn aus dem Durcheinander aus Spinnennetzen zogen, erblickte Jaeger den wahren Grund für Dales Panik.

Inmitten der zerstörten Masse seidener Fäden lag ein geisterhaftes Skelett, sein fleischloses Gesicht eine Maske des Horrors, die Knochen seines Körpers noch immer in die halb verrotteten Überreste einer SS-Offiziersuniform gehüllt. Als Jaeger den Toten anglotzte – zweifellos einer der ursprünglichen Passagiere der Ju 390 –, hörte er eine Stimme über die Funkverbindung.

»Es waren nicht die verflixten Spinnen, die mich überrascht haben!«, keuchte Dale. »Sondern dass ich plötzlich in den Klauen irgendeines längst gestorbenen Nazi-Generals hing!«

»Ich sehe ihn«, bestätigte Jaeger. »Und wissen Sie was? Im Vergleich mit ihm sind Sie beinahe gut aussehend. Kommen Sie – verschwinden wir hier.«

Jaeger war sich nur allzu bewusst, dass sie mittlerweile seit gut einer Stunde in der erstickenden Enge dieses Laderaums hockten. Es war Zeit aufzubrechen. Doch während er Dale und Narov zurück zum Cockpit führte, wurde er von einer schockierenden Erkenntnis getroffen: Er hatte bisher noch nicht einmal einen vagen Hinweis darauf gefunden, wie dieses Flugzeug irgendeine Antwort auf das Geheimnis liefern sollte, was mit seiner Frau und seinem Sohn geschehen war.

Luke und Ruth: Ihr Verschwinden war untrennbar mit dem verknüpft, was auch immer sie hier entdeckt hatten. Der *Reichsadler* – das Symbol des Bösen – schwebte über allem in diesem Flugzeug, auch über der Entführung seiner Familie.

Und irgendwie musste er anfangen, nach den Antworten zu suchen.

76

Jaeger stand am Rande des Dschungels und sprach mit seinem Team – Lewis Alonzo, Hiro Kamishi, Leticia Santos, Joe James, Irina Narov und Mike Dale, der immer noch filmte – sowie Puruwehua, Gwaihutiga und ihren treuen Indios. Er hatte seine Gasmaske abgenommen, damit er sprechen konnte, auch wenn er den Rest des ABC-Anzugs immer noch trug.

»Okay, jetzt wisst ihr alle, wo wir stehen«, verkündete er, die Stimme voller Anspannung und Erschöpfung. »Wir werden nun damit beginnen, das Flugzeug hier herauszuheben. Die Crew des Airlanders schätzt, dass sie etwa eine Stunde brauchen, um das Flugzeug zu befreien. So viel Zeit müsst ihr uns verschaffen. Tut alles, was euch möglich ist, um die bösen Jungs aufzuhalten, aber keine Heldentaten. Mission eins: Lasst uns am Leben bleiben. Und denkt daran: Sobald wir weg sind, brecht ihr den Kontakt ab und verschwindet hier.«

Jaeger schaute zu dem riesigen Luftschiff, das den Himmel über ihnen auszufüllen schien. Der Airlander war ein Ehrfurcht gebietender Anblick. Er schwebte weniger als dreißig Meter über den brüchigen, knochenbleichen Enden der toten Baumkronen, wie der Bauch eines riesigen weißen Wals, der in den Wolken dahintrieb.

Er war vier Mal so lang wie der Rumpf der Ju 390 und zehn Mal so breit – die bauchige Hülle gefüllt mit gut hunderttausend Kubikmetern Helium.

Er ließ das Flugzeug unter sich winzig aussehen.

Der Pilot des Airlanders konnte nicht riskieren, noch tiefer abzusinken, da die obersten Äste des toten Waldes wie gespitzte Speere nach oben ragten. Das Luftschiff besaß eine intelligente Hülle, die sich selbst reparieren konnte, wenn sie an einer Stelle ein Loch bekam, doch mehrere Wunden würden ihr echte Probleme bereiten.

Und dann war da das unbekannte Gift, das aus der Ju 390 ausströmte, und niemandem an Bord des Airlanders war daran gelegen, diesem näher zu kommen als unbedingt nötig.

Laut Raffs letztem Datenbündel, früher an diesem Morgen, gab es keine Drohnen in ihrer unmittelbaren Umgebung. Ihr Köder – das Kanu, das das Ortungsgerät und das Handy transportierte – schien die Überwachung ein gutes Stück nach Norden gezogen zu haben. Damit war der Airlander außer Sichtweite der Predator, der ohnehin von dreitausend Metern Wolkendecke geschützt war.

Doch es war immer noch möglich, die elektronischen Signale des Airlanders abzufangen, ebenso wie eine Infrarot-Abtastung ihrer Wärmestellen – allen voran ihrer vier Antriebspropeller. Es brauchte nur ein kurzes solches Signal, und die Predator hätte sie im Visier. Zeit war von entscheidender Bedeutung, mehr als je zuvor seit Beginn ihrer Expedition.

Es war der Morgen des elften Tages, und falls alles nach Plan verlief, würde es ihr letzter sein, bevor sie wieder in so etwas wie die Zivilisation zurückkehrten. Oder zumindest galt das für Jaeger, Narov und Dale. Während der letzten Stunden waren er und sein Team in ein Rennen gegen die Zeit geraten, ganz zu schweigen von ihrem unbekannten Feind.

Am Abend zuvor war ein einsamer Kundschafter der Amahuaca mit besorgniserregenden Nachrichten in ihr Lager gekommen: Die Dunkle Streitmacht war weniger als achtzehn Stunden entfernt. Sollten sie über Nacht weitermarschieren, würden sie sogar noch früher eintreffen. Die Gruppe bestand aus über sechzig Mann, alle schwer bewaffnet.

Die Indios, die sie beschatteten, hatten versucht, sie zu verlangsamen, aber Blasrohre und Pfeile waren keine Konkurrenz für Maschinengewehre und Granatwerfer gewesen. Der größte Teil der Indios folgte und störte die Männer weiter, aber es gab nicht allzu viel, was sie tun konnten, um ihr Vorankommen zu verlangsamen.

Seitdem arbeiteten Jaeger und sein Team fieberhaft, und inzwischen waren einige Dinge deutlich geworden. Erstens: Was auch immer für ein giftiger Cocktail aus dem Flugzeug strömte, es schien irgendeine Form von verstrahltem Quecksilber-Plasma zu sein. Doch es war nichts, das Jaeger genauer spezifizieren konnte, denn es schien eine Bedrohung zu sein, die seiner Analyseausrüstung fremd war.

Die Ausrüstung arbeitete, indem sie eine identifizierte chemische Signatur mit einer bekannten Liste von Gefahrenstoffen verglich. Was auch immer das hier war, es schien vollkommen unbekannt zu sein. Und das bedeutete, dass niemand riskieren konnte, irgendwo in seine Nähe zu kommen, ohne in einem vollen Schutzanzug zu stecken.

Zweitens: Auch wenn der Airlander in der Lage gewesen war, zwei Hebegeschirre zu Boden zu lassen – die Jaeger und sein Team dort unter die Ju 390 geschlungen hatten, wo die Flügel auf den Rumpf trafen –, so gab es keine Möglichkeit, dass sie auch das Team aus dem Dschungel holen konnten.

Der Airlander besaß alle nötigen Vorrichtungen, um eine Person die knapp sechzig Meter zum Luftschiff hinaufzuziehen, doch es gab einfach nicht genügend ABC-Schutzanzüge – oder die Zeit –, um das durchzuführen. Die Indios hatten die ganze Nacht hindurch eine Reihe von Kundschaftern losgeschickt. Die letzten waren kurz nach Sonnenaufgang eingetroffen, mit der Warnung, dass der feindliche Trupp zwei Stunden entfernt war und schnell näher kam.

Jaeger war gezwungen gewesen, das Unvermeidliche zu akzeptieren: Sein Team würde sich aufteilen müssen. Der größte Teil – Alonzo, Kamishi, Santos und Joe James sowie Puruwehua, Gwaihutiga und ein halbes Dutzend Amahuaca-Krieger – würde Abwehrstellungen zwischen dem Flugzeug und den bösen Jungs beziehen.

Gwaihutiga meldete sich freiwillig, den Gegenangriff anzuführen. Er würde mit dem Großteil der Indio-Krieger losziehen, um den ersten Hinterhalt auszuführen. Puruwehua, Alonzo und der Rest würden den zweiten Abwehrring bilden, dichter am Wrack. Auf die Art hofften sie, denjenigen, die mit dem Heben des Flugzeugs betraut waren, noch mehr dringend benötigte Zeit zu verschaffen.

Was Jaeger, Narov und Dale betraf: Sie würden in der Ju 390 mitfliegen, wenn der Airlander sie aus dem Dschungel zog. Oder zumindest war das der Plan.

Dale war eine offensichtliche Wahl gewesen, denn jemand musste das Heben des Flugzeugs filmen. Jaeger war ausgewählt worden, weil der Expeditionsleiter beim Expeditionsziel bleiben musste – dem Flugzeug. Leticia Santos hatte eingewandt, dass sie die dritte Person sein sollte, die im Flugzeug mitflog, da sie Brasilianerin war und – unbestreitbar – das Flugzeug auf brasilianischem Boden gefunden worden war.

Für eine Weile hatte Narov Santos klipp und klar deutlich zu machen versucht, dass niemand sie von ihrem geliebten Flugzeug trennen würde. Schließlich hatte Jaeger die Sache beendet, indem er darauf hingewiesen hatte, dass Santos womöglich bei ihrer obersten Mission bleiben sollte, die darin bestand, den Indio-Stamm zu beschützen.

Er hatte außerdem den Punkt eingeworfen, dass sie drei – Jaeger, Dale und Narov – bereits die Anzüge trugen und dass ein Wechsel der ABC-Masken, Handschuhe und Anzüge die Gefahr einer Kontaminierung für jeden mit sich brachte, der sie aus- und wieder anzog. Die Gefahr war sehr real, und es war sinnvoll, dass diejenigen, die bereits in den Anzügen steckten, auch mit dem Flugzeug mitflogen.

Dem hatte Santos zögerlich zugestimmt.

»Alonzo, ich übertrage Ihnen das Kommando.« Jaeger fuhr mit seiner Besprechung fort. »Puruwehua hat versprochen, alles Menschenmögliche zu tun, um euch sicher hier rauszuholen. Ihr kehrt ins Amahuaca-Dorf zurück und marschiert ins Land des Nachbarstammes. Der Stamm hat Kontakt zur Außenwelt; sie werden euch nach Hause bringen.«

»Verstanden«, bestätigte Alonzo. »Puruwehua, du hast uns in deinen Händen.«

»Wir werden euch nach Hause bringen«, antwortete Puruwehua schlicht.

»Wenn alles gut geht, werden wir in dem Flugzeug den ganzen Weg nach Cachimbo fliegen«, erklärte Jaeger. »Unterwegs werde ich Colonel Evandro warnen, dass er eine Landezone abriegeln soll, in der wir die Ju 390 absetzen und isoliert halten können, wenigstens so lange, bis ihre Ladung gesichert werden kann.

Das ist eine Reise von tausendvierhundert Kilometern, der Airlander wird also wenigstens sieben Stunden brauchen, vor allem mit dem Ding da im Schlepptau.« Jaeger zeigte mit dem Daumen in Richtung der Ju 390. »Solange SS General Hans Kammler und seine Kumpane sie nicht überladen haben, sollte das Rausheben machbar sein. In dem Falle wären wir heute Abend in Cachimbo.

Ich werde ein einziges Wort per Datenbündel schicken, sobald wir dort sind: ›ERFOLG‹. Hoffentlich erhaltet ihr irgendwo unterwegs ein ausreichend starkes Signal, um die Nachricht zu empfangen. Wenn ihr keine erhaltet, bedeutet das, dass etwas schiefgelaufen ist, aber an dem Punkt muss eure oberste Priorität darin bestehen, sicher hier raus- und nach Hause zu kommen.«

Jaeger schaute auf seine Uhr. »In Ordnung, fangen wir an.«

Es war eine emotionsgeladene Trennung, doch die knappe Zeit sorgte dafür, dass der Abschied kurz und süß blieb.

Gwaihutiga blieb kurz vor Jaeger stehen.

»Pombogwav, eki'yra. Pombogwav, kahuhara'ga.«

Und damit drehte er sich um und war verschwunden, während er seine Männer mit schnellem Schritt davonführte und ihm ein Kriegsgesang aus der Kehle brummte, in den seine Krieger-Kameraden einstimmten. Der Gesang hallte kraftvoll durch die Bäume.

Jaeger sah Puruwehua fragend an.

»*Pombogwav* – das bedeutet ›lebe wohl‹«, erklärte Puruwehua. »Ihr habt, glaube ich, kein direktes Wort für *Eki'yra.* Es bedeutet ›Sohn meines Vaters‹ oder ›mein älterer Bruder‹. Also: ›Lebe wohl, mein älterer Bruder.‹ Und *Kahuhara'ga* kennst du, also: ›Lebe wohl, Jäger.‹«

Nicht zum ersten Mal, seit er auf die Amahuaca getroffen war, fühlte Jaeger sich zutiefst demütig.

Puruwehua fuhr damit fort, dass er Jaeger ein überwältigendes Abschiedsgeschenk aufdrängte: sein Blasrohr. Jaeger fand sich in der Verlegenheit wieder, im Gegenzug nach einem ähnlich wertvollen Geschenk zu suchen. Schließlich entschied er sich für sein Gerbermesser – das, mit dem er am Fernao-Strand auf Bioko gekämpft hatte.

»Dieses Messer und ich haben eine Geschichte«, erklärte er, als er es dem Indio um die Brust schnallte. »Ich habe einmal damit gekämpft, weit weg, in Afrika. Es hat mir das Leben gerettet und das meiner engsten Freunde. Dich zähle ich jetzt ebenfalls zu meinen engsten Freunden – dich und dein ganzes Volk.«

Puruwehua zog das Messer heraus und überprüfte die Schärfe der Klinge. »In meiner Sprache: *Kyhe'ia.* Scharf wie ein Speer, längs aufgeschnitten.« Er sah Jaeger an. »Dieses

Kyhe'ia – es war mit dem Blut des Feindes bedeckt? Das wird es wieder sein, *Koty'ar.*«

»Puruwehua, vielen Dank – für alles«, sagte ihm Jaeger. »Ich verspreche, eines Tages kehre ich zurück. Ich werde in dein Dorf kommen und Affenfleisch in der Geisterhütte verspeisen – aber nur, wenn ihr mir das *Nyakwana* erspart!«

Puruwehua lachte und stimmte zu. So bald keine weitere Prise eines psychotropen Pulvers für William Jaeger.

Jaeger wandte sich nacheinander an jedes Mitglied seines Teams. Er reservierte ein besonders warmes Lächeln für Leticia Santos. Die, im Gegenzug, grinste ihn an und hauchte ihm einen großen brasilianischen Kuss zu.

»Sei vorsichtig, okay?«, flüsterte sie dicht an seinem Ohr. »Vor allem vor dieser … dieser *Ja'gwara*, Narov. Und versprich mir, dass du mich besuchen kommst, wenn wir das nächste Mal den *Carnivale* in Rio haben! Wir betrinken uns zusammen und gehen tanzen!«

Jaeger lächelte. »Wir haben ein Date.«

Und so warf sich das Team, angeführt von Lewis Alonzo, aber geleitet von den Amahuaca-Indios, die Rucksäcke auf die Schultern, nahm seine Waffen und verschwand im Dschungel.

77

Raffs Datenbündelnachricht war typisch kurz und auf den Punkt: *Airlander bereit. Haltet euch fest. Starten Hebung in drei Minuten, 0800 Zulu.*

Das war keine Sekunde zu früh, soweit es Jaeger betraf. Während der letzten paar Minuten hatte er im Dschungel nördlich von ihnen Gewehrsalven aufbellen hören – der Richtung, aus der sich die Dunkle Streitmacht näherte.

Er hatte das plötzliche grimmige Prasseln von Sturmgewehren vernommen, was vermutlich Jaegers Team war, das seinen Hinterhalt zuschnappen ließ, aber die Gegenwehr hatte furchtbar heftig geklungen; die unverwechselbare schnelle Schussfolge von Sturmgewehren, durchwoben von den dunkleren Feuerstößen von etwas, das wie Maschinengewehre klang, begleitet von den hohlen Detonationen von Granaten.

Eine derartige Feuerkraft konnte eine tödliche Schneise durch den Dschungel ziehen.

Wer auch immer diese Dunkle Streitmacht sein mochte, sie waren schwer bewaffnet und mehr als bereit und willig, sich in ein tödliches Gefecht zu stürzen. Und trotz der Bemühungen seines Teams kam sie besorgniserregend schnell immer dichter an Jaeger und das Flugzeug heran.

Die Zeit lief ihnen davon: Der Airlander würde in drei Minuten beginnen, sie hier rauszuhieven, und zumindest Jaeger konnte es kaum erwarten, endlich abzuheben.

Er rannte den dunklen Frachtraum der Ju 390 entlang und griff nach den hinteren Ladetüren. Er zog sie zu und verriegelte sie mit dem Griff. Er lief zurück nach vorn, wobei er den schattigen Reihen von Kisten auswich, und warf die Tür in der Trennwand zu, bevor er auch sie fest hinter sich verschloss.

Dale und Narov hatten die Seitenfenster des Cockpits aufgestemmt: Sobald das Flugzeug sich bewegte, sollte der Luftzug helfen, alle giftigen Dämpfe hinauszuwehen. Jaeger nahm seine Position auf dem Copilotensitz ein und schnallte sich mit dem Gurt fest, der um seine Hüfte und seine Brust lief. Dale saß im Pilotensitz neben ihm – eine Position, die er für sich beansprucht hatte, sodass er am besten das Flugzeug filmen konnte, wenn es aus dem Dschungel gezogen wurde.

Narov saß über den Tisch des Navigators gebeugt, und Jaeger hatte eine ziemlich gute Vorstellung davon, was sie dort trieb. Sie studierte eines der Dokumente aus der Ledertasche, die sie aus dem Cockpit der Ju 390 mitgenommen hatte. Jaeger hatte einen flüchtigen Blick darauf werfen können. Der Text auf dem vergilbten Papier war auf Deutsch, was für ihn bedeutete, dass er genauso gut hätte auf Chinesisch sein können.

Doch ein oder zwei Wörter auf dem Titelblatt hatte er halb erkannt. Es gab die üblichen STRENG-GEHEIM-Stempel sowie die Wörter *Aktion Feuerland*. Dank einiger vager Erinnerungen an seinen Deutschunterricht in der Schule konnte er sich gerade noch erinnern, was *Feuer* hieß, und *Land* war offensichtlich. Darunter stand getippt: *Liste von Personen.*

Das brauchte keine Übersetzung.

Soweit Jaeger es gesehen hatte, war jede einzelne Kiste im Laderaum der Ju 390 mit dem Stempel *Aktion Adlerflug* gekennzeichnet. Was war dann also *Aktion Feuerland*? Und warum war Narov so fasziniert davon, dass sie beinahe alles andere vergaß?

Doch es war nur wenig Zeit, sich jetzt über solche Dinge Gedanken zu machen.

Die Hebung, die der Airlander gleich versuchen würde – nämlich die einer bis zum Rand mit Fracht gefüllten Ju 390 –, wurde nur durch das Zusammenspiel verschiedener Faktoren möglich. Zum einen wirkte dabei die aerostatische Kraft, aus der einfachen Tatsache heraus, dass die mit Helium gefüllte Hülle leichter als Luft war.

Zweitens: Schub – die Kraft der vier großen Propeller, jeder davon angetrieben von einer 2350 PS starken Gasturbine. Das allein war bereits vergleichbar mit vier Schwerlast-Helikoptern, die mit den Ecken des Flugzeugs verbunden waren und es mit aller Kraft nach oben zogen.

Und drittens: aerodynamischer Auftrieb – bereitgestellt von der beschichteten Hülle des Airlanders. Sie war geformt wie der Querschnitt eines gewöhnlichen Flugzeugflügels, mit einer flachen Unterseite und einer gekrümmten Oberseite. Diese Form allein würde vierzig Prozent des Auftriebs generieren, aber erst, wenn der Airlander anfing, sich vorwärts zu bewegen.

Die ersten dreißig Meter würde der Airlander senkrecht aufsteigen – nur unterstützt vom Helium und den Propellern.

Jaeger hörte, wie sich der Lärm des Airlanders von einem kaum vernehmbaren Schnurren zu einem hohlen Brüllen steigerte, als er sich auf die Hebung vorbereitete. Jetzt gerade waren die vier großen Rotorblätter auf eine horizontale Position gestellt, um maximalen senkrechten Schub zu gewährleisten, während der Airlander versuchte, das Flugzeug aus dem Dschungel zu ziehen.

Die Abwinde steigerten sich, bis sie beinahe Sturmstärke erreichten. Sie pusteten einen blendenden Wirbelsturm aus abgebrochenen Ästen um das Flugzeug. Jaeger hatte das Gefühl, als stünde er hinter einer riesigen Erntemaschine, die sich ihren Weg durch ein gigantisches Weizenfeld bahnte und ihm die unbrauchbare Spreu ins Gesicht schleuderte.

Er schlug sein Seitenfenster zu und bedeutete Dale mit Gesten, es ihm gleichzutun, als ganze Bündel verwitterten Holzes ins Cockpit flogen. Offensichtlich näherten sie sich der riskantesten Stufe des ganzen verrückten Unterfangens.

Das Standard-Ladegewicht der Ju 390 lag bei dreiundfünfzig Tonnen. Mit einer Maximaltragkraft von sechzig Tonnen sollte der Airlander in der Lage sein, das Gewicht zu tragen – solange Hans Kammler und seine Kumpane das Flugzeug nicht überladen hatten.

Jaeger hatte volles Vertrauen in die Tragkraft der Schlingen, die sie um die Flügel der Ju 390 gelegt hatten. Er hatte ähnliches Vertrauen in den Piloten des Airlanders, Steve McBride. Die Millionen-Dollar-Frage war, ob sie sich aus dem toten Holz befreien konnten. Das, und das Vertrauen, das sie in die deutsche Luftfahrttechnik setzten, vor allem in ihre Widerstandskraft gegenüber siebzig Jahren Verrottung und Verrostung mitten im Dschungel.

Jeder Fehler in einem dieser Punkte konnte katastrophale Folgen haben. Die Ju 390 – und mit ihr vielleicht der Airlander – könnten in den Dschungel stürzen wie ein Stein.

Über Nacht hatten Jaeger und sein Team einige der größten Bäume gefällt, indem sie Ringe aus Plastiksprengstoff um ihre Stämme gelegt und sie gesprengt hatten. Aber sie hatten aus Zeit- und Materialgründen nur begrenzt etwas ausrichten können. Mindestens fünfzig Prozent des Dachs aus totem Holz über dem Flugzeug war noch intakt.

Sie hatten die größten und am wenigsten verrotteten Bäume gefällt – die, die ihnen am meisten Widerstand leisten würden. Sie hatten darauf gewettet, dass das übrig gebliebene tote Holz komplett verrottet war und abbrechen würde, wenn der Airlander das Flugzeug hochzog.

Das Brüllen der Rotoren schwoll zu einem ohrenbetäubenden Heulen an, der Abwind erreichte Hurrikanstärke. Jaeger war klar, dass der Airlander sich seiner maximalen Schubkraft näherte. Er spürte, dass etwas von oben herabfiel, als ein dunkler, länglicher Schatten über das Cockpit schlug.

Ein riesiger Ast krachte von oben gegen die Windschutzscheibe der Ju 390, dort, wo die beiden Glashälften aufeinandertrafen. Die vertikale Strebe, die beide Scheiben verbunden hielt, bog sich unter dem Einschlag, das dicke Plexiglas beulte sich unter der Wucht des Hiebs ein. Als der Ast entzweibrach und zur Seite wegfiel, fuhr eine gezackte Linie über die Windschutzscheibe wie ein gefrorener Blitz.

Doch für den Moment hielt das Fenster.

Jaegers Kopf füllte sich mit einer Flutwelle aus Lärm – prasselnd schlug der Wind schweres Geröll und Holzreste gegen die Metallhülle der Ju 390. Er fühlte sich, als wäre er in einer riesigen Stahltrommel festgezurrt.

Eine lange, summende Vibration erfasste den Rumpf, als die Turbulenzen der Propeller irgendeine Resonanz mit den dicken Trageriemen fanden, die das Flugzeug trugen. Jaeger konnte spüren, wie sich jede Faser des Luftschiffs gegen das Gewicht des Flugzeugs stemmte, um es vom Boden zu heben, und wie das Flugzeug gleichzeitig selbst darum rang, freizukommen.

Plötzlich gab es einen heftigen Ruck, und das Cockpit schien in Richtung Boden zu stürzen, als der Schwanz der Ju 390 nach oben schnellte und sich befreite. Der Rumpf sackte nach vorne und warf alles Geröll und totes Holz ab, das noch darüber verteilt lag.

Vier Doppelräder – acht gigantische Reifen – hielten das Flugzeug jetzt noch am Boden. Das riesige Flugzeug schien sich zu winden und zu beben, als wäre es ein monströser Vogel, der versuchte, seine Klauen aus einem gierigen Sumpf zu ziehen und endlich abzuheben.

Augenblicke später gab es ein Geräusch wie von einem riesigen Klettverschluss, der aufgerissen wurde, und die Ju 390 sprang in die Luft.

Die Wucht, mit der sich die Maschine befreite, drückte Jaeger in seinen Sitz und warf ihn gegen die Gurte nach vorne.

Einige Sekunden stieg das riesige Flugzeug empor, als wäre die Erdanziehungskraft plötzlich aufgehoben, und bewegte sich gleichmäßig auf die gezackte Krone des skelettartigen Dschungeldachs zu.

Als die Oberseite des Flugzeugs in die unteren Äste krachte, warf das tote Holz ein Netz aus Schatten über das Cockpit. Es gab ein reißendes Krachen, und der plötzliche Aufprall hätte Jaeger vom Sitz geworfen. Die Gurte schnitten ihm tief in die Schultern.

Überall um ihn herum griffen knorrige Äste nach dem Cockpit, als versuche eine riesige Hand, sich hineinzudrängen und Jaeger, Dale und Narov herauszureißen und zu Boden zu schmettern. Als das Flugzeug sich den Weg weiter hinaufbahnte, schlug ein extradicker Finger aus Holz durch die seitliche Plexiglasscheibe, riss Dale beinahe die Kamera aus der Hand und bohrte sich Jaeger auf der anderen Seite entgegen.

Er duckte sich, und der zersplitterte Ast stach in seinen Sitz, dort, wo gerade noch sein Kopf gewesen war. Der Aufprall brach ihn in zwei Teile. Die abgerissene Spitze hing aus dem Fenster.

Jaeger spürte, wie die Aufwärtsbewegung des Flugzeugs langsamer wurde. Er riskierte einen kurzen Blick nach links, wo er die riesigen Propeller auf der Backbordseite der Ju 390 sehen konnte – jeder davon zwei Mal so groß wie ein ausgewachsener Mann –, gefangen in einem Netz aus Ästen. Sekunden später festigte sich der Griff des Skelettdachs um das Flugzeug, und die Maschine kam mit einem schweren Ruck zum Stehen. Sie hingen dreißig Meter über dem Boden und steckten hoffnungslos fest.

78

Für einige Sekunden schien die Ju 390 dort einfach in ihrem Nest aus hölzernen Knochen zu hängen.

Über sich hörte Jaeger, wie das Heulen der Propeller seine Höhe änderte und der Abwind zu einer leichten Brise abschwoll. Kurz fürchtete er, dass der Pilot aufgab; dass er gezwungen war, zuzugeben, dass das tote Holz ihn geschlagen hatte – ein Fall, in dem Jaeger, Narov und Dale ziemlich schnell einer sechzig Mann starken, feindlichen Einheit gegenüberstehen würden.

Er riskierte es, sein Thuraya einzuschalten, und augenblicklich traf ein Datenbündel von Raff ein.

Pilot setzt zurück, um vorwärtszufliegen, Hüllenauftrieb nutzen, um euch freizukriegen. BEREITHALTEN.

Jaeger schaltete das Telefon wieder aus. Die Hülle des Airlanders versorgte ihn beinahe mit der Hälfte seines Auftriebs: Indem er zurücksetzte und nach vorne flog, konnte er seine Zugkraft verdoppeln. Jaeger rief Narov und Dale eine Warnung zu, dass sie sich festhalten sollten. Kaum hatte er das getan, als die Kräfte abrupt ihre Richtung änderten, die auf die Ju 390 wirkten, während das Luftschiff mit voller Kraft nach vorne beschleunigte.

Die vorderen Kanten der Flügel der Ju 390 wurden vorwärts in das tote Holz getrieben, die Rumpfspitze bohrte sich voran. Jaeger und Dale duckten sich unter das Instrumentenbrett, als das Cockpit sich wie ein Speer in die verflochtene Menge aus Ästen bohrte, die, ausgebleicht von der Tropensonne, schneeweiß vor ihnen lagen.

Kurz darauf schienen sich die Baumwipfel deutlich zu lichten, und Sonne strömte ins Cockpit. Mit einem Krachen von ohrenbetäubenden Ausmaßen riss sich das riesige Flugzeug los und wurde in die Luft katapultiert. Links und rechts von ihnen stürzte eine Wolke aus verrottetem Holz und anderen Vegetationsresten von ihren Flügeln und Oberflächen und trudelte dem Waldboden unter ihnen entgegen.

Nachdem die Baumkronen es so plötzlich losgelassen hatten, pendelte das Flugzeug schwerfällig nach vorne, über den Punkt hinaus, an dem es direkt unter dem Airlander hing, und schaukelte dann vor und zurück, bis es unter dem Flugdeck des Airlanders hängend zum Ruhen kam. Kaum hatten sich die Pendelbewegungen auf ein beherrschbares Maß verringert, begann der Airlander, es nach oben zu ziehen.

Kraftvolle hydraulische Winden zogen das Flugzeug hinauf, bis es im Schatten des Airlanders verschwand. Ihre Flügel kamen an den Unterseiten des seitlichen Luftkissen-Landesystems zum Liegen – den aufblasbaren Kufen des Luftschiffs. Jetzt war die Ju 390 ordentlich an der Unterseite des Airlanders festgemacht.

Nachdem das Flugzeug in Position war, stellte der Pilot des Airlanders die Rotoren auf volle Kraft und drehte sie auf den richtigen Kurs, bevor er den langen Aufstieg auf die Reisehöhe begann. Sie waren unterwegs nach Cachimbo, mit weniger als sieben Stunden Flugzeit vor ihnen.

Jaeger griff triumphierend nach der siebzig Jahre alten Thermoskanne des Co-Piloten, die neben seinen Sitz geklemmt war. Er wedelte damit in Richtung von Dale und Narov. »Möchte jemand Kaffee?«

Selbst Narov konnte sich ein Lächeln nicht verkneifen.

»Sir, das Flugzeug ist einfach nicht da«, wiederholte der Funker, der als Grey Wolf Six bekannt war.

Er sprach in sein Funkgerät, auf demselben abgelegenen und namenlosen Flugfeld wie zuvor, die Reihe von Hubschraubern mit herabhängenden Rotorblättern neben ihm geduldig auf Befehle wartend; auf eine Mission wartend.

Das Englisch des Funkers war ausreichend fließend, hatte jedoch einen deutlichen Akzent: die gelegentliche schroffe, kehlige Beugung, die so typisch für Osteuropäer war.

»Wie kann es nicht dort sein?«, explodierte die Stimme am anderen Ende.

»Sir, unser Team ist an den angegebenen Koordinaten. Sie sind in dem Fleck toten Dschungels. Sie haben die Abdrücke von irgendetwas Schwerem gefunden. Sie haben zertrümmerte Reste von totem Holz gefunden. Sir, es macht den Eindruck, als wäre das Flugzeug aus dem Dschungel gezogen worden.«

»Herausgezogen? Von was?«, wollte Grey Wolf ungläubig wissen.

»Sir, wir haben nicht die leiseste Ahnung.«

»Sie haben die Predator über dem Gebiet. Sie haben Überwachung. Wie konnten Sie nicht mitbekommen, dass ein Flugzeug von der Größe einer Boeing 727 aus dem Dschungel gehoben wird?«

»Sir, unsere Predator war in einer Schleife nördlich von dort und erwartete ein klares visuelles Zeichen von der Position des Ortungsgeräts. Bis auf dreitausend Meter herrscht eine dichte Wolkendecke. Es gibt nichts, das dort hindurchschauen kann. Wer auch immer das Flugzeug rausgehievt hat, hat es unter absoluter Funkstille getan und im Schutz der Wolkendecke.« Eine Pause. »Ich weiß, es klingt unglaublich, aber glauben Sie mir – das Flugzeug ist weg.«

»In Ordnung, wir werden Folgendes tun.« Grey Wolfs Stimme war nun eiskalt und ruhig. »Sie haben ein Geschwader Black Hawks zu Ihrer Verfügung. Bringen Sie sie in die Luft und durchkämmen Sie den Luftraum. Sie werden – ich wiederhole, *werden* – dieses Flugzeug finden. Sie werden bergen, was geborgen werden muss. Und dann werden Sie das Flugzeug vernichten. Ist das klar?«

»Verstanden, Sir.«

»Ich nehme an, dass Jaeger und sein Team dahinterstecken?«

»Davon kann ich nur ausgehen, Sir. Wir haben ihre Position am Fluss mit Hellfires beschossen, haben das Ortungsgerät und ihr Handy verfolgt. Aber …«

»Es war Jaeger«, unterbrach ihn die Stimme. »Er muss es sein. Töten Sie sie alle. Niemand, der diese ganze Sache bezeugen könnte, darf dort lebendig rauskommen. Haben Sie verstanden? Und stopfen Sie dieses Flugzeug mit so viel Sprengstoff voll, dass nie wieder auch nur ein Splitter davon gefunden wird. Ich will, dass es verschwindet. Endgültig. Versauen Sie es diesmal nicht wieder, *Kamerad*. Räumen Sie auf. Jede einzelne Person. Töten Sie alle.«

»Verstanden, Sir.«

»Gut, starten Sie Ihre Black Hawks. Und eine Sache noch: Ich komme persönlich zu Ihnen runter. Das ist zu wichtig, um es in den Händen von … Amateuren zu lassen. Ich nehme einen Jet der Agency. Ich bin in weniger als fünf Stunden bei Ihnen.«

Der Funker mit dem Namen Grey Wolf Six zog die Lippen auseinander. *Amateure.* Wie er seinen amerikanischen Auftraggeber verachtete. Trotzdem, das Geld war gut, ebenso wie die Gelegenheit, jede Menge Mord und Totschlag zu verüben.

Und in den kommenden Stunden würde er, Vladimir Ustanov, Grey Wolf zeigen, wozu er und seine sogenannten Amateure imstande waren.

79

Jaeger schaltete sein Satellitentelefon aus. Das Datenbündel, das er gerade empfangen hatte, lautete: *Col. Evandro bestätigt Vorbereitung sterile LZ. ETA an LZ 1630 Zulu. CE schickt Lufteskorte für Rest der Reise.*

Er sah auf die Uhr. Es war 0945 Zulu. Bis zur ETA, zur »Estimated Time of Arrival«, der erwarteten Ankunftszeit, lagen noch sechs Stunden und fünfundvierzig Minuten Flugzeit vor ihnen. Dann würden sie das Flugfeld Cachimbo erreichen und die Stelle, die Brasiliens Leiter der Spezialeinsatzkräfte für sie vorbereitet hatte. Mit »sterile LZ« meinte Evandro eine Landezone, in der Jaeger und seine Crew die Möglichkeit hatten, sich komplett von allen Giftstoffen zu reinigen und, sobald es angebracht war, auch das Flugzeug. Er schickte ihnen sogar irgendeine Form von Lufteskorte, um sie ins Ziel zu begleiten – aller Wahrscheinlichkeit nach zwei Kampfjets.

Alles verlief glatt und nach Plan.

Die nächste Stunde über gewannen sie stetig an Höhe, während der Airlander auf eine Reisehöhe von dreitausend Metern stieg. Je höher sie stiegen, desto dünner wurde die Atmosphäre und umso weniger Treibstoff benötigte das Luftschiff – was entscheidend dafür war, dass sie es bis nach Cachimbo schafften.

Schließlich stießen sie durch das obere Ende der Wolkendecke. Sonnenlicht strömte durch die Cockpitfenster. Erst jetzt konnte Jaeger einen Blick auf das grandiose Spektakel werfen, das sie geschaffen hatten – ein Luftschiff aus dem Weltraumzeitalter und der glatte Rumpf des Flugzeugs aus dem Zweiten Weltkrieg von unten fest dagegengeklemmt, flogen sie wie ein einzelnes Luftfahrzeug dahin.

Dank der abgerundeten Form des Airlanders ragten die Flügelspitzen der Ju 390 auf jeder Seite gute fünfzehn Meter hervor und verengten sich zu schmalen, messerförmigen Spitzen. Jaeger vermutete, dass die Flügel ihren eigenen Auftrieb produzierten, während der Airlander mit zweihundert Kilometern die Stunde dahinflog, und so dem Luftschiff halfen, ans Ziel zu kommen.

Da Narov in ihre Dokumente vertieft und Dale gänzlich auf seine Filmarbeiten konzentriert war, erwischte Jaeger sich dabei, dass er wenig zu tun hatte, außer die Aussicht zu genießen. Eine Decke flauschiger weißer Wolken streckte sich unter ihnen bis zum Horizont dahin, über ihnen stand der blaue Himmel offen da. Zum ersten Mal seit einer gefühlten Ewigkeit hatte er einen Augenblick Zeit, über all das nachzudenken, was geschehen war und was vor ihm liegen mochte.

Narov und ihre schockierenden Enthüllungen – dass sie seinen Großvater gekannt und mit ihm gearbeitet hatte; dass sie von ihm beinahe wie ein Familienmitglied behandelt worden war – waren etwas, worüber Jaeger ernsthafte Nachforschungen anstellen musste. Es eröffnete eine ganz neue Welt von Unwägbarkeiten. Sobald sie in Cachimbo wieder auf festem Boden standen – und wirklich sicher waren, wie sie es ausgedrückt hatte –, musste er ein langes Gespräch mit Irina Narov führen. Aber auf dreitausend Metern Höhe, durch Funkgeräte und Atemmasken hindurch war nicht wirklich der passende Rahmen dafür.

Jaegers oberste Priorität bestand darin, dass er herausfinden musste, wie genau er mit der Ju 390 und ihrer Fracht umgehen sollte. Sie flogen in einem Nazi-Flugzeug voll mit Hitlers Kriegsgeheimnissen, versehen mit U.S.-Air-Force-Markierungen, gefunden in einem Gebiet, das eindeutig zu Brasilien gehörte, jedoch ebenso gut bolivianisch oder peruanisch sein konnte – und geborgen hatte es ein internationales Expeditionsteam.

Die Frage war: Wer hatte hier rechtliche Ansprüche?

Jaeger vermutete, dass das wahrscheinlichste Szenario darin bestand, dass eine ganze Buchstabensuppe aus Geheimdiensten in Cachimbo einfallen würde, sobald sie von der Entdeckung erfuhren. Colonel Evandro war ein kluger Offizier, und er würde mit Sicherheit einen Teil des riesigen Luftkomplexes ausgewählt haben, der weitab von allen aufmerksamen Blicken lag – sowohl denen der Öffentlichkeit als auch denen der Presse.

Aller Wahrscheinlichkeit nach würden diese Geheimdienste verlangen – und zugestanden bekommen –, dass die Sache nicht in den Medien erschien, bis sie abgewogen hatten, welche Version der Geschichte sie der Weltöffentlichkeit präsentieren wollten. Jaegers Erfahrung nach wurden solche Dinge für gewöhnlich so gehandhabt.

Die amerikanische Regierung würde sämtliche Spuren wegwischen wollen, dass sie einen solchen Flug unterstützt hatten; und dasselbe galt für all ihre Verbündeten – insbesondere Großbritannien –, die zweifellos daran mitgewirkt hatten.

Wie Narov angedeutet hatte, war wenigstens ein Teil der Technologie im Frachtraum der Ju 390 höchstwahrscheinlich immer noch streng geheim, und ohne Zweifel würde er das auch weiterhin bleiben müssen. Er würde in dem Statement unerwähnt bleiben, mit dem man sich schließlich an die Welt wandte.

Aber Jaeger konnte sich die Art von Geschichte gut vorstellen, die schließlich in Druck gehen würde.

Nachdem sie siebzig Jahre vergessen im Dschungel lag, waren die Abzeichen auf dem Flugzeug des Zweiten Weltkriegs kaum noch lesbar – doch nur wenige derart mächtige Flugzeuge hoben jemals ab. Für die kühnen Abenteurer, die sie entdeckten, war die Maschine sofort als eine Junkers Ju 390 erkennbar, auch wenn sich kaum ein Mensch hätte vorstellen können, welche atemberaubende Fracht sie mit sich führte oder was sie uns über die letzten Todeszuckungen von Hitlers Nazi-Regime verraten könnte …

Kammler und seine Kumpane würden so dargestellt werden, als hätten sie versucht, ihre besten Technologien aus der Asche des »Dritten Reichs« zu retten – unabhängig von den Alliierten. Zumindest irgendetwas in der Richtung. Und was Wild Dog Medias Fernsehspektakel betraf: Dale filmte wie ein Verrückter und war sich offensichtlich bewusst, dass er hier die Story seines Lebens vor sich hatte.

Als eine packende Mystery-Abenteuer-Geschichte, die erfolgreicher werden würde als *Indiana Jones*, wäre das Filmchen ziemlich passabel, dachte Jaeger. Ihm lag nicht viel daran, die Figur von Harrison Ford zu spielen, aber Dale hatte ziemlich viel Interviewmaterial von ihm auf der Festplatte.

Was gefilmt war, war gefilmt, und Jaeger konnte die bereinigte Fernsehversion vor sich sehen – eine, die die Dinge schönredete, zumindest einige der Inhalte des Flugzeugs, ganz zu schweigen von den U.S.-Air-Force-Abzeichen, bevor sie auf Sendung ging. Ja wirklich, er konnte sich die Sache als packende Fernsehgeschichte vorstellen.

Die eine andere Sache, die zweifelsfrei aus Dales Film rausgeschnitten werden müsste, war die Dunkle Streitmacht, die sie gejagt hatte. Die Geschichte hatte ausreichend Dramatik mit »vergessenen Stämmen« und der vergessenen Welt des Dschungels, die es einzubauen galt – beides Dinge, die deutlich verträglicher für ein Familienpublikum waren.

Jaeger vermutete, dass die Dunkle Streitmacht die Jagd nun

abblasen musste – nachdem sie ihr Ziel nicht mehr erreichen konnten. Doch angesichts der Tatsache, dass sie mindestens eine Predator und eine schwer bewaffnete Bodentruppe zur Verfügung hatte, bezweifelte er nicht, dass der Feind irgendeine US-gestützte, geheime Organisation war, die auf eigene Faust operierte.

Wenn man derartig viele geheime Organisationen und Operationen legitimierte, ihnen absolute Macht gab und keinerlei Kontrolle unterstellte, dann waren solche Entwicklungen zu erwarten.

An irgendeinem Punkt, irgendwo, musste man die Kontrolle verlieren, und eine dieser Organisationen würde einfach die Grenze überschreiten.

80

Selbst wenn der Anführer der Dunklen Streitmacht die Jagd abgebrochen hatte, so konnte Jaeger das leider nicht tun. Sein Instinkt hatte sich als zielsicher erwiesen: Am Ende der Spur seiner Expedition, das wusste er, würde er Andy Smiths Mörder festnageln. Jaeger war sich sicher, dass Smith gefoltert und in den Tod gestürzt worden war, damit die Dunkle Streitmacht als Erstes an diesem Flugzeug eintraf.

Jaeger hatte zwei weitere Mitglieder seines Teams, Clermont und Krakow, an dieselbe Dunkle Streitmacht verloren. Er hatte eine Rechnung zu begleichen – wenigstens mit demjenigen, der die Folter und Hinrichtung seines besten Freundes und anschließend zweier seiner Expeditionsmitglieder angeordnet hatte. Wie er es Dulce geschworen hatte, in dem, was einst ihres und Andys Familienheim in Wiltshire gewesen war, ließ er seine Freunde nicht im Stich.

Doch zuerst musste er den Rest seines Teams – angeführt von Alonzo Lewis – sicher aus der Serra de los Dios führen, was bedeutete, er hatte einen logistischen Albtraum vor sich. Und zwischen alldem musste er irgendwie die Zeit finden, um nach den Antworten zu suchen, die er am meisten wollte – *brauchte* –, die ihn vielleicht zu seiner vermissten Frau und seinem Sohn führen würden.

Er verspürte eine nagende Überzeugung, dass Ruth und Luke am Leben waren. Er hatte keine eindeutigen Beweise – nur die Erinnerungen, die von einem psychotropischen Getränk wiedererweckt worden waren –, aber dennoch war er überzeugt, dass die Hinweise auf ihr Schicksal irgendwo in diesem Flugzeug lagen.

Ein Tippen auf seine Schulter riss ihn aus seinen Gedanken. Es war Dale.

Der Kameramann schenkte ihm ein erschöpftes Lächeln. »Ich dachte, Sie könnten mir ein paar Worte sagen? Irgendwie zusammenfassen, wie es sich anfühlt, jetzt hier zu sitzen, im Cockpit dieses Flugzeugs, und hinauszufliegen, um es der Welt zu zeigen?«

»Okay, aber halten wir es kurz.«

Dale richtete das Bild ein, als Jaeger bemerkte, wie Narovs Kopf am Navigatorsitz plötzlich hochfuhr. Die letzten Fenster des nach hinten geschwungenen Cockpits gaben den Blick nach draußen über die Seiten des Flugzeugs hinweg frei, und sie starrte angestrengt durch das Fenster direkt vor ihr.

»Wir haben Gesellschaft«, erklärte sie. »Drei Black-Hawk-Helikopter.«

»Colonel Evandros Eskorte«, erwiderte Dale. »Sie muss es sein.« Er sah zu Jaeger. »Nur einen Moment. Warten Sie mit dem Interview, bis ich ein paar Bilder habe.«

Dale ging hinüber zur anderen Seite des Flugzeugs und begann zu filmen. Jaeger folgte ihm.

Tatsächlich hielten drei gedrungene schwarze Hubschrauber das Tempo des Airlanders, vielleicht hundertfünfzig Meter entfernt auf der Steuerbordseite. Während Jaeger sie beobachtete, erschien es ihm, als würde etwas fehlen. Die Helis waren mit irgendeiner Art mattschwarzem Tarnmaterial angestrichen, und keiner von ihnen trug irgendwelche Markierungen.

Die brasilianische Luftwaffe besaß ein paar Black Hawks. Vielleicht hatten sie eine Flotte nicht markierter Stealth-Modelle, aber das hier lag weit jenseits dessen, was Jaeger erwartet hatte. Er hätte damit gerechnet, dass Colonel Evandro einige schnelle Jets aus Cachimbo losgeschickt hatte – höchstwahrscheinlich F16 –, um sie mit fliegenden Fahnen nach Hause zu bringen.

Nicht gekennzeichnete Black Hawks hingegen ergaben für Jaeger keinen Sinn.

Auch wenn der Black Hawk schwer bewaffnet war, war er vornehmlich ein Truppentransporter, und er besaß nicht annähernd die Reichweite, um es zum Cachimbo-Luftstützpunkt zu schaffen. Die Einsatzreichweite des Helis lag bei weniger als sechshundert Kilometern, nicht einmal die Hälfte von dem, was nötig war.

Auf keinen Fall, dachte Jaeger, war das hier Evandros Eskorte.

Er drehte sich zu Narov um. Ihre Blicke trafen sich.

Jaeger schüttelte besorgt den Kopf. *Da stimmt was nicht.*

Narov erwiderte die Geste.

Er schaltete das Thuraya-Satellitentelefon ein und rief Raff an. Die Funkstille aufrechtzuerhalten, war inzwischen irrelevant. Entweder war dies eine freundliche Eskorte, was bedeuten würde, dass sie in Sicherheit waren, oder sie waren von einem feindlichen Trupp aufgespürt worden. Was es auch war – es hatte wenig Zweck, sich weiterhin verstecken zu wollen.

In der Sekunde, in der das Telefon ein Signal hatte, hörte Jaeger das Freisignal, gefolgt von einer sofortigen Annahme. Doch es war nicht Raffs Stimme, die aus der Leitung kam. Stattdessen hörte er etwas, das klang wie ein eingehender Funkspruch von demjenigen, der die seltsame Flotte von Black Hawks anführte. Raff nutzte die Thuraya-Verbindung, um die Nachricht an Jaeger und sein Team weiterzuleiten.

»Hier ist der ungekennzeichnete Black Hawk für den Airlander auf der Notfrequenz«, tönte die Stimme. »Bestätigen Sie, dass Sie mich empfangen. Dies ist der ungekennzeichnete Black Hawk für den Airlander: Bestätigen Sie.«

»Notfrequenz« bezeichnete die nicht verschlüsselte, allgemeine Funkfrequenz, die alle Flugzeuge überwachten. Seltsamerweise klang die Stimme des Piloten, als hätte sie einen leichten osteuropäischen – russischen – Klang, den flachen, kehligen Akzent, der Jaeger automatisch an … Narovs Art zu sprechen erinnerte.

Narov saß wie gebannt vor der Stimme, die aus dem Satellitentelefon drang, doch nur für einen Sekundenbruchteil huschte ihr Blick herüber, um Jaegers zu treffen. Und er entdeckte darin etwas, das er niemals zu sehen erwartet hätte.

Angst.

81

Jaeger tippte ein schnelles Datenbündel ein. *Ich höre live mit.*

In der Sekunde, in der er es abgeschickt hatte, erklang die harsche Stimme des großen Maori durch den Äther. »Black Hawk, hier spricht Airlander. Bestätigen, wir hören Sie.«

»Mit wem spreche ich?«, fragte der Black-Hawk-Kommandeur.

»Takavesi Raffara, Einsatzoffizier, Airlander. Mit wem spreche ich?«

»Mr. Raffara, ich stelle die Fragen. Ich halte alle Trümpfe in der Hand. Holen Sie Mr. Jaeger ans Gerät.«

»Negativ. Ich bin der Einsatzoffizier dieses Flugschiffs. Jeglicher Funkkontakt läuft über mich.«

»Ich wiederhole, geben Sie mir Mr. Jaeger.«

»Negativ, jede Kommunikation läuft über mich«, wiederholte Raff.

Jaeger sah, wie der vorderste Black Hawk das Feuer eröffnete, und zwar mit seiner GAU-19, einer Furcht einflößenden sechsläufigen Gatling-Gun mit Kaliber .50 Munition. Während des dreisekündigen Feuerstoßes wurde die Luft unter dem Hubschrauber schwarz von ausgestoßenen Hülsen. In diesen drei kurzen Sekunden hatte das Geschütz mehr als hundert panzerbrechende Kugeln abgefeuert, jede davon so groß wie das Handgelenk eines kleinen Kindes.

Der Feuerstoß hatte gut dreihundert Meter vor dem Flugdeck die Luft durchschnitten, aber die Nachricht, die er überbrachte, war glasklar: Wir haben die Möglichkeit, sie Hunderte Male in kleine Fetzen zu schießen.

»Die nächste Salve wird mitten in Ihre Gondel gehen«,

drohte der Black-Hawk-Kommandeur. »Geben Sie mir Jaeger.«

»Negativ. Ich habe Jaeger nicht an Bord meines Luftschiffs.«

Raff wählte seine Worte mit Bedacht. Technisch betrachtet stimmte es: Jaeger war nicht an Bord des Airlanders.

»Hören Sie mir sehr sorgfältig zu, Mr. Raffara. Mein Navigator hat eine Lichtung ausgemacht, 150 Kilometer östlich, Koordinaten 497865. Sie werden an diesen Koordinaten landen. Und verstehen Sie mich nicht falsch: Nachdem Sie das getan haben, werde ich jedes Mitglied Ihrer Besatzung sehen wollen. Bestätigen Sie, dass Sie meine Anweisungen verstanden haben.«

»Einen Augenblick.«

Jaeger hörte das Piepen einer eingehenden Nachricht auf seinem Satellitentelefon: *Antwort?*

Er tippte etwas ein: *Wenn wir landen, sind wir alle tot. Wir alle. Nicht zustimmen.*

Raffs Stimme erklang wieder über Funk. »Black Hawk, hier Airlander. Wir bleiben auf unserem aktuellen Kurs. Wir sind ein internationales Team auf einer zivilen Expedition. Mischen Sie sich nicht – ich wiederhole: nicht – in diesen Flug ein.«

»In dem Falle sollten Sie einen guten Blick auf die offene Tür unseres vordersten Hubschraubers werfen«, erwiderte der Black-Hawk-Kommandeur. »Sehen Sie die Person in der Öffnung? Das ist einer Ihrer geliebten Indios. Und als Bonus haben wir einige Ihrer Teammitglieder bei uns.«

Jaegers Gedanken rasten. Der Feind musste eine der Gruppen überrannt haben, die die Hinterhalte durchgeführt hatten, und wenigstens eine Person gefangen genommen haben. Anschließend wäre es ein Leichtes gewesen, sie in einen Hubschrauber zu stecken, da die ehemalige Ruhestätte der Ju 390 eine praktische Landezone darstellte.

»Ich denke, einige von euch kennen diesen Wilden«, sagte der Black-Hawk-Kommandeur gehässig. »Sein Name bedeutet ›das große Schwein‹. Sehr passend. Jetzt seht zu, wie er fliegt.«

Sekunden später stürzte eine Gestalt wie ein Strichmännchen aus dem vordersten Hubschrauber.

Selbst aus dieser Entfernung konnte Jaeger sehen, dass es ein Amahuaca-Krieger war, der tonlos schrie, als er fiel. Er wurde schnell von den Wolkenmassen verschluckt, aber nicht bevor Jaeger überzeugt war, die Halskette aus Federn erkannt zu haben, die ihm um den Hals hing – die *Gwyrag'waja*. Jede Feder symbolisierte einen im Kampf getöteten Feind.

Er spürte einen gleißenden Sturm des Zorns über sich hinwegfegen, als der Körper, der nur Puruwehuas Bruder gehören konnte, außer Sicht stürzte. Gwaihutiga hatte Jaeger das Leben auf der Hängebrücke gerettet, und jetzt war er mit großer Wahrscheinlichkeit in den Tod gestoßen worden, weil Jaeger und sein Team versuchten, ihre eigene Haut zu retten. Jaeger hämmerte mit der Faust gegen die Flugzeugwand, seine Gedanken ein Übelkeit erregender Tornado aus Wut und Frustration.

»Ich habe noch etliche weitere dieser Wilden«, fuhr der Black-Hawk-Kommandeur fort. »Jede Minute, die Sie nicht zustimmen, Ihren Kurs zu ändern und die Koordinaten 497865 anzufliegen, wird ein weiterer in den Tod gestoßen. Oh, und Ihr Expeditionsteam wird ihnen anschließend folgen. Tun Sie wie befohlen. Ändern Sie den Kurs. Eine Minute ab jetzt.«

»Einen Augenblick.«

Erneut piepte Jaegers Telefon mit einer Nachricht: *Antwort?*

Jaeger schaute zu Dale und Narov: Was zur Hölle sollte er sagen? Wie zur Antwort, wedelte Narov mit der Ledertasche voller Dokumente.

»Es gibt etwas in diesem Flugzeug, das sie haben wollen«, erklärte sie. »Etwas, das sie brauchen. Sie können uns nicht abschießen.«

Jaegers Hand schwebte über der Tastatur des Thuraya, während er sich zwang, das zu tippen, von dem er wusste, dass er es schreiben musste. Begleitet von einer Welle bitterer Übelkeit aus den tiefsten Tiefen seiner Eingeweide, tippte er die Nachricht: *Sie brauchen das Flugzeug intakt. Werden uns nicht abschießen. Nicht fügen. Nicht zustimmen.*

»Wir bleiben auf dem geplanten Kurs«, drang Raffs Stimme aus dem Funkgerät. »Und seien Sie gewarnt: Wir filmen jede Ihrer Handlungen und übertragen die Bilder live auf einen Server, von wo aus sie ins Internet geladen werden.« Das war nicht vollständig wahr, aber es war ein klassisches Beispiel für Raffs Talent für Improvisation und Bluffs. »Sie werden gefilmt und werden für Ihre Verbrechen belangt und angeklagt …«

»Bullshit«, unterbrach ihn der Kommandeur. »Wir sind eine Gruppe nicht markierter Black Hawks. Verstehen Sie es nicht, Arschloch? Wir sind mehr als unantastbar. Wir – existieren – nicht. Glauben Sie, Sie könnten Gespenster für Kriegsverbrechen anklagen? Arschloch. Ändern Sie den Kurs wie befohlen oder akzeptieren Sie die Konsequenzen. Das Blut klebt an Ihren Händen …«

Ein weiteres Strichmännchen stürzte aus dem Hubschrauber.

Während der Mann durch den Himmel stürzte, versuchte Jaeger, den Gedanken zu verdrängen, wie Puruwehua in den Dschungel tief unter ihnen stürzte. Es war unmöglich, genau zu erkennen, welchen Indio die Besatzung des Black Hawks hinausgeworfen hatte, aber Tod war Tod; Mord war Mord.

Wie viel Blut würde an seinen Händen kleben?

»So weit, so gut«, fuhr der Black-Hawk-Kommandeur

fort. »Wir haben zwei aus unserem Indio-Kontingent verbraucht. Einen haben wir noch. Werden Sie meinen Befehlen Folge leisten, Mr. Raffara, oder muss der Letzte auch noch fliegen lernen?«

Von Raff kam keine Antwort. Wenn sie den Kurs änderten und den Airlander – sowie die Ju 390 – an den befohlenen Koordinaten landeten, waren sie erledigt. Das wussten sie beide. Während ihres Krav-Maga-Trainings hatte man Raff und Jaeger die zwei Befehle gelehrt, denen sie sich immer widersetzen mussten: Der eine war ein Ortswechsel; der andere war, sich fesseln zu lassen. Beide waren die Einleitung zu einer Katastrophe. Einem solchen Befehl zu gehorchen, würde für niemanden ein gutes Ende nehmen.

Jaeger wendete den Blick ab, als ein dritter Mann durch den sonnendurchfluteten Himmel stürzte, hilflos mit den Armen wedelnd, als er versuchte, sich an der dünnen Luft festzuhalten. Eine Erinnerung blitzte durch Jaegers Kopf: Es war Puruwehua, der ihm erzählte, wie er wie der *Topena* geflogen war, der große weiße Falke, der über die Berge stieg.

Ich bin so hoch wie der Topena geflogen, hatte Puruwehua ihm erzählt. *Ich bin über weite Ozeane und zu fernen Bergen geflogen.*

Die Erinnerung quälte Jaeger beinahe stärker, als er ertragen konnte.

»Also, Mr. Raffara – nun kommen wir zum wirklich interessanten Teil. Akt zwei – Ihre geliebten Teammitglieder. Als Erstes schauen Sie zu der Person in der offenen Tür. Sie macht nicht den Eindruck, scharf darauf zu sein, fliegen zu lernen. Ändern Sie Ihren Kurs zu den angegebenen Koordinaten, oder sie kriegt ihr Einweg-Ticket ins Splattergeddon.« Der Black-Hawk-Kommandeur lachte über seinen eigenen Witz. »Eine Minute, ab jetzt …«

Jaegers Telefon piepte. *Antwort?*

Jaeger sah den Schopf weißblonder Haare in der Sonne glitzern, als eine Gestalt an den Rand der offenen Hubschraubertür gedrängt wurde. Auch wenn Jaeger überzeugt davon war, dass Stefan Kral der Verräter in ihrer Gruppe gewesen war, konnte er sich nicht vollständig sicher sein, und der Gedanke an Krals junge Familie zu Hause in Luton sorgte dafür, dass seine Eingeweide sich noch stärker zusammenzogen.

Er zwang sich selbst dazu, eine Antwort zu tippen. *Warne sie, dass CE schnelle Jets unterwegs hat. Er muss weiterreden.*

»Wir bleiben auf dem geplanten Kurs«, erklang Raffs Stimme über Funk. »Und seien Sie gewarnt – wir haben eine Eskorte schneller brasilianischer Air-Force-Jets unterwegs zu …«

»Wir wissen alles über Ihre Freunde bei der B-SOB«, unterbrach ihn der Black-Hawk-Kommandeur. »Sie denken, Sie haben Freunde ganz weit oben!« Er lachte. »Sie würden nicht glauben, wo *wir* Freunde haben. Wie dem auch sei, das Flugzeug des Colonels ist noch mindestens neunzig Minuten entfernt. Folgen Sie meinen Anweisungen, oder es werden noch mehr sterben.«

»Negativ«, wiederholte Raff. »Wir bleiben auf dem geplanten Kurs.«

»Nun, dann bringe ich meinen Hubschrauber mal etwas dichter«, kündigte der Black-Hawk-Kommandeur an. »Auf die Art können Sie Ihrem Freund eine gute Reise wünschen.«

Die drei Hubschrauber kamen näher, weiterhin fest in ihrer engen Formation, bis sie nicht mehr als zweihundertfünfzig Meter vom Airlander und der Ju 390 entfernt waren. Als sie auf Position waren, wurde die unverkennbare Gestalt des slowakischen Kameramanns an den äußersten Rand der offenen Black-Hawk-Tür gedrängt.

»Letzte Chance«, raunte der Kommandeur. »Ändern Sie Ihren Kurs wie befohlen.«

»Negativ«, wiederholte Raff. »Wir bleiben auf unserem geplanten Kurs.«

Sekunden später wurde Stefan Kral hinausgestoßen.

Als sein Körper der Erde entgegenstürzte und wie ein Rad durch den blauen Himmel trudelte, konnte Jaeger hören, wie Dale hinter ihm auf den Boden kotzte. Jaeger selbst fühlte sich entzweigerissen.

Verräter oder nicht, das war keine Art, um irgendein Leben – schon gar nicht das eines jungen Vaters – zu beenden.

82

»Gratuliere, Mr. Raffara«, verkündete der Black-Hawk-Kommandeur. »Sie hatten das Vergnügen, vier Ihrer Freunde sterben zu sehen. Also, der letzte Kandidat für den Todesritt – ist Ms. Leticia Santos! O ja – und wir wissen alle, wie diese brasilianischen Ladys es lieben zu reiten. Ändern Sie Ihren Kurs, Mr. Raffara. Befolgen Sie meine Anweisungen. Oder der Tod der entzückenden Ms. Santos wird Sie für den Rest Ihrer Tage verfolgen.«

Das Satellitentelefon piepte. *Antwort?*

Jaeger starrte das Display an, sein Verstand wirbelte mit rasender Geschwindigkeit. Wie auch immer er die Sache betrachtete, er hatte keinerlei Optionen mehr. Das Töten musste ein Ende finden. Er würde Leticia nicht den Wölfen zum Fraß vorwerfen. Aber welche Alternative gab es?

Unwillkürlich hob er die freie Hand zu dem *Carnivale*-Schal, den er sich um den Hals gebunden hatte. Plötzlich huschte ihm eine Idee durch den Kopf und kehrte zurück, um sich klarer in seinem Bewusstsein zu verankern. Es war eine verrückte, unorthodoxe Idee, aber jetzt gerade war es vermutlich die beste, die er hatte.

Er tippte eine Nachricht in die Tastatur des Thuraya. *Tu so, als würdest du einknicken. Ändere Kurs. Halte dich bereit.*

Raffs Stimme kam aus dem Funkgerät. »Bestätige, wir befolgen Ihre Anweisungen. Ändern Kurs auf 0845 Grad. ETA zu den angegebenen Koordinaten in fünfzehn – wiederhole: eins-fünf – Minuten.«

»Exzellent, Mr. Raffara. Ich freue mich zu sehen, dass Sie allmählich lernen, wie Sie Ihre Leute am Leben halten können …«

Jaeger wartete nicht, bis er das letzte Wort gehört hatte. Er packte Narov, entriegelte die Tür, die in den Frachtraum der Ju 390 führte, und sprintete zu einer der Frachtkisten, die am Ende des im Schatten liegenden Hecks des Flugzeugs lag.

Er beugte sich über die lange Kiste, in der die schultergestützten *Fliegerfaust*-Raketen lagen. Er griff nach seinem Messer, bevor ihm wieder einfiel, dass er es Puruwehua geschenkt hatte. Eine Sekunde später hockte Narov neben ihm und stürzte sich mit ihrer Achtzehn-Zentimeter-Fairbairn-Sykes-Klinge auf die Kiste.

Das dicke Seil, das die Kiste zusammenhielt, fiel ab, und nachdem Narov mit ihrem Messer die Nägel herausgehebelt hatte, zogen die beiden den hölzernen Deckel zur Seite.

Sie griffen hinein und hoben den ersten der beiden eingepackten Raketenwerfer heraus. Er war überraschend leicht. Aber es war nicht das Gewicht, das Jaeger im Augenblick Sorge bereitete; es war der Mechanismus der Waffe. Die meisten modernen schultergestützten Raketenwerfer nutzten ein batteriebetriebenes elektronisches Abschusssystem. Falls die *Fliegerfaust* etwas Ähnliches besaß, wären die Batterien längst leer, und damit wären sie erledigt.

Jaeger setzte darauf, dass der Raketenwerfer mit einem einfachen mechanischen System bedient wurde, denn dann wäre er noch zu benutzen. Er suchte mit dem Blick den vorderen Handgriff ab, dann den Auslösemechanismus am hinteren Ende. Er packte sich den Werfer auf die Schulter und legte das Auge gegen den kalten Stahl der Zielvorrichtung: Sie bestand aus einer einfachen Metallschiene, die schnurgerade an der Oberfläche der Waffe entlanglief und die man aufs Ziel richtete.

Genau wie er es gehofft hatte, funktionierte die *Fliegerfaust* zu hundert Prozent mechanisch. Die Raketenwerfer waren gut geölt gelagert worden, und es schien kein Fleckchen Rost an ihnen zu sein. Selbst die vielen Läufe schienen sauber und absolut schmutzfrei zu sein. Nach siebzig Jahren in einer Kiste gab es keinen Grund, weswegen sie nicht wunderbar funktionieren sollten.

Narov griff in die Kiste und holte eines der neunschüssigen Raketensets heraus. Jeder der neun Schüsse bestand aus einem 20-mm-Projektil, das etwa zwanzig Zentimeter lang war. Während Jaeger die Waffe ruhig hielt, lud sie die Munition von hinten in die Läufe. Jeder Schuss gab ein hohles, saugendes *Klunk* von sich, als er einrastete.

»Wenn Sie abdrücken, feuert sie zwei Salven«, erklärte Narov, die Stimme angespannt vor Dringlichkeit. »Eine aus vier Schuss und eine aus fünf, weniger als eine Sekunde später.«

Jaeger nickte. »Wir brauchen beide Werfer geladen und bereit. Können Sie den zweiten bedienen?«

Narovs Augen blitzten mordlüstern auf. »Mit Vergnügen. Sie hatten recht, Ihnen den Spitznamen ›Der Jäger‹ zu geben.«

Sie bereiteten den zweiten Werfer vor und gingen dann hinüber zur Ladetür am Ende der Ju 390. Nur eine knappe Stunde zuvor hatte Jaeger sie in Vorbereitung für den Start geschlossen. Er hätte sich nicht vorstellen können, dass er sie so bald wieder würde öffnen müssen, schon gar nicht für die Art von Aktion, die er jetzt plante.

Er nahm sein Thuraya und tippte eine Nachricht. *Greifen Black Hawks vom Heck des Flugzeugs aus an. Werden nicht Santos' Hubschrauber treffen. Halte dich bereit.*

Sein Telefon piepte einmal. *Verstanden.*

Jaeger sah zu Narov. »Sind Sie so weit?«

»Bin ich«, bestätigte Narov.

»Ich nehme mir die Maschine auf neun Uhr vor, Sie die auf drei Uhr. Treffen Sie nicht Santos' Hubschrauber.«

Narov nickte knapp.

»Sobald wir die Türen aufstoßen«, fügte Jaeger hinzu, »schießen Sie.«

Er griff nach vorn und entriegelte die Frachttür. Dann setzte er sich auf den Boden des Flugzeugs und stemmte seine Stiefel gegen die Wand. Narov tat es ihm gleich. Jaeger war felsenfest davon überzeugt, dass der Black-Hawk-Kommandeur wusste, dass Leute an Bord der Ju 390 waren.

Er würde es gleich besser wissen.

»JETZT!«

Jaeger trat kraftvoll zu, ebenso wie Narov. Die Türen flogen auf, und Jaeger erhob sich auf ein Knie, die Fliegerfaust bereit auf seiner Schulter. Der dichteste Black-Hawk-Helikopter war weniger als zweihundert Meter entfernt. Jaeger brachte sein einfaches Eisenvisier in eine Linie mit dem Cockpit, stieß ein kurzes Gebet aus, dass der Raketenwerfer funktionieren möge, und drückte ab.

Vier Raketen zischten los. Die Explosion der Zündung jagte eine feurige Wolke dichter Gase und Dämpfe in den Laderaum der Ju 390. Jaeger behielt sein Ziel im Visier, und einen Sekundenbruchteil später rasten die fünf verbleibenden Projektile ihrem Ziel entgegen. Neben ihm feuerte Narov ihre Waffe ab, und neun Raketen flogen Feuer speiend durch den Himmel auf den zweiten Black Hawk zu.

Panzerbrechend und hochexplosiv, wurde jede Rakete von einer Reihe winziger Löcher stabilisiert, die um ihr hinteres Ende herum in die Hülle gebohrt waren. Ein winziger Teil des Abgasstrahls wurde durch diese Löcher geleitet und versetzte das Projektil in eine Drehung um seine eigene Achse. Es war diese Drehung, die sicherstellte, dass die Rakete gerade auf ihr Ziel zuflog – auf dieselbe Art, auf die die Kugel aus einer Pistole durch die Rillen im Lauf in eine Drehung versetzt wurde.

Jaeger sah fünf seiner Raketen am Black Hawk vorbeifliegen, vier allerdings fanden ihr Ziel. Die 22-mm-Projektile stießen graue Rauchwolken entlang der Flanke des Hubschraubers aus, als die panzerbrechenden Spitzen durch die Metallhaut glitten. Den Bruchteil einer Sekunde später detonierten die hochexplosiven Ladungen und füllten das Innere des Hubschraubers mit einem Sturm aus brennend heißen, schartigen Schrapnellen.

Die Druckwelle drückte die Windschutzscheibe des Cockpits heraus und zerschmetterte die Seitenscheiben, während die Schrapnelle die Körper der Insassen zerfleischten. Augenblicke später drehte der Hubschrauber vom Kurs ab und fiel in einen steilen Sturz, auf dem er eine Säule zornig grauen Rauchs hinter sich herzog.

Hinter ihm hatte es Ziel Nummer zwei sogar noch schwerer erwischt. Im Augenblick der größten Not hatte sich der Scharfschütze – *Attentäter?* – in Narov nach vorne gedrängt. Acht ihrer Raketen hatten eingeschlagen, nur ein einsames Projektil zischte am Ziel vorbei.

Wenigstens eine der 22-mm-Raketen musste den Tank des Black Hawks erwischt haben. Voll genug, um einen 600-Kilometer-Einsatz zu absolvieren, gab es darin jede Menge Treibstoff zum Brennen. Eine Säule aus wütend lodernden orangen Flammen stieg aus dem Helikopter, und einen Augenblick später löste er sich in einem riesigen, gleißenden Feuerball auf.

Jaeger spürte die Hitze der Explosion über sich hinwegfegen, während Reihen aus brennenden Schrapnellen aus der Mitte der Explosion herausschossen. Einen Augenblick lang schien die sengende Feuersbrunst den Airlander über ihnen zu bedrohen, doch dann taumelten die Schwärme brennender Trümmer der Wolkenbank unter ihnen entgegen und fielen aus ihrem Blickfeld.

Der zerbombte Kadaver des zweiten Black Hawks stürzte zur Erde wie ein Stein. Alles, was von den beiden Hubschraubern übrig blieb, war eine schwarze Rauchwolke, die auf der heißen Tropenluft nach oben stieg.

Nun waren es nur noch ein Black Hawk und die Airlander/Ju 390, die durch den Himmel rasten.

Der übrig gebliebene Black Hawk flog eine scharfe Kurve und brachte eine sichere Distanz zwischen sich und alle weiteren Raketensalven. Nicht dass Jaeger und Narov eine weitere davon hätten entfesseln können: Sie hatten keine *Fliegerfaust* mehr übrig. Aber es wäre auch egal gewesen; Leticia Santos war an Bord dieses Hubschraubers, und Jaeger war nicht gewillt, auch ihr Leben zu opfern.

»Mr. Raffara, Sie werden sich wünschen, das nicht getan zu haben!«, schrie eine Stimme, wild vor Zorn. »Jetzt werde ich Ihnen Ihre Antriebe wegpusten!«

»Wenn Sie das tun, stürzen wir ab«, konterte Raff, »und mit uns Ihr kostbares Flugzeug. Es wird in den Dschungel krachen und …«

Eine Salve tödlich präzisen Feuers aus der GAU-19 des letzten Hubschraubers übertönte Raffs Worte. Die Kugeln durchschnitten den vorderen Steuerbordantrieb des Airlanders. Als sie das taten, spürte Jaeger, wie die Ju 390 schwer nach rechts torkelte, als einer der vier großen Rotoren des Luftschiffes in Stücke zerfetzt wurde.

Im Inneren des Airlanders würde die Crew darum kämpfen, ihn mit drei Rotoren in der Luft zu halten, würde die Antriebsrichtungen und Drehgeschwindigkeiten anpassen, im Versuch, die Ladung des Luftschiffs wieder zu stabilisieren, während sie Helium zwischen den drei riesigen Hüllen des Luftschiffs hin und her pumpten.

»Airlander an Black Hawk«, kam Raffs Stimme aus dem Funk. »Wenn Sie noch einen Antrieb ausschalten, sind wir mit dieser Ladung nicht länger flugtauglich und werden gezwungen sein, die Ju 390 abzuwerfen. Dreitausend Meter direkt nach unten. Ziehen Sie sich, verdammt noch mal, zurück.«

»Ich glaube nicht«, gab der Black-Hawk-Kommandeur zurück. »Sie haben Leute an Bord des Flugzeugs, und ich glaube wirklich nicht, dass Sie sie fallen lassen. Folgen Sie meinen Anweisungen, oder ich schieße eine zweite Turbine in Stücke.«

Eine Nachricht erschien piepend auf Jaegers Thuraya: *Antwort?*

Jaeger wusste nicht, was er antworten sollte.

Jetzt hatten sie wirklich auch die letzte Option aufgebraucht.

Ein Patt.

83

Zum dritten Mal spie das GAU-19 des Black Hawks Feuer.

Eine grimmige Salve bohrte sich in den hinteren Backbordantrieb. Jaeger und Narov waren inzwischen wieder im Cockpit und spürten, wie die Ju 390 einen Übelkeit erregenden Sprung nach links machte, als ein zweiter Propeller ausfiel.

Für einige panische Sekunden kämpfte das riesige Luftschiff darum, sich auszubalancieren. Die beiden restlichen Antriebe, die sich diagonal gegenüberlagen, mühten sich, die nun unmöglich zu bewältigende Ladung irgendwie gerade zu halten. Doch als der Airlander sich schließlich irgendwie stabilisiert hatte, wurde klar, dass ihm die Kraft fehlte, das Gewicht zu halten.

Beinahe sofort begann die Geschwindigkeit des Luftschiffs dramatisch abzufallen. Hinzu kam, dass es an Höhe verlor. Mit der Ju 390 an seinen Bauch geschnallt, sank es in die Katastrophe.

Der Black Hawk wechselte die Position, fiel zurück und verschwand aus dem Blickfeld derjenigen, die im Cockpit der Ju 390 saßen. Jaeger glaubte keine Sekunde, dass der Kommandant den Angriff abgeblasen hatte. Was zur Hölle hatte er als Nächstes vor?

Eine Nachricht erschien piepend auf dem Thuraya. *BH bewegt sich hinter euch. Nähert sich eurer linken Flügelspitze. Versuch, euer Flugzeug zu kapern???*

Jaeger starrte auf die Nachricht. Der Black Hawk tat *was*?

Er sah aus dem linken Fenster.

Und tatsächlich, der Hubschrauberpilot war dabei, die Seitentür seines Black Hawks Millimeter für Millimeter dichter an die Flügelspitze der Ju 390 zu bringen. Jaeger konnte ein Dutzend schwer bewaffneter Männer sehen, die sich an der Tür zusammendrängten, gekleidet in schwarze ABC-Anzüge und Atemmasken.

Er spürte Narov, die neben ihm erschien. »Sollen sie es versuchen!«, zischte sie, als sie die schwarz gekleideten Männer erblickte.

Einen Wimpernschlag später packte sie ihr Dragunow-Scharfschützengewehr, bereit, jeden umzupusten, der versuchte, an Bord der Ju 390 zu kommen.

»Nicht!« Jaeger drückte den Lauf ihrer Waffe runter. »Im Augenblick haben sie nicht die geringste Ahnung, wo wir sind. Wenn Sie schießen, dann beharken die das Cockpit. Die schießen uns in Stücke.«

»Dann lassen Sie mich den Piloten ausschalten!«, widersprach Narov. »Wenigstens das!«

»Dann übernimmt der Copilot, und sie zerfetzen uns immer noch. Und Santos ist an Bord dieses Hubschraubers.«

»Manchmal muss man ein Leben nehmen, um eines zu retten«, erwiderte Narov kalt. »Oder, wie in diesem Falle, ein Leben nehmen, um *viele Leben* zu retten.«

»Nein!« Jaeger schüttelte heftig den Kopf. »Nein! Es muss einen besseren Weg geben.«

Verzweifelt suchte er das Cockpit ab, bis sein Blick auf einem Haufen staubiger Bündel zum Stehen kam, die unter dem Sitz des Navigators verstaut waren. Jeder davon war mit einem deutschen Wort beschriftet: *Fallschirm*. Und auch wenn er die Sprache nicht beherrschte, hatte er eine sehr gute Vorstellung davon, was sich darin befand. Er griff hinüber und nahm sich einen.

Tu das Unerwartete.

Er wedelte damit in Narovs Richtung, um sich zu vergewissern. »Fallschirme, oder?«

»Ja«, bestätigte sie. »Aber …?«

Jaeger warf einen Blick aus dem Fenster. Die Geschwindigkeit der Ju 390 war dramatisch gefallen, und er sah die erste schwarz gekleidete Gestalt aus der offenen Hubschraubertür auf die Tragfläche springen, wo sie gehockt landete. Kurz darauf folgte ihr die zweite Gestalt, und sie begannen, in einem tiefen Entengang die Tragfläche entlangzukriechen.

Jaeger stieß Narov das Fallschirmbündel in die Arme und warf ein zweites zu Dale hinüber, während er sich selbst ein drittes nahm.

»Zieht sie über«, rief er. »Und hoffen wir, dass sie, wie die meisten Produkte der Deutschen, für die Ewigkeit gemacht sind!«

Während sie sich in das Geschirr des Fallschirms zwängten, erschien eine Nachricht auf dem Thuraya. *Feind an eurem Rumpf versammelt. Legen Sprengladung an.*

Die schwarz gekleideten Männer waren bereit, ein Loch in die Mitte der Ju 390 zu sprengen, um in den Laderaum zu kommen.

Jaeger schrieb zurück: *Wenn alle bösen Jungs an Bord sind, klinkt uns aus. Lasst uns fallen. Und, Raff, diskutier verflixt noch mal nicht. Ich weiß, was ich tue.*

Eine Nachricht kam piepend zurück. *Verstanden. Sehen uns im Paradies.*

Gott sei Dank hatte Jaeger Raff an Bord des Airlanders. Niemand sonst wäre einem solchen Befehl so widerstandslos gefolgt. Das war die einzigartige Verbindung, die die Männer teilten, geschmiedet über viele Jahre auf der gefährlichen Seite des Soldatenlebens.

Aus dem hinteren Teil des Flugzeugs ertönte eine gedämpfte Explosion. Die Ju 390 erzitterte einen Augenblick, als die Sprengladung ein mannsgroßes Loch in ihre Hülle blies. Vor seinem geistigen Auge konnte er die schwarz gekleideten Männer hintereinander in den dunklen, rauchgefüllten Laderaum steigen sehen, die Waffen im Anschlag.

Es würde sie einige Sekunden kosten, sich zu orientieren und den Laderaum nach Jaeger und seinen Kameraden zu durchsuchen. Nachdem das erledigt war, würden sie nach vorne zur Trennwand kommen und eine zweite Sprengladung anbringen. Denn die Tür konnte, wenn sie einmal verschlossen war, nur vom Cockpit aus geöffnet werden.

Dennoch blieben Jaeger, Narov und Dale nur wenige Sekunden Zeit.

»Okay, das ist der Plan«, rief Jaeger. »Jeden Augenblick hakt der Airlander uns aus. Wie jedes gute Flugzeug mit ein wenig Vorwärtsbewegung wird die Maschine schneller werden, während sie fällt, und dann anfangen zu gleiten. Sobald wir losgemacht sind, werfen wir den Rest von denen raus«, er deutete auf die restlichen Fallschirme, »und dann springen wir.

Zieht eure Reißleine nicht, bevor wir tief in den Wolken sind«, erklärte er weiter, »oder der Black Hawk wird in der Lage sein, uns zu folgen. Versucht, zusammenzubleiben und euch während des Falls aneinander zu orientieren. Sprungreihenfolge: Dale, Narov, ich. Fertig?«

Narov nickte. In ihren Augen funkelte Kampfeslust und Adrenalin.

Dale hingegen sah weiß wie ein Laken aus, als würde er sich gleich erneut die Seele aus dem Leib kotzen. Dennoch gab er ein halbherziges Daumen-hoch-Zeichen. Jaeger war erstaunt über den Kerl: Er hatte genug durchgemacht, um den kampferprobtesten Soldaten zu entmutigen, und trotzdem überstand er jeden Test anstandslos.

»Vergessen Sie Ihre Kamera nicht … oder wenigstens die Speicherkarten«, rief Jaeger ihm zu. »Was auch immer jetzt passiert, wir behalten den Film!«

Er zog die verbleibenden Fallschirme hervor und stapelte sie auf einer Seite des Cockpits. Dann stieß er beide Fenster auf, damit sie den größtmöglichen Platz für ihren Absprung hatten.

Er drehte sich zu Narov. »Vergessen Sie Ihre Dokumente nicht, was auch immer die sind. Halten Sie die Tasche dicht bei sich und lassen Sie sie nicht aus den …«

Er musste den Rest seiner Worte runterschlucken, als die Ju 390 plötzlich nach unten sackte und ihm der Magen nach oben rutschte. Der Airlander hatte sie abgekoppelt, und für ein paar schreckliche Sekunden schien die Ju 390 einfach senkrecht wie ein Stein nach unten zu stürzen, bevor ihre Flügel sich gegen die Luft stemmten und der Sturz in einen steilen, aber atemberaubenden Gleitflug überging.

»Los! Los! Los!«, rief Jaeger, während er begann, die Fallschirme aus dem Fenster zu werfen.

Einer nach dem anderen fiel trudelnd in die dahinrauschende Tiefe.

Dale packte den Fensterrahmen, stieß mit dem Oberkörper hindurch und erstarrte dann augenblicklich. Der Luftstrom riss an seinem Körper, doch seine Füße schienen wie festgeklebt am Metallboden des Flugzeugs.

Regungslos.

Jaeger zögerte nicht. Er senkte seine kräftigen Schultern, packte Dales Beine und hob ihn mit aller Kraft nach oben, drängte ihn – schreiend – aus dem Fenster.

Er konnte inzwischen Stimmen hören, die auf der anderen Seite der Trennwand riefen. Die schwarz gekleideten Männer bereiteten sich darauf vor, sich den Weg frei zu sprengen. Narov sprang auf den Pilotensitz, hielt sich am Cockpitdach fest und schwang ihre Beine durch das Fenster.

Sie sah zu ihm zurück. »Sie kommen auch, ja?«

Sie musste die Unentschlossenheit in seinem Blick gesehen

haben. Für einen kurzen Moment waren seine Gedanken zurückgewandert, auf jenen dunklen Hügel, als ihm seine Frau und sein Kind entrissen worden waren.

Er hatte nicht alles in seiner Macht Stehende getan – *Himmel, er hatte überhaupt nichts getan* –, um das Flugzeug nach Hinweisen zu durchsuchen, wer sie entführt hatte und weshalb.

Für eine quälende Sekunde drängte sich diese Stimme hinter der Gasmaske – die Stimme, die Jaeger halb erkannt hatte – in seine Gedanken: »Vergiss das nie – du hast versagt. Du konntest deine Frau und dein Kind nicht schützen. *Wir sind die Zukunft!*«

Jaeger fühlte sich wie festgenagelt; unfähig, sich zu bewegen.

Tief in seinem Herzen suchte er verzweifelt nach Antworten.

Und wenn er das Flugzeug verließ, könnte er sie für immer verlieren.

»Gehen Sie zum Fenster!«, brüllte Narov. »JETZT!«

Jaeger sah sich plötzlich der Mündung einer Pistole gegenüber. Narov hatte eine kurzläufige, kompakte Beretta gezogen und hielt sie ihm vors Gesicht.

»Ich weiß alles über die!«, rief sie. »Die haben Ihren Großvater getötet. Die haben Sie und Ihre Familie überfallen. Irgendetwas, das Sie getan haben, hat die dazu veranlasst. So werden wir die Antworten finden. Aber wenn Sie jetzt abstürzen, mit diesem Flugzeug, haben die gewonnen!«

Jaeger versuchte, seine Glieder dazu zu zwingen, sich zu bewegen.

»SPRINGEN SIE!«, brüllte Narov ihm zu, ihr Finger weiß am Abzug. »ICH WERDE NICHT ZULASSEN, DASS SIE IHR LEBEN VERSCHWENDEN!«

Plötzlich ertönte ein ohrenzerschmetterndes Brüllen von

hinten. Die Trennwand explodierte, das Cockpit füllte sich mit einer blendenden Wolke aus dichtem Rauch. Die Druckwelle der Explosion schleuderte Jaeger gegen das Seitenfenster und riss ihn aus seiner Starre. Während er nach dem Fensterrahmen griff, eröffnete Narov das Feuer aus der Beretta und pumpte ihre Kugeln in die Gruppe schwarz gekleideter Gestalten, die durch die Öffnung strömten.

Sekundenbruchteile später warf sich Jaeger hinaus und stürzte in die dünne, tosende Luft.

84

Eine Sekunde nach seinem Absprung fand Jaeger sich taumelnd im freien Fall wieder, fast wie nach seinem beinahe tödlichen Sprung aus der C-130. Er stieß die Arme weit von sich und bildete mit dem Körper einen Bogen, um sich zu stabilisieren. Nachdem er das geschafft hatte, formte er ein windschnittiges Profil – Arme eng am Körper, Beine ausgestreckt – um so schnell wie möglich in die Wolkendecke einzutauchen.

Doch während seine Fallgeschwindigkeit stieg, verfluchte er sich dafür, so ein dämlicher Idiot gewesen zu sein. Narov hatte recht gehabt: Wenn er in diesem Flugzeug gestorben wäre, wem hätte das irgendetwas genützt? Am allerwenigstens seiner Frau und seinem Sohn. Er war ein Idiot gewesen, dass er gezögert hatte, und er hatte auch Narovs Leben in Gefahr gebracht. Zur Hölle, er wusste nicht einmal, ob sie es lebendig aus dem Flugzeug geschafft hatte, und es gab keine Möglichkeit, um das jetzt herauszufinden – nicht im alles verschlingenden Strudel des freien Falls.

Die Ju 390 hatte immer weiter beschleunigt, seit der Airlander sie ausgeklinkt hatte. Inzwischen donnerte sie mit beinahe fünfhundert Kilometern die Stunde durch den Himmel, wie ein riesiger, geisterhafter Pfeil – und er musste einfach hoffen und beten, dass Narov es geschafft hatte.

Sekunden später wurde er von den Wolken verschluckt. Als der dichte Wasserdampf ihn umfing, griff er nach der Reißleine, zog fest … und betete. Wenn er jemals darauf gehofft hatte, dass die Nazis saubere Arbeit geleistet hatten, dann jetzt.

Nichts geschah.

Jaeger schaute nach und überprüfte, ob er am richtigen Griff zog. Nichts war einfach in diesem halb erleuchteten, wirbelnden Nebelrauschen, schon gar nicht, wenn man herumgeschleudert wurde wie eine Stoffpuppe.

Doch soweit er feststellen konnte, schien der Hauptschirm sich nicht öffnen zu wollen.

Eine Regel blitzte in seinem Kopf auf, als der Boden ihm entgegenraste: Blickkontakt – greifen – abschälen – runterziehen – rausziehen – beugen. Es war die Prozedur, die er Jahre zuvor gelernt hatte, mit denen man nach einer Fehlöffnung oder einem Totalversager den Reserveschirm moderner Fallschirme öffnete.

Dieselben Techniken, anderes System, sagte er sich selbst.

Er griff nach dem, was er für den Reserveschirm hielt. Es war ein veraltetes System, aber es gab keinen Grund, weshalb es nicht ebenso gut funktionieren sollte wie ein modernes. Es hieß jetzt oder nie, denn der Boden kam immer dichter. Er zog extra fest, und der Reserveschirm – eine solide Fläche aus deutscher Seide, die seit siebzig Jahren zusammengefaltet darauf wartete, wieder fliegen zu können – blähte sich über ihm auf.

Wie die meisten deutschen Produkte war auch dieser Fallschirm mit dem Grundgedanken gebaut worden, Qualität zu liefern, und er öffnete sich wie ein Traum. Um ehrlich zu sein, war es eine Freude, darunter zu fliegen. Wäre Jaeger im Augenblick nicht so von Chaos und Zerstörung umgeben, hätte er den Flug beinahe genießen können.

Die Deutschen hatten ein Fallschirmdesign benutzt, das dem der britischen Luftkräfte während des Zweiten Weltkriegs ähnelte. Er hatte eine hoch gewölbte, pilzartige Form und lag stabil und fest in der Luft – anders als die flacheren, besser zu lenkenden Designs moderner Militärfallschirme.

In etwa hundertfünfzig Metern Höhe tauchte Jaeger wieder aus den Wolken auf. Seine ersten Gedanken galten Dale und Narov. Er schaute nach Westen und konnte den deutlich erkennbaren Farbfleck eines Fallschirms am Boden erkennen, der die Stelle markierte, an der Dale offensichtlich zu Boden gegangen war.

Er schaute nach Osten, gerade als etwas Helles, Weißes durch die Unterseite der Wolkendecke stieß.

Narov. Sie muss es sein. Irgendwie musste sie es aus dem Cockpit der Ju 390 geschafft haben, und so wie der Körper aussah, der unter dem Schirm hing, war sie noch am Leben.

Er markierte beide Positionen in seinem Geist und überprüfte dann den Boden unter sich.

Dichter Dschungel, mit keiner offensichtlichen Stelle zum Landen.

Schon wieder.

Während er den Baumkronen entgegensegelte, erübrigte Jaeger einen kurzen Gedanken an die Ju 390. Aus dreitausend Metern konnte das schneller werdende Flugzeug etliche Kilometer weit gleiten, aber er wusste, dass sie letztendlich verdammt war. Mit jeder Sekunde, seit der Airlander sie losgelassen hatte, war sie schneller geworden, hatte aber an Höhe verloren.

Früher oder später würde sie mit über fünfhundert Kilometern pro Stunde in den Dschungel krachen. Das Gute daran war, dass sie die schwarz gekleideten Männer mit sich reißen würde, denn es gab keine Chance, dass der letzte Black Hawk in der Lage wäre, sie aus dem abstürzenden Flugzeug zu retten. Und Jaeger hatte wohlweislich alle übrigen Fallschirme aus dem Cockpitfenster geworfen.

Der Nachteil war, dass die Maschine für immer verloren war, zusammen mit den Geheimnissen, die sie in sich trug – ganz zu schweigen von der giftigen Fracht, die über den Regenwald verteilt wurde.

Aber es gab nichts, was Jaeger dagegen tun konnte.

Der einsame, ungekennzeichnete Black Hawk landete auf der abgelegenen Dschungelpiste.

Der Mann mit dem Codenamen Grey Wolf Six – richtiger Name Vladimir Ustanov – stieg aus dem Hubschrauber, das Satellitentelefon an sein Ohr gepresst. Sein Gesicht war grau und gezeichnet. Die Erlebnisse der letzten Stunden lasteten schwer auf ihm.

»Sir, Sie müssen die Situation verstehen.« Er sprach in das Telefon, die Stimme angespannt vor Erschöpfung. »Ich habe noch mich selbst und vier weitere aus der Luftstaffel. Wir sind nicht imstande, irgendeine Form von sinnvoller Operation zu starten.«

»Und das Flugzeug?«, fragte Grey Wolf skeptisch.

»Ein brennendes Wrack. Verteilt über mehrere Dutzend Kilometer Dschungel. Wir sind über ihr geflogen bis zu dem Augenblick, als sie aufschlug.«

»Und die Fracht? Die *Dokumente*?«

»Zu rauchenden Trümmern zerschmettert, zusammen mit einem Dutzend meiner besten Männer.«

»Wenn wir sie nicht in die Hände bekommen konnten, ist es besser, wenn sie zerstört sind.« Eine kurze Pause. »Am Ende, Vladimir, haben Sie also doch noch etwas erreicht.«

»Sir, ich habe zwei Black Hawks verloren, dazu drei Dutzend Männer …«

»Den Preis war es wert«, unterbrach ihn Grey Wolf gnadenlos. »Sie wurden bezahlt, einen Job zu erledigen, und Sie wurden gut bezahlt, erwarten Sie also kein Mitleid von mir. Sagen Sie mir, ist irgendjemand lebend aus diesem Flugzeug entkommen?«

»Wir haben drei Personen gesehen, die abgesprungen sind. Wir haben sie in den Wolken verloren. Ob sie überlebt haben, ist zu bezweifeln. Wir wissen nicht, ob sie Fallschirme hatten, und selbst wenn, sind sie über unerforschtem Dschungel abgesprungen.«

»Aber sie könnten noch am Leben sein?«, zischte Grey Wolf.

»Das könnten sie«, pflichtete Ustanov ihm bei.

»Sie könnten überlebt haben, was bedeutet, sie könnten sehr wohl genau das aus diesem Flugzeug geborgen haben, wonach wir gesucht haben?«

»Das könnten sie.«

»Ich lasse mein Flugzeug wenden«, fuhr Grey Wolf ihn an. »Da Sie keine funktionsfähige Einheit mehr besitzen, um einen Einsatz zu starten, gibt es keinen Grund für mich, an irgendeinem Einsatzort zu sein. Ich will, dass Sie und Ihre überlebenden Kameraden sich etwas Urlaub nehmen, an irgendeinem Ort, der angemessen weit weg und unbekannt ist. Aber verschwinden Sie nicht. Halten Sie den Kontakt aufrecht.«

»Verstanden.«

»Wir werden die Überlebenden – wenn es welche gibt – finden müssen. Wir werden uns das, wonach wir gesucht haben – wenn sie es haben –, zurückholen müssen.«

»Verstanden, Sir.«

»Ich melde mich auf dem üblichen Weg. In der Zwischenzeit, Vladimir, möchten Sie vielleicht ein wenig neues Fußvolk rekrutieren, um jene zu ersetzen, die Sie so leichtsinnig verloren haben. Dieselben Bedingungen. Dieselbe Mission.«

»Verstanden.«

»Eine letzte Sache noch: Haben Sie noch die Brasilianerin?«

Vladimir warf einen Blick auf die Frau, die auf dem Boden des Black Hawks lag. »Wir haben sie.«

»Behalten Sie sie. Vielleicht können wir sie benutzen. In der Zwischenzeit befragen Sie sie auf Ihre ganz besondere Weise.

Finden Sie alles raus, was sie weiß. Mit etwas Glück führt sie uns zu den anderen.«

Vladimir lächelte. »Mit Vergnügen, Sir.«

Aus dem Learjet 85, der hoch über dem Golf von Mexiko flog, tätigte der Operationsleiter, den man als Grey Wolf kannte, einen zweiten Anruf. Dieser ging an ein geheimes graues Büro, das in einem mit grauen Wänden versehenen Gebäudekomplex lag, tief verborgen in einem Streifen grauer Wälder im abgelegenen, ländlichen Virginia an der Ostküste der USA.

Der Anruf lief durch ein Gebäude, vollgestopft mit den besten und modernsten Kommunikationsabfanggeräten. Direkt neben dem Eingang des Gebäudes hing eine kleine Messingplakette. Darauf stand: *CIA – Division of Asymmetric Threat Analysis (DATA) – Abteilung für Asymmetrische Gefahrenanalyse.*

Ein Mann in gut sitzender, zwangloser Kleidung nahm den Anruf an. »DATA. Harry Peterson.«

»Ich bin es«, antwortete Grey Wolf. »Ich bin auf dem Weg im Learjet, und Sie müssen für mich die Person ausfindig machen, deren Akte ich Ihnen geschickt habe. Jaeger. William Jaeger. Nutzen Sie alle verfügbaren Informationen: Internet, E-Mail, Handys, Flugbuchungen, Reisepassdetails – *alles.* Letzte bekannte Position ist Westbrasilien, nahe der Grenze zu Bolivien und Peru.«

»Verstanden, Sir.«

Grey Wolf legte auf.

Er lehnte sich in seinem Sitz zurück. Die Dinge im Amazonas waren offensichtlich nicht so gut gelaufen, aber das war nur eine Schlacht, sagte er sich. Einer von vielen derartigen Kämpfen in einem viel längeren Krieg; einem Krieg, den er und seine Vorväter seit dem Frühling 1945 führten.

Ein Rückschlag, ja, aber einer, den sie verkraften würden;

und rein gar nichts gegen einige, die sie in der Vergangenheit erlitten hatten.

Er griff nach einem schlanken Tablet, das auf dem Tisch vor ihm lag. Er fuhr es hoch und öffnete eine Datei, die eine Reihe von Namen in alphabetischer Reihenfolge enthielt. Er wanderte mit dem Cursor die Liste hinab und tippte ein paar Wörter neben einen davon: *Auf Mission verschollen. Falls am Leben, exekutieren. PRIORITÄT.*

Nachdem das erledigt war, nahm er den Aktenkoffer, der neben ihm lag, legte ihn auf den Tisch und ließ das Tablet hineingleiten. Er schloss den Deckel mit einem satten Klicken und drehte das Kombinationsschloss, damit der Inhalt sicher verstaut war.

Auf dem Deckel des Aktenkoffers standen in kleinen goldenen Lettern die Wörter: *Hank Kammler, Vize-Direktor, CIA.*

Hank Kammler – auch bekannt als Grey Wolf – fuhr mit den Fingerspitzen vorsichtig, beinahe ehrfürchtig über die Prägung. Bei Kriegsende war sein Vater gezwungen gewesen, seinen Namen zu ändern. SS-Obergruppenführer Hans Kammler war zu Hal Kramer geworden – was es einfacher gemacht hatte, ihn im Amt für strategische Dienste unterzubringen, der Vorgängerorganisation der CIA. Während er sich die Leiter nach oben gearbeitet hatte, bis in die höchsten Ränge der CIA, hatte Hal Kramer niemals seine wahre Mission aus den Augen verloren: sich direkt vor aller Augen zu verstecken, um sich neu zu formieren und das Reich wiederaufzubauen.

Als das Leben seines Vaters vorzeitig beendet wurde, hatte Hank Kammler beschlossen, die Aufgabe fortzuführen und ihm in die CIA zu folgen. Kammler lächelte dünn, mit einer Spur Spott in den Augen. Als ob er jemals still für die CIA gearbeitet und dabei den Ruhm seiner Nazi-Vorväter vergessen hätte.

Kürzlich hatte er beschlossen, sich das wiederzuholen, was rechtmäßig seins war. Geboren als Hank Kramer, hatte er seinen Nachnamen offiziell in Kammler ändern lassen – und so das Erbe seines Vaters wieder angetreten beziehungsweise das, was er als sein Geburtsrecht betrachtete.

Und soweit es ihn betraf, hatte er gerade erst damit angefangen, es sich zurückzuholen.

85

Jaeger machte es sich für den kurzen Anschlussflug zum Bioko Airport in seinem Sitz bequem.

Der Flug von London nach Nigeria war alles gewesen, was er erwartet hatte – schnell, direkt und bequem, auch wenn sein Budget diesmal nicht für die erste Klasse gereicht hatte. In Lagos hatte er für den kurzen Sprung über den Golf von Guinea zur Inselhauptstadt von Äquatorialguinea irgendeinen klapprigen Regionalflieger bestiegen.

Die Nachricht, die er von Pieter Boerke bekommen hatte, war so unerwartet wie faszinierend gewesen. Gute zwei Wochen nachdem er aus dem todgeweihten Flugzeug gesprungen war, das dem Dschungel entgegenraste, hatte Jaeger einen Ort relativer Sicherheit gefunden – Cachimbo Air Base. Und es war in Cachimbo gewesen, dass Boerke es geschafft hatte, ihn telefonisch zu erreichen.

»Ich habe Ihre Papiere«, hatte der Südafrikaner verkündet. »Die siebte Seite des Ladungsverzeichnisses, genau wie Sie es gewünscht haben.«

Jaeger hatte es nicht über sich gebracht, Boerke zu erzählen, dass irgendein obskures Frachtschiff aus dem Zweiten Weltkrieg, das gegen Ende des Krieges im Hafen von Bioko festgemacht hatte, im Augenblick die letzte Sache war, um die er sich Gedanken machte. Er hatte den Anführer des Putsches gebeten, die Papiere einzuscannen und ihm per E-Mail zu schicken. Doch er hatte nicht die Antwort erhalten, die er erwartet hatte.

»Nee, Mann. Keine Chance«, hatte Boerke ihm gesagt. »Sie müssen kommen und sich das ansehen. Persönlich. Denn, mein Freund, das sind nicht einfach nur Papiere. Es gibt da etwas Physisches. Etwas, das ich nicht per E-Mail oder Post schicken kann. Vertrauen Sie mir, Mann – Sie müssen kommen und sich das ansehen.«

»Haben Sie einen Tipp?«, hatte Jaeger gefragt. »Es ist eine weite Strecke. Außerdem, nach den letzten paar Wochen …«

»Sagen wir mal so«, hatte Boerke ihn unterbrochen. »Ich bin kein Nazi. Offen gestanden hasse ich die verdammten Nazis. Ich bin auch nicht der Enkelsohn eines Nazis. Aber *wenn* ich es wäre, dann würde ich sehr, sehr weit reisen – ehrlich gesagt würde ich bis ans Ende der Welt reisen, und ich würde vielleicht sogar eine Menge Leute dabei töten –, um sicherzugehen, dass das hier niemals ans Tageslicht kommt. Das ist alles, was ich bereit bin zu sagen. Vertrauen Sie mir, Jaeger, Sie müssen herkommen.«

Jaeger hatte seine Alternativen abgewogen. Er ging davon aus, dass Alonzo, Kamishi und Joe James noch am Leben waren und von den überlebenden Indios zu einem Ort gebracht worden waren, von dem aus sie wieder in die Außenwelt zurückkehren konnten. Er war sich ziemlich sicher, dass Gwaihutiga tot war; aus dem Hubschrauber gestoßen, zusammen mit Stefan Kral, ihrem offensichtlich verräterischen Kameramann.

Was Leticia Santos betraf, die blieb weiterhin vermisst, Schicksal unbekannt. Colonel Evandro hatte versprochen, alles zu tun, um sie zu finden, und Jaeger vermutete, dass er und seine B-SOB-Teams jeden Stein umdrehen würden.

Jaegers Trick, die Ju 390 vom Airlander abwerfen zu lassen, hatte zweifellos das Leben der Luftschiffbesatzung gerettet, inklusive Raff. Der Black Hawk war gezwungen gewesen, dem Flugzeug zu folgen, als dieses in seinen Gleitflug beschleunigt hatte, woraufhin der Airlander sich nach Cachimbo hatte schleppen können.

Dale hatte es geschafft, sich zu verletzen, als sein Fallschirm durch die Baumkronen gekracht war, und Narov hatte eine Schrapnellwunde am Arm abbekommen, als die Dunkle Streitmacht sich ihren Weg ins Cockpit der Ju 390 gesprengt hatte. Doch es war Jaeger gelungen, beide am Boden ausfindig und wieder mobil zu machen – auch wenn unklar gewesen war, ob sie es dort herausschaffen würden.

Typischerweise hatten beide, Dale und Narov, behauptet, nur leichte Verletzungen davongetragen zu haben und absolut dazu in der Lage zu sein, die vor ihnen liegende Reise zu überstehen. Jaeger hatte sich Sorgen gemacht, dass ihre Verletzungen sich in der heißen, feuchten Luft, mit wenigen Gelegenheiten zur Rast, wenig Nahrung oder medizinischer Versorgung, schnell entzünden würden.

Dennoch hatte er gewusst, dass keine wirkliche Chance bestand, dass einer der beiden auf seine Einwände hören würde – und so oder so gab es nur sehr wenig, was er in der Situation für sie hätte tun können. Entweder schafften sie es aus eigener Kraft aus dem Dschungel, oder sie würden sterben.

Jaeger hatte einen kleinen Bach gefunden, dem sie für zwei Tage gefolgt waren, wobei sie nur so schnell gegangen waren, wie ihr Zustand es zuließ. Schließlich hatte der Bach zu einem Zufluss geführt, der wiederum in einen größeren Fluss mündete, der sich als befahrbar erwies. Wie das Glück es wollte, hatte Jaeger einen vorbeifahrenden Holztransporter dazu bringen können, sie mitzunehmen – einen, der Baumstämme flussabwärts trieb, den Sägemühlen entgegen.

Was folgte, war ein dreitägiger Trip, auf dem die größte Gefahr darin bestanden hatte, dass Narov mit dem betrunkenen brasilianischen Captain aneinandergeriet, aber auch das nur für eine gewisse Zeit.

Sobald Narov und Dale an Bord des Schiffes waren, waren die Infektionen, die Jaeger befürchtet hatte, eingetreten. Als ihre Reise ans Ende kam – Jaeger hatte sie in einem Taxi zur

Cachimbo Air Base gebracht, wo es ein modernes Hochsicherheitskrankenhaus gab –, brannten sie beide vor Fieber.

Man stellte bei beiden eine Sepsis fest: Ihre Wunden hatten sich entzündet und daraufhin den gesamten Körper durch den Blutkreislauf infiziert. Zumindest in Dales Fall wurde die Sache noch durch eine akute Entkräftung verschlimmert. Man hatte sie beide schnellstmöglich in die Notaufnahme gebracht, wo sie jetzt unter den wachsamen Augen von Colonel Evandro behandelt wurden.

Nachdem er jene aus der schlimmsten Gefahr geholt hatte, bei denen es ihm möglich gewesen war – und es so gut wie nichts gab, das er tun konnte, um Leticia Santos zu helfen –, war Jaeger zu der Ansicht gekommen, dass er es riskieren konnte, einen Flug von Brasilien nach Bioko zu buchen. Er hatte dafür gesorgt, dass der Colonel ihn über jeden Schritt auf dem Laufenden hielt.

Er hatte versprochen, rechtzeitig zurück zu sein, um Dale und Narov nach Hause zu bringen, sobald sie stabil genug waren, um zu reisen. Und er ließ Raff Wache vor ihrer Krankenhaustür schieben, als zusätzliche Sicherheitsmaßnahme.

Bevor er abreiste, hatte Jaeger sich ein wenig Zeit mit Narov gegönnt, die erst kurz zuvor aus der Intensivstation entlassen worden war.

Er hatte einen Blick auf die Dokumente geworfen, die sie aus der Ju 390 geborgen hatte. Das Deutsch war ihm noch immer ein Rätsel, und ein großer Teil des *Aktion Feuerland*-Dokuments erwies sich als eine Reihe zufällig aussehender Ziffern, von denen Narov vermutete, dass sie ein Code waren.

Solange sie den Code nicht knackten, gab es nicht sehr viel, das sie – oder Jaeger – aus dem Dokument herausholen konnte.

Einmal hatte sie Jaeger gebeten, sie in ihrem Rollstuhl in den Krankenhausgarten zu fahren, damit sie die Sonne auf ihrem Gesicht spüren und ein wenig frische Luft schnappen konnte. Sobald sie an einer etwas privateren Stelle angekommen waren, hatte sie ein wenig von dem erklärt, was während der letzten paar Tage geschehen war. Wenig überraschend, hatte sie dazu mit dem Zweiten Weltkrieg anfangen müssen.

»Sie haben die Art von Technik gesehen, die in diesem Flugzeug lag«, hatte sie vorsichtig eingeleitet. »Im Frühling 1945 haben die Nazis erste Testflüge mit ballistischen Interkontinentalraketen absolviert. Sie hatten Sprengköpfe mit Sarin-Gas gefüllt, ganz zu schweigen von Pesterregern und Botulinumtoxin. Mit nur einer Handvoll solcher Waffen – je eine auf London, Washington, Toronto und Moskau – hätte sich das Gleichgewicht des Krieges komplett gedreht.

Im Gegenzug hatten wir die Atombombe, doch die war noch nicht ausgereift. Und vergessen Sie nicht: Die konnte nur von einem schwerfälligen Bomber abgeworfen werden, nicht von einer gelenkten Raketen mit mehrfacher Schallgeschwindigkeit. Wir hatten absolut keine Verteidigung gegen ihre Raketen.

Die Nazis hatten die ultimative Bedrohung, und sie boten den Alliierten einen Deal an – einen, der es dem Reich erlauben würde, sich an ausgewählte sichere Orte zurückzuziehen, inklusive ihrer modernsten Waffentechnologie. Doch die Alliierten machten ein Gegenangebot. Sie sagten: ›Okay, zieht euch zurück. Nehmt alle eure *Wunderwaffen* mit. Aber nur unter einer Bedingung: Ihr helft uns in dem echten Krieg – der bevorstehenden Schlacht gegen den Kommunismus.‹

Die Alliierten haben einen Pakt geschlossen, um die allergeheimsten Verbringungen selbst zu organisieren. Natürlich konnten sie die Top-Nazis nicht frei in England oder den USA herumlaufen lassen. Das hätte die Öffentlichkeit nicht geduldet. Stattdessen schickten die Alliierten sie in ihre eigenen Hinterhöfe – die Amerikaner nach Südamerika; die Engländer in die Kolonien – nach Indien, Australien und Südafrika, Orte, an denen es leicht genug war, sie zu verstecken.

Also wurde ein neuer Pakt geschlossen. Ein unaussprechlicher. Der Alliierten-Nazi-Pakt.« Narov hatte eine Pause gemacht und war tief in sich gegangen, um die Kraft zu finden, fortzufahren. »*Aktion Adlerflug* war Hitlers Codename für den Plan, die Top-Technologien und Waffensysteme der Nazis an einen neuen Ort zu bringen; deshalb die Markierungen auf den Kisten im Frachtraum der Ju 390. *Aktion Feuerland* war der Codename für die Umsiedlung ihrer Top-Leute.«

Sie sah Jaeger mit schmerzerfüllten Augen an. »Wir hatten nie eine Liste, wer genau diese Leute waren. Niemals, obwohl wir jahrelang danach gesucht haben. Die Dokumente, die ich aus diesem Flugzeug geholt habe – das ist es, was ich hoffe, dass sie uns liefern. Das und eine Vorstellung davon, wohin genau die Technologien und die einzelnen Personen gebracht wurden.«

Jaeger war versucht gewesen zu fragen, weshalb das wichtig war. Es war siebzig Jahre her. Es war Schnee von gestern. Aber Narov musste geahnt haben, was er dachte.

»Es gibt ein altes Sprichwort.« Sie bedeutete ihm, näher zu kommen, da ihre Stimme nach der Anstrengung schwächer geworden war. »Das Kind einer Schlange ist immer noch eine Schlange. Die Alliierten haben einen Pakt mit dem Teufel geschlossen. Je länger er geheim blieb, desto mächtiger wurde er, bis er so gut wie unantastbar war. Wir glauben, dass er auf allen Ebenen des Militärs weiterexistiert, in den Banken und den Weltregierungen – noch heute.«

Sie musste die Zweifel gesehen haben, die Jaegers Blick trübten.

»Sie glauben, das ist weit hergeholt?«, hatte sie herausfordernd geflüstert. »Fragen Sie sich selbst, wie lange das Erbe der Tempelritter überlebt hat. Nazismus ist weniger als einhundert Jahre alt; das Tempelritter-Vermächtnis hat eintausend Jahre gehalten und ist heute noch unter uns. Glauben Sie, die Nazis sind über Nacht einfach verschwunden? Glauben Sie, die Leute, die an sichere Orte umgesiedelt wurden, hätten zugelassen, dass das Reich stirbt? Glauben Sie, ihre Kinder hätten einfach zurückgelassen, was sie als ihr Geburtsrecht betrachten?

Der *Reichsadler* mit dem seltsamen runden Symbol unter seinem Schwanz – wir glauben, dass das ihr Symbol ist, ihr Abzeichen. Und wie Sie sehr gut wissen, hat es begonnen, wieder sein Haupt zu erheben.«

Für einen Augenblick dachte Jaeger, dass sie fertig wäre, dass die Erschöpfung sie zum Schweigen gebracht hätte. Doch dann fand sie irgendwoher noch die Kraft für ein paar abschließende Worte.

»William Edward Michael Jaeger, wenn Sie immer noch Zweifel haben, dann gibt es eine Sache, die es Ihnen beweisen wird. Denken Sie an die Leute, die versucht haben, uns aufzuhalten. Sie haben drei aus Ihrem Team getötet, und noch viele weitere Indios. Sie hatten eine Predator, Black Hawks und Gott allein weiß, was sonst noch. Sie waren eine pechschwarze Schattenarmee, die weit geheimer war als jedes Streng-Geheim-Siegel. Überlegen Sie: Wer könnte eine solche Macht in Händen halten oder derartig straffrei handeln?

Die Söhne der Schlangen erheben sich. Sie haben ein weltumspannendes Netzwerk, und ihre Macht wächst. Und so, wie *sie* ein Netzwerk haben, so gibt es ein Netzwerk, das versucht, sie aufzuhalten.« Sie machte eine Pause, und alle Farbe war ihr aus ihrem Gesicht gewichen. »Vor seinem Tod war Ihr Großvater dessen Anführer. Diejenigen, die er einlud, ein Teil davon zu werden, bekamen alle ein Messer – ein Symbol des Widerstands –, ähnlich dem, das ich bei mir trage.

Aber wer will diesen vergifteten Kelch schon in Händen halten? Wer? Die Macht des Feindes steigt unaufhaltsam, während unsere – unsere schwindet. *Wir sind die Zukunft.* Sie haben ihr Motto gehört.«

Ihr Blick zuckte zu Jaeger herüber. »Wir, die wir sie jagen – wir leben für gewöhnlich kein langes Leben.«

86

»Sir, hallo. Sir, ein Drink, bevor wir landen?«, wiederholte die Flugbegleiterin ein drittes Mal.

Jaeger war kilometerweit weg gewesen und hatte die Unterhaltung mit Narov erneut durchlebt. Viel mehr als das hatte sie nicht erzählt. Die Erschöpfung und Schmerzen hatten sie in die Knie gezwungen, und Jaeger hatte sie zurück in ihr Krankenzimmer gefahren.

Er schenkte der Flugbegleiterin ein Lächeln. »Eine Bloody Mary bitte. Mit ordentlich Worcestershire-Sauce.«

Der Flughafen von Bioko hatte sich seit Jaegers letztem Besuch nicht allzu sehr verändert. Eine neue Sicherheitsmannschaft und neue Zollbeamte hatten Präsident Honore Chambaras korrupte Wachen abgelöst, doch davon abgesehen war es im Grunde so wie vorher. Die vertraute Gestalt von Pieter Boerke erwartete ihn am Ankunftsterminal, zusammen mit einigen riesig gebauten Kerlen, die Jaeger als seine Bodyguards erkannte.

Boerke hatte gerade einen despotischen Diktator gestürzt, und er war nicht der Typ für einen diskreten, unauffälligen Personenschutz. Der Südafrikaner hielt ihm grüßend eine Hand hin, bevor er sich an seine Bodyguards wandte: »Okay, Jungs, packt ihn! Bringen wir ihn zurück nach Black Beach!«

Einen Moment lang spannte Jaeger sich an, bereit zum Kampf, dann brach Boerke in Gelächter aus. »Entspannen Sie sich, Mann, entspannen Sie sich! Wir Südafrikaner haben einen verflixt dunklen Sinn für Humor. Es ist schön, Sie wiederzusehen, mein Freund.«

Auf der Fahrt nach Malabo, der Inselhauptstadt, brachte Boerke Jaeger auf den neuesten Stand, wie der Putsch verlaufen war. Die Informationen, die Major Mojo – Jaegers ehemaliger Kerkermeister in Black Beach – ihnen geliefert hatte, waren entscheidend für den Erfolg gewesen. Ein weiterer Grund, weshalb Boerke so darauf bedacht war, den Gefallen zu liefern, den er versprochen hatte.

Sie erreichten Malabos Hafen und fuhren an der Küste entlang weiter, bis sie vor einem riesigen Gebäude aus der Kolonialzeit hielten, das direkt am Meer lag. Während seiner drei Jahre auf der Insel hatte Jaeger sein Bestes getan, um nicht aufzufallen, und er hatte nur selten Grund gehabt, die Regierungsbüros zu besuchen.

Boerke führte ihn zu den Tresorräumen, in denen die bisherigen Regierungen die geheimsten Dokumente des Staates weggeschlossen hatten – nicht dass es davon allzu viele gab in einem Land wie Äquatorialguinea. Boerke ließ die Türen des Tresorraums fest verschließen und sichern, während einer seiner Bodyguards draußen Wache stand. Nur er und Jaeger blieben in dem kühlen, dunklen, muffigen Innenraum zurück.

Boerke nahm einen ausgeblichenen Aktenordner aus Pappe von einem nahen Regal. Er war mit einem dicken Bündel Akten vollgestopft. Er stellte ihn auf den Tisch vor ihnen.

»Das hier«, er tippte auf den Ordner, »vertrauen Sie mir, Mann, war es wert, dafür um die halbe Welt zu fliegen.«

Mit einer ausladenden Geste deutete er auf die Regale, die die Wände säumten. »Nicht viel davon ist es überhaupt wert, aufbewahrt zu werden: Äquatorialguinea hat nicht gerade einen Reichtum an Staatsgeheimnissen. Aber es scheint, dass die Insel eine Rolle während des Krieges spielte … Und gegen Ende, glauben Sie mir, hat es einen umgehauen.«

Boerke machte eine Pause. »Okay, ein wenig Geschichte. Das meiste davon wissen Sie vermutlich schon, aber ohne Hintergründe wird der Inhalt dieser Akte nicht viel Sinn ergeben. Damals war Bioko eine spanische Kolonie namens

Fernando Póo. Spanien war, zumindest theoretisch, neutral während des Krieges, und das galt auch für Fernando Póo. Praktisch jedoch war die spanische Regierung so gut wie faschistisch und ein Alliierter der Nazis.

Der Hafen hier kontrolliert den Golf von Guinea«, fuhr Boerke fort. »Die Kontrolle über diesen Teil des Ozeans war entscheidend für den Sieg in Nordafrika, weil alle Versorgungskonvois hier durchkamen. Deutsche U-Boote haben diese Gewässer patrouilliert, und es wäre ihnen beinahe gelungen, den Schiffsverkehr der Alliierten zu stoppen. Der Hafen Santa Isabel war dabei ihre geheime U-Boot-Bewaffnungs- und Betankungsanlage, genehmigt vom spanischen Verwalter der Insel, der die Briten hasste.

Anfang März 1945 wurde die Sache wirklich interessant.« Boerkes Augen funkelten. »Ein italienisches Frachtschiff, die *SS Michelangelo*, legte im Hafen an und zog ordnungsgemäß die Aufmerksamkeit der hier stationierten britischen Spione auf sich. Davon gab es drei, als Diplomaten eingeschleust ins britische Konsulat. Jeder von ihnen war ein Agent der Special Operations Executive, der Spezialeinsatzzentrale.«

Er warf Jaeger einen Blick zu. »Ich schätze, Sie kennen die SOE? Es heißt, Ian Fleming habe James Bond einem realen SOE-Agenten nachempfunden.«

Er schlug die Akte auf und zog eine alte Schwarz-Weiß-Fotografie heraus. Sie zeigte ein großes Dampfschiff mit einem gigantischen Schornstein in der Mitte des Rumpfes. »Das ist die *Michelangelo*. Aber beachten Sie – sie fährt unter der Flagge der Compania Naviera Levantina, einer spanischen Schifffahrtsgesellschaft.

Die Compania Naviera Levantina wurde von Martin Bormann gegründet«, erzählte Boerke weiter, »ein Mann, bekannt als Hitlers rechte Hand. Sie hatte nur einen Zweck: die Beute der Nazis in die vier entlegensten Winkel der Erde zu schicken, unter der Flagge eines neutralen Landes: Spanien. Bormann verschwand am Ende des Krieges. Vollständig. Tauchte nie wieder auf.

Bormanns Schlüsselrolle war die Beaufsichtigung der Plünderung Europas. Die Nazis karrten jedes Gold, Bargeld und Kunstwerk, das sie stehlen und rauben konnten, nach Deutschland. Bei Kriegsende war Hitler der reichste Mann Europas – vielleicht sogar der Welt. Und er hatte die größte Kunstsammlung aller Zeiten angehäuft.

Bormanns Job bestand darin, sicherzustellen, dass all dieser Reichtum nicht mit dem Reich zugrunde ging.« Boerke schlug mit der Hand auf die Akte. »Und offensichtlich wurde Fernando Póo einer der Durchgangshäfen für eine ganze Menge dieser Nazi-Beute. Zwischen Januar und März 1945 kamen fünf weitere Ladungen durch den Hafen, jede davon vollgestopft mit Beute. Sie wurde zum Weitertransport auf U-Boote verladen, und damit scheint sich ihre Spur zu verlieren.

Diese Spur wurde von den SOE-Agenten sehr detailreich dokumentiert«, fuhr Boerke fort. »Aber wissen Sie, was das Seltsamste ist? Die Alliierten scheinen nicht das Geringste getan zu haben, um die Nazis aufzuhalten. Öffentlich erklärten sie, sie würde diese Schiffe jagen. Doch insgeheim taten sie einfach gar nichts.

Die SOE-Agenten saßen ziemlich weit unten in der Nahrungskette. Sie konnten nicht begreifen, weshalb diese Lieferungen nie gestoppt wurden. Und auch für mich ergab das nicht viel Sinn – nicht, bis man zu den letzten paar Seiten dieser Akte kommt. Denn dort kommen wir zur *Duchessa*.«

Boerke präsentierte ein weiteres Foto aus dem Ordner. »Da ist sie – die *Duchessa*. Aber beachten Sie den Unterschied zwischen ihr und den vorherigen Schiffen. Auch sie fährt unter der Flagge der Compania Naviera Levantina, aber sie ist in

Wirklichkeit ein Cargo-Liner. Sie wurde entworfen, um neben Fracht auch Passagiere zu befördern. Wieso schickt man ein Passagierschiff, wenn die Ladung vornehmlich aus kostbaren Kunstwerken und Gold besteht, die man in ganz Europa zusammengerafft hat?«

Boerke sah Jaeger an. »Ich sag Ihnen, weshalb: weil sie in den meisten Fällen Passagiere beförderte.« Er schlug ein Papier auf und legte es auf den Tisch. »Die siebte Seite des Ladungsverzeichnisses der *Duchessa*. Sie enthält eine Liste von zwei Dutzend Passagieren, aber jeder davon ist nur als eine Reihe von Ziffern notiert. Keine Namen. Aber das ist nicht genug, damit Sie den ganzen Weg nach Bioko fliegen, richtig, mein Freund?

Glücklicherweise waren Ihre SOE-Agenten sehr einfallsreich.« Er zog ein letztes Foto hervor und reichte es Jaeger. »Ich weiß nicht, wie vertraut Sie mit den wichtigsten und obersten Nazis aus dem Frühling 1945 sind. Dieses Bild wurde mit einem Teleobjektiv aufgenommen, vermutlich aus dem Fenster des britischen Konsulats, von dem aus man den Hafen überblickt.

Lieben Sie diese Uniformen nicht auch einfach?«, bemerkte Boerke sarkastisch. »Die langen Ledermäntel? Die wadenhohen Lederstiefel? Die Totenköpfe?« Er strich sich mit der Hand durch den dichten Bart. »Das Problem ist, in den Klamotten sieht einer von denen verflixt noch mal aus wie der andere. Aber diese Typen – das sind die obersten aller Nazis, kein Zweifel. Das müssen sie sein. Und wenn Sie den Code knacken können, in dem sie gelistet sind, wird es das beweisen.«

»Also, wohin zur Hölle sind sie von hier aus gefahren?«, fragte Jaeger skeptisch.

Als Antwort drehte Boerke die Fotos um. »Auf der Rückseite wurden die Fotos datiert: Der 9. Mai 1945 – zwei Tage, nachdem die Nazis ihre bedingungslose Kapitulation mit den Alliierten unterzeichneten. Aber da wird die Spur kalt. Oder vielleicht gibt es dazu ebenfalls einen Hinweis in dem Code. Mann, ich habe einen Monat lang jeden freien Tag damit zugebracht, die Akte zu studieren. Als ich erkannte, was das ist – als ich zusammengesetzt hatte, was das alles bedeutet –, hatte ich eine Scheißangst.«

Er schüttelte den Kopf. »Wenn das alles wahr ist – und auf keinen Fall ist ein Dokument, das in diesem Safe liegt, eine Fälschung –, dann ändert das alles, von dem wir dachten, wir wüssten es. Die gesamte Nachkriegsgeschichte. Das bläst dir buchstäblich das Hirn weg. Ich habe versucht, nicht darüber nachzudenken. Wissen Sie, weshalb? Weil es mir echt Angst macht, bis auf die Knochen. Typen wie die hier, die setzen sich für gewöhnlich nicht einfach zur Ruhe und züchten im Garten Gemüse.«

Jaeger starrte das Foto lange an. »Aber wenn das eine SOE-Akte ist, wie kommt es dann, dass sie in den Händen des spanischen Gouverneurs von Fernando Póo gelandet ist?«

Boerke lachte. »Nun, das ist der witzige Teil. Der Gouverneur fand heraus, dass die sogenannten britischen Diplomaten in Wirklichkeit Spione waren. Und er dachte: Was zum Teufel? Er organisierte einen Einbruch in das Konsulat und stahl all ihre Unterlagen. Nicht direkt subtil, aber Spione als Diplomaten getarnt auf seine Insel zu setzen, war ja auch nicht unbedingt subtil gewesen.

Kennen Sie das alte Sprichwort: Seien Sie vorsichtig, was Sie sich wünschen?«

Boerke schob die gesamte Akte zu Jaeger.

»Mein Freund – Sie haben sie sich gewünscht. Jetzt gehört sie ganz Ihnen.«

87

Boerke war nicht die Sorte Mensch, die etwas überdramatisierte.

Die Akte aus dem Regierungsgebäude von Bioko war so schockierend wie aufschlussreich. Und als Jaeger sie in seinem Handgepäck verstaute, erinnerte er sich an einen Ausdruck, den Narov kürzlich verwendet hatte: »vergifteter Kelch«.

Die Tasche mit der Akte darin schien schwer in seiner Hand zu liegen. Es war ein weiteres Teil zu dem Puzzle und zweifellos eines, für das die Dunkle Streitmacht töten würde.

Jaeger kehrte mit seinem Gepäck zu Boerke zurück. Der Südafrikaner hatte ihm eine Tour über die Insel angeboten, bevor er seinen Flug zurück nach London antrat. Er hatte weitere außergewöhnliche Enthüllungen versprochen, auch wenn Jaeger sich nicht vorstellen konnte, dass irgendetwas die Akte aus dem Tresorraum übertrumpfen könnte.

Sie fuhren nach Osten aus Malabo raus und in Richtung des dichten tropischen Buschs. Als Boerke schließlich auf die winzige Schotterpiste einbog, die sich zur Küste schlängelte, wusste Jaeger, wohin sie fuhren. Sie waren auf dem Weg nach Fernao, dem Ort, an dem er drei Jahre damit zugebracht hatte, den Kindern eines Fischerdorfes Englisch beizubringen.

Jaeger versuchte verzweifelt, sich etwas zu überlegen, das er dem Dorfhäuptling erzählen konnte, dessen Sohn, Little Mo, während des Kampfes am Strand gestorben war. Es war weniger als zwei Monate her, doch für Jaeger schien es ein ganzes Leben und eine Welt entfernt zu sein.

Boerke musste die Besorgnis in seiner Miene bemerkt haben. Er lachte. »Jaeger, Mann, ich sag's Ihnen – Sie sehen gerade ängstlicher aus als in dem Moment, in dem ich meinen Jungs befohlen habe, Sie wieder ins Black Beach zu stecken. Entspannen Sie sich. Die nächste große Überraschung steht bevor.«

Als sie um die letzte Kurve auf der Straße kamen, war Jaeger überrascht, eine Art Willkommensparty zu sehen, auf die sie zufuhren.

Sie kamen näher, und es schien, als habe sich das gesamte Dorf versammelt … aber für was? Um ihn zu begrüßen? Nach allem, was geschehen war, hatte er das eigentlich nicht verdient.

Jaeger bemerkte ein selbst gebasteltes Banner, das von einer Palme zur anderen über die Straße gespannt worden war. Darauf stand: *WILLKOMMEN ZU HAUSE, WILLIAM JAEGER.*

Als Boerke an den Straßenrand fuhr und Jaegers ehemalige Schüler sich um das Auto drängten, spürte er, wie sich ihm ein Kloß im Hals bildete. Boerke und seine Wachen ließen ihn allein, als kleine Hände ihn nach draußen zogen und in Richtung der Hütte des Häuptlings drängten. Jaeger wappnete sich für das, von dem er wusste, dass es ein bittersüßes Wiedersehen würde.

Er trat ein. Nach dem grellen Sonnenlicht blendete ihn die Dunkelheit in der Hütte kurzzeitig. Das vertraute Geräusch der Brandung vom nahe gelegenen Strand drang durch die dünnen Lehmwände der Hütte. Eine Hand wurde zur Begrüßung ausgestreckt, doch der Willkommensgruß des Anführers wandelte sich schnell in eine kräftige Umarmung.

»William Jaeger … William Jaeger, willkommen. Das Dorf Fernao wird immer Ihr Zuhause sein.«

Der Anführer schien den Tränen nahe. Jaeger rang seine eigenen Gefühle nieder.

»Inschallah, hatten Sie eine gute Reise?«, fragte der Häuptling. »Nach Ihrer Flucht wussten wir nicht, ob Sie es über das Wasser geschafft haben – Sie und Ihr Freund.«

»Inschallah«, antwortete Jaeger. »Raff und ich – wir haben das Wasser überstanden … und noch viele weitere Abenteuer.«

Der Häuptling lächelte. Er deutete in eine dunkle Ecke der Hütte. »Komm«, befahl er. »Wir haben Mr. Jaeger lange genug warten lassen.«

Ein Gestalt sprang aus den Schatten und warf sich in Jaegers Arme. »Sir! Sir! Willkommen zurück! Willkommen zu Hause! Und sehen Sie!« Der kleine Junge deutete auf die Sonnenbrille, die er sich in die Stirn geschoben hatte. »Ich habe sie noch! Ihre Sonnenbrille! Ihre Oakley!«

Jaeger lachte. Er konnte es kaum glauben. Little Mo hatte noch immer einen dicken Verband um den Kopf gewickelt, aber er war äußerst lebendig!

Jaeger drückte ihn an sich und genoss das Wunder, dass der Junge überlebt hatte. Doch gleichzeitig spürte er den Schmerz eines unersetzbaren Verlusts tief in seinem Herzen. Sein eigener Sohn wäre jetzt in Little Mos Alter. Das hieß, falls er noch am Leben war …

Mit perfektem Timing gesellte Boerke sich zu ihnen, und der Häuptling fing an, die Geschichte hinter Little Mos wundersamem Überleben zu erzählen.

»Wir müssen Gott – und Ihnen, Mr. Jaeger – dafür danken … für dieses Wunder. Und Mr. Boerke natürlich. Die Kugel, abgefeuert in der Nacht Ihrer Flucht, traf meinen Sohn mit einem Streifschuss. Er wurde wie tot zurückgelassen, und wir fürchteten, dass er wirklich sterben würde. Und natürlich gab es kein Geld, um ihn in die Art Krankenhaus zu schicken, wo sie ihm hätten helfen können.

Dann kam der Umsturz, und dieser Mann kam zu uns«, der Häuptling deutete auf Boerke, »mit einem Stück Papier und einigen Nummern. Und das gab uns Zugang zu einem Bankkonto, auf dem Sie … Geld zurückgelassen hatten. Mit diesem Geld und Mr. Boerkes Hilfe schickte ich Little Mo ins beste Krankenhaus von ganz Afrika, in Kapstadt, und dort konnten sie ihn retten.

Doch es war eine große Summe Geld, und viel davon war noch übrig.« Der Anführer lächelte. »Also kaufte ich zuerst ein paar neue Boote, um die zu ersetzen, die gestohlen oder zerschossen wurden. Und dann beschlossen wir, eine neue Schule zu bauen. Eine richtige, damit der Unterricht nicht mehr länger unter einer Palme stattfinden muss. Und schließlich – wenn Mrs. Topeka sich kurz zeigen möge – haben wir eine richtige Lehrerin eingestellt.«

Eine junge, elegant gekleidete Frau trat vor und lächelte Jaeger schüchtern an. »Alle Kinder sprechen sehr freundlich von Ihnen, Mr. Jaeger. Ich versuche, die gute Arbeit fortzusetzen, die Sie begonnen haben.«

»Natürlich ist immer noch Platz für einen Lehrer mit Ihren Talenten«, fügte der Häuptling hinzu. »Und Little Mo vermisst sehr Ihre Künste im Strandfußball! Aber ich spüre, dass sie vielleicht noch etwas in der weiten Welt zu erledigen haben und dass es vielleicht eine gute Sache ist.« Er machte eine Pause. »Inschallah, William. Sie haben Ihren Pfad gefunden.«

Hatte er das? Hatte er seinen Pfad gefunden?

Jaeger dachte an das düstere Flugzeug, an die Trümmer, die nun im Dschungel verteilt lagen; er dachte an Irina Narov und ihren kostbaren Dolch; er dachte an Ruth und Luke, seine vermisste Familie. Es schienen so viele Pfade vor ihm zu liegen, aber vielleicht, irgendwie, führten sie alle zusammen.

»Inschallah«, stimmte er zu. Er zerzauste Little Mo die Haare. »Aber würdet ihr eine Sache für mich tun? Haltet die Lehrerstelle offen – nur für den Fall!«

Der Häuptling versprach es ihm.

»Nun ist die Zeit gekommen«, verkündete er. »Sie müssen mitkommen und den Ort sehen, den wir für die Schule ausgewählt haben. Man kann über den Strand blicken, von dem aus Sie geflohen sind, und wir würden uns freuen, wenn Sie den Grundstein legen. Wir überlegen, sie die William-Jaeger-und-Pieter-Boerke-Schule zu nennen, denn ohne Sie gäbe es sie nicht.«

Boerke schüttelte erstaunt den Kopf. »Ich fühle mich geehrt. Aber nein, einfach nur William-Jaeger-Schule reicht mir. Ich ... ich war einfach nur der Bote.«

Der Besuch bei der Schule war ein besonderer Augenblick. Jaeger legte den ersten Stein, auf dem die Mauern gebaut werden würden, und er und Boerke blieben für das obligatorische Festmahl. Doch schließlich mussten sie Lebewohl sagen.

Boerke hatte noch ein letztes Ziel auf der Inseltour geplant, und Jaeger musste einen Flug erwischen.

88

Von Fernao fuhr Boerke nach Westen, zurück in Richtung Malabo. Als sie auf die Küstenstraße kamen, war sich Jaeger ziemlich sicher, dass er wusste, wohin sie fuhren. Und tatsächlich bogen sie auf das Gelände des Black-Beach-Gefängnisses ein, durch Tore, die weit aufgezogen wurden von neuen und deutlich effizienter und kompetenter wirkenden Sicherheitskräften.

Boerke parkte im Schatten einer hohen Mauer.

Er drehte sich zu Jaeger um. »Wie ein zweites Zuhause, hm? Es ist immer noch ein Gefängnis, aber es gibt ganz neue Gefangene. Außerdem sind die Folterzellen jetzt leer, und die Haie drehen durch vor Hunger.« Er machte eine Pause. »Es gibt eine Sache, die ich Ihnen zeigen will, und ein paar Dinge, die ich Ihnen zurückgeben muss.«

Sie stiegen aus dem Fahrzeug und betraten das dunkle Innenleben des Gefängnisses. Jaeger konnte nicht leugnen, dass er sich unwohl fühlte, wieder den Ort zu betreten, an dem man die sprichwörtliche Scheiße aus ihm herausgeprügelt hatte, während die Kakerlaken ihm beinahe das Hirn aus dem Schädel gefressen hatten. Aber zur Hölle, vielleicht war das die Art, mit der man Dämonen besiegte.

Er wusste beinahe sofort, wohin Boerke ihn führte: zu seiner ehemaligen Zelle. Der Südafrikaner klopfte gegen die Stäbe, um die Aufmerksamkeit irgendeiner Gestalt dahinter zu gewinnen.

»So, Mojo, Zeit, Ihren neuen Wärter kennenzulernen.« Er deutete auf Jaeger. »Gute Güte, wie sich das Blatt gewendet hat.«

Der neue Bewohner von Jaegers Zelle starrte ihn an, und

ein Ausdruck des Terrors breitete sich auf seinem Gesicht aus.

»Also, wenn Sie sich nicht sehr, sehr anständig verhalten«, plauderte Boerke weiter, »werde ich Mr. Jaeger hier eine neue Foltermethode entwickeln lassen, exklusiv für Sie reserviert.« Er warf Jaeger einen kurzen Blick zu. »Sind Sie damit einverstanden?«

Jaeger zuckte mit den Achseln. »Sicher. Ich schätze, ich kann mich an ein paar der besonders bösartigen erinnern, aus meiner Zeit, als ich noch in seiner Haut steckte.«

»Hören Sie das, Mojo?«, wollte Boerke wissen. »Und ich sage Ihnen noch was, Mann: Die Haie – ich habe mir sagen lassen, die sind im Augenblick sehr, sehr hungrig. Seien Sie vorsichtig, mein Freund. Seien Sie ganz, ganz vorsichtig.«

Sie ließen Jaegers ehemaligen Wärter allein und gingen in Richtung Gefängnisbüro. Unterwegs blieb Boerke vor einem Seitengang stehen, der zum Isolationsblock führte. Er sah Jaeger an.

»Sie wissen, wen wir da drin haben?« Er nickte in Richtung des Korridors. »Chambara. Haben ihn am Flughafen geschnappt, als er versuchte zu fliehen. Wollen Sie ihm Hallo sagen? Er ist der Bastard, der Ihre Verhaftung überhaupt erst angeordnet hat, oder nicht?«

»Das stimmt. Aber lassen wir ihn isoliert. Allerdings würde ich eine seiner Jachten nehmen«, fügte Jaeger mit einem Lächeln hinzu.

Boerke lachte auf. »Ich setze Sie auf die Liste. Nein, Mann. Wir sind nicht hier, um zu rauben und zu plündern. Wir sind hier, um das Land wiederaufzubauen.«

Sie gingen die Treppe hinauf zum Gefängnisbüro, dem Ort, an dem Jaeger damals ins Gefängnis aufgenommen worden war. Boerke sagte etwas zu der Wache am Schalter, die ihm ein kleines Bündel überreichte – vornehmlich Kleidung –, das von dem Gürtel zusammengehalten wurde, den Jaeger damals getragen hatte.

Boerke überreichte Jaeger das Bündel. »Ich glaube, die gehören Ihnen. Mojos Leute haben alles Wertvolle daraus gestohlen, aber es gibt noch ein paar persönliche Dinge, die Sie sicherlich haben möchten.«

Er führte ihn in einen Seitenraum und entschuldigte sich dann, sodass Jaeger ein wenig Privatsphäre hatte, als er seine Sachen durchging.

Abgesehen von der Kleidung fand Jaeger noch sein altes Portemonnaie. Es war von allem Geld und allen Kreditkarten befreit worden, aber er war froh, es zurückzuhaben. Es war ein Geschenk seiner Frau gewesen. Es war aus flaschengrünem Leder hergestellt und hatte das SAS-Motto – »Wer wagt, gewinnt« – diskret in die Innenseite des Deckels eingetragen.

Jaeger klappte es auf und überprüfte das Geheimfach, das tief in den Taschen des Portemonnaies versteckt lag. Glücklicherweise hatten die Black-Beach-Wachen nicht daran gedacht, dort zu suchen. Er zog ein winziges Foto heraus. Es zeigte eine junge und wunderschöne grünäugige Frau, die ein rotwangiges Baby auf dem Arm hielt: Ruth und Luke, kurz nach der Geburt des Jungen.

Hinter dem Foto steckte ein Fetzen Papier. Darauf standen die PIN-Nummern seiner Kreditkarten, doch auf eine Art, dass niemand sie entziffern konnte. Jaeger hatte eine einfache Form von Code genutzt: Auf jede der vier Ziffern hatte er die jeweilige Ziffer seines Geburtsjahrs addiert, 1979.

Auf die Art wurde aus 2345 der Code 3.12.11.14.

Simpel.

Kodierung.

Für einen Augenblick wanderten Jaegers Gedanken zurück zu der alten Kriegskiste in seinem Wardour Castle Apartment und zu dem Buch, das darin lag – eine seltene Ausgabe eines reich illustrierten Mittelaltertextes, komplett in einer längst verschollenen Sprache verfasst. Von dort sprang sein Verstand zu einem Gespräch mit Simon Jenkinson, dem Archivar, in den Büros von Wild Dog Media, während sie geschmackloses, gummiartiges Sushi gegessen hatten.

Es gibt etwas, das man den Buchcode nennt. Das Schöne daran ist seine pure Einfachheit; das und die Tatsache, dass er absolut nicht zu knacken ist – jedenfalls solange man nicht weiß, auf welches Buch jede Person sich bezieht.

Daraufhin hatte der Archivar eine augenscheinlich zufällige Sequenz von Ziffern aufgeschrieben …

Jaeger griff nach seinem Handgepäck, zog die Mappe mit den Dokumenten aus dem Regierungsgebäude in Malabo heraus und schlug die Seite mit dem Ladeverzeichnis der *Duchessa* auf. Sein Blick glitt über die Reihen der scheinbar zufälligen Nummern, und er spürte einen Schub der Erregung durch seine Eingeweide fahren.

Irina Narov hatte bestätigt, dass Großvater Ted einer der führenden Nazi-Jäger gewesen war. Von dem bisschen, zu dem Großonkel Joe sich in der Lage gefühlt hatte, es ihm zu erzählen, wusste Jaeger, dass er ebenfalls eine Rolle bei Großvater Teds Arbeit gespielt hatte. Beide Männer besaßen Ausgaben desselben seltenen und uralten Buchs – des Voynich-Manuskripts.

Vielleicht lag ja Methode in dem scheinbaren Wahnsinn.

Vielleicht entschlüsselte das Voynich-Manuskript den Code.

Vielleicht hatten Großvater Ted und Großonkel Joe einige der Nazi-Dokumente vom Kriegsende in die Finger bekommen und hatten den Code als Teil ihrer Jagd entschlüsselt.

In dem Falle hätte Jäger den Schlüssel zu dem Code in der Hand. Wenn er sich selbst, Narov und vielleicht Jenkinson zusammenbringen könnte, zusammen mit den entscheidenden Büchern und Dokumenten, dann fing vielleicht alles an, Sinn zu ergeben.

Jaeger lächelte. Boerke hatte recht gehabt: Die Reise nach Bioko war es mehr als wert gewesen.

Der Südafrikaner klopfte und trat ein. »Na, Mann, Sie sehen zufrieden mit sich aus. Ich vermute, Sie haben doch noch Ihre Freude daran, hergekommen zu sein?«

Jaeger nickte. »Ich stehe in Ihrer Schuld, Pieter, mehr als nur einmal.«

»Kein Stück, Mann. Es ist eine beglichene Schuld, mehr nicht.«

Jaeger nahm sein iPhone aus seinem Handgepäck. »Ich muss zwei kurze E-Mails verschicken.«

»Nur zu – solange Sie ein Signal kriegen«, antwortete Boerke. »Die Netzabdeckung um Malabo kann ziemlich schlecht sein.«

Jaeger fuhr das Handy hoch und öffnete seinen E-Mail-Account, um die erste Nachricht zu schreiben.

> Simon,
> ich fliege über London zurück und treffe morgen früh ein. Hätten Sie Zeit für ein Treffen? Nur eine Stunde oder so? Ich komme zu Ihnen, wann immer es Ihnen passt. Es ist dringend. Ich denke, Sie werden mögen, was wir möglicherweise entdeckt haben.
> Melden Sie sich so bald wie möglich.
> Jaeger

Die Nachricht lag in seinem »Senden«-Ordner und wartete auf ein Signal, während er sich daranmachte, die zweite Nachricht zu schreiben.

Irina (wenn ich darf),
ich hoffe, es geht dir gut und deine Erholung macht Fortschritte. Ich bin in Kürze auf dem Weg zurück nach Cachimbo. Gute Neuigkeiten: Ich denke, ich habe den Code geknackt. Mehr, wenn wir uns sehen.
Grüße
Will

Er klickte auf »Senden«, und beinahe im selben Augenblick piepte sein Handy, um anzuzeigen, dass es ein Signal gefunden hatte, bei einem örtlichen Netzwerk namens *Safaricom*. Das »Senden«-Symbol drehte sich einige Sekunden herum und herum, bevor das Telefon die Verbindung abzubrechen schien.

Er wollte das Handy gerade runter- und wieder hochfahren, um es noch einmal zu versuchen, als das iPhone sich ganz von selbst auszuschalten schien, bevor das Display wieder aufleuchtete. Eine Nachricht schrieb sich wie von selbst auf den kleinen Monitor.

Frage: Wie konnten wir dich finden?
Antwort: Dein Freund hat uns verraten, wo wir suchen müssen.

Einen Augenblick später wurde das Display wieder schwarz, bevor es ein Bild einblendete, das ihm unangenehm vertraut war: ein *Reichsadler*.

Dieser Reichsadler jedoch war auf einer an die Nazis erinnernden Flagge zu sehen, die an einer Wand hing. Darunter lag Andy Smith auf einem gefliesten Boden, gefesselt an Hand- und Fußgelenken. Wenn man das Handtuch betrachtete, das sie ihm über das Gesicht geworfen hatten, und den umgekippten Eimer mit Wasser, dann wurde klar, dass man ihn mit Waterboarding gefoltert hatte.

Jaeger starrte wie gelähmt auf das schreckliche Bild.

Er konnte nur vermuten, dass es in Smithys Loch-Iver-Hotelzimmer aufgenommen worden war, bevor sie ihn auf den sturmgepeitschten Hügel gebracht, ihm eine Flasche Whisky in den Halls gekippt und ihn dann in den dunklen Abgrund gestoßen hatten. Aller Wahrscheinlichkeit nach war Stefan Kral derjenige gewesen, der Smithy hereingelegt hatte, seinen Folterern die Tür zu öffnen.

Es hätte nicht viel geben können, was Smithy seinen Mördern hätte erzählen können, bevor er starb, abgesehen von dem ungefähren Standort des Flugzeugwracks, denn Colonel Evandro hatte die genauen Koordinaten noch nicht herausgegeben.

Weitere Wörter tippten sich selbst unter dem Foto.

Gib uns zurück, was uns gehört.
Wir sind die Zukunft.

Gib uns zurück, was uns gehört. Jaeger konnte nur vermuten, dass sie die Dokumente aus dem Cockpit der Ju 390 meinten. Aber woher wussten sie, dass Narov sie dort gefunden hatte und dass sie nicht mit dem Flugzeug zusammen abgestürzt waren? Jaeger wusste es einfach nicht … Und dann traf es ihn: *Leticia Santos.*

Offensichtlich hatten sie ihre brasilianische Gefangene dazu gezwungen zu reden. Wie alle anderen im Team war Leticia bewusst gewesen, dass etwas von entscheidender Bedeutung in diesem Cockpit gefunden worden war. Ja, es gab keinen Zweifel: Unter Folter musste sie erzählt haben, was sie wusste.

Jaeger hörte eine Stimme hinter sich. »Mann, wer in Gottes Namen hat Ihnen das geschickt? Und warum?« Es war Boerke, und er starrte auf das Foto auf Jaegers Telefon.

Seine Worte rissen Jaeger aus seiner Trance, und gleichzeitig jagte ein Blitz der Erkenntnis durch ihn hindurch. Er hob den Arm und schleuderte das Smartphone durch das offene Fenster, warf es so weit wie möglich in den Busch draußen.

»LAUFEN SIE! Schaffen Sie alle hier raus! JETZT!«

Sie sprinteten aus dem Büroblock und brüllten den Wachen zu. Sie hatten kaum die ehemaligen Folterzellen im Keller erreicht, als die Hellfire einschlug. Sie bohrte sich in den Boden, wo Jaegers Handy lag, und riss ein riesiges Loch in die Außenmauer des Gefängnisareals. Das sich anschließende Bürogebäude brach zusammen – der Ort, an dem Jaeger und Boerke gerade noch gestanden hatten.

Unten im Keller waren sie beide unverletzt, ebenso wie die meisten Wachen. Aber Jaeger machte sich selbst nichts mehr vor: In dem Gefängnis, das einst beinahe sein Tod gewesen war, hatte ihn die Dunkle Streitmacht beinahe wieder getötet.

Und wieder einmal war er, William Jaeger, von nun an der Gejagte.

89

Glücklicherweise gab es in Malabo eine Handvoll Internetcafés. Mit Boerkes Hilfe wählte Jaeger eines davon aus und schickte eine kurze Nachricht:

> Schließe alle Kommunikationskanäle. Reise wie geplant.
> Kehre wie abgemacht zurück.
> WJ

Selbst als Zivilist neigte Jaeger dazu, nach dem alten Soldatensprichwort zu leben: »Wenn du versagst zu planen, planst du zu versagen.«

Bevor er Cachimbo verlassen hatte, hatte er alternative Reise- und Kontaktmöglichkeiten arrangiert, nur für solch einen Fall – dass die Jagd erneut losging. Er vermutete, dass der Gegner nun an einer Doppelstrategie arbeitete: entweder die Dokumente zurückzubekommen oder all jene zu töten, die von ihrer Existenz wussten. Idealerweise würden sie beide Ziele zu erreichen versuchen.

Mithilfe einer Mailadresse, auf die sein Kernteam – Narov, Raff und Dale – Zugang hatte, fuhr er damit fort, einen E-Mail-Entwurf zu schreiben. Sie würden wissen, dass sie den Entwurf lesen mussten, ohne dass dieser jemals abgesendet werden würde – was ihn nahezu nicht aufspürbar machte.

Dieser E-Mail-Entwurf enthielt genaue Details über die Zeit eines vorgeschlagenen Treffpunkts in einigen Tagen, an einem zuvor vereinbarten Ort. Wenn der Entwurfsordner keine Nachricht erhielt, die etwas anderes sagte, dann war das Treffen fest. Mit der »Reise wie geplant«-Anweisung wussten Narov, Raff und Dale, dass sie zurück nach England fliegen sollten, mithilfe von Reisepässen, die Colonel Evandros Kollegen vom brasilianischen Geheimdienst ihnen besorgten.

Falls notwendig, würden sie unter brasilianischem Diplomatenschutz reisen, so entschlossen war der Colonel, sie sicher nach Hause zu bringen, um das Rätsel der Ju 390 zu lösen.

Jaeger erwischte seinen Flug von Bioko nach London wie geplant.

Es hätte absolut keinen Sinn gehabt, den Flug zu wechseln, vor allem, da er unter dem »sauberen« Reisepass gebucht worden war, mit dem Colonel Evandro ihn ausgestattet hatte; einer, der nicht zurückverfolgt werden konnte.

Nach seiner Ankunft in London nahm er den Heathrow Express nach Paddington und stieg dort in ein Taxi. Er ließ den Fahrer eine gute halbe Meile von der Springfield Marina entfernt anhalten, sodass er das letzte Stück zu seinem Londoner Zuhause laufen konnte. Es war eine weitere Vorsichtsmaßnahme, um sicherzugehen, dass ihm niemand gefolgt war.

Auf einem Boot zu leben, hatte einige Vorteile; einer davon war das Fehlen einer Spur, die man verfolgen konnte. Jaeger zahlte keine Kommunalsteuer, er stand in keinem Wählerverzeichnis oder dem Eigentumsregister, und er hatte beschlossen, keine Postadresse auf der Marina zu haben.

Das Boot selbst war auf eine anonyme Briefkastenfirma registriert, genau wie der Liegeplatz. Kurz gesagt, sein Kahn war ein passabler Treffpunkt für ihre Versammlung.

Auf dem Weg zur Marina machte er halt in einem schäbig aussehenden Internetcafé. Er bestellte einen schwarzen Kaffee, loggte sich ein und schaute in den Entwurfsordner. Dort gab es zwei Nachrichten. Eine war von Raff, der das Treffen einige Stunden nach hinten verschob, nur damit sie genügend Zeit hatten, dort anzukommen.

Die andere Nachricht war leer, hatte aber einen weiterführenden Link. Jaeger klickte darauf und landete auf Dropbox, einem Online-Datenspeicher-Anbieter.

Die Dropbox-Datei enthielt ein einziges Bild im JPEG-Format.

Jaeger klickte darauf.

Die Internetverbindung war langsam, und als das Bild Zeile für Zeile runtergeladen wurde, traf es ihn wie eine Serie von Schlägen mitten in die Magengrube. Es zeigte Leticia Santos – sie kniete nackt und mit gefesselten Händen und Füßen auf dem Boden, ihre Augen blickten weit aufgerissen und rot vor Schrecken in die Kamera.

Hinter ihr hing etwas, das wie ein zerrissenes und blutbeflecktes Bettlaken aussah, auf dem die mittlerweile vertrauten Wörter standen:

Gib uns zurück, was uns gehört.
Wir sind die Zukunft.

Sie waren grob geschrieben, mit etwas, das menschliches Blut zu sein schien.

Jaeger machte sich nicht die Mühe, sich auszuloggen. Er sprintete aus dem Café, ohne seinen Kaffee angerührt zu haben.

Irgendwie war sogar ihr Entwurfsordner-Kommunikationssystem kompromittiert worden. Und wenn dem so war, wer wusste dann schon, wie schnell eine Hellfire abschießende Drohne über ihnen eintreffen würde? Jaeger bezweifelte, dass der Feind die Ressourcen besaß, eine Drohne über East London einzusetzen, aber die Annahme war die Mutter aller Katastrophen.

Instinktiv wusste er, worum es dem Feind hier ging.

Sie verspotteten ihn mit Absicht. Es war eine erprobte

Kampftaktik, eine, die die Nazis als *Nervenkrieg* bezeichnet hatten. Sie quälten ihn sehr sorgfältig und mit Bedacht, in der Hoffnung, dass sie ihn dazu provozieren konnten, lange genug an einer auffindbaren Position zu bleiben, dass sie ihn aufspüren und umbringen konnten.

Oder falls ihnen das nicht gelang, dann in der Hoffnung, dass sie ihn dazu treiben konnten, allein auf die Jagd zu gehen.

Und ehrlich gesagt zeigte ihr *Nervenkrieg* die erhoffte Wirkung.

Nachdem er zugesehen hatte, wie das Übelkeit erregende Foto runtergeladen wurde, kostete es Jaeger alle Kraft, der Versuchung zu widerstehen, sofort, hier und jetzt Leticia Santos' Folterer aufzuspüren. Und zwar alleine.

Es gab jede Menge Hinweise, denen er folgen konnte. Den Pilot der C-130 etwa. Carson würde seine Kontaktdaten in seinen Unterlagen haben, und das wäre genug für Jaeger, um ihn aufzuspüren. Außerdem hatte Colonel Evandro eine Wagenladung neuer Hinweise aus seinen eigenen Ermittlungen versprochen.

Doch Jaeger musste sich bremsen.

Er musste seine Truppen neu formieren, herausfinden, was sie herausgefunden hatten, musste das Terrain sondieren, den Feind und die von ihm ausgehende Bedrohung einschätzen und dementsprechend planen und handeln. Irgendwie musste er die Initiative wieder an sich reißen – um aktive Entscheidungen zu treffen und nicht aus der Hitze des Augenblicks heraus zu reagieren.

Es galt wieder das alte Sprichwort: »Wenn du versagst zu planen, planst du zu versagen.«

90

Der Erste, der an diesem Abend eintraf, war der Archivar Simon Jenkinson.

Jaeger hatte den Großteil des Tages auf seiner Triumph Explorer zugebracht und seinem Wardour Castle Apartment einen heimlichen Besuch abgestattet. Dort hatte er seine Ausgabe des Voynich-Manuskripts abgeholt – das, welches Großvater Ted ihm hinterlassen hatte.

Er hatte den dicken Band mit einiger Ehrfurcht auf den Schreibtisch in seinem Kahn gelegt und wartete nun darauf, dass Simon Jenkinson eintrat.

Der Archivar kam eine gute halbe Stunde zu früh, und er sah nur minimal weniger wie ein Winterschlaf haltender Honigbär aus als beim letzten Mal, als Jaeger ihn gesehen hatte. Auf Jaegers Wunsch hin war es ihm gelungen, eine Ausgabe der Übersetzung des Voynich-Manuskripts aufzutreiben. Er hatte sie dabei, fest unter den Arm geklemmt.

Jaeger konnte ihm kaum eine Tasse Tee anbieten, als Jenkinson sich auch schon mit dem Voynich-Manuskript und der Akte aus Bioko hinsetzte und sie nebeneinanderlegte. Und damit hatte es sich: Die dicken Brillengläser auf der Nasenspitze ruhend, machte Jenkinson sich an die Arbeit mit der *Duchessa*-Liste voller vermeintlich zufälliger Ziffern – vermutlich knackte er den Code, dachte Jaeger.

Eine Stunde später hob der Archivar den Kopf, und seine Augen funkelten vor Erregung.

»Hab dich!«, rief er. »Endlich! Ich habe zwei gemacht, nur um sicherzugehen, dass es kein Zufall war. Also … Nummer eins: Adolf Eichmann.«

»Den Namen kenne ich natürlich«, bestätigte Jaeger. »Aber

erinnern Sie mich bitte an die Einzelheiten.«

Jenkinson hatte sich bereits wieder über die Bücher und Akten gebeugt. »Eichmann – ein wirklich unangenehmes Exemplar. Einer der Hauptarchitekten des Holocaust. Er ist bei Kriegsende aus Nazi-Deutschland geflohen, nur um in den 1960er-Jahren in Argentinien aufgespürt zu werden.

Der Nächste«, verkündete Jenkinson, »Ludolf von Alvensleben.«

Jaeger schüttelte den Kopf. Der Name sagte ihm gar nichts.

»SS-Gruppenführer und Massenmörder par excellence. Leitete das Tal des Todes in Nordpolen, das zum Massengrab für Tausende wurde.« Jenkinson warf Jaeger einen Blick zu. »Verschwand ebenfalls nach Argentinien, wo er ein langes Leben verbrachte.«

Jenkinson beugte sich wieder über seine Bücher und blätterte vor und zurück, bis der dritte dekodiert war.

»Aribert Heim«, sagte der Archivar. »Von ihm müssen Sie gehört haben. Er stand im Mittelpunkt einer der längsten Menschenjagden aller Zeiten. Sein Spitzname während des Krieges war Dr. Tod. Er hat ihn sich in den Konzentrationslagern verdient, indem er Experimente an den Gefangenen durchführte.« Jenkinson erschauerte. »Man vermutet, dass auch er sich in Argentinien aufhält, obwohl sich das Gerücht hält, dass er an Altersschwäche gestorben ist.«

»Es scheint sich ein Muster herauszukristallisieren«, sagte Jaeger. »Ein lateinamerikanisches Muster.«

Jenkinson lächelte. »In der Tat.«

Bevor er irgendwelche weiteren Namen verlesen konnte, traf der Rest der Gruppe ein. Raff führte Irina Narov und Mike Dale auf den Kahn. Die letzten beiden sahen müde von der Reise aus, und doch sah man ihnen eine erstaunliche Genesung an, vor allem waren sie deutlich besser ernährt als beim letzten Mal, als Jaeger sie gesehen hatte.

Er begrüßte sie nacheinander und stellte sie und Jenkinson gegenseitig vor. Raff, Narov und Dale waren direkt aus Rio nach London geflogen, mit einem vorhergehenden Anschlussflug aus Cachimbo. Sie waren seit beinahe achtzehn Stunden unterwegs, und die Nacht versprach lang zu werden.

Jaeger kochte starken Kaffee und teilte dann die guten Nachrichten mit ihnen: Der Buchcode schien zu funktionieren – zumindest mit der Bioko-Akte.

Fünf Personen versammelten sich um das Voynich-Manuskript und seine Übersetzung, während Narov die Tasche voller Papiere hervorzog, die sie aus dem Cockpit der Ju 390 geborgen hatte. Die Luft an Bord des Kahns knisterte vor Anspannung. Würden siebzig Jahre dunkler und verborgener Geschichte endlich wieder ans Licht geholt werden?

Narov nahm das erste Dokument heraus.

Dale schaltete die Kamera ein. Er deutete damit auf Jaeger. »Ist Ihnen das recht? Hier drin?«

»Was ist mit Ihnen nicht in Ordnung?«, stichelte Jaeger. »Es heißt doch ›Erst filmen, dann fragen‹, oder nicht?«

Dale zuckte mit den Achseln. »Das ist Ihr Zuhause. Ein großer Unterschied zum Filmen in der Wildnis.«

Jaeger spürte, dass sich etwas an dem Mann verändert hatte – eine Aura der Reife und echten Sorge, als ob die Irrungen und Wirrungen der letzten Wochen ihn irgendwie hätten reifen lassen.

»Nur zu«, sagte er. »Dokumentieren wir das. Alles davon.«

Nach einer kurzen Einführung von Jenkinson machte sich Narov an die Arbeit an den Dokumenten zu *Aktion Feuerland*, während Dale gute Einstellungen suchte und Raff und Jaeger formlos Wache standen. Der Archivar schien erstaunlich talentiert im Multitasking zu sein: Es dauerte nicht lange, bevor er Jaeger eine Liste unter die Nase halten konnte – die siebte Seite der Ladeliste der *Duchessa*, vollständig dekodiert. Er machte damit weiter, auf einige der berüchtigtsten Namen hinzuweisen.

»Gustav Wagner, besser bekannt als ›Der Schlachter‹. Wagner gründete das T4-Programm – um Menschen mit Behinderungen auszurotten – und leitete dann eines der größten Vernichtungslager. Floh nach Südamerika, wo er ein stattliches Alter erreichte.«

Sein Finger zeigte auf einen anderen Namen auf der Liste. »Klaus Barbie – ›Der Schlächter von Lyon‹ –, ein Massenmörder, der sich durch Frankreich gefoltert und gemordet hat. Bei Kriegsende …«

Jenkinson brach ab, als Jaegers Bootsnachbarin, Annie, geduckt durch den Eingang des Kahns trat. Jaeger stellte sie allen vor.

»Annie wohnt auf dem Kahn nebenan. Sie ist eine … gute Freundin.«

Narov antwortete, während sie weiter über ihre Dokumente gehockt dasaß. »Sind sie das nicht alle? Frauen und Will Jaeger – sie werden angezogen wie die Motten von der Kerzenflamme. Sagt ihr das nicht so auf Englisch?«

»Jeder, der einen Karottenkuchen wie Annie zaubert, wird mein Herz gewinnen, so viel ist sicher«, erwiderte Jaeger und gab sein Bestes im Versuch, eine unangenehme Situation zu retten.

Nachdem sie erkannt hatte, dass er und seine Freunde beschäftigt waren, und nachdem sie die Spannung in der Luft spürte, überreichte Annie Jaeger den Kuchen, den sie mitgebracht hatte, und zog sich eilig wieder vom Kahn zurück. »Arbeitet nicht zu schwer, Leute«, rief sie und winkte zum Abschied.

Narov beugte sich tiefer über ihre Dokumente. Jaeger betrachtete sie, irritiert von dem, was sie gerade getan hatte.

Welches Recht hatte sie, so unfreundlich zu seinen Freunden zu sein?

»Danke für die Hilfe bei der Nachbarschaftspflege«, sagte er sarkastisch.

Narov hob nicht einmal den Kopf. »Es ist einfach. Niemand außerhalb dieser vier Wände sollte von dem wissen, was diese Unterlagen enthüllen – das heißt, falls wir sie entschlüsseln können. Niemand, ganz gleich, wie gut man befreundet ist.«

»Also, Klaus Barbie«, versuchte Jenkinson den Faden wieder aufzunehmen.

»Ja, erzählen Sie mir vom Schlächter von Lyon.«

»Bei Kriegsende wurde Klaus Barbie von britischen und amerikanischen Geheimdiensten geschützt. Man postierte ihn als CIA-Agent in Argentinien, mit dem Codenamen ›Adler‹.«

Jaeger hob eine Augenbraue, als er das deutsche Wort hörte, das er inzwischen kannte. »*Adler*? Sie meinen das Tier?«

»Genau«, antwortete Jenkinson. »Ob Sie es glauben oder nicht, der Schlächter von Lyon wurde für den Rest seines Lebens ein CIA-Agent mit dem Codenamen Adler.« Er wanderte mit dem Finger die Liste hinab. »Und der hier. Heinrich Müller, ehemaliger Kopf der Gestapo – der oberste aller Nazis, deren Schicksal ein absolutes Rätsel sind. Die meisten glauben, er floh nach … Sie haben es sicher schon erraten: Argentinien.

Unter ihm Walter Rauff, ein führender SS-Kommandant. Der Erfinder der mobilen Gaskammern. Floh nach Südamerika. Wurde steinalt, und auf seiner Beerdigung, so heißt es, wurden die Nazis ziemlich groß gefeiert.

Und schließlich«, verkündete Jenkinson, »›Der Todesengel‹ höchstpersönlich. Josef Mengele. Verübte unaussprechliche Experimente an Tausenden Gefangenen in Auschwitz. Bei Kriegsende floh er nach – muss ich es sagen? – Argentinien, wo er Berichten zufolge seine Experimente fortsetzte. Ein echtes Monster von Mensch – falls man ihn überhaupt als Menschen betrachten möchte.

Oh, und bevor wir ihn vergessen, Bormann steht ebenfalls auf der Liste. Martin Bormann – Hitlers Sekretär …«

»Hitlers rechte Hand«, unterbrach Jaeger.

»In der Tat.« Jenkinson sah ihn an. »Kurz gesagt, es ist ein Verbrecheralbum der obersten Nazis, eines, wie man es noch nicht gesehen hat. Auch wenn der oberste aller Verbrecher fehlt: Onkel Adolf. Es heißt, er sei im Bunker in Berlin gestorben. Ich selbst habe das nie ganz geglaubt.«

Jenkinson zuckte mit den Achseln. »Ich habe den Großteil meines Lebens damit zugebracht, den Zweiten Weltkrieg in den Archiven zu erforschen. Sie wären erstaunt, was für eine Industrie darum herum gewachsen ist. Aber ich bin niemals auf irgendetwas gestoßen, das es auch nur im Entferntesten mit dem hier aufnehmen könnte.« Er machte mit der Hand eine Geste über den Haufen von Dokumenten auf dem Tisch. »Und ich muss sagen, ich amüsiere mich köstlich. Haben Sie etwas dagegen, wenn ich noch einen knacke?«

»Nur zu«, antwortete Jaeger. »Es ist zu viel für Ms. Narov, um es in einer Nacht zu schaffen. Aber ich bin neugierig. Was geschah mit dieser Hans-Kammler-Akte, die Sie im Nationalarchiv gefunden haben? Die, von der Sie mir einige Seiten per E-Mail geschickt haben?«

Jenkinson schien ein wenig zusammenzuzucken, und eine Spur von Besorgnis schien in seinen Blick zu kriechen. »Weg. Verschwunden. Puff. Selbst als ich das Online-Cloud-System durchforstet habe – nirgendwo auch nur eine Seite mehr zu finden. Die Akte hat es nie gegeben.«

»Irgendjemand hat eine Menge Mühen auf sich genommen, um sie verschwinden zu lassen«, sagte Jaeger.

»Das hat jemand«, gab Jenkinson zu.

»Eine Sache noch«, fügte Jaeger hinzu. »Weshalb nutzt man etwas so Einfaches wie einen Buchcode? Ich meine, die Nazis hatten ihre hochmodernen Enigma-Verschlüsselungsmaschinen, oder nicht?«

Jenkinson nickte. »Hatten sie, ja. Aber dank der Arbeit in Bletchley Park konnten wir den Enigma-Code knacken. Und bei Kriegsende wussten die obersten Nazis das.« Er lächelte. »Ein Buchcode mag simpel erscheinen, aber er ist auch absolut unknackbar, solange man nicht exakt das gleiche Buch – oder in diesem Falle dieselben Bücher – besitzt, auf denen der Code basiert.«

Und damit ging er hinüber zu Narov, um seinen scharfen Verstand darauf zu verwenden, ein weiteres Dokument zu dekodieren.

91

Zahlen waren nicht direkt Raffs und Jaegers Stärke. Sie beschäftigten sich damit, Kaffee zu kochen und nächtliche Wache draußen an Deck zu halten. Jaeger rechnete nicht direkt damit, dass es hier im Jachthafen Schwierigkeiten geben würde, aber sie beide, er und Raff, waren noch am Leben und aktiv, weil sie darauf trainiert worden waren, das Unerwartete zu erwarten – eine Lektion, nach der sie immer noch jeden Tag lebten.

Nach etwa einer Stunde kam Dale heraus und leistete ihnen Gesellschaft. Er nahm einen großen Schluck Kaffee. »Es gibt nur eine bestimmte Menge Dokumente, die gelesen werden, die ein gesunder Mensch filmen kann.«

»Wo wir vom Film sprechen, wie läuft es?«, fragte Jaeger. »Ist Carson zufrieden, oder werden Sie bei Sonnenaufgang standrechtlich erschossen?«

Dale zuckte mit den Achseln. »Seltsamerweise scheint er bei der ganzen Sache ziemlich zuversichtlich zu sein. Wir haben das Flugzeug erreicht und aus dem Dschungel gehoben, genau wie versprochen. Der Umstand, dass wir es unterwegs verloren haben, bedeutet bloß, dass es keine Fortsetzung geben wird. Aber sobald ich hier fertig bin, soll ich an den Schnittplatz, damit ich die Sendung schneiden kann.«

»Wie werden Sie mich dastehen lassen?«, erkundigte sich Jaeger. »Schneiden Sie meine ›Ähms‹ und ›Öhs‹ raus?«

»Ich werde Sie wie einen Idioten aussehen lassen«, antwortete Dale ausdruckslos.

»Tun Sie das, und Sie *werden* bei Sonnenaufgang standrechtlich erschossen.«

»Tun Sie das, und es wird keinen Film geben.«

Sie lachten.

Inzwischen war eine Art Kameradschaft zwischen ihnen gewachsen – eine, die Jaeger nach ihrem ersten Treffen nie für möglich gehalten hätte.

Es war beinahe Mitternacht, als Narov ihr erstes Dokument dekodiert hatte. Tatsächlich war das Voynich-Manuskript der Schlüssel gewesen, um seinen Inhalt zu verstehen, doch es war langsame und mühevolle Arbeit. Sie kam zu Raff, Dale und Jaeger ans offene Heck des Kahns.

»Ich habe etwa die Hälfte fertig«, sagte sie. »Und schon jetzt ist es unglaublich.« Sie sah zu Jaeger. »Wir wissen jetzt genau, wohin die ersten drei Ju 390 – *Adlerflug I, II* und *III* – geflogen sind und wohin unser Flug, *Adlerflug IV*, geplant gewesen wäre, wenn ihm nicht das Benzin ausgegangen wäre. Was bedeutet, wir wissen genau, wo die Nazis ihre sicheren Verstecke haben.

Aktion Feuerland«, erklärte sie weiter. »Weißt du, weshalb die Operation so genannt wurde? Sie haben sie nach Tierra del Fuego getauft. Die Region Feuerland. Ein kleines Stück Land, dort, wo die südlichste Spitze Argentiniens auf den Atlantik trifft. Für mich ist Argentinien keine Überraschung. Das Land war schon immer der Hauptverdächtige, wenn es darum ging, die Top-Nazis zu verstecken.

Aber es gibt noch etliche andere Orte, die das Dokument enthüllt. Andere Verstecke. Und die sind wirklich schockierend.« Narov machte eine Pause und versuchte, ihr Hochgefühl unter Kontrolle zu bekommen. »Weißt du, wir hatten nie genug – weder Informationen noch Kompetenzen –, um das zu beenden. Endgültig zu beenden. Aber indem wir diese Codes geknackt haben, haben wir das jetzt vielleicht.«

Bevor Narov weitersprechen konnte, ertönte ein triumphierender Ruf aus dem Inneren des Kahns. Jenkinson hatte ihn ausgestoßen, und sie alle vermuteten, dass er etwas wirklich Außergewöhnliches gefunden haben musste, denn es lag nicht in der Natur des Archivars, sich grundlos so zu ereifern.

Sie liefen hinein.

Jenkinson hielt ein Stück Papier hoch. »Das … ist … es«, stammelte er atemlos. »Das ändert alles. Es hätte so leicht übersehen werden können – nach außen hin ein Papier voller Zahlen … Aber endlich ergibt alles einen Sinn. Einen schrecklichen, Furcht einflößenden Sinn.«

Er sah die vier an, und seine Unterlippe zitterte vor … was? Aufregung? Oder war es Angst?

»Es hat nur wenig Sinn, seine Beute, seine Top-Leute und seine *Wunderwaffen* in alle vier Himmelsrichtungen zu verstreuen, wenn man keinen Grund dafür hat. Einen Ablauf. Einen *Masterplan*.

Das hier«, er wedelte mit dem Papier, »das ist er. *Aktion Werwolf*. Die Blaupause für das Vierte Reich.«

Er sah sie an, und Angst umrahmte seinen Blick. »Man beachte: Viertes Reich. Nicht Drittes Reich. *Viertes Reich.*«

Sie versammelten sich in erstauntem Schweigen, während Jenkinson vorzulesen begann.

»Hier steht: ›Auf Befehl des Führers. Aus der Asche des Dritten Reichs wird der *Übermensch* daran arbeiten, sicherzustellen, dass wir uns erneut erheben …‹«

Jenkinson las das gesamte Dokument vor. Es entwarf einen Plan, die größten Schwächen der Alliierten – ihre paranoide Angst vor einem Aufstieg des Ostblocks und des Sowjetkommunismus – gegen sie zu verwenden. Selbst in der Stunde des alliierten Sieges wollten die Nazis diese Paranoia als ihr trojanisches Pferd nutzen – wodurch sie überleben und erneut erstarken konnten, um die Welt ein weiteres Mal zu erobern.

»Indem sie den gewaltigen Reichtum nutzten, den sie während der Kriegsjahre angesammelt hatten, wollten sie alle Bereiche der Gesellschaft mit ›wahren Gläubigen‹ durchsetzen. Sie wollten so tun, als würden sie ihre Technologien zum Nutzen ihrer neuen Herren entwickeln, während sie sie in Wirklichkeit unterwanderten. Die vielversprechendsten *Wunderwaffen*-Technologien würden weiterentwickelt werden, aber im absolut Geheimen und zum Vorteil eines im Vierten Reich neugeborenen Nazismus.

›Niemand sollte die Aufgabe unterschätzen, die nun vor uns liegt‹«, las Jenkinson aus dem letzten Absatz vor. »›*Aktion Werwolf* wird nicht über Nacht zum Erfolg führen. Wir werden geduldig sein müssen. Wir werden unsere Macht neu aufbauen müssen und unsere Kräfte sammeln. Der Führer wird, unterstützt von den hellsten Köpfen des Reiches, im Geheimen weiter an diesem Ziel arbeiten. Und wenn das Reich wie Phönix aus der Asche steigt, dann wird es weltumspannend und unaufhaltsam sein.

Viele von uns werden diesen Tag nicht mehr erleben‹«, las er weiter, »›doch unsere Kinder werden das mit Sicherheit. Sie werden sich ihr Geburtsrecht zurückholen. Die Bestimmung des Übermenschen wird erfüllt werden. Und Rache – endlich wird uns Rache zuteilwerden.‹«

Jenkinson blätterte das Papier um und enthüllte ein zweites. »Sie reden davon, ihre Leute im Amt für strategische Dienste einzuschleusen – dem Vorgänger der CIA –, in der amerikanischen Regierung, dem britischen Geheimdienst, den Top-Firmen … die Liste ist endlos. Und sie geben sich selbst siebzig Jahre, um das Ziel zu erreichen. Siebzig Jahre, ausgehend vom Augenblick ihrer alles überschattenden Schmach: der bedingungslosen Kapitulation vor den Alliierten im Mai 1945.«

Jenkinson sah angstvoll auf. »Was bedeutet, dass sich irgendwann jetzt das neue Reich erheben wird, phönixgleich aus der Asche.«

Er drehte das Dokument um, sodass die Schrift zu Jaeger und den anderen zeigte. Am unteren Rand der zweiten Seite war ein vertrautes Symbol abgebildet – ein *Reichsadler*.

»Das«, sagte er und deutete darauf, »ist ihr Zeichen. Es ist das Wappen des Vierten Reichs. Das runde Symbol unter dem Schwanz des Adlers – die Schrift drum herum ist ebenfalls kodiert. Um genau zu sein, ist es sogar dreifach kodiert, aber ich konnte den Code entschlüsseln.

Dort steht: ›*Die Übermenschen des Vierten Reichs – Wir sind die Zukunft.*‹«

92

Jaeger blickte über das warme aquamarinblaue Wasser zu Irina Narov. »Deine Welle«, forderte er sie heraus. »Wenn du glaubst, Manns genug dafür zu sein.«

Hinter ihnen brandete eine riesige Dünung in Richtung des funkelnden weißen Sandes und wurde immer größer und mächtiger, während sie sich dem Strand näherte.

»*Schwachkopf!* Machen wir ein Rennen!«, gab Narov die Herausforderung zurück.

Sie wendeten und begannen, kraftvoll in Richtung Küste zu paddeln. Einen Augenblick füllte das Rauschen der Brandung Jaegers Ohren, dann hob sie kraftvoll das hintere Ende seines Surfboards nach oben. Er paddelte schneller, versuchte, die Welle zu kriegen und ein Teil davon zu werden, als sie donnernd auf den dünnen Silberstreif zuraste, den der Strand bildete.

Er wurde schneller, das Board pflügte sich durch die Wasseroberfläche, und in einer geschmeidigen Bewegung sprang er auf die Füße, die Beine in den Knien gebeugt, um den Ritt besser abzufedern. Während er schneller wurde, spürte Jaeger den vertrauten Adrenalinrausch. Er beschloss, einen schnellen Top-Turn durchzuführen, nur um sicherzugehen, dass er Narov wenigstens beim Stil schlagen würde.

Er drehte seine Schultern in Richtung der Welle, und sein Board sauste die vier Meter hohe Welle hinauf. Er erreichte die weiß schäumende Krone und begann, das Brett herumzureißen, sodass er den Wellenberg wieder hinabrasen konnte. Doch er hatte unterschätzt, wie sehr fünf Wochen im Black-Beach-Gefängnis, gefolgt von beinahe noch einmal derselben Zeit im Amazonasgebiet, ihn geschwächt hatten.

Als er versuchte, sein Gewicht auf den Vorderfuß zu verlagern, wurde Jaeger klar, wie steif seine Beine waren. Er verlor das Gleichgewicht, und einen Augenblick später riss es ihn vom Brett. Die große Welle verschluckte ihn, zog ihn unter Wasser und warf ihn kraftvoll in seinen tosenden, dumpfen Tiefen hin und her.

Er spürte, wie die reine Kraft des Ozeans Besitz von ihm ergriff, und ergab sich ihr. Das war die einzige Möglichkeit, einen so schweren Wipeout zu überstehen. Wie Jaeger seinem Sohn erklärt hatte, als er ihn das erste Mal zum Surfen mitgenommen hatte: »Lass dir Zeit. Stell dir vor, du hättest zehn Sekunden, um die Welt zu retten; dann nutze immer fünf davon, um gemütlich Kekse mit Milch zu genießen.« Das war seine Art, Luke beizubringen, im Sturm die Ruhe zu bewahren.

Wenn die Welle fertig mit ihm war, das wusste Jaeger, würde sie ihn wieder ausspucken.

Und tatsächlich: Schon wenige Sekunden später war er wieder an der Oberfläche.

Gierig saugte er die Luft ein und tastete nach der Leine, die ihn mit seinem Board verband. Er fand sie und zog das Surfboard zu sich heran, stieg auf und paddelte in Richtung Land. Narov wartete am Strand, ein siegesbewusstes Glitzern in den Augen.

Es war eine Woche vergangen seit ihrer Dekodiersitzung auf Jaegers Kahn und der Entdeckung von *Aktion Werwolf*. Die Idee, auf die Bermudas zu fahren, war seine gewesen. Das Ziel: ein paar Tage damit verbringen, Energie zu tanken und Pläne zu schmieden, mit freundlicher Unterstützung von Jaegers Eltern.

Eine Ruhepause vor der anstehenden Schlacht.

Bermuda, ein winziges Stück britisches Territorium in Übersee, mitten im Atlantischen Ozean, lag so weit entfernt von allen neugierigen Blicken, wie es nur möglich war. Jaegers Eltern wohnten nicht einmal in der größten Siedlung, Main Island. Sie hatten sich in Horseshoe Bay eingerichtet, auf dem atemberaubenden Gebiet von Morgan's Point.

Absolut abgelegen. Absolut wunderschön.

Und weit weg von der Hölle der Serra de los Dios …

Es war ungewöhnlich für jemanden, der so besessen von der Mission war – von der Jagd –, doch Narov schien auf der Stelle die Chance wahrzunehmen, dem winzigen Inselparadies einen Besuch abzustatten. Jaeger vermutete, dass sie, sobald sie alles hinter sich gelassen hatte, endlich bereit dazu wäre, über ihre geheime Vergangenheit zu sprechen und über ihre Verbindung zu seinem Großvater.

Er hatte einige Male versucht, das Thema in London anzuschneiden – doch selbst dort schien Narov von ihren Dämonen verfolgt zu werden.

Der Trip nach Bermuda bot Jaeger außerdem die Gelegenheit, mit seinen Eltern darüber zu sprechen, wie Großvater Ted gestorben war, etwas, das schon lange überfällig war. Und es hatte sich gezeigt, dass beim Tod seines Großvaters tatsächlich etwas nicht mit rechten Dingen zugegangen war, auch wenn Jaeger damals zu jung gewesen war, um es mitzubekommen.

Nachdem es der Polizei nicht gelungen war, irgendwelche Beweise zu finden, war die Familie gezwungen gewesen, die Schlussfolgerung zu akzeptieren, dass es sich um Selbstmord handelte, auch wenn es selbst dafür keine Beweise gab. Doch ihr Argwohn blieb bestehen.

Es war vorherzusehen gewesen, dass seine Mutter und sein Vater Jaegers Ankunft mit Narov als etwas interpretierten, das es nicht war. Sein Vater war sogar so weit gegangen, Jaeger zu einem persönlichen Gespräch in sein Arbeitszimmer zu bitten.

Er hatte darüber gesprochen, dass Narov – auch wenn ihr Verhalten manchmal etwas seltsam anmutete – sehr hübsch wäre und wie wohltuend es war, zu sehen, dass Jaeger sich wieder auf … eine Freundin einließ. Jaeger hatte darauf hingewiesen, dass sein Vater eine entscheidende Tatsache ignorierte: Er und Narov schliefen in getrennten Zimmern.

Sein Vater hatte klargestellt, dass er das keinen Augenblick ernst nahm. Was ihn betraf, war die Getrennte-Zimmer-Scharade genau das: eine Scharade. Um den Eltern etwas vorzuspielen. Und nachdem Jaegers Frau und Kind seit mittlerweile beinahe vier Jahren verschwunden waren, das hatte sein Vater ebenfalls klargestellt, waren er und seine Mutter der Ansicht, es wäre höchste Zeit.

Zeit für Jaeger, wieder nach vorne zu schauen.

Jaeger liebte seine Eltern über alles. Vor allem sein Vater hatte ihm seine ganze Liebe für alles Wilde vererbt – das Meer, die Berge und Wälder. Jaeger hatte es nicht übers Herz gebracht, ihm zu sagen, dass er nie zuvor so überzeugt davon war, dass Ruth und Luke noch am Leben waren. Höchstwahrscheinlich behielt er es für sich, um seinen Eltern weitere Unsicherheiten und Kummer zu ersparen.

Er wusste nicht, wie er seine neu gewonnene Überzeugung erklären sollte. Wie er seinem Vater erklären sollte, dass ein psychotroper Cocktail, zubereitet von einem Amazonas-Indio – einem Kriegskameraden –, ihm seine Erinnerungen zurückgebracht hatte, und mit ihnen seine Hoffnung.

93

Nachdem die morgendliche Surfstunde beendet war, gingen er und Narov zum Haus zurück. Seine Eltern waren unterwegs, und Narov ging duschen, um sich das Salz von der Haut und aus den Haare zu waschen. Jaeger ging in sein Schlafzimmer und nahm sein iPad. Er musste nach Neuigkeiten über den Rest seines Teams suchen.

Solange sie nicht sicher aus dem Dschungel heraus waren, fühlte er sich unwohl dabei, die nächsten Schritte zu planen. Natürlich gab es, nur weil sie einen Plan zur Rückkehr des »Dritten Reichs« entdeckt hatten – eine globale Machtübernahme der Nazis –, noch lange keine Garantie dafür, dass dieser Plan auch tatsächlich umgesetzt werden würde. Doch die Beweise waren mehr als überzeugend, und Jaeger befürchtete das Schlimmste.

Zuerst war Andy Smith ermordet worden, und dann waren Jaeger und sein Team durch den Amazonas gehetzt worden. Die Dunkle Streitmacht hatte alles dafür gegeben, sie auszuschalten und ihre Geheimnisse um den Geisterflug der Ju 390 für immer zu begraben. Sie hatten offensichtlich auf der ganzen Welt Einfluss sowie Zugriff auf modernste Technik und Militärausrüstung. Und ein offizielles britisches Regierungsdokument hatte sich in den Archiven in Luft aufgelöst, als ob es nie existiert hätte.

Wie auch immer Jaeger die Sache betrachtete, die Kinder des »Dritten Reichs« schienen tatsächlich auf dem Vormarsch zu sein, und niemand schien es zu bemerken oder irgendetwas zu tun, um es aufzuhalten – mit Ausnahme von ihm und seinem kleinen, kriegsmüden Team.

Als Jenkinson die *Aktion-Werwolf*-Dokumente entschlüsselt hatte, war Jaeger versucht gewesen, die Existenz einer Akte mit demselben Titel in der Kriegskiste seines Großvaters zu enthüllen. Doch irgendein Instinkt hatte ihn davon abgehalten. Das war ein Trumpf, den er vorerst für sich behalten wollte, bis die Zeit gekommen war, ihn auszuspielen.

Mithilfe von Colonel Evandro war es ihm gelungen, ein System sicherer, verschlüsselter E-Mails aufzustellen, sodass alle überlebenden Teammitglieder in einiger Sicherheit miteinander kommunizieren konnten. Oder zumindest alle mit Ausnahme von Leticia Santos. Colonel Evandro hatte seine besten Leute dort draußen, wo sie, unterstützt von seinen Entführungs-, Lösegeld- und Erpressungsspezialisten, das Land durchkämmten auf der Suche nach ihrem Aufenthaltsort, doch bisher hatten sämtliche Spuren ins Nichts geführt.

Jaeger fuhr das iPad hoch und loggte sich bei *ProtonMail* ein – dem End-to-End-verschlüsselten E-Mail-System, das sie nun nutzten. Er hatte eine Nachricht, die auf ihn wartete, von Raff, mit guten Neuigkeiten. In den letzten vierundzwanzig Stunden waren Lewis Alonzo, Hiro Kamishi und Joe James aufgetaucht. Sie hatten es unter der Führung von Puruwehua und einigen Mitgliedern des Nachbarstammes der Uru-Eu-Wau-Wau aus der Serra de los Dios herausgeschafft.

Allen dreien ging es so gut, wie man es erwarten konnte, und Raff arbeitete nun mit Colonel Evandro daran, sicherzustellen, dass sie so schnell und sicher wie möglich wieder nach Hause gebracht wurden. Jaeger schrieb ihm zurück und bat um ein Update bezüglich der Suche nach Leticia Santos.

Auch wenn er wusste, dass es nichts gab, was er tun konnte, um zu helfen, wollte ein Teil von ihm auf der Stelle nach Brasilien zurückkehren und Colonel Evandro bei der Suche unterstützen. Sobald er in Bermuda fertig wäre, würde er das auch tun, falls Santos in der Zwischenzeit nicht gefunden wurde. Er schwor sich selbst, dass sie gefunden und sicher nach Hause gebracht werden würde.

Es gab noch eine zweite Nachricht, die in seinem Empfangsordner wartete, diese von Pieter Boerke. Er wollte sie gerade öffnen, als es an seiner Tür klopfte.

Es war Narov. »Ich gehe raus und etwas laufen.«

»In Ordnung«, gab Jaeger zurück, die Augen weiter auf den Bildschirm gerichtet. »Und wenn du zurück bist, können wir vielleicht unser längst überfälliges Gespräch darüber führen, wieso du meinen Großvater kennst. Und weshalb du mich so verachtest.«

Narov hielt inne. »Dich verachten? Vielleicht inzwischen nicht mehr so sehr. Aber ja, hier, an diesem Ort können wir vielleicht reden.«

Die Tür wurde geschlossen, und Jaeger öffnete die Nachricht von Boerke.

> Als Erstes: Laden Sie das angehängte Foto herunter. Ich habe es im Tresorraum bisher übersehen. Sobald Sie es haben, rufen Sie mich über Skype an. Das leitet Sie auf mein Handy weiter, selbst wenn ich unterwegs bin, Sie können mich also jederzeit erreichen. Tun Sie es sofort. Sprechen Sie mit niemand anderem.

Jaeger tat wie befohlen. Das Foto war ein körniges Schwarz-Weiß-Bild, aufgenommen mit einem Teleobjektiv. Erneut zeigte es eindeutig die *Duchessa*, und man sah eine Gruppe ranghoher Nazi-Kommandeure zusammengepfercht an der Reling stehen. Nichts stach für ihn hervor, also öffnete er, das Bild weiterhin auf dem Bildschirm, sein Skype und rief Boerke an.

Der Südafrikaner meldete sich, die Stimme voller Anspannung. »Gucken Sie sich den vierten Typen von links an, direkt in der Mitte des Fotos. Haben Sie ihn? Der Kerl. Der finstere Blick; die schreckliche Frisur; die Stirnfalten. Erinnert Sie das an jemanden? Jetzt stellen Sie sich dieses Gesicht mit einem kleinen und sehr dämlich aussehenden Charlie-Chaplin-Bärtchen vor …«

Plötzlich war es, als könne Jaeger nicht mehr atmen. »Auf keinen Fall«, keuchte er. »Unmöglich. Wir haben den Code geknackt, und er stand nicht auf der Liste. Die obersten Nazis schon, aber er nicht.«

»Tja, gucken Sie noch mal genauer hin«, erwiderte Boerke. »Denn wenn das nicht der gottverdammte Adolf Hitler ist, dann bin ich ein gottverdammter Chinese! Und noch etwas. Auf der Rückseite trägt das Foto ein Datum. Der 7. Mai 1945. Und ich vermute, ich muss nicht betonen, welche Bedeutung das hat.«

Sobald Boerke das Gespräch beendet hatte, tätigte Jaeger einen Doppelklick auf das Foto, wodurch er es vergrößerte. Er starrte auf die Gesichtszüge des Mannes und wagte kaum, seinen eigenen Augen zu trauen. Kein Zweifel: Der Mann war das absolute Ebenbild des Führers – und implizierte so, dass er an Deck eines Schiffes im Hafen Santa Isabel stand, eine ganze Woche nachdem er sich angeblich in seinem Berliner Bunker selbst erschossen hatte.

Es dauerte eine ganze Weile, bis Jaeger sich imstande fühlte, sich wieder um die offensichtlichen Aufgaben zu kümmern. Boerkes Enthüllung – vermutlich das letzte dunkle Geheimnis der *Duchessa* – hatte ihn völlig gelähmt. Es war eine Sache, herauszufinden, dass viele der Stellvertreter Hitlers – die Hauptarchitekten des Bösen – das Kriegsende überlebt hatten.

Doch es war etwas ganz anderes, herauszufinden, dass der Führer selbst ebenfalls davongekommen sein könnte.

Mithilfe der *ProtonMail*-Suchmaschine loggte sich Jaeger in den E-Mail-Account ein, dessen Entwurfsordner sie zuvor als Kommunikationsmittel verwendet hatten – den, der kompromittiert worden war. Er konnte der Versuchung nicht widerstehen, einen Blick zu wagen, und er wusste, dass ihr Aufenthaltsort dank *ProtonMail* so gut wie nicht aufspürbar war. *ProtonMail* brüstete sich damit, dass nicht einmal die NSA – der mächtigste elektronische Überwachungsdienst der Welt – den Verkehr knacken konnte, der durch ihre Schweizer Server lief.

Es gab nur eine einzige neue Nachricht, die im Entwurfsordner wartete.

Sie lag dort seit einigen Tagen.

Jaegers Beklemmung wuchs.

Wie zuvor war sie leer, mit Ausnahme eines Links zu einem Dropbox-Ordner. Jaeger ging nicht davon aus, dass die Nachricht von jemandem aus seinem Team war. Mit einem wachsenden Gefühl der Furcht öffnete er Dropbox und klickte die erste JPEG-Datei an, in der Erwartung, dass es ein weiteres schreckliches Foto von Leticia Santos wäre – ein Teil des fortgesetzten *Nervenkriegs* seiner Gegner.

Er sagte sich selbst, dass er hinschauen musste, denn in einem dieser Übelkeit erregenden Bilder mochte der Feind versehentlich einen Hinweis hinterlassen haben, wo sie festgehalten wurde – eine Spur, der Jaeger und die anderen folgen konnten.

Das erste Foto erschien: Es waren nur sechs Reihen Text.

Urlaub machen im Paradies …
Während die, die dir am nächsten stehen, brennen.

Frage: Woher wissen wir so viel?
Antwort: Der kleine Lukie erzählt es uns.
Zusatzfrage: Wo ist der kleine Lukie jetzt?
Antwort: *Nacht und Nebel.*

Nacht und Nebel. Auch wenn die Worte auf Deutsch geschrieben waren, erinnerte Jaeger sich an ihre Bedeutung.

Sein Herz hämmerte wie ein Maschinengewehr, als er die zweite JPEG-Datei öffnete. Das Bild, das sich öffnete, zeigte eine einst wunderschöne grünäugige Frau und einen heranwachsenden Jungen. Ihre Gesichter waren ausgezehrt, ihre Blicke gequält, die Augen umrahmt von tiefschwarzen Ringen.

Mutter und Kind knieten in Ketten vor irgendeiner Art Nazi-Flagge, die von einem *Reichsadler* beherrscht wurde. Sie hielten eine Ausgabe der *International Herald Tribune* in die Kamera. Mit zitternden Händen zoomte Jaeger auf den Titel der Zeitung: Das Datum verriet, dass sie nicht einmal eine Woche alt war. Sie war der Beweis, dass sie beide noch vor fünf Tagen am Leben gewesen waren.

Zwei Zeilen standen unter dem Bild geschrieben:

Gib uns zurück, was uns gehört.
Wir sind die Zukunft.

94

Jaeger drehte sich weg und würgte. Er zitterte und spürte überall Schmerzen, auf eine Art, wie er es nie zuvor erlebt hatte, nicht einmal während der schlimmsten Folter im Black-Beach-Gefängnis. Er fiel von seinem Stuhl und klappte seinen Körper zusammen, doch selbst als er auf dem Boden lag, konnte er den Blick nicht von diesem alles zerschmetternden Bild abwenden.

Fantasien schossen ihm durch den Kopf, so gepeinigt und düster, dass er das Gefühl hatte, sein Schädel würde zerbersten. Er lag lange dort, neben seinem Schreibtisch, zusammengekauert wie ein Ball. Tränen liefen ihm stumm über die Wangen, doch er spürte sie kaum.

Er verlor jegliches Zeitgefühl.

Er fühlte sich ausgebrannt. Vollkommen leer.

Das Geräusch, das ihn schließlich wieder zur Besinnung brachte, war die Tür zu seinem Schlafzimmer, die geöffnet wurde.

Irgendwie schaffte er es wieder auf seinen Stuhl und sackte vor dem Schreibtisch und dem Bildschirm zusammen.

Er drehte sich um.

Irina Narov stand hinter ihm. Sie hatte ein kleines Handtuch um ihre Taille gewickelt, dessen oberes Ende direkt über ihren Brüsten zusammengesteckt war. Sie musste nach ihrem Laufen geduscht haben, und unter dem Handtuch war sie zweifellos nackt.

Es war ihm egal.

»Damals, als wir in den Baumwipfeln gefangen waren, habe ich die Gründe aufgezählt, aus denen zwei Menschen miteinander intim werden«, sagte Narov in ihrer seltsamen tonlosen, sachlichen Art. »Ein solch enger Kontakt kann aus drei Gründen notwendig werden«, wiederholte sie. »Erstens: pragmatische Notwendigkeit. Zweitens: um Körperwärme auszutauschen. Drittens: Sex.« Sie lächelte. »Jetzt gerade möchte ich gerne, dass es aus Grund Nummer drei geschieht.«

Jaeger antwortete nicht. Er war nicht sonderlich überrascht. Mittlerweile war ihm klar, dass Narov so gut wie keinerlei Fähigkeit besaß, die Gefühle anderer Menschen zu deuten. Selbst Mimik und Körpersprache schienen bei ihr sinnlos zu sein.

Jaeger legte das iPad so hin, dass sie das Bild auf dem Display sehen konnte.

Narov legte schockiert die Hand vor den Mund. »Oh, heiliger Jesus …«

»Das Datum auf der Zeitung«, unterbrach Jaeger sie mit einer Stimme, die klang, als käme sie vom anderen Ende eines sehr langen und sehr dunklen Tunnels. »Es ist fünf Tage alt.«

»O mein Gott«, keuchte Narov. *»Sie sind am Leben.«*

Ihre Blicke trafen sich.

»Ich ziehe mich an«, fuhr Narov fort, ohne die leiseste Spur von Peinlichkeit oder Verlegenheit. »Es gibt Arbeit zu erledigen.«

Sie drehte sich zur Tür um, blieb jedoch stehen und warf einen besorgten Blick zurück zu Jaeger. »Ich gestehe – ich war nicht einfach nur laufen. Ich hatte auch eine Verabredung einzuhalten … Ich habe mich mit jemandem getroffen, der zu wissen glaubt, wo Leticia Santos festgehalten wird.«

»Du hast was?«, fragte Jaeger und versuchte, die Verwirrung abzuschütteln. »Wo? Und mit wem, um Himmels willen? Und wieso hast du mich nicht …«

»Du hättest dich nicht mit ihnen treffen wollen«, unterbrach ihn Narov. »Nicht, wenn du gewusst hättest, wer sie sind.«

»Du hättest es versuchen können!«, zischte Jaeger. Er stieß einen Finger in Richtung des Displays. »Eine Spur zu Leticia – die könnte mich zurück zu ihnen führen!«

»Ich weiß. Jetzt weiß ich das«, protestierte Narov. »Aber vor einer Stunde hatte ich keine Ahnung, dass sie am Leben sind.«

Jaeger stand auf. Nun lag eine echte Bedrohung in seiner Haltung. »Also, sag mir – wer zum Teufel war deine geheime Verabredung, und was haben sie dir erzählt?«

Narov trat einen Schritt zurück. Sie war offensichtlich auf der Hut, doch wenigstens diesmal hatte sie ihr Messer nicht bei sich. »Eine der nächstgelegenen Landmassen vor Bermuda ist Kuba. Kuba ist immer noch russisches Territorium, zumindest in den Augen des Kreml. Ich habe mich mit einem meiner Kontakte getroffen ...«

»Du hast dich mit einem verdammten SWR-Agenten getroffen? Dem russischen Geheimdienst? Du hast Informationen über das, was wir tun, mit *denen* geteilt?«

Narov schüttelte den Kopf. »Ein russischer Mafioso. Ein Drogenhändler, oder besser gesagt: einer der großen russischen Drogenbosse. Sie haben ihr Netzwerk über die gesamte Karibik ausgebreitet. Sie kennen alles und jeden. Das müssen sie, damit sie ihr Kokain durch diese Inseln schleusen können.« Sie funkelte Jaeger verärgert an. »Aber wenn man einen Teufel finden will, dann muss man manchmal einen Pakt mit dem Teufel selbst schließen.«

»Also – was hat er dir erzählt?«, fragte Jaeger mit kratzender Stimme.

»Vor zwei Wochen tauchte eine Gruppe Osteuropäer auf Kuba auf. Sie haben angefangen, mit Geld um sich zu schmeißen und wie die Verrückten zu feiern. Nicht so ungewöhnlich. Aber zwei Dinge sind meinem Kontakt aufgefallen. Erstens: Sie waren Söldner. Zweitens: Sie hatten eine Frau, die sie gefangen hielten.« Narov funkelte ihn herausfordernd an. »Diese Frau – ist Brasilianerin. Und ihr Nachname – lautet Santos.«

Jaeger betrachtete lange Narovs Gesicht. Seltsamerweise schien es Teil ihrer komplexen psychologischen Struktur zu sein, dass sie nicht imstande zu sein schien, eine Lüge zu erzählen. Sie konnte eine Rolle bis zur Perfektion spielen, doch jemandem, dem sie vertraute, würde sie immer die Wahrheit sagen.

»Okay«, knurrte er. »Dann scheiß drauf, wie du sie gefunden hast.« Sein Blick wanderte zurück zu dem Bild auf seinem iPad. »Erst finden wir Leticia und dann …«

Jaegers Blick hatte sich verändert. Er war eiskalt geworden … und ruhig wie Stahl. Er hatte sein Team, er hatte eine Spur – und was noch wichtiger war: Er hatte die Welt und seine Familie, die er retten musste.

Er drehte sich wieder zu Narov. »Pack deine Sachen. Wir machen eine Reise.«

»Das werden wir«, bestätigte Narov. »Du, Will Jaeger. Und ich. Es ist Zeit, dass wir auf die Jagd gehen.«

Will Jaeger kehrt zurück …

DANKSAGUNGEN

Besonderer Dank gilt Folgenden: den Literaturagenten bei Peters Frasers and Dunlop (PFD), Caroline Michel, Annabel Merullo und Tim Binding, für ihre unermüdliche Unterstützung und erkenntnisreichen Kommentare zu frühen Versionen. Dank an Laura Williams, meine Agentin bei PFD, wie immer für all ihre Herkulesmühen. An Jon Wood, Jemima Forrester und alle Kollegen bei meinem Publisher Orion – Susan Lamb, Sophie Painter, Malcolm Edwards, Mark Rusher, Gaby Young und alle anderen im »Team Grylls«.

An Hamish de Bretton-Gordon, OBE von Avon Protection, für seine Beratung und sein Expertenwissen über chemische, biologische und nukleare Waffen sowie die dazugehörigen Schutz- und Verteidigungsmaßnahmen. An Chris Daniels und alle anderen bei Hybrid Air Vehicles für die bereitgestellten Informationen und Anweisungen zu allem, was den Airlander betrifft. An Dr. Jacqueline Borg, führende Expertin für Hirnstörungen, inklusive Autismusspektrumstörung. An Anne und Paul Sherrat für ihre präzisen Hinweise und Kritiken bezüglich allem, was die Nazis und den Ostblock betrifft.

Und der letzte, größte Dank, natürlich, an Damien Lewis für die Unterstützung, auf dem aufzubauen, was wir gemeinsam in der Kriegstruhe meines Großvaters fanden und das mit »Streng geheim« markiert war. Diese Dokumente so zum Leben zu erwecken, wie du es getan hast, ist die reine Meisterschaft.